LA
OBRA COMPLETA
DE
RAMÓN J. SENDER

RAMÓN J. SENDER

OBRA COMPLETA. TOMO II

JUBILEO EN EL ZÓCALO

●

CAROLUS REX

●

LAS GALLINAS DE CERVANTES

●

LA AVENTURA EQUINOCCIAL DE LOPE DE AGUIRRE

EDICIONES DESTINO

BARCELONA

© Ramón J. Sender
© EDICIONES DESTINO
Consejo de Ciento, 425. Barcelona-9
Primera edición: abril 1977
Depósito Legal: B. 10995-1977
ISBN: 84-233-0673-9
Impreso en España - Printed in Spain

Impreso por Gráficas Europeas, S. A.
Botánica, s/n. Hospitalet de Llobregat

JUBILEO EN EL ZÓCALO

JUBILEO EN EL ZÓCALO

EDICIONES EN LENGUA CASTELLANA

1.ª Appleton-Century. Nueva York, 1964.
2.ª Ediciones Destino, colección Áncora y Delfín. Barcelona, 1974.

NOTA PRELIMINAR DEL AUTOR

Leyendo a Bernal Díaz del Castillo [2] en su prodigiosa relación de *La Historia Verdadera de la Conquista de la Nueva España* se me ocurrió trasladar la acción del drama a un retablo que fuera parte de esa fiesta de la que Bernal habla con tanto detalle.

La fiesta se celebró en el Zócalo para conmemorar las paces entre España y Francia que eran, por extensión, las paces de Europa. Los conquistadores encontraron un buen pretexto para reunirse, refrescar sus recuerdos, pensar en los muertos y juzgar y censurar a los vivos. Como sucede en el período de consolidación de una conquista militar, el desacuerdo y la inquina crecen entre los militares y los juristas, «licenciados» y leguleyos por los cuales Hernán Cortés no tuvo nunca mucha estima.

Es obvio declarar que el héroe de esta obra es Hernando Cortés. [3]

La figura histórica de Cortés despierta hoy en México las mismas pasiones que cuando vivía, lo que parece querer recordarnos que don Hernando no ha muerto del todo. Sus peores adversarios —entre ellos no pocos españoles— lo odian. Sus mejores partidarios —entre ellos algunos mexicanos— lo veneran. No me dejará mentir mi distinguido colega profesor Gómez de Orozco. El odio y la amistad que Cortés suscita todavía en nuestro tiempo vienen de una polémica iniciada en los días de la conquista que dura aún y no seré yo quien lo lamente. Es preferible una discusión tan apasionada a la pálida y fría unanimidad de la gloria oficial.

Como verán los lectores, hay una acción teatral dentro de una narración que tiene también parte dialogada y representable. En el enorme patio que un día fue dependencia del teocalli[4] de la hermosa Tenochtitlán,[5] los vivos reunidos para la fiesta conversan con los muertos. Y se ven a sí mismos y ven a los que murieron en el retablo que reconstruye algunos aspectos de la epopeya, no los mejores ni tampoco los peores.

He escrito estas páginas libre de prejuicios, especialmente del prejuicio patriótico español o mexicano que no sería del caso y que no harían sino dificultar la objetividad. Confieso que sería difícil determinar si admiro más a Cortés o a los héroes que defendían su patria contra el invasor. Pero no hay duda de que las únicas figuras grotescas que hay en la obra son Diego Velázquez el adelantado y Pánfilo de Narváez, capitán, españoles ambos de mala casta merecedores de poco respeto.

Yo quiero a México, adoro su naturaleza, sus artes y sus ciencias, tengo entre sus hijos excelentes amigos y siento por él una gratitud y cariño que no podrían ser mayores si hubiera nacido allí. Los lectores podrán comprobarlo en esta obra que por otra parte espero que ayude a muchos a iniciarse en el conocimiento y el amor del gran país bautizado por los conquistadores con el nombre de Nueva España.

R. S.

PERSONAJES

Don Hernán Cortés, Capitán español del siglo XVI que, contra las esperanzas del adelantado Diego Velázquez residente en Cuba, hizo la conquista y colonización de México.

Moctezuma, Emperador de México, el último de la dinastía que llevó la corona.

Princesa de Moctezuma, su hija, hermosa muchacha que más tarde casó con el capitán Oñate, conquistador de New Mexico.

Bernal Díaz del Castillo, soldado de filas de Cortés, autor del conocido libro *Historia Verdadera de la Conquista de la Nueva España*.

Don Pedro de Alvarado, Capitán del Ejército de Cortés, a quien los indios llamaban Tonatio porque era rubio de cabello y barba, como el sol. (*Tonatio* era el nombre que los indios daban al sol en lenguaje nahuatl.)

Don Gonzalo de Sandoval, Capitán de Cortés que más tarde intervino en la conquista de New Mexico.

Padre Bartolomé, capellán de la expedición de Cortés. Sacerdote que acompañaba a las tropas, profesionalmente, y que bautizaba indios y sacramentaba a agonizantes, principalmente.

Don Diego de Ordaz, Capitán de Cortés.

Don Pánfilo de Narváez, Capitán enemigo de Cortés, que envidioso de su fortuna quiso hacerle sombra en vano, y lo derrotó Cortés en una batalla.

Don Antonio Mendoza, Virrey de México en la época a la que el libro se refiere. Hombre de leyes y no de guerra, no confiaba mucho en Cortés.

Don Cristóbal de Olid, Capitán de Cortés, muerto en acción.

Don Juan Velázquez de León, Capitán de Cortés, muerto en acción.

Vargas, el sevillano, soldado muerto en acción.

Melchorejo, indio bautizado que sin embargo no fue nunca del todo católico y que al fin actuó como espía del adelantado Diego Velázquez, y por otro lado de los indios, contra Cortés.

Juan Cermeño, soldado de Cortés, incondicional de Diego Velázquez, a quien Cortés condenó a la pena capital e hizo ahorcar.

Doña Catalina Juárez, primera esposa de Cortés, cuñada de Diego Velázquez, mujer de dudosa reputación con quien casó Cortés para obtener el favor de Diego Velázquez y conseguir ser nombrado jefe de la expedición. Murió joven y se acusaba a Cortés de su muerte.

Doña Marina, la Malinche, princesa india, intérprete de Cortés con los indios, amiga íntima de Cortés con quien tuvo algunos hijos.

Heredia, soldado de Cortés, superviviente de la conquista, pícaro y bohemio.

Rey, Carlos V, Emperador de Alemania, Carlos I de España, a quien dirigía Cortés sus «Relaciones».

Don Diego Velázquez, gobernador de Cuba, y su señora. Personajes de la baja aristocracia. Más tarde don Diego fue nombrado adelantado.

Ortega, un soldado.

Alaminos, marinero de la expedición de Cortés y arquitecto naval.

Capitán Alonso Hernández de Portocarrero, primer pretendiente de doña Marina a quien Cortés envió a España con una misión especial para que dejara en paz a la princesa india.

Capitán don Alfonso de Ávila,
Capitán don Francisco de Montejo,
Capitán don Francisco de Morla,   } del ejército
Capitán don Francisco de Saucedo,   de Cortés.
Capitán don Juan de Escalante,

Gonzalo Guerrero, rescatado español que prefirió volver a vivir con su mujer india y sus hijos.

HEREDIA EL VIEJO, otro soldado, famoso por su fealdad física, según la crónica de Bernal Díaz.

XHINOTECATL, Rey de Tlascala, territorio situado más o menos en Puebla y sus alrededores.

XHINOTECATL HIJO, rebelde a su padre y a Cortés, encarna en Tlascala, como Cuauhtémoc en México, el heroísmo patriótico de los aborígenes

AGENTES, mensajeros de Moctezuma.

IÑIGO DE ÁVILA, soldado muerto en acción.

FERMÍN ROCAMORA, soldado muerto en acción.

APARICIÓN, según la leyenda Santiago Apóstol.

SOLDADOS.

RESCATADOS.

CENTINELAS.

ARCABUCEROS.

NOBLES.

FRAILES FRANCISCANOS.

LICENCIADOS.

BUFONES.

INDIOS.

SACERDOTE INDIO.

CÓMICOS.

SIRVIENTES, *etc.*

CAPÍTULO PRIMERO

El Zócalo de México es una de las plazas mayores del mundo. Ancha, larga, amarilla, todavía huele a sangre. Su nombre viene de la misma raíz de Zocodóver en Toledo (*zoco,* mercado en berberisco).

Antes de la conquista española se alzaba en el centro de la plaza la pirámide más alta del imperio de Moctezuma.[1]

Hoy el Zócalo es muy espacioso, pero en 1538, antes de edificarse la catedral, era todavía mayor. Por sus anchas piedras rituales corrían las lluvias y las brisas.

Con ocasión de las paces entre los reyes español y francés se hicieron grandes fiestas. Hacía ya casi quince años que la conquista había terminado y en su mayor parte el país estaba dominado por las armas castellanas.

Las paces de Europa se celebraban en el Zócalo de México con una pompa elaborada, compleja y magnífica.

Cortés y sus amigos se reunieron en una cuadra que tiempos atrás había sido dedicada a lugar de espera para las víctimas de los sacrificios a Huitxhilopotxli.[2] Aquel día se había celebrado una comida con más de quinientos cubiertos en la que se sirvieron quince platos de carnes diferentes y ocho de pescado, con vinos, licores y toda clase de estimulantes y aperitivos. Como decía Bernal Díaz, muchos de los platos comidos por los invitados salieron por donde entraron, siguiendo la tradición de las fiestas de los *équites* [3] en la vieja Roma.

Sucedían en la plaza cosas nunca vistas. Según cuenta Bernal Díaz del Castillo —copio sus palabras textualmente—: «*Amaneció aquel día hecho un bosque artificial en la plaza mayor con tanta diversidad de árboles y tan al natural como si allí hubieran nacido.*

»*Dentro del bosque había venados, conejos, liebres, zorros,*

adives [4] *y muchos géneros de alimañas chicas de las que hay
en esta tierra y dos leoncillos y cuatro tigres pequeños y tenían-
los en corrales que hicieron en el mismo bosque que no podían
salir hasta que fuera menester echarlos fuera para la caza porque los indios naturales mexicanos son tan ingeniosos en hacer
estas cosas que en el universo según han dicho muchas personas que han andado por el mundo no han visto otros como
ellos; porque encima de los árboles había tanta diversidad de
aves pequeñas de cuantas se crían en la Nueva España que son
tantas y de tantas raleas que sería larga la relación si las hubie-
se de contar.*

»*Había otras arboledas muy espesas, algo apartadas del
bosque y en cada una de ellas un escuadrón de salvajes con
sus garrotes añudados y retuertos y otros salvajes con arcos y
flechas y vanse a la caza porque en aquel instante las soltaron
de los corrales y corren tras ellas por el bosque y salen a la
plaza mayor y sobre matarlos, los unos salvajes con los otros
revuelven una cuestión soberbia entre ellos que fue harto de
ver como batallaban a pie unos contra otros; y desque hubieron
peleado un rato se volvieron a su arboleda al parecer puestos
de acuerdo.*

»*Dejemos esto, que no fue nada para la invención de jinetes
e indios con su rey y su reina y negros y todos a caballo, que
eran más de cincuenta y de las grandes riquezas que traían
sobre sí de oro y piedras ricas y aljófar y argentería; y luego
van contra los salvajes y tienen una cuestión sobre la caza. ¡Qué
cosa era de ver la diversidad de rostros que llevaban, las máscaras rojas o negras que traían y cómo las madres daban de
mamar a sus negritos y cómo hacían fiestas a la reina!*

»*Después de esto amaneció otro día en mitad de la misma
plaza mayor hecha la ciudad de Rodas con sus torres, almenas,
troneras y cubos y alrededor cercada y tan natural como es,
Rodas. Y cien comendadores con sus ricas encomiendas todas
de oro y perlas y muchos de ellos a caballo a la jineta con
los estribos cortos y las piernas dobladas y otros a la estradiota
con los estribos largos y las piernas tendidas, todos con sus
lanzas y adargas y otros a pie con sus arcabuces y por capitán
general de ellos y maestre de Rodas el marqués Cortés.* [5] *Tenían
cuatro navíos con sus mástiles y trinquetes y mesanas y velas*

y tan al natural que quedaban algunas personas admiradas de verlos ir a la vela por mitad de la plaza y dar tres vueltas y soltar tanta de la artillería que de los navíos tiraban; y venían allí unos indios a bordo vestidos al parecer como frailes dominicos que es como cuando vienen de Castilla, pelando unas gallinas y otros frailes venían pescando.»

CAPÍTULO II

Las habilidades de los indios que por generaciones se venían dedicando al entretenimiento de la Corte causaban asombro a los españoles. Nunca vieron genta tan rica en recursos de todas clases.

En la cuadra donde se había servido la comida fue descubierto un estrado con muñecos de tamaño natural o figuras vivas que eran copias exactas de cada uno de los conquistadores allí presentes y de otros que habían muerto en la campaña.

Iba a ser representado un retablo muy al natural a cargo de un buen trujimán de Salamanca, ayudado por los indios de la Corte de Moctezuma que habían aportado su habilidad y lo tenían todo listo y a punto.

Mientras hablaba Bernal con ellos, varios bufones mexicanos y volteadores iban y venían burlándose de Cortés, de Alvarado, de Sandoval, vestidos con trajes rojos de seda. Uno caminaba a la pata coja e imitaba el canto inarmónico del guajalote.[1] Otro, disfrazado de águila imperial castellana con dos cabezas, decía:

—Tezcatlipoca[2] el puto espera detrás de la cortina el permiso del marqués para comenzar.

Estaba Cortés rodeado de Alvarado, Sandoval, el padre Bartolomé, Diego de Ordaz y Narváez, éste con un ojo cubierto por un parche negro.

Otros veteranos de la conquista formaban grupos con el virrey Mendoza y los frailes de San Francisco al lado contrario de la enorme sala. Al pie de los frailes había niños indios desnudos con alas de ángeles. Y un viejo monstruoso, disfrazado de tarasca, iba y venía.

En un extremo de la sala, bajo un rayo de luz que caía de

una claraboya, se veían las figuras vivas de algunos de los muertos en la conquista: Olid, Velázquez de León, Vargas, Melchorejo y Cermeño. Los indios los representaban con las caras muy blancas y las manos pintadas de rojo para diferenciarlos de los vivos. Tenían los ojos cerrados, pero sobre los párpados llevaban la córnea pintada blanca como si fuera natural. Ese globo blanco y sin pupila y el no parpadear les daba un aire inquietante. Cortés los miraba de reojo y se decía: ¿quién ha traído tantas y tan raras invenciones?

Sabían los indios pintar retablos y habían hecho siete u ocho con toda propiedad para servir de fondo cada uno al episodio que correspondía.

También tenían músicos y bailarines y animales amaestrados. Muchos indios no sólo hablaban ya castellano sino que imitaban el acento de la persona a quien representaban con bastante exactitud, según las indicaciones que les había dado Bernal.

El padre Bartolomé decía a Cortés que la procesión del día siguiente tendría que presidirla él. Cortés rehusaba aduciendo que en las justas de la mañana le habían dado un fuerte cañazo en un pie y se resentía. Cojeaba un poco. Los bufones indios imitaban su cojera y se burlaban de él. Cortés sonreía viéndolos ir y venir por la enorme sala.

Se oyó fuera un disparo de arcabuz y luego tres más. Eran los combates simulados en el Zócalo. Al oírlos, Alvarado y Sandoval se levantaron y se acercaron a las puertas. En el Zócalo seguían los indios simulando las batallas de los españoles. Se habían acostumbrado ya a la pólvora, cuyo olor les gustaba. Una inmensa muchedumbre rodeaba la plaza.

Cortés soltó a reír y dijo, bromista:

—Ya veo, caballeros, no soy yo solo el que no se acostumbra a la paz.

Sandoval, hombre rubio, alto y más joven que Cortés, recordó:

—Hoy se cumplen quince años de la batalla de los tres peñoles. ¡Quién nos iba a decir entonces que los indios la representarían a lo vivo en un retablo el día de las paces de Europa!

Pero Narváez, largo, flaco y tripón, le interrumpía:

—No ufanarse, Sandoval. La conquista es una empresa que me brindaron a mí y que yo no quise aceptar. Cortés no me dejará mentir.

—Por mí —dijo Cortés hundiendo los dedos en su propia barba y oliéndolos para comprobar que duraba el perfume— puede vuesa merced mentir todo lo que quiera. No pienso irle a la mano.

Luego añadió, dirigiéndose al que representaba a Cermeño, que era un indio de buena presencia:

—¿Qué opinas, Cermeño?

Cermeño no contestaba. Lo miraba Cortés extrañado y recordando que lo había mandado ahorcar en un árbol al margen de un campo verde en Vera Cruz.[3]

—Es verdad que los muertos no contestan —añadió— según dice el trujimán que ha arreglado el retablo. No responden y hay que esperar a oír lo que buenamente quieren decir cuando les da la gana. Rara ocurrencia ésa.

Se dirigía a Alvarado mirando al mismo tiempo el retablo cubierto a medias con un viejo repostero[4] y añadía algo en voz baja. Sandoval se esponjaba en su ropilla:

—Ésos, los Vargas y los Garcías hicieron la conquista.

—No —dijo Cortés—. La conquista la hicieron los indios.

Y soltó a reír. Reía también Narváez con una risa que podría ser contagiosa si el que reía no fuera tan gran bellaco. Cristóbal de Olid (el enmascarado que representaba al muerto) quedaba de pie frente al grupo de Cortés y decía cosas andaluzas ridículas y obvias con el acento de Jaén: «Yo estaba allí. Caían sobre Cortés y lo habían apresado. Sangraba por una oreja. Oí gritos de mujeres que decían: *un pez podrido hay en el aire. Acorred al capitán.* Lo arranqué de los brazos de los indios y sentí un chorro de agua helada por la garganta que me tapaba los pulmones y un rayo de luz que me cegaba. Alegría por el pez podrido, alegría por el agua helada, alegría por la luz viva».

Después de estas palabras se hizo un gran silencio y Cortés pensaba: ¿qué quiere decir con esas locuras? Quedaba escuchando también Alvarado y sin disimular su impaciencia se volvía hacia Vargas:

—¿Quién les ha enseñado a ustedes esas simplezas? ¿Y tú?

¿Qué dices? ¿Por qué estás callado ahora? ¿Eh? Responde.

—No contestarán —dijo Cortés—. Pueden hablar cuando ellos quieren y por su voluntad propia, pero si les preguntamos no responden. Así son ellos, digo, los que murieron en la campaña.

Miraba el padre Bartolomé a un lado y a otro:

—Paganías. Locuras. ¿Por qué tienen que hablar, los muertos?

En aquel momento uno de los bufones se ponía detrás del indio que iba disfrazado de Velázquez de León (también muerto) y hablaba por él:

—Cortés nos abandonó y dejó los canales llenos de heridos. Fue el día del salto de Alvarado, la noche triste.[5] Corría Cortés como un conejo.

Se levantaba Cortés y se limpiaba el sudor:

—Que le den un ducado a ese bufón y que se calle.

En aquel momento Velázquez de León, es decir el indio que lo representaba, rompió a decir otras incongruencias. Al oírlas Cortés se decía: «El aire del valle de México hace desvariar a los clérigos, digo a los que han escrito estas cosas».

El que representaba a Velázquez de León decía:

«Bajaban grandezas en la noche, subían miserias y una voz gritaba: llevas un agujero en la garganta. Escupe por él y te salvarás.»

Cortés le cogió la mano al indio que representaba a Velázquez de León:

—¿Quién te manda decir esas cosas? ¿Bernal? Aunque es posible que las cosas fueran así, entonces, Velázquez. Te mataron en los puentes y todo está demasiado fresco aún en la memoria. En la mía también. Está todo demasiado vivo aún, digo, el recuerdo de la campaña. Un día esas insensateces se olvidarán y sólo quedará el hecho desnudo.

—¿Y la procesión? —volvía a preguntar el padre Bartolomé.

—Presídela tú.

Se acercaba un licenciado vestido de negro:

—Señor marqués...

Al ver el gesto benevolente de Cortés siguió hablando:

—La procesión será de veras solemne, pero el palio con el

cual va a ser cubierto su excelencia no será de oro. Hemos acordado moderación y venimos a decirle que debe reducir también el aparato familiar, es decir las libreas, carruajes, etcétera, por acuerdo del consejo del virreinato.

—Pero si no tengo casi nada. Me lo han robado todo ustedes, los golillas.

—Yo, no, aunque es verdad, señor, que la codicia va a condenar a más de uno.

Cortés reía un poco ebrio:

—Cada cual es como Dios quiere y aún peor. Llévese a Olid despacio, llévelo, digo, con los otros y que los muertos simulados se vayan al tablado de la mojiganga y nos dejen en paz. Éste no es el lugar de los histriones.

La perplejidad de los muertos se resolvía en la algarabía furiosa de los bufones. Uno vestido de rojo brincaba golpeando dos vejigas contra el suelo y cantando:

> *A la bochiganga*
> *del señor marqués*
> *uno y uno dos*
> *dos y uno tres...*

CAPÍTULO III

Miraba el licenciado a Olid:

—¿Está ciego, ése?

—Sí. No. Bueno, es igual. ¿Qué más te da? Desde que acabamos con Cuauhtémoc[1] todo es igual. ¿Qué más les da a ustedes? El camino de la victoria es siempre sucio. Un camino sucio.

El licenciado tomaba a Olid del brazo y lo llevaba despacio hacia el escenario para perderse con él detrás del repostero. Dos indios avanzaban bailando descalzos y conduciendo en el aire con los pies dos palos de madera de yuca[2] labrada. Lo hacían de tal modo que los palos nunca tocaban el suelo.

Melchorejo, otro de los muertos a quienes los indios representaban, alzaba la cabeza y gritaba con una voz demasiado estridente:

—¿Traicionaba yo? ¿Sí? Pues quién sabe. Un puma me mordió en el estómago y me llevó a las rodillas de Huitxhilopotxli. Y él me dijo, dice: ¡perro! ¿Por qué te has dejado bautizar? ¿Por qué te dejaste poner crisma en la nuca? Eso decía el viejo de las siete espadas.

Movía el padre Bartolomé la cabeza, contrariado. El indio añadió como disculpándose:

—Esto me han enseñado a mí, ¿oyes, fraile? Tonterías o no yo repito lo que me han enseñado.

A su lado estaba Cermeño, muerto también, que se negaba a ser llevado al retablo y exclamó:

—Diejo Velázquez tiene la culpa. Creía que Cortés era imbécil, cobarde e ignorante y no lo era. Diego Velázquez le hizo tragar a doña Catalina, pero Cortés la vomitó, a doña Catalina. La Malinche[3] es más mujer, ciertamente.

Narváez alzó la voz:

—No tolero que delante de mí se ofenda a Diego Velázquez ni a su cuñada, que murió Dios sabe cómo, pero que en buena gloria esté.

Cermeño el muerto volvía a hablar:

—Y entonces una serpiente me apretó el cuello y me suspendió sobre la hoguera. Era una serpiente con cabeza de cobre.

—¿Qué dice? —gritó desafiador Narváez—. ¿Contra quién va esto? ¿Qué serpiente es ésa? ¿Y qué hoguera?

Incómodo Cortés dijo otra vez al cura:

—Hagan salir de aquí a esos muertos parlantes. ¿Quién ha escrito tanto despropósito?

—Todos están dejados de la mano de Dios en este país —dijo el cura.

—Y en Castilla también. Pero aquí el aire es delgado y limpio. ¡Que se lleven a esos figurantes de una vez! El retablo es arriba, en los estrados, y no aquí en la sala. ¡Que se los lleven, digo! Que se lleven también a Velázquez de León y a Vargas. Esos muertos me acongojan. ¿Cuándo se ha visto que un muerto hable y menos para decir locuras y bernardinas?

Pero habían llevado los *muertos* a la sala a ver si Cortés los reconocía y si estaban bien simuladas sus facciones y sus voces. Los indios hacían máscaras con vejiga de jabalí y con otras pieles delgadas. El parecido era perfecto.

Vargas, el sevillano, alzaba la voz con una expresión más miserable que nunca y un acento feminoide:

—Un buchito de agua del Guadalquivir es lo que me llovió aquel día sobre la lengua. Y se cerraron mis ojos. Ahora están abiertos, pero no veo. Así, con un tajo me dieron los indios porque me adoraban. Decían que era un *teul*.[4] Y es ley matar lo que se adora. Eso decía el sacerdote puto de Cihualtampa [5] y su suegra la bruja *nahualli*.[6]

Cortés se acercaba a Vargas y le decía en voz baja:

—Vargas, márchate y no vengas más. No digas esas cosas sino arriba en el retablo y llévate a los otros. Llévatelos a donde yo no los vea. Están bien. Todos los muertos están bien representados, pero llévatelos.

Protestaba Narváez con el pulgar en la sisa del jubón:

—Yo no estoy muerto sino vivo y natural.

El padre Bartolomé explicaba:

—Éste es el genuino Narváez, que el fingido está dentro. Éste viene conmigo.

—Está bien —consintió Cortés—. Puede estarse aquí Narváez con la condición de que vaya al desfile acompañando a la cuñada de don Diego, es decir a la suripanta que la represente.

Se oían en la escena (al otro lado del repostero) las notas vacilantes entre metal y vidrio de un clavicordio en el que alguien probaba su habilidad.

Alvarado llegaba cerca de Cortés en el momento en que recomenzaba fuera el fragor de batalla. Los indios simulaban un combate reproduciendo exactamente el de Otumba [7] sin olvidar el caballo blanco de Santiago.

Cortés volvía de la ventana y se negaba a dar por buena y veraz la aparición de Santiago en Otumba. Insistía en que no podía presidir la procesión, por su cojera. «Además —añadió—, espero una Embajada de Guatemala.»

—Siempre que el marqués se niega a hacer alguna cosa espera un Embajada de Guatemala —decía Ordaz alegremente.

El cura se acercaba al oído de Cortés y bajaba la voz:

—Si se niega a ir en la procesión yo sé quien se ofenderá.

—El obispo Garcés,[8] bah. Me lo sé de memoria.

Tendía el cura su oído hacia el retablo detrás de cuyo repostero se oía un clavecín.

—¿Quién toca? —preguntaba don Hernando.

—Ella probablemente —y el cura añadía—: Lo malo es que doña Marina y los hijos que tuvo de su excelencia habitan en el mismo palacio y eso... quiero decir que podrían vivir muy regalados, pero en otro lugar.

—¿Bajo pena de excomunión? —reía Cortés—. ¿No será esa idea de Diego Velázquez? Hace años quiso añadir a mis blasones uno nuevo: doña Catalina, cortesana por sus cuatro abuelas. Pero le salió mal. Podría ser que ahora le saliera mal también. El diablo vela, señor cura.

CAPÍTULO IV

Seguía oyéndose dentro el clavecín. Por una puertecilla al lado contrario y a espaldas de Cortés aparecía Heredia. No un fantasma hechizo como los otros, sino Heredia en su viva y real naturaleza. Vestía un sayo de color de ala de mosca desde el cuello hasta los pies. Llevaba una caja de madera con la que solía pedir para las ánimas. Y en aquel momento sacaba un trompo, lo enrollaba y lo arrojaba.

Al oírlo Cortés se volvió. No hizo el menor signo de extrañeza. Heredia se remangaba la sotana, se ponía en cuclillas y trataba en vano de tomar el trompo.

—¡Miren qué juguetes hacen los indios!

Se sobresaltaba Cortés:

—¿Por dónde has entrado, Heredia?

—Por las cocinas. Traigo este trompo para tu hijo menor. No digo nada, pero contra la finta de Velázquez hace seis años yo sabía otra que me enseñó mi agüela y que no es para declarar en público. Y la empleamos y salió bien. Contra otros enemigos yo sé otras tretas también del tiempo de mis agüelos que nunca fallan. El jicarazo.[1]

Cortés miraba alrededor precavido:

—Has bebido, Heredia. El vino es hablador.

Miraba Heredia a Cortés divertido:

—Ahí fuera hay una dama que podría ser doña Catalina Juárez acompañada de un caballero que si se tercia podría ser Diego Velázquez.

Se levantaba Cortés alarmado:

—¿Tiene los ojos blancos y las manos coloradas como los otros?

—Cabalmente.

—¿Y qué dice?

—Yo no la he oído decir nada. ¡Por la Magdalena que no la he oído!

Cambiaba Cortés de tema:

—¿Cómo te va con las ánimas, Heredia?

—Dan para vivir.

—¿Quieres una encomienda?

—No, yo no valgo para eso. Necesito dormir al raso como en Tlaxcala, beber donde lo encuentro y hacerle una higa[2] al obispo. Uno ha visto como muere la gente honrada. Demasiada gente ha muerto al lado de uno para dar importancia a una encomienda. ¿No crees? Y mientras no lleguen aquí los hábitos blancos,[3] digo las palomitas del patíbulo... miel sobre hojuelas.

Vacilaba Cortés oyendo los rumores de fuera y decía:

—Ahora, tú ves, todos somos distintos. No valemos nada. Yo tengo los brazos y las piernas de corcho. No duermo, Heredia. Tengo visiones y flaquezas de memoria.

—Bah. Lo que es yo, sonando el cepillo y bebiendo pulque[4] y pensando que hicimos juntos la conquista, el tiempo pasa. Algo es haber andado en la conquista. Eso es. Si desapareces tú ya no tendré fuerza para vivir como un truhán y tendré que pedir una capellanía. Las amistades de aquellos días son las únicas cosas que nos quedan, pero, ¿de qué nos valen? Ahora todo el mundo se llama amigo de Cortés, hasta Narváez. Y el tal Narváez tiene compadres: el adelantado, los consejeros de Indias...

—Es la hora de los buitres, Heredia. Clérigos y licenciados. ¿Has visto que los zopilotes visten de negro, como ellos?

Después de una pausa Cortés preguntaba:

—Pero, ¿de veras está ahí fuera doña Catalina?

—Yo la he visto con estos ojos que ha comer la tierra como ha comido ya los de ella, Dios la perdone.

Esa alusión a doña Catalina muerta era de mal gusto y Heredia se dio cuenta y añadió por lo bajo: «Verdad es que el vino es hablador y voceras». Luego rieron los dos. Los dos estaban un poco *briagos*.

Preparaba Heredia el trompo con cuidado:

—Fíjate bien y aprende para enseñarlo a tu hijo.

Lo tiraba y Cortés se ponía a cuatro manos para verlo mejor:

—Ah, el bellaco, y cómo baila.

—Los hay que zumban y hacen música —advertía Heredia, cómicamente asombrado.

—¿Representan bien los indios a doña Catalina? Digo, en la voz, en la figura, en los meneos. ¿Sabe decir a los villanos *estáis en nuestra gracia, hermano,* como la misma duquesa de Fernán Núñez?

Reían los dos y Heredia pensaba: «Eso no lo decía ella, pero habría querido decirlo, es verdad». Luego se ponía más confidencial:

—¿Sabes lo que decía el obispo?

—Cállate, Heredia.

—Me callo, pero sé lo que pienso. Dame un escudo.

—¿Para las ánimas?

Heredia recibió el escudo y siguió hablando:

—¿Sabes lo que dicen en Puebla? [5] *Hernán Cortés embarcó sin coleto*[6] *y volvió marqués.* Pero, ¿es verdad que vas otra vez a Castilla? No es necesario. Ahí fuera está también nuestro señor Carlos V. Para ahorrarte el viaje. Ahí fuera, te digo.

—¿Eh?

—Y alguien más. Adivínalo, Cortés.

—¿Quién?

—¿No lo adivinas? Hernando Cortés en persona. Tú. El rey está con su barba salediza y su pelliza de armiño mosqueado. Míralos, ahí vienen.

Entraban Carlos V y Cortés que no podían parecer más verdaderos. Miraba Cortés su propia contrafigura con curiosidad y gustaba de reconocerse como si se viera en un espejo. Pero murmuraba:

—Yo era un poco más joven entonces y el rey más corpulento. Y más viejo. Pero bien está.

CAPÍTULO V

Viendo que con aquellas figuras habían entrado otras personas —algunos curiosos— Cortés los hizo salir a todos y ordenó a Carlos V y a su propia contrafigura que representaran su parte antes de subir al retablo. El histrión que lo representaba a él hincó la rodilla delante del falso emperador, pero tardaba en hablar. Cortés se impacientaba:

—Vamos, ¿qué aguardan?

FALSO CORTÉS. — *(Arrodillado.)* ¿Es vuestra majestad el rey?

REY. — Lo soy.

FALSO CORTÉS. — Sus manos.

REY. — *(Se las da, el* FALSO CORTÉS *las besa y el* REY *le ayuda a levantarse.)* Es bueno que vengas a España, pero sin hacerte demasiadas ilusiones. Todos te odian en mi Corte y yo no podré hacerte por esa razón grandes mercedes. Se habla mal de tus hazañas públicas y privadas. Se habla demasiado.

FALSO CORTÉS. — ¿Y su majestad, lo cree?

REY. — Dicen que quieres alzarte con la Nueva España y coronarte rey.

FALSO CORTÉS. — ¿Yo?

REY. — Dicen que eres demasiado rico. Y que mataste a doña Catalina.

Al llegar aquí el verdadero Cortés frunció el ceño y pensó mirando alrededor: «¿quién será el que tiene interés en hacerles decir a los histriones esas palabras?». Pero los cómicos seguían.

FALSO CORTÉS. — Se habla, se miente, se blasfema. Del

mismo Dios se blasfema. Lo único que yo quiero es que me devuelvan mis Estados de Oaxaca.[1]

Rey. — Habla con el adelantado.

Falso Cortés. — Es un imbécil y es mi enemigo.

Rey. — Pero es el adelantado.

Falso Cortés. — Más recio he tenido que pelear contra alguaciles y escribanos que contra los indios.

Rey. — No seas soberbio. Ellos son más necesarios al imperio que tú. Ellos conservan mis Estados. Tu los has aumentado, es verdad, pero el imperio existía antes y se podía pasar sin ellos, no sin los alguaciles y los escribanos.

Falso Cortés. — La Iglesia ha debido indisponer a su majestad conmigo y hace mal porque olvida que sin merecerlo yo, Dios me ha asistido siempre.

Rey. — La Iglesia no puede pasar sin la disciplina eclesiástica y sin los sacerdotes. En cierto modo es lo mismo. La vida es así y no la vamos a cambiar nosotros.

Falso Cortés. — Mis estados de Oaxaca, señor. Necesito esos estados para mis hijos mexicanos.

Rey. — Ésos no pueden ser tus hijos. Digo, ante la ley.

Al llegar los actores aquí, Cortés se levantó y dijo muy excitado: «¿Qué histriones o grajos adiestrados son éstos? ¿Quién ha escrito esas palabras insensatas?».

Los cómicos se alejaban pero se quedaban esperando en la puerta. Cortés estaba en el centro de la gran sala y alzaba la voz:

—¿Quién es el hijo de una cerda que escribió las palabras de ese retablo? No ha podido ser Bernal porque no tiene tantas letras ni tan mala sangre. Esa parte del retablo no puede representarse porque si llega al conocimiento de la gente de justicia en España iréis a galeras por vida y a mí y a los míos nos llevará la trampa. Al padre Bartolomé lo voy a empalar vivo. ¿Tú qué crees? ¿Habrá sido el cura quien ha escrito esas palabras?

Desde la puerta del tablado Carlos V preguntaba tímidamente:

—¿Y lo demás? ¿Se puede sacar al retablo lo demás?

—Si no se habla de su majestad puede representarse todo,

aunque si alguno se burla conmigo yo le haré saber qué es lo que pienso y algo más. Que entren los conquistadores viejos y que comience. Que se sienten cerca de mí los de Grijalva[2] y los míos de la Villa Rica de la Vera Cruz.[3] Que entren y que se represente el retablo sin alusiones a las cosas del otro lado de los mares. Las chanzas sólo pueden llegar hasta Cuba y no pueden ni deben ir más lejos. Vamos, que entren todos y que levante la cortina el trujimán.

Se oía dentro otra vez música de clavecín, pero ahora acompañado de flauta.

En el fondo de la iracundia de Cortés había alguna complacencia. Y entre curioso, receloso y feliz se sentaba a esperar el espectáculo que había sido preparado con los requisitos del verdadero arte, según todos decían con una especie de reprimido entusiasmo.

CAPÍTULO VI

S e levantaba la cortina y aparecía el estudio de Diego Velázquez, adelantado y gobernador de Cuba. El águila bicé-
fala de Carlos V estaba simulada en una materia gris
metálica. Era la primera hora de la mañana.

Había un trapo amarillo como de dos palmos sobre la mesa
del gobernador Diego Velázquez, quien aparecía sentado detrás
de la mesa, vestido de negro. Una doméstica asomaba a la
puerta sin decidirse a entrar y comenzaba el diálogo:

SIRVIENTA. — Excelencia... La señora le ruega que vuelva
a sus habitaciones.

VELÁZQUEZ. — No quiero.

SIRVIENTA. — Dice que si no se acuesta vuecencia se va a
levantar ella.

VELÁZQUEZ. — ¿Eh? ¡Dios mío! ¡Melchorejo! ¡Melchorejo!
Todos duermen. Todos menos yo.

SIRVIENTA. — ¿Quiere algo vuecencia?

VELÁZQUEZ. — ¿Dónde está Melchorejo?

SIRVIENTA. — A esta hora suele ir a la mar. Cuando vuelva
mírele el pescuezo. Lo tiene rojo porque desde que lo bautizaron va todos los días al mar y se frota con arena así para
quitarse el crisma.

VELÁZQUEZ. — Ah, el mezquino. Di a la señora que los
negocios de su majestad me ocuparán toda la mañana. No nos
veremos sino al mediodía. ¡Vaya unas horas! (*Bosteza.*) Está
saliendo el sol y yo, el gobernador de la isla, de pie mientras
todo el mundo duerme libre de cuidados. (*Se oye el cañonazo
con el que anuncian el alba en las plazas fuertes.*) Comienza
la jornada. Han debido ya relevar las guardias. (*Observa sus
propios zapatos cuyas cintas lleva sueltas, se va al fondo, apoya*

el pie en la silla de tijera y se pone a atarlas. Como va vestido de negro su silueta se confunde con la cortina.) Una jornada más y una jornada menos.

SOLDADO. — *(Entrando. Creyéndose solo va con muy poca marcialidad, arrastrando la alabarda. Lleva traje de campaña con peto y visera levantada. Un papel en la mano. Tararea una canción.)* Nadie, nunca hay nadie en esta oficina.

> *...con Diego Velázquez*
> *y con su mujer,*
> *que él manda en la isla*
> *y ella manda en él.*

VELÁZQUEZ. — ¿Quién va? *(El soldado se pone rígido en actitud de firme.)* ¿Eh? ¿Se puede saber por qué manda mi mujer en la isla?

SOLDADO. — Traía el parte. A esta hora no suele haber nadie y todos los días lo dejamos ahí, sobre la mesa.

VELÁZQUEZ. — Pero, ¿quién manda en la isla?

SOLDADO. — Excelencia, a veces repetimos por rutina las cosas que oímos.

VELÁZQUEZ. — ¿Quién es tu capitán?

SOLDADO. — Don Cristóbal de Olid.

VELÁZQUEZ. — Yo le enseñaré a educar a sus soldados.

SOLDADO. — *(Ofreciéndole el parte.)* Excelencia...

VELÁZQUEZ. — *(Después de leerlo.)* ¿Eh? ¿Qué es esto? ¿Tú sabes lo que dice este papel? Otra vez os ha burlado a todos.

SOLDADO. — *(Tranquilo.)* Así parece, excelencia.

VELÁZQUEZ. — Pero, ¿cómo se ha podido escapar si estaba preso en un barco fuera de la rada?

SOLDADO. — Nadando, excelencia.

VELÁZQUEZ. — ¡Cállate! ¿Y una guardia de veinte hombres no basta para evitarlo? Voy a tener que imponer yo el orden en la armada. Retírate. *(El* SOLDADO *obedece, sin prisa.)* ¡Pues no faltaba más!

LA SEÑORA. — *(Saliendo.)* Don Diego, ¿tantos son tus cuidados a esta hora?

VELÁZQUEZ. — La mañana pertenece a los negocios de su

majestad. (*Ocultando el parte a la espalda.*) Te habría estimado mucho que por una vez me dejaras tranquilo.

La Señora. — ¿Así agradeces los cuidados y desvelos de tu esposa? Venía a ver lo que quieres tomar en el desayuno. (*Mirando el papel, intrigada.*) ¿Hay novedades?

Velázquez. — No, ninguna.

La Señora. — Entonces, ¿qué es lo que ocultas?

Velázquez. — ¿Por qué voy a ocultar yo nada? (*Arrojándolo sobre la mesa.*) Es el parte de todos los días. Sin novedad.

La Señora. — Podrías pedir un puesto en la Corte. Don Diego Colón[1] te lo daría gustoso. (*Se acerca disimuladamente a la mesa.*) A mí me va mal el clima de la isla.

Velázquez. — No están los negocios del rey como para desertar. (*Acercándose a la mesa también.*) Sí, desertar. En la Corte se ven las cosas así. (*La Señora atrapa el parte con un movimiento rápido.* Velázquez *ha querido evitarlo, pero ha llegado tarde y su mano ha dado un golpe en falso sobre la mesa.*) Ahora dirás que he tenido la culpa, como siempre.

La Señora. — (*Después de leer el papel lo arroja sobre la mesa.*) Lo que digo es que todos estáis de acuerdo para humillarme a mí y a mi familia. Pero esto se acabará, don Diego, voto a... que se acabará. ¿No hay justicia en el mundo contra los que asaltan las moradas, contra los que burlan a las doncellas?

Velázquez. — Antes del mediodía estará otra vez preso, te respondo yo.

La Señora. — Sí, y volverá a escaparse. Lo que hace ese Hernando Cortés es burlarse de todos, pero de mi hermana doña Catalina no hay quien se burle. ¡Yo te juro que no!

Velázquez. — Ya sabes que la vez anterior se acogió a sagrado.

La Señora. — ¡Y lo dejaste escapar!

Velázquez. — Hoy tengo citado al escribano. (*Tomando el trapo que está en la mesa.*) ¿Ves? Es de la ropilla de don Hernando.

La Señora. — ¡Don Hernando! ¿También tú? ¿De dónde ha sacado el don? ¿No estuvo en Milán contigo? ¿Y qué era en Milán? ¡Ni siquiera llegó a alférez! En cuanto a ese trapo pueden enviárselo como consuelo a mi hermana doña Catalina.

VELÁZQUEZ. — No irá sino al juez.

LA SEÑORA. — ¿Es que no tienes tú bastante autoridad? ¿No eres el gobernador?

VELÁZQUEZ. — ¿Qué quieres, que lo ahorque?

LA SEÑORA. — Quiero que le obligues a casarse con mi hermana.

VELÁZQUEZ. — ¡Señora, te lo ruego! Me he levantado sin dormir y vienes persiguiéndome con tus rencores. ¡Toda la noche hablándome de lo mismo! Necesito pensar en otras cosas.

LA SEÑORA. — ¿En cuáles?

VELÁZQUEZ. — En la nueva expedición.

LA SEÑORA. — Para que te pase lo que con Grijalva.[2] En cuanto salen dos millas de la isla ya quieren entenderse directamente con su majestad. ¿Y a quién vas a enviar?

VELÁZQUEZ. — Necesito estar solo para decidirlo. ¿No querías saber lo que voy a tomar en el desayuno?

LA SEÑORA. — Díselo al maestresala, que yo me voy a misa a las Trinitarias.[3]

Se va muy diligente y el gobernador se queda solo.

VELÁZQUEZ. — ¡Melchorejo!

MELCHOREJO. — (*Indio con la cara tatuada, pequeño, anda con la vista baja y la cabeza por delante en rápidos y menudos pasos.*) Señor...

VELÁZQUEZ. — ¿Qué haces todos los días en el mar, tan temprano?

MELCHOREJO. — Lavarme, señor.

VELÁZQUEZ. — ¿A ver? (*Mirándole al pescuezo.*) ¿Es que no quieres ser cristiano?

MELCHOREJO. — ¿Pues quién sabe, señor?

VELÁZQUEZ. — Yo. Debo saberlo yo.

MELCHOREJO. — No tengo bastante importancia para eso, señor.

VELÁZQUEZ. — No hay que humillarse, Melchorejo. Ante Dios todos somos iguales. (MECHOREJO *se sienta en cuclillas en un rincón.)* Y hay que sentir el orgullo de haber entrado en la Iglesia de Roma...

ESCRIBANO. — *(Asomando por un lado del retablo.)* ¿Da vuecencia su permiso?

El gobernador se dirige despacio hacia la mesa, se sienta y después dice que sí. El ESCRIBANO *entra y espera de pie. A este* ESCRIBANO *lo han representado los indios con un tintero de cuerno en la mano y dos plumas de oca.*

VELÁZQUEZ. — Siéntese. ¿Ha abierto el proceso?

ESCRIBANO. — Podemos abrirlo ahora. Hay asalto nocturno, escalo, difamación, ofensa a la autoridad...

VELÁZQUEZ. — Y resistencia. *(Mostrándole el trapo.)* Quedó entre las uñas del alguacil Cermeño.

ESCRIBANO. — Tanto mejor. ¿Están citados los capitanes y los encomenderos?

VELÁZQUEZ. — No, ¿por qué?

ESCRIBANO. — Pues están abajo en el patio la mayor parte de ellos.

VELÁZQUEZ. — ¿Qué medidas autoriza la ley en relación con Hernando Cortés?

ESCRIBANO. — Si estuviera en rebeldía se podrían incautar sus bienes.

VELÁZQUEZ. — Dicte la providencia. Tiene una buena hacienda con ganado mayor.

ESCRIBANO. — *(Sorprendido.)* Pero..., ¿se ha escapado otra vez?

VELÁZQUEZ. — Y a fe que ahora he de ser implacable.

Tumulto en la puerta. Entra CORTÉS *seguido del alguacil* CERMEÑO *que lo ase del brazo tratando en vano de sujetarlo.* VELÁZQUEZ *y el* ESCRIBANO *se han puesto de pie.*

CERMEÑO. — *(Gritando.)* ¡Violencia a la autoridad!

CORTÉS. — *(Al Gobernador.)* Estoy seguro de que no permitirá que un caballero sea tratado así. Yo no me escapé del barco sino que el capitán don Cristóbal de Olid me dejó salir bajo palabra de honor para cumplir lo que yo consideraba un deber de conciencia. *(Gravemente.)* Señor gobernador, vengo de las Trinitarias donde acabo de desposar a doña Catalina Juárez.

VELÁZQUEZ. — Si es una burla le puede costar cara. *(Pensando que puede ser verdad.)* Señor escribano, salga y llévese a Cermeño y a Melchorejo. *(Se van. A* CORTÉS.*)* ¿Es verdad lo que dice?

CORTÉS. — Tan cierto como Dios.

VELÁZQUEZ. — Hace un momento le buscaba para ponerle grillos en los pies y hele ahora mi pariente. Donosa situación... ¿Lo sabe siquiera mi esposa?

CORTÉS. — La vi en el templo. Cuando yo salía ella entraba.

VELÁZQUEZ. — Uff... *(Suspira.)* Bien, don Hernando Cortés, no esperaba menos de... *(Cambiando de talante y mostrándose grave otra vez.)* Muchas denuncias han venido a esta mesa contra usted. *(Se levanta y comienza a pasear con las manos a la espalda.)* ¿Sus fugas anteriores fueron también dando palabra de honor a los jefes de las guardias?

CORTÉS. — Sí, palabra de honor de que encubriría la ayuda que me prestaron.

VELÁZQUEZ. — ¿Qué disciplina es ésa? La armada está podrida. El servicio de su majestad excusa guardar otros compromisos.

CORTÉS. — Espero que no castigará a los capitanes.

VELÁZQUEZ. — ¿Por quién me toma, don Hernando? *(Pausa.)* Pero ha alborotado de tal modo la isla que aunque quisiera hacerle merced me sería imposible. Es como lo que sucedió en Milán.

CORTÉS. — No es necesario que recuerde historias pasadas.

VELÁZQUEZ. — Ya veo que la conciencia anda escrupulosa todavía. Bien. Nunca lo entenderé. A mí me dan la razón los capitanes y luego le facilitan a usted la fuga bajo mano. Igual que pasó en Milán.

CORTÉS. — No igual sino todo lo contrario. Los viejos compañeros de armas están abajo esperando su decisión.

VELÁZQUEZ. — Bien, me place. Olvidemos lo pasado. *(Arrepentido.)* ¿No creerá que es blandura o flojedad mía?

CORTÉS. — Le conocemos, excelencia.

VELÁZQUEZ. — Pues hay quien lo piensa. Y cuando lo de Grijalva lo que pasó es que no llegó a engañarme. Trajo aquí buenas onzas de oro e hincó la rodilla ahí mismo. Si cree usted que es flojedad puede desengañarse un día amargamente. Es usted un hombre atolondrado y sin juicio, abandonado a los deleites, incapaz de cualquier empresa seria...

CORTÉS. — Todos han dicho lo mismo de mí en Extremadura, en Castilla. Uno a veces hace lo que puede y a veces menos de lo que puede. Es posible que tengan razón o que se equivoquen. No es fácil ver la naturaleza del hombre.

VELÁZQUEZ. — Bien, es mi cuñado, ahora. ¡Mi cuñado! ¡No dudo de su buen deseo, pero hasta aquellas cosas que hace con la más sana intención no parecen sino bellaquerías! (*Suavemente.*) Lo que quiero decir, simplemente, es que no es usted un hombre seguro.

CORTÉS. — Nunca se me ha confiado una empresa digna de mí hasta ahora. Criar cerdos y cultivar maíz es todo lo que hago en Cuba.

VELÁZQUEZ. — Criando cerdos se puede servir al reino y a Dios.

CORTÉS. — Eso pueden hacerlo Melchorejo o Cermeño.

VELÁZQUEZ. — En Orán tuvo usted una buena oportunidad y no supo aprovecharla.

CORTÉS. — (*Sombrío.*) Esto es Cuba y no África. Y estoy dispuesto a mostrar quién soy.

VELÁZQUEZ. — Otra vez la soberbia. Pero, don Hernán, ¿qué se ha creído usted? Tiene la cabeza llena a rebosar de caballerías.

CORTÉS. — Nómbreme jefe de la expedición a tierra firme. Grijalva le engañó, Alvarado quiso engañarle. En cuanto rescatan diez onzas de oro quieren ya hablar directamente con su majestad. Yo no haré nunca una cosa así. Somos concuñados. Yo...

VELÁZQUEZ. — ¿Usted jefe de la expedición?

CORTÉS. — Tengo dineros para fletar un barco, juventud para aguantar trabajos y ahora estoy sujeto a usted por las leyes del parentesco. ¿No le basta?

VELÁZQUEZ. — (*Jugando con el trapo sobre la mesa.*) Iba a llevarle de nuevo a la prisión y he aquí que me propone su nombre para una alta empresa. Supongamos que acepto. Necesitaría usted gastar su hacienda.

CORTÉS. — Y pedir prestado.

VELÁZQUEZ. — ¿No me defraudará?

CORTÉS. — Le queda como rehén mi esposa.

VELÁZQUEZ. — ¿Y qué provechos espera?

CORTÉS. — Los que traiga el tiempo además del favor de su majestad y su benevolencia. Y una parte del rescate, como es natural.

VELÁZQUEZ. — *(Con escama.)* ¿No me engañará?

CORTÉS. — Excelencia…

VELÁZQUEZ. — De un modo u otro yo no pondré un maravedí. Si llegara el caso tendría que comprarlo todo usted con dinero sonante… y dejar pagado en la isla el mantenimiento de su esposa durante la expedición.

CORTÉS. — Y de una yegua que no llevaré tampoco conmigo. *(VELÁZQUEZ lo mira receloso.)* Demasiados cuidados pone usted en el gobierno para que además tenga que gastar de su dinero. No hay cuidado, yo lo pagaré todo.

VELÁZQUEZ. — En asunto tan importante hay que contar con los demás capitanes.

CORTÉS. — Ésa es cuestión resuelta. *(Se dirige a la ventana.)* Va usted a ver.

VELÁZQUEZ. — *(Conteniéndolo.)* Espere, espere. *(Llamando.)* Señor escribano…

ESCRIBANO. — *(Entrando con MELCHOREJO, quien va silenciosamente a sentarse a su rincón.)* Excelencia… aquí traigo la… providencia para ejecutar el embargo.

VELÁZQUEZ. — No, por ahora vamos a hacer un contrato. Prepare papel. El capitán Cortés va a ir como jefe de la expedición militar a tierra firme. Llevará como soldado de su majestad el pendón de Castilla y las armas correspondientes a esa misión.

ESCRIBANO. — *(Sin acabar de creerlo.)* ¿El pendón de Castilla?

VELÁZQUEZ. — Escriba usted.

NARVÁEZ. — *(Entrando. Es alto, rubio, fanfarrón, con la cabeza siempre más echada atrás de lo que conviene.)* Protesto, excelencia. Protesto si es que ese nombramiento está decidido.

Lo digo pensando en los intereses del reino. Nadie tiene tantos servicios como yo en la isla. He visto las picas sobre mí más espesas que las espigas. Y Cortés demostró en Orán no ser hombre para eso.

VELÁZQUEZ. — Yo se lo propuse a usted y no aceptó.

NARVÁEZ. — Tengo mi buen expediente limpio y no lo arriesgo en aventuras de tres al cuarto. Lo que quiero decir es que si la empresa es poco para mí es demasiado para Cortés.

CORTÉS. — Quizá tenga razón, pero espero no defraudar a su excelencia.

NARVÁEZ. — Protesto.

CORTÉS. — Los capitanes me aceptan como jefe.

NARVÁEZ. — Todos no, puesto que yo he protestado y protesto.

VELÁZQUEZ. — ¿Qué quiere decir con su protesta? Deme otro nombre en lugar de Cortés.

NARVÁEZ. — Que vaya él, pero yo lo que digo es que no saldrá con bien. La gente no le seguirá.

CORTÉS. — Venga aquí. (*Llevándolos a la ventana y hablando hacia fuera.*) ¿Aceptan al capitán Narváez como jefe? (*Silbidos, protestas, vítores a* CORTÉS.) Ya ve, Narváez. Siempre los hombres de más valía fueron los menos estimados.

VELÁZQUEZ. — (*Al* ESCRIBANO.) Ante mí a tantos de tantos...

ESCRIBANO. — (*Que no acaba de convencerse.*) Pero, señor, ¿se da cuenta?

VELÁZQUEZ. — (*Dudando y paseando nervioso.*) ¡Voto a tal!

CORTÉS. — ¿Se arrepiente?

VELÁZQUEZ. — ¿No me habrá engañado con esa boda?

CORTÉS. — (*Humilde.*) Excelencia...

VELÁZQUEZ. — (*Sacando del pecho una cajita blanca de cuero que lleva una cinta colgando.*) ¿Sabe qué es esto?

CORTÉS. — ¿Las armas de su majestad?[4]

VELÁZQUEZ. — Es un recurso que no he usado todavía con usted y que voy a tener siempre en la mano. Las armas del rey. En Milán yo no tenía las armas del rey, pero aquí, sí.

CORTÉS. — Le ruego que no vuelva a acordarse de aquello. Era yo demasiado mozo y...

VELÁZQUEZ. — Las armas del rey.

CORTÉS. — Todos las tendremos en las manos, digo, las armas del rey es lo que suele pasar en las guerras.

Al llegar aquí se corre la cortina —que es un repostero bordado en plata— y queda cubierto el retablo. Hay rumores de complacencia y también risas contenidas en la sala. Todos miran a Cortés, que simula indiferencia y se distrae hablando con Alvarado.

CAPÍTULO VII

Seis bufones vestidos de rojo y violeta brincan al compás que un séptimo bufón marca golpeando las vejigas en el suelo, en las paredes y a veces en las espaldas de los volteadores. Alguien llama:

—Capitán.

No se sabe quién. Todos atienden, pero no se sabe quien ha llamado. Se ven por la sala grupos que cuchichean y algunos oficiales miran de reojo a Cortés con una especie de simpatía condicionada.

Se ha llenado la sala de soldados en traje de gala, colores, plumas... Cortés piensa otra vez en Bernal Díaz como autor de la escena que se acaba de representar. Sabe que Bernal es enemigo de Diego Velázquez y en el retablo ha mostrado su enemistad. Recuerda que Bernal le pidió una encomienda en Tehuantepec [1] y no se la ha dado aún. Decide dársela.

La gente ha ido instalándose en la sala. Una larga fila de brocados amarillos y azules, con gorras de terciopelo y plumas, después dos grupos uno a cada lado de la sala con trajes oscuros. Parece como si los indios que conducen el retablo hubieran tenido cuidado de distribuir los colores también en la disposición de los espectadores. Dice Cortés a Alvarado en voz baja:

—El rufián de la isla está bien representado. ¡Voto a Dios que no podría estar mejor!

Se refiere a Velázquez. Alvarado, que debe al gobernador de Cuba atenciones, favores, incluso dinero —aunque es difícil deberle dinero a Diego Velázquez—, se burla también de él.

—La familia del cuerno —dice refiriéndose a la del gobernador.

Una voz grita:

—Malinche, ¿dónde está Malinche?

Y Cortés vuelve el rostro sorprendido y severo. Sin duda el que grita se refiere al histrión que representa a Malinche.

Detrás del repostero cerrado se oye un cornetín que toca llamada de compañías. Después una voz grave y reposada pasa lista de capitanes:

LA VOZ. — Piloto mayor don Pedro de Alaminos.

ÉL. — Presente.

LA VOZ. — Capitán Alonso Hernández de Portocarrero.

ÉL. — Presente.

LA VOZ. — Capitán don Alonso de Ávila.

ÉL. — Presente.

LA VOZ. — Capitán don Diego de Ordaz.

ÉL. — Presente.

LA VOZ. — Capitán don Francisco de Montejo.

ÉL. — Presente.

LA VOZ. — Capitán don Francisco de Morla.

ÉL. — Presente.

LA VOZ. — Capitán don Francisco de Saucedo.

ÉL. — Presente.

LA VOZ. — Capitán don Juan de Escalante.

ÉL. — Presente.

LA VOZ. — Capitán don Juan Velázquez de León.

ÉL. — Presente.

LA VOZ. — Capitán don Cristóbal de Olid.

ÉL. — Presente.

LA VOZ. — Capitán don Pedro de Alvarado.

ÉL. — Presente.

LA VOZ. — ¿Juráis seguir a don Hernando Cortés bajo la enseña aquí levantada?

TODOS. — Sí, juramos.

LA VOZ. — *(Reposadamente.) Amici sequamur crucem, et si nos fidem habemus, vere in hoc signo vincemus.*[2]

CAPÍTULO VIII

S e corre otra vez el repostero y aparece el retablo que representa una playa y roquedo. Bergantines y goletas en perspectiva, que se mueven con el balanceo del mar.

Sentado en rica alfombra bajo un gran quitasol está VELÁZQUEZ. A su derecha el ESCRIBANO con papeles. Al fondo y un poco apartados algunos SOLDADOS. Como siempre, MELCHOREJO sentado cerca de VELÁZQUEZ.

UN SOLDADO. — *(Llamando.)* Bernal…
ALVARADO. — *(Destacando del grupo de soldados.)* Ya sabes, mientras estamos a bordo corren a tu cargo los caballos. Es orden de Cortés.
VELÁZQUEZ. — *(Al ESCRIBANO.)* ¿Ha pagado la cebada?
ESCRIBANO. — Sí, excelencia.
VELÁZQUEZ. — ¿Toda?
ESCRIBANO. — Toda y con moneda justa y no manca, que la hemos aquilatado.
VELÁZQUEZ. — Vaya diciendo lo que está saldado y lo que no.

Aparece el portaenseña de la expedición. Lleva un pendón malva con una gran cruz blanca en el centro y escritas alrededor las palabras latinas del juramento. Acompañado de un oficial con la espada desnuda y un SOLDADO con un tambor se instala en el centro un poco al fondo. El tambor toca llamada y se acercan los SOLDADOS.

CORTÉS. — *(Subiendo a un roquedo desde donde domina al grupo.)* Soldados, marineros, en esta expedición vamos a grandes trabajos y no a suaves empresas. Yo estaré con vosotros en el esfuerzo y también en la victoria porque espero en Dios para todos el triunfo...

Escribano. — *(Con* Velázquez *bajo la toldilla.)* Cebada, ciento dos.

Cortés. — No creo que entre nosotros haya un solo hombre ruin a quien le pesen las armas, pero si lo hay, a tiempo está para separarse de nuestro ejército. Si se queda con nosotros tendrá que dar la medida de su ánimo y tal vez la de su miseria, porque en estas pruebas se miden en lo que valen, todos, lo mismo el villano ruin y el hombre esclarecido.

Velázquez. — ¿El pan cazabe[1] a cuánto?

Escribano. — A tres reales y medio, que ha subido.

Cortés. — El que caiga no caerá en el cieno porque a mi lado los que caen caen hacia arriba, es decir, en la grandeza y en la gloria.

Escribano. — Cerdos vivos, diecinueve.

Cortés. — Conquistaremos, poblaremos y lograremos engrandecer a nuestra patria añadiéndole reinos mayores que Castilla y Aragón juntos. Ésta es nuestra enseña. Os ofrezco la mayor gloria posible y el mayor peligro. Si alguno vacila y no está seguro de sí, que se quede aquí ahora, que es tiempo, pero el que no vacile ahora que no vacile ya nunca porque será inútil.

Vítores a Castilla, al rey y al capitán Cortés.

Cortés. — *(Corrigiendo el olvido de los* Soldados.*)* ¡Viva don Diego Velázquez! *(Contestan dos o tres por cortesía y sin entusiasmo, desfilando hacia los barcos. Se dirige a* Velázquez.*)* ¿Están bien esas cuentas?

Escribano. — Faltan las camisas. Algunos no las han pagado y otros han pagado sólo tres reales y medio.

Velázquez. — Y son cinco y medio.

Cortés. — Mucho es si las han de romper las flechas indias.

Velázquez. — Ese medio real es el único margen que deja la intendencia.

Cortés. — ¿Y el intérprete que me ofrecían?

VELÁZQUEZ. — *(Por* MELCHOREJO.*)* Aquí está.

CORTÉS. — ¿Conoces el idioma de la tierra donde se pone el sol?

MELCHOREJO. — ¿Cómo no?

VELÁZQUEZ. — ¿Cuándo es la partida?

CORTÉS. — Con su venia, ahora mismo.

VELÁZQUEZ. — *(Mirando furtivamente a* CORTÉS.*)* Parece que los soldados se impacientan. Dicen que el no haber tenido viento hasta ahora es mal presagio.

CORTÉS. — Los buenos soldados son supersticiosos.

NARVÁEZ. — *(Entrando.)* Mucha empresa es ésta para Cortés.

CORTÉS. — Al final se verá, Narváez.

ALVARADO. — Capitán, las velas se hinchan y todo está a punto.

VELÁZQUEZ. — *(Levantándose y sacando un papel de la ropilla.)* Eh, todavía las instrucciones escritas. No está usted autorizado para poblar. ¿Oye? Está bien. Ahora firme aquí, entonces..., y aquí.

CORTÉS. — ¿Eso es todo?

NARVÁEZ. — ¡Poblar! Si sabrán estos colchoneros [2] lo que es poblar. ¿Y Orán? ¿No se acuerda de Orán usted, Cortés?

CORTÉS. — Los que tenemos vergüenza nos acordamos también de Mostaganem, de las carreras de Mostaganem.[3]

NARVÁEZ. — Si lo dice por lo que pienso le digo que falta a la verdad.

CORTÉS *mira de soslayo y contiene la risa.*

CORTÉS. — Si nos va mal esperaremos su ayuda, Narváez. *(Firmando una vez más.)* Tendrá noticias nuestras, excelencia.

Se van CORTÉS *y* ALVARADO. *En cuanto desaparecen se oye un clamor de voces y gritos y adioses. Los barcos se hacen a la mar.*

NARVÁEZ. — *(Resentido.)* Ya ven ustedes cómo le llamé embustero y no respiró, no dijo esta boca es mía. *(Pausa.)*

Trescientos pastores y campesinos y guarnicioneros. No hay ni una docena de verdaderos soldados. Con esa gente yo no aventuraba ni esto.

VELÁZQUEZ. — Tampoco yo, pero ¿qué hacer? La gente se enmohece en la isla.

NARVÁEZ. — Será bueno que Cortés se rompa la crisma de una vez para ver si se le bajan los humos. ¿Va en la expedición algún familiar de usted, gobernador?

VELÁZQUEZ. — No precisamente familiar, pero hay dos agentes con instrucciones secretas.

NARVÁEZ. — Lo suponía. ¿Sabe por qué va Cortés a tierra firme? ¡Quiere quitarse la espina que lleva clavada aquí! *(Por el corazón.)*

VELÁZQUEZ. — *(Generoso.)* Yo no le deseo mal alguno, pero mucho temo que al fin voy a tener que recogerlos a él y a su mujer de caridad. ¿Cuánto han dejado a deber, señor escribano?

ESCRIBANO. — De las camisas unos doscientos reales. Del pan cazabe mil quinientos, pero en todo caso llevan treinta arrobas menos de alfalfa de la que pagaron.

VELÁZQUEZ. — ¿La pesó usted mismo?

ESCRIBANO. — La pesó Bernal delante de mí y dio el peso justo.

VELÁZQUEZ. — Entonces...

ESCRIBANO. — Había hecho que la mojaran por dentro.

VELÁZQUEZ. — *(Golpeándole en el hombro amistosamente.)* Hombres como usted necesito a mi lado. Ya se sabe. En Indias como en Indias. *(Ríen los tres.)* También la mujer de Cortés, mi cuñada, cuando se casó estaba un poco falta de peso... digámoslo así.

NARVÁEZ. — En Indias las castellanas tienen premio, con todo y eso.

ESCRIBANO. — Dígalo como quiera, que yo me lo sé.

Siguen riendo y vuelve a correrse el repostero sobre el retablo.

CAPÍTULO IX

Cortés desde la sala busca a Narváez con la mirada y con una expresión de reticente ironía. Hay comentarios, risas y una gran voz de Alvarado que dice:

—Voto a Dios que es tan verdad que habría que ahorcar al autor del retablo. ¿Dónde está Bernal?

Nadie sabe dónde está. Con el repostero corrido se oye el siguiente romance cantado por una voz de niño:

> *Grandes batallas tuvieron*
> *por el lado de la mar*
> *y por el de tierra adentro*
> *con vara y flecha les dan,*
> *que si la guerra era mucha*
> *poca y mala era la paz,*
> *que dentro del campamento*
> *chirinolas se armarán...*

Suspira Cortés y dice, volviéndose a medias sobre Alvarado:

—El de Vera Cruz fue el peor día de la conquista.

El local, en el que se advierten aún olores a la sangre india de los sacrificios, está lleno de gente. Cortés, recordando el diálogo del retablo, piensa: «Una espina en el corazón... bah, y cuarenta espinas. Se me da a mí un bledo de todo mi pasado, ahora. Yo lo he rescatado mi pasado para siempre». Alvarado mira alrededor y murmura: «¿De dónde sale tanto conquistador? Nunca creí que hubieran quedado tantos vivos».

La sala tiene una luz fúnebre y tal vez queda el resabio de aquellos tiempos en que los presos de Tlascala [1] eran sacrificados por centenares en la piedra ritual. Cortés se vuelve sobre Alvarado.

—Ladrones y cobardes eran todos en la comandancia de Cuba y lo son todavía, Tonatio.

—Como hay Dios —responde Alvarado pensando en otra cosa.

—Estos indios del retablo parecen más castellanos que los naturales de Valladolid y de Toledo. ¿Cómo es posible? Hablan mejor que en la misma Castilla. Y es que siempre la imitación —explica Cortés— parece más verdadera que la cosa imitada. ¿No has visto que Narváez cuando quiere pasar por un conquistador de la primera época parece más fiero y chapetón [2] que nadie? Así es siempre, Tonatio.

Y como el olor de sangre continúa o al menos Cortés sigue percibiéndolo, con la mano izquierda se acaricia el bigote y la barba para hacer salir a la superficie los restos del perfume que le ha puesto doña Marina por la mañana.

El trujimán sigue con el romance:

> *...algunos mal avisados*
> *a Cortés quieren matar,*
> *los de Velázquez se niegan*
> *adentro de tierra a entrar*
> *que saben que en sus protestas*
> *mucho a Velázquez le va.*
> *Hombres son de disimulo*
> *sigilo y poco fiar.*
> *Cortés no les dice nada*
> *y anda de aquí para allá*
> *con la barba sobre el hombro*
> *muy comedido en hablar*
> *y callando y vigilando*
> *sabe el momento aguardar*
> *para salir con la suya*
> *en la guerra y en la paz.*
> *Ved como en el campamento*
> *se comienza a conspirar*
> *y bandos y banderías*
> *y juntas se formarán*
> *mientras que Cortés discurre*
> *el modo de lo acabar.*

CAPÍTULO X

Se abre el repostero y aparece en el horizonte un cielo bajo color malva. Es de noche en el campamento. Muy lejos una pirámide en silueta, rematada por una punta de fuego. Hay un toldo de lona que no llega a ser tienda de campaña porque faltan los laterales. Lanzas unidas en pabellón y junto a ellas el estandarte enseña. En el fondo un soldado de guardia con peto, celada y lanza. Un hachón encendido dentro de la tienda.

Sentados en el suelo frente a la tienda cuatro castellanos vestidos de indios. Uno de ellos lleva la cara tatuada.

Entra CORTÉS *en el retablo acompañado de* ALVARADO *y de* CRISTÓBAL DE OLID.

CORTÉS. — Detrás de las lomas hay diez mil indios de guerra. *(A los que están sentados en el suelo.)* ¿Quiénes sois?

CENTINELA. — Son cuatro españoles rescatados del interior.

CORTÉS. — ¿Sois del barco que naufragó hace años en estas costas?

RESCATADO I. — *(Levantándose.)* Yo soy castellano, estos dos aragoneses. Ese otro es también castellano aunque por su cara no lo parece y queremos entrar en tus banderas.

RESCATADO II. — Yo, no. Quiero irme con los míos, con los indios.

CORTÉS. — Pero, ¿no eres castellano?

RESCATADO II. — He aprendido la lengua india y me han labrado la cara. Con esta cara si me vuelvo a España se me reirán. Pero aunque no tuviera estas señales la verdad es que he tomado una mujer de estas tierras hermosa y honesta y que me ha dado tres hijos.

CORTÉS. — ¿Cómo te llamas?

RESCATADO II. — Gonzalo Guerrero. Soy licenciado por Salamanca y tengo órdenes menores.

CORTÉS. — ¿Y no deseas volver a Castilla?

RESCATADO I. — (*De mal humor.*) No sólo no lo desea sino que ha dado guerra contra vosotros unido a las tribus indias. Ahórcalo, capitán.

RESCATADO II. — Que me ahorque si quiere, pero estas tribus están pacificadas y no se levantarán mientras yo esté vivo. Por lo demás mis hijos son españoles e indios por mitad y tan bonicos, capitán Cortés... He peleado contra indios que atacaron nuestra tribu. He peleado contra españoles que la atacaron también sin buscar más que la paz de mis hijos, pero tenía cierto remordimiento y ahora he dicho: pues vamos a besar las manos al capitán y a pedirle licencia para volver con los míos.

CORTÉS. — ¿Qué clase de gente son esos indios? ¿Son dulces y razonables?

RESCATADO II. — Dulces y razonables con los que van en son de paz, pero también pueden ser terribles con sus enemigos.

CORTÉS. — Vuelve y háblales bien de nosotros.

RESCATADO II *se va presuroso y los otros tres lo ven marchar con rencor.*

RESCATADO I. — Habría que ahorcarlo. Ha dado guerra a españoles.

CORTÉS. — Por eso mismo los indios lo escucharán con más crédito cuando les hable de nosotros. Capitán Alvarado, lleva a estos hombres a tu compañía. (*A los* RESCATADOS.) Esta mañana murieron cinco en una entrada y hay que pelear como esos cinco.

Los RESCATADOS *y* ALVARADO *se van.* CRISTÓBAL DE OLID *se acerca a* CORTÉS *y le habla en voz baja.*

OLID. — Las banderías siguen. Algunos dicen que tú no eres quien para mandar por tu origen plebeyo y que hay que volverse a Cuba porque si tanta guerra nos dan cerca del mar, ¿qué será cuando entremos tierra adentro?

CORTÉS. — Esos son los banderizos de Velázquez.

OLID. — También dicen que te tomas demasiados fueros. *(Pausa.)* ¿No te reconciliaste con el gobernador?

CORTÉS. — ¿Yo?

OLID. — Digo, después de la boda.

CORTÉS. — *(Taciturno, al oír esas palabras, sonríe.)* Diego Velázquez sabía que ése era el precio de la expedición, lo sabía lo mismo que yo y ni él ni yo nos engañábamos.

OLID. — Pero, ¿no tienes su confianza?

CORTÉS. — No, ni la quiero. Nadie cree en nadie. Lo mismo me pasaba en Castilla. Y sobre todo en Milán. *(Pausa.)* ¿No tienes tú en tu vida de soldado algún mal recuerdo? ¿No? Ah, y lo dices como un hombre. Tú eres de los que no tienen que arrepentirse de nada. Te envidio. Yo..., bueno, llevo un demonio interior que no me deja parar y me llevará a la más grande miseria o a la más grande gloria. No sé qué es esto que me habla en la noche a solas.

OLID. — Será Dios y no el demonio.

CORTÉS. — ¿Tú combates por Dios? Yo no podría decir sino que hay memorias que me queman aquí dentro. *(Exaltándose.)* Velázquez lo sabe y tiene el sello del rey en el bolsillo y pensando que soy una maula echacuervos espera que fracase. Por otra parte Narváez sin sello ninguno me mide con el rasero de su poquedad. También él sabe que... Pero te estoy hablando demasiado. No sé por qué siempre he tenido más confianza contigo que con los otros. *(Pausa.)* ¿Qué dicen los banderizos?

OLID. — Que hay que esperar instrucciones de Cuba o volverse allí de una vez.

CORTÉS. — Está bien. *(Pausa.)* Habrá que darles la razón. Ve ligero y manda pregonar de inmediato la vuelta a Cuba.

OLID. — Capitán... *(Sorprendido.)* Eso es una sinrazón muy peligrosa en estos momentos.

CORTÉS. — Di que por orden mía saldremos al amanecer. Envíame a Melchorejo. ¿Dónde está el padre Bartolomé?

OLID. — Bautizando a doña Marina.

CORTÉS. — Es hermosa esa mujer.

OLID. — Sería hermosa incluso en Castilla.

CORTÉS. — Cuando la miro se alegra mi demonio interior, Olid.

OLID. — ¿Pero piensas volver a Cuba? ¿No tiene remedio esa miseria?

CORTÉS. — No hay miseria ninguna y del dicho al hecho hay algún trecho, Olid. Tú obedece y no preguntes. Ya digo que confío en ti mucho más que en otros.

OLID. — Ah, bueno, si es sólo una finta... Volviendo a doña Marina, parece que es Portocarrero quien va a casarse con ella.

CORTÉS. — Eso dicen. Anda a pregonar la vuelta a Cuba y envíame a Portocarrero también.

OLID *se va y* CORTÉS *se dirige al* CENTINELA *y le pregunta cuántos días lleva sin librar.*

CENTINELA. — Seis.

CORTÉS. — ¿Y sin dormir?

CENTINELA. — Los seis, más o menos, capitán.

CORTÉS. — ¿Quieres volver a Cuba?

CENTINELA. — ¿A qué? ¿A dormir? Tendremos siglos, para dormir.

CORTÉS. — Detrás de aquellas lomas está el enemigo y probablemente nos va a atacar esta noche. Aquel fuego que se ve está convocando otras capitanías contra nosotros. ¿Quieres ir a Cuba? ¿No? Está bien. Entretanto ojo alerta. Si viene Melchorejo no lo dejes entrar bajo la tienda. (*Pasa un* SOLDADO *con la celada en la mano, el aire fatigado.*) ¿Te han relevado?

SOLDADO II. — (*Soltando las correas del peto.*) Como hay Dios que iba siendo hora.

CORTÉS. — ¿Y por eso te desarmas? Cuantas más comodidades le des al cuerpo más te pedirá. Trae. (*Le vuelve a atar las correas del peto, amistosamente.*) Parece mentira, en un extremeño. A la oveja ruin le pesa la lana. ¿Quieres volver a Cuba?

SOLDADO II. — (*Extrañado.*) ¿Por qué he de querer ir yo a Cuba?

CORTÉS. — Caerán sobre nosotros esta noche.

Soldado ii. — ¡Sí que es una novedad! Desde que pusimos pie en tierra no hemos hecho sino pelear y va a hacer un mes.

Cortés. — Nadie sabe lo que nos espera. El país es grande y poblado. Puede haber, tierra adentro, millones de indios de guerra.

Soldado ii. — Se muere una sola vez, capitán.

Van saliendo juntos por el fondo y desaparecen en el momento en que se oyen tambores. Llega Melchorejo *y se dirige al interior de la tienda, pero el* Centinela *le cruza la lanza y* Melchorejo *retrocede sin el menor comentario, se sienta en un rincón y espera.*

Centinela. — Melchorejo..., me han dicho que no quieres ser cristiano. Si traicionas te arrancaremos la piel.

Melchorejo. — (*Ausente y sombrío.*) Está bien, señor.

Calla el tambor lejano y se oye una voz anunciando la vuelta a Cuba aunque las palabras no se entienden en la distancia. Vuelve Cortés *y se dirige a* Melchorejo:

Cortés. — Anda al campo enemigo. Diles que si no se someten antes del amanecer los aniquilaremos a todos hasta el último y para que vean que vas de nuestra parte lleva este sombrero. (*Le da uno que hay bajo la tienda.*) Diles que si vienen en son de paz les daremos amistad y ayuda contra sus enemigos. Diles que no queremos más que su bien.

Alaminos. — (*Entrando y refiriéndose al pregón del regreso a Cuba.*) ¿Qué miseria es ésta que va pregonando Olid?

Cortés. — Está cumpliendo mis órdenes. Silencio.

Alaminos. — Dura es la campaña, pero tenemos fuerzas para seguir adelante.

Cortés. — (*Alejándose de la atención del* Centinela *y de* Melchorejo.*) Vas a ir en secreto a las naves y vas a prenderles fuego.

Alaminos. — ¿Sabes lo que dices?

Cortés. — Es la única manera de impedir la fuga de los cobardes.

Alaminos. — (*Apretando los puños.*) Ah, los hijos de...

CORTÉS. — Nada sacamos con eso. Olid pregona la vuelta a gusto de los banderizos de Velázquez. Tú vas a quemar las naves a gusto de los otros, digo de los nuestros. (*Ríe.*) Un capitán tiene que tratar de contentar a todo el mundo. Alaminos, vas a ir a quemar todas las naves menos la más marinera y ésa va a estar aparejada con bastimentos y agua para una larga navegación. (*Vuelve a oírse el tambor.*) ¿Te das cuenta?

ALAMINOS, — Grave es el negocio, pero estaremos a tu lado los mejores. Todos, estaremos.

CORTÉS. — (*Irónico.*) Es lo que busco. Unos de grado y otros por fuerza. ¡Ay, Alaminos, que la vida hay que tomarla como es!

ALAMINOS. — Habría que alcorzar a algunos por la cabeza.

CORTÉS. — Somos pocos para atrevernos a tanto, por ahora.

ALAMINOS. — ¿Voy a las naves?

CORTÉS. — No, espera ahí dentro, en la tienda. Cuando te haga una seña, irás. Antes echa las anclas a tierra y salva las agujas de marear y el metal que puedas sacar sin fatiga.

ALAMINOS. — Preferiría la orden escrita.

CORTÉS. — ¿No te fías de mí?

ALAMINOS. — No me fío ni de mi padre, en la guerra. ¡Quemar las naves! Pero está bien. Con una orden escrita y sin ella el riesgo es el mismo.

CORTÉS. — No te entiendo.

ALAMINOS. — El riesgo de hacerme pagar después con la cabeza delante de la tropa si hace falta una víctima para aplacarlos. (*Receloso.*) ¿Qué dices?

CORTÉS. — ¡Voto a Dios, Alaminos, que es pesadumbre tener que oírte esas palabras! Eres la última persona en el mundo de quien podría esperarlas. ¿No te fías de mí? ¿Crees que soy hombre de doblez?

ALAMINOS. — Vaya una pregunta.

CORTÉS. — Cierto que uso la doblez, pero para ir tan lejos como yo voy en esta clase de maniobras es necesario tener los pies muy firmes en la tierra. Tú y Olid y algún otro sois mi firmeza, ¿comprendes?

ALAMINOS. — Creo que sí.

ALVARADO. — (*Entrando y aludiendo a la orden de volver a Cuba.*) Si es una broma podías elegir un momento mejor.

CORTÉS. — Al amanecer embarcaremos.

ALVARADO. — ¿Qué necesidad hay de darles la razón a los conjurados? Todos andan por ahí cantando victoria. ¿Es que vas a conquistar la voluntad de los cobardes con la cobardía?

CORTÉS. — Recias palabras son ésas. ¿Qué cobardía?

ALVARADO. — La de los conjurados.

CORTÉS. — ¿Pero hay conjuración? *(Bajando la voz.)* ¿Quiénes son?

ALVARADO. — Cermeño llevaba la lista sobre sí. *(Se la ofrece.)* Aquí está.

CORTÉS. — *(Ojeándola.)* Ah, también Ortega. Debía suponerlo. *(Volviendo la hoja.)* ¿Todos éstos? Cerca de cien en un ejército de trescientos cincuenta. Demasiados para atacarlos de frente, Alvarado. No hay más remedio que volver a Cuba. *(Hace una señal a* ALAMINOS *y éste sale.)* Bien, Alvarado, esta lista no existe. Di por ahí que al sentirse descubierto Cermeño la ha quemado para evitar que llegara a mi conocimiento. *(Se la guarda.)* Es importante que crean que no existe. Estoy pensando, Alvarado, que no todos pueden ser leales aunque quieran. Hace falta cierta grandeza de corazón.

ALVARADO. — Con Cermeño, ¿qué hacemos?

CORTÉS. — Ponle vigilancia y que no hable con nadie.

ALVARADO *sale y vuelve a oírse el tambor.* CORTÉS *entra en la tienda, busca unos papeles, los ordena, los dobla y sella a la llama de la antorcha. Entran* DOÑA MARINA, *el* PADRE BARTOLOMÉ *y* PORTOCARRERO.

PORTOCARRERO. — *(Adelantándose y asomando a la entrada de la tienda.)* Capitán, aquí están doña Marina y el cura.

CORTÉS. — *(Saliendo.)* Hace falta un hombre de condiciones especiales.

PORTOCARRERO. — ¿Alguna entrada?

CORTÉS. — Más que eso. Mucho más que eso. Un hombre excepcional.

PORTOCARRERO. — Sepamos.

CORTÉS. — Se trata de una embajada a España. Vas a ir a Castilla ante nuestro señor Carlos V. Nadie mejor que tú para llevar esto a las manos del rey. *(Le muestra los despachos se-*

llados.) Llevarás también unos fardos de especiería y treinta mil pesos de oro. Todo está en la playa aparejado junto a los barcos. Preséntate al piloto Alaminos y repítele mis palabras. Quédate a dormir en la nave que él te señalará.

PORTOCARRERO. — ¿Qué plazo hay para ir a bordo?

CORTÉS. — El tiempo que pongas en el camino.

PORTOCARRERO. — Me haces un gran honor, Cortés, pero si vamos a decirlo todo...

CORTÉS. — ¿Qué?

PORTOCARRERO. — *(Mirando a* DOÑA MARINA.*)* Me da cierta pena dejar...

CORTÉS. — ¿A quién?

PORTOCARRERO. — Dejar a los compañeros metidos en tan fuertes trabajos.

CORTÉS. — Esa cuestión queda sobre mis hombros.

PORTOCARRERO. — Queda con Dios, capitán.

CORTÉS. — Mañana antes de la partida iré a revisar los presentes para su majestad. *(*PORTOCARRERO *se va. A* DOÑA MARINA.*)* ¿Dónde has aprendido la lengua de Castilla, señora?

DOÑA MARINA. — Con otros caballeros castellanos en tierras de Yucatán.[1]

CORTÉS. — ¿Qué lengua hablas?

DOÑA MARINA. — Mexicano [2] y otras.

PADRE BARTOLOMÉ. — Entiende muy bien a los indios.

CORTÉS. — Espero que entienda también a los castellanos. ¿No te ha molestado el padre con el bautismo?

PADRE BARTOLOMÉ. — ¡Qué manera de hablar! ¡Eso no es una molestia sino un sacramento!

DOÑA MARINA. — No. Es sólo como un inocente juego de niños.

CORTÉS. — ¿No te bautizaron los españoles anteriores?

DOÑA MARINA. — No había con ellos padre Bartolomé.

CORTÉS. — Parece que viviste también con mexicanos.

DOÑA MARINA. — Sí. Era pequeña y me echaron, estuve con totonacas, era pequeña y me echaron otra vez. Luego con mayas.[3] Allí conocí castellanos. *(Pone sus manos en el pecho de* CORTÉS *y luego en su barba.)* Dicen los indios que eres Dios.

PADRE BARTOLOMÉ. — Tontería y paganías.

DOÑA MARINA. — Que eres blanco y tienes barba y te llamas Quetzalcoatl.[4]

CORTÉS. — Sólo soy un hombre que necesita la compañía de una mujer como tú. Te quedarás en mi tienda y conmigo vivirás.

PADRE BARTOLOMÉ. — *(Reprobador.)* Don Hernando...

CORTÉS. — ¿Tiene usted algo que reprochar?

PADRE BARTOLOMÉ. — No, no, Dios nos perdone a todos.

Tumulto fuera y protestas. Aparecen algunos SOLDADOS *y el* CENTINELA *cruza la lanza.*

CORTÉS. — *(Airado.)* ¿Es posible que haya tantos soldados libres estando el enemigo encima?

UNA VOZ. — ¡Viva Cortés, que nos devuelve a la paz de Cuba!

OTRA VOZ. — Bellaco, antes dejo la piel en esta tierra maldita que volver a Cuba con esa vergüenza.

ALVARADO. — *(Entrando.)* Hay mayoría en contra de volver a Cuba.

CORTÉS. — Sí, pero con la tercera parte en contra no podemos seguir tierra adentro. Es inútil.

MÁS VOCES. — A Cuba, a Cuba. ¡Don Hernando es nuestra salvación!

CORTÉS. — ¿Lo estáis viendo, Alvarado?

ALVARADO. — Son los menos.

CORTÉS. — Pero son muchos. Desde que desembarcamos todos los días ha habido bandos y juntas diciendo que era necesario volver a Cuba. Bien. Mañana embarcaremos. *(Clamores de entusiasmo por un lado y protestas por otro.)* En todo caso yo no puedo seguir siendo vuestro jefe. Esa es mi voluntad y es también mi obligación en vista del estado del real. Ahora mismo dimito la jefatura de la expedición.

ALVARADO. — ¿Vamos a quedar sin dirección frente al enemigo?

CORTÉS. — Elegid otro.

UNA VOZ. — No hay más jefe posible que Hernán Cortés.

CORTÉS. — *(Enérgico.)* ¿Ah, sí? Entonces dadme garantías.

UNA VOZ. — Que siga de jefe pero para volver a Cuba. Volvamos todos a la mar.

OTRA VOZ. — Jefe para continuar la guerra.

CORTÉS. — Sin garantías, no.

UNA VOZ. — ¿Qué garantías?

CORTÉS. — Nombradme capitán general y justicia mayor.

UNA VOZ. — Sólo el rey podría nombraros.

CORTÉS. — Pues no es eso solo. Exijo también si he de seguir siendo vuestro jefe el quinto del oro que se rescate después de sacar el quinto de su majestad. En cuanto a lo que se puede o no se puede hacer os digo que cuando no está el rey, su espíritu, su fuerza y su voluntad, oís bien, su voluntad, quedan en el conjunto de los ciudadanos, en el pueblo. Todo está en vuestras manos.

ALVARADO. — (*Dirigiéndose a los* SOLDADOS.) Decidid. Tanto para volver a Cuba como para seguir en tierra hace falta un capitán general y un justicia mayor.

UNA VOZ. — Si hay alguien que se niega, que hable.

OLID. — (*Entrando.*) Hay que conceder al capitán Cortés todas las garantías y franquicias. ¿De acuerdo?

VARIAS VOCES. — Concedidas.

CORTÉS. — ¿Hay alguno que se opone? Hable francamente el que no esté de acuerdo. (*Silencio.*) Si hay alguno que oculta su intención sepa que yo el capitán general, yo el justicia mayor, sabré impedirle que la realice mañana lo mismo en la tierra que a bordo de los barcos de regreso a la isla. (*Silencio.*) Bien, acepto seguir y sigo como jefe, pero con atribuciones y autoridades nuevas. Pase ahí dentro el escribano y ponga por escrito el acuerdo de todos. Ahora esperar un instante. (*Mostrando a* DOÑA MARINA.) Esta señora es hija de príncipes, nobleza que en estas tierras vale tanto como en las nuestras, y será nuestra lengua para hablar con los embajadores indios lo mismo si les damos guerra que si les pedimos la paz para retirarnos. Espero que todos veréis en ella lo que es: una señora principal y digna de respeto y también un instrumento importante de la Providencia para facilitarnos la tarea de retirarnos o de seguir tierra adentro. (DOÑA MARINA *habla en voz baja a* CORTÉS.) Doña Marina pide permiso para deciros unas palabras.

DOÑA MARINA. — Los indios vencidos ayer y los vencidos

de mañana son mis hermanos. Hace años que los profetas mexicanos dijeron que por el lugar por donde sale el sol vendrían hombres fuertes y hermosos a sojuzgarnos. Vosotros sois.

Voces. — ¡Viva doña Marina, viva el capitán general don Hernando Cortés, viva el justicia mayor don Hernando Cortés!

Heredia el Viejo. — *(Cojo, tuerto, con una apariencia realmente bárbara.)* Doña Marina, mírame bien. ¿Sigues creyendo por ventura que somos hermosos?

Hay grandes risas y siguen los vítores.

Doña Marina. — Los mexicanos adoran el horror y tienen como dioses figuras espantables. Así tú serás allí el más hermoso.

Una voz. — Heredia, te vas a casar bien.

El Escribano pasa adentro y extiende papeles. Llega de lejos el reflejo cambiante de un incendio y todos miran en esa dirección alarmados.

Varias voces. — Arden los barcos.

Una voz. — ¿Qué pasa?

Otra voz. — Si se queman los barcos será imposible retirarse a Cuba.

Olid. — El que habla dice toda la verdad.

Alvarado. — ¿Traición? ¿Será una traición?

Cortés. — *(Aparentemente indignado.)* Juro que los culpables van a sentir el peso de mi mano.

Olid. — ¡Voto a Dios, que hay que averiguar quién ha sido!

Melchorejo. — *(Entra con el sombrero castellano puesto y se abre paso hacia Cortés.)* Capitán…

Cortés. — ¿Qué hay?

Melchorejo. — Los indios dicen que podéis descansar porque no darán guerra hasta mañana.

Cortés. — Eso quiere decir que van a atacar ahora.

Melchorejo. — No, dicen que no. Yo los he visto durmiendo por el suelo. Cientos y miles durmiendo.

Cortés. — Cada cual a su puesto y no ocuparse más de las

naves. Mañana abriré una investigación y a fe que los culpables pagarán con la cabeza. Habíamos decidido volver a Cuba. ¿Cómo vamos a hacerlo, ahora?

Todos miran hacia el incendio lejano que ilumina de rojo la escena. El Escribano *va a dejar los papeles para armarse y comienza a ponerse el peto, pero* Cortés *le indica con un gesto que siga escribiendo.*

Escribano. — ¿Quién habrá sido el criminal?

Cortés. — Algún rufián malvado sin conciencia, pero juro a Dios que he de sentarle la mano.

Doña Marina. — (*A* Cortés.) Estoy contenta porque no te puedes ir. Y tú también, ¿verdad?

Cortés. — ¿Qué quieres decir con eso?

Doña Marina. — La verdad. Yo sé leer en tus ojos.

CAPÍTULO XI

Otra vez se corre la cortina sobre el retablo y Cortés (el verdadero, el de la sala) dice desde su asiento con media sonrisa y la mirada perdida en el aire:

—Así fue. Voto al diablo que el que haya escrito ese retablo es un hijo de puta que sabe poner las cosas como fueron.

Alvarado ríe a su lado a carcajadas. Con el repostero corrido se oye el cornetín que toca atención general y una voz pausada dice:

LA VOZ. — *Ante los capitanes y los soldados en el real campamento a dos leguas de...*

Pero la voz se interrumpe y desde la plaza del Zócalo llega ruido de voces, risas, multitudes agitadas, tambores.

—¿Cómo? —dice Cortés—. ¿Es la procesión? ¿No era para mañana, la procesión?

Alvarado parece dispuesto a salir, pero se contiene perezoso y tiende el oído. «Son indios», dice. Los indios celebran la fiesta, también. Se han hecho amigos de los frailes, los indios. Los frailes les ponen la mano en el hombro y les llaman hermanos. La palabra *hermanos* ha cobrado tanto prestigio que los indios se llaman *hermanos* entre sí. Cuando llegaron los primeros frailes franciscanos los indios se burlaban viéndolos descalzos y sin armas. Pero al ver que Cortés el invencible se arrodillaba a sus pies y besaba el crucifijo que llevaban colgado pensaron que aquellos pobres seres descalzos eran más importantes que Cortés. Y esos frailes ponían después la mano en el hombro al indio y le llamaban *hermano*. Ahora todos se llaman «mano» y «manito». Eso les parece un título de prestigio y distinción.

Ahora en la plaza de Zócalo cantan un himno religioso que les han enseñado los franciscanos, añadiendo los indios de su parte armonías y tonos propios de tal forma que no hay quien reconozca la canción. Entretanto piensa Cortés en los días temibles de Cholula.[1]

—Todo esto del retablo es verdad —dice extrañado— y me asombra que alguien se atreva... ¿Quién será el bellaco que lo ha escrito? ¿O han sido varios? Corchetes, escribanos, frailes y pajes. Ellos son los que suelen hacer la historia hablada. ¿No te parece?

Mira alrededor a ver si está en la sala el padre Bartolomé, pero no está. En ese momento los indios de la plaza vuelven a cantar. Deben de ser muchos: tres mil, cuatro mil, tal vez más, pero reunidos en la inmensa explanada apenas si ocupan un pequeño rincón junto a la pirámide grande a medio demoler. Cortés y Alvarado escuchan.

La misma voz de antes pregona ahora detrás del repostero:

Voz. — ... *a dos leguas de la ciudad de Cholula y en estas tierras nuevas y en fecha que va al pie se tomó el acuerdo de nombrar a don Hernando Cortés capitán general y justicia mayor cuyas funciones, atribuciones, franquicias y gabelas le son reconocidas desde hoy hasta el día en que se puedan confirmar o anular ante las autoridades y tribunales del reino.*

Suena un redoble de tambores y vuelve a oírse la misma voz.

Voz. — *Confirmadas las declaraciones que van unidas al folio y reconocido el delito de incitación a la bandería, rebelión y sedición, oído el reo y cumplidos los trámites de los que hay relación anexa, yo el justicia mayor vengo en condenar y condeno a la pena de muerte que será ejecutada en la horca vil y ante testigos al que fue oficial del juzgado de Cuba Juan Cermeño. Pásese a la parte y publíquese en Cholula a tantos de...*

CAPÍTULO XII

Redoble de tambores y vuelve a ser descubierto el retablo que ahora representa una especie de ciudadela donde están los oratorios de Cholula. Como es un recinto amurallado y sus altas pirámides ofrecen buenas atalayas lo han elegido para campamento. La muralla del fondo cierra un vasto espacio y por dentro tiene anaqueles de piedra donde se acumulan centenares de cráneos humanos. De una pirámide, al fondo, emerge un mástil y de la punta cuelga el cuerpo ahorcado de Cermeño, agente de Diego Velázquez.

Lanzas y picas en pabellón. Se oye un disparo de arcabuz. Varios SOLDADOS *con las armaduras puestas descansan tirados en tierra contra el muro. Uno sin armas caído a un lado y herido. El* PADRE BARTOLOMÉ *le asiste como puede. Al final de sus oraciones se quita su propio crucifijo y se lo deja al moribundo sobre el pecho.*

Aparecen CRISTÓBAL DE OLID, *el* ESCRIBANO *y* HEREDIA.

OLID. — Los totonacas han venido a someterse y a ofrecer paz en nombre de veintinueve pueblos. Se arrodillaron delante del caballo de Cortés.

ESCRIBANO. — ¿La herida de Cortés tiene importancia?

OLID. — Un golpe de montante[1] en la pierna. No es herida sino golpe.

ESCRIBANO. — ¿Ha encontrado acomodo para dormir?

OLID. — Arriba en el mismo cuartel general. *(A* HEREDIA.*)* ¿Y tú?

HEREDIA. — *(Mirando con escama a las calaveras.)* ¿Yo? ¡Maldita sea! Nos traen para dormir a los cementerios. Prefiero estar toda la noche de guardia.

OLID. — ¿De qué parte de España eres?

HEREDIA. — ¿No se ve por el habla que soy andaluz?

OLID. — Digo de qué parte de Andalucía.

HEREDIA. — De Sanlúcar de Barrameda. Pues esto es la iglesia de los indios, es un suponer, y aquí hacen las bodas.

OLID. — *(Preguntando al cura.)* ¿Cuántos heridos?

PADRE BARTOLOMÉ. — Hay diez graves al otro lado del *cu*.[2]

OLID. — Ya los he visto. Lastimeros parecen.

PADRE BARTOLOMÉ. — Es que duermen. En cuanto se acuestan duermen como leños. Puede más el sueño que el dolor. Incluso éste, que el pobre... Yo quería confesarlo, pero está dormido y dormido entrará en la agonía. *(Haciendo la cruz.) Ego te absolvo in nomine Patris...*

CORTÉS. — *(Entrando.)* Han enviado víveres y quinientos *tamemes*[3] para llevar la impedimenta de los soldados. *(Mirando alrededor.)* Pobres hermanos, ahora todos podremos curarnos y descansar.

OLID. — No habríamos podido resistir dos días más. *(A HEREDIA.)* Anda a dormir, hermano.

CORTÉS. — ¡Qué agradecido les estaba yo a los de la embajada! Se arrodillaban delante de mi caballo. Hice poner una yegua cerca, una yegua en celo, y mi caballo relinchaba y se encabritaba. Los embajadores indios estaban aterrados. *(Pausa.)* Eh, Olid, mal parado te vi esta mañana.

OLID. — Me hirieron el caballo. ¿Cuántos indios habrán quedado en el campo? Digo, para los buitres.

CORTÉS. — Más de seis mil.

PADRE BARTOLOMÉ. — Y ahí están todavía los capitanes con las armas puestas y sin descansar.

CORTÉS. — Cabra coja no tiene siesta. Debo visitar los puestos, no se nos duerma alguno. Hacia medianoche hay que recogerlos y dejar sólo atalayas en lo alto de los *cues*. Hoy va a descansar todo el mundo. Esperaremos aquí algunos días y enviaremos mensajeros a Tlascala a ver si los convencemos.

OLID. — Sería buena la paz.

CORTÉS. — No hay paz en el mundo sino sólo pequeños descansos entre dos guerras. *(Uno de los durmientes se agita.)* Ese hombre sigue peleando hasta en sueños.

OLID. — Permíteme ir contigo cuando revises los puestos.

CORTÉS. — Me place, capitán. Mira entretanto cómo está el campo y qué novedades traen los enlaces.

OLID *sale y* CORTÉS *se acerca al cura y le muestra un saquito de cuero lleno de pepitas de oro.*

CORTÉS. — Mira, padre. Oro de Indias.

PADRE BARTOLOMÉ. — *(Mostrándole la mano manchada de sangre de un herido.)* Mira, don Hernando. Oro de España.

CORTÉS. — Oro de España con el que compramos esta tierra.

PADRE BARTOLOMÉ. — Menguado negocio si por ganar esta tierra perdemos la otra, digo la patria eterna.

Llegan dos SOLDADOS, *uno de ellos con un pliego en la mano.*

SOLDADO. — Vienen emisarios de la Vera Cruz que traen papeles de Diego Velázquez. *(Ofreciéndole el papel a* CORTÉS.*)* Según dicen es una copia del nombramiento de adelantado que acaba de llegarle de España.

CORTÉS. — *(Abriendo el pliego.)* Ciertamente si este papel hubiera llegado un día antes alguien se habría alegrado mucho.

SOLDADO. — ¿Quién?

CORTÉS. — *(Señalando el cuerpo colgado de* CERMEÑO.*)* Aquél.

SOLDADO. — Cermeño el hideputa.

CORTÉS. — No, de los muertos no se habla así. Ése ha sabido morir y el morir en una gentil ciencia.

SOLDADO. — Todos la saben, esa ciencia.

CORTÉS. — Quizá la sabes tú, pero no todos. Tarda uno en aprender.

CAPÍTULO XIII

Cuando el repostero se corre sobre el retablo, Cortés —el verdadero— suspira desde la sala, guiña un ojo al padre Bartolomé y dice con sorna:

—El que cuenta la jornada se atribuye lo mejor, ya veo. Eso yo no recuerdo que sucediera, digo eso del oro de España y la sangre de Indias, pero allá va la verdad donde los clérigos quieren. Esa escena ha salido del caletre de un cura, siempre a vueltas con la patria eterna. Pero ni usted ni yo hablamos nunca así.

Antes de que el cura responda comienza a oírse detrás del repostero un laúd acompañando el siguiente romance:

> *En Tlascala ya venían*
> *ya se entraban en Tlascala*
> *delante el buen Alvarado*
> *a quien Tonatio llamaban,*
> *detrás otros capitanes*
> *paso corto y vista larga*
> *y don Hernando Cortés*
> *en la mano la celada*
> *erguido el talle galano*
> *el gesto grave y la barba*
> *sobre un hombro y sobre el otro,*
> *alertada la mirada...*

Sigue el romance y Cortés exclama:

—Tengo todavía el gusto en el paladar.

—¿Qué gusto? —pregunta Alvarado.

—El de aquel incienso con el que me rociaban los indios. No era olor sino sabor. Se metía por las narices y se pegaba al paladar. Ésta es tierra de sabores y olores. El aire fino y delgado hace que los olores cuajen y penetren mejor que en otras tierras.

Ríe ladino. Dos indios pasan con jarros grandes de bebidas frescas fermentadas. Van sirviendo al que lo desea y Alvarado les hace una seña para que se acerquen. Uno de los indios lleva dos jarras y el que le sigue otras dos. Tres indios más acercan vasos limpios.

Señala Alvarado una de las jarras y cuando le han llenado un vaso bebe hasta el fondo. Luego suspira e inclina la cabeza sobre un hombro:

—Está fresco como el rocío del alba.

—Sin duda. Lo hacen con nieve —afirma Cortés.

Todo el año conservan los indios nieves para refrescar las bebidas aunque en el valle de México no la hay y tienen que traerla de los montes del Popocatepetl.[1]

Dentro sigue el trujimán con su romance:

> *...que en Xhinotecatl el Viejo*
> *aún no había confianza.*
> *¿Y cómo podían tenerla*
> *siendo calientes las armas*
> *y estando aún en el aire*
> *el humo de las lombardas?*
> *El real tienen plantado*
> *e izados pendones malva*
> *junto a los primeros muros*
> *de la ciudad de Tlascala*
> *blanca y verde a quien doscientas*
> *pirámides hacen guardia.*
> *Ved cómo entran, ved cómo entran*
> *las manos en las espadas;*
> *les esperan cuatro reyes*
> *que han rendido ya sus armas,*
> *entre ellos uno famoso*
> *que Xhinotecatl llamaban.*

Vuelve a abrirse el repostero. La sala está más que llena y hay contra los muros muchos hombres de pie y sin asiento.

Han ido entrando otros soldados aunque, según las órdenes de Cortés, sólo debían entrar los conquistadores de la primera expedición.

Observa Cortés con humor que el pequeño grupo de cortesanos del virrey Mendoza ha desaparecido de la sala.

CAPÍTULO XIV

Los bufones y saltimbanquis indios han ido tranquilizándose y sentándose aquí y allá en el suelo para atender al retablo en el cual se ve ahora un templo tlascalteca.

Grandes piedras labradas con serpientes y cabezas humanas dando la impresión de una especie de reposo demoníaco. En el centro, en relieve, Camaxtli,[1] dios tlascalteca de la guerra. A cada lado de la cabeza dos pequeñas puertas negras. Bajo la cabeza de Camaxtli un trono vacío.

Dos INDIOS *nobles sentados a cada lado del trono tienen incensarios indígenas preparados que son como largas cucharas de oro.*

OLID. — *(Con* ALVARADO *y tres* SOLDADOS *más pasando y admirándolo todo.)* ¿Quiénes son éstos?

ALVARADO. — Serán sacerdotes.

OLID. — ¡Cómo hiede a sangre!

ALVARADO. — ¿No te acostumbras?

OLID. — Sólo una hiena podría acostumbrarse.

ALVARADO. — *(Acercándose a una puertecilla.)* ¿Qué habrá ahí dentro? *(Receloso.)* ¿No entras?

OLID. — ¿Y tú?

ALVARADO. — Está oscuro. Por Dios que yo no sé pelear en la oscuridad. *(Mirando hacia fuera.)* Ya llegan.

OLID. — *(Mirando también.)* Los de Tlascala quieren rodear al general y lo impiden disimuladamente Sandoval y Diego de Ordaz. ¡Cuánta zalema para disfrazar las precauciones! Más de diez mil muertos les ha costado a los indios la resistencia.

ALVARADO. — ¿Y estos indios qué hacen aquí? ¿Por qué no se levantan?

OLID. — Simulan no vernos, nosotros podemos hacer lo mismo y todo irá bien. Deben ser gente importante.

Entra CORTÉS *con los* CAPITANES *indicados llevando a su diestra a un* INDIO *muy gordo que es* XHINOTECATL EL VIEJO, *rey de la federación tlaxcalteca. Los* SACERDOTES INDIOS *ponen incienso en los cucharones de oro.*

XHINOTECATL. — (*Invita con un gesto a* CORTÉS *a sentarse en una especie de trono y él no se hace rogar.*) Malinche. (*Acude* DOÑA MARINA *y ayudado por su traducción va hablando.*) Yo y mis nobles hermanos, los señores de Tlaxcala, por nuestro dios de la guerra Camatxli juramos obediencia y vasallaje.

CORTÉS. — (*Sentado en el trono.*) Habéis sido merecedores de mil muertes por vuestra resistencia, pero mi señor don Carlos es clemente, acepta vuestras promesas y os promete a su vez ayudaros contra el emperador Moctezuma.

XHINOTECATL. — Hoy mismo tendrás cincuenta veces mil hombres de guerra, tres veces mil *tamemes* y a mi propio hijo con sus capitanías. (*Va hacia* CORTÉS *a abrazarlo.* CORTÉS *se deja abrazar para lo cual se pone en pie, pero con su mano izquierda sujeta la derecha del rey tlaxcalteca. Detrás de éste van haciendo lo mismo otros, los cuatro* NOBLES *que lo seguían, y* CORTÉS *al abrazarlos les sujeta a todos la mano.*) ¿No tienes confianza en nosotros?

CORTÉS. — Es un uso de cortesía en nuestro país.

XHINOTECATL. — (*A los* NOBLES.) Llamad a mi hijo.

Dos NOBLES *salen a buscarlo. Llega* HEREDIA *armado acompañando a tres* SOLDADOS *vestidos con el traje castellano de viaje, peto y celada. Los empuja y entra detrás.*

CORTÉS. — (*Sentado en el trono.*) ¿Qué sucede, Heredia?

HEREDIA. — Estos soldados han bajado de un barco que anda por la costa buscando agua al parecer. Según dicen, en el barco va Narváez.

SOLDADO I. — Son varios navíos y parece que todos proceden de Cuba.

CORTÉS. — ¿Tenéis hambre? ¿Estáis fatigados?

SOLDADO II. — *(Mira asombrado alrededor.)* Por el momento no necesitamos nada.

CORTÉS. — ¿Y qué quiere Narváez?

SOLDADO I. — Trae una fuerte armada. Parece que el adelantado ha resuelto venir y tomarle preso a su merced y pedir residencia [2] a todos los capitanes y oficiales. Pero en estas informaciones que le estoy dando me va la vida.

CORTÉS. — ¿Eso quiere decir que prefieres quedarte en nuestro ejército?

SOLDADO I. — Si no hay inconveniente lo tendré por merced.

Deseando CORTÉS *que no se hable más en aquel lugar les indica que se aparten a un lado. Llegan los* NOBLES *con* XHINOTECATL EL HIJO, *fuerte y arrogante.*

XHINOTECATL HIJO. — *(Habla en su idioma y es traducido por* DOÑA MARINA.*)* ¿Qué mandas, padre, si es que todavía puedes mandar alguna cosa?

XHINOTECATL. — He dispuesto que te pongas al frente de las capitanías y a las órdenes de los *teules* [3] que han venido por el camino de Quetzalcoatl.

XHINOTECATL HIJO. — Ni son *teules* ni han venido por el camino de Quetzalcoatl ni tengo yo que obedecerte a ti que estás en manos de extranjeros. *(Alzando la voz histéricamente.)* ¡Oh, Camaxtli, que otras veces han vencido y humillado al mismo Huitxhilopotxli, deja caer sobre estos extranjeros tus iras, aplástalos a todos y oblígalos a irse otra vez al mar por el que vinieron!

XHINOTECATL. — *(A* CORTÉS.*)* Mátalo. Mátalo con tu puñal. Yo soy su padre y te digo que lo mates.

CORTÉS. — *(Viendo que se acercan los* CAPITANES *españoles amenazadores.)* Atrás. Y tú, Xhinotecatl el Hijo a quien puedo hacer prender y matar ahora mismo, sal de aquí.

XHINOTECATL HIJO. — Maldición sobre ti, extranjero.

CORTÉS. — Reúne tus ejércitos si los tienes. En el campo nos encontraremos.

XHINOTECATL. — Gran *teul,* no permitas que salga vivo de aquí. Es fuerte y traicionero, es malo conmigo y lo será contigo.

XHINOTECATL HIJO. — (*Avanzando y ofreciendo al mismo* CORTÉS *su propio cuchillo de obsidiana.*) Anda, mátame como dice mi padre, pero si no me matas sal pronto de estas tierras porque de otro modo yo acabaré contigo y con los tuyos. Yo os exterminaré hasta el último.

ALVARADO. — (*Sacando la espada.*) Eso se arregla sólo de una manera.

CORTÉS. — (*Alzándose.*) ¡No en este lugar! (*Al príncipe indio.*) ¿No has podido darte cuenta todavía de que somos invencibles? Yo puedo hacer que te corten la cabeza ahora mismo, pero por respeto al nombre que llevas me limito a desterrarte de Tlaxcala. Si volvemos a encontrarnos, mis soldados te prenderán y te degollarán, Xhinotecatl.

XHINOTECATL HIJO. — (*Retrocediendo.*) ¿A mí? Camaxtli está en mis venas, no me podéis matar. A mi madre no la fecundó éste (*por* XHINOTECATL), sino el mismo Camaxtli.

CORTÉS. — Sal de aquí o vive Dios que no tendré consideración a tu padre.

XHINOTECATL HIJO. — Ésta es mi patria. Yo os echaré al mar donde moriréis como perros. (*Retrocediendo, desde la salida de la escena.*) ¿Oyes? Con el vientre hinchado como los perros.

Sale de un salto. Silencio.

ALVARADO. — Es un puerco traidor y habría que matarlo aquí.

Se oye fuera un alarido de guerra.

XHINOTECATL. — Si pudiste matarlo aquí, ¿por qué le has dejado marcharse?

CORTÉS. — Es tu hijo y está sin armas.

XHINOTECATL. — (*A sus* NOBLES.) Salid y reunid vuestras capitanías para impedir que las agite mi hijo.

CORTÉS. — Y tú, Alvarado, refuerza la vigilancia. Ten la pólvora seca y los caballos a recaudo.

Se oye fuera otro alarido de guerra que contesta el anterior.

En ese momento llega un INDIO *que se arroja a los pies de* XHINOTECATL.

INDIO. — Señor, han llegado los dignatarios de Moctezuma a llevarse el tributo de oro y maíz.

XHINOTECATL. — *(A* CORTÉS.*)* ¿Tú ves? No hay más remedio que pagarles los tributos.

CORTÉS. — ¿Qué tributos? Sois un pueblo libre. Arrestad a esos hombres y ponedlos en cadenas.

XHINOTECATL. — ¿A los emisarios del gran Moctezuma?

CORTÉS. — No hay emperador más poderoso en el mundo que nuestro señor don Carlos.

XHINOTECATL. — Moctezuma nunca bajará la cabeza ante nadie. Es soberbio y su poderío es inmenso. ¿Nos ayudarás contra Moctezuma si viene a castigarnos después de haber arrestado a sus emisarios? ¿Sí? (CORTÉS *afirma y el viejo* XHINOTECATL *da órdenes a los* NOBLES, *quienes salen a cumplimentarlas.*) Camaxtli te oiga, joven *teul.*

CORTÉS. — Nada debes temer siendo nuestro aliado. Anda tú mismo y mira que los agentes de Moctezuma queden maltratados y encerrados en sus prisiones. *(Sale el viejo rey acompañado de sus cortesanos.)* Decidme, soldados. ¿Qué historias son ésas de Narváez y Diego Velázquez?

SOLDADO I. — Narváez anda haciendo bramuras [4] y jurando a Dios que su excelencia es... *(no se atreve a decirlo y al ver que* CORTÉS *le ayuda con el gesto y se lo ordena, sigue hablando)* que su excelencia es como él dice un bellaco pelagatos y que va a enseñarte cuál es su genio. *(Ríe.)* Ya lo conoces, excelencia.

CORTÉS. — *(Seguro de que los dos* SOLDADOS *están en contra de* NARVÁEZ.*)* ¿Qué fuerza lleva?

SOLDADO I. — Una armada tres veces más fuerte que la que he visto por aquí, con artillería y arcabuces. Pero la tropa no trae inquina en la sangre, que al fin españoles somos todos y no parece cabal emplear las armas contra otros españoles teniendo tantos enemigos alrededor.

CORTÉS. — ¿Por qué no desembarca de una vez?

SOLDADO I. — Quiere saber antes a la segura dónde está tu armada y qué fuerza tienes.

HEREDIA. — Con licencia, que repita lo que va diciendo de ti, capitán Cortés. Dice que eres hombre para poco, que vienes de villanos y que por un ochavo se ha de comer tus orejas.

CORTÉS. — Lo creo. Por un ochavo moro es capaz de todo. (*Risas.*) Volved con Narváez, soldados, contad allí lo que habéis visto y recordad que somos de una misma patria y que hay que evitar que los españoles viertan la sangre de sus hermanos. Yo tendré muy presente vuestra amistad. A nuestro lado se vive, se prospera y se triunfa. Tened. (*Les da una bolsa de oro.*) Podéis marcharos cuando queráis. (*Los* SOLDADOS *se inclinan y se van.*) Por ahora nuestro enemigo primero es el joven Xhinotecatl. No lo hice matar porque delante de los nobles de Tlascala no hay que cometer villanías. Esos hombres vigilan cada uno de nuestros movimientos y por ellos nos juzgan.

OLID. — Tenemos encima la armada de Narváez y los ejércitos mexicanos. Y ahora, por si fuera poco, a Xhinotecatl *el Joven.*

CORTÉS. — Con la ayuda de Dios todo se andará. ¿Por qué no ha venido el padre Bartolomé?

OLID. — Dice que éste es el templo del diablo.

Comienza a sonar lejano y espacioso un gongo.

CORTÉS. — ¿El enlace con el real es seguro?

OLID. — Completamente.

CORTÉS. — En lo sucesivo no hay que dejar salir a Xhinotecatl el Viejo. Hay que conservarlo al lado como rehén.

De un modo inesperado entran tres INDIOS *tocando sonajas y el gongo del oratorio sigue oyéndose. Delante de los tres* INDIOS *va otro desnudo, la cara teñida de amarillo y los pectorales de blanco. Va recitando y bailando al son de las sonajas que siguen a su vez el ritmo del gongo:*

EL INDIO. — (*Sin dejar de bailar*):

> *Una culebra me he comido*
> *que tenía la cabeza de oro*
> *en tu honor, oh, Camaxtli*

> *y en el de tu hijo Xhinotecatl.*
> *Una culebra de oro.*

HEREDIA. — *(Inquieto y supersticioso.)* Maldita sea.

ALVARADO. — *(En voz baja a* OLID.*)* Mira a Cortés en su trono, que parece que ha nacido en él.

EL INDIO. — *(Bailando):*

> *Xhinotecatl el Joven está en mi corazón*
> *y en el de toda Tlascala,*
> *veloz como el rayo*
> *fuerte como las aguas del torrente*
> *con sus pies levanta polvaredas*
> *agitándose entre sus enemigos.*
> *Xhinotecatl el Joven, Xhinotecatl*
> *rayo de guerra contra todos*
> *basta contra su padre.*
> *Oh, divino Xhinotecatl*
> *hijo de Camaxtli el vencedor.*

XHINOTECATL. — *(Entrando con sus* NOBLES.*)* ¿Qué haces, miserable? Vas a morir en honor de Camaxtli, el dios amigo de los *teules nuevos.* Con tu sangre rociaremos las barbas del nuevo *teul.*

INDIO. — *(Sumiso.)* Señor...

XHINOTECATL. — *(Dándole el preso a un* NOBLE, *quien lo toma por los cabellos.)* Llevadlo dentro. *(Ellos obedecen. A* CORTÉS.*)* Los dignatarios de Moctezuma están encerrados en la cárcel y bien custodiados, pero ahora vendrán los escuadrones mexicanos contra nosotros armados con flechas venenosas.

CORTÉS. — Si tenéis miedo, marchad a nuestro real con este *teul (por* HEREDIA*).* Yo iré detrás.

XHINOTECATL. — Es muy poderoso Moctezuma, señor.

CORTÉS. — Ve tranquilo. *(*XHINOTECATL *se va dejándose llevar de la mano por* HEREDIA.*)* Olid, Alvarado, Ordaz, entre bromas y veras un rey y cuatro señores de un territorio más grande que Portugal han sido sometidos a Castilla. No está mal, capitanes y camaradas. Pero no dejemos entrar la soberbia en nuestros corazones. Débiles somos y en estos momentos tres grandes armadas están preparándose contra nosotros. Somos pocos, pero si podemos combatir con cada uno de esos ejércitos por separado será una gran fortuna. Creo, seoñres, que en todo caso debemos salir inmediatamente de la ciudad y volver a nuestros reales.

SACERDOTE INDIO. — *(Saliendo por una puerta pequeña del oratorio donde acaban de sacrificar al reo.)* Señor... Permíteme, señor. *(Lleva una taza de oro en la mano y una larga paja en los labios. Hace una reverencia a* CORTÉS, *sorbe sangre con la paja y sopla luego sobre* CORTÉS *rociándolo.)* Gran *teul,* recibe la sangre de un rebelde partidario de Xhinotecatl el Joven, de Xhinotecatl el blasfemo.

OLID. — Son ritos del diablo.

ALVARADO. — *(En voz baja.)* A Cortés no le disgusta.

CORTÉS. — *(Que lo ha oído.)* Cada país tiene sus usos, Alvarado. Bien venido el homenaje del enemigo, aunque lo inspire el demonio. Son tretas de la guerra, es decir de la victoria.

OLID. — ¡Sangre de un ser humano!

ALVARADO. — Yo creo que un indio no lo es. No tienen alma, los indios.

SACERDOTE. — *(A* CORTÉS.) Señor... Inclinaos un poco. *(*CORTÉS *lo hace y el* SACERDOTE *le rocía la barba con sangre.* OLID *hace ascos.)* Señor...

CORTÉS. — *(Fijándose en la taza.)* ¿Es de oro?

SACERDOTE. — Todo el servicio de Camaxtli es de oro.

CORTÉS. — *(La toma y se la da a* OLID.) Guárdala. *(Al* SACERDOTE.) ¿Tienes más? ¿Sí? Ve luego con ellas al real. *(Van saliendo todos, despacio.)* Eh, Alvarado y Olid, al cerrar la noche iréis a las prisiones y soltaréis a los cuatro emisarios de Moctezuma. Para eso mataréis a los indios guardianes y a cualquier otra persona que por azar os haya visto. Es necesario que no haya testigos, que nadie pueda contarlo.

OLID. — Está bien, capitán. *(A* ALVARADO.) ¡Ya decía yo!

CORTÉS. — Poco ruido, ¿eh? Y a los emisarios de Moctezuma me los traes a mi tienda sin que nadie se entere. Hay que tratarlos con amistad.

Se oye otra vez a lo lejos el grito de guerra de XHINOTECATL EL JOVEN. *Sigue sonando el gong.*

CAPÍTULO XV

Cerrado el repostero quedan luciendo en él los hilos de plata que bordan en tosco tejido las armas de su majestad Carlos V. Va Cortés a decir algo a Alvarado, que está a su izquierda, pero el Tonatio se adelanta:

—Está bien puesto ese episodio, digo, en el retablo. Tú estabas, Cortés, un poco engolosinado con el trono, creo yo. Un poco demasiado.

Callan los dos atentos a las músicas que llegan de fuera, es decir de la plaza en fiestas. Alvarado también toma sin darse cuenta una actitud taciturna y sombría, pero de pronto exclama:

—Están bailando ahí fuera, digo, los indios. No sé qué pasa en esta tierra. Todo es diferente: el aire, los sonidos, los colores, los aromas. Y el tacto. Miro a aquella india hermosa que está junto a la puerta y el aire parece encenderse alrededor.

—Yo creía que no te gustaban los indios.

—Los indios, no. Pero algunas indias, sí. Esta tierra tiene la atmósfera del paraíso terrenal antes del pecado.

—Después del pecado.

—Antes, Cortés.

Guiña un ojo Tonatio y va a decir algo más, pero calla al oír al otro lado del repostero una voz pausada:

La voz. — *Dad fe, señores letrados, de cómo hemos sometido después de las batallas de estos últimos días al rey de Tlascala y a los cuatro señores de la federación colindante y ponedlo de manera que esté claro y subido de estilo como corresponde a la importancia del negocio. Dejad por ahora en el tintero, señor escribano, a Xhinotecatl el Joven hasta que le demos remate y no digáis una palabra de las amenazas*

de Narváez que son cosas bajas y sin grandeza y no deben llegar
a conocimiento de nuestro señor don Carlos.

Cortés, en su asiento y en la sala, se lleva la mano a la cabeza, revuelve sus cortos cabellos y dice:

—Eso es falso.

—Yo diría que es cierto —corrige Alvarado con una amistosa zumba— hasta en las maneras y eso de poner el escrito subido de estilo es una expresión tuya.

—¿Qué quieres decir con esto? —pregunta Cortés.

—Nada, que unas personas tienen la virtud de hacer valer más sus hechos y palabras y otras parecemos envilecer y hacer más ruin lo que tocamos. Por eso yo sé que nunca me levantaré a ser más que una persona común y corriente.

—¿Qué otra cosa puede ser un hombre? Además en ti acaban los linajes y en mí comienzan. Eso entra en el orden de Dios.

—Que lo digas, Cortés. Tú tienes tu estrella.

Vuelve a abrirse el retablo y aparece un horizonte bajo. Hay una luna enorme. Suena el gongo más cerca o más lejos según el viento. Hay un centinela con peto y alabarda. Cortés oprime el brazo de Tonatio:

—Ese cuadro es el más propio de todos los que hemos visto hasta ahora en el retablo. ¿Quién los pinta?

—Los indios.

—Los colores, ¿de dónde los sacan? Son distintos que los de Castilla. Son colores que se entran por los ojos como el incienso se entra por las narices.

—Hermoso retablo, ciertamente.

—Vive Dios que no se ha visto cosa igual ni siquiera en la octava del Corpus en Sevilla.

Se siente en el retablo la brisa de la noche agitando la banderola del real. El aire es ya distinto. Es el aire del altiplano cerca de México y en el retablo se diría que se percibe la diferencia porque los indios saben pintar esas cosas difíciles como la delgadez del aire y la nitidez de la brisa.

En el silencio de la sala se oye un grito agrio como el de un animal atrapado bajo la rueda de un carruaje, pero es un grito humano. Cortés se vuelve a mirar y nadie sabe quién ha sido. Cuando Tonatio se levanta para indagar, Cortés le hace sentarse porque la representación continúa.

—Aquella noche tú mataste a los centilenas indios de los agentes de Moctezuma. ¿No te acuerdas? —pregunta Cortés.

—Por orden tuya, capitán. Por orden tuya.

CAPÍTULO XVI

En este momento aparece en el retablo Cortés diciendo que la noche no era entonces segura en el campamento.

ALVARADO. — (Saliendo a escena.) Los escuchas están puestos. En el campamento hay tres mil indios que nos hacen la comida y otros servicios. ¿Por qué no vas a la tienda a descansar?

CORTÉS. — Le he cedido mi tienda a Xhinotecatl el Viejo. Los indios entran y salen, hablan con él y doña Marina escucha. Yo puedo dormir al raso, en la guardia. Mis heridas no importan por ahora. A propósito, hay que advertir a la tropa que no se laven sus heridas con el agua ordinaria sino con una mixtura de hierbas cocidas que el cura ha preparado por consejo del viejo Xhinotecatl. El agua de esta tierra inficiona las heridas. El agua es partidaria de Xhinotecatl el Joven.

Llega OLID acompañado de los cuatro emisarios de Moctezuma que acaban de ser liberados. Al verlos, CORTÉS manda llamar a DOÑA MARINA.

CORTÉS. — ¿Todo ha ido bien? (OLID afirma.) Hay que despachar aprisa este asunto para que no lo vean los indios. Centinela, vigila y si ves acercarse a alguien cualquiera que sea salvo doña Marina dale el alto y hazle volver atrás. Eh, doña Marina, di a estos emisarios de Moctezuma, cuidando bien de repetir mis palabras, que no conocía su llegada a Tlascala. (Ella traduce.) Estoy muy pesaroso de que los representantes del gran emperador Moctezuma hayan sido maltratados y se ha cometido contra ellos una gran falta de respeto que voy a castigar severamente. (Ella traduce.) Decid a vuestro señor Moctezuma que todos los que os han ultrajado y sus padres, sus hermanos y sus hijos serán exterminados esta misma noche por mí mismo y decid también a vuestro señor que el emperador de España don Carlos me envía a ofrecerle amistades y alianzas. (*A* OLID *mientras traduce* DOÑA MARINA.) ¿Has necesitado hacer violencia?

OLID. — Las órdenes eran severas y los tres guardianes fueron muertos.

CORTÉS. — ¿Seguro?

OLID. — Tan muertos como mi abuela.

CORTÉS. — Lleva a estos hombres a la frontera de su reino. Pregúntales si necesitan algo, doña Marina.

Ella lo hace en idioma nahuatl.

AGENTE I. — Muchas gracias, Malinche. Nada podemos decirte hasta hablar con nuestro señor Moctezuma. Estimamos mucho vuestra amistosa ayuda y la haremos saber a nuestro emperador.

DOÑA MARINA *traduce al español.*

CORTÉS *se acerca a los* DIGNATARIOS, *cambia con ellos saludos y habla con el acento de la despedida.*

CORTÉS. — Mis capitanes os acompañarán hasta el confín de vuestro imperio. (*Ella traduce, los* MEXICANOS *se inclinan y van saliendo seguidos de* OLID *y los* SOLDADOS.) Alvarado, trae a Xhinotecatl el Viejo (ALVARADO *sale.*) ¿Qué hay, doña Marina?

DOÑA MARINA. — Hay que curar tus heridas.

CORTÉS. — No teniendo calentura todo va bien.

DOÑA MARINA. — Ni siquiera tienes una tienda donde dormir.

CORTÉS. — La mía la ocupa Xhinotecatl, pero va a quedar libre en seguida.

DOÑA MARINA. — No duermes. ¿Por qué no duermes nunca?

CORTÉS. — Es la tierra. Desde que desembarcamos no hemos tenido una hora de calma. También la tierra está de parte de Xhinotecatl el Joven. Tiene éste muchos partidarios.

Doña Marina. — Sí, muchos.

Cortés. — Uno de ellos está aquí. *(Señalando su propio pecho.)* Es valiente y defiende a su patria. Yo soy partidario suyo, pero sin dejar de serlo un día haré que le corten la cabeza. *(Doña Marina calla.)* ¿No dices nada? ¿Qué piensas?

Doña Marina. — Escucho tus palabras y no pienso nada.

Cortés. — *(Mirándola con recelo.)* Las mujeres de aquí sois como las de Castilla. Tal vez sois iguales en todo el mundo. Y quién sabe si en todos los mundos.

Alvarado. — *(Llegando con* Xhinotecatl el Viejo.) Aquí está, general.

Cortés. — *(Grave y acusador.)* ¿Qué es eso, Xhinotecatl? ¿Cómo es que has dejado escapar a los representantes de Moctezuma?

Xhinotecatl. — Juro por Dios que estaban bien custodiados.

Cortés. — Han matado a los centinelas y los mexicanos han huido a su país. Eso mi señor don Carlos no va a permitirlo y cuando sepa la noticia me ordenará que te castigue.

Xhinotecatl. — No le envíes la noticia, Malinche.

Cortés. — No, no puedo engañar a mi emperador. Pero intercederé en favor tuyo y le diré que no tienes culpa. Es necesario, sin embargo, castigar a los que lo han hecho, a los que han matado a los guardianes.

Xhinotecatl. — Yo imagino quién ha sido. Dame mil indios de guerra y déjame ir a la ciudad.

Cortés. — Hay que castigar con mano de hierro a tu hijo y a sus partidarios.

Xhinotecatl. — Dame esos mil indios y te juro que se hablará de mí esta noche.

Cortés. — Si tú no los castigas a ellos yo tendré que castigarte a ti a pesar del respeto y la amistad que siento por tu noble persona.

Xhinotecatl. — *(Impaciente y airado.)* Déjame ir ahora mismo, Malinche.

Cortés. — Anda enhorabuena. El castigo hay que hacerlo antes del amanecer, antes que salga el sol. *(*Xhinotecatl *se va.)* Alvarado, doña Marina, las cosas van complicándose demasiado, lo que quiere decir que se acerca el momento de la explosión y de la crisis. Todas las cosas a fuerza de ser comprimidas y apretadas estallan. La explosión será mañana y yo confío en la ayuda de la providencia y en el valor de los nuestros.

Doña Marina. — ¿Irás ahora a descansar?

Cortés. — Sí, pero antes dime algo de ese maravilloso país donde naciste y adonde vamos.

Doña Marina. — No entraréis nunca en ese país. Todo el mundo es soldado y valiente en ese país.

Cortés. — *(Riendo.)* ¿Estás tú de parte de Moctezuma, también? Dime cómo es tu país.

Doña Marina. — Hay una gran ciudad llena de canales y lagos con centenares de adoratorios, muchos mercaderes y fabricantes, familias nobles, palacios inmensos dentro de los cuales rugen los pumas y los jaguares y cantan centenares de pájaros muy diferentes y de plumas muy ricas. El aire es allí más ligero y por eso los gongos suenan de otra manera, que parece que se adentran en el corazón.

Comienzan a desfilar por el fondo del retablo los indios de guerra precedidos por Xhinotecatl. *Se oye un arcabuzazo que alguien dispara en la centinela.*

Cortés. — *(Viéndolos pasar.)* Doña Marina...

Cae un bulto a sus pies. Es un objeto que ha venido por el aire. Cortés *se inclina a recogerlo, lo despliega y ve que dentro hay una piedra que cae al suelo. Es la cara curtida y muy bien conservada en sus rasgos y facciones de* Melchorejo. Cortés *la contempla.*

Doña Marina. — Es Melchorejo, su verdadero rostro. Saben hacer eso bien, los indios.

Alvarado. — Se pasó al enemigo hace tres días.

Cortés. — El pobre Melchorejo era un traidor. Nos traicionaba, pero lo utilizaba volviendo del revés sus informes.

Doña Marina. — ¿Traidor? Son los indios quienes lo han matado.

Cortés. — Le han hecho pagar el que hace años se fuera

con los de Grijalva a Cuba. Yo siento respeto por este hombre fiel a los suyos. ¡Pobre Melchorejo! *(Contemplando la máscara.)* Servía a los suyos, pero de una manera demasiado sutil. En las virtudes hay que ser simples o arriesgarlo todo. ¿Qué hacer con estos despojos? ¿Emplearlos como gamuzas para limpiar arcabuces? No. Son despojos humanos.

ALVARADO. — Bah, los indios no tienen alma.

CORTÉS. — ¿Cómo habrán podido hacer llegar esta máscara aquí?

DOÑA MARINA. — Con una honda.

CORTÉS. — No es fácil acercarse. En el campo hay más precauciones que nunca. Si salen bien mis cálculos, tenemos encima los ejércitos de Moctezuma por el norte, los de Xhinotecatl el Hijo por el sur y los de Narváez por el este. Narváez con artillería, mosquetes y caballos. Nunca tuvimos una situación más apurada. *(Llamando.)* Centinela. Cava ahí mismo con la pica un pequeño hoyo cuando te releven y entiérralo *(le da la máscara de* MELCHOREJO*)*. El pobre diablo nos ayudaba sin querer porque yo me servía de sus traiciones sabiendo que traicionaba. Recibió las aguas del bautismo. Oremos por su alma. *(Se quita la celada.)* Padre nuestro que estás en los cielos...

El CENTINELA *mira asombrado el rostro del indio; pero al llegar aquí va corriéndose otra vez lentamente la cortina —el repostero— sobre el retablo.*

CAPÍTULO XVII

Antes de que el repostero cubra del todo el retablo se oye dentro un laúd y el romance consabido:

> *Estando a bordo Narváez*
> *grandes bramuras hacía*
> *que tiene a gala el jurar*
> *creyendo que es germanía*
> *de esforzados y valientes.*
> *Pero a tierra hubo bajado*
> *y allí sus fuerzas perdía*
> *porque Alvarado y Olid*
> *con oro las malmetían.*
> *Apenas hubo batalla*
> *que pocos se denfendían*
> *porque era vil el combate*
> *por una vana porfía.*
> *Nadie creía en Narváez*
> *y todos pensado habían*
> *irse al bando de Cortés*
> *donde prosperar podían...*

Sigue el romance. Cortés parece incómodo en su asiento:

—¿Tú crees que esos soldados de Narváez sólo venían a mi lado para prosperar, es decir por el oro?

—No. También iban por la plata. Y por los *chalchihuites*.[1]

—¡Alvarado!

—¿Por qué razón dejan los hombres un amo y buscan a otro desde que el sol alumbra?

—A veces hay otras razones. La gloria, por ejemplo.

—Sí. La gloria. Es verdad, Cortés.

—Lo dices en broma, pero también tú gozas de ella, de la gloria. A los indios que estaban de guardia en la puerta de la prisión de los emisarios de Moctezuma los mataste tú y no Olid. ¿Por qué en el retablo le echan a Olid el mochuelo?

—Puesto que Olid ha muerto y unos crímenes más o menos no le dañan gran cosa, ya... tú comprendes.

—La buena fama, Alvarado, ¿no es eso?

Alvarado reprime la risa:

—¡La gloria! El único que se cuida de ella es Bernal cuando compone esas escenas y nos distribuye por turno las virtudes. Bueno, él y el cura. El padre Bartolomé. Es natural. ¿A quién le importa la gloria fuera de los poetas y los clérigos? A mí me tiene sin cuidado. Quiero ganar servicios con su majestad y estar en su favor, eso es todo.

—Tal vez es cuestión de palabras. La gloria es la ilusión que uno se hace de la propia grandeza. Cada cual tiene una idea de sí mismo y a veces los demás le apoyan esa idea. La justifican y la ensalzan. Eso es la gloria. Entretanto la gente trata de disminuir y de envilecer al prójimo. A mí por ejemplo...

Pero el romance continúa al otro lado del repostero cerrado:

> *Estaba ya don Hernando*
> *famoso por sus conquistas*
> *rico de oro y celebrado*
> *más que ningún otro en Indias.*
> *Ved el nuevo campamento*
> *en un memorable día*
> *y a Narváez en derrota*
> *que perdido un ojo había*
> *porque la fortuna quiso*
> *vejarle con una herida*
> *más de bribón que de hidalgo*
> *para que moviera a risa.*
> *Allí estaba en sus prisiones*
> *ved cómo se revolvía*
> *sobre las recias cadenas*
> *que Cortés puesto le había*
> *y como a Medinaceli*

se reclama en su porfía
por las grandezas de paz
como si fuera en Castilla.

Se descubre de nuevo el retablo y esta vez hay una tienda al fondo, en el centro, con banderola malva cruzada de blanco. Otras tiendas menores detrás. En primer término otra tienda grande con los laterales que dan al público descubiertos. Es el día. Lejos, en perspectiva, una gran polvareda dorada por el sol, que los indios han imitado en el retablo. Ruidos de batalla.

CAPÍTULO XVIII

S e ve a NARVÁEZ *derribado en tierra, apoyado sobre una gran cartera de cuero, con cadenas en los tobillos. Un pañuelo blanco tapándole un ojo que lleva herido. La celada en tierra. Frente a el, de pie,* CORTÉS y ALVARADO.

NARVÁEZ. — Tened en mucho, pero en mucho, esta victoria que habéis ganado contra mí.

CORTÉS. — Es la victoria más fácil que hemos tenido.

NARVÁEZ. — No creo yo lo mismo.

CORTÉS. — Lo comprendo y lamento lo del ojo.

NARVÁEZ. — *(Sospechando que se burla de él.)* ¿Eh?

CORTÉS. — Que espero que lo del ojo no sea nada.

NARVÁEZ. — Has sobornado a mis soldados, has hecho mojar la pólvora de mis cañones, te has comportado como un granuja, como un perillán de bajos oficios y no como un caballero.

CORTÉS. — Ardides de guerra. He ido sobre vosotros con ochenta infantes. Tú tenías en tu campamento mil doscientos soldados de todas las armas. Las ventajas estaban todas de tu lado.

NARVÁEZ. — Mis espías me habían traído la noticia de que hoy os atacaba ese Xhinotecatl de los demonios.

CORTÉS. — Tus informes eran ciertos.

NARVÁEZ. — ¿Se está dando la batalla aún?

CORTÉS. — ¿No lo oyes?

NARVÁEZ. — Vaya unos capitanes. Todos se baten y vuesas mercedes aquí.

CORTÉS. — Por ahora se baten los soldados del padre contra los del hijo, cosa muy de alabar y que nos esclarecerá el campo. Yo no voy a emplearme sino para decidir la victoria. Algo parecido a lo que sucedió en tu campamento donde tus propios soldados te hirieron, si no recuerdo mal.

NARVÁEZ. — *(Resentido.)* La última batalla se riñe en Castilla y allí te espera el tajo del verdugo.

CORTÉS. — Hasta ahora he servido humildemente a su majestad.

NARVÁEZ. — *(Arrogante.)* ¿Dónde está la cédula que os autoriza a poblar? Y habéis poblado. ¿Dónde está tu nombramiento de justicia mayor? Y has ahorcado gente castellana.

CORTÉS. — ¡Qué gallardo ánimo! Por Dios que eso hace un lindo contraste con tus cadenas.

NARVÁEZ. — Rescatas oro y te guardas el quinto ni más ni menos que el rey.

CORTÉS. — ¿Vas a pedirme residencia? No he visto tus credenciales.

NARVÁEZ. — *(Por la cartera.)* Aquí están. Nunca las has tenido tan autorizadas. *(Busca en la cartera sin encontrarlas.)* Voto a Satanás que me las han robado. ¿Estoy entre cristianos o entre luteranos y perros moriscos?

CORTÉS. — No creo que las tuvieras. ¿Cómo va a enviarte Diego Velázquez contra mí que soy su cuñado y que tantos servicios he prestado a su majestad?

NARVÁEZ. — Digo que mientes y mentirás mil veces como mentiste en Orán, que yo estaba presente.

CORTÉS. — Abusas de tus cadenas. Si estuvieras suelto no hablarías así. ¿Dónde están tus credenciales?

NARVÁEZ. — Me las habéis robado vosotros. Me las has robado tú.

CORTÉS. — *(A ALVARADO.)* Acércate a ver cómo está el campo. Si es preciso saca diez piezas de Narváez, pero que las manejen nuestros artilleros. Releva a Sandoval, que venga aquí y que te deje su yegua para atacar yo con ella. Nada de alancear sino los hierros bajos contra las caras. Empleaos por el flanco izquierdo, no vayamos a tener un percance. Yo iré luego cuando oiga la artillería, que debe abrir brecha en dirección de la enseña. Cargaré con algunos caballeros para prender a Xhinotecatl el Joven. Mucho ojo con todo esto. El campo está seguro, pero Xhinotecatl pelea como un tigre.

ALVARADO. — Cuando ataques quisiera acompañarte.

CORTÉS. — No. Tienes la mano pesada contra los jefes indios.

ALVARADO. — Prometo ser comedido, mi general.

NARVÁEZ. — General, general... *(Irónico.)* Mi general.

ALVARADO. — *(Dándole con el pie.)* Imbécil.

NARVÁEZ. — ¿A mí? ¿A un pariente del privado de Medinaceli?

CORTÉS. — Ésas no son maneras limpias con un vencido, Alvarado.

NARVÁEZ. — ¿Vencido? En Cuba hablaremos.

CORTÉS. — Los indios han sabido elegir el campo. Con el sol de frente no debe atacar la caballería. Ya sabes lo que nos pasó la última vez.

ALVARADO. — Podríamos rodearlos.

CORTÉS. — No tenemos tantas fuerzas y ya sabes mi idea. Hay que dejarles franco el camino de la retirada.

ALVARADO. — Pues si no atacamos pronto puede tornarse la fortuna.

CORTÉS. — Sí... *(Mirando al cielo desde la puerta de la tienda.)* Ah, si Dios quisiera que aquella nubecita fuera creciendo...

ALVARADO. — Aunque crezca no será tan pronto que pueda favorecernos.

CORTÉS. — ¿Quién sabe? Alvarado, anda a cumplir mis órdenes.

Murmura una oración CORTÉS *mientras* ALVARADO *se va y* NARVÁEZ *lo observa entre curioso y burlón. Al final de su oración,* CORTÉS *se pone la celada.*

CORTÉS. — Olvidaba darte las gracias, Narváez. Con tu artillería y tus caballos somos más fuertes que nunca.

NARVÁEZ. — Y la ayuda de... Dios, je, je, la ayuda de Dios a un salteador de caminos que se rebela contra el adelantado, que ahorca a los agentes del adelantado y que se queda con el oro de su majestad.

CORTÉS. — Mientes como lo que eres, como un sinvergüenza cobarde.

NARVÁEZ. — ¡Cobarde! ¡Y lo dices tú!

CORTÉS. — Lo digo yo, yo que sé que hay dos castas de cobardes, los que sabemos rescatar nuestra cobardía que es lo que ahora estoy haciendo y los que habéis nacido en ella y para ella y en la cobardía os ahogáis. Ése eres tú y ése es tu adelantado. En cuanto a Dios ¿qué crees, que Dios tiene del mundo la triste idea que tiene un escribano o un alcahuete de próceres o un clérigo latinista? Dios y yo nos hablamos en el secreto de mi conciencia y no digo más.

NARVÁEZ. — Haces bien en no decir más porque no son sino desatinos. ¿Qué sabes de milicias y de guerras? En muchas acciones he estado yo y no he osado nunca llamarme sino capitán, ¿Oyes, Cortés? Capitán. Pero todo se andará. Tengo deudos.

CORTÉS. — Yo, deudas.

DOÑA MARINA. — *(Entrando.)* Don Hernando, te buscan.

NARVÁEZ. — No hay sino llegarse a mí y ponerme cadenas.

CORTÉS. — *(A* DOÑA MARINA.*)* Voy. *(Ella se va.)* En cuanto a ti, más te valdrá no volver a hablar de Orán, ¿oyes? Estamos solos. Si te pongo un pistolete debajo de la nariz y disparo, tu cerebro se extenderá por el suelo y será fácil decir que te has matado tú mismo. Y no tendré ese testigo de cargo. ¿Oyes? Así pues, no hables de Orán.

NARVÁEZ. — Yo no he dicho nada.

CORTÉS. — Demasiado has dicho. Y todos tenemos fechas negras en nuestra vida.

NARVÁEZ. — *(Temeroso.)* No lo decía por tanto, la verdad.

CORTÉS. — Olvídala, mi fecha negra. *(Saliendo.)* En cuanto a ti, te llevarán a bordo ahora mismo. *(Se va.)*

NARVÁEZ. — ¡No hay sino llegarse y ponerme cadenas! *(Pausa.)* Y hablar de la fecha negra. En Orán en una descubierta salvó la vida a uñas de caballo y dejó en tierra al espolique del gobernador, que gritaba: ¡por Jesucristo vivo! ¡Pero nada *(dirigiéndose al lugar por donde se fue* CORTÉS*),* tú no le diste auxilio y es notorio que los moros lo descuartizaron allí mismo mientras tú huías. ¡Por Jesucristo vivo! ¡Te conozco! ¡Nos conocemos!

SOLDADO I. — *(Entrando acompañando de otros dos.)* Ochenta y siete lugares con trescientos hombres lisiados.

NARVÁEZ. — Ah, mis soldados.

SOLDADO I. — *(Sorprendido.)* El capitán Narváez.

NARVÁEZ. — General. Si lo es Cortés, ¿por qué no he de serlo yo?

SOLDADO I. — ¿Pero le van a tener en esas prisiones? ¿No es miseria?

NARVÁEZ. — Esas cadenas son mi orgullo, y esta herida. Si me hubiera rendido como un cobarde andaría libre por el real. Pero me he defendido.

SOLDADO II. — Mala suerte.

NARVÁEZ. — Aún podría ser buena. Hablad a los demás contra Cortés y cuando la cosa esté madura venís y me soltáis.

SOLDADO I. — ¿Frente al enemigo? Eso nos podría valer la horca.

NARVÁEZ. — Traidores, hideputas habéis sido vosotros dejándoos sobornar por Cortés.

SOLDADO III. — Esas habladas le pierden, capitán.

NARVÁEZ. — General.

SOLDADO I. — Déjalo que roa sus cadenas.

NARVÁEZ. — El pan de la prisión roeréis vosotros en Cuba, perros, renegados, malnacidos.

CORTÉS. — *(Entrando con* DOÑA MARINA.*)* ¿Excitando a la rebelión dentro de mi real? No confíes en mi cortesía, Narváez. Acuérdate de Cermeño.

NARVÁEZ. — ¡Serías capaz, por Cristo vivo!

CORTÉS. — ¡Sí, por Cristo vivo o muerto! Para evitarte ese honor vas a ir ahora mismo a tu barco, es decir al mío, porque ahora me pertenecen tus barcos por derecho de conquista.

NARVÁEZ. — Osáis tanto porque estoy encadenado.

CORTÉS. — *(Ayudando a* DOÑA MARINA *a armarse con las armas de* NARVÁEZ.*)* No, esto es así... y la celada de este modo Cuando salgas al campo la cierras para preservar tu linda figura, no te pase lo que al capitán Narváez. *(Llamando.)* ¡Sandoval! ¿Dónde estará ese gallego? Él te acompañará, doña Marina. *(Aparece* SANDOVAL *y* CORTÉS *le habla aparte.)* Vas a mandar la patrulla de enlace entre mi escuadrón y el real y a llevar contigo a doña Marina que puede montar la yegua de Narváez.

Se oyen disparos de artillería.

SANDOVAL. — ¿Cuándo?

NARVÁEZ. — ¡Estáis tirando con mis culebrinas!

CORTÉS. — (*Asomándose al cielo por un lado porque la tienda tiene todo un lienzo lateral abierto.*) ¿Qué es esto?

Se va ensombreciendo la escena porque la nube ha crecido y cubre el sol. HERNÁN CORTÉS *se quita la celada y* NARVÁEZ *mira al cielo sorprendido.*

CORTÉS. — Hermanos. (*Con una súbita decisión.*) Ahora mismo. La nube ha cubierto el sol. La artillería está abriendo brecha hacia la enseña del rebelde Xhinotecatl.

NARVÁEZ. — Con mis morteros.

CORTÉS. — Voy con mi escuadrón. Seguidnos a cien pasos y cuando yo rompa, quedad patrullando sin cargar, a media rienda, evitando las infiltraciones a mi espalda como siempre. Vas a llevar a doña Marina en el centro y me respondes de ella con la vida.

DOÑA MARINA. — ¿No me permites ir contigo?

CORTÉS. — Es cosa seria. Ahora no se trata de vencer a Narváez.

NARVÁEZ. — Envidia por mis deudos, eso es. (*Mira todavía extrañado al cielo y a* CORTÉS *y se santigua.*) Si no lo viera no lo creería. Tienes pacto con el diablo.

CORTÉS. — Vamos presto. Esta victoria nos va a caer de las manos de Dios.

NARVÁEZ. — Del diablo. (CORTÉS, DOÑA MARINA *y* SANDOVAL *salen.*) Sólo querría yo ver aquí una pequeña junta de frailes blancos, con la cruz verde de la Suprema.[1] (*Abriendo su cartera de cuero, sacando un papel y leyendo.*) El esforzado capitán don Pánfilo de Narváez...

SOLDADO II. — ¡Sí que es un nombre para un capitán de Indias: don Pánfilo!

NARVÁEZ. — Cállate, gorrino, colchonero.

SOLDADO IV. — (*Entrando.*) Dispóngase a partir. (*A los otros* SOLDADOS.) No creo que pese mucho este preso. Vamos, arrimad el hombro.

NARVÁEZ. — Bellacos, los que servís a Cortés, pero además en el pecado lleváis la penitencia porque acabo de ver lo que yo me sé y Cortés tendrá que vérselas con los frailes blancos de la Inquisición.

SOLDADO I. — Niñerías. *(Disponiéndose los cuatro a cargarlo.)* Ea, arriba.

HEREDIA. — *(Entrando con dos grandes aves.)* Ya era hora de que combatieran los otros por mí.

SOLDADO I. — Buen almuerzo.

HEREDIA. — En cuanto vienen embajadas de indios del interior ya se sabe que Heredia está de jubileo. ¿Adónde vais con ése?

SOLDADO IV. — Lo llevamos a las naves.

HEREDIA. — Echadlo al mar, que los tuertos traen mala suerte.

NARVÁEZ. — ¡Tu madre!

Los SOLDADOS *levantan en vilo a* NARVÁEZ *y se lo llevan. La cartera queda olvidada en el suelo.*

HEREDIA .— *(Palpando los pavos.)* Lo propio para restablecer a una parturienta.

SOLDADO V. — *(Entrando.)* ¿Ha parido tu mujer?

HEREDIA. — En ese trance quedó en Cuba. *(Comienza a sonar lejos un gongo.)* Ese tañer es de victoria. Pero nosotros no tañemos victoria con el tambor.

SOLDADO V. — Es Xhinotecatl el Viejo quien canta victoria.

HEREDIA. — ¿Y si fueran los otros?

SOLDADO V. — Mal provecho te iban a hacer esas gallinas.

HEREDIA. — No son sino guajalotes. Y la victoria está segura. ¿Crees que estaríamos la mitad de los soldados viejos con las manos limpias y sin armas? Cortés nos ha dicho que no nos empleemos en esta acción para que vean los nuevos emisarios de Moctezuma que le sobran fuerzas y que puede ganar victorias con sólo un puñado de infantes y algunos caballos. ¿No has visto a esos indios que llevan el pelo recogido con una cinta roja? Son los embajadores del rey mexicano que ofrece paz. Cierto como Dios. En cuanto los ha visto acercarse, Cortés ha aparejado dos escuadrones y les ha dicho a los embajadores con doña Marina: aguardad que demos fin a ese negocio de Xhinotecatl el Joven y estoy en seguida con vosotros. Los embajadores han salido a ver la pelea. Desde ahí fuera los puedes ver.

SOLDADO V. — *(Mirando.)* Buen continente, los ladrones.

HEREDIA. — Cobran pechos de todos los pueblos de esta tierra.

SOLDADO V. — Aquí están. Llega también Cortés con la enseña enemiga.

Al salir los embajadores al retablo dejan paso a CORTÉS *que llega detrás con la enseña del enemigo —una cabeza de serpiente con las fauces abiertas—.* ALVARADO, OLID *y* DOÑA MARINA *le siguen con seis soldados que llevan bajo la amenaza de sus picas a* XHINOTECATL EL JOVEN, *ensangrentado.*

CORTÉS. — *(Por el prisionero.)* Ojo, no sea que trate de matarse. *(A* ALVARADO.*)* Tres de nuestros contrarios se han eliminado solos y el único verdaderamente temible era éste. Hay que tratarlo como a un enemigo digno de nosotros.

XHINOTECATL HIJO. — *(Habla en su idioma y* DOÑA MARINA *traduce.)* Hazme la sepultura, perro sarnoso. Mataré a mi padre y morirás también tú a mis manos.

CORTÉS. — Somos fuertes y no necesitamos ser crueles. Queremos tu sumisión amistosa.

ALVARADO. — *(Recordándoselo.)* Los embajadores, capitán Cortés.

CORTÉS. — Haced como si no estuvieran. Doña Marina...

DOÑA MARINA. — Señor... Sé lo que me vas a preguntar. Qué clase de embajadores son éstos. A juzgar por sus plumas de quetzal y por sus maneras son parientes del emperador.

CORTÉS. — ¿Qué regalos y albricias han traído?

ALVARADO. — Más de cincuenta mil pesos de oro.

CORTÉS. — Haced como si no hubieran venido.

HEREDIA. — *(Conteniendo la risa.)* Ese sistema ya me lo sé y en estas tierras da buen resultado, digo con los salvajes. Es el procedimiento del ninguneo.[2] Yo me lo sé.

*Los embajadores se acercan, se inclinan, tocan la tierra con
la mano y la llevan a sus labios, con lo cual juran que van a
decir verdad. El jefe de la embajada habla en nahuatl y lo
escucha sólo* Doña Marina *mirando a otra parte.* Cortés *se
finge muy atento a lo que le dice* Alvarado *y transcurrido un
espacio sin que nadie preste atención a lo que dice el mexicano,*
Cortés *pide de pronto a* Doña Marina *que le traduzca sus
palabras.*

Doña Marina. — Moctezuma te ruega que aceptes los presentes que te han traído y te promete otros mejores si tienes
la bondad de honrarlo yendo a su palacio.

Cortés. — *(Displicente a* Alvarado.*)* Llévalos a mi tienda
y espérame allí con ellos.

Se van los embajadores con Alvarado. *Los* Soldados *que
tenían acorralado a* Xhinotecatl *le ponen en cadenas. Quedan*
Cortés, Olid *y* Doña Marina *además del preso y sus guardianes.*

Doña Marina. — Parece que traen paces.

Cortés. — En tres días han ido desapareciendo todos nuestros enemigos. La situación está despejada, demasiado despejada. *(Receloso.)* Es lo que yo digo: cuando las cosas están
demasiado bien es que van a ponerse mal. Y viceversa. *(Mirando a* Xhinotecatl.*)* ¿Por qué no se somete de una vez este
perillán?

Olid. — *(Echando mano a la espada.)* Eso se resuelve en
seguida.

Cortés. — ¡Quieto! ¿El estilo de Alvarado, eh? *(Pausa.)*
He vencido a Narváez y Narváez se somete.

Olid. — Es un payaso.

Cortés. — Moctezuma el poderoso ofrece paces, pero he
vencido a Xhinotecatl con la ayuda de Dios y sin embargo no
cree en mí y no se somete.

Olid. — También es un payaso ridículo.

Cortés. — No, perdona. *(*Xhinotecatl *dice algo en su
idioma que no se entiende.)* ¿Qué dice?

Doña Marina. — Dice que no lamenta que lo hayan vencido sino estar vivo. Dice que debía haber muerto en el campo.

CORTÉS. — *(Con una expresión concentrada.)* ¡Morir en el campo! No todo el mundo merece una cosa como ésa.

Una vez más se corre el repostero sobre el retablo.

CAPÍTULO XIX

El verdadero Cortés se levanta de su asiento, se despereza y exclama:

—Miente el que ha puesto esas palabras en el papel. Yo no habría llamado nunca perillán a Xhinotecatl el Joven. ¿Habrá sido Bernal quien ha escrito todas estas cosas?

—Es posible —dice Alvarado.

—Y, ¿cómo sabe Bernal la ocurrencia del espolique del gobernador? Demasiado saber es ése. Ya veo. Ahora todo el mundo anda buscando el reverso de mi historia.

—Eso no es nada para lo que se dice de mí —comenta Alvarado—. Pero no importa. Hay que dejarlos que nos roan los zancajos. Ladran, luego cabalgo.

Cortés suelta a reír a mandíbula batiente y como esa clase de risa no es frecuente en él todos lo miran sorprendidos.

—Como hay Dios, que Xhinotecatl era un valiente y que daría algo por devolverle la vida.

—¿Cuánto darías? —pregunta Alvarado en broma—. Yo daría hasta tres pesos de plata y cuatro reales de vellón.

—¿Dónde está el cura? —pregunta Cortés sin escucharlo. Dice Alvarado que está en el retablo, detrás de la complicada máquina de la escena, con el trujimán indio y el de Salamanca. Cortés vuelve a sentarse y parece tranquilo, pero está inquieto. Se ve en su manera de aparentar la calma.

—Si de mí hablara el retablo como habla de ti —dice Alvarado refiriéndose a las alusiones de Narváez— seguro que el autor iba a pagarlo caro.

—Espera un poco y verás. Yo creo que cambiará y será mejor.

Cortés, alzando la voz, llama a Bernal, quien aparece delante del repostero, intrigado. Es joven aún y podría ser hijo de

Cortés. Éste, con una indolencia afectada, saca del bolsillo una pequeña escarcela de cuero labrado y se la arroja por el aire. Bernal la caza y se inclina agradecido. Cortés le ha enviado cincuenta escudos de oro.

—Así le pago yo a Bernal los malos recuerdos que pone en boca de Narváez.

Alvarado no comprende y Cortés no lo explica. ¿Para qué? Pero Alvarado tiene que decir algo:

—Yo no podría hacer eso en público, quiero decir arrojarle una bolsa a un capitán sin ofenderlo.

—Bernal no es capitán.

—Mando ha tenido de capitán.

—Pero no está confirmado. ¿Qué crees, que yo no sé lo que se puede y lo que no se puede hacer con los camaradas?

—Siempre fuiste, en la paz y en la guerra, hombre de reparos y de sutilezas.

Piensa Alvarado que Cortés se conduce con la grandeza de un príncipe. Y le extraña un poco que se considere tan alto Cortés que pueda pagar con bolsas de oro alusiones que para otros capitanes serían envilecedoras. Es verdad que Alvarado no cometió nunca vileza alguna en Orán ni en Italia. Sólo las ha cometido en la Nueva España.

Detrás del repostero se oye la canción del juglar sobre Xhinotecatl. La recita una voz varonil acompañada de sonajas y de tamborcillo indio:

> *Una culebra me he comido*
> *que tenía la cabeza de oro*
> *en tu honor, oh Camaxtli,*
> *y en el de tu hijo Xhinotecatl,*
> *una culebra me he comido.*
> *Xhinotecatl está en nuestro corazón*
> *y en el de toda Tlascala*
> *veloz como el rayo,*
> *fuerte como las aguas del torrente.*
> *Con sus pies levanta polvaredas*
> *agitándose entre sus enemigos*
> *Xhinotecatl el Joven, Xhinotecatl*
> *rayo de la guerra contra todos,*

hasta contra tu padre.
Torrente arrollador
hasta contra tu padre el gordo.
Oh, Xhinotecatl divino
hijo de Camaxtli.
Se ha rendido Xhinotecatl
pero no se ha sometido
porque Camaxtli no se somete nunca.

La cortina se abre despacio y se ve un vasto paisaje: el valle de México desde el paso de Ixtaccihuatl.[1]

CAPÍTULO XX

Al fondo la ciudad de Tenochtitlán erizada de pirámides y oratorios. Detrás las montañas azules. Es el lugar donde el desfiladero comienza a abrirse sobre el inmenso valle.

CORTÉS. — *(Sentado en una peña. A su lado está también sentada* DOÑA MARINA.) ¿Tú hablaste con él?

DOÑA MARINA. — Quise hablar, pero no quiere verme. Dice que me matará un día por haber traicionado a mi pueblo.

CORTÉS. — Su padre insiste en que lo ahorquemos. Pero es imposible. Le gusta la muerte y tiene razón. Entre los soldados hay situaciones que sólo la muerte puede resolver. *(Pausa.)* Es bueno ser valiente y tener razón.

DOÑA MARINA. — ¿Crees que tiene razón Xhinotecatl?

CORTÉS. — Tiene razón contra todos nosotros. *(Pausa.)* Yo he peleado siempre fuera de mi patria, pero debe ser hermoso pelear dentro y defendiéndola, como él.

DOÑA MARINA. — ¿Es que vas a dejarlo en libertad?

CORTÉS. — No, eso no. *(Tomándole las manos.)* No es necesario que lo entiendas todo y por eso no te explico más.

DOÑA MARINA. — Somos bárbaros, como dice Alvarado.

CORTÉS. — Pero todo es puro en vuestra barbarie. ¡Cuánto más limpias esas almas que las de Diego Velázquez, Narváez y nuestros golillas y picapleitos! Sois puros vosotros a quienes combato y destruyo..., sois los únicos que habéis visto en mí...

DOÑA MARINA. — *(Ansiosamente.)* ¿Qué?

CORTÉS. — *(Difícilmente.)* Bien, un hombre es algo más que un animal que trabaja, ama o pelea. Algo más también que un alma que aguarda el cielo o el infierno. *(Abstraído.)* En Castilla nadie me conoció. Me tomaban por un truhán o un hombre de pequeñas vanaglorias. Caí en alguna ruindad, como cada cual, en España, en Cuba. Nadie creía en mí. Ese pobre Narváez vencido y todo sigue negándome y es sincero porque aunque tiene los hechos delante no los ve. Con un ojo menos, supongo que cada día le será más difícil ver la verdad. Pero, ah, doña Marina, vuestros hermanos, los que viven en esta tierra, me han visto tal como soy, me han comprendido y me comprenden. Por eso me duele el odio de Xhinotecatl, el único que me rechaza y me niega. Yo quisiera hacer de él mi amigo...

DOÑA MARINA. — Vuestro esclavo, dirás. Es decir, tu esclavo.

CORTÉS. — Bien, mis amigos son eso, al menos en esta tierra.

ALVARADO. — *(Entrando con el* PADRE BARTOLOMÉ.*)* Ya están todos alojados. Hay espacio bastante incluso para los tlascaltecas. Tres enfermos graves, digo tres castellanos.

PADRE BARTOLOMÉ. — *(Irónico.)* Los dioses se resfrían, atrapan pasmos y se ponen a la muerte.

ALVARADO. — Seis días llevamos deshaciendo albarradas y trincheras, alejando capitanías enemigas día y noche y cazando espías por los caminos. ¿Son ésas las paces de Moctezuma?

CORTÉS. — Hay algunos pueblos que no le están sometidos. Ni tampoco a Xhinotecatl el Viejo. Pueblos mostrencos y sin amo. Esos son los que nos quieren impedir el paso.

ALVARADO. — *(Exaltándose.)* Por Dios que no entiendo lo que pasa. ¿Estamos locos? Somos un puñado de hombres, la mitad heridos, y vamos a entrar en una ciudad desconocida y grande como Roma y Bizancio juntas. ¿Y sabes qué te digo? Que aunque me dijeran que iba a morir allá abajo no me volvería atrás.

OLID. — *(Llegando con tres* INDIOS.*)* Parece que hay novedades. Nuevos embajadores del emperador.

CORTÉS. — ¿Qué ocurre?

Uno de los embajadores habla después de cambiar con COR-TÉS *los saludos y cortesías del caso.*

DOÑA MARINA. — *(Traduciendo.)* Nuestro emperador el grande Moctezuma nos envía a rogarte que no bajes a la ciudad y que vuelvas atrás con todos tus soldados. Sus dioses le han dicho que será lo mejor para todos y siente mucho cambiar de parecer, pero ésa es su decisión y así te la transmitimos.

CORTÉS. — Nuestro emperador nos ha ordenado que vayamos a saludar al gran Moctezuma y a ofrecerle nuestra amistad. Nuestro Dios nos dice que esta visita será buena para la paz y prosperidad de México y de su gran emperador Moctezuma.

Traduce DOÑA MARINA *y responde el mexicano.*

DOÑA MARINA. — Pregunta cuándo iréis a la ciudad.

CORTÉS. — Mañana al amanecer entraremos en ella. *(Dando la entrevista por terminada.)* Olid, lleva a estos embajadores al albergue y cuida que los traten como merecen y conviene. Por ahora está todo hablado. Ah, olvidaba, Olid, mira si ha ido alguien con los indios que vinieron a pedir un *teul* para defenderse en un poblado próximo. Parece que las bandas fronterizas se dedican a saquear esos poblados. Son tropas de Moctezuma desautorizadas por el emperador.

ALVARADO. — Yo sé como lo arreglaría eso, desautorizadas o no.

CORTÉS. — Hay que mandarles un *teul.*

PADRE BARTOLOMÉ. — *(Reprobador.)* No sois *teules,* no sois dioses. ¿Por qué no decir que sois hombres como los demás, pero asistidos por la fe?

CORTÉS. — No lo comprenderían los indios.

ALVARADO. — *(Mirando una piedra blanca labrada con forma humana que es una marca de término.)* Los dioses son aquí más feos y monstruosos todavía que en la tierra baja. ¿Estáis viendo?

OLID. — *(Volviendo con dos* INDIOS.*)* Aquí están.

CORTÉS. — Que venga Heredia armado. (OLID *se va.*) Vosotros, amigos, vais a tener la ayuda de un dios verdadero.

PADRE BARTOLOMÉ. — No sé adónde vamos a parar con estos desvaríos. ¿Qué manera de hablar es ésa?

CORTÉS. — La única por ahora, padre Bartolomé.

DOÑA MARINA. — Todos estos poblados están sometidos.

CORTÉS. — Quedó arreglado antes de que entráramos en la montaña. De otra forma no habría quien pasara estos puertos.

ALVARADO. — Pero han traicionado. A los que traicionan

yo los marcaría con hierro en la frente hasta los últimos días de su vida.

CORTÉS. — Es que la autoridad de Xhinotecatl y de Moctezuma no llega a algunos poblados. No es traición.

ALVARADO. — Siempre los defiendes a los indios.

CORTÉS. — Están en su tierra.

ALVARADO. — La tierra es de quien la conquista.

CORTÉS. — Ya lo sé. Y no la conquista quien quiere sino quien puede.

HEREDIA. — *(Entrando.)* A vuestras órdenes.

CORTÉS. — Vas a ir solo a una entrada, Heredia.

HEREDIA. — Entendido.

CORTÉS. — Llevas escolta india y cuando vuelvas debes volver con la escolta, ¿oyes? Nada de desafueros.

HEREDIA. — Ya veo, gente amiga.

HEREDIA *sale renqueando con los indios.*

CORTÉS. — ¿Habéis visto con qué fe miraban al pobre Heredia? *(A* ALVARADO.*)* Tú y doña Marina atended a los embajadores. Yo creo que voy al alcance de Heredia porque esta excursión podría ser útil para tantear la moral de las marcas fronterizas. *(Vacilando se levanta un momento, abstraído.)*

ALVARADO. — No, Cortés.

CORTÉS. — En realidad no debía enviar a nadie sino ir yo mismo.

PADRE BARTOLOMÉ. — Alvarado tiene razón. Quédate aquí, que esa tarea no es para el capitán general. ¡Y ustedes no se hagan ilusiones, que son hombres de carne mortal y serán comidos un día por los gusanos como los indios mismos!

Poco a poco se cierra el retablo.

CAPÍTULO XXI

Cortés dice a Alvarado, que está a su derecha:

—Pierdo doblado si esta parte no es del cura. Lo digo porque es el último en hablar y los frailes nos están aguando la fiesta a fuerza de bendiciones y amenazas. Sin hablar de los diezmos, claro. ¿Qué dices?

Alvarado se muerde las uñas pensativo y ve que el cura ha salido de la sala. Esa súbita y prudente ausencia le hace pensar que tal vez Cortés tiene razón.

—Lo peor es —dice Cortés muy preocupado— que si nos descuidamos los frailes se nos van a alzar con el santo y la limosna.

—¡Eso habrá que verlo! —dice detrás de Cortés el viejo Heredia en su capisayo de ermitaño de las ánimas.

—¿Qué te parece el retablo? —pregunta a continuación Alvarado.

—Ah, eso es pura chacota y escarnio —responde Heredia con desdén.

Detrás del repostero se oye la voz del trujimán:

> *Eh, capitán Alvarado*
> *eh, don Cristóbal de Olid,*
> *buena cocina os sustenta*
> *en buena cama dormís*
> *cien criados obedecen*
> *que no habéis más que pedir*
> *cien doncellas os sonríen*
> *frescas como el alhelí...*

Se interrumpe el romance porque un indio vestido de bufón, brillante de sedas, jorobado por delante y por detrás, sale delante del retablo y salta a veces dando una vuelta de campana en el aire. Luego corre gritando:

—¡Ay, que se acerca, que se acerca!

—¿Qué es lo que se acerca? —le pregunta otro bufón desde la sala.

—La noche triste. Cuauhtémoc y la noche triste.

Cortés se sobresalta un momento. Todos tienen los nervios más o menos sensitivos delante de las crudas alusiones del retablo. El bufón corre por la sala gritando:

—¡Ay, que se acerca Cuauhtémoc y que los *teules* corren a las puentes rotas y caen al agua cargados de oro!

Hay en los gritos del indio una evidente alegría. Le gusta recordar que en aquellos puentes perdieron la vida más de ochocientos castellanos.

El indio se detiene a bailar delante de Cortés y de Alvarado. Éste aprieta los dientes:

—A esa estantigua le daría yo tapabocas ahora mismo.

—¿Tú? —dice el indio—. Bien brincaste con el caballo, la última canal.

Alvarado calla, pálido. Cortés aguanta la risa. El indio baila delante de Cortés y éste le arroja un escudo por el aire. Lo atrapa el indio con la boca y sigue bailando y recitando:

—Moctezuma murió en la azotea y luego vino Cuauhtémoc el cojudito. Y entonces sucedió la noche triste. Triste para los *teules* y alegre para Cuauhtémoc. Eso es, marqués. Sangre por un lado, sangre por otro y las canales rojas.

Tres indios pequeños jorobados —con falsas jorobas— y vestidos de seda imitan los movimientos del anterior y repiten sus palabras. Al pasar frente a Cortés reanudan ellos mismos a coro el romance interrumpido:

> *...malamente se os ajustan*
> *las armas al tahalí*
> *y los caballos descansan*
> *y sus flancos no batís*
> *con la espuela que ahora yace*
> *triste de moho y orín.*
> *No sois hombres de Castilla,*
> *ay, don Cristóbal de Olid,*

que más que hombres sois ahora
dioses del mundo gentil
pues como a tales os tratan
como tales os sentís.
Ay, capitán Sandoval,
un mes ya sin combatir,
que los combates con rosas
no cuentan en buena lid
y de don Hernán no hablemos
que nada habrá que decir,
tres hijas ha Moctezuma
las tres de talle gentil.
Ay don Hernando el valiente
dulces batallas reñís...

Se abre de nuevo el retablo, que ahora representa el palacio del viejo padre de Moctezuma al lado de la residencia imperial. Una gran sala casi sin muebles. Alfombras de fibra vegetal adaptadas a los accidentes del suelo y de los muros.

CAPÍTULO XXII

En un pequeño estrado MOCTEZUMA, *a quien los indios han representado con una fidelidad respetuosa, y a su lado* CORTÉS *y* DOÑA MARINA. ALVARADO *cerca, con coraza y celada. Los cuatro van descendiendo las escaleras del estrado familiares y risueños.*

CORTÉS. — *(A* DOÑA MARINA.) En un mes su majestad ha aprendido bastante. Te felicito.

DOÑA MARINA. — Hay una palabra que le gusta sobre todas las demás: la afirmación: *sí.*

MOCTEZUMA. — Sí.

CORTÉS. — Lo contrario que Xhinotecatl el Joven. Sólo sabe decir *no.*

El diálogo con MOCTEZUMA *se hace a través de la traducción de* DOÑA MARINA, *que ha adquirido en esa tarea una agilidad graciosa.*

MOCTEZUMA. — Hablaremos esta noche, Malinche.

CORTÉS. — No esta noche sino ahora.

MOCTEZUMA. — Ahora debo ir a mis aposentos.

CORTÉS. — Lo siento, pero su majestad debe quedarse ahora ahí, en los aposentos nuestros.

MOCTEZUMA. — *(Sin comprender y haciendo ademán de marcharse.)* Más tarde, a la noche.

CORTÉS. — *(Indicándole el interior del palacio.)* Creo haberlo dicho antes con claridad, señor. Lo siento, pero quedas en rehenes. Aquí. La gente anda alborotada contra nosotros y necesitamos garantías.

MOCTEZUMA. — Soy el emperador.

CORTÉS. — Como tal emperador y con los mayores respetos quedáis preso. *(A* ALVARADO.*)* Llévalo a las habitaciones que están al lado de las de doña Marina y hazle homenajes y acatamiento como siempre. Deja entrar a sus cortesanos y gentilhombres a tratar con él sin la menor dificultad, pero que escuche doña Marina. Moctezuma sigue siendo el emperador aunque momentáneamente bajo nuestra potestad.

ALVARADO. — ¿Con la misma guardia que tiene Xhinotecatl?

CORTÉS. — No. Deben estar separados ellos y separadas las guardias.

ALVARADO. — Bien. *(A* MOCTEZUMA.*)* Señor..., yo os ruego... *(Indicándole una puerta interior. El emperador vacila.* ALVARADO *va a tomarle del brazo y* MOCTEZUMA *lo rechaza con violencia.)* Excusadme, señor.

CORTÉS. — ¿Qué es eso, Alvarado? La persona de Moctezuma es sagrada.

MOCTEZUMA. — *(A* CORTÉS.*)* Castígalo, ponle prisiones en los pies y arrójalo al canal grande.

CORTÉS. — ¿Por qué?

MOCTEZUMA. — Ha puesto sus manos en mí.

CORTÉS. — Será castigado, majestad. Por ahora déjese conducir.

ALVARADO. — *(Inclinándose respetuoso.)* Os pido perdón, señor.

Al comprobar que hay en ellos una intención respetuosa, MOCTEZUMA *se deja llevar y sale.*

DOÑA MARINA. — Xhinotecatl sigue sin querer hablar.

CORTÉS. — ¿Cuándo lo has visto?

DOÑA MARINA. — Esta mañana.

CORTÉS. — Conviene que no le vayas a ver sin órdenes mías.

DOÑA MARINA. — Le visitaba para...

CORTÉS. — Es inútil, no hay nada a hacer. ¿Cuauhtémoc, el sobrino del emperador, está en la ciudad?

DOÑA MARINA. — Está y todo el alboroto y la confusión vienen de él.

CORTÉS. — ¿Desde cuándo?

DOÑA MARINA. — *(Con intención.)* Quizá las dulzuras de esta casa te distraen demasiado y no sabes lo que sucede fuera del palacio.

CORTÉS. — Sí, son nuestros pecados.

ORDAZ. — *(Entrando.)* Hay novedades.

CORTÉS. — *(Impaciente.)* Que no salga nadie del palacio. Los caballos deben estar aparejados y los indios prestos. No deis señales exteriores de alarma y reforzad la guardia bajo la ventana de Xhinotecatl. *(Se oye un gongo lejano.)* Ya veis si andamos acertados al apresar a Moctezuma. Dejad entrar a los cortesanos y a los jefes militares indios, que hablen con su señor. El emperador para salvar la cara dirá a los suyos que está con nosotros por voluntad propia y sin violencia alguna, que ha venido a vivir a nuestros reales por amor al rey Carlos V y a nosotros. Eso puede desconcertar a los indios y aplazará o atenuará los primeros choques.

DOÑA MARINA. — ¿Sabes qué decía Xhinotecatl ayer?

CORTÉS. — No hay que poner atención a todo lo que dice.

DOÑA MARINA. — Decía que en esta ciudad encontraríais todos la tumba.

CORTÉS. — ¿Qué crees tú? *(Ella vacila.)* Tienes el mismo entusiasmo por Xhinotecatl que por mí, ¿no es eso?

DOÑA MARINA. — Tengo de él la misma idea que tienes tú.

CORTÉS. — Alta idea. Yo mismo te la he dado, esa idea, y no me parece mal, pero yo soy un hombre y tú una mujer. No he perdido aún mi admiración por Xhinotecatl y te ruego por eso mismo que no vuelvas a verlo.

DOÑA MARINA. — No comprendo.

CORTÉS. — Una mujer de Castilla comprendería.

PRINCESA DE MOCTEZUMA. — *(Entrando.)* ¿Por qué has apresado a mi padre?

CORTÉS. — El emperador por su propia voluntad ha venido a nuestros cuarteles.

PRINCESA DE MOCTEZUMA. — Mentira.

DOÑA MARINA. — Como el peligro crece por momentos queremos conservarlo a nuestro lado para que esté más seguro.

CORTÉS *se acerca a las ventanas y mira hacia fuera. La* PRINCESA *va y viene inquieta.*

PRINCESA DE MOCTEZUMA. — Dile que suelte a mi padre.

DOÑA MARINA. — Lo que tú no consigas, ¿cómo voy a conseguirlo yo? *(A* CORTÉS.*)* No comprende que su padre siga preso.

CORTÉS. — *(Sombrío.)* Verá otras cosas que comprenderá menos.

DOÑA MARINA. — *(Llevándosela.)* Ven conmigo, señora. Vamos a ver a tu padre el emperador.

Gritos dentro. Algarabía en la calle. Se oye un disparo de arcabuz.

OLID. — *(Entrando.)* Xhinotecatl ha intentado huir y lo han apresado cuando se descolgaba por la ventana. Llevaba cadenas y para deshacerse de ellas ha tenido que ayudarle alguien. Tiene cómplice dentro del palacio.

CORTÉS. — Algún gentilhombre de Moctezuma.

OLID. — Pero, son enemigos los de Tlascala y los mexicanos.

PADRE BARTOLOMÉ. — *(Entrando.)* La situación en la ciudad es más confusa cada hora.

CORTÉS. — Por Dios que tiene usted buen olfato, padre. *(En broma.)* Necesitábamos que usted lo dijera para enterarnos.

PADRE BARTOLOMÉ. — Pero quizá necesitas, general Cortés, que alguien te diga otras verdades. Toleras la idolatría, respetas los santuarios indios y sus ídolos.

CORTÉS. — En Tlascala pusimos la imagen de la santa Virgen en la más alta pirámide. Y un terremoto la derribó.

PADRE BARTOLOMÉ. — Casualidad. Pusisteis la Virgen y ahí se acabó todo. Ahí y en bautizar a las indias para que las tomen como mancebas tus soldados. Ni siquiera han sido bautizadas las hijas de Moctezuma con las que...

CORTÉS. — *(Eludiendo.)* Señor cura, he visto que la idolatría me es propicia en la guerra. Los capitanes discretos aparentan respetar la religión del enemigo para debilitarlo y para aprovecharla si pueden en su favor.

PADRE BARTOLOMÉ. — ¿Quieres decir que los ídolos te ayudan a triunfar? ¿Y qué puede valer un triunfo obtenido con ayuda del demonio?

CORTÉS. — Esas son teologías y aquí estamos en la guerra. Si su religión les dice que vamos a tener victoria y que somos descendientes del gran Quetzalcoatl son otras tantas armas en nuestro favor. Pero, ¿qué decir si hasta sus adoratorios nos ofrecen las mejores atalayas para observar al enemigo y prevenirnos? A esas pirámides debemos nuestros triunfos en Tlascala.

PADRE BARTOLOMÉ. — Entonces, ¿no piensas hacer nada contra la idolatría?

CORTÉS. — Para tranquilizarle a usted ahora mismo saldrá una descubierta. Veinte infantes subirán a la pirámide más próxima y derribarán los ídolos de Huitxhilopotxtli. De paso mirarán el campo a ver si el enemigo se concentra. *(Pausa.)* ¿Todavía duda usted de mí?

PADRE BARTOLOMÉ. — *(Receloso.)* Dios me libre de ello.

CORTÉS. — Salvar la vida es importante también. Su vida, la suya. ¿Quiere ir con la patrulla y vigilar si la destrucción de los ídolos se hace adecuadamente y bendecir el lugar?

PADRE BARTOLOMÉ. — No creo que sea necesario.

CORTÉS. — *(Conteniendo la risa.)* Yo, tampoco. *(Iniciando la salida hacia una de las terrazas.)* Creo que los indios se preparan a atacar.

DOÑA MARINA. — *(Entrando.)* Padre, vienen muchas capitanías enemigas. ¿Dónde está Cortés?

PADRE BARTOLOMÉ. — Doña Marina, hace tiempo que no hablamos de nuestro Dios.

DOÑA MARINA. — Cuando hay grandes peligros todos os ponéis a hablar de vuestro Dios.

PADRE BARTOLOMÉ. — ¿Sabes quién es nuestro Dios?

DOÑA MARINA. — Sí, lo matasteis y está colgado en un madero con los brazos abiertos. Los indios dicen que coméis de ese Dios y os da fuerzas.

PADRE BARTOLOMÉ. — ¿Eh?

DOÑA MARINA. — Creen que sólo para comerlo tiene sentido que lo conservéis así y que por la mañana antes de ir al combate coméis pequeños trozos blancos y redondos de ese Dios y su carne os da fuerzas.

PADRE BARTOLOMÉ. — No exactamente. Murió nuestro Dios y antes de morir instituyó el sacramento de la comunión distribuyendo pan a sus discípulos y diciendo: tomad y comed, éste es mi cuerpo. Lo que hacen los soldados antes de ir al combate es repetir ese sacrificio. En ese trozo de materia blanca está el cuerpo de Dios.

DOÑA MARINA. — Entonces es lo mismo que dicen los indios. *(Se oye otra vez el gongo cuyos golpes se repiten con mayor frecuencia.)* Van a asaltar el palacio.

CORTÉS. — *(Entrando.)* Han salido dos patrullas y un escuadrón para despejar los alrededores y subir a la pirámide.

Gritería fuera. Algunos SOLDADOS *entran buscando consejo.*

ORDAZ. — *(Desde la puerta.)* General Cortés, la fiesta comienza.

ALONSO DE ÁVILA. — ¡Al arma! *(Entran por la ventana dos saetas, toma una y la ofrece a* CORTÉS.*)* No parecen mejores que las de Tlascala.

CORTÉS. — *(Observándola.)* Tienen la punta serrada, pero por eso se embotarán antes en las defensas de algodón. Que salga una compañía para ocupar las terrazas de las casas de alrededor. Los que queden aquí que usen sólo celada y defensas de algodón. *(Llamando.)* Ea, los colchoneros. Un arcabucero en cada esquina. Y ved si los aljibes están llenos de agua. Nos han cortado las fuentes. A ver qué noticias trae Sandoval.

PADRE BARTOLOMÉ. — Esta va a ser la peor jornada.

CORTÉS. — Podría ser la mejor si no es la última. *(A* DOÑA MARINA.*)* Ponte también las armas porque quizá tengas que salir a parlamentar.

DOÑA MARINA *las toma de un rincón y va poniéndoselas despacio con movimientos blandos y femeninos. Entran dos* SOLDADOS, *uno de ellos herido.*

SOLDADO I. — Las patrullas no pueden llegar a la pirámide. Hay tres caballos muertos y todos los demás heridos. Los infantes vuelven como pueden quedándose algunos en manos de los indios.

CORTÉS. — *(De veras alarmado.)* ¿Qué desventura es ésta?

SOLDADO II. — Hay más de cien mil indios de guerra, el palacio está rodeado, las puentes de los canales por ese lado están rotas de modo que no se puede llegar a tierra firme.

Voces, clamores de guerra, insultos. En todas las entradas del palacio se pelea bravamente.

CORTÉS. — Hay que sacar a Moctezuma a la terraza para pedir una tregua y así recuperaremos los jinetes y las patrullas.

SOLDADO I. — Imposible. Los soldados presos los llevan a lo alto del *cu* para abrirles el pecho y sacarles el corazón bullendo.

Crece la gritería y se oyen algunos arcabuzazos.

CORTÉS. — ¡Que traigan a Moctezuma!

SOLDADO I. — ¿A quién doy esa orden?

CORTÉS. — A Olid, que está de jefe de las guardias. Doña Marina, aguárdame aquí.

CORTÉS *sale con los* SOLDADOS *en la dirección de una terraza mientras el* SOLDADO I *desaparece hacia el interior del palacio.* DOÑA MARINA, *fatigada por el peso de las armas, se sienta en una montura de caballo que hay contra el muro.*

DOÑA MARINA. — Los dioses han dicho a los mexicanos que os ataquen porque esta vez van a exterminaros. Pero yo creo que la carne de vuestro Dios os da fuerzas milagrosas.

PADRE BARTOLOMÉ. — No, no es eso. Bueno, en cierto modo, sí, pero lo que yo decía…

SOLDADO III. — *(Entrando.)* Cuidado, que esta parte del palacio está mal defendida. *(Volviéndose.)* ¡A mí los castellanos! *(Acuden seis más, uno con arcabuz.)* ¡A las ventanas! *(Se bajan los ventalles de las celadas y se asoman.)* Eh, cuidado, que están tirando desde las azoteas próximas. *(Dispara.)* Nunca he visto tantos indios juntos.

OTRO SOLDADO. — Voto a Dios. *(El cura se sobresalta al*

oír el juramento.) Los nuestros no han conseguido ocupar los tejados y los indios nos tienen atrapados como ratas.

ARCABUCERO. — Eh, déjame a mí el cacique ese del estandarte. Son valientes los indios.

OTRO SOLDADO. — (*Entrando.*) Atención. Hay una tregua.

Se oye dentro un clarín de órdenes. El fuego se suspende y las voces de fuera se callan.

ARCABUCERO. — ¿Se habrán rendido? No lo creo. ¿Por qué se habían de rendir si llevan la mejor parte?

OTRO SOLDADO. — Es el rey que va a hablar a los indios. Está arriba en la terraza.

SOLDADO III. — Vaya un rey. El rey de los monos.

ARCABUCERO. — Eso no, que tanto vale este rey como los de nuestra tierra y si a mano viene tiene más respeto y más boato que el de Castilla. Por mí puede acabarse la tregua cuando quieran. Tengo aquí tiros para tres meses.

Después de un breve espacio de silencio vuelve la gritería más fuerte que antes. Se oye de nuevo el cornetín de órdenes.

SOLDADO III. — Corta ha sido la pausa.

CORTÉS. — (*Entrando con* MOCTEZUMA *cogido del brazo, que lleva el rostro ensangrentado y camina trabajosamente.*) Venid, señor, yo buscaré quien os cure.

MOCTEZUMA. — No, no. Demasiado tarde, todo. A-ná-huac![1]

CORTÉS. — (*Llamando.*) Eh, los sirvientes del emperador. Esos perros le han cruzado a flechazos y le han abierto la cabeza de una pedrada.

Acuden tres sirvientes INDIOS *que se ocupan de* MOCTEZUMA *quien camina hacia un extremo de la sala y se deja caer sobre una estera.*

CORTÉS. — (*A los* SOLDADOS.) ¿Habéis mirado si los aljibes están llenos?

OTRO SOLDADO. — No hay agua, mi general.

NOBLE INDIO. — (*Aterrado, al emperador.*) Señor..., señor...

Tratan de curarlo, pero él rechaza toda clase de auxilios.

MOCTEZUMA. — *(Con gran melancolía.)* A-ná-huac.
CORTÉS. — *(Desentendido de* MOCTEZUMA.*)* Ojo los balles-
teros, al ángulo sur del palacio. No tirar sino sobre seguro. De-
jadles acercarse que por ese lado no pueden escalar. Más colchoneros arriba a las ventanas últimas.
MOCTEZUMA. — Quetzalcoatl... *(dice algunas palabras in-
inteligibles en idioma nahuatt).* Aquí..., aquí... *(Se acuesta en
una alfombra.)*

El emperador entra en la agonía y al darse cuenta los dos
NOBLES *se sientan en cuclillas el uno a la cabecera y el otro a los
pies y quedan mudos como esfinges, con las mejillas en las manos cerradas.*

MOCTEZUMA. — Cuauhtémoc... Que llamen a Cuauhtémoc.

*Se oyen ruidos de gongo con los que anuncian los indios
el sacrificio de los prisioneros españoles. Son golpes de gongo
pausados, tristes y largos.*

MOCTEZUMA. — Sacan el corazón de los *teules* de Quet-
zalcoatl y los exprimen como esponjas sobre Huitxhilopotxtli.
Sacan el corazón de los que han venido por el camino del sol
naciente.
NOBLE I. — El corazón lleno de sangre venenosa.
MOCTEZUMA. — Sacan el corazón de los amigos de Quetzalcoatl.
NOBLE II. — El corazón roñoso y puerco.
MOCTEZUMA. — *(Deteniéndose a oír el gongo.)* Ahora no
suena el gongo por los corazones de los amigos de Quetzalcoatl,
sino por mí.
NOBLE I. — Por tu vida, señor.
MOCTEZUMA. — No, por mi muerte. Voy a morir y conmigo moriréis todos vosotros y el que no muera quedará en
servidumbre por el resto de su vida y la de sus nietos y los
nietos de sus nietos hasta el fin de las edades.

Noble ii. — No, señor. No suena por vuestra muerte sino por la muerte de Malinche y Cortés.

Moctezuma. — No, ésos son los victoriosos. Yo he visto el primer día que son los victoriosos.

Noble i. — ¿Por qué?

Moctezuma. — La muerte misma es su amiga. Son los victoriosos.

Noble i. — La muerte no es amiga de nadie.

Moctezuma. — No sólo es su amiga sino su esclava. Tienen un dios más fuerte que el nuestro y han esclavizado al rayo y a la muerte. *(Se oyen gongos mucho más lastimosos.)* Ahora sí que suenan por mí los atabales de la pirámide.

Noble ii. — Ahora, sí, señor. Ahora suenan por vuestra muerte.

Moctezuma. — Cuauhtémoc... Que lo avisen... que lo avisen.

Muere sin patetismo alguno. Los indios le cubren la cara y siguen sentados como antes.

Cortés. — ¿Ha muerto? Esos cerdos han matado a su rey. Hay que sacar ese cuerpo a las azoteas para que lo vean. A ver, soldado, avísame a Pedro de Alaminos. Hay que construir cuatro puentes del ancho de los canales. Cuatrocientos tlaxcaltecas llevarán cada una de esas puentes sobre sí. *(El Soldado sale corriendo.)* Padre Bartolomé, doña Marina, salid de esta parte del palacio que va embrujándose con el emperador muerto. *(Ella se acerca al cuerpo y lo mira sin tocarlo.)* Yo tengo la culpa por obligarlo a asomarse y a hablar de paz a los suyos. Dios nos asista a todos. Hemos ido muy lejos. No podremos ya salvarnos sino por milagro. Poniendo la vida por delante habrá ocasión todavía de salir con ella. Ustedes a las cuadras centrales y esperen. Los que iban a derribar los ídolos han sido exterminados hasta el último. Dios no nos ayuda, pero no importa. Con Él o sin Él venceremos.

Padre Bartolomé. — ¿Estás loco, capitán?

Cortés. — Es posible. *(Gritando.)* No debemos contar sino con nuestras espadas, pero es igual. En cuanto estén hechas las puentes saldremos. Que alisten los caballos. Padre, reza por mi alma y por la tuya, si crees que tenemos alma y si van a oírte en el otro mundo.

El cura se santigua.

PADRE BARTOLOMÉ. — Me santiguo de ti y contra ti, capitán. El demonio te hace hablar así.

La cortina se extiende lentamente sobre el retablo.

CAPÍTULO XXIII

Cuando queda cubierto el retablo, Alvarado mira de reojo a Cortés:

—Hemos salido bien de ese trance, digo, en el retablo.

—Habrás salido bien tú. En todo caso es mentira y yo no dije eso.

—Había más texto y lo cortaron. Decías grandes cosas en ese texto. Cosas como las grandes figuras de la historia.

—Pues...

—Decías también algunos juramentos peores que los de Bernal, pero entonces no había dominicos aún. Ahora andan por ahí y se muestran escrupulosos. Ojo al Santo Oficio, marqués del Valle de Oaxaca.

Les divierte a los dos la idea de que pueden coaccionarles los frailes de los hábitos blancos aunque sean los que tienen a cargo las tareas del Santo Oficio. En Indias no tienen miedo a la Inquisición. Dentro del retablo se oye una voz de mujer, plañidera, que dice:

—Moctezuma, Moctezuma...

Una masa de voces masculinas responde:

—Cuauhtémoc, Cuauhtémoc...

Se oye una canción funeral mexicana en una sola voz de niño o de mujer acompañada por el tamborcillo indio. Al terminar la canción que todos escuchan con respeto y que pone una vibración de misterio en el aire se corre otra vez el repostero y aparece un paisaje desolado y desierto. Es de noche. Rocas altas a la derecha, que se pierden en lo alto de la oscuridad. Después quedarán iluminadas por la luna.

CAPÍTULO XXIV

Hernán Cortés *con mal aspecto,* Soldados *en harapos, con las armas rotas, descalzos.* Cortés *en un grupo con* Diego de Ordaz, Olid *y* Doña Marina.

Soldado. — *(Entrando por la izquierda.)* Llegan todavía algunos y dicen que son los últimos porque toda la retaguardia pereció juntamente con Velázquez de León.

Cortés. — ¿Traen armas?

Soldado. — Si se puede hablar así, armas traen.

Cortés. — Que se junten a la compañía de Ordaz. Bien habría venido su ayuda ayer en Otumba. ¿Hay ya listas nuevas?

Olid. — Tenemos una relación completa. Murieron los trece mil y cien tlascaltecas y los ochocientos diez castellanos.

Cortés. — ¿Cuántos somos ahora?

Olid. — No llegamos a los cuatrocientos. Todos llevan una o dos heridas y muchos han ido quedándose por el camino después de Otumba.

Cortés. — ¿Bastimentos?

Olid. — Ni un puñado de maíz.

Cortés. — ¿Y municiones?

Olid. — Tres sacos de pólvora mojada.

Cortés. — Pisamos tierra tlascalteca y estamos a salvo de las armas de Cuauhtémoc. Tres días y tres noches huyendo sin dejar de combatir.

Olid. — Yo vi en Otumba a Santiago en un caballo blanco rompiendo las filas de los indios.

Cortés. — Yo, no, por mis muchos pecados. ¿Y Xhinotecatl? ¿Está vivo?

Olid. — Una broma del diablo.

Doña Marina. — Dice que tendréis que matarlo y que su sangre ensuciará vuestras banderas para siempre.

Cortés. — Están bastante sucias ya, doña Marina.

Olid. — Tenemos que distraer diez hombres en buena salud para custodiarlo, a ese gran cabrón.

Cortés. — ¿Dices que no hay un soldado sin heridas?

Olid. — Como tú mismo. Yo soy de opinión que vayamos a algún lugar que sea propicio donde cada cual se pueda curar.

Cortés. — Olid, hermano, si vamos a Tlascala nos han de recibir como a un aliado en derrota y no hemos sido derrotados, Olid. Todavía no hemos sido derrotados, ¿oyes? ¿Oyen todos?

Heredia. — Que lo diga el cura.

Padre Bartolomé. — Yo no tengo nada que decir.

Heredia. — *(Rencoroso.)* Hombres caían a su lado pidiendo confesión, pero él bien corría.

Padre Bartolomé. — Nada tengo que decir en mi disculpa.

Heredia. — Y gritaba: Virgen de Atocha, sálvame. Y corría como un gamo, que dejaba atrás a los caballos.

Padre Bartolomé. — *(Arrodillándose.)* Perdonadme todos.

Heredia. — Yo decía lo del otro: fíate de la virgen de Atocha y no corras.

Padre Bartolomé. — No tengo nada que decir.

Cortés. — ¡Calla, Heredia! Parece que tú también has corrido, puesto que estás aquí y Alvarado y yo. ¡Yo también! Podría decir que fue por salvar a doña Marina o por salvarme yo, pero fue por las dos cosas y por salvar también a Xhinotecatl. ¿Quién de nosotros puede proclamar que no ha tenido miedo y que no ha huido olvidando sus deberes? ¿Quién? Allí quedó Vargas el valiente, allí dejamos lo mejor de nuestro ejército y yo soy el primer responsable. *(Alzando la voz.)* No es eso todo. La sangre del emperador Moctezuma está sobre nuestra conciencia, sobre mi conciencia. También lo está la muerte de más de doce mil hombres indios que nos ayudaban confiando en nuestra fuerza y en nuestra lealtad. *(Silencio.)* Ésa es la verdad y ninguno de nosotros podrá respirar ya una

sola vez a gusto ni sentir su conciencia en paz si no superamos
toda esta miseria. Hay que triunfar o acabar de morir. *(Pausa.)*
Ahí en la ladera del valle hay tiendas y refugios y chozas levantados. Descansaremos aquí unos días.

Se oye dentro y lejos el alarido de guerra de los tlascaltecas.

Doña Marina. — Estamos en Tlascala, la tierra de Xhinotecatl.

Cortés. — *(A* Olid.*)* Dad fin a ese negocio del preso y
dejad el cuerpo de manera que lo vean los indios si se acercan.

Doña Marina. — ¿Xhinotecatl?

Cortés. — *(Mirándola fijamente.)* Xhinotecatl, sí.

Doña Marina. — Primero Moctezuma, ahora Xhinotecatl.

Cortés. — ¿Qué, temes por ti? ¿Por la sangre imperial de
tus venas, también? No. Nuestras venganzas no serán por ese
lado. Eres nuestra amiga y ponemos esa amistad por encima
de todo. Y eres además una criatura de Dios. Eres cristiana. No
temas que nuestras espadas te hieran, doña Marina.

*Salen despacio .Queda el retablo vacío por unos momentos
con el cielo gris y lejanas palpitaciones de gongo, que todavía
suena por la muerte de* Moctezuma.

*Aparecen por la derecha los extremos de unas varas largas
donde va colgada la piel curtida de los rostros de varios soldados españoles muertos. Las facciones bien visibles con sus barbas, colgadas de las pértigas, que avanzan horizontales. Detrás
aparecen seis indios. Unos llevan sobre la suya una cabeza de
jabalí, otros de caimán o de una especie de dragón. Al salir
ponen las pértigas derechas como estandartes. En el centro, otro
indio desnudo con la cara pintada de negro y el cuerpo de
amarillo, baila. No se oye sino el rumor de las respiraciones
de los otros quienes marcan con ellas el ritmo al bailarín. Terminada la danza van saliendo, pero dejan las pértigas clavadas en
semicírculo.*

Se oye una voz dentro:

Voz. — *Amici sequamur crucem, et si nos fidem habemus,
vere in hoc signo vincemus.*

OTRA VOZ. — El capitán Velázquez de León, muerto al volver peleando desde la puente primera.

MUCHEDUMBRE. — ¡Presente!

OTRA VOZ. — Los ochocientos y diez soldados muertos por la patria en los canales, en los caminos de la huida o ayer en Otumba.

MUCHEDUMBRE. — ¡Presente!

Se oye el clarín de otras veces.

CORTÉS. — *(Entrando en grupo seguido o acompañado por un grupo de capitanes.)* Los indios nos vigilan y nos acosan y será inútil tratar de descansar. Es mi acuerdo y consejo salir todos mañana a primera hora con mayor concierto que antes para volver sobre la ciudad de México, tomarla al asalto y castigar la soberbia de Cuauhtémoc.

ALVARADO. — *(Viendo las pértigas clavadas en el suelo y los extraños estandartes humanos.)* ¿Qué es eso?

CORTÉS. — Los indios nos acosan y vigilan. No podemos ni debemos descansar. *(A ALVARADO.)* Prepara la marcha para el amanecer. Que vaya Alaminos a la Vera Cruz con diez o más a buscar clavazón y otros útiles porque vamos a construir bergantines para atacar la ciudad por las lagunas al mismo tiempo que por tierra. Y esta noche durmamos en paz, que no nos atacarán los mexicanos sabiendo que estamos en tierra que les es contraria y estando ellos tan extenuados o más que nosotros. *(Mirando una de las pértigas y el rostro de Velázquez de León con las barbas más crecidas.)* Sí, tú eres Velázquez de León que me salvaste la vida en dos ocasiones, el bravo que desafió antes que yo a Diego Velázquez en Cuba. Ésa es tu cara, que la conozco bien. Éste es Íñigo de Ávila que estuvo conmigo en Orán, y luego con Leiva. Amores tuviste en Castilla y esa piel curtida de tu cara conoció las caricias de una mujer antes de venir a caer en estas asperezas. Éste otro es Fermín Rocamora, el que siempre reía. También pareces reír ahora en tu muerte. Pobres hermanos que ya no sois dioses ni *teules* sino hombres muertos vencidos y acabados. Queda con nosotros vuestra fe y vuestro esfuerzo. Y también vuestro ejemplo. Algunos de los que estamos aquí vivimos porque no hemos sabido morir. Yo, el primero. Y os digo, compañeros, que hay que volver a buscar la gloria de éstos, de los que cayeron antes o a rescatar con la victoria nuestra cobardía. (*Rumores de protesta.*) No, no, camaradas, yo soy el primero. Hay que rescatar nuestra flojedad de ayer o dar la vida en la demanda y hundirse en la buena gloria de ésos (*por las máscaras*). Entretanto (*a* ALVARADO) avisa al padre Bartolomé que venga a hacer sus oficios fúnebres y a dar tierra a estos restos. Los demás podéis también iros a vuestros cubiles y tiendas, pero que queden alerta los centinelas. (*Van saliendo todos.*) Yo iré luego.

Se queda solo. En la lejanía se oye de nuevo el alarido de antes y nadie responde. Clarea un poco el cielo y la luna ilumina débilmente las altas rocas de la derecha. CORTÉS *se quita la celada ante los rostros de los españoles muertos.*

CORTÉS. — Yo, Hernando Cortés, hidalgo sin solar en Castilla, soldado en Orán, bellaco en Cuba, héroe en Tlascala, dios en el palacio de Moctezuma, no soy, hermanos míos, sino un hombre. Menos que un hombre. He huido en las puentes de México y os abandoné a la muerte. Salvé yo mi vida dejándoos a vosotros en los canales, sobre todo a Velázquez, a Íñigo de Ávila y a Rocamora. No soy más que un hombre porque un dios habría sabido morir dando la cara con alegría como Xhinotecatl o como vosotros. No somos más que hombres y todavía puestos en la necesidad de probarlo iremos a México y la conquistaremos o pereceremos como vosotros en el agua o en las albarradas.

ALVARADO. — (*Entrando.*) Capitán Cortés...

CORTÉS. — (*Como el que despierta.*) ¿Dices algo?

ALVARADO. — El cura va a venir. No he querido dejarte solo y la providencia me premia mi buen deseo porque nunca te he oído hablar tan largo ni tan elocuente. (*Como a disgusto.*) Está hecho lo de Xhinotecatl.

CORTÉS. — ¿Decapitado?

ALVARADO. — ¿Qué más da la manera? Está hecho.

CORTÉS. — Si me has oído, ya sabes lo que estaba diciendo.

ALVARADO. — Esa palabra que decías, la palabra *cobarde,* sólo puede decirla uno de sí mismo. Una mala palabra. (*Pausa.*)

Creo que has ido demasiado lejos diciéndola a los otros capitanes. *(Pausa más larga.)* No es que sea mentira, no. Yo también soy un cobarde. Todavía no comprendo cómo mi caballo
pudo saltar el canal y las albarradas, pero saltó y a él le debo
la vida. Lo perdí todo. Perdí la espada, incluso. Si he de morir
en las puentes de México a lo mejor me matarán con ella, digo
con mi propia espada. Pero algo de nuestra cobardía fue rescatado ayer, digo en Otumba.

CORTÉS. — No basta. *(Excitado.)* Hay que tomar la ciudad,
destruir este imperio y levantar otro, hacer la historia nuestra,
la tuya y la mía, y las leyes nuevas y la noción nueva también
de la gloria. Sólo tenemos dos caminos: el de Xhinotecatl dando
el corazón para que nos lo arranquen vivo en las pirámides, o el
que acabo de señalar. Es decir, aniquilarlos a todos o someterlos
a todos. Que no puedan acordarse de nuestra cobardía, los
héroes de esta tierra, los que mataron a nuestros hermanos.

ALVARADO. — Habría que degollarlos a esos héroes mexicanos. Hasta el último. ¡Si dependiera de mí!

CORTÉS. — Los héroes no mueren. Alvarado, si volvemos
a México y castigamos a esta nación y la destruimos o somos
destruidos por ella tampoco nosotros moriremos. Tú no morirás, ni yo. *(Aparece* DOÑA MARINA *con un fraile de la mano,
que no es el* PADRE BARTOLOMÉ.*)* Tampoco tú morirás ya nunca, doña Marina.

DOÑA MARINA. — Aquí viene el caballero de Otumba.

CORTÉS. — ¿Quién?

DOÑA MARINA. — El que se apareció en un caballo blanco
en Otumba.

CORTÉS. — ¿Ése? Parece un ermitaño con su sayal, más
que un soldado. ¿Eres tú el que dicen que rompía las escuadras
contrarias? ¿Quién eres?

APARICIÓN. — Ocasionalmente puedo ser un soldado también.

ALVARADO. — *(Riendo.)* ¿Tú?

APARICIÓN. — *(Se quita de un solo movimiento el hábito y
aparece debajo con una armadura de gran lujo, toda de acero
blanco.)* Sí, yo también.

CORTÉS. — ¿De dónde vienes?

APARICIÓN. — De allá. *(Vagamente.)* De por allá.

CORTÉS. — ¿Cuál es tu patria?

APARICIÓN. — La tuya, la de todos.

CORTÉS. — ¿España?

APARICIÓN. — La aventura de los hombres es la misma en todas partes. La mía y la de Él.

CORTÉS. — ¿La de quién?

APARICIÓN. — *(Sonriendo.)* Él corre su aventura en la nuestra, con sangre y todo. Yo me quedaré aquí y os veré marchar. Esta gente se vence con las armas, pero se conquista con el amor.

CORTÉS. — Toda la gente se vence con la espada y se convence con el amor.

APARICIÓN. — Es lo que yo digo, capitán.

CORTÉS. — Dicen que eres Santiago.

APARICIÓN. — No importa quien soy. Por siglos y siglos fui Pólux el dioscuro y el hijo de Júpiter. Nacido en el huevo que puso Leda, nacido con mi hermano Cástor. Me aparecía en las batallas. Ahora soy el que tú quieras.

CORTÉS. — ¿Santiago?

APARICIÓN. — El nombre es lo de menos. Soy el instinto de la muerte que tienes tú, que tenía Moctezuma, que tenía Xhinotecatl y por el cual se conquista a veces la vida. Con el uso de la vida y con los grandes placeres del vivir se va a dar en la muerte, pero con el instinto de la muerte tal como lo ejercéis vosotros se puede conquistar la vida.

CORTÉS. *(Melancólico.)* ¿Qué es la vida? ¿Qué es la muerte?

APARICIÓN. — Eso. Tus preguntas.

CORTÉS. — No entiendo.

APARICIÓN. — Tu confusión, tu duda y tus preguntas. Eso es la vida y eso es la muerte. Las dos van juntas.

CORTÉS. — ¿Quién eres?

APARICIÓN. — Soy el que tú quieras. Soy tu gloria y tu miseria.

CORTÉS. — ¿Qué miseria?

APARICIÓN. — El reverso de tu gloria es tu miseria.

CORTÉS. — Triste gloria, la mía.

APARICIÓN. — Todas son tristes, las glorias con las que creéis conquistar la vida. ¡Valiente vida!

CORTÉS. — ¿Eres un fraile?

APARICIÓN. — Soy Pólux. ¿No ves en lo alto la constelación de los gemelos? Géminis. ¿Eh? El día de Santiago, en España. Géminis. Soy Pólux.

CORTÉS. — ¿Fray Pólux?

APARICIÓN. — Pólux a secas. ¿Y tú? ¿Por qué has matado tantos hombres?

CORTÉS. — En defensa propia. Yo no he odiado nunca a los indios como Alvarado, por ejemplo. Pero ¿quién eres tú? ¿Un soldado?

APARICIÓN. — Un capitán.

CORTÉS. — Tenías un caballo blanco. ¿Dónde está ahora?

APARICIÓN. — *(Vagamente.)* Por ahí. Lo perdí en Otumba y me he quedado a pie. Yo también. Pólux también.

CORTÉS. — Llevabas una bandera en la mano. ¿Dónde está?

APARICIÓN. — No era bandera sino estandarte. Por ahí quedó, con los harapos de la derrota.

CORTÉS. — Y una lanza. Una lanza muy rara, según dicen, de luz y no de hierro.

APARICIÓN. — Trataba de explicar mi misterio a los indios, poniendo esa lanza en sus corazones. Quería decirles que vieran cómo tú peleabas sin odio y por eso les llevabas una gran ventaja. No quieres matar sino dispersar. No herir sino desbaratar. Las órdenes tuyas a los caballeros al entrar en combate son siempre las mismas: la lanza baja a la altura de los rostros y no herir sino asustar, como en un juego de niños. Eso es lo que no podía tolerar Xhinotecatl: que no lo odiabas. Porque tú admiras a toda esta gente pobre y valerosa en el secreto de tu corazón y amas a todos ésos que por el martirio cumplieron su secreto designio.

CORTÉS. — ¿Qué designio?

APARICIÓN. — El que tú eludiste en Orán.

Se cierra una vez más el retablo y los gongos que siguen sonando se oyen más lejos.

CAPÍTULO XXV

Cortés en la sala pregunta mirando alrededor:

—¿Qué manía es ésta? ¿Por qué hablan tanto de Orán?

Doña Marina baja a la sala desde el estrado. Al verla acercarse, Heredia guiña un ojo y dice:

—Doña Marina podría responderte, ¿eh?

Cortés calla, abstraído. Heredia sigue:

—Yo soy igual que vuesa merced. Cuando estoy con la hembra que me gusta, digo, a puertas cerradas, suelo hablar más de la cuenta.

—¿Qué quieres decir?

—Que doña Marina sabe de Orán tanto como vuesa merced.

—¿Y eso?

—Los hombres les hablan a las mujeres de sus congojas, que para eso están ellas en el mundo. Una vez mi abuela me decía: cuando estés con la mujer vientre con vientre cierra la boca. Pero eso es demasiado pedir.

—Suponiendo que eso sea verdad, ¿cómo se han enterado los otros? Digo, los que han compuesto el retablo.

—Doña Marina ha repetido lo que has dicho tú.

—¿A quién?

—¡Ah!, lo que es eso...

—Y ¿por qué ha de repetirlo?

—La mujer es así. En Castilla y en México.

—Pero ¿con quién tiene ella tanta confianza para repetirle mis palabras? ¿Quieres decírmelo?

—No hace falta mucha confianza para revelar un secreto de don Hernando porque las personas importantes no tienen vida privada. Cuando trepa un mono a lo alto de un árbol lo primero que hace es enseñar el trasero.

Cortés mira fijamente a Heredia:

—Yo no soy ningún mono ni he trepado jamás a un árbol

—Es igual. El que quiere grandeza lo paga por un lado u otro y el lado más fácil es el de la hembra. Mira, al otro lado de la ventana hay un pavo real todo blanco y azul que parece de cristal y de piedras turquesas. Eh, ¿qué hace? Hace la rueda. Lo primero que sucede es que enseña el trasero. Haciendo la rueda parece todavía mejor, pero aunque no sube a árbol ninguno enseña sus vergüenzas mejor que el mono trepador. Así pasa con los grandes del mundo.

Doña Marina escucha sin entender y Cortés va a preguntarle a quién y cuándo ha revelado sus confidencias de Orán pero ve a Heredia conteniendo la risa y Cortés se calla. Heredia alza el hombro derecho:

—La mujer es la mujer desde la serpiente y la manzana.

—¿Cómo es la mujer? —pregunta doña Marina, sonriente

—Heredia tiene una opinión pobre de vosotras —dice Cortés.

—Y eso —añade Heredia, reticente— que mis secretos no los ha llevado ninguna de mis hembras a la plaza pública. No soy importante, yo. Ni he trepado al árbol ni hago la rueda.

Doña Marina, fruncido el entrecejo, mira al uno y al otro

—¿De qué hablan ustedes?

—De los pavos reales y de los monos —se apresura a decir Cortés antes de que el soldado responda.

Esto produce una reacción jocunda en el viejo veterano quien ríe estentóreamente, y cuando puede recoger su propia algazara arroja otra vez el trompo y se alza el capisayo para ponerse en cuclillas y verlo bailar. Por fin lo toma en la mano y con él girando en la palma se aleja riendo cuando de pronto vuelve al lado de Cortés y doña Marina y le dice a ésta:

—Don Hernando se incomoda con las confidencias que le haces a algunos soldados. Digo, a los que han compuesto esta mojiganga.

—¿Qué soldados? —pregunta ella.

—Bernal. ¿O tal vez era el cura? ¿Quizá se lo has dicho al cura en confesión?

Y añade dirigiéndose a Cortés:

—Si lo ha dicho en confesión no hay nada que reprochar

Es decir, el único culpable sería el cura y no ante ti sino ante Dios, que por algo lleva sotana.

Habla mirando el trompo que sigue bailando en la mano. Sin dejar de reír se aleja y Cortés pregunta a doña Marina:

—¿A quién le has hablado tú de las cosas que yo te digo en la intimidad?

—¿Qué cosas?

—Las de Orán, por ejemplo.

—Yo no lo he dicho a nadie. Es decir, un día iba a decírselo a Narváez y él se adelantó y me lo dijo todo a mí. Por cierto que lo que él dijo era un poco más feo que lo que dijiste tú. Alguno miente.

—Podría ser mentira lo de Orán. ¿Por qué le das tantas confianzas a Narváez?

—El pobre hace lo que puede y merece mejor suerte. Ha perdido un ojo en servicio del rey y tú sigues burlándote, lo que no es justo ya que tienes todo el poder y él no tiene ninguno. Debías comprenderlo. Don Pánfilo merece compasión y amistad. Cada vez que la gente se burla de él me dan ganas de ir a consolarle poniéndole mi mano en el hombro.

Cortés se queda un momento indeciso sin saber qué responder. En el nuevo mundo como en el viejo la mujer es un instrumento de compensación de la Providencia. Consolar a Narváez. Cortés se siente un momento desarmado.

—¿Es posible —dice queriendo echarlo a broma— que tengas alguna clase de amor por este tipejo?

—Claro que sí.

—¿Qué clase de amor, vive Dios?

—Un amor como tú amas a tu caballo y Heredia a su perro. Un amor sin besos y por eso más hondo y verdadero. ¿Tú no sabes que a veces se quiere más a un perro o a un gato que a un amante?

Estas últimas palabras hacen reír a CORTÉS *y antes que se acabe su risa se abre una vez más el retablo.*

CAPÍTULO XXVI

Una albarrada cubierta a medias para proteger a sus ocupantes contra la lluvia dentro de la ciudad de Tenochtitlán. Por un lado, escombros de casas destruidas con los que han ido los españoles cegando canales. Por otro, la vasta laguna que llega hasta Chochimilco. Navegan en ella algunos bergantines impidiendo que lleguen provisiones a los indios sitiados en la ciudad.

El combate, reanudado y mantenido más de tres meses, ha cesado porque los españoles han ofrecido una tregua para negociar. Cortés ha dicho a Cuauhtémoc que les respetará la vida y las preeminencias a él y a sus dignatarios si se rinden. No quiere destruir más casas, ni dar más batallas, ni derramar más sangre.

Cuauhtémoc ha pedido seis días de paz para consultar a sus consejeros y a sus dioses y es el día quinto, es decir, el anterior al fin de la tregua. Alvarado muestra como siempre su descontento:

ALVARADO. — ¿Crees que Cuauhtémoc aceptará el rendimiento?

CORTÉS. — No.

ALVARADO. — Entonces, ¿qué buscas con todo esto? *(Se oyen los gongos en lo alto de las pirámides.)* Día y noche estamos con esa música del diablo mientras los centinelas se enmohecen y en lo alto de los *cues* los de Cuauhtémoc les sacan las entrañas vivas a los prisioneros españoles para hacer con ellas sus augurios. ¿Sabes lo que pasará con esta tregua?

CORTÉS. — *(Aburrido por lo obvio de la respuesta.)* Sí. Los indios concentrarán sus fuerzas.

ALVARADO. — Mañana atacarán otra vez.

CORTÉS. — No lo creo.

ALVARADO. — Sin responder al ofrecimiento de paces. Mañana.

CORTÉS. — No es verdad. Atacarán hoy porque creerán hallarnos más desprevenidos.

ALVARADO. — Y atacarán con más fuerza que nunca.

CORTÉS. — Eso, sí. Con todo lo que tienen. Espero que sea en esa explanada de la derecha, donde podemos maniobrar. Lo que dices es cierto y la tregua la di con ese fin. Tres meses hace que peleamos casa por casa, canal por canal en escaramuzas constantes día y noche. Lo que necesito es que Cuauhtémoc reúna sus tropas de una vez y presente la batalla definitiva. Esta tregua le ha dado vagar y ocasión para todo y hoy mismo pondrá en el campo toda su fuerza. Eso era lo que yo quería. Si acepta las paces tanto mejor, pero no lo he esperado nunca y no las aceptará.

ALVARADO. — Ni lo creo necesario, yo.

CORTÉS. — Que den de comer a los caballos antes de la media tarde y que nadie les dé agua después de ponerse el sol. El ataque empezará en el primer cuarto de la vela.

ALVARADO. — Está bien, pero un día te van a dar que sentir tus propias sutilezas. ¿Hay que avisar a los indios?

CORTÉS. — ¿Qué indios?

ALVARADO. — Nuestros aliados de Tlascala.

CORTÉS. — No, por el momento. Espera que rompan guerra otra vez los mexicanos. Entonces nos habrán dado vagar para degollar las primeras filas que son las peores.

ALVARADO. — Esos aliados son más estorbo que ayuda. Se meten entre las patas de los caballos para cobijarse contra los mexicanos.

CORTÉS. — *(Escuchando los gongos.)* Otra vez los malditos tambores.

ALVARADO. — *(Bromeando.)* Bernal dice que le ponen una grande grima en el corazón.

CORTÉS. — ¿No te duele también oírlos?

ALVARADO. — Mientras los oigo nada me duele a mí.

CORTÉS. — Eres la bestia del apocalipsis de San Juan.

ALVARADO. — Eso decía un mi abuelo. En todo caso no es mi corazón el que sacan los mexicanos, todavía. *(Se oye la voz lejana de un centinela enemigo.)* ¿Qué dice, ése? Ahí viene

Malinche. Parece inquieta y agitada. Algo ha debido suceder.

CORTÉS. — Déjanos solos.

ALVARADO. — Voy a las guardias.

CORTÉS. — Pero la orden de atacar la doy yo. No hay que hacer violencia hasta que se cumpla la tregua.

ALVARADO. — ¿No dices que atacarán los mexicanos antes de que se cumpla?

CORTÉS. — Déjalos que reúnan todas sus fuerzas y ataquen. Si atacamos nosotros se retraerán.

ALVARADO. — *(Saliendo.)* Tu diplomacia va a ser un día tu ruina.

CORTÉS. — La ruina mía sería la de todos.

DOÑA MARINA. — *(Entrando.)* Hay entre los mexicanos una epidemia.

CORTÉS. — Ya lo sé. La viruela.

DOÑA MARINA. — Los mexicanos dicen que tus brujos son mejores que los de ellos porque saben dar epidemias. *(Escuchando la voz del centinela enemigo que vuelve a oírse detrás de las albarradas.)* Dice ese centinela que sois malos y que no valéis para nada. Que vuestras carnes son duras y amargas y que no se pueden comer. Que la carne de los prisioneros muertos en lo alto de los *cues* es amarga como la corteza del árbol de la quina.

CORTÉS. — La tuya es dulce.

DOÑA MARINA. — Yo no soy de Castilla. No quiero ser de Castilla porque los castellanos dicen una cosa y hacen otra.

CORTÉS. — *(Distraído.)* ¿Cómo es eso?

DOÑA MARINA. — Tú, por ejemplo, todo lo haces al revés. Ofreces amistad y luego los ahorcas.

CORTÉS. — ¿Lo dices por el príncipe de Tlascala?

DOÑA MARINA. — Pero ten cuidado. Si caes prisionero te comerán aun antes de acabar de morir. Te cortarán en pedazos y te irán comiendo a tu propia vista. Supongo que les darás una buena indigestión.

CORTÉS. — ¡Hum!

DOÑA MARINA. — ¿O prefieres no darles indigestión ninguna? ¿También en eso quieres parecer humanitario?

CORTÉS. — Eso no sería humanitario. Sería angélico.

DOÑA MARINA. — ¿Qué es lo humanitario?

CORTÉS. — *(Vagamente.)* Lo humano.

DOÑA MARINA. — ¿Y qué es lo humano?

CORTÉS. — El odio, la envidia, el crimen, la traición...

DOÑA MARINA. — *(Después de un largo silencio.)* Tú no eras feliz, antes.

CORTÉS. — No. Tú tampoco. Nadie es feliz. Es decir, sólo hay una clase de gente feliz: los santos. Para eso hay que entender la vida y ellos la entienden. Los demás hacemos el amor o combatimos. Eso es todo.

DOÑA MARINA. — Tu esposa de Cuba es feliz.

CORTÉS. — *(Ríe sin alegría.)* Posiblemente.

DOÑA MARINA. — No te rías de mí. Ahora veo que puedes ser malo.

CORTÉS. — ¿A qué llamas ser malo?

DOÑA MARINA. — Los malos se ríen sin alegría y en eso la gente de México es mejor que vosotros. Ellos no ríen sino cuando están contentos y como no lo están nunca pues..., nunca ríen.

CORTÉS. — Algo de eso había visto. *(Pausa.)* ¿Dónde está el fraile de las armas blancas?

DOÑA MARINA. — ¿Santiago?

CORTÉS. — *(Riendo.)* ¿También tú crees en eso?

DOÑA MARINA. — Otra vez te ríes sin alegría. Nadie sabe dónde está. Desapareció y nadie lo sabe.

ALVARADO. — *(Volviendo.)* Hay cuatro capitanías mexicanas concentrándose detrás de los grandes *cues*.

CORTÉS. — ¿Por qué parte? *(Saca una tela doblada donde hay un mapa dibujado.)* Si es allá sólo pueden venir por esta parte de la calzada ancha. Era lo que suponía. Pero no vendrán hasta el anochecer porque en la noche llevan ventaja. Conocen mejor los tientos del terreno.

ALVARADO. — Puedo adelantarme con veinte hombres y romper el ataque.

CORTÉS. — Aquí no se adelanta nadie.

ALVARADO. — Bien te valió adelantarte en el negocio de Narváez.

CORTÉS. — Alvarado, tengamos la fiesta en paz.

ALVARADO. — Bien. Tú mandas y sea como Dios quiera.

CORTÉS. — Podría ser como quiera el diablo. Hoy vamos a jugárnoslo todo.

ÁLVARADO. — Nos lo jugamos todo desde el primer día. Y la verdad es que todo no es gran cosa.

CORTÉS. — Todo es todo.

Se oyen voces de guerra al fondo y por la derecha. Instintivamente, ÁLVARADO lleva la mano al cinto.

DOÑA MARINA. — Parece que vuelven a comenzar.

CORTÉS. — (*Mirando a un lado y otro.*) Nada. Esto es finta y simulacro. Tardarán aún en atacar y hacen mal en prevenirnos con esa algarabía. Que nadie se mueva. Que no disparen un solo tepuztle.

ÁLVARADO. — ¿Tepuztle?

DOÑA MARINA. — Don Hernando habla como mexicano.

CORTÉS. — Así llaman ellos a las culebrinas y no es mal nombre. ¿Saben vuesas mercedes qué quiere decir tepuztle?

Sigue la gritería en el fondo y el repostero se cierra lentamente.

CAPÍTULO XXVII

En la sala un bufón indio, que sin duda ha bebido, se acerca a Cortés y le dice:

—Tepuztle es lo mismo que decir zapo.

—Sapo —corrige Cortés.

El indio insiste:

—Zapo en Castilla y sapo en la tierra de junto a la mar, que yo lo sé.

—No —corrige Cortés mecánicamente, pensando en el retablo—. Se dice sapo. Siempre se dice sapo.

Alvarado con una mirada fría:

—Anda, chichimeca, sal de aquí.

—Yo no soy chichimeca.

El indio se dirige a Cortés y con la libertad de los bufones ríe, gesticula y habla:

—Tonatio no sabe dónde está el chichimeca y dónde el taraumara. No sabe que el tepuztle ganó la guerra. El tepuztle parece un sapo. Un sapo de hierro que escupe el rayo, eso es el tepuztle.

Sigue hablando el indio y aunque los dos capitanes dejan de escucharlo, el bufón, gozoso de oírse a sí mismo, gesticula y ríe hasta que se abre de nuevo el retablo.

CAPÍTULO XXVIII

Remate de una pirámide. *La* Aparición *con su armadura blanca en un lado y en el otro* Huitxhilopotxly, *dios azteca de la guerra tal como los indios lo pintaban, grotesco, pintoresco y terrible. Entre los dos un enorme gongo de piel de serpiente.*

Al fondo, fragor de guerra. Disparos de tepuztles, gritos de rabia o de dolor y músicas indias de combate.

Aparición. — ¿Por qué no bajas a dar la victoria a los tuyos?

Huitxhilopotxtly. — Ya pasó la ocasión. ¿Y tú? ¿No eres el dios de la guerra de los castellanos?

Aparición. — Eso dicen, aunque yo existía antes que Castilla.

Huitxhilopotxtly. — Y yo mucho antes que México. Pero, todo está perdido. Escucha, la batalla anda horita por este lado. Y se perdió hace mucho, se perdió antes de comenzar.

Aparición. — ¿Quién la perdió?

Huitxhilopotxtly. — Moctezuma, cuando se acochinó y envió emisarios a Cortés para invitarlo a venir a su palacio y luego envió otros emisarios a la montaña del Popocatepetl a pedirle que no bajara el valle. Allí se perdió la batalla. Allí acabó con todo, el pendejo.

Aparición. — No sé cómo entenderlo eso.

Huitxhilopotxtly. — Moctezuma creyó que Cortés era Quetzalcoatl y lo llamó a su lado y luego cambió de parecer y retiró la convidada.

Aparición. — ¿Y la derrota nació en la invitación a la amistad o en el cambio?

Huitxhilopotxtly. — Eso no le hace. Yo lo que sé es

que aquí se acabó todo. Es decir, quedaba un chance, pero ya es tarde porque la puta Malinche lo estropeó. Así pues, lo dicho: se acabó todo.

APARICIÓN. — Sí, en las dudas de Moctezuma se rompió la unidad del milagro. Yo mantengo esa unidad en los míos a través de los tiempos.

HUITXHILOPOTXTLY. — ¡Qué unidad ni qué no! Ustedes tienen el tepuztle. La unidad sin el tepuztle les llevaría a la chingada.

APARICIÓN. — Te engañas, dios azteca.

HUITXHILOPOTXTLY. — Yo no creo en ti.

APARICIÓN. — Pero creen los soldados.

HUITXHILOPOTXTLY. — Yo también soy el milagro de los mexicanos, pero ya no creo en nada y sé lo que va de la verdad al embuste. Un sapo de hierro.

APARICIÓN.— El milagro no es embuste.

HUITXHILOPOTXTLY. — ¿Pues qué es?

APARICIÓN. — El milagro

HUITXHILOPOTXTLY. — Babosadas.

APARICIÓN. — Yo represento la unidad interior y exterior de los hombres en las edades, en la acción y en la fe.

HUITXHILOPOTXTLY. — También los míos creen en mí, pero yo no creo. Desde hace ocho lunas yo no creo en mí. Moctezuma quiso dárselas de chingaquedito y eso no vale en la guerra.

APARICIÓN. — Te equivocas. Moctezuma pensó que Cortés era el dios antiguo que volvía, tuvo miedo de ese dios y sintió amor por él. El día que Moctezuma pensó eso se acabó todo y ahora ya ves. Aquí estoy esperando el fin de la batalla. Mis castellanos creen en Dios, en Cristo y en mí y tus mexicanos han dudado un momento. En ese momento lo perdieron todo. Sin embargo, aquí estamos los dos, vivos y frente a frente. ¿No se te ocurre hacer algo contra nosotros?

HUITXHILOPOTXTLY. — ¿Qué puedo hacer?

APARICIÓN. — ¿Qué sé yo? Matarme, por ejemplo.

HUITXHILOPOTXTLY. — Mis flechas no pasan tu coraza. ¿Y tú? ¿Por qué no sacas la espada, dios gachupín?

APARICIÓN. — No es necesario para ganar, como has dicho tú.

HUITXHILOPOTXTLY. — Todavía no habéis ganado. Queda el rabo por desollar. *(Se levanta y toma un enorme mazo que tiene al lado. Al verlo la* APARICIÓN *se levanta, temerosa, pero se tranquiliza al observar que* HUITXHILOPOTXTLY *golpea con el mazo el gongo.)* ¿Tú ves? Todavía soy yo el que hace sonar la piel de serpiente. Eso quiere decir que todavía no habéis ganado. Yo podré no creer en mí, pero sé lo que sé. Yo era el gran chingón, pero horita ni modo.

APARICIÓN. — Si no tienes esperanza no tienes nada.

HUITXHILOPOTXTLY. — Los indios no lo saben y la tienen en mí. Pelean con la espada de obsidiana, con las jabalinas de madera y punta de nopal, con las flechas y las hachas y esperan que yo les dé la victoria, los pendejos. ¿Sabes por qué hago sonar el tambor? Más de veinte soldados castellanos gachos hay ahí detrás con el pecho vacío, digo sin el corazón. Y cada vez que le sacaban el corazón a uno de ellos yo hacía sonar el pinche gongo lo que animaba a seguir peleando a mis soldados. Ahora los sacerdotes han bajado con sus pelucas mojadas en sangre castellana y sus incensarios encendidos a animar a la tropa y bailan con las nahuallis al lado de los combatientes. No hay esperanza, pero ellos no lo saben. Sólo lo sé yo. Y tú. *(Pausa.)* ¿Quieres decir que el milagro está en la fe de tu gente? Está en el sapo escupidor y en el antuvión de la lanza.

APARICIÓN. — Todos los milagros están en la fe.

HUITXHILOPOTXTLY. — Mentira. Mi gente tiene fe también, pero yo he visto lo que he visto y una vez más pienso lo que pienso y sé lo que sé. *(Sacando un odre de debajo del asiento.)* ¿Quieres pulque?

APARICIÓN. — Mientras esté allá arriba *(indicando el cielo)* la constelación de los gemelos no puedo beber.

HUITXHILOPOTXTLY. — *(Después de beber.)* Yo he visto una rueda de fuego en las entrañas abiertas del último castellano. Yo le abría el vientre y miraba dentro.

APARICIÓN. — ¿Y qué?

HUITXHILOPOTXTLY. — No he llegado a entenderlo, pero quiere decir algo contrario a Cuauhtémoc y a mí. *(Voces de soldados, disparos y fragor de batalla.)* Algo contrario y definitivo. *(Se levanta y vuelve a golpear el gongo.)* Otra cosa.

Todos los presos cuando ven la cuchilla de obsidiana sobre el pecho dicen las mismas palabras.

Aparición. — ¿Qué palabras?

Huitxhilopotxtly. — No me acuerdo, pero no eran de miedo.

Aparición. — Tus gentes pelean sólo con odio. Sólo quieren matar. A sabiendas o no, los míos pelean por otras cosas. Con amor.

Huitxhilopotxtly. — Amor a los sacos de oro y a las buenas hembras. El amor al botín y a la sangre del pobre, eso es verdad.

Aparición. — Es la parte animal, pero hay otra y en esa parte todos están de acuerdo.

Huitxhilopotxtly. — ¿Que parte es ésa?

Aparición. — La de los ángeles.

Huitxhilopotxtly. — ¿Qué es un ángel?

Aparición. — Un ser que vive entre el cielo y la tierra y da la victoria o la quita.

Huitxhilopotxtly. — No los he visto yo esos ángeles.

Aparición. — Son invisibles. Son puros como ideas. Y son ideas buenas. Para ganar hay que sentir más amor por lo que se defiende que odio por lo que se destruye. Ese amor es la base de la unidad del milagro sin la cual nada es posible.

Huitxhilopotxtly. — ¡Qué unidad ni qué no! Lo que pasa es que la Malinche le ha dicho a Cortés que dentro de seis días nosotros tenemos que matar el fuego viejo y sacar el fuego nuevo.

Aparición. — ¿Y qué?

Huitxhilopotxtly. — ¡Pues casi nada! Entre el fuego viejo y el nuevo no se puede verter sangre en todo el imperio y eso lo sabe Cortés. Y antes de seis días tiene que venir la victoria por un lado o por el otro. Y está apretando.

Aparición. — No lo sabía yo eso.

Huitxhilopotxtly. — Sólo la Malinche y Cortés lo saben y no lo han dicho a la tropa. Ni el Tonatio lo sabe. Así es que menos milagro y menos ángeles y menos unidad. Entre el fuego viejo y el nuevo no puede haber guerra y Cortés sabe que la victoria está madura y va a caer. Por eso digo lo que digo. Y te lo digo a ti, gachupín.

APARICIÓN. — En todo caso, Moctezuma sin ángeles dudó, y Cortés, no.

HUITXHILOPOTXTLY. — Mucho hablamos de Cortés y no acabamos de decir la verdad.

APARICIÓN. — ¿Qué verdad?

HUITXHILOPOTXTLY. — Que es un gran cobarde traidor, chingón, hijo de puta.

APARICIÓN. — No necesariamente.

HUITXHILOPOTXTLY. — En otras tierras se condujo como un cobarde

APARICIÓN. — Tengo mis dudas.

HUITXHILOPOTXTLY. — Él mismo lo dice, el huevón.

APARICIÓN. — A veces sospecho que se calumnia a sí mismo para que los otros acepten su superioridad sin sentirse demasiado ofendidos. En Castilla o entre castellanos el derecho a la superioridad se paga caro. Muy caro.

HUITXHILOPOTXTLY. — Si eso es verdad lo que he visto en las entrañas abiertas de los prisioneros ya sé lo que quiere decir. El fuego viejo y el nuevo andan allí mezclados. En la tripa de ustedes. Y lo que dice su mercé, de Cortés no es verdad. Él es un joto hideputa.

APARICIÓN. — Yo no digo que sea verdad. Es algo que supongo a mi manera. Podría suceder que yo me equivocara y que las acusaciones de Narváez fueran ciertas al menos en parte. Pero no lo creo.

HUITXHILOPOTXTLY. — ¿Narváez el tuerto? (*Ríe siniestramente.*) Eso sí que estaría bueno. Pero al menos el tuerto no le quemará a nadie los pies para que confiese dónde tiene el oro escondido. Y Cortés, sí. Mala memoria y peor ejemplo el de Cortés.

Sigue riendo siniestramente mientras se cierra el retablo.

CAPÍTULO XXIX

A través de los gongos una voz reposada dice:

En Tacuba[1] está Cortes
con su escuadrón esforzado
trieste estaba y muy penoso
triste y con grande cuidado
una mano en la mejilla
y la otra en el costado
los ojos sobre las puentes
los bergantines tirando
doscientos cues ardiendo
los atambores sonando
cuando la puente postrera
hubo tomado Alvarado
y cegando los canales
por ellos se iban entrando.
pocos eran, pocos eran
los soldados castellanos
pocos eran pero todos
valerosos y esforzados.
Mirad cómo Sandoval
los acorre en un mal paso
mirad cómo vuela vuela
en su ayuda don Hernando
y como al rey Cuauhtémoc
ya lo vienen apresando
mirad cómo mil tamemes
y doscientos castellanos
con grades demostraciones
victoria vienen cantando.

El rumor de los gongos lo invade todo por un minuto que parece muy largo, luego va cediendo y en él se intercala de pronto un sonido de campana. Luego se hace más raro el sonar de los atambores y más frecuente el de las campanas lanzadas a vuelo. Este clamor de las campanas acaba por dominar y llena la sala por algunos segundos.

Se corre la cortina. Las campanas siguen sonando. Aparece ahora en el retablo la misma sala de la fiesta reproducida con todos sus detalles como si la boca del escenario fuera un grande espejo.

Hay un murmullo de sorpresa. En el retablo se reproduce exactamente la sala con el público, las luces, las voces. Cortés se incorpora desasosegado:

—También tú, Alvarado, diste mal ejemplo. Ahí queda con el nombre calificada tu fuga: el salto de Alvarado. Eso no puedes negarlo.

—No me importa —dice Alvarado—. Yo los odio a los mexicanos y no me importa cómo califican mi conducta. Su gloria me importa esto. —Y escupe.

En el retablo los actores repiten las palabras de Cortés y también las de Alvarado exactamente, improvisando. Entonces se da cuenta Cortés de que en el escenario está reproducida la sala no como en un espejo sino como es la sala misma, incluido el escenario y el retablo, es decir que en el fondo del escenario hay otro retablo igual donde se reproduce de nuevo la sala y en el fondo del segundo retablo el tercero y así cada vez más lejos hasta el infinito como en un larguísimo túnel. Esto inquieta a Cortés, quien dice bajando la voz muy excitado:

—¿Tú ves? Por eso yo no quería que entraran aquí sino los conquistadores viejos. Este retablo tiene brujerío y hechizo. Todas las cosas del Zócalo lo tienen, por los millares de sacrificios de antaño.

Ríe Narváez en un extremo de sala y Alvarado coge una celada que hay al pie de su sillón y se la arroja. Narváez se ladea y la celada se estrella contra la pared. Cortés habla:

—Déjalo. ¿Qué daño te hace?

—Me gustaría que perdiera el otro ojo.

—Es verdad que así tal vez comenzaría a ver las cosas

como son. A algunos hombres hay que arrancarles los ojos para
que puedan ver.

En los retablos proyectados en profundidad —segundo, tercero, cuarto— se repite el hecho de la celada estrellada contra
el muro, aunque después del quinto las cosas son demasiado
pequeñas y apenas si se distinguen en la lejanía profunda.

En la boca de la escena aparece un fraile grande, con barba
blanca recortada y perfil duro de ave de presa. Cortés se incorpora a medias y grita:

—¡El fraile de Otumba! ¡Pólux! ¡El fraile caballero!

Las palabras de Cortés —el fraile de Otumba— se repiten
y es como un eco eslabonado que se aleja en la profundidad del
retablo. Las dos últimas sílabas —... *tumba*— tienen una reso-
nancia lúgubre.

Fuera, en la plaza suenan los arcabuces en disparos secos
cuyo eco se repite en las cuatro esquinas lejanas. Luego se
oyen cantos religiosos. El fraile del escenario se quita el sayal y
queda en su armadura de acero blanca.

—¿Y tú caballo? —le pregunta Cortés.

—¿No te acuerdas? Se lo comieron los indios, mi caballo.
El verdadero caballo de Santiago apóstol. Los indios se lo han
comido.

Dirigiéndose al público y no directamente a Cortés ese caballero dice señalando al capitán con un dedo:

—Como el conde Olinos pasó la mar para convertirse en
un árbol y en una fuente. Pero no era ya ningún niño, don Hernando. Y ha olvidado sus fracasos secretos o públicos en otros
tiempos y países. Ahora puede tolerar a su lado a los espoliques
sin rubor e incluso puede oír el nombre de doña Catalina que le
hacía tristes ausencias en la isla... Ahora puede tolerarlo
todo. Ha rescatado su juventud.

El caballero sigue citando circunstancias desairadas de la
vida de Cortés y con cada una nueva Narváez ríe lejos. Cortés
sonríe nada más, distraído y feliz mesándose la barba. El
hombre del retablo sigue hablando:

—Decías que yo era Santiago. Tonterías. Yo era Pólux en
la persona de un dominico de la casa de los Borgia de Gandía.
Iba a México y os encontré en Otumba. El verdugo te andaba
entonces cerca con papeles de Velázquez y de doña Catalina.

Pero la cuenta les salió mal. No te asustes que no busco carne para la hoguera sino que busco en este momento únicamente la manera de hacerte comprender que tu gloria es sólo el reverso de tu miseria como son todas las glorias genuinas de guerra o de paz. Y que no hay otras en el mundo.

Dice Cortés algo al oído de Alvarado y éste se levanta y va de prisa hacia la parte trasera del retablo. Al verlo acercarse el guerrero de las lucidas armas de acero blanco hace un saludo apresurado y se mete dentro.

Pero Alvarado no encuentra a su hombre, que sin la barba ni la armadura se confunde con los otros y es un indio, un indio más entre aquellos que tienen el genio de la imitación.

Cortés se dice a sí mismo:

«Ya no tiene importancia. Todo lo que han dicho es verdad y ya no tiene importancia Nada ni nadie tiene importancia ya en ninguna parte. Se acabó la fiesta de la sangre.»

Piensa un momento en el caballo blanco de Santiago que se han comido los indios y no puede menos de reír. Se lo comieron precisamente el día del apóstol, bajo el signo zodiacal de los gemelos. Cástor y Pólux. El día de los *dioscuros* (que diría el culto padre Bartolomé). Cortés se dice una vez más que nada tiene importancia.

—Sí, que la tiene —dice Heredia detrás de él, al oído.

—¿Cuál, hermano?

—El oro, hermano. No bajan tus rentas de ochenta mil pesos de oro al año.

—Es verdad. ¿Cuáles son las tuyas?

—La miseria, la cajeta de las ánimas. Tú eres invulnerable en tu grandeza y yo en mi pequeñez, eso es. No te envidio. Por lo demás debe consolarse cada cual a su manera porque en las guerras y sobre todo después de ellas sólo tienen razón los que murieron. Así fue siempre y no vamos nosotros a hacer usanza nueva.

Cortés ve entrar a un paisano con calzón charro castellano y un sombrero muy grande. Esos inmensos sombreros charros que los indios y sobre todo los mestizos han puesto en usanza como un recuerdo del prestigio que el sombrero adquirió en la diplomacia bélica de Cortés. Los indios fueron así dando al sombrero un sentido mítico. Pensaron que en el tamaño residía una parte de su autoridad y fueron ensanchando las alas hasta adquirir las enormes proporciones que les dan los charros. Eran éstos los castellanos desmilitarizados. Los indios y sobre todo los mestizos los imitaban. Y sonreía Cortés viendo aquel sombrero escandalosamente grande que en cierto modo era su obra y debajo el rostro grave, hermético y satisfecho de su portador.

—Es verdad —se dijo otra vez—. Yo he pensado en eso como tú, Heredia. Y tú me llevas una ventaja, desde tu pequeñez. Yo mando en todos. Pero tú mandas en mí. Los miserables mandáis en los poderosos.

Escuchaba Heredia generoso e incrédulo y su risa se proyectaba en profundidad por la sucesión interior de los retablos al mismo tiempo que los muertos salían por un lado en procesión precedidos por el brincador indio de las vejigas.

En el retablo se veía también la procesión de los mismos muertos con la córnea blanca pintada sobre los párpados. Y en el otro retablo y en los sucesivos, hasta el quinto o el sexto, las cosas y los volúmenes se hacían más pequeños, pero perceptibles aún.

Golpeaba el de las vejigas en los muros, en el suelo, en las costillas de los tres muertos primeros y Heredia el viejo reía como una corneja. Cuando volvió Alvarado le preguntó Cortés con la mirada y él dijo que no había podido encontrarlo, al caballero de la armadura de acero blanco.

Poco después se levantaron y se dispusieron a asistir a la procesión, a la larga y lucida procesión con la que se señalaba el jubileo.

NOTAS

NOTA PRELIMINAR DEL AUTOR

1. **Jubileo.** Celebración solemne que tiene lugar cada cincuenta años, según la ley de Moisés, cuando volvían a sus dueños las fincas vendidas *sub conditione* y los esclavos recobraban la libertad. Entre los católicos, indulgencia plenaria concedida por el Papa en ciertas circunstancias: se habla de ganar el jubileo. En general, celebración popular bulliciosa conmemorando algo.

La fiesta a que se refiere aquí tiene lugar en el Zócalo, nombre que se da a la plaza mayor de algunas poblaciones mexicanas. El famoso Zócalo de la capital de México es inmenso y allí se encuentran la catedral, el Palacio Nacional, y otros viejos palacios y grandes edificios públicos, mercados, etc.

2. **Bernal Díaz del Castillo.** Conquistador español, compañero de Cortés y autor de la *Historia Verdadera de la Conquista de la Nueva España*, escrita cincuenta años después de la conquista, cuando era regidor de la ciudad de Guatemala, para corregir las extravagancias y falsedades de otros cronistas interesados. Obra de un humilde soldado de infantería, tiene una sinceridad y realismo y sencillez encantadores.

3. **Hernán Cortés.** Nació en Medellín (Extremadura) en 1485. Después de una adolescencia aventurera salió para Indias en 1504, con Alonso Quintero. Llegaron a La Española (hoy la República Dominicana), descubierta por Cristóbal Colón en su primer viaje en 1492. Allí el gobernador Ovando le dio tierras y un repartimiento de indios y le nombró notario del pueblo Açua. En varias expediciones militares acompañó al teniente de Ovando, don Diego Velázquez, haciendo al fin la conquista de Cuba con él en 1511. Por algún malentendido, celos o sospechas, fue encarcelado dos veces por Velázquez. Pero se reconciliaron y Cortés recibió de Diego Velázquez, entonces gobernador de Cuba, grandes tierras cerca de Santiago, donde fue nombrado alcalde.

Cuando don Pedro de Alvarado volvió con noticias de los descubrimientos de Juan de Grijalva, se ilusionó Hernán Cortés con la gloria militar y al fin consiguió hacerse nombrar jefe de la expedición que iba a la conquista de México, esa tierra misteriosa de la que Colón había oído hablar en Honduras en 1503 durante su cuarto viaje. Salió Cortés en febrero de 1519, a pesar de don Diego Velázquez, arrepentido demasiado tarde, parece, del nombramiento de su valiente capitán. Exploró la costa entre Yucatán y Vera Cruz, que fundó en 1520. Elegido capitán general por sus tropas, decidió en el futuro reconocer únicamente la autoridad del emperador Carlos V, y así llevó a cabo la conquista de México, después de derrotar definitivamente las fuerzas de Pánfilo de Narváez, enviado por Velázquez a someterle.

Ésta fue la gran época de los descubrimientos y exploraciones: Ponce de León en la Florida (1513); Balboa en Darién (Panamá), descubriendo el Pacífico (1513); Magallanes circunnavegando el globo (1519); Pizarro en el Perú (1533); De Soto en la costa del Golfo de México (1539-42); Coronado en el Sudoeste (1540), y Alvar Núñez Cabeza de Vaca, quien en 1528 comenzó su larga excursión desde el Golfo de México hasta California y Culiacán, México.

En 1540 don Hernán Cortés, Conquistador de México, Marqués del Valle de Oaxaca, volvió a España, donde murió en 1547.

4. **teocalli** en lengua mexicana, casa de los dioses. Templo antiguo de los aztecas, situado encima de una pirámide truncada con terrazas, donde se celebraban las grandes ceremonias religiosas y se hacían los sacrificios.

5. **Tenochtitlán.** Capital del imperio azteca, fundada en 1325. Construida en una isla en el lago Texcoco, con sus canales, calzadas, puentes y jardines flotantes (hoy queda Xochimilco como recuerdo), los conquistadores españoles la llamaban «la Venecia del Mundo Occidental». Según la leyenda, el sitio fue escogido por guerreros aztecas cuando encontraron allí un cactus *nopal* o *tunal* creciendo en una roca (que es lo que quiere decir el nombre Tenochtitlán) y encima una inmensa y hermosa águila real que tenía una serpiente en las garras. Esto figura como alegoría en el escudo nacional de la república mexicana. La capital moderna mexicana, llamada México por el dios de la guerra azteca Mexitli, está construida sobre las ruinas de Tenochtitlán.

CAPÍTULO PRIMERO

1. **Moctezuma** o Montesuma II, emperador azteca de 1502-20 o 1503-15, y nieto de Moctezuma I (1440-69). A causa de sus guerras constantes y de su gobierno autocrático e impopular, Cortés consiguió la ayuda de los tlaxcaltecas como aliados en su conquista de Tenochtitlán (1521). Los aztecas eran indios guerreros y agrícolas que llegaron al valle de México hacia fines del siglo XII. Su llamado imperio era más bien una confederación de los pueblos conquistados que pagaban tributos, pero mantenían cierta autonomía. Los aztecas llegaron a ser excelentes arquitectos e ingenieros, como se ve en las pirámides de Teotihuacán y las fortificaciones de su capital. También eran hábiles artesanos y artistas de todas clases y tenían una educación general muy elevada para su tiempo. Sabían algo de astronomía, como se ve en su calendario, fabricaban papel y tenían un sistema jeroglífico de escribir, como se ve en los *Códices mexicanos*. Entre sus costumbres paganas hay que anotar que sacrificaban en honor de sus dioses, notablemente en honor de Huitxhilopotxtly, presos de guerra.

Todavía hay más de un millón de mexicanos de herencia azteca que hablan en dialecto nahuatl.

2. *Huitxhilopotxly.* Dios de la guerra de los aztecas, a quien estaba dedicado el gran templo del Zócalo. En lengua azteca su nombre quiere decir colibrí, por las plumas delicadas de este pequeñísimo pájaro mosca que lleva el dios mexicano en el pie izquierdo.

3. **équites,** caballeros romanos de la alta aristocracia, que veneraban a Cástor y Pólux, hijos de Leda. Llevaban una tiara en forma ovoidal que es la misma que se pone el Papa ahora el día de la coronación. De ahí viene el culto de Santiago en España.

4. **adives,** chacales, bastante parecidos al lobo.

5. **Marqués Cortés.** Carlos V nombró a Cortés Marqués del Valle de Oaxaca.

CAPÍTULO II

1. **guajalote,** pavo mexicano.

2. **Tezcatlipoca,** dios azteca, creador del mundo, mencionado a veces de manera insultante por los mismos indios que lo adoraban.

3. **Vera Cruz.** Puerto importante fundado por Cortés en 1520 en el Golfo de México, donde mandó quemar sus barcos para que los simpatizantes de Diego Velázquez, gobernador de Cuba, no pudieran volver. Desde aquí comenzó su marcha hacia el valle de México y la capital azteca, Tenochtitlán.

4. **repostero,** paño bordado con los símbolos heráldicos de una familia, que adornaba las paredes de los palacios.

5. **Salto de Alvarado.** Don Pedro de Alvarado, capitán de Cortés y después fundador y gobernador de Guatemala, se salvó de la muerte dando un gran salto con su caballo la *noche triste* del primero de junio de 1520, cuando Cortés sufrió una derrota desastrosa en la calzada de México. Todavía se puede ver el inmenso árbol *ahuehuete* en Popotla, en las afueras de la ciudad de México, donde lloró Cortés esa noche tan desgraciada la muerte de centenares de compatriotas y millares de aliados indios. Los indios, asombrados del salto de Don Pedro a quien llamaban Tonatio, lo han recordado hasta hoy y los mexicanos todos lo han incorporado a la leyenda.

CAPÍTULO III

1. **Cuauhtémoc.** Guatimozín, sobrino de Moctezuma, último jefe de los aztecas. Defendió valientemente a México contra Cortés, quien le hizo dar muerte acusándole de haber conspirado, pero en realidad por codicia. Cuentan que desde el lecho de carbones encendidos, donde lo ponían para hacerle confesar dónde tenía escondidos los tesoros, su ministro también sometido a tormento le rogaba que hablara para li-

berarle a él, y que Cuauhtémoc respondió con calma: «¿Crees acaso que estoy yo en un lecho de rosas?».

2. **Yuca.** La mandioca, planta de raíz comestible, con que se hacía el pan «cazabe». Por llamar «yuca» en Cuba esa planta que abundaba también en la península del sudeste de México, dice Bernal Díaz que los conquistadores decidieron llamarla Yucatán, tierra de yuca. Además de la yuca agria y la yuca dulce, que se emplean para hacer almidón y pan, hay una liliácea, del género yuca, planta de adorno, abundante en el sudoeste de los Estados Unidos y el norte de México, que es la flor declarada oficial en Nuevo México.

3. **Malinche.** Princesa india mexicana, bautizada Marina, intérprete de Cortés con los indios. Porque ella siempre le acompañaba en público algunos indios llamaban a Cortés Malinche también. La sierra Malinche ofrece otra prueba de la estima que sentían por ella los mexicanos que casi la veneraban como diosa.

4. **teul,** dios azteca. Llamaban así algunos indios a los españoles.

5. **Cihualtampa.** Nombre propio nahuatl que tenían algunas personas, según recuerda en sus crónicas el franciscano padre Sahagún.

6. **nahualli,** bruja en lengua nahuatl.

7. **Otumba.** Victoria de Cortés en 1520. Victoria milagrosa, según decían algunos, debida a la aparición de Santiago, santo patrón de España, en su caballo blanco cuando parecían derrotados los españoles.

8. **El obispo Garcés.** Obispo de Puebla inmediatamente después de la conquista de México.

CAPÍTULO IV

1. **jicarazo,** envenenamiento.

2. **hacer una higa a,** burlarse de.

3. **los hábitos blancos,** los dominicos, llamados por Heredia *palomitas del patíbulo* (lugar en que se ejecuta la pena de muerte) por tener a su cargo la Inquisición.

4. **pulque,** bebida espirituosa mexicana que se saca de la savia fermentada del maguey o agave, de donde viene una bebida destilada, tequila, y una fibra muy útil.

5. **Puebla.** Una de las ciudades más hermosas de México, entre Vera Cruz y Cholula. Tiene el teatro más antiguo de la América española, fundado por el virrey De Ahumada. Se llamaba al principio Puebla de los Ángeles.

6. **coleto,** chaqueta ajustada.

CAPÍTULO V

1. *Estados de Oaxaca,* las tierras concedidas a Cortés cuando recibió el título de Marqués del Valle de Oaxaca.

2. **los de Grijalva,** los que habían acompañado a Juan de Grijalva, navegante español que exploró el Yucatán.
3. **los míos de la Villa Rica de la Vera Cruz,** los compañeros de Cortés que fundaron Vera Cruz en 1520.

CAPÍTULO VI

1. **Don Diego Colón.** Hijo mayor del navegante que heredó parte de los títulos de su padre. Desde La Española —actual República Dominicana—, donde gobernaba, comenzó a colonizar las Antillas.
2. **Juan de Grijalva.** Sobrino del gobernador de Cuba, don Diego Velázquez, enviado por él a explorar el territorio descubierto por Hernández de Córdova. Era Grijalva quien lo nombró «Nueva España», y tuvo el honor de ser el primer navegante español que pisó tierra mexicana (1518). Al volver a Cuba con su tesoro de joyas y oro vio que por haber obedecido las instrucciones del gobernador, y no haber colonizado ni poblado una tierra tan rica y llena de promesas, otro capitán iba a ser escogido para esa empresa: Hernán Cortés.
3. **Trinitarias.** Orden de la Trinidad, orden religiosa de mujeres, fundada en España en 1201. Los trinitarios se organizaron en 1196 para el rescate de cautivos cristianos en tierras árabes. Las trinitarias fueron las primeras monjas de América.
4. **las armas de su majestad,** sello oficial del rey.

CAPÍTULO VII

1. **Tehuantepec.** Distrito de Oaxaca en el sur de México y el istmo entre Vera Cruz y Acapulco, en el Pacífico. Tierra rica en pastos para ganadería, para el cultivo de caña de azúcar, traída de Cuba por Cortés, y también en minerales, incluido el oro.
2. **Amici sequamur crucem, et si nos fidem habemus, vere in hoc signo vincemus.** Sigamos la cruz y si tenemos realmente fe, con ese signo venceremos.

CAPÍTULO VIII

1. **pan cazabe,** pan o torta de harina de mandioca.
2. **colchoneros,** desdeñosamente llamaban así a los soldados humildes armados con ropas acolchadas contra las flechas.
3. **carreras de Mostaganem,** huidas abandonando el campo de batalla en esa ciudad de Argelia.

CAPÍTULO IX

1. **los presos de Tlascala,** algunos prisioneros, según la costumbre azteca, eran reservados para el sacrificio a sus dioses en la manera ritual, arrancándoles el corazón.

2. **chapetón,** soldado bravo y arrogante recién llegado de España y por consiguiente poco diestro aún en la guerra contra los indios.

CAPÍTULO X

1. **Yucatán.** Península poblada por los mayas al sudeste de México, conquistada en 1528 por un lugarteniente de Cortés, Francisco de Montejo. Estado mexicano, la capital es Mérida, fundada por Montejo en 1542. Allí están las famosas ruinas de Chichen Itzá, del siglo VI.

2. **Mexicano.** Lengua de los mexicanos del valle de México quienes hablaban nahuatl, muy distinto de la lengua de los totonacas, nativos de Cempoala, sometidos a los aztecas. Doña Marina no podía entender la lengua totonaca, pero entre los totonacas que venían a Cortés a ofrecerle su ayuda contra sus enemigos aztecas había algunos que hablaban y entendían nahuatl, la lengua del Anáhuac.

3. **Mayas.** Indios de Centro América y Yucatán que tenían una civilización muy avanzada que duró 2.000 años, pero que ya había decaído antes de la conquista española. Eran famosos por su arquitectura, sus conocimientos astronómicos y su cálculo del año solar, más exacto que el que tenemos hoy. Las ruinas la Uxmal y Quiriguá en Guatemala tienen gran interés todavía.

4. **Quetzalcoatl.** Dios de los mexicanos antes de la conquista, dueño del aire. La serpiente de plumas de quetzal, Kukulkán, en lengua maya. Según las leyendas toltecas, fue un rey de Tollán que, desterrado de su patria, volvió a ella después de quince años, trayendo de países misteriosos y lejanos, en los mares orientales, una civilización muy avanzada y una religión humana y pura. Las grandes pirámides de Cholula y Teotihuacán están dedicadas a él. Al principio de la conquista española algunos indios importantes, incluidos el emperador Moctezuma, creían que los conquistadores eran enviados de Quetzalcoatl.

CAPÍTULO XI

1. **Los Días Temibles de Cholula.** Días de gran peligro para los españoles a causa de una poderosa conjuración secreta de los indios para matarlos mientras dormían. Los españoles tuvieron noticia a tiempo e hicieron una matanza que ellos mismos recuerdan con espanto.

Cholula es una de las más viejas y hermosas ciudades de México. Ciudad sagrada de los toltecas y aztecas, con su gran pirámide y muchísimos templos, sigue siendo hoy un sitio de peregrinaje para los mexicanos.

CAPÍTULO XII

1. **montante,** espadón grande que se esgrimía a dos manos con figura de luna creciente.
2. **cu,** templo azteca o mexicano.
3. **tamemes,** indios mexicanos de carga.

CAPÍTULO XIII

1. **Popocatepetl.** Volcán activo y la cresta montañosa más alta del Anáhuac, el valle de México, entre la capital y Puebla. En lengua azteca quiere decir la montaña que echa humo. Tiene 17.520 pies de alto, y está siempre cubierto de nieve. Según una leyenda, Popocatepetl está habitado por las almas de los gobernadores crueles y así es mirado con cierto terror por algunos indios.

CAPÍTULO XIV

1. **Camaxtli.** Dios mexicano de la caza y la guerra, patrono de Tlascala, donde tenía un templo hermosísimo, de cien gradas de alto, mayor y mejor labrado que el gran teocalli de México. Este dios también se llamaba Tezcatlipoca (el Rojo), y en este concepto era el dios del Fuego y también de la Vía Láctea. En el mes de noviembre se hacían grandes fiestas en honor del dios de la caza, y de los buenos cazadores y de los guerreros, sacrificando venados, pumas, liebres y otros animales vivos.
2. **pedir residencia,** exigir responsabilidades administrativas.
3. **teules,** dioses. Siguen creyendo algunos indios que los conquistadores son dioses.
4. **anda haciendo bramuras,** va dando gritos de amenaza sin sentido.

CAPÍTULO XVII

1. **chalchihuites,** especie de esmeralda mexicana, jade. La diosa mexicana de las aguas se llama Chalchiuhtlicue, la de falda de jade.

CAPÍTULO XVIII

1. **la Suprema,** consejo supremo de la Inquisición cuya insignia era una cruz verde.

2. **ninguneo,** mexicanismo, que quiere decir que lo tratan a uno como si no fuera ninguno, es decir, como si no existiera.

CAPÍTULO XIX

1. **El Paso de Ixtaccihuatl.** La abertura por donde se ve el gran volcán apagado, de 17.343 pies de alto, que parece tener forma de una mujer dormida. Entre mexicanos se llama «La blanca mujer» —por la nieve— esposa de Popocatepetl. Los dos se ven como guardianes del inmenso valle de México, o Anáhuac, que quiere decir «cerca del agua», por los muchos lagos que en tiempos de los toltecas había en el valle.

CAPÍTULO XXII

1. **Anáhuac,** nombre del pueblo azteca y del valle de México.

CAPÍTULO XXIX

1. **Tacuba.** O Tlacopan, la gran calzada y dique al oeste de la capital de México, donde sufrieron los españoles una derrota desastrosa al huir de la ciudad un año antes. Los romances populares la recuerdan como contraste con la victoria.

CAROLUS REX

CAROLUS REX

Ediciones en lengua castellana

1.ª Editores Mexicanos Unidos. México, 1963.

2.ª Ediciones Destino, colección Áncora y Delfín. Barcelona, julio 1971.

3.ª Ediciones Destino, colección Áncora y Delfín. Barcelona, octubre 1971.

4.ª Ediciones Destino, colección Destinolibro. Barcelona, 1975.

5.ª Ediciones Destino, colección Áncora y Delfín. Barcelona, 1976.

NOTA PRELIMINAR DEL AUTOR

Algunos autores han tratado el tema de Carlos II el Hechizado desde el punto de vista documental e histórico, entre ellos según creo —no he tenido la fortuna de leerlo— el duque de Maura, tan poco sospechoso de republicanismo. Todos coinciden, según parece, en que se trataba de un monarca atrasado mental durante cuyo reinado la monarquía española desciende a sus más bajos niveles para regocijo de las demás naciones.

Y naturalmente, vergüenza de la nuestra.

A veces parece imposible lo que sucede en España durante ese período durante el cual la miseria del pueblo fue de tal magnitud que quitó a los españoles la útima posibilidad de reacción, es decir el ánimo y la voluntad para la protesta.

Como he dicho otras veces no trato en estas novelas históricas de obligar al lector a tomar partido en pro o en contra, sino de comprender las cosas tal como fueron y ayudarles a entenderlas también a los demás. Es lo que pretendo en *Carolus Rex*. Para informarme recurrí a toda clase de fuentes, incluidas las de la Biblioteca Nacional de Londres que son accesibles al público. Los ingleses son grandes coleccionistas y archivadores de datos de primera calidad durante los años que ejercen su cargo político o diplomático. Y generalmente dicen la verdad desnuda.

La primera observación que se nos ocurre al leer algunos textos sobre la historia de España es que la crueldad y la estupidez suelen ocasionalmente andar juntas. Aquella afirmación de que *el olor más grato al Señor es el de la carne de hereje quemada* resume un aspecto de veras vergonzoso de nuestro pasado. Pensar que hubo cardenales que lo creían realmente y le atribuían a Dios narices como las nuestras, facultades olfativas como a los perros o a las ratas y pasiones sectarias es realmente difícil de imaginar en nuestro tiempo. Y sin embargo así fue y los testimonios salen al paso constantemente.

Creo que debo repetir una vez más que soy un escritor sin pasiones. La crueldad no me ofende sino que me extraña. La estupidez no me irrita sino que me desorienta y me deja perplejo. En éste como en tantos libros históricos trato de comprender, como decía, y de ayudar a comprender a los lectores.

Naturalmente, por la comprensión se llega al amor, pero en este caso no pretendo que nadie llegue a sentir simpatía por Carlos II el Hechizado sino una cierta piedad y un gran asombro por el pueblo que lo toleraba. Entre esa piedad y ese asombro aparecen varios factores determinantes y como primer responsable el clericalismo de la casa de Austria. Nada de esto es nuevo para los enterados en materia histórica, pero sí que es nuevo el aspecto novelesco de aquel panorama de inadecuación y de barbarie. Yo trato de ponerlo de relieve y si lo he conseguido o no el lector dirá y sacará sus deducciones.

El rey de Inglaterra Charles II estaba aquel día de diciembre de 1680 leyendo un informe de su embajador en Madrid. El informe, escrito en hermosa vitela, le había sido enviado por correos especiales secretos, pero estaba firmado por un nombre ordinario y sin esplendor: T. Brown. Precauciones naturales. Desde la aventura de Cromwell, los Estuardos eran cautos en las más pequeñas cosas.

Leía el rey y de vez en cuando exclamaba a solas:

—*Oh, the rascal!*

Era su manera de elogiar el estilo y la agudeza de las observaciones de T. Brown. Yo trato de reconstruir los hechos basándome en algunas páginas de aquel informe secreto y añadiendo las sugestiones que se me ocurren de un modo barroco, según el gusto de la época. Pero los hechos que cuento, aun los más inusuales, son ciertos.

El informe se refiere a la corte de otro Carlos II, el de España, Carlos llamado por los historiadores el *Hechizado*. Y abarca la primera época de su matrimonio con la bonita princesa María Luisa de Orleans, sobrina del rey Luis XIV de Francia, a quien llamaron el *Grande*.

Pero veamos las sugestiones que la lectura del informe iba produciendo en la imaginación del rey británico, teniendo en cuenta que el azar establecía un paralelo —una homonimia— entre los monarcas castellano y francés. Los dos llevaban no sólo el mismo nombre, sino los mismos ordinales latinos.

El rey de ambas Castillas, Aragón, Granada, Flandes, Génova, Milán, Nápoles, Indias Occidentales y otros territorios acababa de cumplir diecinueve años y expresaba, con cualquier pretexto y aun sin él, una inclinación vehemente al matrimonio. Era el único varón de la casa de Austria que quedaba en la rama española y el reino tenía el mismo interés que la casa real en la continuidad de la dinastía. Esto decía al menos Carlos II de España con la voz cascada, el pecho hundido y la cara alargada por una mandíbula colgante. Repetía que quería dar un heredero a la corona «en la medida de sus fuerzas». Con estas palabras mostraba el aspecto protocolario de su deseo sexual de adolescente.

Aquel jovenzuelo, glorioso por su solo nacimiento —era el rey más poderoso del mundo, todavía—, suscitaba alguna clase de respeto. En fin, el enclenque Carlos II de España y de la mitad del planeta se quería casar, como decía la canción:

> *Con una princesita que sepa reinar*
> *en uno y otro lado de la vasta mar.*

El rey británico era más amigo de los franceses que de los españoles y veía con recelo la mayor edad del castellano.

Siempre se trataron con simpatía ingleses y españoles en el plano de las relaciones personales y con mucho recelo en el nivel de los intereses políticos, en el cual Inglaterra y España se parecían demasiado. Al fin y al cabo, España es casi una isla como Inglaterra y las dos tienen su Mancha, aunque la inglesa con agua y la española con vino, como dice —creo— Ganivet.

Había puesto el rey español sus ojos en la princesa María Luisa, hija del hermano único del rey Luis XIV de Francia. La princesa tenía diecisiete años, dos menos que el rey, y era de dulce disposición, ingeniosa y alegre. Sus inclinaciones eran nobles y virtuosas y su tío el rey de Francia la distinguía entre todos sus parientes porque el humor de la princesa coincidía con el suyo propio, aunque María Luisa no probaba el vino ni Luis XIV el agua. Parecía ser, María Luisa, la alegría de la casa francesa y su jovialidad de virgen ponía decoro en la del rey, cuyos ojos durante la segunda mitad del día parecían flotar en alcohol.

Leyendo estas opiniones del casi anónimo Mr. Brown, el monarca inglés Charles II reía guturalmente y se decía: «Le conozco, a Luis, y conozco a la sobrina. Es clara y reidora como un rayo de sol, la sobrina». Le molestaba que se casara con el rey de España, aunque no pensaba mostrar su desagrado. Habría preferido que el rey español se casara con alguna beata escocesa de su linaje, al menos para perderla de vista.

Había visto el castellano algunos retratos de la princesa de Orleans y los nobles españoles que habían estado en la corte de Francia y conocían a la princesa hablaban de ella como de un prodigio. Estos testimonios concurrían a encender la imaginación del rey castellano y a iluminar su sonrisa encelada: «María Luisa parece especialmente creada por Dios para ser la madre de mis hijos», repetía a su confesor. «De esos hijos —añadía— que yo daré al reino en la medida de mis posibles.»

Y luego decía a su medio hermano don Juan, hijo bastardo de Felipe IV, que actuaba como secretario del despacho universal:

—La reina de España será la *gabachita* María Luisa, o nadie.

Pensaba don Juan para sí mismo: «Mejor, nadie». Pero no se había atrevido a decirlo. Mientras no se casara su hermano, conservaba él alguna esperanza de ceñirse un día la corona. Y él, don Juan, bastardo y todo, era apto, fuerte, imaginativo, astuto y tenía la mayoría de la corte a su lado.

En cambio, el rey su hermano era deficiente en muchas cosas aunque no probablemente en materia sexual. La naturaleza da compensaciones humorísticas, a veces. En todo caso, desde que nació se mostró ruin y raquítico y a los cuatro años todavía no caminaba. Algunos cortesanos consideraban increíble que hubiera llegado a la mayor edad y para don Juan había sido una gran decepción. Porque don Juan tenía partidarios. Muchos partidarios impacientes y voraces, que aguardaban la muerte temprana del rey.

Respetado a pesar de todo por sus súbditos, el rey era venerado por la Iglesia, para quien la autoridad real viene de Dios. Y *Carolus, Rex Hispanorum,* con uno de aquellos retratos de María Luisa en su mano prensil, se extasiaba a solas. Cuando recibía alguna embajada, se lo guardaba dentro de la camisa, sobre el corazón, y de noche no podía dormir si no lo tenía bajo la almohada.

Todo el día iba y venía con el retrato en la mano y hablaba con él como si la figura de la princesa pudiera escucharle. La llamaba «corderita del Toisón de Oro» y «gabachita» y también «dulce vellocina». En aquella miniatura, la carne de

María Luisa tenía la suavidad de las lacas chinas. Iba generosamente descotada y los hombros eran redondos y prometedores.

Reía el rey en voz alta a solas contemplándola e *imaginando.*

Según el informe de Mr. Brown, antes de enamorarse del retrato de la princesa de Francia, el rey Carlos no miraba a las mujeres sino con incomodidad y displacer, no toleraba a ninguna cerca de él y en las fiestas de la corte prohibía que se le acercaran. Solía decir entonces a su madre —antes de desterrarla a Toledo por consejo del bastardo don Juan—: «Huelen a lana mojada las mujeres de la corte de Castilla». A partir del momento en que vio el retrato de la princesa se mostraba galante con las damas y les sonreía. La sonrisa del rey descomponía su rostro y revelaba en él extrañas asimetrías. También él olía, y no a lana precisamente, sino a sudor descompuesto.

Leyendo el informe, Charles II de Inglaterra gruñía entre dos sorbos de vino francés: «La vellocina. ¡Oh, el *rascal,* qué cosas se le ocurren!». El *rascal* era el autor del informe. Creía el rey que aquellos detalles los inventaba él. Sin embargo, a pesar de la baja opinión que el embajador inglés tenía de la casa de Austria, no podía imaginar aquellas simplezas de su majestad castellana.

Entretanto por los pasillos del alcázar de Madrid iba el rey con el retrato de la princesa en la mano y si por casualidad encontraba a su mayordomo en aquel momento, le decía:

—La princesa dice *mon beguin.* Yo no le respondo todavía, porque espero el día de los esponsales.

Se inclinaba el mayordomo y seguía su camino. Era notable que Carlos se aviniera a decir dos palabras en francés: *mon beguin.* Y el mayordomo oía a su señor monologar ternezas pasillo adelante. A veces el rey encontraba al menino negro a quien llamaba don Guillén —un enano cuya cabeza parecía caminar sola a ras del suelo. En las sombras, ese enano tenía miedo a los *Pepos.* Éstos eran, entre los negros de la Guinea los espíritus invisibles propicios o contrarios que suelen poblar los aires. Los *Pepos.* Una vez Carlos II quiso hacerse explicar por don Guillén quiénes eran realmente los *Pepos* y don Gui llén le dijo que eran espíritus que se enfadaban fácilmente y que podían causarle molestias.

—¿A mí? ¿Al emperador de las Españas?

—Sí, señor; ellos no reparan en coronas.

—¿Y en qué sentido pueden causarme molestias? —preguntaba el rey, inquieto.

—Si vuestra majestad me permite decirlo, en todos los sentidos, especialmente en lo que se refiere a las relaciones entre hombre y mujer. Eso es.

Don Guillén solía decir *eso es* al final de sus frases enfáticas. Y alzaba el rey una mano:

—No me lo digas entonces, pardiez. No me lo digas, don Guillén, y menos ahora que nunca. De eso que tú no debes decir depende el futuro de la corona.

Todo el mundo se sentía esperanzado con los amores del rey recordando a la reina Isabel, la dulce primera esposa de Felipe IV (francesa, también), que dejó una memoria amable en los corazones de los cortesanos de Castilla.

Fue una época feliz, la de la reina Isabel, para la corte y tal vez con María Luisa se repetiría la feliz coyuntura. Las reinas francesas llevaban un poco de luz a las sombras de El Escorial.

Creyendo don Juan tiempos atrás que su medio hermano don Carlos, por su memez augusta, estaba incapacitado para reinar, conspiraba. Pero tenía adversarios y el peor era la reina madre, vieja momia pugnaz. Por el momento la reina no molestaba porque estaba desterrada en Toledo, pero tenía partidarios en la corte.

La nobleza estaba, pues, dividida en dos grandes bandos: por la reina madre, que no podía ver a don Juan ya que su bastardía le recordaba la infidelidad del rey, y por don Juan. De momento éste poseía la confianza de don Carlos.

Pero si el joven rey se casaba —pensaba el bastardo—, ¿no tendría que hacer antes las paces con su madre?

Don Juan, hombre adusto y sombrío, daba largas al matrimonio de su medio hermano real. Tanta era, sin embargo, la insistencia de don Carlos, que don Juan no tuvo más remedio que aprovechar la presencia del marqués de Spínola en Fontainebleau para comunicarle la decisión del rey y ordenarle que hiciera la petición de mano. Y la hizo. Don Juan suspiró y dijo para sí: «La aceptación de Luis XIV será mi epitafio funeral».

Era Spínola un noble italiano muy amable y gran diplomático. Se admiraba don Juan de su propia generosidad porque la boda era obra suya y de Spínola. Los amigos de don Juan se admiraban más porque la reconciliación con la reina madre, inevitable antes de la boda, traería la ruina del privado y la de sus partidarios.

Los leales de doña Mariana de Austria —segunda esposa de Felipe IV— eran pocos, pero de calidad. Ella había reinado como regente hasta la mayor edad de su hijo. Los partidarios de don Juan, hombre altivo, de ánimo pugnaz, eran muchos. La reina madre y don Juan se odiaban a muerte, aunque los dos encubrían el odio con sus maneras cortesanas. La reina no podía ver en don Juan sino el testimonio de la traición de su esposo con la actriz de moda a quien llamaban la *Calderona*. En el partido de la reina madre algunos llamaban a don Juan el *Calderón*. Él lo sabía y decía entre dientes: «*¡Oh, los hideputas, bellacos, carne de horca!*».

Era, don Juan, inteligente, astuto, intrigante y decidido. Naturalmente, dominaba a Carlos II. La reina viuda les tenía miedo a los dos. A don Juan, por su agudeza venenosa, y a su propio hijo por su simpleza, en la que de vez en cuando podía haber algún riesgo implícito. Durante el tiempo que ella fue regente, el *Calderón* estuvo siempre desempeñando misiones lejos de la corte. Eran formas atenuadas de destierro, porque la reina se sentía ofendía por la presencia de aquel hombre de perfil ejecutivo, que blasfemaba en la misma capilla cuando se impacientaba con los frailes alemanes. Además, criticaba a don Juan las costumbres privadas de la reina madre y, sobre todo, su amistad con el clérigo tudesco a quien elevó a los más altos puestos del reino entre el escándalo divertido de las cortes de Europa, incluido el Vaticano. La reina madre se inclinaba amorosamente en su vida secreta por los curas. A nadie le extrañaba aquella inclinación en una hembra de la casa de Austria.

Don Juan había llamado en dos ocasiones al cura *puto valón* al pie mismo del altar. El mismo tratamiento vertido a género femenino solía dar a la reina madre en su imaginación.

Por su parte, los enemigos secretos de don Juan escribían versos satíricos y los hacían circular abiertamente. Los pajes u otras gentes menudas de antesala los copiaban y los dejaban en los lugares donde don Juan pudiera hallarlos.

He aquí una de las composiciones, en ágiles redondillas, que tuvo más éxito:

> *Un fraile y una corona,*
> *un duque y algún artista*
> *anduvieron en la lista.*
> *de la bella* calderona.
> *Bailó y alguno blasona*
> *que de cuantos han entrado*
> *en la danza ha averiguado*
> *quién llevó la prez del baile,*
> *pero yo aténgome al fraile*
> *y quiero perder doblado.*
> *De tan santa cofradía*
> *procedió un hijo fatal*
> *y tocó al más principal*
> *la pensión de la obra pía.*
> *Claro está que les dijera*
> *lo que quisiera su madre,*
> *pero no habrá a quien no cuadre*
> *una razón que se ofrece:*
> *mírese a quién se parece*
> *porque aquél será su padre.*
> *Sólo tiene una señal*
> *de nuestro rey soberano*
> *y es que en nada pone mano*
> *que no le suceda mal.*
> *Así perdió a Portugal*
> *y en las dunas su arrogancia;*
> *dio tantos triunfos a Francia*
> *que es cosa de admiración*
> *quedar tanta perdición*
> *en un hijo de ganancia.*

Mande pues Carlos II
ver si lo hubo sin recelo
el rey que vive en el cielo
de una mujer del mundo.
En misterio tan profundo
sólo puedo decir yo
que por suyo le juzgó,
mas si con todo es extraño
no sea el primer engaño
que Felipe padeció.
En sus designios penetro
por una y por otra acción,
que no tiene la intención
don Juan de empuñar el cetro.
Abrenuncio, vade retro
hideputa para él
reinó Felipe y un fiel *
noble y valiente le admira
y hasta el día de hoy suspira
de lealtad por el Cruel.**
      ¡Oh, Carlos, gran rey de España!,
no te espantes ni te admire
que el mundo todo suspire
con aprensión tan extraña.
No es porque al pueblo le extraña
el pretexto del rumor,
sino que es tanto el amor
de la plebe por su rey
que la equivocada grey
oyendo al que hace el engaño
(y con él hace la ley)
nunca sale del mal año.

Encontraba don Juan estos versos y otros más atrevidos
y enfadosos en todas partes y se daba a los diablos. Estaba más
preocupado de lo que merecía el asunto —decía el infor-

---

   * Don Enrique II.
   ** Don Pedro el Cruel, muerto por su hermano natural don En
rique.

mador de la corte inglesa, Mr. Brown—, porque no es de
suponer que un hombre inteligente fuera tan vano que pensara
que debía ser igualmente admirable para todo el mundo.

Pero había que considerar que un bastardo como don Juan
tenía más motivos de resentimiento que un príncipe legítimo y
vivía, por decirlo así, inquieto y con el alma en un hilo, o como
decía la reina madre, «con la mosca verde en la oreja». (Quería
decir la mosca funeraria que acude a visitar a los moribundos.)

Unas veces don Juan sospechaba de unos, y otras, de otros.
Por algún tiempo acusó en su fuero interno de aquellas sátiras
al conde de Monterrey, hombre de doblez y truhán, aficionado
a las coplas. Pero detrás de quien fuera, siempre imaginaba la
sombra de la reina madre, la austríaca huesuda que revolvía
los ojos en las órbitas sin volver la cabeza, terne en su gor-
guera pasada de moda. Y terrible en sus secretas inclinaciones
y afectos. Rezadora y sensual.

Cuanto más lejos estaba la reina —y Toledo quedaba a
una jornada de Madrid—, más presente la tenía el noble bastardo. Todavía pensaba que en caso de que don Carlos muriera
sin descendencia —lo que era posible todavía— heredaría el
trono. Pero he aquí que don Carlos se había enamorado. La
«vellocina de Orleans» lo traía obseso e impaciente. Si don Juan
quería mantenerse en la buena gracia del rey como secretario
del despacho, lo que representaba tener a raya a la reina madre,
no había más remedio que facilitar la boda con la *gabachita*.
El problema sería conservar luego al rey separado de su madre
y conservarse a sí mismo en el primer puesto político del reino.
Desesperaba don Juan de que todo esto fuera posible ya que
representaba demasiados equilibrios y demasiados juegos de
compensación.

Era obvio, se decía don Juan una vez más, que la casa real
no debía mostrarse desunida ante los príncipes de Orleans. La
reina madre y la princesa de Orleans serían buenas amigas y a
través de la joven esposa la reina madre volvería probablemente
a conquistar el corazón de su hijo. Y si no su corazón, su turbia
mente. Por lo menos, la vieja reina volvería del destierro y
viviría en la corte con sus obispos y sus viejos partidarios.

Todo era contrario a las esperanzas de don Juan, quien en
aquel caso era capaz de generosidad, no por virtud sino por

arrogancia y desdén. Despreciaba demasiado a su hermano el emperador mequetrefe, el monarca enfermo, el príncipe maloliente.

Su altiva generosidad —pensaba don Juan— era de doble fondo porque soñaba con arrancar al rey, en pago de sus buenos oficios, el nombramiento público y oficial de infante del reino que le daría los derechos legales de sucesión en caso de quedar el trono vacío. Aunque ese caso no llegara, el ser infante y príncipe de Asturias era una gloria superior a la que tenía entonces. Pero debía obtener el reconocimiento como infante de Castilla antes de que volviera la momia imperial de Toledo. Si daba lugar a que volviera, no lo conseguiría nunca.

Algunos amigos de don Juan creían que a pesar de todo tenía probabilidades de entrar en la buena gracia de la reina joven, porque la *gabachita* no podía menos de enterarse de que don Juan se había opuesto a las negociaciones iniciadas dos veces para casar a don Carlos con una archiduquesa austríaca. Todos sabían que era él quien había dado preferencias a la princesa de Francia poniendo en manos del rey su retrato orlado de diamantes, obra de un miniaturista famoso. Y contrariando la voluntad de la reina madre, que deseaba por encima de todo una nuera de su misma sangre germánica.

Odiaba don Juan a la casa de Austria y a sus príncipes los llamaba los *tudescos frisones,* como si fueran caballos de tiro.

Estas consideraciones turbaban y confundían de tal modo a don Juan, que mientras el marqués de Spínola hacía la gestión en Fontainebleau, se dirigió a su hermano y, tratando de confundirlo, le habló de otra mujer: la hermosa infanta de Portugal. Ignoraba don Juan que entretanto el matrimonio de aquella infanta con el duque italiano de Saboya estaba ya concertado. El rey miró con sus ojos grandes y vacilantes el retrato de la infanta portuguesa, plegó su ancha boca en una sonrisa complacida y dijo:

—Hermosa, pero no tanto como la mía. ¿Tú has mirado bien a la vellocinita, Juan?

Dejó salir un rumor nasal acompañado de un gesto denegatorio. Y añadió:

—Si yo fuera un monarca musulmán te diría: las dos, hermano. Una por el día y otra por la noche. Pero soy cristiano y si ha de ser una sola es demasiado tarde para cambiar mis sentimientos. Mi corazón pertenece a la gabacha de Orleans.

—Bien; tú sabes, señor, que esa fue mi primera idea.

—Lo sé y nunca te lo agradecerá bastante.

—Yo creo, hermano y señor mío, que podrías agradecérmelo bastante otorgándome una gracia. Nombrándome oficialmente infante de Castilla.

—Lo eres por naturaleza, hermano.

—Pero no lo soy por la ley, todavía.

—Lo serás, lo serás, aunque los reyes no pagamos por adelantado. Lo serás después de la boda. No pidas el aguinaldo antes del cabo de año.

Sacando el retrato de María Luisa se puso una vez más a hablar de ella con expresiones exaltadas, mientras don Juan se retiraba decepcionado, recordando que la demora y el aplazamiento son las maneras de negar de los reyes. Su nombramiento de infante de Castilla no llegaría nunca. El rey era lento en sus reacciones mentales y manejaba la dilación y el rodeo como nadie. No se sabía si era pereza o astucia.

Concedida la mano de María Luisa por Luis XIV, don Juan pensó que todavía había una esperanza de fracaso porque en las capitulaciones se proponía plantear condiciones abusivas. Por no ser la princesa hija del rey sino sólo sobrina, se podía pedir algo para la corona española. Y el privado quería exigir la devolución de las plazas y territorios que, según el tratado de Nimega, habían pasado desde hacía poco al poder de la vecina Francia.

Don Juan no podía hacer esa petición por sí mismo y necesitaba el refrendo del Consejo del Reino. Se encontró con que el Consejo no creía que hubiera que reclamar nada y bastaba con la satisfacción de su majestad y la promesa de un heredero para la corona. La princesa de la casa de Francia era hermosa, joven, inteligente y traía consigo felices augurios. El Consejo del Reino renunciaba a regatear con Luis XIV sobre esta materia.

La proposición de don Juan fue desestimada y al saberlo don Carlos dio las gracias, uno por uno, a los componentes del

Consejo y les dijo que con su delicada conducta se habían *establecido en su real benevolencia para siempre.*

Luego les mostraba el retrato de María Luisa y les decía:

—¿No darían vuestras excelencias por esto dos principados como el de Luxemburgo?

Todos se inclinaban sin decir nada.

Rabiaba don Juan en sus aposentos dándolo todo por perdido.

Cuando el marqués de Spínola llegó a Madrid con la respuesta escrita de Luix XIV, el secretario del real despacho estaba enfermo de tercianas. Al oír el rey que en Fontainebleau accedían a la boda, ordenó que se cantara un Tedéum en la iglesia de Atocha y que se encendieran por la noche luminarias. Ciento cincuenta caballeros de las mejores familias del reino hicieron una mascarada adornados con cintas, sedas y plumas, portando antorchas y cabalgando hermosos alazanes engualdrapados.

Toda la noche hubo fiestas en Madrid. El rey no dormía y corría de una ventana a otra repitiendo:

—Todo esto no es por mí sino por ella, por mi reina. La corte celebra nuestros esponsales.

¡Oh las *fiançailles!,* como decía la vieja duquesa de Terranova.

Los gritos en la calle eran de algarabía morisca y las luces tan potentes que se podían leer las marcas de las espadas desnudas. Detrás de las ventanas de palacio se entreveía la sonrisa congelada del rey adolescente. Al pasar frente al alcázar los caballeros saludaban y algunos decían: «No es S. M. tan pobre de espíritu como dicen si ha sabido elegir por novia a la princesa María Luisa de Orleans».

Mandó el rey decir misas cantadas en la capilla de palacio e invitó a los grandes de España en artísticos pergaminos, diciendo misas de *fiançailles* en francés y de velada en español, por indicación del príncipe bastardo. El embajador francés pasó a ser el diplomático más importante de la corte.

Algunas semanas después llegó un correo de la casa de Orleans con el contrato de boda preparado y volvieron a celebrarse fiestas populares. El rey se acicalaba y perfumaba y mandaba hacer copias del retrato-miniatura, porque además del que llevaba consigo quería otros en la cabecera de su cama, en el comedor de embajadores y en la capilla, incrustado éste en el reclinatorio, de modo que viera a su novia sin alzar la cabeza.

Era obligado dar conocimiento del contrato de matrimonio a la reina madre —la momia tudesca— y don Juan, que seguía enfermo en la cama y lleno de aprensiones, encargó aquella tarea al secretario don Jerónimo, hombre burocrático, eficiente y gris. Como era de esperar, la reina madre recibió el contrato con la expresión más satisfecha y puso su firma al lado de la del rey.

En todas partes se hablaba de la reconciliación entre la madre y el hijo y todos se decían: «Malo para don Juan».

Se agitaban los partidarios de la reina desterrada tratando de acelerar el retorno. Los embajadores acudían a cumplimentar al secretario del despacho, trataban en vano de averiguar y después decidían visitar a la reina madre. El único que no creyó necesario acudir a la cámara del bastardo fue el embajador francés, marqués de Villars, quien anticipándose a los acontecimientos prefirió ir a cumplimentar a la reina madre directamente. La reina lo recibió con muestras de amistad y después de la audiencia oficial lo entretuvo en sus aposentos y le dijo que amaba ya a la princesa de Francia como a una hija y esperaba de ella bienes y grandezas para el reino y para su familia. Las mujeres de la casa de Austria nunca habían participado de la animadversión de los hombres contra la gloriosa Francia. Pero, llevada del presentimiento de la victoria se dejó ir y dijo que esperaba que los amigos del embajador pasarían a aumentar el número de sus partidarios personales en la corte, y el embajador, un poco extrañado, respondió que aunque no tenía razón alguna para ser partidario de don Juan y no lo había sido nunca ni lo era en aquel momento, prefería mantenerse en aquella materia al margen y permanecer neutral. Esperaba que por eso no perdería la graciosa benevolencia de la reina madre.

Ésta tragó saliva y lo miró en silencio como si pensara: bien, a ver qué dices ahora para cohonestar la impertinencia. Aquellos silencios expectantes de la reina madre eran famosos y solían azorar a los diplomáticos jóvenes, pero el marqués era viejo y experto. Después de su declaración de neutralidad añadió que la boda del rey de España con la princesa de Orleans traería consigo muchas venturas que no había que anticipar, porque no se producirían hasta la llegada de dicha princesa a Madrid.

Estaba de acuerdo con la reina madre —decía—, en que la presencia de la princesa de Orleans sería una manera natural de oponer un poder al otro, es decir, concretamente, el de la reina madre al del príncipe don Juan, y no dudaba de que la princesa de Francia se uniría a la reina madre por amistad de hija y también por identidad de intereses. Estaba seguro —añadía aún—, de que la princesa de Orleans, antes de salir de París, sería aconsejada en ese sentido por su augusto tío Luis XIV, hombre de especiales talentos y luces. Y el crédito de la reina madre y la princesa, unidos y secundados por todas las personas que deseaban formas nuevas de gobierno en Castilla, obligarían a don Juan a cambiar de política o a dejar su importante puesto. Y con estas palabras se inclinó el embajador, y aquella inclinación equivalía a la frase: *He dicho, señora.*

Todo esto venía a representar el ofrecimiento de lealtad al partido de la reina que ella le había pedido antes. Pero en los términos del embajador y no en los de ella. El embajador se retiró. La reina madre se sentía vejada porque la solemnidad del marqués de Villars tomaba a veces tonos y acentos casi protectores. Dio con el pie al taburete forrado de raso donde lo apoyaba, acarició al pajecillo que se sentaba en el suelo a su lado y pensó: «A este gallipavo francés yo lo haré servir *à la broche* en la boda de la princesa». Lo que más hería a la vieja reina era el ofrecimiento final de su alianza, es decir, las maneras de aquel ofrecimiento, con las que parecía decir: *Somos aliados, pero como yo quiero, y no como quieras tú.* La reina pensaba: «Siempre ofenden las maneras de Villars».

Muchas personas de calidad se anticipaban aprovechándose del disfavor en que iba cayendo don Juan y viendo que su estrella se extinguía. Algunos se atrevían a hablar de la necesidad de inclinarse francamente hacia el bando contrario y don Juan se enteraba y quería volver a hablar al rey de su nombramiento de infante de Castilla, pero al rey no se le podía hablar entonces sino de los días que faltaban para tener en sus brazos a la doncella de Orleans. La *ninfette,* decía. La *orlean-*

nette y la *pimpinelette*. Cuando don Juan le hablaba, el rey alzaba la mano en el aire atajándole:

—Cada cosa a su tiempo, que aún no ha llegado el cabo de año.

Llevaba el retrato de la princesa colgado del cuello con una cadena de oro y brillantes. Cuando hablaba con alguna dama de la corte ponía el retrato al derecho y si se acercaba algún hombre lo volvía del revés rápidamente, no por celos —el rey no podía tenerlos—, sino por discreción de enamorado.

Decía esto a los privados y al almirante de Castilla y sonreía intrigante. La sonrisa de Carlos era lamentable como una alusión a todas las miserias de un carácter que comienza a decaer y declinar antes de haber alcanzado integridad y madurez. (Como una fruta que se pudre antes de madurar.)

Había nombrado a don Rodrigo de Silva y Mendoza duque de Pastrana y del Infantado, embajador extraordinario en Francia para llevar los regalos de esponsales a la princesa. Regalos dignos del mayor monarca del mundo. Y se organizaba ya la comitiva.

Antes de salir para Francia, el duque fue a Toledo, según la etiqueta, para visitar a la reina madre y recibir sus plácemes. La augusta vieja le dijo que le placía mucho que un hombre como Pastrana hubiera sido designado para aquella alta misión. Después Pastrana volvió a la corte y salió para Francia sin despedirse de don Juan, desaire que a éste le produjo una dolorosa sensación de vencimiento.

Llevaba el duque una docena de postillones y heraldos trompeteros y otros lacayos, todos vestidos de terciopelo verde bordado en oro. Llevaba además varios caballeros y pajes consigo y también iban sus hermanos don José y don Gaspar de Silva. Su madre, doña Catalina de Mendoza, le dio veinte mil pistolas al mayorazgo y a cada uno de los otros cinco mil como dinero de bolsillo. Era una de las casas más ricas de España, descendiente de la que fuera tristemente famosa princesa de Éboli.

La comitiva no podía ser más lucida y antes de salir el rey mismo le había pasado revista, complacido, desde sus balcones. Con su sonrisa de mono bajo la gran pelambre sucia.

Paseando a lo largo y a lo ancho de sus aposentos el monarca hablaba consigo mismo mirando en éxtasis un ángulo del techo donde había un Cupido con alas de oro. Y repetía:

«¡Mi doncella, nieta del glorioso San Luis, ven a mis brazos! Refúgiate en mi pecho, reina mía. ¡Qué hermoso será quererte por obligación y razón de Estado y engendrar en ti un infante de España por patriotismo y por deber histórico además de hacerlo por amor!»

La pasión le hacía hablar a veces inspiradamente.

Rezaba una oración de gracias y recitaba un soneto-oración que Lope de Vega había escrito a San Isidro Labrador, santo patrón de la corte, y que comenzaba:

Oh, labrador de la besana angélica...

Luego llamaba a sus médicos y les decía que cuidaran mucho de él para que no estuviera resfriado el día de la boda.

Porque don Carlos estaba siempre resfriado. Con las narices obstruidas su habla era gangosa y en esos trances carecía de majestad. Contaba los días que tardaría la dorada comitiva de Pastrana en llegar a París con los regalos y seguía su jornada en un gran mapa colgado en su dormitorio.

Era, el duque de Pastrana, hombre apuesto y aventajado de presencia y descendía directamente, como dije antes, de Rui Gómez, príncipe portugués de Éboli, quien fue nombrado duque de Pastrana por Felipe II, cuyo privado era. (En todo esto andaba la sombra de la hermosa princesa de Éboli. La princesa bizca.)

Afanándose el rey en las diligencias de la boda creía que la anticipaba. Se ocupaba personalmente de todos los detalles relativos a la instalación de la novia en el alcázar. Lo primero que hizo fue organizar rápidamente la casa de *mademoiselle* de Orleans con los siguientes nombramientos: las marquesas de la Mortera y del Fresno —hermosas y de reputación impecable—, las condesas de Santorcaz y de Ayala, amigas de letras y curiosidades y modas, serían damas de honor, así como la marquesa de Castroforte, mujer de un humor chispeante y temible. Todas estaban en su media edad y eran de carácter apacible. Doncellas de cámara, las hijas de los duques de Sessa, de la marquesa de Alcañices, de la condesa de Villaumbrosia, de las marquesas de Villafranca y de Villamanrique, las de los duques de Híjar y de Alba y de los condes de Paredes y de Arcos, y además las hermanas del duque de Veragua. Todas eran jóvenes, estaban en la flor de la edad y minuciosamente instruidas en el protocolo. Ninguna era tan hermosa como la novia del rey, según repetía don Carlos, al hacer los nombramientos, «porque la flor de Orleans debe ser —repetía— la más delicada del pensil».

En ese pensil faltaba lo mejor: el *parterre de la inocencia,* según el rey. Las niñas de los duques de Pastrana y de Híjar iban a ser las meninas o las damitas de honor. No tenían más de diez años ninguna de ellas y eran las criaturas más graciosas que se podían ver en España. Como la belleza de las meninas no rivalizaba con la de las personas mayores, se podían tolerar al lado de la reina joven.

—Un primor —decía el rey—, las meninas. Los ángeles de la tierra sirviendo al ángel de los cielos, es decir, a la *gabachita.* O bien, como dijo el viejo don Pedro Calderón de la Barca: «Un prodigio sirviendo a un milagro».

El enano don Guillén pedía permiso al rey para entretener a las meninas de la casa de la reina y don Carlos lo miraba un momento, se ponía rojo de ira, le decía que no y lo llamaba *escuerzo de Mauritania.*

—No, señor, de la Guinea —rectificaba el enano humildemente.

Y se iba llorando. Unas veces simulaba el llanto y otras lloraba de veras. El rey se sentía inspirado por el amor y era capaz de mostrar rasgos de súbita energía. Sobre todo con don Guillén y con el príncipe don Juan, su medio hermano.

Otros nombramientos hizo el rey. Los niños del conde de San Esteban y del marqués de Villamanrique fueron nombrados pajes de la reina. El marqués de Astorga, hombre de genio brillante, mayordomo, y la duquesa de Terranova, camarera mayor. Ésta con su notable cara agria de vieja urraca. Todas las personas designadas fueron el día mismo de su nombramiento a besar la mano de la reina madre sin cumplimentar a don Juan, que había firmado, sin embargo, la real orden.

Al volver tomaron posesión de las moradas y aposentos que les fueron destinados en el alcázar, aunque faltaba todavía algún tiempo para la boda. Inmediatamente después el rey entregó a cada una de las damas de honor que debían salir al encuentro de la novia mil pistolas para gastos de viaje y les hizo saber que tenían desde entonces una pensión de mil ducados de oro.

Se mostraba generoso el rey. El amor lo hacía también liberal aunque con los dineros del tesoro, ya que no tenía otros.

Diciendo estas cosas, el rey adolescente se volvía de lado, miraba de reojo de un modo insinuante y hacía cortesías innecesarias a su hermano bastardo:

—¿No me encuentras raro? —preguntaba para luego añadir—: Es que me siento así como sobre ascuas. Las ascuas del legítimo deseo, que dice don Pedro.

No decía el apellido de don Pedro —Calderón— porque delante de su medio hermano nadie se atrevía a decirlo, ya que parecía una alusión a su madre la *Calderona*. El rey solía enviar de vez en cuando a la casa de Calderón de la Barca una parte de los sobrantes de su mesa, especialmente empanadas de pescado, en la Cuaresma.

Contra lo que se podía imaginar, el rey se conducía discretamente con los extraños —diplomáticos y otros cortesanos— porque tenía el mayor cuidado de no apartarse de la etiqueta. Se refugiaba en el protocolo como en un burladero. Sabía que si no se separaba un ápice de él no cometería errores ni correría peligros. Y era lo único que de veras había estudiado y aprendido en su vida.

Los ministros y grandes de España acudieron a palacio en el cumpleaños de la princesa de Orleans como si la novia estuviera ya en la corte. Llevaba aquel día el rey un sombrero nuevo todo cuajado de pedrería y de perlas en honor de la novia y esta fue su única rareza de aquel día. Según costumbre, no se lo quitaba. Cuando recibía a sus palaciegos acostado en la cama lo hacía con el sombrero puesto, también, y no por capricho sino por protocolo. Además, así no tenía que peinarse.

Estaba el cardenal Portocarrero incomodado aquel día porque no lo habían recibido en palacio con bastantes honores, y al saberlo el rey lo llevó aparte y le estuvo hablando con la mayor amistad sobre la princesa de Orleans, monstrándole el retrato y diciéndole —máxima prueba de confianza— que esperaba que la princesa sería virgen como suelen serlo las novias españolas. Aquella era una confidencia que hacía al ministro de Dios, naturalmente, y sólo con ellos —con los ministros de Dios— osaba el joven rey olvidar la etiqueta. ¿Qué le parecía al cardenal?

Cuando hablaba con Portocarrero y se refería a su propia novia, el rey decía *la doncella de Orleans* y parecía que se refería a Juana de Arco, lo que a Portocarrero le sonaba un poco irreverente. Era, el cardenal Portocarrero, hombre grande y caballuno, un poco encorvado bajo sus púrpuras, que no abandonaba nunca.

El rey añadía: «Le hago confidencias en secreto de confesión, eminencia». Le respondía el cardenal: «Así lo oigo, señor». Entretanto el rey, que llevaba en la mano un catalejo de oro, lo encogía y lo estiraba constantemente y decía que con él esperaba ver llegar desde lejos a la princesa de Orleans, su amada. No dejaba aquel catalejo ni el retrato de María Luisa, que seguía colgado de su cuello y que era realmente un primor.

Portocarrero, que habría preferido una reina de la casa de Austria, se acomodaba sin embargo a los gustos del rey pensando que era lo único importante en aquella materia, miraba la miniatura con el marco cuajado de brillantes y calculaba *in mente* su precio.

A veces el cardenal hablaba con el nuncio de S. S. sobre la extraña condición del príncipe —aunque conservaba en secreto sus confidencias— y el nuncio, que también habría querido una novia austríaca y que no se resignaba, extendía los brazos desolado y miraba a lo alto:

—Dios nos tenga en su santa mano.

Todo el mundo sabía que los intereses del Vaticano habrían sido mejor servidos casándose el rey español con una princesa de Austria. Creían, sin embargo, que Carlos II estaba en el trono por designio sobrenatural. Cuando su padre Felipe IV agonizaba en su lecho ratificó de palabra su testamento en favor de Carlos teniendo nada menos a su lado y dentro del lecho la momia de San Isidro Labrador.

Poco antes de entrar en la agonía Felipe IV llevaron a su cama aquella momia y la acostaron a su lado. En aquella santa compañía, que duró hasta después de la muerte del rey, éste recuperó aún las esperanzas de vivir e hizo su testamento definitivo. En los intervalos de lucidez dijo cosas notables.

El horror de Felipe IV a la muerte había aumentado, sin embargo, con la proximidad de la momia que parecía decirle: «Mira lo que vas a ser tú también dentro de algunos meses». Le habían llevado a la cama el milagroso cuerpo que estaba casi incorrupto a través de los siglos. El cardenal primado y el nuncio —eran entonces los mismos que ahora— creían de buena fe que la momia ayudaría al rey a sanar o en todo caso a entrar en el cielo.

Con los ojos fuera de las órbitas Felipe IV miraba a la momia acostada a su lado, que olía a cuero antiguo y que mostraba el agujero negro de la boca abierta con dos dientes amarillos en lo alto.

Entretanto la reina leía una oración en verso. Unos decían que la había escrito don Pedro y otros Lope de Vega. No era probable lo uno ni lo otro.

La oración, en acento monótono, era recitada despacio por la reina. Decía un verso y lo repetían todos a coro y de rodillas:

> *Reinando en el siglo doce*
> *y en Castilla y en León*
> *Alfonso siete, el primero*
> *apelado emperador,*
> *y siendo papa Calixto*
> *por la grandeza de Dios,*
> *nació en Madrid nuestra villa*
> *San Isidro Labrador.*
> *Crióse en casa de Iván*
> *de Vargas, hombre de honor,*
> *y allí creció en los afanes*
> *humildes de aperador.*
> *Maridó con la doncella*
> *honesta y de grande pro*

que había de ser más tarde
santificada en su amor.
Oh, amores de estos dos santos
de Castilla y de León,
Isidro y Santa María
de la Cabeza, el Señor
por nuestros merecimientos
y por vuestra intercesión
nos dará salud y gracia
y prosperidad y honor.
Ay, San Isidro bendito,
por Castilla y por León
y por los reinos de ahora
libres del moro invasor,
aporta la luz del alba
y el óleo de la unción
al lecho de nuestra muerte
en el consenso de Dios.
Unge a mi esposo Felipe
cuarto y por la relación
de sus virtudes y gracias
otórgale salvación.
Dale salud a su cuerpo
virtuoso o pecador
y nuevos días de gloria
para esta nuestra nación.
Si esto no fuera posible
dale al monarca el valor
que le falta para el tránsito
de este mundo de aflicción
al de la beatitude
eterna y tu bendición
y concédele propicio
el reino de la salvación.
Amén.

Luego la oración tenía una *coda,* en latín, que repitiendo lo que dice la escritura sagrada de Raquel, decía refiriéndose a la esposa de San Isidro (Santa María de la Cabeza): *decora facie et venusto aspectu* y luego *nimis decora virgoque pulcherrima.* Los piropos a su esposa parece que habrían de agradar al santo, pero Felipe IV en su agonía y sin saber lo que hacía abrazaba a la momia que tanto terror le produjo al principio y con ella en los brazos murió beatamente. Ejemplarmente. Los frailes y las monjas se hacían lenguas, conmovidos.

Según el nuncio era segura la entrada de Felipe en el cielo sin pasar por el purgatorio.

Poco antes de morir el rey quiso bendecir al pequeño infante de Castilla, su hijo, pero no pudo porque lo llevaron a la cámara mortuoria cuando el rey había fallecido ya. Aquel incidente pesaba en la vida de Carlos II. A veces éste creía que pesaba sobre él alguna clase de maldición por no haber llegado a tiempo de darle a su augusto padre el beso de despedida.

Había entonces pendiente un protocolo internacional de paces y al saberse en Madrid que el rey de Inglaterra iba a ir a Fointainebleau para firmar el primero de abril la paz con Francia y España, el rey don Carlos, que tenía que hacer la misma ceremonia por su parte, se dirigió lentamente vestido de gala a las cuatro de la tarde al aposento dorado del alcázar. Su lentitud estaba calculada de modo que hiciera esperar a los representantes de las otras potencias firmantes. Entretanto el marqués de Villars, movedizo y gentil embajador francés que ofendía con sus visos tutelares a la reina madre, fue recibido por el maestro de ceremonias, condestable de Castilla, severo en sus bayetas negras y su luenga barba, seguido por todos los mayordomos al pie de la escalera de embajadores. Fueron pasando por varias habitaciones donde colgaban las más ricas tapicerías del mundo. Al final del aposento había un estrado decorado con oro y pedrería.

El rey, que caminaba muy despacio, no había llegado aún. No debía llegar sino el último.

Estaba el trono encima del estrado recamado de nácares. El cardenal Portocarrero se sentó en una silla de honor, el condestable de Castilla en un pequeño taburete, el embajador inglés en un diván a un lado del trono y el patriarca de las Indias quedó de pie. Llegó el rey, por fin, seguido de los grandes de jornada. Se sentó y lo hicieron todos. Se cubrió y lo hicieron solamente los grandes de España.

Parecía una escena de un auto sacramental, con figuras calladas y simbólicas vestidas de tisú de oro y de plata.

Leyó el condestable los documentos del caso. Una pequeña mesa de alabastro había sido puesta al lado del trono y en ella un crucifijo de oro y los evangelios. El rey se arrodilló y puso la mano derecha sobre el libro mientras el cardenal leía en voz alta el juramento de perpetua paz con Francia. Cuando el juramento fue hecho, el embajador inglés se acercó e hizo manifestaciones de cortesía al monarca, quien respondió brevemente alargando y encogiendo el catalejo. Después saludó y se fue a sus aposentos con la misma pompa y repitiendo de vez en cuando a su camarero mayor:

—He jurado *sub conditione*. A mí no me la dan los hijos de la gran... Bretaña.

—Señor...

—Mi tocayo de Inglaterra creía adelantarse en esto de la ratificación de paces, pero siento mucho decir que calculó mal los pasos. Además, he jurado otra cosa *in pectore*. No lo digo porque sería faltar a la gravedad dinástica. ¡Pero vaya si he jurado!

A ninguna de aquellas solemnidades había asistido el secretario del real despacho, don Juan, con el pretexto —esta vez verdadero— de estar enfermo. Su enfermedad era sólo una cierta melancolía y aprensión de ánimo, pero tan fuerte que le daba calentura y vómitos.

El pobre bastardo se veía perdido y parecía como si su naturaleza física quisiera adelantarse a su ruina moral.

En uno de los patios interiores del alcázar, dos escuadrones de a caballo en gran gala simularon a la luz de las antorchas una batalla. El príncipe Alejandro de Farnesio, hombre galán y bravo a pesar de su voz atiplada, dirigía uno de los bandos y el duque de Medina de las Torres, grande y un poco estevado de piernas, el otro. El rey encargó al duque de Medinaceli y al condestable de Castilla la misión de árbitros de la contienda, que fue muy lucida.

Los choques de las armas daban un gran realismo a la escena y los caballeros tomaban la pelea en serio. Había en lo alto una luna que parecía correr detrás de los celajes arrastrados por las brisas de la noche.

Tuvo la fiesta caracteres alucinantes. Aquella noche el rey tenía a su lado al enano negro con un largo cirio de cera blanca y perfumada para iluminar el retrato de María Luisa cada vez que el rey quería mirarlo.

Desde la azotea Carlos II veía la batalla y hacía morisquetas.

Un embajador extraordinario llegó al día siguiente a Madrid de parte del rey de Francia. El de España lo recibió con todo agasajo y sin apartarse del protocolo le hizo saber sus naturales impaciencias de rey soltero y de hombre.

—Porque, en fin, señor embajador —insistió—, el rey de España es un hombre como los demás.

El enviado de Luis XIV dijo que las bodas reales iban a ser solemnizadas en Fontainebleau el día nueve de agosto como si se celebraran realmente, y con ese motivo y en la misma fecha se hicieron en Madrid fiestas populares y se encendieron luminarias que duraron tres días.

El rey subía a la terraza de palacio tembloroso de emoción y desde allí miraba con su catalejo de oro hacia Francia y luego volvía diciendo a don Guillén que los Pirineos impedían ver Fontainebleau y que además, por ser la tierra redonda, quizá la ciudad de su novia caía detrás de la comba meridiana —así decía él—, lo que no podía extrañar a nadie. «Pero, en fin, la fecha se aproxima» añadía. Y besaba su catalejo, que le permitiría un día acortar la distancia de la novia lo menos en veinte leguas.

Entretanto el pobre don Juan encontraba nuevos versos satíricos en su cámara. Se sentía muy mal de salud, pero los hombres fuertes rara vez se quejan cuando son castigados por la fortuna y el bastardo mantenía su entereza. Además, los hombres nacidos de uniones irregulares son valientes, según la tradición fundada o consagrada por el Cid Campeador.

Sin embargo, la aprensión de ánimo mata a veces a los héroes, también. Don Juan estaba cada día más enfermo. Sólo salía de sus aposentos apoyándose en un bastón y caminaba y respiraba con dificultad.

Al acercarse el otoño los médicos avisaron al rey que la vida de su hermano se acababa. Al saberlo, Carlos II estiró y encogió el catalejo, suspiró y por fin rompió a llorar. Ordenó al cardenal Portocarrero que fuera a ver al enfermo de su parte.

El enfermo, al ver llegar al religioso, dijo: «Un hombre ha vivido bastante cuando puede morir sin reprocharse nada en materia de honor». Y luego de una pausa añadió: «En lo que concierne a mis obligaciones con Dios he sido demasiado negligente y el tiempo que me queda para arrepentirme no es mucho». Se confesó, le ofrecieron la momia de San Isidro y la rechazó por repugnancia, pero pretextando que no merecía que se hiciera con él lo que se hizo con su virtuoso padre Felipe IV.

Detrás del cardenal llegaba el rey llorando y diciéndole con los brazos abiertos: «¿Por qué me abandonas ahora que necesito tu ayuda más que nunca?». Le mostraba el retrato de María Luisa y añadía:

—A tus diligencias debo mi felicidad, hermano. Mira bien a nuestra reina y si así lo dispone Dios nuestro Señor llévate su imagen a la tumba fría en el fondo de los ojos. Yo te aseguro que haremos a tu cuerpo los honores que se deben a los verdaderos infantes de Castilla, ya que no he podido darte en vida esa dignidad como tú deseabas.

Oyéndole, el cardenal pensaba que si le hubiera otorgado aquel título dos meses antes don Juan habría probablemente salvado la vida, porque en la corte hay personas que mueren de aprensión y melancolía aunque sean, como era el príncipe, fuertes y sufridos en la política y en las armas.

Se celebraban aquellos días otra vez fiestas en los patios interiores y en uno de ellos había fuegos artificiales. Aunque el príncipe agonizante sufría un violento dolor de cabeza que aumentaba hasta la tortura con las explosiones de los petardos, éstos se sucedían sin que nadie pensara en él. Todos sabían que el príncipe estaba agonizando y nadie cuidaba de darle ninguna comodidad. El dolor del rey al lado de su medio hermano era también en cierto modo un dolor protocolario y sus lágrimas eran *de etiqueta* y no de sentimiento.

A pesar de que la dolencia del príncipe estaba en su cabeza y en sus nervios, los médicos le mortificaban con toda clase de inútiles remedios. Cubierto de sanguijuelas que le chupaban la sangre, sufría su tormento el enfermo hasta que murió. Fue su muerte el día siete de septiembre, el mismo día que murió años atrás su padre Felipe IV.

Ordenó el rey que se diera el pregón de la muerte acompañado del *toque de infantes,* que era una música ligera y alegre por referirse casi siempre a príncipes jóvenes. Creía de ese modo satisfacer un viejo deseo del bastardo.

En la coincidencia de la fecha creyó ver don Carlos un misterioso aviso del cielo. Y corrió al lado del muerto para despedirse de él y besarlo «antes de que se enfriara», cosa que no había hecho con el cuerpo de su padre, ni caliente ni frío.

Repetía innecesariamente la orden de que se rindieran a su hermano don Juan, en los funerales, honores de infante de Castilla como un acto de justicia póstuma.

La madre de don Juan, la famosa actriz que había tomado muchos años antes el hábito de religiosa de las manos del cardenal nuncio, coronado más tarde papa Inocencio X, acudió a cerrar los ojos de su hijo mientras el rey Carlos miraba recatado en una celosía que había en lo alto de la cámara y musitaba:

«Todavía es bella la *Calderona.* Las tocas la favorecen.»

Todas las actrices que habían sido compañeras de la *Calderona* enviaron flores.

Murió el príncipe bastardo, pero dejó una hija que había tenido con una dama de calidad. Su hija ingresó también en el convento de Carmelitas de Madrid, que se conoce con el nombre de las Descalzas Reales. Y la pobre monja escribía versos en aquellos días a la buena fortuna de la princesa de Orleans que se iba a casar con el rey y le enviaba aquellos versos al rey Carlos acompañados de escapularios, bendiciones e indulgencias. Un poema comenzaba:

> *Sacras luces del cielo prometido*
> *y del epitalamio sacras luces...*

Lo leyó don Pedro Calderón y dijo que no estaba mal.

Lo primero que hizo don Carlos después de la muerte de su medio hermano fue ir a visitar ostensiblemente a su madre a Toledo. Los acompañantes del rey, entre los cuales había no pocos antiguos y pugnaces partidarios del bastardo, besaron sumisamente la mano de la reina madre. Don Carlos comió con ella en privado y le habló de la necesidad de que volviera a la corte cuanto antes para no dar a la familia de la novia la impresión de que la casa de España estaba dividida.

—Señora —le decía a su madre—. No pongáis sombra alguna en mi felicidad.

Cada vez que hablaba de su novia besaba su retrato y alargaba y encogía el catalejo.

El regreso de la reina madre a Madrid fue considerado como una victoria entre la nobleza adicta a la casa de Austria y como una paletada más de tierra sobre la tumba de don Juan. Lo celebraron con algunas fiestas y solemnidades en el Buen Retiro, donde se representó un drama nuevo de Calderón. Hasta que la vivienda de la reina madre estuvo lista en el alcázar, ella eligió la casa de los duques de Uceda para residencia. Los duques habían sido enemigos mortales de don Juan y la acogieron con alfombras en la calle y arcos de flores mientras la duquesa madre repetía:

—Dios arregla las cosas a su santa manera, sea por siempre bendito y alabado.

Entretanto, en el alcázar, el rey Carlos, que tenía la manía decorativa, andaba cambiando la disposición de los aposentos y los colores de los reposteros y tapices.

La camarera mayor de la novia hacía preparativos para salir al encuentro de la reina joven. Al principio todos creían que dimitiría, ya que su nombramiento había sido hecho por el difunto don Juan, de quien era muy amiga, pero debía ser otra su intención cuando se apresuró a instalarse en los salones de la futura reina. No era fácil echarla una vez nombrada e instalada, y la vieja y altiva duquesa de Terranova decía:

—El decoro de la familia real requiere una camarera mayor con los ojos de Argos.

Tenía, además de aquellos ojos, una notable nariz de corneja y recordaba las viejas furias de la antigüedad grecolatina. Más temible que ellas, porque todo su poder —que se adivinaba bajo el silencio de los labios plegados— era contenido por la cortesía oficial de sus funciones.

La corte entera se inclinaba a adular y reverenciar a la reina madre pensando que reasumiría su autoridad de los tiempos de reina regente. Pero el rey no era fácil de manejar porque, a pesar de la inmadurez de su mente, estaba lleno de manías con las que tropezaba su madre y ésta no tenía influencia con él, especialmente en las pequeñas cosas. Los consejos de la reina madre para que dejara el catalejo fueron inútiles.

—Mi reina viene —decía el rey— y yo la espero y todo lo que puedo hacer por el momento es esperar y mirar. Para la espera tengo mi impaciente corazón. Para la mira, el catalejo.

Pero hijo...

—Vuestro hijo, señora, es el rey de España —recordaba él repitiendo la fórmula que en vida le enseñó su pobre hermano.

Y al oír eso, su madre se callaba.

No faltaban quienes creían que el amor llevaría al rey a desentenderse de los negocios de Estado y que la reina madre aprovecharía ese descuido para restablecer su autoridad. Pero eran sólo imaginaciones y calendarios.

Las personas versadas en política pensaban de la siguiente manera: «La señora ha sufrido los azares de una fortuna mudable y ahora no querrá exponerse a lo mismo por segunda vez». Era posible, sin embargo, que influyera en su hijo para hacerlo desistir de nombrar un privado. «Bastará que le recuerde —pensaba la reina— la autoridad que tomó sobre él su hermano don Juan con el pretexto del despacho universal y la privanza.» La gente pensaba que la reina madre inclinaría al rey a formar una Junta con personas de su austríaca y secreta confianza.

Eso sería una manera de reinar ella —la reina madre— sin hacerse responsable ni ante el rey ni ante la corte ni ante la nación, se decían todos.

Seguía el rey tratando a su madre de un modo despegado:

—Mira, señora —le solía decir—, a mí no me vengáis con embelecos, que el espíritu de mi hermano don Juan anda todavía por los pasillos.

Aquella Junta de gobierno en lugar del privado no sería cosa nueva porque el rey Felipe IV, en su testamento, dejó ya dispuesta la creación de una Junta igual para asistir a la reina madre en la regencia.

Iban los cortesanos tomando posiciones por la reina madre o por el rey y buscando pruebas concretas de alguna clase de disidencia entre ellos, pero no las encontraban. La reina parecía estar por encima de las pasadas desavenencias y su aparente desinterés desorientaba a algunos.

Argumentaba el rey todavía contra ella con el espíritu y el fantasma errante de su medio hermano, pero era sensible a las complacencias que suele inspirar el amor en un corazón joven. Y evitaba las peleas con su madre.

Los elogios a la belleza de la princesa de Orleans le llegaban al alma y regaló alhajas de mucho valor a los grandes de España que hablaron de la luminosidad de los ojos de la novia, tal como se veía en la miniatura. Y de su supremo candor. Y de su aura angélica.

No se cuidaba el rey sino de anticipar la fecha del encuentro con su amada. Así, todo era pedir noticias y enviar correos a la frontera a ver si se acercaba la comitiva que había salido ya de Fontainebleau.

—Señora —le decía a su madre—, no tratéis de ser la *douairière,* sino más bien una verdadera madre para ella.

Por fin llegó Spínola con la noticia de que la novia avanzaba hacia los Pirineos y dijo al rey que estaría en la orilla del Bidasoa el día tres de noviembre.

Traía la princesa una lucida comitiva en la que figuraban el príncipe d'Harcourt y su esposa como embajadores extraordinarios. Iba también la mariscala de Clerambault como camarera de honor. Otras damas y doncellas la acompañaban y en todas las ciudades por donde pasaban se hacían fiestas y solemnidades adecuadas a la grandeza de los viajeros. Se puede decir que todo el país francés lamentaba perder a María Luisa.

Era una novia de cuento de hadas.

Los correos que llegaban al alcázar cada día con noticias encandilaban al rey, quien preguntaba a su madre:

—¿Tienes listos los regalos para vuestra augusta nuera?

Hay que enviarle regalos escalonadamente a lo largo del camino.

Cerca ya de la frontera española, el jesuita padre Vintimiglia, nacido en Sicilia, se atrevió a acercarse a María Luisa. Pertenecía a una familia noble y el gobernador de Palermo, en los días recientes en que la ciudad se sublevó, era nada menos que su hermano. El gobernador fue arrestado y estuvo a punto de perder la cabeza a manos de las autoridades españolas. Finalmente, consiguió ser enviado a Madrid a justificarse acompañado del jesuita y en esa diligencia estaban.

Pero el jesuita quiso hacer su política. Había sido partidario del difunto príncipe bastardo y llevó su pasión al extremo de aludir delante de María Luisa al partido contrario y a la misma reina madre de un modo poco respetuoso. Era también aquel jesuita muy amigo del duque de Osuna, y los dos, pugnaces y palabreros.

Trató Ventimiglia de prevenir a la princesa también contra el propio embajador francés en Madrid, marqués de Villars, de quien decía que era un fatuo rendido a la vieja austríaca. Quiso persuadir a la princesa de que debía formar un gobierno con personas que le fueran incondicionales, entre ellas el duque de Osuna, que era, según decía, un hombre de consumada habilidad y de gran celo por sus majestades. De paso se ofrecía él humildemente como confesor.

Llevó su atrevimiento al extremo de escribir una lista con los nombres que le parecían mejores para los cargos de ministros. Esta lista se la dio al príncipe d'Harcourt, quien la rompió sin leerla. Si la princesa escuchó al jesuita fue porque el religioso que llegaba de la frontera hablando un francés perfecto le pareció que podía decirle algo interesante.

Desapareció el fraile, muy satisfecho de sí, en la dirección de la frontera española.

Estaba la comitiva ya en San Juan de Luz y salió de allí a la una de la tarde del tres de noviembre en medio de aclamaciones, vítores y también lágrimas, porque muchas personas creían que llevar a la princesa a España era como enterrarla viva. España era para muchos franceses El Escorial, es decir, un monasterio y una sepultura.

Llegó María Luisa al Bidasoa y entró en una especie de

alcázar pintado de oro que habían construido en la orilla del lado francés. En aquel alcázar la princesa vistió un suntuoso hábito y fue al patio donde se había dispuesto el almuerzo. Después de comer subió a un estrado y se instaló en un trono cubierto con rico baldaquín y en aquel momento volvió el rostro hacia Francia y dio señales de una gran melancolía pensando que llegaba el momento de abandonar la patria.

La corta edad de María Luisa justificaba aquella debilidad y ternura, pero por otra parte los príncipes d'Harcourt le habían aconsejado que mostrara alguna clase de tristeza para hacerse valer y hacer valer la patria que dejaba. La princesita no lo olvidó.

El príncipe d'Harcourt se puso a su derecha, la princesa d'Harcourt a su izquierda y las damas de honor detrás del trono.

Las trompetas heráldicas dieron la señal y los españoles que estaban esperando en la pequeña isla del Bidasoa que los tratados de paz habían hecho famosa, avanzaron. Estaba la isla unida al alcázar por un puente alfombrado. El marqués de Astorga, mayordomo mayor de la reina, se dirigió al alcázar acompañado de unas ochenta personas del séquito español. Los caballeros, los nobles, los pajes marchaban delante. El marqués se arrojó a los pies de la princesa, luego se alzó, besó su mano, dijo unas frases de cortesía y sin esperar su autorización se cubrió. Por no ser menos y por la usanza del protocolo, el príncipe d'Harcourt se cubrió también.

Habló el marqués a la princesa en español y le entregó dos cartas, una del rey y otra de la reina madre, después de llevárselas a la frente, a los labios y al pecho —vieja reminiscencia de la Edad Media musulmana. La reina le dijo que se alegraba de que el rey su señor le hubiera encomendado a él la tarea de conducirla a Madrid.

El marqués de Astorga, aunque ya entrado en años y con la cabeza cana, tenía el aspecto más galán de todos los allí presentes y era el más decorativo de los grandes de España.

Se dirigió al príncipe d'Harcourt, le dijo algunas frases de cortesía y añadió que tenía órdenes del rey de recibir a la reina María Luisa de España. Monsieur de Chateauneuf, consejero del parlamento de París cuya mejilla izquierda temblaba con un tic frecuente, leyó el acta de entrega en francés y don Alonso Carnero, secretario de Estado español, el acta de recepción en su idioma.

Ninguno de los dos entendía al otro.

Entonces el marqués español presentó a algunas personas de calidad, quienes cuando eran nombradas avanzaban, ponían una rodilla en tierra y besaban la mano de la novia. El obispo de Pamplona, al llegarle su vez, besó también la mano de la princesa, pero no se arrodilló.

La princesa de Orleans no parecía tener prisa por reanudar la marcha, pero cuando el marqués de Astorga dijo que era hora de partir se levantó en seguida, y llevándolo a él a la derecha y un pajecito de honor a su izquierda, en cuyo hombro se apoyaba, avanzó por el puente despacio y con tranquilo continente.

Las trompetas españolas sonaban en la orilla.

Con su agrio continente la duquesa de Terranova encontró a la reina exactamente en la mitad del puente de madera que comunicaba con la isla. Iban con ella otras damas españolas del servicio. Todas fueron besando la mano de María Luisa y después monsieur Repaire, teniente de la guardia real francesa, entregó su puesto al comandante de la guardia militar española.

Sonaban las trompetas francesas en el lado norte del río despidiendo a la princesa. Como no era aún la reina, las trompetas españolas tocaban la «marcha de infantes», la misma que el rey hizo tocar a la muerte del príncipe don Juan.

Avanzó la comitiva por una alfombra de terciopelo rojo cubierta de flores hasta el barco que estaba al pie del embarcadero de la isla. En el momento en que la reina entraba en España los escuadrones de mosqueteros y caballería dispararon sus armas, los cañones de Fuenterrabía comenzaron a hacer las salvas de reglamento desde el monte que se perfilaba a la derecha contra el cielo cántabro y la joven reina todavía volvía la cabeza hacia la dulce Francia haciendo más ostensible la pena con que dejaba su tierra natal.

Algunos nobles españoles se cambiaban miradas con las que querían decirse: «Hace bien su papel, la princesa». El marqués de Astorga, viéndola sollozar, sonreía y se atrevió a decirle:

—Una lágrima por Francia, señora, y una sonrisa por España.

Ella sonrió entonces.

El rey español y su comitiva habían salido de Madrid para encontrar a la reina en Burgos. Carlos, ya en camino, estiraba y encogía el catalejo, miraba por la ventanilla y se sonaba las narices. Tenía un resfriado maligno a pesar de las precauciones de los médicos.

«¿Dónde estará mi vellocinita, ahora?» se preguntaba a sí mismo tratando de calcular.

En el lado español del río Bidasoa la princesa de Orleans encontró los carruajes dispuestos, ocupó el suyo y como la tarde comenzaba a caer se pusieron delante, en dos filas, veinte lacayos iluminando el camino con antorchas de cera blanca perfumada.

María Luisa se sintió, de pronto, reina de España.

La comitiva era impresionante y los nobles franceses pensaban: ya estamos en España, donde todas las cosas tienen fama de ser fabulosas.

Las antorchas llenaban el aire de raros aromas.

El príncipe d'Harcourt y su esposa ponían la mayor atención en evitar a toda costa el sentirse impresionados por lo que vieran y también en disimular el recelo que todo francés solía tener en España, su enemiga natural.

Se dirigieron a la iglesia de Irún, donde se cantó un Te-déum y el obispo repitió sus bendiciones. Después se sirvió a la novia la comida en privado a la manera española. Era la primera vez que la princesa comía al estilo español y mostró su disgusto y su sorpresa por la frugalidad y la calidad del servicio. Lo mismo su tristeza al dejar Francia que sus protestas por la calidad de la comida eran manifestaciones previstas, porque se sabía que María Luisa había sido aconsejada en Fontainebleau para que se condujera de aquel modo. Era sabido —como decía el padre Baltasar Gracián— que los franceses perdían la gloria por la vanagloria. En todo caso, ni María Luisa disimuló su desagrado ni los nobles españoles se extrañaron.

El protocolo español no permitía a la princesa comer en público. María Luisa había tenido en Francia todas las libertades: montar a caballo, bailar, recibir o hacer visitas, salir a pasear con sus amigos, comer en público, ir a las cacerías y al teatro. Ahora se encontraba prisionera de la etiqueta más severa entre personas desconocidas y rígidas a quienes no podía comunicar sus sentimientos. El ceremonial de la corte era tan diferente del de Francia que la reina se confundía a cada paso. Desde el primer momento los españoles esperaban que sabría conducirse y suponían que había sido educada en las maneras de Castilla.

El duque de Osuna, que apareció en Irún como caballerizo de la novia, dijo dos o tres impertinencias y pasó con su caballo por un charco cuando al lado estaba el príncipe d'Harcourt, que había bajado de la carroza. El agua y el barro salpicaron al príncipe y Osuna se disculpó apenas tocándose el ala del sombrero *a medio moguete,* como solían decir los pícaros, a los cuales Osuna era muy aficionado.

Calculando los españoles que el rey se tomaría la molestia de educar a su esposa, dejaron a María Luisa durante el viaje cierta libertad de maneras, aunque la camarera mayor, duquesa de Terranova, se obstinaba en imponer las formas castellanas repitiendo: «La reina de España no hace eso». O bien: «La reina de España se conduce de otro modo».

Al fin la dulzura de la princesa y su buena gracia parecieron vencer, por lo menos en parte. La duquesa de Terranova no la dejaba un momento sola y de vez en cuando volvía a lo mismo: «Señora, la reina de España...», y le daba órdenes como a una niña. Ella protestaba a veces dirigiéndose a su embajador:

—*Mais voyons, je ne suis pas encore la reine d'Espagne.*

Los príncipes d'Harcourt sonreían, hieráticos. De buena o mala gana María Luisa obedecía a la vieja duquesa. Ésta podía haber sido un poco más amable con la novia para ganar su buena gracia, ya que había tantas damas ilustres en Madrid que envidiaban y deseaban su puesto; pero se conducía más como espía del rey enamorado que como azafata de la reina. Estudiaba las inclinaciones de la princesa, sus gustos, su humor. Se interponía en las conversaciones de la reina con las damas francesas y, aunque sabía muy bien francés, fingía ignorarlo para oír lo que hablaban y archivarlo en su memoria esperando la hora de decírselo al rey, cuya confianza era lo único que le importaba.

Tenía fama la Terranova de ser la viuda más lagarta de la corte.

No tardó en comenzar a hacer su política personal de enemiga de la reina madre. Creyó que debía prevenir a la joven reina contra su augusta suegra —de ese modo pensaba servir los intereses del rey Carlos—, ya que sospechaba que lo primero que la momia austríaca le aconsejaría sería que cambiara de camarera mayor. (La duquesa de Terranova había tenido tiempos atrás alguna parte en el destierro de la reina a Toledo.) Así pues, en la primera ocasión la duquesa hizo saber a la novia —haciendo traducir sus palabras— que la reina madre, aunque trataría de mostrarse amable, en el fondo sería como todas las suegras, es decir, su enemigo natural.

Le advirtió que la reina madre había sido partidaria de que su hijo el rey se casara con una archiduquesa de Austria y no perdonaría a la de Terranova que hubiera aconsejado al rey que se casara con una Orleans. Ella y el príncipe muerto, don Juan, habían organizado aquella boda. Le dijo también que la reina madre no tenía la confianza de su hijo el rey y se había propuesto sujetar a su nuera con maneras y severidades más adecuadas a una burguesa ordinaria que a la esposa de un monarca como el de España, que era el más poderoso del mundo. En fin, la reina debía estar prevenida contra su suegra, quien no pensaba sino en hacerle daño.

Al mismo tiempo la duquesa se decía que todas aquellas diligencias por un hombre como Carlos II, corto de razón, mezquino de cuerpo y sin atractivo, no dejaban de parecer exageradas. Pero en todo caso —añadía para sí misma— era rey por la gracia de Dios. ¿Qué más se puede ser en el mundo? Y añadía ante los ojos asustados de la princesa de Orleans: «De todo sería capaz la reina madre».

La duquesa trabajaba *pro domo sua*. Para que las palabras de la duquesa produjeran más efecto en aquella muchacha de diecisiete años, la vieja camarera mayor había preparado a otras damas que iban a entrar en la intimidad de la reina y algunas de ellas le decían: «Oh, señora, cuánto ha perdido vuestra majestad con la muerte del infante don Juan. ¡Qué no habría hecho él por complacer a vuestra majestad! Si no hubiera sido por él y por la duquesa de Terranova, el rey se habría casado con la tudesca. La señora madre del rey odia a la casa de Orleans».

Y la duquesa remachaba el clavo: «Si vuestra majestad pudiera contar con la lealtad del embajador francés, marqués de Villars, sería un consuelo, pero en las presentes condiciones yo me permito aconsejar a la señora que tenga cuidado. El cielo la preserve de tomar su consejo porque es carne y uña con la reina madre, de quien toma órdenes mejor y antes que del rey de Francia. Así, pues, la señora tenga cuidado con el embajador, que tratará de entrar en sus sentimientos y afectos y confianzas sólo para hacer uso personal de ellos. Es hombre galante y sabe cuidar de sus propios intereses, pero ya digo que cada día traiciona tres veces a su rey Luis XIV para servir a la vieja austríaca».

La joven reina estaba alarmada con unas cosas y otras y no teniendo experiencia de la política española y no habiendo tenido ocasión ni edad para entrar en las intrigas de la corte francesa, no sabía qué pensar. Es verdad que por naturaleza se inclinaba a recelar de su suegra como todas las novias. No sería raro que se hubiera arrepentido de su decisión matrimonial aquel primer día de su entrada en España. Al menos se conducía de tal modo que los demás pensaran que se arrepentía. Era difícil penetrar en el ánimo de la novia real, y las instrucciones de Francia habían insistido siempre en que nadie más que el rey conociera su pensamiento, lo mismo sobre las cosas importantes que sobre las triviales.

Pero la comitiva seguía su marcha.

Salieron de Irún y no tardaron en llegar a Hernani, donde durmieron. El día próximo la reina montó a caballo seguida de la duquesa de Terranova, que hacía a su lado una figura impresionante en su mula con gualdrapas negras. La novia, que había leído el *Quijote,* pensaba en las dueñas a quienes el buen Sancho odiaba y a veces sonreía, disimulando. La sonrisa no duraba mucho porque las objeciones de la de Terranova le cortaban el aliento.

El marqués de Astorga, mayordomo, y el duque de Osuna, caballerizo mayor, cada cual con su par de gafas como

era obligado en los grandes de España, aunque no las necesitaran, caracoleaban alrededor de la novia en sus caballos.
El marqués de Astorga se puso a su derecha, pero Osuna pretendía el privilegio de estar en aquel lugar y sobre esa cuestión
tuvieron palabras y se cruzaron amenazas. Decía el duque de
Osuna que siendo caballerizo le correspondía la derecha; el
marqués replicaba que la reina estaba a su cargo hasta que
la entregara en manos del rey y que él era más importante
en el séquito de la princesa. Ésta oía la trifulca y dejando el
caballo se metió en el coche, asustada.

   Llegaron aquella noche a Tolosa, donde el duque de
Osuna arrestó a un guardia de corps porque había maltratado
a su cochero cuando éste, por orden del duque, quiso pasar
delante del coche del marqués. Se reanudó la disputa, se cambiaron insultos, Osuna llamó hijo de puta al espolique de
Astorga —era un insulto indirecto a su señor— y cuando
llevaban trazas de venir a las manos, acordó la duquesa de
Terranova interrumpir el viaje y enviar una noticia escrita
al rey pidiéndole su parecer.

   El rey, que estaba ya en Burgos — había hecho la jornada
desde Cercedilla sin parar—, contestó dando la razón al marqués de Astorga. Pero el duque de Osuna no quiso resignarse,
envió nuevos mensajes al rey y éste le ordenó que abandonara
su puesto y se dirigiera inmediatamente a Madrid sin pasar
por Burgos, porque no quería verlo bajo ningún pretexto.

   Había perdido Osuna, pero no se resignaba. Osuna no se
resignaba nunca y mirando el camino de Burgos mascullaba
palabras confusas, más contra Felipe III y Felipe IV, padre
y abuelo de Carlos II, que contra este mismo.

   Astorga había perdido las gafas y los criados de Osuna
—que compartían siempre las pasiones de su amo— las pisotea-
ron e hicieron añicos como por azar, diciendo después que
las habían aplastado las ruedas del coche.

   Estaba el rey nervioso e impaciente en Burgos y sólo dejaba de sonarse las narices para secarse las lágrimas o para
atalayar los horizontes con el catalejo. Iba acompañado por
algunos nobles: el duque de Medinaceli, don José de Silva, de
la casa de Pastrana, y el condestable de Castilla, los tres
en el coche real. Detrás iba una pequeña comitiva y la guardia

de coraceros. El resfriado del rey empeoraba y el monarca, defraudado, amenazaba a los médicos con fieros males.

Medinaceli le decía:

—Señor, un resfriado si no lo cura nadie dura quince días, pero si lo curan los mejores médicos de la corte dura sólo dos semanas.

Y reía. El rey decía, malhumorado:

—No es para reír, Medinaceli, que estoy casi a la vista de la doncellica de Orleans.

Avanzaba María Luisa hacia Burgos en cortas jornadas. En Burgos, por dos veces, el rey se perdió y sus acompañantes lo hallaron en la botica de una bruja herbolaria respirando el vapor de una cocción de hierbas para curarse el resfriado. La bruja no sabía quién era y todos los remedios resultaron vanos.

—¡Ni que lo hubieran hecho a propósito! —repetía el rey refiriéndose a sus médicos.

Angustiada, la novia escribió varias cartas a Carlos suplicándole algún alivio en la etiqueta. Cada vez que quería montar a caballo para aliviarse de la fatiga y entumecimento del coche o comer en público, la duquesa decía que por nada del mundo lo consentiría sin la autorización del rey.

Éste concedió el permiso con una carta llena de cortesías y amores. La reina le dio las gracias y envió con la carta un reloj orlado de diamantes y una corbata con un nudo color de fuego. El rey se puso la corbata inmediatamente sobre la cadena de la que colgaba el retrato de la novia y ordenó que dieran quinientas pistolas al caballero que llevó el regalo. Después exigió noticias exactas del lugar del camino donde se encontraba la novia y miró el mapa, como siempre.

El conde de Altamira, que iba con el séquito del rey en una yegua negra muy briosa, se adelantó a Oñate para recibir a la reina y cumplimentarla en nombre de S. M. y le entregó un brazalete de diamantes y rubíes. Ella y su comitiva llegaron a Vitoria el día once. En la ciudad habían preparado una función de teatro con una comedia mala e inadecuada a la ocasión. En ella se hablaba de gabachos y de esposas infieles y de la tolerancia de los maridos franceses. Por fortuna la princesa no entendió casi nada.

Allí se vistió por vez primera a la manera española, en cuyos atavíos estaba tan hermosa como antes o más. Fue a la catedral, donde el obispo de Calahorra la recibió bajo palio e hizo una pequeña plática recordando que España era la perla más preciada de la tiara pontificia y que la madre Iglesia era la soberana de los soberanos y la única que daba la salvación en este mundo y en el otro.

Después de la función religiosa asistió la reina a una corrida de toros en la plaza del mercado. La fiesta no tuvo brillantez porque los toreros eran sólo aficionados y no de los mejores. Algunos salieron volteados y corneados aunque sin heridas graves. Estaba la reina en su balcón —evitando mirar a la plaza— cuando llegó otro mensajero, esta vez de la reina madre, con una carta llena de amistades y un regalo: un par de pendientes con perlas raras en forma de pera rodeadas de labores exquisitas. Las joyas estaban valoradas en cuatrocientas mil libras esterlinas según los expertos que no faltaban en el séquito francés. La duquesa de Terranova, al ver la calidad del presente, torció el gesto y dijo un proverbio:

—Amores de suegra recíbelos con reserva.

Sonreía María Luisa aceptando a medias la complicidad de la severa dueña en el refranero matrimonial. A veces trataba de tomarla a broma, a la duquesa, pero no era fácil.

El marqués de Villars, embajador de Francia en Madrid, salió a esperar a la reina a Briviescas, a una jornada de Burgos, y al saludarla y a poco de hablar pudo observar en ella cierta desconfianza.

—Señora, veo que llego tarde —dijo inclinándose.

—Le agradezco —dijo la princesa fríamente— que haya podido abandonar sus tareas para venir a recibirme.

El embajador le dijo que tal vez no debía abandonarse a las primeras confianzas de las damas de su corte ni escuchar todo lo que le dijeran. La gente que la rodeaba pensaba sólo en su provecho personal y lo único que debía importarle a ella era amar al rey y por ese medio invitarlo a él a amarla a ella. Debía unirse a la reina madre y tratar sus asuntos con ella, segura de que encontraría en Mariana de Austria una afección maternal. El regalo que acababa de recibir era una pequeña muestra de su gran estima.

Oyéndolo ella se acordaba de la terrible camarera mayor a quien consideraba abrupta y poco agradecida, pero de cuya veracidad no dudaba. La violencia de algunas personas va unida a una especie de secreta y primitiva honestidad y la princesa creía en la de su camarera mayor.

Como estaba ya María Luisa preparada para el discurso del embajador, lo oyó con alguna indiferencia y respondió con vagas cortesías.

El marqués de Villars pensó que la novia estaba firmemente prevenida contra él. Y le dijo:

—Señora, malo sería que tuviera prejuicios en favor mío, pero no es tampoco bueno que los tenga en contra. En el alto lugar que su alteza ocupa cualquier idea preconcebida puede hacerle daño.

Ella con gusto habría consultado al príncipe d'Harcourt, pero éste se había adelantado hasta Burgos con objeto de cumplimentar al rey. Como la novia se dirigía ahora no a Burgos sino a Quintanapalla, que estaba a tres leguas de la ciudad, suponían que sería allí donde se solemnizaría la boda. Pero nadie lo sabía a ciencia cierta. Habiendo encontrado Villars en su camino al patriarca de Indias que iba apresuradamente al encuentro de la reina, calculó que tal vez la boda iba a celebrarse sin invitarlo a él. Anduvo indagando de un lado y otro y sólo recibió informes confusos, por lo cual decidió quedarse al lado de la reina y no separarse de ella para estar presente en la ceremonia.

Sospechaba Villars que querían evitarlo a él y no sabía qué sentido dar a todos aquellos misterios. Era aquella gente como un grupo de andantes caballeros extraviados por las llanuras de Castilla animados por sus propios rencores y pasiones. ¿Evitar al embajador francés? ¿No era aquello un contrasentido absurdo?

Pero, además, en aquellas confusiones había algún secreto y el marqués de Villars no acababa de descubrirlo. Sin embargo, era un secreto fácil. Los españoles preferían que la boda se celebrara sin la presencia de los franceses. La duquesa de Terranova, que estaba en el secreto, dijo a Villars que el rey quería los menos testigos posibles y que sólo estarían presentes el maestro de ceremonias y las personas del servicio personal de la reina. El embajador respondió que el rey de Francia su señor le había ordenado asistir a la boda en su nombre y la duquesa respondió con altivez que el rey de Francia no tenía que dar órdenes de ninguna clase en España. El embajador alegó que el rey Luis XIV estaba acostumbrado a dar órdenes a sus embajadores dentro y fuera de Francia y que si el rey de España no quería que asistiera a la boda debía significarlo por escrito.

—Así son las cosas —añadió con firmeza— y siento tener que recordarle que vuestra excelencia en estos momentos es la azafata de la princesa de Orleans y no es aún, ni mucho menos, la camarera mayor de la reina de España.

Respondió la duquesa con palabras de una gran dureza para Francia y los franceses, y el marqués de Astorga dijo que enviaría un mensajero para preguntar al rey si podían asistir a la boda o no d'Harcourt y Villars.

Se iba a celebrar la boda en una pequeña aldea sin pompa ni magnificencia y el marqués de Astorga, al comunicar esta decisión a los franceses, les dijo que el rey estaba tan enamorado de su novia que cualquier circunstancia que lo mantuviera separado de ella era intolerable y así prefería olvidar las magnificencias de su rango y casarse lo antes posible. Añadió que en una boda sólo la existencia del amor importaba positivamente.

—Así lo entendemos los españoles —dijo la de Terranova, para añadir que en otros países y en casos parecidos la gente pensaba sólo en el matrimonio y no en el amor.

Discreto como siempre, el embajador callaba y cambiaba miradas de entendimiento y de contrariedad con d'Harcourt. Villars parecía pensar: «La boda de la princesa de Orleans complica y dificulta el entendimiento entre Francia y España en lugar de facilitarlo».

Habiendo pasado la princesa la noche en Quintanapalla, el día siguiente a las diez de la mañana fue advertida de que el rey había llegado. Salió a recibirlo con su vestido español y en la antecámara se arrojó a sus pies y besó su mano, pero el rey la levantó y la saludó oprimiendo suavemente sus brazos y diciendo varias veces: «Mi reina, oh mi reina». Charlaron un rato sin conseguir entenderse el uno al otro, lo que era bastante incómodo para los dos. El embajador francés Villars se ofreció como intérprete.

Era el marqués hombre de letras y de sociedad, y aceptado por el rey como traductor no tradujo exactamente lo que decían el uno y el otro sino que alteró y recompuso como mejor le pareció las expresiones de los novios. El rey iba vestido de campaña, lo mismo que los hombres de su séquito, lo que les daba una apariencia afrancesada, porque los trajes de campaña de los españoles se parecían a los que se usaban entonces en Francia. Los de corte eran en cambio distintos. Los de los españoles, severos y oscuros, y los galos, alegres y coloristas como pavos reales.

Se abstuvo el embajador de traducir las expresiones de impaciencia del rey acentuadas por el uso del catalejo que abría y cerraba. Tampoco tradujo la palabra *vellocina* ni su diminutivo, que carecía de sentido.

Y mucho menos *gabachita,* que aunque dicho cariñosamente implicaba una falta de respeto.

Habiendo observado el marqués de Villars que los grandes de España tomaban el lado derecho de la reina se permitió hacer observar a su majestad, como el que dice algo trivial, pero necesario, que en la boda celebrada en Fontainebleau el marqués de Spínola, representante del rey de España, había estado a la derecha de la princesa. El rey ordenó que se tratara a los nobles franceses con la misma deferencia. El condestable de Castilla no abandonó su puesto sin alguna resistencia y el rey lo disculpó diciendo:

—El condestable viene de una línea de hombres acostumbrados al combate con vuestros soldados, embajador.

—Tanto mejor —replicó Villars— para mostrarse liberal ahora.

El condestable lo miró de un modo encarnizado y nadie dijo nada por algunos minutos. La civilidad y cortesía se restableció y los grandes de España se instalaron por fin detrás del rey dejando la derecha de la reina a los franceses.

Viendo aquellas violencias se decía el marqués de Astorga:

—Menos mal que Osuna se fue. De otro modo se habría armado aquí la de San Quintín.

Los nervios de la mayor parte de los presentes estaban

tensos. Los del rey y los de la novia también, aunque por razones diferentes. El rey olía bien porque se había bañado y perfumado.

De alguna parte traían cirios rizados y engalanados con cintas y espejitos.

El patriarca de Indias bendijo la boda, que se celebró en la antecámara de los aposentos de la princesa. Tuvo el acto toda la solemnidad compatible con una fiesta de familia. Una banda de gasa con ribete de plata fue puesta sobre los hombros de los novios y enlazada delante. La duquesa de Terranova sostenía el vestido de la novia. El rey se sonaba constantemente las narices y los franceses creían que lloraba de emoción y no les extrañaba, ya que ellos suelen conmoverse también en esas solemnidades. Así, pues, los franceses se sonaban también sin estar resfriados.

Miraba Villars como un gerifalte desde un extremo al lado de la ventana. Y lo que pensaba habría sido intraducible para la corte española. Pensaba que Carlos II no merecía físicamente a la novia francesa. Sobre aquella base inadecuada nada podía prosperar políticamente en el futuro.

Cuando acabó la ceremonia el rey y la reina se retiraron a una habitación inmediata, donde estuvieron tres horas solos. Nadie se atrevía a hacer comentarios. Después comieron en público —cosa rara— y partieron para Burgos. El rey estaba visiblemente nervioso y balbuceaba al hablar. No había nadie con ellos en el coche y como no se entendían no podía tener gran importancia lo que se dijeran. Él se mostraba efusivo y enamorado, pero vacilante y confuso. Algunos grandes de España se adelantaron a Burgos y dispusieron un espectáculo de comedias y otro de fuegos artificiales, los dos vistosos y ricos. La reina miraba a un lado y a otro y decía:

—*Comment c'est beau!*

Un fabricante de medias de Zamora envió en una caja trescientos pares de fina seda a su majestad y la duquesa de Terranova se negó a recibirlas y dijo airada:

—¡La reina de España no tiene piernas!

Por el gesto y por algo que entendió pensó la reina que el sombrío protocolo español exigía que le cortaran las piernas, lo que la redujo a una gran confusión. El rey la tranquilizó con promesas y palabras de amor. Y entre una y otra frase de consuelo reía con un extraño trémolo que no le habían oído nunca los cortesanos y que recordaba a veces el arrullo de las palomas en la época del celo.

Después don Carlos la amenazaba de vez en cuando con cortarle las piernas y reía doblándose por la cintura. Atribuía el rey aquella pusilanimidad de María Luisa a la influencia de la terrible duquesa de Terranova y en el fondo no le disgustaba ni la dureza de la duquesa ni la timidez de la novia.

En la corte castellana la mujer debía oír, callar y temblar.

Fueron el próximo día el rey y la reina a una abadía muy suntuosa que se llamaba Las Huelgas y que no está muy apartada de los suburbios de la ciudad. Comieron allí atendidos por la misma abadesa-prelada y luego regresaron bajo palio montados en hermosos caballos. La reina arrebataba los corazones de la gente por el camino. Tres duques iban delante a caballo y detrás otros del servicio de la casa real. El rey le decía a la reina que montaba como una mejicana bravía y no perdía ocasión de acercar el caballo y tomarle una mano o tocarle una rodilla.

En el aire estallaban cohetes y volteaban campanas.

Hubo en Burgos otra corrida de toros que resultó lucida aunque la época del año no era adecuada para la bravura de los animales. Los lidiadores mostraron valor y acabada la fiesta se corrieron parejas y sesenta caballeros vestidos de brocado de plata probaron su destreza. En los días siguientes hubo otros regocijos. El rey Carlos ya no llevaba el catalejo de oro en la mano. Se lo regaló al príncipe d'Harcourt, quien lo hizo pesar en la primera ocasión y no se mostró especialmente agradecido. Al darse cuenta el rey se inclinó hacia él y le dijo:

—La imagen de la reina está dentro. Ayer lejana y hoy presente.

El discreto embajador francés fingió que traducía:

—Su majestad explica que el catalejo se lo da como un recuerdo de esta fecha gloriosa sin otro valor que el de su amistad.

Se inclinó el príncipe francés poniendo el catalejo sobre su corazón.

Después de tres días de fiestas en Burgos, los reyes decidieron marchar a Madrid. La mayor parte de los franceses que acompañaban a la reina se despidieron de ella y volvieron rumbo a Francia, pero no sin algún derramamiento de lágrimas «por separarse de su señora». Tenía la reina atribuciones para conservar sus doncellas francesas así como dos pajes y un caballero, espolique de seis caballos ingleses que le habían regalado. Dio a los nobles franceses pequeñas miniaturas con su retrato rodeado de diamantes de distinto precio según la calidad de cada persona. Y acompañando la dádiva de palabras dulces.

Por su parte, el rey rescató el catalejo que había dado a d'Harcourt, lo extendió y lo recogió dos veces, dijo que se quedaba con él y en cambio le dio al francés un retrato suyo engastado en brillantes y rubíes que valía dos millones de coronas. El príncipe d'Harcourt, que entendía de joyas, cayó arrodillado a sus pies y el rey explicó:

—La reina pequeñita que hay dentro del catalejo vale más, príncipe d'Harcourt. Por eso hago buen negocio recuperando el catalejo.

El embajador fingió que traducía:

—Acepte este regalo como una prueba de gratitud de España a Francia.

Y Villars miraba, él mismo, el regalo con envidia.

Pero de vez en cuando el rey mostrábase melancólico y sombrío. El cardenal patriarca de Indias, que no estaba lejos de él, parecía compartir aquella melancolía. Miraba al rey, después extendía su mirada por el cielo, los árboles, los prados, el camino.

Se retiraron casi todos los franceses y la comitiva real siguió su jornada hacia Madrid. Cuando el rey caminaba a caballo —para descansar del coche— el patriarca solía acercársele al rey y en uno de esos momentos, dijo algo en voz tan baja que el cardenal no lo entendió y el monarca tuvo que repetirlo. El cardenal respondió, visiblemente confuso:

—Es un verso de Horacio, señor. Un verso famoso.

Le decía el rey que veía aquel verso escrito en los cielos. Decía: «*Foenum habet in cornu*». Es decir: «Lleva heno en los cuernos».

El cardenal no entendía y el rey añadió otro verso de Horacio. Toda la cultura del rey estaba en los versos de la preceptiva latina que había aprendido de memoria cuando era niño:

—*Splendens mendax et in omne virgo... nobileaevum.*

Aunque tampoco estaba claro, el cardenal creyó entender y respondió:

—Tal vez la reina es inocente, señor.

—¡Qué quiere que le diga, eminencia! Inocente o no, ése es el hecho.

—En todo caso la pureza del corazón consagrada por la santidad del sacramento es lo que importa, señor. Su majestad debe sentirse feliz.

Los dos iban a caballo y el rey acercaba el suyo lo más posible para no tener que alzar la voz:

—Pero yo digo que alguno ha tenido que ser el culpable y pierdo doblado por el rey de Francia.

—¿El rey?

—Luis XIV, su tío. Lástima, cardenal.

—¿Lástima de qué, señor?

—De haberlo sabido se podría haber hecho algo.

—No entiendo, señor.

—Los preceptos me enseñaron que en buena política cuando el rey aceptaba pérdidas por algún lado había que sacar ventajas nacionales por otro, si era posible. Mi tatarabuelo Felipe II habría exigido el principado de Brandenburgo. ¿No cree que la cosa vale ese principado?

Al referirse a «la cosa» pensaba el rey en su desdicha personal.

—La pureza del alma es lo único que cuenta, señor —repetía el cardenal.

—¿Habrá sido el príncipe d'Harcourt? Siento haberle regalado dos millones de coronas en rubíes. Pero ahora, ¿dónde estará ese príncipe? Aunque fuera posible intentar detenerlo, ¿dónde estará, ya?

—Un monarca como el señor debe estar por encima de todas esas pequeñeces.

—Pero soy un hombre, eminencia. Un hombre como los demás en lo que concierne a mi vida privada y dos millones de coronas son mucho dinero en moneda *gabacha*. No es que la culpe a ella, no. A ella, no. Ella es virgen aquí —y se tocaba la frente.

Había recuperado el catalejo y lo llevaba de tal forma que parecía un canuto de órdenes de los que suelen tener dentro pergaminos y decretos, como Felipe IV en los retratos de Velázquez. Y ahora el rey se hablaba a sí mismo: «De saberlo, Pastrana podría haber regateado con el rey Luis. O Spínola, aunque para regatear es mejor Pastrana».

Parecía el patriarca también pensativo cuando dijo:

—No hay que llamarse a engaño, señor, porque se dan casos. Digo casos de una completa y absoluta inocencia.

Bajando más la voz añadió que algunas doncellas montaban a caballo demasiado y que la silla de las damas tenía una eminencia por un lado para que pudieran ir seguras al trote o al galope. Hizo también otra cita de Horacio que venía al caso. Mil incidentes y movimientos imprevistos se producen montando a caballo. Una silla de gineta con el entusiasmo de la cacería o con la simple carrera ordinaria podía producir una ruptura o un desgarro. El rey decía en voz muy baja:

—Aceptado, eminencia, y no hay más que hablar.

Pero el patriarca, un poco turbado, repetía:

—La pureza del alma es lo que importa y lo demás es exigencia de patanes y de villanos.

—Es posible que tenga usted razón, pero el rey de Francia no es San Luis ni mucho menos. Y si el monarca francés sigue confiando en las paces firmadas es porque no sabe una cosa. ¿Oye, cardenal? No sabe una cosa, Luis de Orleans. No sabe que yo no juré la paz perpetua. A mí con ésas, no. Puedo ser tortuoso como mi tatarabuelo. Es decir, juré la paz, pero lo hice *sub conditione,* digo con la condición de que la reina vendría intacta a mis brazos. Presté juramento aquel día de esta manera: *Juro sostener la paz eterna con Francia y con la casa de Orleans.* Eso juré en voz alta, pero para mi coleto añadí algunas palabras que nadie escuchó más que yo y de las que mi tatarabuelo estaría orgulloso. Yo dije, y fíjese bien, Portoca- rrero: *Sub conditione virginitatis reginae.* Ésas fueron exacta- mente mis palabras. ¿Cree vuestra paternidad que ese juramento es correcto? Dígame a secas sí o no y déjese de subterfugios.

—Sin duda, pero los sacramentos de nuestra santa madre Iglesia lo purifican todo. La esposa, después del santo matrimonio, es pura a los ojos de Dios.

—Yo lo creo también, pero ¿quién será el culpable? No me he fiado nunca de las relaciones entre tíos y sobrinas y menos en las cabezas coronadas y en tierra de gabachos. Ya dije antes que Luis XIV no es precisamente San Luis.

—¿Quién podría ser equiparado con San Luis?

—Menos que nadie los reyes que violan a sus sobrinas. Luis XIV no es un rey serio. ¿Sabe, eminencia? Luis XIV es un bailarín. Baila en la escena para divertir a la corte; muy puesto de sedas y puntillas, bailó el día de los esponsales cubierto de espejitos y bordados, tan maricón como su abuela.

—Eso he oído, digo, que baila.

—Sale al escenario disfrazado de sol todo relumbres y menea las caderas, que me lo ha dicho Spínola.

El rey estaba nervioso, por el abuso venéreo, y ligero y locuaz. En algunos momentos ágil de entendimiento, cosa rara en él. La palabra *maricón* se usaba entonces en sociedad para referirse a un hombre galán y acicalado, pero no necesariamente con el sentido que tiene hoy. El rey seguía resentido contra Luis XIV:

—Spínola me lo ha dicho, eminencia. Me ha dicho que baila.

Avanzaban al trote. Los movimientos que hacía el rey sobre la silla le parecían un poco lascivos y pensaba: «Yo monto no a la española, ni a la inglesa, que son los estilos de moda. Yo *monto* a la francesa». Y la *francesa* no era una escuela hípica, sino que era la joven reina. *Montaba* a la francesa y, pensándolo, reía jocundo y satírico. La hembra real —la real hembra— la llevaba delante, en el coche, en la carroza que marchaba casi al paso. El cardenal sonreía beatíficamente por acompañar al rey, cuyo regocijo no comprendía en aquel momento. «Pero yo monto a la francesa», repetía Carlos guiñando horriblemente el ojo.

Añadía que la reina María Luisa desde niña había sido un gran jinete, casi una amazona, y que aceptaba la sugestión de que a veces la silla de los caballos... Tuvo un arrebato de ternura, plegó el catalejo y volvió al lado del coche real. Se asomó al interior, vio que la reina dormitaba y entonces mandó a los caballeros que sacaran sus monturas al borde de la carretera de modo que por la tierra blanda las herraduras no hicieran ruido.

Los caballeros obedecieron y el rey mandó también a los postillones que fueran más despacio para que los movimientos del coche no despertaran a su dulce amor. Así se hizo. Quedaba el rey al lado de la ventanilla de la carroza y en su mente cantaba una canción de cuna dedicada a la princesa, la misma que le habían cantado a él siendo un bebé. Y se decía interiormente: «No es sólo una novia real, sino una real novia».

Eso le parecía tan ingenioso que fue a decírselo al cardenal. Luego, bajando la voz, añadió:

—Tiene sueño, la reina. Un sueño virginal, porque lo que importa es la pureza del corazón, como usted ha dicho.

Añadió, torciendo su rostro con una sonrisa:

—Dormimos poco la reina y yo estos días y vuestra paternidad puede suponer por qué.

Reía y se cubría la boca con la mano escandalizado de sí mismo y del atrevimiento no de sus palabras sino de sus risas.

Seguían su camino y, para cambiar de tema, el cardenal le recordó los lugares donde se detendrían. Eran todos castillos-palacios: Lerma, Aranda, San Esteban de Gormaz y Guadalajara, donde algunos días después los recibió la familia del duque del Infantado. Allí llegaron desde Madrid el embajador de Venecia, decano del cuerpo diplomático, y el nuncio a cumplimentar a sus majestades. El rey dijo también al delegado apostólico:

—Mi juramento sobre las paces con Francia fue *sub conditione*. Puede decírselo a su santidad si cree que vale la pena.

Añadió que un monarca, especialmente si estaba casado, necesitaba un auxiliar espiritual, una especie de *conciencia cirinea*. Así lo llamaba él.

El próximo día salieron de Guadalajara y fueron a Torrejón, que está a tres leguas de Madrid. Por el camino la duquesa de Terranova se acercaba al rey y le hablaba entre dientes de las malas consecuencias que solía traer la libertad que las mujeres disfrutaban en Francia. Era necesario que la reina viviera a la manera que viven en España las mujeres honestas. El modo francés no podía menos de chocar en la virtuosa corte de España.

Finalmente la duquesa dijo, torciendo el gesto, que las costumbres que parecen inocentes en un país en otro resultan escandalosas y culpables. Si el rey le concedía su confianza, la duquesa se encargaría de que no hubiera equívocos y menos desaguisado alguno, ni aparente ni real. Aquello correría de su cuenta si el rey la autorizaba.

Tardaba el rey en responder y por fin dijo:

—Tienes mi confianza, pero no es necesario excederse en el cumplimiento del deber y tengo miedo de que vayas demasiado lejos.

Como a la duquesa no le bastaba con oír las cosas importantes una sola vez, preguntó de nuevo:

—¿Puedo pensar realmente que el señor me otorga carta blanca?

—Mi palabra es mi palabra, duquesa, y no volvamos a hablar más del asunto. Pero sé clemente y cuidadosa y no esclavices demasiado a mi *gabachita*.

Lo miraba ella con sus ojos fijos de mochuelo. Después miró meditabunda los faroles dorados de la carroza real. El rey añadió:

—Si te nombré camarera mayor de la reina es porque conozco a los Terranovas. Y puedes ladrarle todo lo que quieras a la señora, pero sin morder, ¿eh? Los *terranovas* tienen dientes y son leales a su señor, pero no hay que usarlos, ¿oyes?

Soltó a reír él mismo de su ocurrencia y mirando a la duquesa de reojo le dijo aún:

—¿Tiene chispa, eh?

Ella no se reía nunca. La gente había olvidado la última vez que vio reír a la duquesa de Terranova.

Corrió el rey una vez más al lado del coche, miró hacia adentro y viendo que la reina iba despierta desmontó y entró en la carroza dejando las tiendas al marqués de Astorga:

—¿Duermes, querida?

—*Mais non!*

—¿No quieres salir y montar a caballo? ¿Has montado mucho a caballo, reina mía? ¡Dime que sí!

Ella sonreía sin entender, decía que sí —era lo que solía hacer cuando no entendía— y se dejaba besar una vez más. Como estaba también resfriada se sonaban los dos constantemente. Él lo atribuía a haberse bañado, cosa que no había hecho desde su infancia. Ella reía.

Luego lloraba un poco —todavía— por su expatriación. *Ah, la douce France.* Al llegar a Torrejón encontraron a la reina madre, quien con su séquito oficial había salido a recibir a la nuera. Cuando vio al rey lo miró fijamente por un momento y él pensó: «Mi madre adivina lo de la virginidad porque ella lo adivina todo. Es una bruja».

Pensaba todavía, dándose cuenta al mismo tiempo de la irreverencia que aquella idea representaba, que las brujas tudescas eran más astutas y tortuosas que las de Castilla.

Detrás del rey llegaba María Luisa, quien quiso inclinarse a besar la mano de su suegra, pero ésta no se lo permitió y la estrechó en sus brazos mientras la llamaba *majestad*. La reina le pidió como un favor que la llamara hija y que la tuviera por tal, ya que la amaba bastante para merecer aquel honor. Cambiándose cortesías volvieron hacia los aposentos que habían sido dispuestos en Torrejón, llevando el rey a su derecha a la reina joven y a la izquierda a su madre. Ésta repetía una serie de preguntas en francés:

—¿Bien los caminos? ¿Suave la suspensión de la carroza?

Y el augusto marido advertía, para adelantarse a la sagaz imaginación de la madre, que la joven reina se había pasado la vida a caballo y era mejor jinete que todos ellos juntos. Una amazonita.

Suponiendo la reina madre que la doncella de Orleans no había tenido nunca un manguito porque no se usaban en Francia, le dio el suyo, sobre el cual había un lazo de diamantes de gran valor. Más tarde le entregó también un broche y un brazalete muy valiosos y fue entonces cuando llamó por vez primera *hija mía* a su nuera.

Pero la reina madre no reía y si reía era sólo por el lado izquierdo, ya que tenía una tendencia hemipléjica. Estuvo la

reina madre algunas horas con sus hijos, abandonados los tres
a dulce plática, y después volvió a Madrid porque no había
en Torrejón acomodo para ella y su séquito. La despedida fue
tan tierna como lo había sido el encuentro y María Luisa repetía después:

—*Oh, mon Dieu, comment sa majesté impériale est elle
gentille!*

Reía el rey: «Si la llamáis *sa majesté impériale* es como
llamarla suegra. Llamadla desde ahora *madre* a secas». Ella
no entendía y decía que sí.

El próximo día, que era el dos de diciembre, el rey y la
reina llegaron a Madrid y fueron directamente a la iglesia de
Atocha, donde se cantó el consabido Tedéum. La gente del
pueblo no estaba prevenida y no sabía de qué se trataba
viendo aquel brillante séquito por las calles.

Por la noche los reyes fueron a dormir al palacio del
Buen Retiro, que estaba fuera de las puertas de la ciudad.
Porque la entrada en la ciudad tenía que ser hecha un día con
toda la formalidad de la tradición en una especie de procesión
cívica.

Hubo al día siguiente comedia de gala en el Retiro y algunos músicos franceses llegados para la ocasión representaron
una ópera.

Usando la autoridad que le concedía el rey, la duquesa de
Terranova dispuso que nadie vería a la reina hasta que ésta
fuera presentada espectacularmente a la corte. Entretanto la
camarera mayor le permitía oír comedias en español, de las
cuales poco o nada entendía la princesa.

Pero reía cuando lo hacían los demás y aplaudía con todos.

Estaba siempre la duquesa delante de ella con su continente severo, repitiendo en voz baja si había otra gente cerca:
«Señora, la reina de España no mira diagonalmente sino sólo
de frente. Y menos a los hombres». Seguía la duquesa tratando a la reina como a una niña de pocos años y la joven
princesa de Orleans no acababa de acostumbrarse. Comenzaba a llamarla *Mme. Cauchemar.*

El embajador marqués de Villars preguntó a la duquesa
de Terranova cuándo tendría el honor de visitar a su majestad y la duquesa le respondió que no pensaba hacer excep

ciones con nadie y que no podría verla hasta que la reina hubiera hecho su entrada oficial en Madrid. Entonces habría una agenda y un calendario regular de visitas.

No se atrevió el embajador a insistir. Era sabida la discreción de Villars, pero además comenzaba a tener miedo de la duquesa de Terranova. Al saber la reina lo sucedido pidió a su marido permiso especial para recibir al embajador francés.

Se quedó un momento don Carlos dudando y por fin dijo:

—Bien, bien, ¿cómo voy a rehusar nada a mi reina? Que venga el embajador aunque por razones de etiqueta sólo puedas verlo en presencia de la camarera mayor. ¿Oyes? Las regulaciones de la corte lo exigen así antes de tu entrada oficial en Madrid.

Acudió el embajador, pero sólo había permiso para él y no para la marquesa de Villars, que lo acompañaba. Como ella insistiera, la duquesa repitió que sólo tenía permiso su marido y no como embajador sino como particular, y que mientras ella tuviera el cargo de camarera mayor de la reina no se harían usos nuevos dentro de los muros de la corte de España. Acompañaba sus palabras con aquel gesto de huraña que era peculiar en las mujeres de su familia.

La marquesa no pudo entrar y se quedó en la antesala con las damas de honor, quienes reían a hurtadillas.

La reina madre, que cada día iba al palacio del Buen Retiro, observó una sombra de tristeza en los ojos de la novia y comprendió que una persona de tan corta edad no podía ser tratada con la severidad y la dureza de la camarera mayor. Decidió hablarle al rey y convencerlo de que la reina merecía una atmósfera menos severa.

—Madre —dijo el rey con los ojos un poco extraviados—, accedo porque tú no puedes querer sino lo que me convenga a mí. Pero el protocolo exige que la camarera mayor la acompañe en esas visitas.

—Hijo, los celos no están bien en un rey.

—Ni las intrigas en la madre de un rey —respondió él orgulloso de su propia firmeza.

Luego pensaba que la duquesa de Terranova tenía tal vez razón cuando decía que la reina madre sería capaz de todo por desavenirlos. En ese todo podían sobrentenderse las cosas más objecionables. El rey, con objeto de suavizar su rechazo, dio permiso a la marquesa de Villars para que pudiera entrar en las habitaciones privadas de la joven reina y ella se apresuró a hacer uso de aquella franquicia. Se presentó al día siguiente con el deseo de ser recibida por María Luisa. Según los usos españoles, al entrar la embajadora el rey debía estar sentado en un sillón de estrados y las dos reinas, madre y esposa, en taburetes más bajos. Al llegar la marquesa el enano negro don Guillén, que andaba por allí, acercó su tercer taburete, olió el aire y dijo:

—Está bien.

—¿Qué es lo que está bien?

—Que no hay *Pepos.*

—Cállate, zopenco —dijo el rey, riendo.

Cambiadas las cortesías de ocasión el rey y la reina madre salieron dejando a la de Orleans con la embajadora. La reina joven comenzó a contar a la Villars la vigilancia a que la sometía la camarera mayor. La marquesa la dejó desahogarse y al final le hizo ver que aquellas prohibiciones no representaban novedad alguna y que todas las reinas y las infantas de España habían pasado por ellas. Eran cosas que iban con la costumbre del país desde tiempo inmemorial.

—Desde el tiempo de los árabes, supongo —dijo la novia.

—Tal vez desde mucho antes. Cada país tiene sus usos.

Era la marquesa de Villars, como su esposo, un dechado de buen sentido diplomático.

Lloró un poco la princesa, aunque se tranquilizó, después, conservando, sin embargo, algunos minutos un hipo de niña pequeña. La embajadora le dijo que cuando el rey la conociera mejor y estuviera seguro de su amor se complacería en darle algunas libertades, ya que siendo francesa y habiendo conocido costumbres más desenfadadas en su país el rey no podría menos de comprenderlo.

Lo importante por el momento era cultivar la amistad de la reina madre, que le sería necesaria y ventajosa. La felicidad —repetía la marquesa— no puede menos de ir acompañada de alguna molestia y debía pensar que había sido elevada a la más importante posición que el cielo podía dar a un ser humano en la tierra y eso tenía que llevar consigo alguna incomodidad. Estaba segura de que la complacencia del rey y de la reina madre una vez obtenida su confianza sería la consecuencia natural de la buena y dulce conducta de la reina joven y produciría la felicidad y el contento de todos. De eso saldría favorecida, antes que nadie, ella, y luego Francia y también la paz y armonía de los pueblos.

Era cuestión de tiempo y de un poco de paciencia. Ella debía tener, en nombre de Francia, aquella paciencia.

Prometió la marquesa asistirla en sus primeros contactos con la corte, que podrían ser delicados ya que al fin era una extranjera. De aquellos contactos dependía la amistad de la aristocracia y un futuro más amable, fácil y propicio para ella. La reina no lloraba. Oír hablar francés le calentaba el corazón, según decía.

—¡Estoy tan lejos de Fontainebleau! —repetía—. ¡Oh, si mi tío supiera!

—Él sabe, señora.

—Espero que sí.

—Claro que sí.

Quería decir Mme. Villars que el embajador le informaba. Hablaba la embajadora en favor de la reina madre, pero la novia, influida aún por las primeras advertencias de sus damas y acostumbrada a la complacencia de las gentes adictas, no acertaba a distinguir lo bueno de lo malo.

Y además era muy joven para tener criterio propio. No confiaba, pues, del todo en los marqueses de Villars a pesar del halago y de la dulzura de sus palabras.

Sin embargo, todo lo que veía parecía dar la razón a los embajadores. Seguía la reina madre tratando tiernamente a su nuera. Le pidió un día que se vistiera a la francesa y tanto le gustó que la invitó a hacerlo con frecuencia y organizó una partida de caza con trajes franceses. Era la primera vez que la reina joven montaba a caballo desde que llegó a Madrid. Pareció divertirse mucho. El rey mató delante de ella un jabalí y todos hicieron grandes extremos elogiando su destreza.

Cuando a causa de los incidentes de la caza ella se separaba del rey, éste se sentaba en una roca y sacando su catalejo seguía a su esposa con una sonrisa voluptuosa en los labios.

Ella se conducía realmente como una amazona de la selva virgen.

El rey volvía a montar a caballo y si la alcanzaba en un lugar fragoroso mandaba poner monteros cerca para que no les molestaran. Solía luego decir, dando a sus palabras el sentido equívoco de otras veces:

—El montero mayor del reino soy yo. Durante la luna de miel, claro.

—¿Qué quieres decir? —preguntaba la reina un poco asustada.

El rey callaba y se reía a solas de aquella broma con unas muecas que daban a su rostro extrañas asimetrías.

Los jóvenes monarcas salieron a cazar con frecuencia y se perdían en los lugares oscuros a propósito. Nadie tenía prisa por hallarlos suponiendo que se entregaban a los placeres del amor. Y el marido decía a su real esposa mil extravagancias que por fortuna ella no podía entender. Sólo entendía aquella asiduidad mecánica, obstinada y feroz, de sus caricias, que comenzaban a parecerle excesivas a veces. Bien estaba el amor, pero *aquello* no podía ser exactamente o solamente el amor.

Por fortuna el resfriado nupcial se les había curado a los dos. Él se propuso no bañarse nunca más.

Y comenzaba el rey a sentirse feliz de veras. *La luna de miel no es la felicidad sino la embriaguez,* le había dicho el cardenal Portocarrero. Pero la embriaguez de Carlos II duraba mucho y en realidad no conocía pausas ni atenuantes.

El día primero de enero, según costumbre, estuvieron a cumplimentar a los reyes los consejeros de la Inquisición, los de Castilla, de Italia, de Indias, de Flandes, de Aragón, los secretarios de Guerra, de Finanzas, de las Cruzadas y de las tres órdenes caballerescas. El marqués de la Sera —un genovés que estaba en una de las comisiones— ofreció remodelar las escuadras de mar y hacer de las de Nápoles un solo escuadrón de catorce galeones en lugar de siete, sin que al rey le costara nada.

Había hecho el marqués aquella misma proposición a don Juan poco antes de morir el bastardo, quien la encontró ventajosa, pero en la corte se daba tan poca consideración a las novedades, por buenas que fueran, que los años solían pasar sin tomar acuerdo y por fin decidían por pereza e incuria en sentido negativo. El marqués de la Sera se consumía en visitas y antesalas y pasaban los meses sin obtener respuesta.

Cuando alguien apremiaba en aquellos días al secretario Eguía, éste decía al rey:

—Señor, hay que proveer algo concreto. Esta materia no tiene espera.

—Decide según tu buen juicio, Eguía, que ahora estoy ocupado. Es, la del esposo, una tarea sacramental y hay que abandonar todas las demás, si es preciso. Lo que importa es dar un infante al reino. ¿No crees? —Y sonreía insinuante.

A veces, respondiendo a los apremios de la corte, el rey firmaba algunos nombramientos y el marqués de Spínola prestó juramento de fidelidad como miembro del Consejo de Estado. Hubo otras provisiones de cargos menores. El burócrata Jerónimo de Eguía, asistido por algunos amanuenses, llevaba la gobernación del Imperio.

Esperaba el bullicioso duque de Osuna que el rey le levantara el castigo y con ese fin se hacía visible acompañado de gran séquito de libreas y caballos cerca del Retiro. El rey lo veía desde sus ventanas y preguntaba:

—¿No está Osuna casado?

Le decían que sí y el rey añadía para su capote: «¿Qué hace siempre por ahí, si está casado? ¿Por qué no está al lado de su esposa como yo, y dando caballeros al reino?».

El padre jesuita Vintimiglia, del que todos se habían olvidado, apareció en la corte con sus ojos de hurón y entregó a un caballero francés un escrito dirigido a la reina. No se sabe si el escrito llegó a manos de María Luisa, pero de pronto el rey dictó una orden expulsando al fraile de España y de todos sus dominios. El fraile Vintimiglia tuvo que salir a marchas forzadas hacia Irún.

Los agustinos de El Escorial lo comentaban riendo *sotto voce* y haciendo citas satíricas de Marcial, en latín.

Todo el mundo esperaba en Madrid que la administración sería de nuevo puesta en marcha, pero por otra parte a nadie le extrañaba el estado de abandono de los negocios del reino. Era una vieja costumbre.

—Durante la regencia de la señora —solía decir Eguía, como una disculpa—, las cosas no estaban mejor que ahora. Tampoco peor, es verdad.

No pocos esperaban ser nombrados para algún cargo de Castilla o del reino y hacían cálculos sobre la manera de llegar a los oídos del rey, quien no los tenía sino para María Luisa. Los más próximos al monarca eran dos rivales empecinados, el antiguo condestable de Castilla por un lado y el duque de Medinaceli por otro, los dos ricos y de origen ilustre. Un antiguo resentimiento los separaba e iba envenenando su apartamiento.

A pesar de sus cortas luces naturales el rey tenía cierto instinto de cortesano y nunca forzaba las cosas ni trataba artificialmente de conciliar a enemigos tan radicales.

Dejaba que aquellos problemas se resolvieran ellos mismos si es que tenían solución.

El duque de Medinaceli había cumplido cuarenta y cinco años, era de un humor amable y parejo, pero lento en sus diligencias y muy descuidado. Descendía de las casas de Castilla y de Foix —francoespañol— y era siete veces grande de España. Su esposa, heredera de la casa de Aragón, era tan rica por su parte como él y tampoco le cedía en nobleza. Podrían decir como el príncipe medieval:

> *...nos no venimos de reyes,*
> *que reyes vienen de nos.*

Había sido Medinaceli presidente del Consejo de Indias y sumiller de corps, asistía a la corte regularmente y mostraba celo por la persona del rey. Éste sentía por Medinaceli una amistad más firme que por otros nobles y, sabiéndolo, muchos creían que lo nombraría secretario del despacho universal. Pero el rey no tenía prisa.

El condestable de Castilla, rival del duque, descendía de la casa de Velasco, tenía cincuenta y siete años y era décimo condestable de Castilla, por herencia. También era decano del Consejo de Estado y hombre de muy pocas palabras. Por nacimiento, gran maestre de la casa del rey de España.

Se mostraba siempre activo y deseoso de saber novedades

y de ejercerse en ellas, pero con una gravedad patibularia. Había sido gobernador de Flandes y ése y otros empleos le habían dado un carácter sociable y alerta, pero en sus maneras se mostraba demasiado crudo y violento. Era por esas razones más temible que estimado en la corte. El mismo rey le tenía miedo como los niños tienen miedo al *hombre del saco*. Y lo veía pasar grande y silencioso por los corredores del alcázar.

Había sido el condestable partidario de la reina madre y, por tanto, adversario obstinado y abierto del bastardo y también de Medinaceli. La reina madre le estaba obligada, en secreto. En todo caso el condestable deseaba el poder, sin duda. A las insinuaciones que le hizo la reina madre en ese sentido, respondió que lo mejor sería gobernar a través de una Junta de tres. Indicó las personas que debían integrarla. Una él, otra el inquisidor general y dejaba la tercera a la voluntad y buen juicio de la reina madre, seguro de que tendría mayoría y podrían hacer y deshacer sin cuidado ni responsabilidad.

Confiaba en la neutralidad del rey, entregado a la dulce tarea de producir un infante de Castilla, aunque hasta el momento no había indicios de que lo hubiera logrado.

Aquella Junta de tres sería la mejor manera de tener el reino en sus manos —decía el condestable, conociendo la debilidad de carácter del rey. El condestable se comprometía a llevar las riendas con mano firme. Sus compañeros de Junta sólo servirían para recibir los golpes si algo salía mal.

Pero una tendencia igual se manifestó al mismo tiempo en el campo de Medinaceli con las candidaturas del cardenal Portocarrero, el antiguo canciller de Aragón y el duque mismo. No hay duda de que Medinaceli tomaba también a sus colegas como cabezas de turco. En las gestiones preparatorias tenía sobre el condestable una gran ventaja: su acceso libre y diario a la cámara del rey.

El rey y Medinaceli se tuteaban y se contaban chismes y cuentos. El duque le aconsejaba que cuidara su cuerpo y el rey decía: «Prefiero ser ascéticamente sucio».

Parecía la segunda Junta tan cerca de ser nombrada que algunos de los antiguos partidarios de la reina madre se acercaron al duque de Medinaceli pensando tener en él un protector, ya que no iban a tener esa protección en su propio candidato. Los que estaban en las interioridades de la cámara sabían que Medinaceli tenía más posibilidades que nadie de lograr la victoria. Pero debido a la desidia para las cuestiones de Estado o tal vez a la presencia de tantos y tan contrarios intereses, el rey dejaba pasar todavía las semanas sin decidir nada. Y se permitía bromas. Recordando a su preceptor de latín —en los años de la infancia— solía decir: «Muchos candidatos, pero ninguno es legítimo porque todos van vestidos de negro». En el clasicismo latino los candidatos a la administración de la ciudad vestían de blanco y de ahí su nombre, ya que *cándido* quiere decir blanco en latín.

Y el rey, después de decir aquella broma, se metía de prisa otra vez en los aposentos de la reina.

—Todos acuden a mí —solía decir con los ojos febriles— empujados por sus ambiciones, mientras que yo acudo a mi reina con mi amor. Y mi reina me recibe siempre con su lámpara encendida.

Esa expresión —*lámpara encendida*— era la que el patriarca de Indias empleó elocuentemente en su plática nupcial en Quintanapalla el día de la boda dirigiéndose a la joven reina. La virgen prudente. Prudente lo era María Luisa, pero en cuanto a lo otro —la virginidad— más valía olvidarlo, según se decía a sí mismo el rey.

Los que se acercaban al rey y le exponían la situación del reino se encontraban con un monarca ojeroso, pálido, de palabra lenta e incierta que respondía invariablemente: «La voluntad de vuestras mercedes es la mía y pueden vueseñorías descansar en mí». Luego se iba otra vez a los aposentos de la reina, donde se olvidaba de todo.

Y pasaban los días, las semanas y los meses.

Uno de los bandos se inclinaba hacia la severidad tradicionalista y absolutista de Viena y el otro a la ligereza de la corte francesa, con sus comités burgueses y sus Estados Generales. Ninguno de los dos bandos tenía, sin embargo, una idea concreta sobre la política a seguir. El problema que los dividía era más bien de personas. Unos se inclinaban al lado de Francia y sonreían fácilmente y los otros al lado del Imperio, como se decía, el partido de Viena, y rezaban y cultivaban su gravedad exterior. Medinaceli prefería una política de concordia con Francia. Entretanto don Jerónimo de Eguía, burócrata con experiencia en los negocios públicos, gobernaba de un modo silencioso e inconspicuo. El rey llamaba a Eguía el *tinterillo.* Y el tinterillo llevaba el Imperio.

Eguía, que no tenía nada de tonto, hacía una política ecléctica y aconsejaba al rey el absolutismo de los vieneses, pero con los candidatos del partido francés.

Mientras no se decidiera el rey a formar una Junta, seguiría Eguía al frente de los negocios del Imperio. El rey sólo oía con gusto a Eguía, que le aconsejaba que no hiciera nada sino seguir atento a su tarea generatriz, tan importante para la dinastía.

La duquesa de Terranova, con la autoridad que le daba su puesto cerca de la reina, habló un día al rey y trató de prevenirlo contra los manejos del condestable —se refería a él para evitar decir el nombre de la reina madre. Don Carlos abría y cerraba el catalejo y respondía:

—Escucho tu aviso, duquesa, y lo tendré muy en cuenta a la hora de decidir. Entretanto no olvides el lema.

—¿Qué lema?

Simulaba el rey escribir en el aire el lema horaciano:

Foenum habet in cornu.

Entonces ella comprendía y afirmaba enérgicamente. Continuaba la corte en el Buen Retiro y el rey no tenía prisa en que la reina hiciera su entrada oficial en Madrid porque entretanto era más exclusivamente suya. No había audiencias ni recepciones ni besamanos ni bailes ni mojigangas diplomáticas ni días de gala oficial.

Naturalmente el rey tenía sus pretextos para la demora y en el alcázar trabajaban carpinteros, decoradores y todo un enjambre de batihojas y plateros. Ponían la vivienda de la reina como un tabernáculo de oro, seda y mármol.

Antes no debía ir la *gabachita,* porque ella era la reina del rey y merecía más que el rey mismo. Sus aposentos eran más lujosos que los del monarca.

Por fin, la entrada en la ciudad fue el día trece de enero de 1680, teniendo la princesa todavía menos de dieciocho años.

A las diez de la mañana llegó al Retiro la reina madre diciendo que todas las bocacalles del trayecto hasta el alcázar estaban cerradas y los balcones decorados con tapices y flores artificiales o naturales, estas últimas traídas de Valencia.

El desfile iba a ser prodigioso.

Primero salieron los timbaleros seguidos por heraldos y trompetería, todos a caballo. Detrás, alcaldes de corte, nobleza, caballeros de las tres órdenes militares en sus hábitos, la casa del rey, los grandes de España seguidos por centenares de lacayos a pie con sus libreas.

Todo esto no era sino el preámbulo.

Iban las damas de la reina detrás, vestidas con la grandeza de la ocasión. Luego venían la reina y el rey a caballo y doña Laura de Alarcón, una belleza famosa, ama de las doncellas de honor de María Luisa, a su lado, en una mula con gualdrapas, igual que la duquesa de Terranova. Las dos en hábito de viudas que parecía el de las monjas, con la diferencia de que cuando iban a caballo llevaban sombrero en lugar de tocas, lo que hacía las figuras no menos severas. Al lado de doña Laura y de la reina, la duquesa de Terranova parecía un raro estafermo.

La casa del rey venía detrás, según el orden de importancia de gentilhombres, camareros, caballerizos y lacayos.

Como si se tratara de compensar la impresión de las severas dueñas iban luego algunas doncellas de honor jóvenes y vistosas, acompañada cada una por sus propios pajes y lacayos. Iban también muchos caballos de repuesto conducidos por lacayos con libreas de lujo.

Cerraban finalmente la comitiva los llamados guardias de la lancilla, una tropa montada muy vistosa.

Había en el Prado un arco enorme de mármol y una avenida de columnas doradas, en cada una de las cuales estaba el escudo y la bandera de cada uno de los reinos dominados por España. En aquellos postes había también coronas y alegorías dedicadas a la gloria de la reina.

Todo era poco —pensaba el rey— para la *vellocinita* de Orleans.

Al final del paseo se alzaba otro arco triunfal por el cual debían los reyes hacer su entrada en la urbe. Allí el corregidor y los regidores de la corte, cubiertos de brocado de oro, ofrecieron a la reina las llaves de la ciudad y recibieron bajo palio a los reyes y a sus monturas.

Sonaron otra vez las trompetas.

Todas las casas estaban adornadas con las más ricas tapicerías del reino y en la morada de la cofradía de orfebres y plateros había un letrero alusivo a las gracias de la reina hecho con piedras preciosas, la mayor parte brillantes y rubíes cuyo valor se calculaba en once millones de ducados. La vista quedaba deslumbrada con tantos iris.

Iba la reina aderezada con un sombrero de plumas rojas y blancas que en el lugar donde se reunían tenía un broche de diamantes y en el centro la perla llamada *peregrina,* del tamaño de un huevo de paloma, que era la mayor del mundo.

En el dedo llevaba la reina el gran diamante del rey de España, famoso también en el planeta entero. Pero lo más importante era la reina, es decir, su gracioso continente, su manera armoniosa de manejar el caballo y el encanto natural de su persona.

Viéndola el rey admirable y aclamada por las multitudes tenía la garganta seca y no podía hablar. Recibía la extraña impresión de que le robaban algo suyo y precioso. Habría querido meter en la cárcel aquel día a todo el mundo que gritaba de entusiasmo al paso de María Luisa.

Al fin la comitiva llegó al alcázar, el rey ayudó a descender a la reina y los dos fueron a sus aposentos, de donde no salieron en más de treinta y cinco horas. Sucedía siempre que al cambiar de lugar o de decorado y atmósfera el rey creía tener a la esposa en sus brazos por vez primera y sus efusiones se recrudecían. El rey le explicaba al cardenal Portocarrero esta curiosa circunstancia diciendo que era *la influencia del ámbito.*

Por su parte, Portocarrero le respondía que era cierto y sabido y que la gente llamaba aquello la *novedad de los aires.* Decían que la novedad era especialmente propicia para la fecundación y esto ilusionaba al rey.

Aquellos días hubo fuegos de artificio, cabalgatas e iluminaciones en la ciudad. Dos días después de su llegada los reyes acudieron a la capilla de palacio acompañados de los grandes de España y los embajadores acreditados. Después los reyes, para mostrarse al pueblo, se dirigieron en carroza abierta a la iglesia de Atocha seguidos por la corte en sus carrozas también de gala. El pueblo aclamó a los reyes y al oscurecer éstos volvieron al palacio recorriendo las avenidas iluminadas con antorchas de cera blanca perfumada.

Parecía un sueño, Madrid. La iluminación era tal que aquella noche se podía leer una carta en cualquier lugar de la urbe como a la luz del sol. Lo mejor de las luminarias estaba en la plaza Mayor, donde había siete mil antorchas con sus tederos. Y en aquel vasto lugar, al aparecer los reyes cerca de la medianoche, comenzaron una vez más los fuegos de artificio. Toda la ciudad vibraba bajo el estruendo de las explosiones. El rey se excitaba en su edad viril lo mismo que en su infancia con el olor salitroso de la pólvora.

Muchos aristócratas se mostraron nueve días seguidos en público con un séquito de cien lacayos y pajes vestidos cada día con una librea diferente de la anterior y cada vez más ricamente adornada.

La princesa María Luisa no había visto nunca nada igual y la corte madrileña le parecía un sueño de las mil y una noches.

No pasaba día sin que los reyes fueran de caza al Pardo o a la comedia o a distintos festejos públicos. Unas noches cenaban con la reina madre, otra llegaba la reina madre a cenar con ellos y de vez en cuando había una fiesta en el palacio de los Uceda o de Medinaceli que duraba hasta horas avanzadas de la madrugada.

Se bailaba, se hacían juegos de sociedad y se discreteaba. La duquesa de Terranova, con sus ojos de búho, no perdía de vista a la princesa de Orleans, quien en una ocasión dijo a la embajadora de Francia que aquella duquesa era más bien una *chienne de Terranove*. Fue la primera violencia que le oyeron, y el rey la rió y celebró como merecía.

Hubo también fiesta de toros en la plaza Mayor, la mejor corrida que habían visto los madrileños en muchos años. Los reyes llegaron a la una de la tarde. Detrás entraron en la plaza el duque de Medinasidonia, el marqués de Camarasa, diez grandes de España, el hijo segundo del duque de Sessa, don

Francisco Moscoso y don Fernando de Lea, cada uno de ellos seguido de lacayos vestidos a la manera turca.

Estos tres caballeros últimos, que se veían muy galanes, fueron los que torearon. El hijo del duque de Sessa perdió dos caballos muy hermosos en la lidia del primer toro. La plaza, tan grande y simétrica encuadrada por cinco filas de balcones regulares e igualmente cubiertos de tapicería y llenos de gente, daba una impresión esplendente.

Pocas semanas después fue nombrado caballerizo mayor de la reina el marqués de Villamagna en lugar del duque de Osuna, que seguía en desgracia.

Trató el marqués de Astorga —que también estaba suspendido en su cargo— de aprovechar la ausencia de Osuna para ponerse en la buena gracia del rey y con este fin repetía a todo el que quería oírlo que la culpa de lo ocurrido en las cercanías de Burgos había sido de Osuna. Éste, al saberlo, dio órdenes especiales a sus cocheros y lacayos, quienes algunos días después arrojaron al río a Astorga con su silla de mano y algunos lacayos.

El hecho dio que hablar y no mejoró las relaciones entre las dos casas ni las acercó a la buena gracia del rey, a quien llamaba Osuna (cuando había bebido demasiado) *el escuerzo austríaco*.

El rey no se enteraba porque nadie —ni siquiera Medinaceli— se habría atrevido a decirle cosas como esas, que implicaban una gran falta de respeto.

Por entonces algunos nobles llevaban a extremos inusuales su generosidad con los reyes. Un día que éstos salieron a cazar al Pardo, el duque de Pastrana actuó de montero mayor de la reina y la condujo a descansar a un lugar intrincado del bosque. Era un sitio encantador. Varios arroyuelos partían de allí en diferentes direcciones y bajo los árboles había un pabellón de brocado y oro.

En los árboles próximos había monos, ardillas, loros adiestrados y centenares de pajarillos mecánicos de oro y plata que cantaban. Niños vestidos como faunos y silvanos y niñas disfrazadas de ninfas y dríadas y pastorcillas sirvieron la colación a la reina.

En España aquellas fiestas pastoriles estaban de moda.

El rey se hizo perdedizo y cuando la reina parecía que co menzaba a inquietarse llegó precedido de mosqueteros que disparaban al aire.

En el dulce y recatado lugar preparado por Pastrana el rey se quedó con la reina toda la noche, mientras que los mon teros se dormían al pie de los árboles y las ninfas y los fauno niños lloraban de fatiga. A la entrada de la gruta artificial la duquesa de Terranova vigilaba insomne e infatigable para que nadie alterara la paz del retiro ni la eficacia generatriz de los *ámbitos nuevos*.

Una semana después hubo recepción en palacio con come dia y baile. Era aquélla la fiesta de presentación oficial de la reina a la corte. Asistieron todas las personas notables de Madrid, entre las cuales había, como se puede suponer, par tidarios de los dos bandos: la reina madre vienesa y el afran cesado duque de Medinaceli. Unos y otros se miraban con recelo aunque ya no con rencor, como antes. Por el contrario afectaban alguna clase de generoso olvido. Pero únicamente en apariencia. Por debajo las pasiones seguían vivas.

La comedia fue también de Calderón: «*Fieras afemin amor*», que parecía alusiva a las bodas del rey aunque la fiera no apareciera por parte alguna. Decía el rey que la comedia estaba bien pero que debía haber en ella ninfas, sátiros, silfos náyades, silvanos o por lo menos trasgos y duendes, hadas o gnomos.

Escuchaba la reina y decía:

—Como en las óperas de Fontainebleau, pero parece que trasgos no los hay aquí ni tampoco en Francia. Parece que sólo los hay en Escocia.

Se confundía María Luisa con las *banshees*. Ella creía que había realmente en alguna parte esas *banshees,* lo que con movía al rey. Eran una especie de fantasmas que gritaban a pie de las ventanas cuando alguien iba a morir. La reina joven concluía:

—En Fontainebleau se hace todo eso muy al natural.

Pero al oír el nombre de la residencia de Luis XIV el rey rectificaba muy serio:

—Entonces, no. Prefiero la comedia de don Pedro.

A pesar de sus defectos la comedia gustaba al rey, según

decía. Con unos endriagos al final habría estado mejor, pero le gustaba, sobre todo, la idea que se expresaba en el título.

El rey sabía algo de elfos y endriagos por sus conversaciones con don Guillén el enano.

Había ordenado el rey que se hicieran algunas cosas raras, según su costumbre, cuando de celebrar algo se trataba. Por ejemplo, en un gran patio interior al que daban las ventanas y las terrazas de la sala de la comedia, levantaron una horca de la que colgaba un muñeco que simulaba una persona o animal difícil de identificar y de reconocer, algo como un mono peludo o tal vez como una criatura de un país lejano. Un monstruo, en fin. Y el rey Carlos había hecho poner un letrero encima que decía: «Aquí murió la zozobra del rey».

Éste le parecía a don Carlos —que gustaba de los símbolos de los autos sacramentales— muy ingenioso y adecuado a la situación. A la reina no le gustaba, pero no decía nada.

La sala de baile estaba adornada con lujo. Bajo el esplendor real andaban los secretos cuidados. Había en el testero y en los dos lados tapices con distintos reflejos azules y grises y entre los invitados una brisa de resquemores no satisfechos. Las banderías del bastardo, que en paz descanse, y de la reina se trataban con una cortesía apoyada y subrayada, pero sin verdadera amistad, y los intentos de aproximación por un lado o por el otro eran vanos.

Es verdad que el resquemor disminuía. Sólo Medinaceli, entre los que tenía más de dos grandezas de España, se hacía el distraído con la reina madre todavía y no por sí mismo sino por lo que creía que ella pensaba de él.

La recepción fue lo que se llamaba en la lengua de palacio un besamanos. Nadie se entretuvo con los reyes y María Luisa, que estaba muy hermosa y juvenil y que parecía una niña de cortos años crecida prematuramente, aceleró la ceremonia para que comenzara el baile cuanto antes.

Pero el protocolo era severo en esas cosas. Según costumbre, la reina se apartó un poco y estuvo dialogando con las dos embajadoras más antiguas, la de Inglaterra y la de Venecia. El rey y el condestable de Castilla cambiaban impresiones. El rey había dicho también meses antes al condestable su desconfianza en relación con la virginidad de la reina, aunque en el seno de la mayor intimidad, y si no como secreto de confesión puesto que el condestable no era cura, como secreto de Estado. El condestable que no podía ver a los franceses, lo comunicó a algunos de sus más íntimos, en confianza. A nadie le extrañaba aquello siendo francesa María Luisa.

Poco después todo el mundo lo sabía y se transmitían unos a otros sus satíricos comentarios *en secreto*. En el mayor secreto.

En los últimos decenios la curia romana, los teólogos y los grandes predicadores trataban con predilección el tema de la pureza sin mancilla de la Virgen María a lo largo y a lo ancho de la Cristiandad. Más de algún rimador profano hizo coplas sobre aquello dejando en el aire la sospecha de que podía tratarse de la reina y no de la Virgen María.

En el salón de baile, sin embargo, la pureza sin mancilla tenía el mismo profano sentido y casi todos los nobles —sobre todo sus esposas— pensaban en ella cuando veían a la reina.

Vio el rey en un extremo de la sala al viejo poeta don Pedro Calderón y entonces llamó a Medinaceli y le dijo:

—Recuérdame que tengo que hacer merced al poeta y avisa al intendente para que le mande dos lechones trufados.

Veía Medinaceli a don Pedro viejo y acabado y pensaba que si el rey quería hacerle merced tendría que apresurarse. Pero siempre sucedía con el rey que cuando iba a decidirse a favorecer a alguien era tarde porque el favorecido se moría.

Aunque en disfavor con el rey, el marqués de Astorga asistía a la fiesta. Era Astorga de la casa de Ossorio y aunque más viejo que Osuna —tenía ya sesenta y ocho años— era todavía un galán activo y con fama de mujeriego. Si de Osuna se contaban mil violencias, de Astorga sólo se contaban galanterías. A su edad la gente le perdonaba como a un adolescente mientras que censuraban agriamente las costumbres libertinas de otros más jóvenes.

Se seguía hablando entre dientes de la *pureza sin mancilla* y el rey pensaba: «Yo tengo la culpa por haberle hablado al condestable de mi decepción». A su confesor le dijo un día: «Hay como un demonio a mi lado que me empuja a hacer cosas contra mí mismo, digo contra mi decoro». El confesor se inclinó queriendo decir que no le extrañaba y que así solían ser las cosas de la vida, especialmente con los reyes, los príncipes y las grandes dignidades del mundo.

Detrás del cardenal primado llegaba otro cardenal: el nuncio de S. S. que esplendía en sus ropajes escarlata. Y se dirigía a don Carlos:

—Yo hablaría a su majestad pidiendo un poco de comprensión real para Osuna y para otros.

—¿Quiénes son los otros? —preguntó el rey.

—Oh, son tantos... —dijo el nuncio, riendo.

El rey pensó en los partidarios de su madre.

Advertía el cardenal Portocarrero, bajando la voz, que la maledicencia en los estados llanos del reino era inevitable contra una princesa de Francia, pero que la gente de calidad veneraba a la joven reina.

—Venerarla de veras sólo la *venero* yo —decía el rey enfáticamente, y explicó luego que *veneración* venía de *venusto* y *venéreo*.

Reía su propia broma y abría y cerraba el catalejo, pero no olvidaba advertir a los dos cardenales que les hablaba de aquello en secreto de confesión. No tenía mucha confianza, sin embargo, en esos secretos.

Viendo que los cardenales no decían nada, cambió de continente y se puso dramático:

—Que los estados llanos tengan cuidado porque yo soy, como dice don Pedro, *una fiera afeminada* por el amor.

Se inclinaba el nuncio y apartándose del grupo se acercaba a la reina madre. Ésta hablaba con el enviado de Austria y el condestable y decía:

—Mi hijo el rey necesita consejo y yo quisiera ofrecérselo, pero el favor de mi hijo sólo me lo podría dar el mismo Satanás, Dios me perdone.

Habiendo llegado el nuncio cuando ella decía las últimas palabras, el purpurado las cazó en el aire:

—Su majestad lo dice en broma, pero con la ayuda del diablo algunas cosas son posibles. Cosas virtuosas, quiero decir.

—¿Cómo es eso, padre?

—La mayor habilidad del diablo —explicaba el nuncio— consiste en hacernos pensar que no existe. Yo sé que hay mil

maneras de decir una misma cosa y que la mía puede parecer
inadecuada; pero repito que se puede llamar a Satanás y
hacerlo trabajar en favor de una empresa virtuosa. Lo digo
en serio, señora —y reía otra vez—. En serio. Tenemos
agentes.

Miró el condestable a la reina madre con sorna:

—En el Vaticano cultivan la magia, también. Es el único
lugar donde puede cultivarse sin riesgo, la magia.

El nuncio, viendo que la reina madre estaba intrigada e
iba a hablar, se adelantó:

—No me pregunte vuestra majestad cómo, pero tal vez
se puede disponer de un agente satánico, en serio.

—¿No será Vintimiglia, que ha salvado de la horca a su
hermano? —dijo Portocarrero y la reina abrió grandes ojos.

Una vez más rió el nuncio:

—No, pobre Vintimiglia. Alrededor de la Inquisición es
fácil hallar un agente que pueda hacerse oír del mismo Satanás, el día de su aniversario.

—¿El aniversario de quién? —preguntó la reina madre,
asustada.

—Del suyo, del agente, Dios me perdone. Puede hacerse
oír del diablo si su deseo es eficaz. Hay que distinguir entre
el deseo eficaz y la que llamamos volición por complacencia.
Esta última es sólo una broma. Bien, el diablo no puede obrar
milagros, pero sí prodigios: *astutia, sapientia, acumine longe
superant homines et longius progediuntur raticinando,* dice
Simón.

Escuchaba el condestable sin gran interés.

—¿Quién es ese agente? —preguntó la reina como si
estuviera ofendida.

Hizo el nuncio con la mano ensortijada el gesto del que
espanta una mosca y añadió:

—Es lo que en nigromancia se llama *magistellus.* Ese *magistellus* puede dirigirse al diablo en cualquier momento de la
noche. No crean ustedes que esto es magia. Hay que distinguir
en todo caso entre magia negra y blanca y para esto tenemos
el Santo Oficio. Nosotros sabemos distinguir y si podemos
hacer trabajar al diablo en una causa virtuosa no debemos
perder ocasión. Magia blanca, *candida virtus.*

Viendo la extrañeza de la reina madre añadió:

—Padres de la Iglesia y santos como Ambrosio lo dicen. San Antonio en versos latinos:

> *Nocturna lux viantibus*
> *A nocte noctem segregans*
> *Praeco die jam sonat*
> *Jubarque solis evocat*
> *Hoc nauta vires colligit*
> *Pontique mitescunt freta:*
> *Hoc ipsa petra Ecclesiae*
> *Canente culpam diluit...*

—De eso, yo, *in albis* —decía el condestable.

El nuncio se dirigía a él:

—Cerca de la patria del confesor de la reina madre ha habido testimonios, también. Hace algunos años, en Dresden, había una mujer en la cárcel que había negado siempre sus relaciones con el diablo, pero los ministros de la Inquisición metieron por la noche en la celda un macho cabrío a ver qué pasaba. La bruja lo besó y abrazó y comenzó a hablarle como a un ser humano explicándole las dificultades en que estaba y pidiéndole ayuda para salir de allí. Gracias a esa estratagema el tribunal pudo condenarla y fue quemada. Hay una balada en alemán sobre eso que dice:

> *Man Shickt ein Henkersnecht*
> *zu ihr in Gefangniss n'unter...*

El delegado de Venecia continuó aquellos versos dándoles un carácter de broma infantil. Y el nuncio se dirigió a la reina madre una vez más:

—Nuestro partido puede triunfar. Deje en mis manos las diligencias. Yo intervendré o no, según sea necesario. El que intervendrá desde el principio será mi *magistellus* que me vino recomendado por el padre Nithard —al citar este nombre la reina madre concentró de pronto toda su atención, pero con un cierto recelo, como si temiera que alguien pudiera estar tratando de molestarla—. Como esas cosas se hacen en un nivel un poco turbio —añadió el nuncio—, si el negocio sale mal el dicho *magistellus* irá probablemente a la hoguera y si sale bien yo hallaré alguna manera de agradecérselo y de enviarlo lejos de la corte. Hacer trabajar al diablo en materia de virtud es un hecho característico de nuestro tiempo y un poco arriesgado, pero meritorio.

—Perdone —decía la reina madre, como el que no entiende—. ¿Cuál es el caso en que su agente iría a la hoguera?

El nuncio bajando la voz:

—La cosa es obvia. El agente puede dominar el diablo o ser dominado por él.

—Oh —decía la reina, escéptica—. ¿Y dicen que Nithard anda en esto?

—Sólo intervino en la recomendación del astrólogo de Viena.

Nithard había sido confesor y según malas lenguas amante de la reina madre mientras ésta fue regente del reino en la menor edad de Carlos. Ahora era cardenal en Roma.

—Si el agente es dominado por el diablo —añadía el nuncio— lo condenará el Santo Oficio. Será todo.

—No, todo no —añadió el delegado de Viena—, porque falta algo. Hará humo.

—Eso, eso. Hará humo —subrayó la reina madre, como diciendo que había que tener en cuenta la suerte de aquel pobre diablo quienquiera que fuese.

Se explicaba el nuncio todavía:

—En realidad esos agentes viven y prosperan a la sombra de la *suprema,* entre una prisión y otra, entre una sentencia absolutoria y otra condenatoria. Si hacen humo en definitiva deben agradecerlo, ya que en forma de humo suben finalmente al cielo. Es decir, que se salvan por el martirio. Pero para dar un paso, por pequeño que sea, en ese campo resbaladizo necesito la confianza de vuestra majestad.

Con una expresión casi canalla de picardía secreta la reina madre dijo:

—Usted la tiene, pero que me ahorquen si entiendo palabra. ¿No le sucederá algún daño a mi hijo?

—No, señora. Al revés.

—¿Cómo, al revés?

—Sólo podrá sucederle algún beneficio.

—Nithard no le quiere bien.

—No intervendrá en nada, el padre Nithard. Todo se reduce en su caso a habernos ofrecido el punto de partida.

—Está bien, pero en todo caso yo no quiero saber nada.

En un patio cerca de las ventanas que daban a una terraza había otra horca levantada, en la que iba a ser colgado un nuevo símbolo. La presencia del poeta don Pedro daba a aquellas «figuras morales» una vigencia doble. Iba a ser ahorcada la maledicencia en la figura de otro monstruo de aspecto vagamente femenino. La maledicencia. Con su nombre al pie en letras de oro.

El cardenal Portocarrero se acercó a don Carlos, oficioso:

—A la señora no parecen agradarle mucho esas horcas, digo a su majestad la reina María Luisa.

—Se equivoca usted, cardenal. Esos símbolos le encantan; me lo ha dicho. Lo que le molesta es que las condesitas del Milanesado vayan diciendo por ahí en voz baja y en francés una canzoneta un poco indecente alusiva a epitafios e himeneos.

—¿De dónde sacan las niñas estas cosas? —preguntó Medinaceli.

Pero nadie le contestaba, en el grupo. Algunos se pusieron pálidos. Portocarrero callaba, reticente, y parecía repetir con el gesto lo que le había dicho un día: «Dios gusta a veces de humillar a los poderosos en las pequeñas cosas». El rey pensaba que las *pequeñas cosas* eran las que más dolían. ¿Qué le importaba a él perder una batalla? Pero las mezquindades de salón a veces le quitaban el sueño.

Pasaba la reina madre, con la duquesa de Alba. El duque, ya de sesenta y tantos años, no parecía muy inclinado a la reina madre y era hombre liberal con artistas y otras gentes a sueldo y bajo su mecenazgo.

La duquesa de Medina de las Torres, que imitaba a su marido, hombre de ingenio, decía algo sobre la *doncella de Orleans* dejando en el aire la sospecha de que se refería a Juana de Arco. Pero la *doncella de Orleans* era también la reina María Luisa. La duquesa de Medina de las Torres no creía en la doncellez de ninguna francesa, es decir, creía en la de Juana de Arco porque el Papa le ordenaba que creyera. A su lado Villahermosa, hombre de atemperado carácter, miraba atentamente las arañas encendidas con centenares de cirios, cada uno protegido por su caperuza color rosa. Y pensaba en Flandes y en sus antiguas jornadas.

Al mismo tiempo la reina madre había vuelto al grupo del nuncio y pensaba, viendo lejos a María Luisa, su augusta nuera: «Pobrecita, tan niña, en medio de esta corte de sabandijas y tarascas». Lo pensaba de buena fe. Era enemiga de Francia, pero no de su nuera, a quien quería alejar de la influencia de su tío Luis XIV. Pero la semilla que el nuncio había puesto en su imaginación echaba raíces:

—¿Qué agente es ése? —preguntaba de pronto—. ¿Y cuándo se pondrá en acción?

—Cuando vuestra majestad quiera. Mañana puedo pedir noticias y localizarlo porque creo que está en Viena.

—¿Es un brujo?

—No, señora. Cuando un hombre de esos hace algo parecido a un milagro o un prodigio, en realidad se trata de un *noumeno,* como dirían los griegos antiguos. Algo perfectamente explicable en sí.

Se inclinaba el nuncio disculpándose otra vez y se apartaba esperando que la reina madre se dignaría aceptarlo ahora en el secreto de las conspiraciones de cámara si tales conspiraciones existían realmente. El nuncio lo dudaba, pero había oído hablar y tenía celos de aquellos confidentes íntimos.

El mayordomo del rey hizo una señal, sonaron trompetas y la orquesta, que estaba medio oculta entre victorias de mármol y medallones barrocos, comenzó a tocar una pavana. Aquella masa de vibraciones y suaves sonidos de cuerda, al expandirse por la sala, hacía más fluidos los perfumes de las damas.

Parecía feliz, la reina joven, viendo llegada la hora del baile.

Se hizo un gran vacío en el centro y el rey salió a bailar con María Luisa. Ellos solos en el círculo despejado y brillante donde el pavimento de maderas preciosas simulaba una gran rosa de los vientos. Giraba despacio el rey alrededor de la reina, una mano con la de ella y en alto, la otra mano apoyada en la cintura con un pañuelo de randas de Nantes colgando.

—Soy una fiera afeminada —decía el monarca sonriendo, feliz.

La reina, al oírlo, miraba en la dirección de don Pedro, autor de la comedia, pero no lo encontraba. Seguían bailando. Habían ensayado aquel baile con un maestro francés que le era antipático al rey y que repetía: «*Voyons, monsieur: un, deux, trois...*». No pudo evitar el rey una alusión irónica:

—¿Es verdad, señora, que vuestro tío baila en un escenario y para divertir al público?

—En Versalles y ante la corte. El baile es un arte noble. Baila con otras personas de su círculo privado.

—¿Disfrazado de sol, dicen?

—A veces sí, según lo requiera el *ballet* o no.

—¿Y quién hace de luna?

—No hay luna —dijo ella, riendo.

—¿Cómo se titula la danza? ¿El eclipse?

María Luisa comprendió que el rey se burlaba y desde aquel momento se mostró retraída y nerviosa.

Al terminar la primera contradanza, según la etiqueta, el baile se generalizó. Las condesitas procaces llevaban de la mano y como a la fuerza a algunos oficiales de la guardia, mientras las viejas se asombraban detrás de sus abanicos. La de Alba explicaba que aquellos oficiales requeridos por las muchachas eran parientes —unos primos y otros hermanos de ellas— y no había de qué espantarse.

—Aunque todo se podía esperar —añadía— de la mudanza de los tiempos.

Cuando pasaba el rey con la reina cerca de la terraza ella miraba hacia la horca donde habían colgado el símbolo de la maledicencia. Parecía vivir aún pendiente de la cuerda aquella hembra indiscernible y la reina la miraba con su entrecejo fruncido:

—¿Qué es eso, Carlos?

—La criatura, señora. *La criatura.*

Esta explicación inquietaba más a María Luisa, pero la danza seguía.

Volvía el nuncio a hacer apartes con la reina madre:

—¿Es verdad —preguntaba— que siendo niño don Carlos se negó a besar a su padre muerto?

—Usted sabe cómo son los niños. Le dio un espanto súbito y se puso a gritar. Yo creo que fue porque estaba en la cama al lado de mi esposo la momia de San Isidro Labrador.

Se quedaban un momento callados viendo bailar a la gente que formaba un abigarrado conjunto muy brillante y de pronto el nuncio volvía a hablar bajando la voz:

—A María Luisa de Orleans la llamaban en Fontaine-bleau *mademoiselle Bebé.* En la intimidad de un rey como don Luis es una manera graciosa de nombrar a una princesa —añadió respetuoso dejando, sin embargo, un margen a la reticencia.

La reina madre, que tenía debilidad por los tonsurados, sonrió y dijo:

—Estoy esperando que le hagan a usted pontífice para que me ayude a hacer una gran picardía.

Luego rió con sólo medio lado de la cara.

—Aunque sin merecerlo, señora —respondió el nuncio—, he sido ya dos veces presidente del Colegio de cardenales. Antes de ser pontífice, y supongo que no lo seré nunca, porque no lo merezco, puedo tratar de ayudar a vuestra majestad si lo necesita. Las distracciones de vuestra majestad, si me permite usar esa expresión, no pueden conducir sino al bien del reino.

Desde lejos Medinaceli, cabeza del bando antivienés, no veía con buenos ojos la asiduidad del nuncio y la reina madre: «¿Qué pueden tramar?», se decía, pero sin alarma alguna, porque sabía que el partido de Viena carecía de puntos de apoyo sólidos en la corte.

La fiesta se prolongó bastante, pero los reyes se retiraron pronto porque don Carlos no podía tolerar la entrada en las sombras de la noche, según decía, fuera de los aposentos de la reina. Ella se alegró de salir de la sala. Le daba miedo la criatura simbólica colgada de la horca, que parecía respirar aún y ser una mujer, aunque no lo era. No era sino una muñeca.

O como decía el rey, *la criatura.*

Antes de salir el rey habló aparte un momento con el delegado imperial de Austria y después con el marqués de Villars y para que nadie pudiera observar preferencias el mayordomo cronometró las dos breves conversaciones que duraron un minuto y medio cada una. A los dos les habló el rey de los votos que hacía por la felicidad del emperador austríaco y por el rey de Francia. Y añadió que esperaba que los dos trabajarían con él por la paz europea. Frases redondas y perfectas en cuya manera de decirlas ponía el rey un énfasis excesivo, con su ironía implícita. En aquellas cosas del protocolo el rey a veces parecía incluso inteligente.

Se retiró con la reina, pero María Luisa estaba triste.

No sabía María Luisa si la censuraban por pasión política los del bando de la reina madre o todos sin excepción por el simple hecho de ser extranjera y concretamente francesa. El rey no quería pensar en aquellas cosas y comenzaba a darle a la reina la impresión de un antruejo erótico obstinado y testarudo, una especie de tozudo de la caricia. La halagaba y la incomodaba al mismo tiempo.

Nada parecía hacer mella en don Carlos. Ni siquiera las habladurías contra la reina le interesaban. Cuando se creía excedido hacía ahorcar a un muñeco con el letrero de *traición* u otro vicio que por el momento amenazaba su bienestar. Y todo quedaba resuelto, para él. A aquel muñeco le llamaba *la criatura.* O *la cosa,* con mayúscula. *La Cosa.*

Sólo tomaba en serio sus propias efusiones en los aposentos de la reina. Fuera de aquellos aposentos el rey decía que el amor no era amor y que la vida era sólo un paréntesis sombrío. (Un paréntesis, se supone, entre dos visitas a la amada.)

El rey permitía a la reina recibir a algunos amigos, pero con la mayor formalidad y dentro de la etiqueta. La joven reina ensayaba a veces la rebeldía. Por ejemplo, un día dijo a la esposa del embajador inglés: «No comprendo cómo se pone vuestra señoría esos vestidos tan feos al estilo español. Nunca he visto una extranjera a quien le sienten bien. Me gustaría verla vestida a la francesa».

La embajadora inclinó la cabeza sobre un hombro para decir: «Señora, este es un pequeño sacrificio que hago por respeto a vuestra majestad». La reina replicó con una sonrisa de burla: «Sea franca y confiese que se viste así porque tiene miedo de la duquesa de Terranova».

Y las dos rieron pensando que coincidían en aquella incómoda aprensión.

Aquel mismo día la embajadora inglesa recibió cartas de Francia, entre ellas una que podía interesar a la reina, y volvió al día siguiente a palacio. Pero la duquesa de Terranova no podía dejarla entrar dos días seguidos —era contra la etiqueta— y la embajadora escribió en la antesala una nota a la reina que decía: «Como me hizo el honor de pedirme que le trajera noticias de la corte de Francia, si las tenía, traigo a vuestra majestad informes de la boda de *mademoiselle* de Blois con el señor príncipe de Conti en el palacio de Fontainebleau. Un *grand événément*. El contrato fue firmado en los aposentos del rey el día 15 de este mes en presencia de la familia real. Según escriben mis amigos, la novia estaba vestida de blanco y cubierta de joyas que no eran tan brillantes como sus ojos. La cola de su vestido la llevaba *mademoiselle* de Nantes. Con los reyes había muchos invitados que llenaban el gran salón. La familia real entera firmó el contrato de matrimonio y después en una fiesta muy íntima el rey bailó.

»El cardenal de Bouillon bendijo la boda religiosa. El nombre de la princesa es, como sabe vuestra majestad, Ana María y el del príncipe, Louis Armand. Acabada la ceremonia el rey y toda la corte fueron a ver una ópera en compañía de los novios y después el cardenal bendijo el lecho nupcial. ¿No es *charmant*?

»Ha dado el rey a la novia el ducado de Vanjour, un millón de francos en dinero contante y una pensión vitalicia de cien mil libras, además de muchas joyas de valor. Al príncipe de Conti le ha dado cincuenta mil coronas en dinero efectivo y una pensión también vitalicia. Supongo que todas estas noticias serán del agrado de vuestra majestad».

La embajadora de Inglaterra no había citado en su carta al delfín de Francia porque las comadres de la corte solían decir que María Luisa había estado enamorada de él.

Y probablemente el rey Carlos y tal vez la duquesa de Terranova (la *chienne* de Terranova) lo sabían, aquello. Sabían todo lo que había hecho o dejado de hacer la reina en los diecisiete años de su vida, hasta encontrar al rey en aquella aldea de nombre difícil de recordar: Quintanapalla.

El rey leyó la carta de la embajadora inglesa y se quedó reflexionando. Las dádivas de Luis XIV a la novia y al novio eran tan cuantiosas que daban qué sospechar. Tal vez Luis XIV había tenido las primicias de la novia, como hacían los señores en los tiempos feudales y más o menos en toda Europa, especialmente en Francia, donde el feudalismo había sido mucho más poderoso y duradero que en España.

Esa sospecha llegó a ser una obsesión.

Entretanto la reina madre visitaba a su nuera frecuentemente y ensayaba a tratarla con ternura. No tenía reservas políticas, es decir, tenía las que podía haber implícitas en el hecho de querer sustraerla a las influencias de la corte de Fontainebleau. Había en todo esto una contradicción. El embajador francés —que era el único que llamaba a veces a la reina madre la reina *douairière*— estaba totalmente de su parte. Y sin embargo, el mayor interés de la *douairière* consistía en arrancar a María Luisa de su influencia.

Las contradicciones son frecuentes en la política.

Siempre que podía el embajador francés visitaba a la reina María Luisa y le repetía lo mismo: debía abandonarse en los brazos de la reina madre porque de la identificación de ellas dos con el rey no podría suceder sino bien y prosperidad a la dinastía, al país y a ella misma. Todo lo que fuera escuchar a los enemigos de la reina *douairière* era mantener y acentuar una crisis que a todos les perjudicaba y antes que a todos a ella misma.

Recordaba entretanto el embajador que María Luisa era una especie de ninfa del verde bosque y la vida que llevaba en Madrid debía serle especialmente penosa. Vivía en una especie de dorada reclusión.

Por fin, un día, la reina María Luisa pasó con su suegra toda la tarde en tiernos coloquios de familia. Le abrió su corazón y le dijo la causa de sus tristezas. El rey era demasiado asiduo —por decirlo así— y la camarera mayor demasiado severa como guardiana y vigilante.

Mientras hablaba la reina joven recordaba lo que en una ocasión le había dicho la Terranova. Refiriéndose ésta al carácter secretamente violento de la reina madre, le advirtió que a veces llevaba dentro del manguito un pistolete cargado y que en tiempos del príncipe bastardo don Juan no lo recibía sin tener el pistolete a mano. Fue por eso por lo que el bastardo dejó de visitarla en los últimos años. Y la princesa de Orleans, hablando con su augusta suegra, pensaba: «Yo tampoco puedo confiar en ella del todo y, sin embargo, estoy abriéndole mi corazón».

La reina madre, después de aquella entrevista, quiso poner remedio y fue a ver a su hijo:

—Tu esposa me ha dicho... —comenzó.

—Yo hablo cada día con ella —interrumpió el rey agriamente— y no necesito mensajeros que vengan a traerme sus palabras.

Extendió el catalejo y miró con él al revés —es decir, invertido— a su madre:

—Este catalejo —dijo, burlón— por un lado me acerca a la dulce *vellocina* y por el otro te aleja a ti. Esa es la razón de que lo lleve siempre conmigo. No creas que estoy tan afeminado como dice don Pedro en su comedia. Y si lo estoy, fiera soy por debajo y como tal podría conducirme.

En lugar de hablar la madre como se proponía, aprovechó la primera oportunidad para retirarse con una expresión hermética pensando que, como otras veces, su hijo iría detrás a darle explicaciones. Pero no sucedió tal cosa. El que acudió, en cambio, a verla fue el condestable de Castilla, su candidato más o menos fallido. La reina madre, que estaba bajo la impresión del rechazo de su hijo, le dijo que no quería intervenir en la administración del reino y que su ambición consistía en poder hacer una vida de reposo y tranquilidad. El condestable se dio cuenta de que la señora no pensaba ayudarle y desde aquel momento se propuso ganar para su partido al duque de Alba y a la difícil duquesa de Terranova, no para intentar ningún trabajo secreto sino para usarlos como auxiliares e intermediarios y reconciliarse enteramente con Medinaceli.

La reina, aunque disimulaba, estaba realmente fuera de sí, aquel día. En los siguientes se mostró especialmente dura con su hijo, a quien consideraba un deficiente mental. Llegó a recordar aquella anécdota que tanto hizo reír dentro y fuera de palacio cuando algún tiempo antes de enamorarse Carlos de su princesa, yendo un día por los corredores del alcázar despeinado y sucio como solía, le dijo su hermano don Juan:

»—Lástima es, señor, que con un pelo tan hermoso no te cuides más de él.

El rey no permitía que nadie lo peinara ni se bañaba nunca. Y *Carolus, Rex Hispanorum,* respondió:

»—Ni siquiera los piojos están seguros con este don Juan.

Cierto que cuando se enamoró comenzó a lavarse y a asearse, pero no mucho, y algunos cortesanos, especialmente limpios de costumbres, recelaban aún de su proximidad. Decían de él que *criaba.*

El secretario provisional del despacho, don Jerónimo de Eguía, se proponía mantener el balance de poderes entre el condestable y el de Medinaceli y así preservar y mantener sus prerrogativas con el rey, ya que por vieja experiencia sabía que en España lo provisional se hace fácilmente permanente.

Cuando se trata de nuestro interés particular nos hacemos tan agudos, claros e inteligentes que es muy difícil engañarnos. Eso decía el informe de T. Brown al rey de Inglaterra, pero a Brown lo engañó varias veces el *tinterillo* Eguía.

Comenzó a ver la corte que la falta de heredero del trono era casi segura y los médicos no vacilaban en decirlo a la reina madre cuando ésta preguntaba.

Lo mismo sospechaban los embajadores francés y alemán y el jefe del partido contrario, el viejo y severo condestable.

El cardenal nuncio había oído decir que el rey Carlos estaba hechizado y que por eso no tenía hijos. Y lo había oído también en una comunicación secreta de Viena. En cuanto el nuncio lo dijo en la corte, lo repitieron el condestable, la reina madre y sus partidarios. Poco después lo decía todo el mundo. Al ver que los de Viena recurrían a un instrumento tan delicado como el de la hechicería —con la Inquisición implícita—, Medinaceli se alarmó. «La reina madre va demasiado lejos», se dijo.

Medinaceli acudió a ella heroicamente —se creía su enemigo natural. Le dijo que por su nacimiento, su corazón y su fortuna no había podido ser nunca un subordinado y ni siquiera un aliado del difundo príncipe bastardo y que para mandar en el duque de Medinaceli había que tener una corona imperial en la cabeza como la tenía la reina madre y la propia familia de Medinaceli la había tenido en el pasado. Si en otros tiempos asistió a don Juan lo hizo porque debía lealtad al rey sin pensar en quien fuera su privado. Lo mismo habría acatado a otro hombre cualquiera en su lugar.

Le aseguró la reina madre que oía aquellas palabras con satisfacción y que si respondían a un sentimiento sincero no tardaría en ver las pruebas de su buena voluntad. Al saber el condestable que la reina madre y Medinaceli se habían reconciliado se apresuró a salvar la cara renunciando a las últimas probabilidades de ser elegido jefe del gobierno y secretario del despacho universal en un momento en que todavía se suponía que podía tener alguna esperanza. Acudió al rey y le dijo que no había en la corte quien pudiera servir a su majestad y al reino mejor que el duque de Medinaceli. Mientras se lo decía recordaba a la reina madre, quien en Toledo solía llamar al joven monarca, su hijo, el *rey piojoso*.

Pero el rey, que ahora iba un poco más acicalado y limpio, no podía menos de alabar la generosa opinión del condestable. Se alegró de que todos estuvieran de acuerdo, aunque recordaba que en las costumbres de su tatarabuelo entraba el tener facciones en la corte peleando entre sí y estimular secretamente las peleas creando rivalidades y envidias, porque cuando se ponían todos de acuerdo —si eso sucedía por excepción alguna vez— solía ser para discutirle a él. Es decir, que si el combate era inevitable, era mejor que pelearan entre sí las casas nobles.

El rey creyó ver en los ojos del condestable algo como una falta de respeto que le extrañó bastante. Por entonces el condestable era ya uno de los que atribuían la falta de descendencia real a un hechizo o embrujo. Por un lado el recuerdo de los piojos y por otro la sugestión de los malos espíritus, el pobre rey Carlos sentía que su autoridad, sin dejar de ser presente y ejecutiva, se complicaba con toda clase de miserias y perdía su eficacia a ojos vistas.

Hacía tiempo que la administración pública estaba paralizada y el país iba cayendo en la incuria y el abandono. Asuntos que debían haber sido resueltos llevaban años sin ser tomados en consideración por el gobierno y en cierto modo se podía decir que no existía siquiera ninguna clase de gobierno. Eso lo sabían todos y antes que nadie el rey y Jerónimo de Eguía.

La reina María Luisa, que soñaba con cacerías y cabalgadas, cuando salía de los brazos del rey caía bajo la jurisdicción de la duquesa de Terranova y no le quedaba el recurso del llanto porque, si lloraba, la camarera mayor le decía:

—Señora, la reina de España no llora.

Una reclamación del embajador inglés sobre el arresto de algunos súbditos británicos dentro del parque de la embajada tardó en ser contestada seis meses y la respuesta decía por fin que el rey había decidido suprimir la inmunidad diplomática de una vez y para siempre.

Esta respuesta causó gran revuelo en la colonia extranjera.

Pero las irregularidades eran constantes en todos los sentidos de la vida pública. Un delegado del príncipe de Brandenburgo, acreedor de la corona por una fuerte suma, reclamó el dinero y le contestaron con promesas y nuevos plazos. La verdad era que no había oro ni plata. Hacía falta levantar cuatro regimientos para acudir a la defensa de Milán y no había de dónde echar mano, porque los que prestaban dinero hacía tiempo que habían cerrado sus bolsas, y el oro que llegaba de las Indias iba a manos del rey, quien lo repartía entre sus amigos o lo gastaba en fiestas y recreos. El caos económico era de veras amenazador. Una pistola, que solía ser antes equivalente a cuarenta reales de vellón, había subido hasta ciento diez y al dar orden el rey de reducir el valor de aquellas monedas a sus términos anteriores causó gran confusión y un desorden peligroso en el comercio. Como se alteró el valor de la moneda sin fijar nuevos precios para los artículos de consumo hubo desórdenes en varios lugares del reino, especialmente en Toledo, que se repitieron y llegaron a ser sangrientos.

Todo esto llevó al rey a tomar una decisión y a nombrar por fin privado al duque de Medinaceli. Más que nada por alejar los problemas y enfados de su cámara.

Al día siguiente de su nombramiento algunas personas de consideración acudieron a cumplimentar al duque, quien para evitarlos se fingió enfermo y recibió a los hombres más importantes en el lecho. La pereza del duque era de todos conocida, y tal vez su único defecto, pero era tan notorio que invalidaba la mayor parte de sus virtudes.

Dijo a algunos visitantes ilustres que el problema más grave no era el que creaba el valor de la moneda sino la esterilidad del rey. No debía ser culpa de la reina porque la familia de los Orleans daba constantes pruebas de fecundidad.

Si el rey no tenía hijos se crearía un problema serio no sólo a España sino al mundo. La salud del rey no era muy satisfactoria y sin sucesión legítima su muerte traería guerras y tal vez comunidades y enfadosas juntas sediciosas dentro del país.

Había un punto en el que coincidían todas las tendencias y ese punto no era de orden necesariamente político ni económico. Todos coincidían —especialmente la *douairière* y sus amigos— en la amenaza del trono sin sucesor y de un hechizo detrás de todo aquello.

Se hablaba de poner en el lecho de los esposos la momia de San Isidro una vez más, pero la reina, al oírlo, se puso enferma de aprensión y el plan fue desechado.

El nuncio hablaba al condestable del astrólogo de Viena y a veces Medinaceli le escuchaba también, aunque con reservas.

Se producían motines en algunas partes. Las gentes gritaban en la calle: «¡Viva el rey y muera el mal gobierno!». Pero en eso se equivocaban porque el gobierno no era bueno ni malo. No había ninguno.

Un incidente se produjo en el mercado que revelaba la atmósfera general de aquellos días. Los nobles hacía tiempo que explotaban todos los monopolios, incluidos los de las materias más indispensables, como el pan, el aceite, la sal. Una mujer, al ver que no había pan en el mercado, fue a protestar ante el regidor de semana diciendo: «¿Qué haré, pobre de mí, con mi esposo y seis hijos en casa si no les llevo pan?». Y el regidor respondió: «Haz castrar a tu marido para no parir más».

Algunas personas lo oyeron y se armó tal alboroto que el regidor salvó la vida dándose a la fuga.

En aquellos días llegó un sacerdote de Nínive que dijo misa en idioma caldeo a la cual asistieron los reyes, como una curiosidad. Después de la misa la reina habló con el sacerdote y le preguntó medio en broma, pero con una intención subrayada, si en Nínive las mujeres estaban tan vigiladas como en Madrid. La pregunta le pareció maliciosa a la duquesa de Terranova, quien fue con el cuento al rey añadiendo algo por su parte.

Durante algunos días don Carlos trató a la reina con cierta frialdad y calculado despego. Ya no la llamaba *vellocinita* sino solamente *señora* y creía que la diferencia representaba una gran sutileza y una cierta perfidia.

Nombró un día el rey su consejo de Estado con personas partidarias del difunto bastardo y de Medinaceli. A nadie le sorprendió. Los únicos que seguían fieles a la reina madre eran el condestable y el confesor del rey y entre los extranjeros el embajador francés y el nuncio de S. S. Trataba don Carlos deferentemente a su madre, pero recelaba aún de su influencia y la alejaba de los problemas del gobierno. La *douairière* veía a su nuera y pensaba: «Ella podría hacer el milagro si quisiera». Se refería a la reconciliación.

No tenía interés el rey en que fueran amigas la suegra y la nuera porque temía que si lo eran se volverían de algún modo contra él. Recordaba a su tatarabuelo y recelaba. En las cosas que se referían al amor de María Luisa el rey mostraba una cierta agudeza.

Culpaba el rey a su madre de algunas formas que consideraba viciosas en la política exterior. Por ejemplo, en todos los tratados, comunicaciones y proclamas el rey de Francia se llamaba a sí mismo *cristianísimo monarca* y llamaba al de España *rey católico*. En los tratados, el encabezamiento decía: «...Entre el *cristianísimo rey* don Luis XIV de Francia y el *rey católico* don Carlos II de España...». La diferencia creaba alguna perplejidad en la mente de don Carlos. ¿Es que podía haber diferencias entre ser cristiano y ser católico? Y si las había, ¿en favor de quién?

Cuando se lo dijo a la reina madre ella respondió: «Yo no

tengo la culpa, eso viene de los tiempos de Fernando e Isabel». Cuando se lo dijo al nuncio, éste soltó a reír y no dio respuesta alguna satisfactoria.

El día de la Anunciación la joven reina fue al monasterio de la Encarnación acompañada como siempre de la de Terranova. Según la tradición sirvió la comida a doce mujeres pobres ayudada por las doncellas de honor que llevaban los platos. Hacía la reina madre lo mismo, pero en sus propios aposentos.

Después de la ceremonia la reina María Luisa fue muy sorprendida al hallar en su bolsillo un billete con el siguiente sobrescrito: «Para la reina sola». Al principio estaba en duda si abrirlo o no y pensó dárselo cerrado al rey, pero no se atrevía sin saber antes su contenido. Por fin se decidió a abrirlo y lo leyó. Estaba escrito en una letra disimulada y decía: «La suprema elevación de vuestra majestad y la gran diferencia que hay entre nosotros no ha sido bastante para apagar esta pasión que sus gracias encantadoras y sus virtudes han encendido en mí. Yo la adoro, reina mía, y moriré adorándola. La miré, la veo, la sigo con mis miradas, pero vuestra majestad no sabe quién soy ni lo sabrá nunca. Quedan para mí todas las secretas languideces y angustias de un amor sin esperanza. Ah, señora, qué desgraciado soy por haber nacido súbdito sintiéndome, sin embargo, con las mismas inclinaciones del más grande rey del universo».

No podía imaginar la reina quién podía haberse atrevido a escribirle en aquellos términos y no dudaba de que el billete le había sido puesto en el bolsillo por alguna de las mujeres a quienes sirvió la comida. Pero no dejaba de extrañarle que un hombre que parecía de alta calidad arriesgara su vida —sin duda se hacía reo de muerte— en las manos de una pobre necesitada. Era verdad que alguna de las monjas podría haberse encargado de aquel negocio, pero no era probable por las gravísimas consecuencias que tendría para ella y para la comunidad si se descubría.

Además, una religiosa no acepta fácilmente la tercería y menos en materia de adulterio y muchísimo menos contra el rey. En favor del rey, sí, quizá. Se han dado casos.

Llegó la reina a pensar si sería una añagaza de la camarera

mayor para ver qué uso hacía del billete, dar al hecho, si era posible, un giro aventurero y ganar algo con el rey. Después de muchas consideraciones entre las cuales no faltaba el recuerdo siniestro de Enrique VIII de Inglaterra, creyó que lo mejor sería confiarse a la reina madre y pedirle consejo. Aquella noche a solas pensaba en el billetito y no le disgustaba. El rey, que estaba a su lado, le preguntaba qué le sucedía y ella callaba y repetía con un acento raro: «Nada, señor».

Sabía el rey, sin embargo, que había algo nuevo, y como más tarde preguntara al enano don Guillén, éste dijo:

—Son los *Pepos.*

Para conjurarlos el enano quemó simiente de espliego en un plato que puso en un rincón.

Al día siguiente fue María Luisa a comer con la reina madre y a los postres le mostró la carta. Viéndola inquieta, la madre le aseguró que no valía la pena que se atormentara y que cualquiera que fuera el origen de la carta ella tranquilizaría al rey si llegaba el caso. Le gustaba a la suegra hallar a la princesa de Orleans tan turbada y tener en su mano su tranquilidad. La madre le habló de la falta de sucesión al trono y como vio que María Luisa rompía en llanto no quiso insistir.

Aquel mismo día la reina cumplía dieciocho años y hubo por la noche concierto en palacio. Por entonces el enviado del príncipe de Brandenburgo arreciaba con apremios legales para recobrar la fuerte cantidad que España le debía. Por fin le prometieron pagarle un anticipo de cincuenta mil coronas del dinero de la flota de Indias que llegaba aquellos días. Le aconsejaron que fuera a Sevilla y el delegado salió muy diligente.

Dio entretanto la junta de Estado orden al presidente de la Casa de Contratación de Sevilla de que no le pagara al de Bradenburgo un ochavo ni tampoco se lo negara formalmente. Debían entretenerle con palabras.

Volvió el delegado a Madrid algunas semanas después con la furia imaginable y los administradores de la Hacienda renovaron sus promesas dando nuevos plazos y no cumpliéndolos nunca. Al final el enviado comunicó al príncipe de Brandenburgo, su señor, lo que sucedía y éste le ordenó que regresara porque se proponía recurrir a medios más ejecutivos. El delegado transmitió al duque de Medinaceli el acuerdo de su señor e insistió todavía en cobrar todo o parte del dinero adeudado. Medinaceli abría grandes ojos y decía:

—¿Medios más ejecutivos?

Le daba risa que un príncipe tan débil en estados y armas se atreviera a amenazar y se lo dijo y añadió que, sin embargo, comprendía el atrevimiento porque un príncipe que pudiera ser considerado enemigo no osaría tanto, ya que su provocación podría ser tomada en serio. La pequeñez del príncipe de Brandenburgo era su defensa.

Entonces el delegado habló de la alianza con Francia y recordando para sí Medinaceli los versos que los sicilianos hicieron a la ciudad de Mesina con motivo de su reciente sublevación, no pudo menos de soltar a reír. Los versos decían:

> *Da questo sol comprendi hoggi el tuo fallo*
> *che, da figlia di un aquila regina*
> *degenerar l'ha fatto in vil gallina*
> *se per difesa tua chiami el gallo.*

La traducción era: «Sólo por esto puedes comprender tu fracaso: que siendo hija de un águila imperial (España) degeneras en vil gallina si para tu defensa llamas al gallo» —es decir, a Francia.

Medinaceli recordaba aquellos versos y contenía la risa con dificultad, pero al fin prometió cincuenta mil coronas a pagar en cuatro plazos mensuales y le dijo al de Brandenburgo que con este fin podía y debía quedarse en la corte. El delegado, sospechando que no le pagarían, rehusó. Medinaceli le ofreció treinta mil coronas en mano y estaba el delegado a punto de aceptar cuando el duque le dijo que «naturalmente tendrían que pagarle en reales de vellón». Aquello equivalía a advertirle que la promesa era vana y entonces el enviado del príncipe montó en cólera y dijo a los que se hallaban presentes lo que pensaba del rey y de cada uno de sus ministros. Luego añadió:

—¿Qué se puede esperar de un rey que *cría* y vive de limosnas como he visto en las iglesias donde hay cepillos con el letrero *para la casa real?*

Era verdad. Hasta allí llegaba el desprecio de la corte y de la casa del rey por el pueblo. Porque aquello no era humildad sino desdén. Un monstruoso desdén superior a todas las formas de decoro.

La noche antes de marcharse el delegado recibió de su majestad como regalo una cadena de oro que valdría ciento cincuenta pistolas, pero la devolvió diciendo que no recibía regalos de mendigos. Al saberlo Medinaceli comentó: «Es templado ese agente de Brandenburgo. Tiene su geniecito». Volvieron a enviarle otra cadena con frases corteses y el delegado la devolvió diciendo con sarcasmo que temía perderla durante el viaje y no quería arriesgar una joya de tanto valor. Un secretario de Medinaceli le hizo saber que no debía preocuparse porque no perdería gran cosa ya que era de oro muy bajo, es decir, más bien de cobre.

Salió el enviado de Brandenburgo jurando y blasfemando como un energúmeno.

Cosas parecidas sucedieron en aquellos días, más o menos, al enviado de la casa de Saboya y al conde de Balbo con los gobernantes españoles, así como a representantes de Sicilia y de los Países Bajos. La administración española esparcía alrededor del planeta los motivos más escandalosos y crudos de resentimiento sin salir de sus miserias económicas y políticas, porque a lo largo y a lo ancho de la península la gente moría de hambre. Esto era verdad al pie de la letra. Artesanos y obreros caían desvanecidos en sus lugares de trabajo y algunos morían horas o días después. Otros que no se resignaban salían armados a los caminos u ordenaban a las personas poderosas que pusieran dinero en ciertos lugares so pena de perder la vida.

Todos los caminos de la nación eran inseguros, entonces. Entretanto los nobles salían de noche con cincuenta lacayos llevando hachones de cera perfumada con distinto aroma, de modo que por el perfume la gente sabía si era Medinaceli, Fernán Núñez, Villahermosa, Osuna o quién.

Seguían los motines frente a los lugares donde se vendían víveres. Y, al mismo tiempo, las intrigas de la corte cesaban para preocuparse todos únicamente por la falta de sucesión. El rey estaba haciendo, como siempre, lo que podía para ofrecer un heredero a la corona. Eso decía él.

Por uno de esos casos de clarividencia que tienen a veces los débiles mentales el rey adivinó que tenía algún motivo para sentir celos (la misiva anónima de amor) y comenzó a sospechar del embajador francés. Ordenó que las inmunidades y franquicias que gozaba el marqués de Villars fueran suprimidas, igual que las de Inglaterra. Al saberlo el embajador escribió al rey lo siguiente: «Debo recordar a vuestra majestad los privilegios que el embajador español tiene en la corte francesa: puede visitar al rey a cualquier hora del día y de la noche sin pedir audiencia, hablar al rey y a la reina antes que los demás cortesanos y sin esperar turno, ir a cazar con el rey, asistir a todas las fiestas de la corte sin necesidad de ser invitado. Está autorizado a llevar seis caballos en su carroza, lo que está prohibido a los demás nobles nacionales o extranjeros dentro de París. La señora del embajador va con la reina en el coche oficial, es invitada a comer con ella en determinados días del año. El embajador francés en Madrid no disfruta en cambio de ninguna de esas ventajas». Finalmente pedía que suspendieran la decisión real mientras la comunicaba a su señor y llegaba de Fontainebleau la respuesta.

El rey Carlos confirmó el retiro de las franquicias sin esperar la respuesta del rey francés. A fuerza de recelos, indagaciones, tanteos en las sombras se había enterado del billete amoroso recibido por la reina y lo atribuía a una intriga del embajador Villars. Más tarde, al recibir noticias del rey de Francia protestando contra el trato que se daba a su embajador, el rey español se limitó a decir:

—Está bien. Que me quiten a ese embajador *gabacho* y me traigan a otro.

Luego preguntó una vez más por qué en sus comunicaciones el rey francés se llamaba a sí mismo *cristianísimo* y llamaba al de España su *católica majestad*. El nuncio le respondía con vaguedades y con alusiones a la depravada corte francesa.

La iglesia en Francia tenía siempre una puerta abierta hacia el lado de la herejía, según el nuncio.

Insistió el marqués de Villars en recuperar las franquicias y el duque de Medinaceli le respondió con la frase sacramental: «Veremos lo que el Consejo del Reino dispone y puede vuestra excelencia contar con los buenos deseos de su majestad y con los míos». Como la corte de París presionaba a través de la reina, don Carlos decidió suprimir las franquicias diplomáticas a todos los ministros y embajadores acreditados en Madrid. Así el *gabacho* no podría quejarse.

Todos los reinos tomaron represalias con los embajadores españoles y el rey don Carlos al saberlo comentaba:

—¡Quién lo pensara y cómo es pequeño el mundo!

Por consejo de Medinaceli se retractó el rey Carlos y devolvió al embajador francés sus inmunidades, pero sólo a él. Considerando luego que aquello parecía un privilegio excesivo, devolvió las franquicias a todas las representaciones diplomáticas en la corte. Esta decisión causó asombro y regocijo y no se hablaba de otra cosa.

Fueron los embajadores a cumplimentar al rey y éste los recibió en el lecho imitando al duque de Medinaceli, pero vestido y con el sombrero puesto. Desde el lecho les habló de la tradicional generosidad de la corona española. Dijo otras cosas con una especie de impersonal altivez que a pesar de todo los diplomáticos encontraron todavía natural, dada la grandeza tradicional de la corona española.

Era cierto que, a pesar de la pobreza del tesoro, las pensiones que pagaba la corona dentro y fuera de España a sus amigos públicos o privados o a las viudas de sus héroes no dejaron de pagarse nunca, aunque alcanzaban cifras de veras cuantiosas.

El rey, cuando se fueron los diplomáticos, preguntó cómo es que no le habían cambiado aún el *gabacho*.

Pocos días después hizo a su esposa el regalo de tres caballos alazanes que le enviaron de Andalucía. La reina quiso probarlos en el parque mientras el rey miraba desde un balcón. El primer caballo comenzó a hacer cabriolas en cuanto sintió a la reina encima y por fin la derribó. Uno de los pies de María Luisa quedó enganchado en el estribo y el caballo se encabritaba y arrastraba a la reina por el suelo.

El accidente fue de veras dramático y puso en grave peligro la vida de María Luisa.

Había en Castilla leyes especiales según las cuales ningún hombre podía tocar el cuerpo de la reina y mucho menos por los pies, en los que sólo ponían sus manos las meninas para cambiarle los zapatos. Sin embargo, dos caballeros llamados don Luis de las Torres y don Jaime de Sotomayor resolvieron ayudar a la soberana viéndola en peligro y uno pudo coger el caballo por la brida mientras el otro desenganchaba el pie del estribo. La pobre, con un pie en alto y el cuerpo arrastrando, mostraba la mitad inferior de su persona del todo desnuda. Una vez alzada del suelo la reina, los dos caballeros salieron de palacio y tomando los corceles más veloces huyeron a brida suelta. Sabían que por haber puesto su mano en el cuerpo de la reina y visto sus más íntimos encantos tenían sus vidas en peligro.

El rey, que lo había presenciado todo desde el balcón, estaba frenético, pero no sabía contra quién. De vez en cuando maldecía al marqués de Villars como si tuviera la culpa. Medinaceli acudió a la cámara real para tratar del problema que planteaban los salvadores de la reina. «Cúmplase la ley», repetía don Carlos, taciturno y sombrío. Quería decir que podía mandar matar a los dos caballeros donde los hallaran.

El conde de Peñaranda, que era amigo de los fugitivos, se acercó a pedir gracia al rey, pero éste dijo:

—No veo la razón en que yo pueda apoyarme para conceder la gracia.

Mientras el conde, hombre honrado y con gran fama de ascetismo y religiosidad, le insistía, el rey pensaba, sin oírle: «Portocarrero, el cardenal, tiene razón en lo que me dijo un día sobre las humillaciones de los monarcas». Y seguía pensando que Dios se había valido de aquellos caballeros para humillarlo en lo más delicado e íntimo. Y tenía intención de perdonar a aquellos dos caballeros agentes de Dios, pero no podía cambiar súbitamente de parecer porque eso iba contra la gravedad de la soberanía real.

—Con arreglo a la ley esos caballeros son criminales —dijo.

—Se condujeron noblemente, señor.

—Entonces son nobles, pero todavía criminales. Dos criminales nobles, es verdad, y si como nobles los aplaudo, como criminales no puedo hacer nada en su favor.

Lo decía determinado, sin embargo, ya a perdonar. Después pensaba que si la reina hubiera llevado ropa interior habría sido menos mal. Otras reflexiones barrocas se le ocurrían. Pensaba también que su esposa no llevaba casi nunca aquellas prendas que eran obstáculos contra la impaciencia del esposo amante. Se sentía el rey culpable una vez más, suspiraba y decía a Medinaceli:

—La providencia nos castiga a veces con la substancia misma de nuestros más caros afanes. ¿No lo crees?

Por fin accedió el rey a perdonar a los caballeros fugitivos con la condición de que no volvieran a ponerse en presencia de la reina bajo pena de muerte y fueron desterrados a sesenta millas de la corte.

Pero don Carlos no podía tolerar que aquel criminoso suceso quedara del todo impune. Hizo responsable al caballo alazán que derribó a la reina y fue condenado a muerte. Leyeron la sentencia al reo, que escuchaba impasible, levantaron una horca especial que tolerara su gran peso y en ella fue colgado el pobre animal hasta que murió. Esto sucedió en un rincón del parque. Desde sus ventanas el rey veía balancearse su cuerpo y se decía profundamente satisfecho de su propio sentido moral: «No puede quedar impune un hecho tan infausto. El mundo irracional debe a las princesas de sangre los mismos respetos que el mundo de los hombres. O más respetos, todavía».

Como se puede suponer, se habló de aquello y los partidarios de la casa de Francia decían que el hecho, extravagante y todo, tenía antecedentes en otros países y tiempos y en todo caso reflejaba sólo el desorden interior de un alma enamorada. Los de Austria, encabezados por la reina madre, lo consideraban una necedad. Alguno llegó a acusar a la reina joven de haber hechizado al rey, pero, a vueltas con esta sospecha, pronto llegaban a la conclusión de que a la casa francesa le interesaba más que a nadie tener un heredero legítimo de la corona española y entonces no sabían qué pensar.

Había que hacer, sin embargo, algo urgente y radical para tratar de curar al rey de su esterilidad y en eso estaban los de Medinaceli de acuerdo y también, aunque con menos decisión y fervor, los partidarios de Viena.

Sucedió aquellos días un pequeño incidente incómodo. A la hora de acostarse el rey fue a su alcoba y vio el lecho abierto y con señales de haber sido ocupado, pero sin la reina. Anduvo buscándola por las habitaciones inmediatas y por fin la encontró. Estaba la reina a su vez buscando una perrita *spaniel* que tenía y que solía dormir con ella.

Dijo el rey que no era tarea para María Luisa, reina de España, andar por la noche a oscuras detrás de una perra. Diciendo estas palabras dio un puntapié al animalito, que gritó como si lo mataran. La reina reconvino a su esposo y el rey se enfadó y por la mañana salió a cazar sin llevar a la reina consigo ni decirle adónde iba. A veces murmuraba para sí: «He hecho mal en tratar de ese modo a la perrita porque la reina la quiere». Se prometió como compensación volver a llamar a María Luisa en la intimidad *pimpinelette*. A ella esto último le gustaba. Al fin y al cabo la *pimpinelle* era una flor.

Durante aquel día la reina se asomaba a la ventana a ver si volvía el rey y la duquesa de Terranova la obligaba a retirarse diciendo: «Una vez más debo recordarle que no es costumbre que la reina de España se asome a ventanas ni balcones».

—¿Ni siquiera para ver si el rey viene?

—Para eso estoy yo aquí, señora, o cualquiera de las damas de honor. Nosotras nos asomamos y se lo decimos.

Cuando volvió el rey, María Luisa fue a esperarlo en el primer rellano de las escaleras y lo abrazó delante de los alabarderos aunque aquellas efusiones públicas no eran acostumbradas en Castilla. El rey subió las escaleras con una risa histérica y pavoneándose al pasar frente a los espejos. Aprovechó aquella disposición del monarca la princesa de Orleans para conseguir el perdón del duque de Osuna, de quien le había hablado ya antes la embajadora francesa.

Se hicieron en aquellos días nombramientos nuevos. El duque de Albuquerque, hombre valiente y navegador, como general de mar, y el duque de Villahermosa como gobernador de Flandes. Sabía Medinaceli que eran sus adversarios, pero le dejaba aquellos consuelos políticos a la reina madre. Y esperaba que por rivalidad y deseo de contrariar las esperanzas del privado lo harían mejor que otros. Porque Medinaceli, perezoso y escéptico, podía ver la verdad sin embargo por caminos tortuosos.

Todo el mundo se extrañó de que fuera nombrado jefe de

la contaduría mayor un hombre como fray Ramírez de Are-
llano, que había estado en opinión de loco e incluso recluido
en un manicomio, pero el fraile fue compañero de juegos de la
infancia del rey, quien lo estimaba mucho. Es verdad que
cuando estaba con S. M. el fraile se conducía de una manera
menos lunática. Así y todo no podía evitar alguna impertinencia. Por ejemplo, a veces le decía:

—Eres alguien porque los otros no son nada, señor. Y estás un poco loco también, lo mismo que yo, por muy monarca
que seas. Además, yo no estoy loco sino hechizado.

Puso el rey una gran atención en aquellas palabras. Lo
mismo se decía de él.

—¿Qué clase de hechizo? ¿Cómo te lo dieron?

—Con la comida. Con el chocolate de la tarde.

—¿En qué consistía el hechizo?

—Mezclaron con el chocolate partes de un cuerpo humano.
De un cuerpo humano sin vida. Sesos de un ajusticiado.

Se miraban atónitos. Fray Ramírez continuó:

—Es una manera que está de moda ahora entre las mujeres, para dar hechizos a los hombres. Ya no se usa la pas-
tilla de benjuí.

—¿Y qué mujer te dio el hechizo?

—Una mujer judía. Es decir, según me dijeron, que yo
no la conozco. Todo lo que hice fue firmar un papel para la
Suprema de Barcelona.

Se informó al rey y cuando supo que aquella mujer estaba
en manos de la Inquisición pareció satisfecho. Pero no le
dijeron en qué tribunal ni en qué ciudad.

—Al menos sabemos que la quemarán, señor —repetía el
fraile, contento.

Desde que fray Ramírez le hizo aquella confidencia el rey
se negó a tomar chocolate y pidió que un clérigo asistiera a sus
comidas y bendijera los alimentos. A veces levantaba con el
tenedor una loncha de jamón y la rechazaba diciendo que
debajo habían puesto benjuí.

—¿Cómo lo sabe vuestra majestad? —preguntaba el maestresala, duque de Castellflorit.

—Por sorsticia.

—¿Qué clase de sorsticia, señor?

—Hidromancia —y miraba la copa de agua abstraído tratando de leer en ella.

Entonces intervenía el cardenal Portocarrero con cubeta e hisopo y bendecía en latín. El rey le pedía que volviera a bendecir el otro lado de la carne porque temía que al darle la vuelta la virtud de la bendición anterior se desvaneciera.

Y preguntaba cuándo se celebraría el auto de fe en el que sería penitenciada la hechicera de su amigo. El cardenal no lo sabía, pero le prometía informarse.

Odiaba la reina joven los autos de fe, pero asistía por obligación cuando no había más remedio.

No olvidaba el rey las concesiones que había hecho al cuerpo diplomático, especialmente al embajador francés, quien seguía siendo a pesar de todo el marqués de Villars. De vez en cuando el rey decía a Medinaceli:

—¿Todavía no me han cambiado al *gabacho?*

El duque se disculpaba y le daba alguna noticia, siempre mala. Epidemias en Cuenca y en Ciudad Real, centenares de campesinos muertos de hambre en la provincia de Cádiz —feudo de los Medinasidonia— o en el reino de Granada, o la traición de algún noble en Sicilia o en Nápoles. Las noticias que llegaban a la corte eran siempre adversas. El rey las oía y se encogía de hombros:

—Debe ser la voluntad de Dios. ¿Es que se puede hacer algo contra la voluntad de Dios?

Tenía la reina dos loritos que hablaban francés y el rey se mostraba contrariado y solía decir a Medinaceli:

—¿Has oído a esos loros? Ayer vitoreaban a Luis XIV en mi propia cámara. Al rey bailarín que mueve las caderas en el escenario para complacer al pueblo que le aplaude.

Mostraba el rey a la duquesa de Terranova su disgusto por los loritos, que llevaban su impertinencia a repetir con motivo o sin él: «*Monsieur, je vous en prie*», o bien: «*Vive le roi Louis XIV!*».

La sombría duquesa tomó en serio la aversión del rey y una noche, en ausencia de la reina, pidió los loros a la doncella que los cuidaba y allí mismo, sin que nadie pudiera evitarlo, les retorció el cuello. Las pobres aves estiraron una pata y el ala contraria y murieron.

Al preguntar por ellos la reina, dijo la duquesa lo que había sucedido y María Luisa se quedó un momento callada y perpleja y de pronto le dio a la duquesa dos bofetadas muy sonoras. La duquesa estuvo un instante sin aliento y después le dijo todas las impertinencias que su rabia castellana le dictaba. Salió de la habitación dando voces, convocó a las otras damas y doncellas nobles de servicio y con un séquito de más de trescientas se dirigió a los aposentos del rey y le contó a don Carlos lo sucedido.

Mandó el rey llamar a la reina y allí delante de todas las mujeres le dijo con severo continente:

—Señora, ved lo que su excelencia vuestra camarera me dice. ¿Es verdad?

—Es verdad, señor.

—¿Tenéis alguna explicación que me ayude a comprender, señora?

—La tengo.

—Veamos...

La reina callaba y el rey repetía: «¿Se puede saber?». Por fin María Luisa dijo con una timidez pudorosa:

—No pude evitar pegarle a la duquesa porque fue un antojo de preñada, señor.

Esas palabras dieron un giro inesperado al incidente.

El rey abrazó a su esposa con alegría diciéndole que había hecho bien y que si aquellas bofetadas no bastaban podía darle a la duquesa dos o tres docenas más. Al oír esto la Teranova retrocedió algunos pasos prudentemente. El rey estaba seguro —dijo— de que la duquesa tenía bastante amor a los reyes para tolerar cualquier deseo de la reina pensando en el futuro de la dinastía.

—En lo sucesivo —añadió dirigiéndose a las otras damas del servicio— respetad la destemplanza de la reina porque es consecuencia de su estado y es el que conviene al servicio de la casa real.

Hizo un regalo valioso a la duquesa, como compensación.

Se habló mucho de aquello y todo el mundo sabía que era una mentira hábil de la reina, menos el rey, que se hacía ilusiones.

Era costumbre que después de las Pascuas los reyes fueran a Aranjuez y se quedaran allí algún tiempo. El traslado de la corte a aquellos reales sitios comportaba muchos gastos y no había entonces un céntimo en las arcas reales. Fray Ramírez contador mayor, se disculpaba:

—No pagan los arrendatarios de las contribuciones y los cepillos de las iglesias los roban los sacristanes.

Para justificar el hecho de no ir a Aranjuez, aquel año el duque de Medinaceli dijo a la corte que había algunos casos de viruela.

Así, pues, no hubo jornada de Aranjuez.

Las bofetadas de la reina dieron resultado y la duquesa de Terranova la trataba con consideración y llegó al extremo de aconsejar al rey que le diera alguna libertad teniendo en cuenta que las costumbres de su país eran muy diferentes. Miraba a los perros —la reina tenía dos *spaniel*— con respeto. Cuando el rey los encontraba a su paso los apartaba con el pie diciendo:

—Afuera, afuera, perros franceses.

Y la duquesa de Terranova le recordaba que aquellos perros eran de raza española.

Por entonces comenzó don Carlos a hablar de la necesidad de dar algún entretenimiento público y gratuito al pueblo para ayudarle a conllevar las miserias y de hacer rogativas contra la sequía que producía daños en el campo. Creía que se podían atender las dos cosas con una quemazón de herejes en la Plaza Mayor. Sería barato y edificante.

Tanto insistió el rey que de la noche a la mañana apareció un *edicto de gracia,* que solía ser el primer paso para una nueva redada de la Inquisición. Se invitaba a las personas que habían cometido actos de herejía a confesarlos voluntariamente en la seguridad de que serían absueltos o tratados con benevolencia, pero se les exigía a cambio del perdón que acusaran a otras personas sospechosas. Por ese procedimiento el Santo Oficio conseguía bastante información.

Luego vino la segunda parte, es decir, el *edicto de fe,* que era una orden, bajo pena de excomunión, para que los súbditos de Carlos denunciaran formalmente a las personas culpables de transgresiones graves, especialmente a los judaizantes.

El primer edicto era, pues, una promesa y el segundo una amenaza. La Iglesia se conducía entonces de un modo dialéctico. El *edicto de fe* ordenaba a los católicos viejos que denunciaran a aquellas personas que observaban la festividad judía del sábado poniéndose ese día trajes festivos y camisas y cofias limpias, a los que arreglaban sus casas el viernes por la noche y encendían cirios antes de la hora acostumbrada. Debían denunciar también a los que cocían alimentos el viernes para comerlos el sábado a la manera judía y a aquellos que cuando ayunaban comían sólo al oscurecer, especialmente los lunes y los martes.

Otras muchas costumbres revelaban al falso converso, es decir, al cristiano nuevo o *marrano,* y el edicto las enumeraba cuidadosamente: los que en tiempo de la Pascua comen pan sin levadura acompañado de lechuga y apio, los que guardan la fiesta de los tabernáculos que cae en septiembre y rezan con la cara vuelta hacia el muro moviendo la cabeza de arriba a abajo. Los que limpian demasiado la carne, si le quitan la grasa, si le quitan el nervio del corvejón, si queman las uñas al cortárselas o las entierran o las guardan, si matan las aves cortándoles el cuello y recitando oraciones.

Si cuando matan animales grandes cubren la sangre con cenizas o con tierra, si bendicen a la manera judía llamada *baraha,* si evitan comer cerdo, liebre, conejo, aves estranguladas y peces sin escamas. Hay que denunciar a aquellos que cuando muere algún pariente comen huevos duros y aceitunas en el suelo o en alguna mesa baja... si escancian agua de jarras sobre jofainas grandes para que el alma del muerto acuda a lavarse y si al comer pan arrojan alguna partícula al fuego. Si hacen adivinaciones para los recién nacidos, si no los bautizan o si una vez bautizados los lavan de nuevo especialmente en la nuca para quitarles el crisma. Si dan a los niños nombres del Antiguo Testamento o los bendicen imponiendo las manos, si los agonizantes se vuelven contra el muro, si lavan el cuerpo del muerto con agua caliente, si recitan los salmos sin el *gloria patri* final. Y otros detalles escrupulosamente clasificados.

Pero no todos los judíos eran penitenciados. Algunos que tenían riquezas compraban con dinero la impunidad. Y no sólo eso. Entre otros, el judío don Ventura Dionis había comprado en sesenta mil coronas el derecho de ingresar como caballero de la Orden de Santiago. Su hijo obtuvo precisamente en los días del edicto de fe el título de marqués, que don Carlos le vendió en cincuenta mil coronas, con las cuales, por cierto, fue posible levantar un regimiento de los cuatro necesarios. Don Carlos decía que con aquello no hacía más que imitar a su tatarabuelo.

La gente inquieta comenzaba a rumorear y a dar información en voz baja. Algunas personas desaparecían y nadie preguntaba cómo ni adónde habían ido.

Se desenvolvían los procesos de la Inquisición bajo el mayor secreto y era una de las razones del terror que la Suprema infundía en todas partes. Los testigos iban enmascarados y no tenían siquiera que decir su nombre.

Eso facilitaba las declaraciones y las venganzas personales.

Las mujeres, incluso las que estaban embarazadas, eran torturadas y castigadas igual que los demás, sin consideración a su estado. Y la Inquisición no creía hacer nada de eso caprichosa ni cruelmente. Para salvar el alma había que torturar y a veces destruir el cuerpo, unas veces *per se* y otras *in capur alienum*. El suplicio físico era para ellos una broma y la Suprema era piadosa incluso en las torturas, porque dañaba al cuerpo para salvar el alma, que era lo que importaba.

Entre los suplicios más frecuentes figuraba el *estripade* —desgarro—, que consistía en arrojar a las víctimas desde una viga a la que estaban atadas pero sin llegarse a permitir que apoyaran los pies en el suelo. El reo se estiraba para apoyarse, el verdugo daba tirones hacia arriba y de ese modo la víctima se producía relajaciones musculares y hernias.

Se usaban también los cordeles, los garrotes y el famoso potro.

Otros suplicios había, entre ellos el del agua y el del fuego. Los inocentes que no tenían nada que confesar suplicaban que les dijeran de qué los acusaban para confesar lo que el tribunal quisiera, pero aquello era contra las normas de la Suprema y algunos morían en el tormento por no saber decir exactamente las palabras que los inquisidores esperaban.

La convicción y el propósito de enmienda tenían caracteres diversos, como en los abjurados *de levi* o *de vehementi.* Si a éstos, una vez en libertad y cumplida la condena, los volvían a arrestar por herejías, se les consideraba como *relapsos,* lo que representaba la hoguera sin apelación.

Otros castigos eran la cadena perpetua u otras prisiones graves y aunque la cárcel era considerada como una *casa de penitencia* o *de misericordia,* equivalía a la sepultura en vida y los reclusos morían pronto. A veces personas jóvenes, especialmente mujeres, desaparecían de ese modo y nadie, ni siquiera sus padres, se atrevían a hacer ninguna diligencia sabiendo que estaban en manos del Santo Oficio.

Los edictos de la Inquisición dieron en seguida una nueva cosecha de reos además de los que estaban *puestos en adobo* hacía tiempo, como decía fray Ramírez.

No pasó mucho tiempo sin que las listas de las personas que iban a ser penitenciadas aparecieran a la entrada de los templos acompañando a cada una su delito y diciendo quiénes iban a ser quemados vivos, quiénes muertos —después de agarrotados— y quiénes quemados en efigie por hallarse ausentes y en fuga.

La gente se impacientaba y comenzaba a preguntarse cuándo sería celebrado el auto de fe.

Listas de otros penitentes menores seguían a la de los reos relapsos. Figuraban también entre estos últimos dos que, habiendo muerto en el tormento y sido enterrados, debían ser exhumados y conducidos a la hoguera según la sentencia, es decir, que iban a ser quemados dos cadáveres de relapsos sacados del cementerio.

Una de las víctimas condenadas a la hoguera por judaísmo era una muchacha de dieciséis años muy hermosa. Ramírez, el fraile, decía al rey:

—Podría ser que esa fuera la prójima de los sesos en el chocolate.

Y los dos reían suponiendo que iba a pagar con su lindo cuerpo las hechicerías de su mala alma.

—Bueno, yo no la he visto nunca —confesaba el fraile—. Sólo la conozco de oídas, por lo que me dijo el familiar de la Inquisición que me trajo la noticia del jicarazo.

Así llamaban al hechizo puesto en el chocolate.

Llegó por fin el día de la quemazón. El lugar se había preparado como siempre en la Plaza Mayor con estrados, andamios, graderías y escaños para la multitud además de los penitenciados y las autoridades.

Se publicaron, según costumbre, promesas de indulgencias menores y mayores para los que asistieran al acto. Las indulgencias mayores, es decir plenarias, eran para los que llevaran leña a las hogueras.

Entre el estrado de los penitentes y sus confesores y los de las autoridades había púlpitos, un altar tapizado de negro y amarillo y diferentes instalaciones para los suplicios y las ejecuciones. Algunos de los concurrentes, para conseguir indulgencias plenarias, solían llevar una ramita o astilla y la depositaban en los haces de leña de los quemaderos. No decía la ley canónica la cantidad de combustible necesario para obtener aquel beneficio y suponían que cualquier astilla bastaría. Allí donde aparece una ley aparece un casuista.

Algunos, al pasar, arrojaban en el haz de leña un mondadientes y creían merecer la salvación eterna.

A las seis de la mañana salió la procesión encabezada por cien hombres del pueblo armados con picas y mosquetes. Eran la mayor parte leñadores o cargadores y tenían el privilegio de abrir paso porque eran los que proveían la leña para las hogueras.

Seguían los frailes dominicos con una cruz blanca.

Detrás iba el estandarte de la Inquisición llevado por el duque de Medinaceli de acuerdo con un privilegio concedido a la familia desde hacía siglos. El estandarte era de color escarlata bordado en un lado con las armas del escudo del emperador y en el otro con una espada desnuda rodeada de una guirnalda de laurel.

Seguían los grandes de España y los familiares de la Suprema.

Detrás iban las víctimas sin distinción de sexos según la importancia y gravedad de los castigos. Los sentenciados a penas leves, con la cabeza y los pies desnudos. Llevaban el sambenito amarillo, una gran cruz de San Andrés pintada en el pecho y dos más pequeñas en la espalda. Detrás iban los condenados a azotes y a prisión o a galeras. Los que escaparon de morir en la hoguera pero no en la horca —por haber confesado sus delitos aunque después de sentenciados—, iban detrás. Éstos no sufrían el fuego porque serían antes estrangulados. Llevaban un sambenito con llamas hacia abajo y una coraza de algo más de una vara de altura en la cabeza y con las mismas llamas pintadas muy a lo vivo, pero invertidas.

Los reincidentes o relapsos y todos los que iban a ser quemados vivos iban detrás, vestidos como los anteriores, con la diferencia de que llevaban las llamas en dirección ascendente y agunos diablos pintados entre ellas. Los anteriores y éstos, es decir, todos los que iban, de un modo u otro, a morir, llevaban un fraile a cada lado exhortándoles en voz alta y mostrándoles un crucifijo.

Cualquiera que fuera su pena los reos llevaban una antorcha encendida y de vez en cuando decían aduladores: «¡Viva la sacrosanta religión!». Otros se limitaban a vitorear al rey don Carlos. Sus compañeros respondían: «¡Viva el rey don Carlos y la Suprema!». Naturalmente, éstos eran casi siempre reos de penas leves. Los condenados a morir sabían que no tenían remedio y no se molestaban en *mostrarse virtuosos.*

Algunos reos de muerte, especialmente los condenados a la hoguera, iban fuertemente amordazados para evitar que dijeran blasfemias o respondieran con insultos y procacidades a los que los ofendían a su paso. Otros simplemente para que no vomitaran, cosa que sucedía con incómoda frecuencia.

Detrás de las víctimas vivas aparecían las de papel y cartón en forma de grandes muñecos pintados simulando las personas condenadas a la hoguera a quienes no habían podido apresar. En aquellos muñecos estaba escrito su nombre y pintado algún signo particular de la persona.

Aquellas efigies daban un aire de carnaval a la comitiva y detrás de ellas iban todavía dos ataúdes conteniendo los restos de los que habían muerto en el tormento y fueron sentenciados en todo caso al fuego.

La procesión se detuvo porque encontró al rey con su séquito que se dirigía a la Plaza Mayor y tuvieron que dejar paso. Al ver al monarca algunos pendones se inclinaron y a su vez el rey se descubrió.

Una cabalgata compuesta por los consejeros de la Suprema, los inquisidores y el clero de la ciudad, cerraba la procesión. El gran inquisidor era el último. Iba vestido con hábitos color violeta, cubierto con alto parasol y escoltado por una guardia personal armada hasta los dientes.

Cuando la procesión llegó a la plaza y cada cual hubo tomado asiento, un cura comenzó a decir la misa y el gran inquisidor se dirigió a los reyes y les hizo repetir el juramento por el cual se comprometía el monarca a defender en todo caso y bajo toda circunstancia a la santa *Inquisición*.

Después el mismo juramento fue repetido por la asamblea entera puesta en pie. El rey decía en voz baja a la reina:

—¿Ves? Mi reino está en manos de Dios y por eso ni a nosotros ni a nuestra nación puede sucedernos mal alguno.

Sólo faltaba, para que la dicha fuera completa, que ellos dieran al reino un infante heredero.

Durante la lectura de las sentencias los penados escuchaban de rodillas dentro de una especie de jaula. Luego volvían a sus sitios. Si se trataba de un reo de muerte el público gritaba y lo insultaba como en los toros a los malos lidiadores.

Se impacientaba el rey y se rascaba una rodilla o se pellizcaba el labio inferior. Pero trataba de verlo todo.

Había tantas hogueras como condenados a las llamas y efigies o cadáveres llevados en sus ataúdes.

Mientras comenzaban las penitencias sonaban timbales y trompetas de un modo lastimero y doblaban a agonía las campanas de algunos templos. Suspiraba el rey y decía:

—Pronto se llenará el aire del humo de la carne hereje, que es el incienso más grato al Señor, según me dijo el inquisidor general.

Estuvo el sermón a cargo del cardenal primado: «Quiera el altísimo Dios, el Dios terrible y justiciero, incrementar el fuego de la venganza y perdonar el alma de los que van a ser quemados vivos para santificar la unidad de su Iglesia y la grandeza de su nombre. Quiera Él ayudarnos a verter la sangre de sus enemigos y a castigarlos según sus crímenes. Quiera también el gran Dios tenernos en su gracia mejor que nunca y digamos como dice Él en sus santas Escrituras: "Alegraos naciones, alégrate pueblo escogido, porque el Altísimo vengará la sangre de los justos, nos vengará y se vengará de sus adversarios y absolverá la tierra nuestra y al pueblo que la habita..."».

Luego seguían los más violentos dicterios, no tanto para edificación del pueblo católico como para humillación y vejamen de los convictos, a quienes la Inquisición hacía pagar sus faltas de respeto contra la Iglesia y sus dogmas y mandamientos y derechos.

Le decía el rey a la reina, mientras oían el sermón del cardenal primado, que los predicadores españoles eran los mejores del mundo y que los envidiaban las demás naciones. En cuanto a Portocarrero, su elocuencia le venía de familia.

Eran tantos a veces los penitenciados que el auto duraba todo el día y seguía durante la noche. Entonces los que tenían víveres por haberlos llevado de su casa comían allí. Otras veces el rey enviaba a los grandes de España cestitos con viandas. Algunos vendedores callejeros ofrecían alimentos y vino. También se vendía el agua. Los mismos que vendían agua tenían orinales cuyo alquiler y uso costaba dos cuartos.

En todo caso nadie abandonaba sus puestos hasta el final. Lo mismo sucedía en las corridas de toros que se celebraban también en la Plaza Mayor empleando una parte de las mismas instalaciones del auto de fe, es decir, los andamios y graderías.

Sólo los reos que habían sido relajados, es decir, entregados al brazo secular, conocían de antemano exactamente su destino porque se les había comunicado el día anterior, al pasar de los calabozos de la Inquisición a los de los condenados por los tribunales civiles.

Acabadas las lecturas de las sentencias, en las cuales se hacían definiciones casuísticas del sacrilegio y se decía si éste era aprendido por *arte notoria* —es decir, por inspiración natural— o por *ciencia paulina* —por falsa revelación y por éxtasis satánico—, las penas eran diferentes. Condenaban a las *jorguinas* que adivinaban por la tierra, los huesos de los muertos y por el fuego. Finalmente se leían las sentencias de muerte.

Estos últimos reos eran llevados a las diferentes hogueras por piquetes de soldados que eran necesarios para protegerlos de la furia de las masas, aunque éstas les habrían dado una muerte tal vez más piadosa. Pero además de los reos de muerte aparecieron ocho soldados llevando dos ataúdes viejos con el forro de tela negra podrido y colgando en jirones.

Dejaron los ataúdes al pie de los postes y el verdugo los abrió. Sacó del interior de cada uno algo como un largo muñeco que tenía forma vagamente humana. Era el cadáver de un relapso y lo ató al poste. Cuando estaba atado el primero de ellos se le desprendió la cabeza. El verdugo la recogió del suelo y la volvió a poner sobre los hombros golpeando después el cráneo con la mano abierta de un modo familiar.

Desde su sitio la reina se negaba a mirar y el rey le decía en broma:

—¿Eso de no mirar es una opinión, *gabachita?*

Ella miraba entonces por complacerle, muy pálida.

El auto duró catorce horas, es decir, que no terminó hasta entrada la noche. Los reyes asistieron hasta el final. Y al pasar los reos de muerte delante de los reyes la muchacha hermosa que iba a ser quemada se dirigió a la reina y dijo:

—Noble reina, ¿no puede tu influencia salvarme de todo este espanto y horror? Yo recibí la religión hebrea con la leche de los senos de mi madre, sin que mi voluntad interviniera para nada. ¿Y debo morir por esto?

Volvió la reina su cabeza hacia el rey, más pálida aún, y el monarca negó dos veces. Añadió entre dientes, disgustado:

—Esa es cuestión ya de los *carrascos.*

Así llamaba a los verdugos a la manera portuguesa. Luego buscó con la mirada a fray Ramírez y no lo pudo encontrar. Dijo entre dientes a la reina:

—Creo que esta mujer hechizó a un santo varón, aunque no estoy seguro y podría ser otra.

Siguió su camino la comitiva lentamente y cuando los reos de muerte estaban sobre la leña de sus hogueras el mismo rey se levantó y ni lento ni apresurado —como le enseñaron sus preceptores cuando era niño— descendió algunos peldaños hasta prender fuego a las piras. Era un honor reservado al rey o a los principales dignatarios de las cortes extranjeras.

Delante del poste que tenía atado un cadáver medio momificado el rey vaciló un momento, palideció, volvió a mirar y arrojando la antorcha encendida sobre la leña volvió a su puesto un poco demudado. Luego decía al lado de la reina:

—El muerto segundo tenía la boca demasiado abierta. Y me dio aprensión.

Cerca del rey estaba el duque de Medinaceli con su hábito de la Orden Tercera y no lejos el almirante de Castilla, hombre del partido del difunto bastardo, descendiente de reyes castellanos y de la familia de los Enríquez. No parecía complacerse en aquellos espectáculos el almirante.

Era dado a la galantería y escribía versos. Estaba impaciente por la duración del auto de fe y deseoso de marcharse.

En aquella fiesta de la Plaza Mayor había una mayoría de cortesanos en favor de Medinaceli, incluido el viejo duque de Villahermosa, que había sido hasta hacía poco partidario de la reina madre. Era hombre valiente y, lo que es raro en una naturaleza guerrera, suave y amable. Las casas de Haro, Guzmán y Sessa estaban también. Sus mayorazgos se veían en un balcón a la altura del estrado de los reyes y a su derecha.

Uceda, que era el único partidario de la reina madre que estaba presente, se asomaba en otro balcón a la izquierda con muchos lacayos y caballerizos al pie de la casa.

La reina madre no asistió porque aquellos espectáculos, según decía, le daban desgana y vapores.

Decía el rey a María Luisa que prefería que emplearan en las hogueras leña seca y no verde porque los reos sufrían menos siendo la combustión más rápida y también porque la leña seca hacía menos humo y se podía ver mejor al penitenciado, sobre todo cuando se le reventaba el vientre estallando como un balón de goma y caían las entrañas en el fuego.

Era noche muy avanzada cuando todo terminó y el olor de carne asada se extendía por la ciudad. La princesa de Orleans tenía ganas de llorar y el rey le decía una vez más que las reinas de España no lloraban en público aunque podían llorar, lo mismo que el rey, en privado.

—¿Tú también, señor? —preguntó ella—. Quiero decir si lloráis a solas.

—Oh, sí, yo también. Pienso en El Escorial y lloro. El que no llora es el rey tu tío, porque cuando está triste se viste de astro solar y baila.

Estaban en los aposentos de ella y callaban. Por fin el rey
añadió:

—Tienes que venir a El Escorial, un día.

—¿A El Escorial? —preguntó ella asustada.

Pasaron la noche juntos y de vez en cuando uno de ellos
decía que percibía olor de carne quemada. Entonces el otro
tomaba un frasquito de perfume y se tocaba con el tapón en
las narices.

El día siguiente el rey llamó a fray Ramírez y le preguntó:

—¿La viste arder?

—No era ella. La que me hechizó a mí vive en Barcelona
hace un año por lo menos. La Inquisición la tiene allí recluida
in vehementi.

—Vaya —comentó el rey, defraudado.

—Estaba yo en la casa de los locos de Sarriá y vino un
familiar del Santo Oficio con un papel donde se decía que yo
había sido hechizado. Lo firmé y me pusieron en libertad. Yo
firmé el papel, es todo lo que hice: firmar un papel sobre el
hechizo. Y don Antonio Torrejón se lo guardó en la manga y
se fue.

—¿Quién es Torrejón?

—Uno de los tres inquisidores de Barcelona. Se guardó el
papel y se fue. En el papel estaba el nombre de ella: Irene no
sé cuantos. No he vuelto a saber más de ella.

Pocos días después iban los reyes a la iglesia de Atocha
cuando un pordiosero se acercó a la ventanilla de la reina a
pedir limosna. El rey estaba fuera de sí porque le oyó disculparse en francés —el desdichado era de aquella nacionalidad.
La duquesa de Terranova, que iba en el coche, dijo al mendigo
que saliera de la ciudad y de España si estimaba su vida.

El rey, excitado, respiraba con dificultad y exclamaba de vez
en cuando:

—¡Oh, y cómo se acercaba con el bonete en la mano, el
gabacho!

Luego decía que tal vez no era francés sino alguno de los
caballeros que vieron desnuda a la reina el día del accidente con
el caballo alazán.

Algunas semanas después los reyes pasaban por el centro

de la ciudad y dos miembros de la embajada de Holanda, al encontrar la carroza real, detuvieron la suya con respeto. Iba el coche aparejado a la francesa —eso fue lo peor— y sus ocupantes se acercaron a la ventanilla por el lado de la reina y se inclinaron hasta barrer el suelo con el sombrero.

La carroza real aceleró la marcha y casi los atropelló. El rey, furioso, repetía que aquellos dos eran los caballeros del accidente con el caballo alazán y que lo mejor sería ahorcarlos igual que ahorcaron al caballo.

Después la duquesa de Terranova envió a decir a la embajada de Holanda que no aparejara a la francesa ni se acercaran en ningún caso a la carroza de los reyes si la encontraban en la calle, y menos por el lado de la reina.

Fue el embajador de Holanda con el cuento al marqués de Villars, se armó algún revuelo y al saberlo la duquesa trató de halagar al diplomático francés diciéndole que el rey gustaría de verlo más a menudo en palacio. Desde las bofetadas de la reina la duquesa probaba a ser tolerante de vez en cuando.

Un día la reina dijo, doliente, que no le habían dado desde que llegó a Madrid dinero de bolsillo y que para hacer una caridad tenía que pedir prestado a la duquesa. Tenía la reina la obligación de ser generosa, especialmente con sus sirvientes, y su falta de dinero representaba una mortificación constante. Al saberlo el rey soltó a reír y dijo: «Mi *gabachita* dando sablazos». Le pedía luego que se descalzara el pie izquierdo y lo acariciaba y lo besaba: «El pie del lado del corazón que les está prohibido tocar a mis caballeros bajo la pena de muerte». Y volvía a hablar de los que habían tocado aquel pie amenazándolos con la horca.

Aquello parecía excitarle, al rey, que se consideraba vencedor de una rivalidad realmente imposible.

Necesitaba la reina enviar a Francia a alguna de sus doncellas que languidecían en Madrid y también a un espolique galo. Nada podía ser más grato a los ojos del rey, quien dio orden de que les libraran en seguida dinero de costas y viáticos. Después asignó a la reina para gastos personales quinientas pistolas al mes. Esa cantidad le fue pagada a la reina la primera vez, pero no la segunda. El oro y la plata no se veían por parte alguna. Los pocos ingresos fiscales que los nobles concesionarios dejaban llegar a la contaduría eran en forma de moneda menor: reales, cuadernas, cuartos y ochavos. Como la reina protestaba de que no le dieran su dinero, acudieron de la contaduría con dos sacos de monedas sucias y de valor ínfimo.

Lo supo el rey y mandó hacer una investigación. El duque de Medinaceli dijo que hacía tiempo que no llegaba a la contaduría sino moneda baja de cobre y que no habría oro ni plata hasta que llegaran los galeones de Indias. Contaban con aquello para pagar las pensiones y embajadas, ya que aquellas monedas eran las únicas que tenían circulación fuera del país.

El único lugar adonde el rey iba a menudo y sin gastos, porque sólo se desplazaban con él los guardias de corps, era a El Escorial. Iba pocas veces porque la reina se negaba a ir a aquel lugar donde un día sería enterrada.

Una mañana se levantó el rey con ganas de gobernar, preguntó cuáles eran los precios de algunos artículos y viendo que los zapatos costaban ocho veces más que cuando fue coronado dio orden de que volvieran a venderse al precio que tenían entonces. Protestaron los zapateros ante el consejo de Castilla diciendo que mientras el cuero les fuera vendido al precio que tenían que pagar sería imposible obedecer al rey. Los que hablaban así fueron arrestados y los otros obligados a retirarse.

Entonces algunos fabricantes y comerciantes de calzado se arruinaron, otros abandonaron el negocio y comenzaron a verse por las calles gentes descalzas. Los alcaldes de corte les ordenaron que volvieran a fabricar zapatos y entonces hubo motines frente a la casa del condestable de Castilla y éste se vio en tales apuros que convocó a los fabricantes de cueros y trató de arreglar la cuestión. Al fin, y después de muchas diligencias el rey permitió a los zapateros y a los vendedores de cueros mantener los precios abusivos y revocó una vez más sus propias órdenes.

Era la segunda vez que Carlos trató de gobernar en su vida. La primera fue cuando retiró la inmunidad diplomática a los representantes de las otras cortes en Madrid.

Entretanto la reina no sabía qué hacer con sus sacos de

reales de cobre y se consumía de impaciencia y de enojo.

Cuando don Carlos veía a su esposa demasiado triste le proponía de nuevo ir a El Escorial y ella negaba y palidecía. El rey decía que si insistía tanto en llevarla a El Escorial era porque quería curarla, y ella pensaba: «¿De qué me quiere curar el rey?». Cuando supo que el rey quería curarla sólo de su miedo a El Escorial respiró, tranquila.

Desde el Buen Retiro la reina madre había reagrupado entretanto a algunos de sus antiguos partidarios y, aunque tímidamente, ensayaba alianzas personales y desarrollaba intrigas menores dentro y fuera de España.

Siendo la política de la reina madre contraria a los intereses de Francia, no le disgustaba en el fondo al rey, y a solas por la noche se decía a veces complacido: «El marqués de Villars cultiva a mi madre. Ahí tiene el babieca del embajador ahora a su reina madre tratando a sus espaldas con Austria, con Suecia y con otros aliados». Y reía a solas. Su risa a distancia parecía llanto y la reina acudía a consolarlo y le preguntaba qué le sucedía. Porque Carlos II, como otros reyes, solía llorar por la noche cuando se quedaba solo.

En todas partes se producían hechos infaustos: en Milán, en Nápoles, en Sicilia, en las fronteras mismas de la península. Luis XIV, a pesar de sus tratados, movilizaba tropas. Enterado de las conspiraciones secretas de la reina madre española se adelantó a tantear las resistencias en varios lugares, incluida Cataluña, y se apoderó de Gerona y de Barcelona.

La nación se alarmaba.

El rey no podía concentrar ejércitos porque no tenía con qué pagarlos. Y veía el estrago sin poder hacer nada. Los nobles, los alcaldes, los regidores, los miembros del Consejo de Estado de Castilla y las jerarquías eclesiásticas tenían todos los monopolios, incluso los más productivos, como los del chocolate y la harina. Todo el mundo blasonado se enriquecía secreta e ilegalmente mientras la nación iba a la ruina y muchas familias pobres morían de hambre sobre el surco o en las puertas de los talleres cerrados por la incuria y el desorden.

Era la situación internacional entonces tan crítica que el embajador inglés fue llamado urgentemente a Londres por su monarca. Al saberlo don Carlos, que estimaba al diplomático inglés, le envió como regalo la cadena que había rechazado el enviado de Brandenburgo.

En lugar de viajar por mar, el embajador fue por tierra para recibir informes de los agentes británicos en Francia. Y sucedió algo que merece ser notado.

Mientras las tropas francesas ocuparon Cataluña, la Inquisición dejó de funcionar en aquella región. Y las personas presas en los calabozos de la Suprema fueron liberadas y se apresuraron a escapar de España. En esa tarea les ayudaron los oficiales y jefes del ejército francés de invasión.

Hizo noche el embajador inglés en una hostería del Bearn, donde encontró un cura español desertor de la iglesia de Roma, quien dijo que había en la población dos muchachas españolas salvadas de los calabozos de la Inquisición de Barcelona. Y que aquellas muchachas contaban cosas extrañas. Una de ellas era de familia aragonesa conocida del sacerdote. Se llamaba Irene Ballabriga y el cura llevó al embajador a verla.

Ese sacerdote, padre Gavín, era de la provincia de Huesca, había colgado los hábitos y se proponía ir a Inglaterra. El embajador inglés habló con la muchacha y tomó notas de la conversación para unirlas a sus informes sobre España.

Estaba al principio la muchacha cohibida y atemorizada, pero el padre Gavín le dijo: «No tema usted porque estamos en Francia y no en España. Aquí puede usted abrir francamente su corazón a un compatriota como yo». Ella, que conocía a la familia del padre Gavín, se apresuró a decir que lo haría de la mejor gana y comenzaría por contar la ocasión y manera de su arresto por la Suprema.

«Yo fui —decía Irene— un día con mi madre a visitar a la condesa de Altamira en Barcelona y allí encontré a don Francisco Torrejón, que era un dominico segundo inquisidor del Santo Oficio. Después de tomar chocolate, el dominico me preguntó mi edad, mi parroquia y otras cosas de poca importancia al parecer. Pero luego pasó a hablarme de los problemas de la teología y del misterio de la Trinidad que yo no supe explicar a su gusto. Comencé a asustarme. El aspecto grave de aquel sacerdote me imponía y al darse cuenta el padre le dijo a la condesa que me convenciera de que no era tan severo como la gente decía.»

Escuchando a la chica el embajador recordaba la procesión de los penitenciados y al duque de Medinaceli llevando la cruz blanca unas veces y otras el estandarte escarlata. El embajador era hombre alto y flaco, todo él atención y reposo; parecía haber nacido para mirar y escuchar. Encontraba a la muchacha muy hermosa y sus maneras agradables y «de clase». Podría haber sido —pensaba a veces— su hija. Irene seguía hablando:

«Después el inquisidor me acarició el cabello y me dio a besar su mano, lo que yo hice con el mayor respeto. Cuando se fue me dijo: "Querida niña, no te olvidaré hasta la próxima vez que nos veamos. Yo no di importancia a aquellas palabras".»

Oyendo estas cosas el embajador inglés pensaba en el rey Carlos y la reina María Luisa, cuyas interioridades conocía. Todos eran ricos entre los nobles españoles menos el rey, aunque en todo caso el rey, pobre y todo, no moriría de hambre en la calle como algunos desventurados a quienes el embajador había socorrido a veces desde su coche.

Acercaba Irene una bandeja con dulces y vino y seguía: «No hay duda de que el fraile dominico se acordó de mí porque la noche siguiente, estando en casa ya acostados, oímos llamar muy recio a la puerta. La doncella fue a la ventana y cuando preguntó quién era le respondieron: *La santa Inquisición*. Yo me levanté de la cama y corrí a llamar a mi padre gritando: "¡Estoy perdida!". Mi padre se levantó y preguntó de qué se trataba. Viéndome llorar pensó que tal vez había algún motivo para temer a los inquisidores.

»Mi padre mismo fue —continuó ella— a abrir la puerta de par en par como otro Abrahám para ofrecer su hija al fuego de Dios. Pero lloraba también. Estaba seguro de que yo había cometido, queriendo o sin querer, algún crimen contra la religión. "Hija, no escandalices, decía, y hágase la voluntad de Dios".»

Oyendo estas cosas el padre Gavín decía al embajador que Irene venía de una familia más hidalga. Pero no tanto que pudieran hacer nada contra el Santo Oficio. En definitiva nadie, ni siquiera el rey, podía nada contra la Suprema.

«Los guardias de la Inquisición —siguió ella— me dieron

tiempo para vestirme y luego me metieron en un coche negro y me llevaron a la casa de la Suprema, que era un enorme palacio. Yo decía a los corchetes: "Que avisen al conde de Altamira, amigo de mi padre, que conoce al rey". Pero nadie me oía. Estaba segura de que me matarían aquella misma noche y por eso cuando vi que me llevaban a una habitación bien amueblada, cómoda y sin carceleros, me quedé bastante extrañada.

»Los guardias me dejaron allí y poco después apareció una doncella con una bandeja de pasteles, golosinas y una jarra con agua de canela. Me dijo que debía tomar algo antes de acostarme. Yo no podía comer nada y le pregunté cuándo me matarían. "¿Morir? —dijo ella riendo—. ¡Qué bobada! Usted no viene aquí a morir sino a vivir como una princesa. Y ahora no piense en tonterías. Acuéstese y duerma tranquila, porque mañana verá usted maravillas en esta casa, y como a mí me han ordenado que la sirva, espero que usted se mostrará bondadosa y benigna conmigo".»

El embajador inglés conocía a algunos inquisidores de Madrid y recordándolos con su apariencia de varones bien cuidados y con sus rostros sanguíneos pensaba: «Esos tipos físicos de los inquisidores no son producto de la castidad, ni mucho menos». Pensándolo bebía un sorbo de vino de Jurançon y escuchaba a la muchacha, quien seguía: «Yo quería hacer más preguntas, pero mi doncella me dijo: "Señora, esta noche no le diré más y lo único que puedo asegurarle es que no vendrá nadie a molestarla. Duerma en paz y no sea bobita". Luego me dijo que era hermosa y otras tonterías y halagos. Añadió que le diera permiso para retirarse y hacer algunas diligencias y que no tardaría en volver porque su cama estaba en el cuarto próximo y al lado de la puerta.

»Yo no podía darme cuenta de mi situación y en aquella suspensión de ánimo la doncella volvió, cerró la puerta y me dijo: "Señora, vamos a dormir como lironcitos y dígame antes a qué hora quiere mañana el desayuno". Le pregunté su nombre y me dijo que se llamaba María. "Por Dios, María —le rogué—, dime de una vez si van a matarme o no." Ella me respondió: "Ya le he dicho que usted ha venido aquí a vivir como una de las criaturas más felices y venturosas de la creación. Nadie piensa en matarla y menos con esa gracia y buen talle de vuesa merced".»

Mientras Irene hablaba el embajador miraba al padre Gavín, quien por haber servido a la Inquisición en Zaragoza conocía, según dijo, secretos parecidos. Irene continuaba: «Como vi que María me respondía a disgusto y era tarde me encomendé a Dios y a la Virgen de Montserrat y me fui a la cama. Pero no pude dormir en toda la noche, atenta a los rumores y ruidos de fuera. Rezaba constantemente preparándome a lo peor».

El embajador anotó algo en un cuadernito que tenía conteras de plata.

Irene a veces vacilaba en medio de una frase, pero el rostro animoso del embajador y la expresión atenta del cura la tranquilizaban y seguía: «Me levanté al día siguiente con las primeras luces y María siguió durmiendo hasta las seis, ya que era verano. Entonces, viniendo a mi lado, me preguntó si quería el desayuno y si acostumbraba a tomar chocolate. Le dije que hiciera lo que quisiera y media hora después vino con una bandeja, dos tazas y algunas galletas. Desayunamos juntas. "María —le dije—, ¿puedes decirme por qué me han traído aquí?" "Todavía no, señora —dijo ella—. Pero tenga un poco de paciencia y sobre todo no llore, que eso le marchita los ojos." Después de esto se marchó.

»Una hora después volvió con dos canastillas llenas de ropa de Holanda, encajes y cintas. Sacó de ellas enaguas, medias de seda, un vestido rojo y otro azul. Había más cosas, todas para adorno de una dama de calidad. Entre ellas apareció de pronto una polvera que tenía pintada en la tapa una miniatura de laca con la figura de don Francisco Antonio de Torrejón. Yo creí comprender entonces lo que sucedía. Y pensé que rehusar aquel objeto sería lo mismo que condenarme a muerte estando como estaba en manos de la Inquisición y que si lo aceptaba le daría a don Francisco buenas noticias contra mi honor.

»Pero encontré un término medio y así le dije: "Por favor, María, dile a don Francisco que no habiendo podido traer conmigo mis vestidos anoche es forzoso aceptar los que me ofrece para ir decentemente cubierta, pero que esa caja de

aseo y tocador no la necesito porque no uso afeites y así le
ruego que me excuse si la devuelvo".

»María se fue con esa comisión y poco después volvió
trayendo un pequeño retrato con marco de oro y diamantes en
las esquinas. Y María me dijo que estaba equivocada y que
don Antonio me rogaba que aceptara aquel obsequio en
prueba de amistad. Mientras yo calculaba qué era lo que
podía hacer, María me dijo: "Por favor, señora, siga mi
pobre consejo y acepte todo lo que le envíen porque si no se
arrepentirá y no tendrá bastantes lágrimas para llorarlo en
toda su vida, ¡mire usted que yo sé bien lo que pasa aquí!".

»"Oh, Dios mío —pensé comprendiendo de qué se trataba—. ¿Tendré que desgraciar mi juventud y arruinar mi
vida?". Entonces, después de grandes reflexiones y lágrimas
y pasear el cuarto en todas direcciones, le dije a la doncella
que le contestara a don Francisco lo que le pareciera, pero que
no olvidara que era doncella de casa noble y que tenía padres
honrados y otros deudos que pensaban en mí.

»Pareció María contenta con mis palabras y corrió a llevárselas a don Francisco. Volvió minutos después y me dijo
que su señoría me honraría con su presencia a la hora de la
cena y que no podía venir antes porque tenía negocios que le
obligaban a salir de casa. Entretanto me rogaba que le permi-
tiera tomarme medida para una serie de vestidos a mi gusto.
Podía pedir también lo que quisiera, segura de ser servida a mi
placer porque en aquella casa, que era un gran palacio, había
de todo.

»La doncella María añadió: "Señora, desde ahora puedo
llamarla mi dueña y le aseguro que habiendo estado en este
menester y oficio los últimos catorce años sé muy bien lo que
pasa aquí a cualquier hora del día y de la noche. No me pregunte más, porque por ahora no podría responderle, pero
permítame que le dé algunos consejos: en primer lugar, no re-
sista a los deseos de su señoría. Entre hombres y mujeres eso
es natural y nadie ha decretado nunca nada contra los gozos
del amor. Después, si ve usted a otras señoras por ahí no les
pregunte por qué las han traído, que tampoco ellas le pregun-
tarán. Usted jugará y reirá con ellas y gozará de los placeres
de este noble encierro, pero no se atreva ni a quejarse ni a

hablar de cómo ni de quién la trajo. Tendrá a sus horas música y otros recreos. De aquí a tres días comerá con ellas. Todas son damas de calidad, jóvenes y alegres, y como verá usted ésta es la vida más feliz y descuidada del mundo. Nunca se le ocurrirá buscar alegrías fuera ni añorar las que dejó. Y cuando llegue el día, si ha de llegar, como suele suceder, los padres dominicos la enviarán a usted fuera del reino y la casarán con un hidalgo. No mencione a las otras damas el nombre de don Francisco ni el suyo tampoco. Si encuentra aquí alguna amiga a quien conoció usted antes en la ciudad, no se dé por enterada ni les diga una palabra de su propia familia ni pregunte por la de ellas. No hable sino de materias indiferentes e impersonales y no olvide nada de lo que estoy diciéndole porque el olvido podría costarle caro".

»Estas palabras me dejaron confusa y cuanto más pensaba, más me parecían cosas de encantamiento, como en las novelas. Estaba segura de que a pesar de todo y por una razón u otra me matarían. Después de repetirme aquellos consejos María me dejó sola diciendo que iba a preparar mi almuerzo. Cada vez que salía cerraba la puerta por fuera, con llave. En mi habitación había sólo dos ventanas desde las cuales —que estaban bastante altas— no podía ver nada. Buscando por el cuarto, abrí un armarito que estaba lleno de libros de materias profanas y me entretuve hasta la hora de comer leyendo narraciones de amor. Eran lindas aunque muy licenciosas.

»Cuando volvió María y comenzó a poner la mesa le dije que tenía sueño más que hambre y que prefería acostarme y dormir. Pero antes le pregunté si estaba entre nosotras, en aquella casa, alguna persona mágica como Urganda la Desconocida. Yo había leído *Amadís* y a veces pensaba que Urganda podría ser ella, digo, mi doncella. Aquello le dio una gran risa y luego me preguntó a qué hora debía despertarme. Le dije que en dos horas y dormí, lo que fue un cierto alivio en mi situación.

»Al despertar encontré puesta y servida la mesa con todas las cosas que más yo podía desear y apetecer. Después de la comida, María me dijo que si quería algo debía llamar tirando de un cordón que hacía sonar una campanilla lejana, y se fue.

Creía yo de veras que todo aquello era cosa de magia porque tenía el ánimo suspendido y vacía la mente, no pensaba siquiera en mis padres y comenzaba a acostumbrarme a mi situación, no sé explicar cómo. Algo más tarde vino la doncella y me dijo que don Francisco no tardaría en volver a casa y que entonces vendría a visitarme.

»A las siete de la tarde don Francisco llegó bastante galán y adornado y no como un inquisidor sino como un alegre amante. Me saludó con respeto y halago y me dijo que había decidido venir a cenar conmigo y que lo deseaba más que nada en el mundo, pero debía disculparse porque aquella noche tenía asuntos muy graves e inesperados de los que dependía la vida de dos personas. En todo caso no podía menos de venir a saludarme por respeto para mí y mi familia y para advertirme que el motivo de mi prisión era que algunos hombres que me habían pretendido y requerido de amores, al parecer sin éxito, me habían denunciado a la Inquisición en materias de hechicería buscando seguramente mi ruina. Uno de ellos había firmado una acusación legal. Estaba informándose o, por mejor decir, se había informado ya y las circunstancias eran de veras delicadas. El que me acusaba era nada menos un religioso de la orden de San Francisco. Podría ser condenada a la hoguera si la acusación prosperaba, pero él había intervenido por amor a mi familia y a mí. La ejecución había sido aplazada. Así dijo ni más ni menos. *La ejecución*. Cada una de sus palabras era un golpe terrible, como se puede imaginar, y sin saber lo que hacía me arrojé a sus pies llorando y le pregunté: ¿Hasta cuándo han aplazado la ejecución?

»Él tardaba en contestar y por fin dijo: "Esto te lo puedes contestar tú misma, hija mía, porque depende de ti. Hay una acusación concreta de hechicería firmada por un religioso, que, como te digo, ha perdido la razón y que te conoció hace tiempo. Aunque ese religioso es amigo de S. M. el rey, ya digo que todo lo que sucede dependerá de ti". Después de decir estas palabras me deseó una noche feliz y se fue. Yo me quedé sola llorando y llamando a mi padre y a Dios pero quien acudió fue la doncella. Le dije: "Amiga mía, estoy perdida. Dime cuándo será mi fin". "Vamos, vamos —me dijo ella—, deja para otro día las hogueras de los relapsos, que eso es solamente para las niñas que se oponen a los deseos de los santos padres, y no para usted, que está dispuesta a obedecer al padre Torrejón, ¿verdad?".

»"No sé qué pensar —le dije temerosa—, porque lo que su señoría me ha dicho me ha puesto fuera de mí. Entró aquí con dulzura y amistad, pero después de decir lo de la hoguera se marchó como enfadado." La doncella me dijo: "Usted no conoce a don Francisco. Es el hombre más dulce del mundo para los que lo quieren bien. Ahora tranquilícese y venga a comer, que todo está dispuesto. Después se acostará y ojalá sueñe con don Antonio".

»No pude ya dormir pensando en el aplazamiento conseguido por don Antonio Torrejón y en el tiempo que los reos tardaban en ser liberados de sus sufrimientos por la muerte. Recordaba haber oído que sólo duele la primera quemadura de la piel y que después no se siente el fuego. Es decir, que los sufrimientos no son de hecho tan terribles ni atroces como parecen.

»Al día siguiente María dijo que las personas que eran condenadas a la hoguera solían pasar antes por otros suplicios y que si le prometía no decirlo a nadie ella me mostraría cuáles eran aquellos suplicios porque lo sabía muy bien. Ella sabía todo lo que sucedía en la casa. Curiosa y espantada, yo me dejé llevar a un cuarto oscuro que tenía una puerta de hierro. En el centro había un gran brasero y sobre él un enrejado caliente al rojo. Pregunté para qué era aquello y María, sin decir nada, suspiró y me llevó de la mano a otro cuarto donde había una rueda grande con cuchillos y navajas y cuerdas y ganchos. Luego abrió la tapadera de una tinaja y me mostró dentro algunas culebras que levantaban la cabeza soplando. Volvió a cerrar y saliendo a un pasillo me dijo: "Ahora, querida, yo te diré el uso de esas cosas que acabas de ver y otras que hay en los cuartos próximos. Pero no tengas miedo, bobita. El brasero y la parrilla al rojo son para hacer sentar en ellos a los que desobedecen a los santos padres. La rueda, para los que hablan contra la Iglesia. A esos los tienden ahí y dan vueltas despacio hasta que mueren. Las culebras, para los que faltan al respeto y a la veneración debida a las imágenes y a las personas eclesiásticas. Y, sobre todo, para los que hablan de lo que sucede en esta casa. Pero no tengas miedo, rosita de mayo".

»Me dijo que otro día me enseñaría los tormentos que sufrían los pecadores públicos y los transgresores de los mandamientos de la santa madre Iglesia. Yo le rogué por Dios que no me enseñara ninguna otra cosa porque las que había visto me ponían el corazón apretado y me sentía enferma. Así volvimos a mi cuarto.

»Allí María me llamó *ramito de albahaca* y me aconsejó que no discutiera nunca las opiniones ni resistiera a los deseos de don Francisco. En ese caso nada tendría que temer del brasero, de la parrilla calentada al rojo ni de las culebras. Y volvía a llamarme con palabras halagüeñas como *bobita* y *azucena de amores*. Yo estaba tan fuera de mí y tan horrorizada que prometí a la doncella seguir su consejo y le di las gracias por sus bondades y sus advertencias.

»"Si eso es verdad —me dijo alegremente—, ¿por qué tantos suspiros y lágrimas? Tranquilízate y alégrate porque no conocerás sino placeres, alegrías y toda clase de recreos y contentos. Desde hoy mismo, tal vez. Se puede decir que tienes suerte, criatura. Ahora déjame que te ayude a vestirte y a engalanarte porque pronto tendrás que ir a desayunarte con don Francisco". Yo pensé que aquella invitación era un gran honor para mí y un alivio para las turbaciones de mi alma. Tal vez habría todavía alguna clase de esperanza. Preguntándolo a María, ella volvió a reír y me besó de nuevo.

»Me vestí y fuimos a las habitaciones de don Francisco, que estaba todavía en la cama. Don Francisco pidió a María que me desnudara y entonces me ordenó que entrara en la cama con él y me sentara a su lado.

»Obedecí temblando y el inquisidor mandó a María que se fuera y volviera dos horas más tarde con el desayuno.

»Pueden ustedes suponer lo que sucedió. Aproximadamente a las diez llegó la doncella y me sirvió a mí arrodillada en el suelo como si yo fuera una gran dama o una reina. Primero me rogó que sirviera a su señoría y así lo hice. Luego me serví a mí misma. Y ella, es decir María, me llamaba con un acento reverente *rosita de abril* y otras cosas parecidas.

»Terminado el desayuno, María me pidió que saliera de la

cama y me dejara vestir. Ya vestida y bajo la mirada amistosa de don Francisco, que seguía en su cama, la doncella me llevó a otra habitación más suntuosa aún que la primera. Las ventanas eran bajas y daban a un ameno jardín cerrado con verjas sobre el río. María me dijo: "Ayer eras un capullito y ahora te has convertido en una rosa temprana. Las señoras jóvenes de esta casa van a venir antes del almuerzo a saludarte y después te irás al refectorio a comer con ellas —María unas veces me tuteaba y otras me trataba de vuesa merced o de usarced o usted—. No olvide los consejos que le di el otro día sobre la manera de conducirse. No cometa la imprudencia de contarle a nadie sus cuitas. No hable de la manera de venir aquí ni de lo que ha sucedido, no hable de sus temores ni de sus esperanzas, porque cualquier palabra en ese sentido podría agravar terriblemente su situación estando como está acusada de hechicería por un santo religioso que se llama fray Ramírez o algo parecido".

»Por si aquello no bastaba me recordó la tinaja de las culebras, que era el lugar donde metían a las jóvenes damas que hablaban más de lo permitido.

»Luego me besó otra vez, me dijo que era una mujer cumplida y no una bobita como antes y no había terminado de hablar cuando vi un alegre tropel de muchachas que entraba en mis habitaciones. Todas comenzaron a besarme, a abrazarme y a alegrarse con mi compañía. Nadie presentaba a nadie. Mis habitaciones consistían en una ancha antesala, un dormitorio mayor aún y dos cuartitos roperos. Yo no sabía lo que me pasaba viendo mis aposentos llenos de tanta y tan ruidosa compañía, pero todo eran palabras amables a mi alrededor. Pensé que estaba en un internado de doncellas nobles y tan hermosas que de nuevo me decía si no sería obra de Urganda la Desconocida. Todavía miraba a María con recelo sospechando que la encantadora pudiera ser ella misma.

»Una de las niñas, viéndome un poco triste, me dijo: "Señora, la soledad de estos lugares le dará alguna zozobra al principio, pero cuando se acostumbre a nuestros juegos y diversiones se acabarán sus melancolías. Ahora le pedimos que nos haga el favor de venir a comer con nosotras". Les di las gracias y fuimos al refectorio, donde nos sirvieron toda clase de pescados y carnes y después frutas y dulces. El cuarto era grande, con dos mesas a cada lado y otra en el frente, y pude contar cincuenta y tres muchachas, la más vieja de veinticuatro años. Seis doncellas nos servían, pero María me servía aquel día sólo a mí. Yo la miraba de reojo pensando aún en Urganda.

»Después de comer fuimos a una galería que circundaba una torre muy ancha. Estaba la galería cerrada con cristales y celosías. Unas muchachas tocaban instrumentos de música, otras jugaban a las cartas, otras bailaban y así pasamos unas tres horas de recreo. Cerca de mí un grupo de niñas bailaba la pavana y querían hacerme bailar, pero yo estaba aún llena de confusión. Luego jugaron a la silleta de la reina y todo era risa y alborozo.

»Al final María llegó haciendo sonar una pequeña campana. Era la señal para retirarnos, pero María les dijo a todas: "Señoras, hoy es un día de recreo y fiesta y pueden hacer lo que quieran e ir al cuarto que más les agrade hasta las ocho. A las ocho en punto se retirarán a sus habitaciones".

»Todas decidieron venir conmigo y yo, la verdad, me sentí favorecida por aquella preferencia. Entramos en mi antecámara, donde había una gran mesa servida con pasteles, viandas y bebidas refrescantes. Aunque hablaban todas mucho, nadie decía nada que estuviera relacionado con la Inquisición ni con materia religiosa, ni mucho menos con la extraña experiencia por la que pasábamos.

»Transcurrió el tiempo hasta las ocho y entonces se oyó otra vez la campana de María y cada cual se fue a su dormitorio. María me dijo que don Francisco me esperaba y allí fuimos las dos.

»Como se puede suponer, don Francisco volvió a ofrecerme la cama y al levantarme al día siguiente la doncella me llevó a mis aposentos, donde encontré dos vestidos de fino brocado y de seda que no habría desdeñado la dama más exigente. Me puse uno de ellos y cuando acababa de vestirme acudieron las amigas a darme los buenos días. Todas iban vestidas espléndidamente. Hicieron elogios de mis aderezos y pasamos juntas el día. Lo mismo sucedió más o menos durante los tres o cuatro días siguientes.

»Pero una mañana, al venir María a traerme el desayuno, me dijo con una expresión un poco rara y una mirada que me pareció desdeñosa, que me diera prisa a vestirme porque una señora me esperaba en otro cuarto. "¿Qué sucede? —preguntaba yo—. ¿Y por qué me hablas así, María? ¿Es que me he conducido mal? ¿Es que van a matarme, ahora?". Ella repetía con acento impaciente que la siguiera y que no dijera estupideces.

»Aquella vez Urganda ni me besaba ni me llamaba *bobita* ni tenía amistad ni respeto.

»Todavía pensaba yo, sin embargo, que iban a ofrecerme alguna clase de halago y agasajo cuando la doncella me llevó a un cuarto no mayor de ocho pies en cuadro donde había una cama y una joven acostada en ella. "Ésta es ahora su habitación —dijo la doncella— y esta señora su compañera de cama y de vivienda. Mucho cuidado con lo que se habla, ¿eh?".

»Se marchó dando un fuerte golpe con la puerta.

»"Cielos —pensé yo—, ¿qué sucede? Cuando más fuera de peligro me consideraba, volvía a las tribulaciones de los primeros días. Miré a aquella mujer y conseguí balbucear: "¿Qué es eso? ¿Cuándo nos llevarán al suplicio? ¿O sólo me llevarán a mí? He perdido a mi padre y a mi madre, he perdido mi libertad y, lo que es peor, he perdido mi honor y mi alma". Mi nueva compañera, viéndome tan turbada y confusa, me cogió las manos y me dijo: "No llores, deja tu pena y no te quejes, porque no conseguirás sino aumentar tu mal, y si ahora te consumes de dolor podría ser que te consumieras un día en el brasero o en la hoguera. Calla y tranquilízate. Tus desgracias y las nuestras son las mismas. Estás pasando por lo mismo que hemos pasado nosotras antes, pero ten cuidado porque cuando alguna de nosotras protesta, los curas se sienten en peligro y la procesan, juzgan y sentencian como endemoniada. Todos tienen algún cargo contra nosotras guardado en sus cartapacios verdes. Si hablamos en privado o en público contra los inquisidores es más evidente que son los demonios quienes hablan en nosotras. Y no nos vale ya nadie. ¿Comprendes? Hay que andar con cuidado, pero ten ánimo, querida, y confía en Dios. Él encontrará manera de sacarnos de este lugar. Por encima de todo no te quejes delante de María, porque ella es el único instrumento de nuestra desgracia. Ten calma y más tarde te diré lo que te sucede, porque estoy viendo que no lo entiendes aún".

»Me senté en la cama y ella me dijo: "Hoy no comemos con las otras y tal vez tendremos ocasión de hablar antes de la noche. Si es así, estoy segura de que encontrarás alguna luz en mis palabras".

»Tantas cosas me dijo Leonor —ése era su nombre— que cuando algún tiempo después vino María con la comida, yo me sentía una persona bastante diferente y después de comer —la comida era muy inferior a la que me habían dado antes— otra doncella vino a llevarse los cubiertos y nos riñó porque habíamos derramado un poco de jarabe de frutas en la bandeja.

»"Ahora —me dijo Leonor— no tengas miedo, que todo el tiempo será nuestro y yo te diré las cosas que te conviene saber. Hermanita, todas hemos pasado por lo mismo y con el tiempo irás conociendo la historia de cada una, como ellas esperan conocer la tuya aunque no lo demuestren. Supongo que María te ha enseñado lugares horribles, aunque no todos, y al pensar en ellos tu confusión era tan grande que te dejaste llevar adonde todas fuimos un día también. Por lo que nos ha sucedido a nosotras vemos que don Francisco ha sido tu Nerón. Es un hombre brutal y mal educado y creo que viene de villanos de la baja ribera del Llobregat. Por los colores de nuestros trajes sabemos a cuál de los *santos padres* pertenece cada una: la seda roja es de don Francisco, la azul de Guerrero y la verde de Aliaga. Ellos acostumbran a dar por galantería esos colores los primeros días a sus mujeres. A nosotras nos mandan mostrarnos alegres y hacer todo extremo de contento cuando llega una muchacha nueva a esta casa, pero después vivimos como prisioneras sin ver a otras personas que las doncellas que nos sirven y a María, que es la esbirra mayor. Comemos tres días cada semana en el refectorio y el resto del tiempo en nuestros cuartos, como hoy. Cuando uno de los santos padres tiene el antojo de alguna de nosotras viene a buscarla y se la lleva. Como somos tantas mujeres la cosa sucede una vez al mes más o menos, a no ser que alguna les dé tanta satisfacción que los santos padres quieran repetir con frecuencia. Algunas noches María deja la puerta de nuestro cuarto abierta y eso puede ser un indicio de que van a venir a buscarnos. Cuando alguna de nosotras está embarazada es trasladada a una sala aparte donde está sola y no ve a nadie más que a María hasta que da a luz. El niño es llevado fuera y nosotras no sabemos dónde está. No hay que protestar porque María no lo permite y si alguna levanta escándalo María la castiga severamente para evitar que los padres la castiguen a ella. Ella tiene sus látigos, no creas, y a veces ha pegado a alguna y desde luego a todas nos dice palabras feas de vez en cuando, las más feas que se pueden decir a una mujer. Tú comprendes. Así estamos siempre bajo un miedo que no nos deja tranquilas. Miedo a la Suprema, a los santos padres, al látigo o a la lengua de María. Yo entré en esta casa a los catorce años y sólo he dado a luz una vez. Somos actualmente cincuenta y dos mujeres jóvenes y se van cada año doce o trece no sabemos adónde. Sé que algunas fueron a la hoguera y por el camino las amordazaban para que no hablaran. En el lugar del suplicio gritaban la verdad de lo que les había ocurrido con todas sus fuerzas y el público las escuchaba y se persignaba diciendo: "Endemoniada, la pobre". Creían que al acusar a los santos padres eran los demonios que hablaban por ella. Como ves, ni la mentira ni la verdad nos vale. Pero, como te decía, de vez en cuando llegan muchachas nuevas y en una ocasión he visto reunidas hasta setenta y tres mujeres aquí.

»"Ha habido algunos casos de defunción, porque si una se pone enferma no llaman a médico alguno para que no se descubra lo que nos sucede.

»"El peor tormento nuestro es la incertidumbre. Cuando alguna mujer desaparece dicen que la han llevado fuera de Cataluña a casarla ricamente, pero yo sé que algunas han perecido en autos de fe. Nosotras nos encogemos de hombros y pedimos a Dios que nos perdone nuestros pecados y al mismo tiempo que nos permita agradar al patrón para que no hallemos la muerte en la hoguera o en el cuarto de los suplicios y en plena juventud. Es lo único que podemos hacer. Hazlo tú también y tal vez salgas un día para casarte y no para la hoguera, que es todo lo que puedes desear, querida."

»Este discurso de Leonor me hizo ver clara del todo mi situación por vez primera. Era espantoso, pero al menos sabía a qué atenerme. Desde entonces estuve un poco más tranquila porque comprender es un gran descanso. Así vivimos juntas Leonor y yo dieciocho meses, durante los cuales once muchachas salieron (para el matrimonio o para la otra vida) y diecinueve más vinieron. Yo sé todas sus historias y podría contárselas a ustedes, padre Gavín y señor embajador, pero no esta noche. Esta noche estoy demasiado fatigada.»

Dijo Gavín que por el momento, y para no hacer más larga la velada, debería terminar la muchacha con su relato si lo tenía a bien. «Después de aquellos dieciocho meses —dije yo—, una noche María llegó y nos mandó que la siguiéramos Leonor y yo. Nos sacó de la casa y nos hizo entrar en un coche cerrado. Entonces sí que pensábamos que era el último día de nuestra vida y yo estaba segura de que nos llevaban a la cárcel secular de los relapsos para ir al día siguiente en la procesión de los penitenciados. Porque el coche era cerrado, negro y acolchado, esto último para que no salieran al exterior las voces, si gritábamos.

»Fuimos a otra casa menos lujosa y allí estuvimos hasta que nos liberaron los oficiales del ejército francés. Yo tuve la suerte de que abriera la puerta el capitán Falcaut, que nos trató con la mayor consideración, se hizo cargo de nosotras y después de hacernos vestir de hombres nos envió a casa de su padre en esta ciudad. Leonor conoció aquí a *monsieur* Bordanave, de Orleans, y se va a casar con él. Yo espero al capitán para hacer lo mismo, bendito sea el Señor. Es un hombre apuesto, honrado y noble. Todavía no acabo de creer en mi buena fortuna.

»Cuando fuimos liberadas la Inquisición dio un decreto según el cual eran reos de muerte todos aquellos que por una razón u otra hablaran o escucharan cualquier clase de difamación de los miembros del Santo Oficio. Al mismo tiempo el arzobispo fue a ver al general francés y le pidió que entregara las mujeres diciendo que eran hechiceras y brujas. El jefe militar le dijo que estaba dispuesto a prestarle al arzobispo la asistencia que necesitara, pero que en cuanto a las mujeres era inútil, porque se las habían llevado los oficiales y al parecer eran hermosas y no pensaban devolverlas. Además, las muchachas parecían felices y la mayor parte se casarían con ellos.

»Entonces la Inquisición publicó un bando acusando una por una a todas nosotras, con nombres y apellidos —quién iba a pensarlo—, de mancebía y de otros pecados y crímenes. Yo lo siento por mis pobres padres, que sufrirán una gran desazón.

»Afortunadamente era demasiado tarde y los frailes no consiguieron rescatar una sola de las mujeres. Yo espero, como he dicho antes, a mi futuro esposo y entretanto vivo con sus padres tranquila y decorosamente, gracias a Dios.»

Así terminó la relación de Irene Ballabriga, conmovida y asustada todavía por la violencia inusual de los hechos y sobre todo por las amenazas de la Inquisición. Gavín prometió a la muchacha avisar a sus padres y darles la buena nueva de su salvación y del matrimonio.

Oyendo a Irene recordaba el embajador inglés a la familia real española y pensaba en la nobleza relajada y en la Iglesia presidiendo los autos de fe en la Plaza Mayor y se hacía a sí mismo preguntas que no se atrevía a responder.

Siguió su viaje a Londres y visitó al rey, a quien transmitió sus informes. El rey exclamaba refiriéndose a Carlos II:

—¡Oh, el gran *dreep,* el augusto badulaque? ¿Adónde cree que lleva a España por ese camino? Es un reino perdido, es una nación acabada.

Ordenó a su embajador que volviera cuanto antes a la corte castellana, donde sin duda iban a suceder hechos de importancia a juzgar por el curso de la guerra con Luis XIV. El embajador volvió a Madrid, pero antes de salir de Londres dejó al padre Gavín en contacto con la iglesia anglicana, que era igual a la católica en todo menos en la disciplina de Roma y en el celibato de los curas. En la iglesia anglicana se casaban y no había Inquisición ni harenes secretos ni públicos. Aunque los protestantes trataban a los católicos también con verdadera crueldad.

El embajador se encontró al llegar a España con una sorpresa. Las hostilidades del rey francés se habían suspendido. Sin embargo, la tirantez continuaba y se esperaban nuevas guerras con Francia en Italia y en otras partes.

La situación de España era todavía peor. Causaba angustia ver la miseria del pueblo.

En algunas de las aldeas por las que pasó el embajador todas las personas que encontró, sin excepción, le pidieron limosna. En general había sólo en las poblaciones rurales una familia que vivía a salvo de la necesidad. Y con ella el cura. Muchos campesinos languidecían sin trabajo y sin alimentos y algunos morían abandonados como pobres animales. Otros se ayudaban entre sí con sus miserables recursos.

En la corte, ni el oro ni la plata se veían por ninguna parte. Alrededor de las casas de los Osuna, Pastrana, Medinaceli, Alba, Fernán Núñez, Albuquerque, había todo un enjambre de mendigos, celestinas, pícaros, truhanes oficiosos, tratando de obtener alguna clase de favor. Algunos, como Osuna, sabían manejar a aquella gente y los enemigos del turbulento duque temblaban pensando en sus rufianes asalariados.

Se podía decir firmemente que en la corte el que no andaba en carroza dorada andaba descalzo. Y el que andaba descalzo iba camino de la cárcel o del cementerio y, si se descuidaba, del quemadero de la Inquisición.

Entretanto la reina María Luisa, sin dinero para sus gastos, repugnaba tocar los reales de vellón, los ochavos y las cuadernas verdosas de orín. Por la noche el rey llegaba silencioso con zapatillas de orillo y al sentirlo ella, resignada, lloraba. Las lágrimas de la princesa excitaban al rey, quien se sentía tan amante en aquellas ocasiones que no la dejaba dormir en toda la noche.

Pero don Carlos había envejecido. Sus ojos de obseso parecían salir de las cuencas y de aquella frente abombada y raquítica colgaba un saco de arrugas entre dos torrentes de pelo femenino que le llegaba a los hombros y que volvía a llevar descuidado y sin peinar. Entre dientes se hablaba otra vez aquí y allá de los posibles piojos del rey. La expresión era: *S. M. cría,* otra vez. Parecía el rey un animal de la especie de los grandes monos y mirándose en el espejo murmuraba, a veces: «Soy una fiera afeminada por el amor». Así lo había dicho el gran don Pedro, que estaba muy enfermo y no podía salir ya de casa.

Quería ir don Carlos con la reina a El Escorial pero María Luisa se resistía porque sabía que El Escorial era un panteón, es decir, un cementerio.

Cuando entraba don Carlos en los aposentos de la reina los perritos *spaniel* se escondían bajo los muebles. Algunas veces se sentían valientes y asomando el hocico le ladraban. Corría entonces la reina a imponer silencio recordando lo que sucedió con los pobres loros.

Por fin logró Carlos llevar a su esposa a El Escorial. Tuvo que insistir mucho en que se trataba del interés del reino.

En cuanto salieron de la vega del Manzanares la sequedad y aridez del campo hicieron decir a la reina:

—¿Qué es lo que cultivan en esta tierra tan abandonada?

El rey contestaba:

—Esta tierra es excelente para plantas como el tomillo, el romero, la retama, la salvia y la ruda. Son hierbas medicinales. También el malvavisco y el perejil y la malva.

Añadió que el espliego y la ruda tenían virtud contra los malos espíritus. La reina no había oído nunca hablar de aquellas plantas.

Desde lejos los edificios de El Escorial no causaron impresión a la reina y sólo al entrar en la llamada Lonja comprendió la grandeza y majestad del lugar.

El primer día el rey le hizo visitar la parte del edificio más ligada a la familia por recuerdos fáusticos o lúgubres. El gabinete de la reina, tapizado de raso azul y rosa con temas pompeyanos de una gran delicadeza, la impresionó especialmente. Había en aquellas habitaciones pinturas italianas de valor, pero los temas eran deprimentes: un San Jerónimo en el desierto contemplando una calavera y un paisaje con ruinas clásicas. La joven reina María Luisa recordaba el decorado de su palacio francés lleno de amorcillos voladores y guirnaldas frescas donde la vida parecía un don de Dios brotando de cada mueble y de cada panel.

La llevó el rey a visitar la iglesia, que la impresionó de veras, y luego el panteón. La entrada a las escalinatas de descenso era lujosa y severa. En el primer peldaño se detuvo María Luisa recelosa:

—¿Adónde vamos, señor?

—A ver a mis abuelos gloriosos. Es una visita tuya, más que mía. Y es absolutamente necesaria, *vellocinita* de oro. Es n interés del reino. Más necesaria que le era al fraile Ramírez el contrahechizo y por razones parecidas. Razón de Estado

Después de una pausa, añadió riendo:

—Tú podrías hechizarme a mí, también, pero por suerte tu tío no te enseñó esas cosas —y su sonrisa se extendía más todavía—. Mi madre —añadía— habló con un astrólogo de Viena y luego con el Consejo del Reino y con el nuncio de S. S. y aquí estamos. Ya digo que es razón de Estado.

Comenzaron a descender y el rey iba contando las escaleras en voz alta. Al llegar al peldaño número trece había un vasto rellano y una derivación a la derecha con otra puerta y otra escalera.

—Por ahí —dijo—, se va al pudridero.

La palabra extrañaba a la princesa, que sintió un escalofrío, y el rey explicó:

—Es el lugar donde se pudren los cuerpos de los reyes hasta que quedan momificados y no huelen ya. Los de las reinas también, claro, pero solamente cuando tienen hijos. Las llevan al pudridero igual que a los reyes y cuando están momificadas las trasladan al fanal de los linajes. Así llamo yo al panteón: el fanal. Parece un fanal de vidrio y mármol.

—¿Y si no tienen hijos? —preguntó ella temblando.

—Entonces no van al panteón. Las entierran como a los demás, es decir, como a una simple condesa o duquesa.

—¿Quieres decir que no van al pudridero?

—Oh, sí. De eso no se salva nadie en nuestra familia.

Pensó la princesa que no quería ser llevada a un lugar con un nombre tan horrible.

Seguían bajando y el rey volvía a contar los peldaños. Un segundo tramo de trece, también, llevaba al panteón, al que se entraba por una puerta grande labrada en mármol verde.

Era el panteón espacioso y ochavado, con reflejos brillantes por todas partes —mármol, cobre y oro. En el centro había un altar donde se decía misa en fechas de aniversario. El inquisidor mayor de Barcelona, a quien consideraban un santo padre, había dicho misa allí no hacía mucho tiempo.

A la derecha y a la izquierda del altar, en varias hornacinas superpuestas, sin aspecto funeral alguno y decoradas en oro y mármol, estaban los cuerpos de los reyes todos desde Carlos V. Sus nombres aparecían grabados en una plaqueta e el centro de cada urna con caracteres lapidarios en latín. Mostró el rey una de aquellas urnas de contornos barrocos, vacía, con su nombre: CAROLUS II, REX HISPANORUM, y dijo con una voz de caña rota y una sonrisa helada:

—Aquí está mi sopera. O mi estuche. Parecen estuches, ¿verdad? Sólo falta grabar la fecha.

Se creyó la reina obligada a decir algo, pero no encontró las palabras. Luego el rey mostró las urnas del lado izquierdo del altar, donde no había inscripciones aún, y dijo con la misma sonrisa:

—Ahí está la tuya, señora, supuesto que tengamos hijos. El gran inquisidor vendrá a bendecirla un día si quieres. ¿Qué dices?

Tocó la plaqueta central, sin inscripción todavía, y recorriéndola con el dedo dijo entre dientes:

—María Luisa de Orleans, reina de los españoles. Sólo que en latín, es decir, REGINA ANGELORUM. —Y rectificó riendo—: REGINA HISPANORUM. Un *lapsus* del rosario. *Regina Hispanorum.*

En el silencio del panteón las siluetas de Carlos y María Luisa hacían reflejos sobre el jaspe de los muros.

Se acercó el rey dulcemente a María Luisa y la besó. Ella, sintiéndose sofocada, ahogó un gemido como una corderita recental.

—Vámonos de este lugar horrible —pidió.

—¿Horrible? —preguntó él, extrañado.

Golpeaba con los nudillos en la urna como si llamara pidiendo permiso para entrar y decía con una expresión absorta y boba:

—¿Oyes? Suena a historia y a eternidad, a rancia eternidad.

La reina escuchaba con los ojos redondos.

El rey quería saber quién había grabado prematuramente su nombre en el escudete y cuando la reina creyó que se proponía castigarlo él dijo que pensaba hacerle un regalo. Era lo único que hacía el rey en su vida: regalos. Creía que aquella era su única misión y dedicaba a esa tarea, con un pretexto u otro, el oro que llegaba de Indias —cuando llegaba. A todos hacía regalos menos a la reina.

Acercándose a la urna primera añadió:

—Aquí está el fundador. ¿Oyes, *gabachita*? Se construyó El Escorial para conmemorar la victoria de San Quintín. Si el rey de España hubiera querido —añadió repitiendo la lección que recibió en su infancia—, habría sometido a los franceses a su yugo y vasallaje, pero el vencedor respetó vidas, haciendas y franquicias. Esa es la causa de que los franceses sean hoy una nación soberana. ¿Hizo bien mi tatarabuelo? ¿Hizo mal? Sólo Dios lo sabe.

Entonces advirtió gravemente:

—Necesitamos tú y yo algunas bendiciones especiales para tener hijos. También ayuda el cambio de aires, lo mismo en lo corporal que en lo espiritual, pero no basta. Son necesarias ciertas bendiciones.

Estaba junto a una urna funeraria de Felipe IV:

—Acércate, mi reina *vellocina*. La verdad es que te he traído con engaño. Razón de Estado. No me mires más, que todo tiene su explicación. Un astrólogo ha llegado con cartas de los parientes de mi madre. Una intriga de la vieja tudesca creo yo, pero el Consejo del Reino la ha aprobado. Ha venido el astrólogo y vive en el palacio del nuncio. Me ha dicho que las casas celestes y su posición el día de mi nacimiento le permiten conocer las causas de que tú y yo no tengamos descendencia. Según el astrólogo, mi padre se fue al otro mundo con la pena de no haber recibido mi beso de despedida. ¿Cómo lo sabe el brujo austríaco? Por las estrellas. Así son las cosas. A unos brujos los quema la Suprema y a otros los invita a venir y a albergarse en el palacio del nuncio, porque pueden ser útiles al reino. Ésa es la diferencia. Yo creo que el astrólogo adivinó por medio de las casas celestes que yo no me despedí de mi padre. ¿Y sabes por qué no quise besar a mi padre? Porque estaba a su lado la momia de San Isidro con la boca abierta y tres dientes colgando y me daba miedo, eso es. El caso es que no lo besé. Mi padre se resiente en el otro mundo de esa falta de estimación filial y al parecer ha decidido castigarme cortando en nosotros el hilo de la generación. Eso es. El astrólogo cree que para reanudar el hilo de las generaciones tengo que abrir el ataúd de mi padre, inclinarme sobre el cadáver y darle el beso de adiós en la frente. Si lo hago es muy probable que el destino me permita gozar en mi vejez los privilegios de la paternidad. ¿Comprendes?

Mientras hablaba trataba el rey de abrir la urna de Felipe IV con una pequeña llave blanca obtenida del prior de los Jerónimos, que tenían entonces el panteón a su cargo. La reina retrocedía de espaldas hacia la puerta gritando:

—¡No, no delante de mí!

El rey le decía que si no estuviera ella presente no se atrevería a hacer una cosa como aquella y que le rogaba que se quedara porque redundaría en provecho de los dos y también —eso era lo principal— del bienestar del reino.

—¿Es para eso, para lo que me has traído aquí? —gritaba ella con las pupilas dilatadas y los cabellos crespos en torno al óvalo sensitivo y dulce de su cara.

Fuera del panteón, y lejos, el viento removía las losetas de pizarra de los innumerables tejados del edificio, que sonaban en el silencio como huesos agitados. En el aire de altura de El Escorial aquellos rumores daban una impresión de irrealidad porque al principio no se sabía de dónde venían.

Sin responder, el rey abrió el ataúd y besó el cadáver de su padre, que conservaba aún un vago olor a las especias del embalsamamiento. Volvió luego a dejar caer la tapa y la cerró. Yendo hacia la reina, que subía de espaldas la escalera, dijo:

—Ya veo que no quieres seguir en el fanal, pero no importa. Otro día volveremos y por ahora yo he cumplido mi deber con la dinastía. Ahora todo será distinto, según el astrólogo de Viena.

Ella no respondía porque seguía en la confusión, sin acabar de creer lo que había visto, y el rey pensaba: «He cumplido con mi obligación filial y la reina tal vez quedará encinta».

Creía María Luisa, entretanto, que la *fiera afeminada* tenía a veces sorpresas inesperadas y terribles. Aquello no lo habría hecho nadie más que él, nadie, ni siquiera su valiente tío Luis XIV que acababa de ganar batallas en Cataluña y Aragón.

Subían despacio y al llegar al rellano el rey torció hacia la izquierda y empujó una puerta preguntando otra vez a su esposa:

—¿No quieres ir al pudridero?

Era un recinto grande y mal alumbrado con varios cruci-
fijos en el muro y cuatro o cinco tederos con sus hachas
apagadas. Olía a humedad y había en aquel olor algo dulzón
y espeso.

—Aquí —dijo el rey, impávido— se pudrirá mi madre
antes de que la lleven al fanal. Ella, con sus manías contra
mi difunto hermano el infante bastardo y contra mí. Ella,
también.

La reina comprendió entonces —no se le había ocurrido
antes— que la llevaba don Carlos también al panteón para es-
timularla a la maternidad. Tal vez las almas de sus antepasados
ejercían su beneficiosa influencia en ella para encarrilarla por
aquella dirección.

—En aquel rincón —añadió el rey— pusieron a mi hermano el infante, que no está seco todavía. Ven y verás. A él le
debemos nuestro matrimonio.

Ella gritó:

—¡No!

Complacido recordaba el rey que había nombrado a su
hermano infante de Castilla después de su muerte. Y tomaba
la mano de la reina igual que si fuera a bailar una pavana, pero
no bailaban sino que volvían a subir a las habitaciones pala-
ciegas del monasterio.

Deseaba don Carlos quedarse algún tiempo en San Lorenzo de El Escorial. Le gustaba aquel lugar porque no encontraba carrozas aparejadas a la francesa ni caballeros hablando
francés o vistiendo arreos gálicos. Nunca iba Villars, allí.
Por cierto, que todavía no le habían cambiado al embajador
gabacho y aquello debía ser cosa de su madre. Era lo que le
faltaba por ver: su madre protegiendo a un marqués *fran-
chute* y enemigo de Viena.

Pero si el rey se libraba de sus incomodidades yendo a El
Escorial, la reina no podía zafarse de la duquesa de Terranova porque en el monasterio, como en Madrid, la acompañaba
con una obstinación tranquila e implacable.

Le dijo el rey a la duquesa durante el almuerzo:

—Hay que mandar poner en el panteón un escaño con
mullido y colchoneta de plumas de oca. De plumas —pun-
tualizó— de la pechuga de la oca.

Añadió todavía con una expresión boba y dulzona:

—De la pechuguita tierna de la oca.

Lo miró la duquesa porque adivinó de pronto lo que aquello quería decir.

Con aquel mismo propósito, es decir, con el de facilitar la virtuosa generación, había pedido meses atrás don Carlos al poeta don Pedro Calderón —en los últimos días de su vida— que escribiera una comedia titulada: «Los tramos del pudridero». Pero don Pedro estaba muy acabado y se limitó a escribir una serie de normas y advertimientos místicos titulados: «Trece peldaños del camino redentor del pudridero».

Al ver que aludía de un modo u otro a las escaleras simbólicas se dio el rey por satisfecho. Y he aquí los trece *peldaños* tal como Calderón de la Barca los escribió.

I. El primero es apartarse de las cosas terrenas y bajas, que es tanto como alzarse un peldaño y subir hacia Dios.

II. Afrontar la muerte, que es tanto como apelar a la vida eterna.

III. Apartarse de la llanura y la luz y buscar la dificultad y la esperanza.

IV. Callar cuando los otros hablan. Ese callar es la elocuencia de los humildes y los justos, grata a los ojos de Dios.

V. Esconderse en la propia nada y dejarse en la lobreguez de una eternidad llena de luz nueva.

VI. Sufrir a los otros y sufrirse a sí mismo siendo rey o villano, que eso trivia materia es.

VII. Vender la voluntad y dar su producto a los pobres de espíritu y seguir con ellos escaleras abajo hasta la podredumbre.

VIII. No fiar en sí. El que en sí propio fía es como el demonio y peor que el demonio.

IX. Amar al prójimo. Amarlo con tibieza es como no amarlo y eso equivale a aborrecer a Dios.

X. Obrar con alto ánimo y no con desgana en todas las cosas, que esto es anuncio de la muerte eterna. Hay que amar a los otros con el ardor inocente que hay en la vida misma natural.

XI. Acercarse a la oración. Que muchos huyen de ella

y son señores del gozo y esclavos de la podredumbre.

XII.   Huir de la bajeza de lo podrido acercándose voluntariamente más a ella.

XIII.   Entrar en el pudridero con los atributos de la realeza, que el pudridero es la condición *sine qua non.* Porque como dice el Señor en los *Hebreos,* para que el testamento viva es necesario que el testador muera.

Encontró el rey aquellos avisos muy de su gusto, aunque los habría preferido en verso, e hizo grabar el texto del número doce en una plaqueta de marfil que llevaba colgada del cuello. Se aprendió *los peldaños,* como él decía, de memoria y quiso hacérselos aprender a la reina, pero ella odiaba la palabra *pudridero* y alegaba falta de memoria.

—Mejor, mejor que no tengas memoria —decía el rey, feliz—, porque así olvidas las cosas infaustas de nuestro amor, por ejemplo, el accidente del caballo alazán. Tú puedes olvidarlo y me alegro, pero yo no. Yo lo llevo clavado aquí —se señalaba una sien.

Ella se ruborizaba pensando en los dos caballeros jóvenes que la vieron. El rey encontraba el rubor de la reina exquisito. Lamentaba que los médicos no supieran todavía cómo hacer perder la memoria a la gente, porque él habría hecho que la perdieran los dos caballeros que la salvaron. La memoria de aquellos dos caballeros que a su vez recordaban —no podían menos de recordar lo que vieron—, le quitaba el sueño a él, a veces.

El rey exigía un escaño en el panteón con colchoneta de plumas de oca pensando en la momia augusta de su padre. No podía pensar en otra cosa.

Seguían en El Escorial, pero el rey parecía ponerse un poco más raro que de costumbre. No hablaba sino de la momia de su padre y era como si no pudiera olvidarla, ni tampoco la de San Isidro Labrador, que estaba con Felipe IV en la cama el día que falleció.

A ruegos de María Luisa volvieron, sin embargo, a Madrid.

En el palacio y en medio de sus gentilhombres comenzó el rey a conducirse de un modo inusual, con cambios violentos de humor. Llevaba siempre a su lado al cardenal Portocarrero para que lo absolviera, según decía, en caso de muerte

súbita, ahora que había cumplido su obligación de hijo amante con el cadáver de su padre.

Pensaba a veces —viendo a su lado al cardenal— en su
primera experiencia nupcial de Quintanapalla y en su rival
vencedor el rey Luis XIV, el bailarín glorioso y vencedor.
Vencedor en el lecho y en el campo de batalla. El nuncio le
decía a todo que sí y el rey lo tomaba de la manga y llevándolo aparte le decía:

—Cada vez que me pongo enfermo se hacen rogativas y
mi madre se pone a conspirar.

—¿Vuestra augusta madre?

—Conspira, eminencia. ¿Qué necesidad tiene de conspirar? Yo estoy de acuerdo. Yo digo que la sucesión debe ser
por el lado austríaco y que la rama austríaca debe heredarme.
Es mi voluntad y la de las casas judiciarias de la astrología
austríaca. No quiero *gabachos* en el trono de España. Si es
así mi madre y yo coincidimos en esa materia, pero entonces,
¿por qué conspira? ¿Qué dice vuestra eminencia? ¿No dice
nada? Bien, yo sé lo que pienso. Mi madre y usted conspira-
ban y tenían un *magistellus* hace algunos meses. Yo lo sentía
a veces aquí —y se tocaba el pecho con el dedo índice, que se
doblaba un poco al revés, como si tuviera las articulaciones
rotas—. Aquí lo siento a ese *magistellus,* vivo. ¿Me oye, eminencia?

Declaró que no podía convencer a su esposa de que acudiera al fanal de las exequias —así llamaba ahora al panteón— a
pesar de que habían puesto un lecho con colchón de plumas de
pechuga de oca. El nuncio debía interceder y convencerla.
De otro modo el rey dejaría en su testamento el trono a un
gabacho aunque no de la casa de Orleans, eso nunca.

El nuncio se asustaba oyendo aquello.

Pidió el rey al delegado apostólico que convocara los espíritus de los gloriosos *tataradeudos* para asistirle en la fecundación de la princesa de Orleans, que él por su parte invoca-
ría una vez más a los profetas más celebrados en materia de
fecundidad.

Entonces el rey recitó en voz baja, con los ojos extraviados, el *peldaño* XIII del viejo poeta. Luego añadió:

—Voy a recitar un versículo a la intención de la reina:

> *Lacrimosa Dies Illa*
> *qua resurget ex favilla*
> *judicandus homo reus.*

Preguntó el nuncio con una curiosidad acuciosa:

—¿Dónde aprendió, señor, esas oraciones, si me es permitido preguntarle?

Pero el rey no le contestaba y el nuncio retrocedía y lo miraba con atención. Por fin dijo:

—Ahora veo que podría ser cierto, señor.

—¿Cierto? ¿Qué es lo que podría ser cierto, eminentísimo señor?

El nuncio pensó: «Es un obseso y quizás un poseso», y habló lentamente:

—El concilio de Letrán, en su capítulo primero, titulado *Firmiter credimus,* dice las siguientes palabras: *Diabolus enim et alii daemones a Deo quidem natura creati sunt boni, sed ipsi per se facti sunt mali...*

Esta última frase —*facti sunt mali*— la dijo el monarca al mismo tiempo que el nuncio, quien no pudo menos de reparar en ello:

—¿Quién ha enseñado a vuestra majestad esas palabras latinas?

—Nadie.

Se quedaron callados. El nuncio se atrevió a insinuar que podría ser exorcizado el rey.

—¿Duele eso? Digo, el exorcismo —preguntó don Carlos.

El nuncio negó y el rey, después de una larga pausa reflexiva, hizo otra pregunta:

—Suponiendo que yo permito que me exorcicen, ¿cuándo sería?

—No sé, señor, pero me atrevo a opinar que lo mejor sería cuanto antes.

—Si hay demonios aquí dentro —dijo el rey como si hablara consigo mismo— los ha traído mi madre.

Alzó las manos el nuncio, protestando.

—¿Me permite aconsejarle algo? —dijo bajando la voz— No debe vuestra majestad tener relación con la reina mientras no haya sido exorcizado, porque si la reina concibiera en el actual estado de vuestra majestad podrían venir grandes desventuras para todos.

Se quedó el rey meditando y luego dijo:

—No deben ser los demonios sino los *Pepos* de la Guinea de los que habla don Guillén el menino.

No entendía aquello el nuncio y pensaba para sí: «Obseso y tal vez poseso». En aquel momento el monarca decía que los cardenales se conducían lúbricamente con sus pajes en el retiro sombrío y secreto de sus palacios. Al oír aquellas palabras el nuncio miraba de reojo al rey sin saber qué responder.

Una de las características de los endemoniados —pensaba su eminencia— era que adivinaban las cosas del pasado y del presente a distancia.

—Pero en esta ocasión se equivoca vuestra majestad —dijo en voz alta y añadió—: Tal vez vuestra majestad no es un energúmeno todavía. Es decir, un hombre poseído por los demonios. Tal vez es un obseso nada más.

Al decirlo pensaba el nuncio en las más constantes obsesiones del rey, sobre todo, en la manía de la virginidad de María Luisa.

—¿Y cuál es la diferencia, cardenal? —preguntaba el rey.

—En los obsesos el demonio actúa desde fuera, señor.

—¿Cómo es eso?

—Desde fuera. Torturan únicamente con ideas fantásticas haciéndonos pensar que la hembra es una delicia sobrenatural y divina... que Dios habla a través de nuestra imaginación, que la virginidad es sagrada, que somos una parte del mismo Dios y cosas semejantes. Esa es la obsesión.

Reconoció el rey que aquel debía ser su caso, pero no quiso decir nada concreto delante del nuncio.

—¿Y los posesos? —preguntó.

—Oh, los posesos. Una de las señales de aquellas pobres víctimas de Satán —siguió el nuncio— era que recitaban textos sagrados de memoria y sin haberlos aprendido.

—¿Qué otras señales? —preguntó el rey, impaciente.

—La levitación.

—¿Y eso qué es?

—Que se elevan en el aire sin ayuda de agentes exteriores.

Para probar si aquel era su caso el monarca se alzaba en el asiento —estaba en una ancha silla tapizada de damasco— pero volvía a bajar normalmente. No había levitación. Su caso debía ser no más que el de los *Pepos* de la Guinea.

En los días siguientes el nuncio habló con la reina madre y ella temió por un momento que las diligencias del astrólogo de Viena hubieran ido demasiado lejos y dañado de alguna manera al rey. Hablaba el nuncio con un acento reprobador y casi acusador. Le recordó la reina madre que él había sido el iniciador de aquella intriga. Esta palabra, *intriga,* irritó mucho al nuncio, quien dijo de pronto que se inhibía de aquella delicada cuestión y la dejaba enteramente en manos del cardenal Portocarrero y de la reina madre. Luego añadió:

—Habla el rey de dejar su corona en el testamento a los príncipes de la casa francesa y sólo pueden ser los malos espíritus los que hablan así dentro de su pecho y por él.

Iba a marcharse pero la reina le dijo severamente:

—Su eminencia tiene tanta parte como yo en esto y creo que no me ha hecho el honor de pedirme permiso para marcharse. ¿Quién debe intervenir en esto? ¿El inquisidor general?

—No, no; ¡Dios no lo permita!

—¿Usted mismo, entonces?

—Ya he dicho que prefiero quedarme al margen. Mejor sería el cardenal Portocarrero. Pero necesita para eso el permiso del ordinario.

—¿Un cardenal necesita permiso?

—Es una fórmula, pero hay que cumplirla. No se niega nunca el permiso y menos a un cardenal, pero hay que pedirlo y recibirlo antes de administrar ese sacramento.

—¿Es un sacramento, el exorcismo?

—Un sacramento menor, señora —y viéndola inquieta, añadió—: Si la señora tiene escrúpulos será mejor que yo me vuelva a Roma. Es necesario que no haya reservas mentales entre nosotros. Yo no actuaré en el exorcismo ni en las gestiones ulteriores. Así las reservas mentales suyas, señora, no interferirán.

—¿No interferirán en qué?

—En nada —se apresuró a advertir el nuncio un poco pálido y con la impertinente intención de no decir una palabra más.

—Usted lo propuso. Digo que usted lo inició. Pero ya veo —insistió la reina madre—. Su eminencia es de los que embarcan a la gente y se quedan en la orilla.

Añadió la reina que aprobaba el exorcismo, fuera quien fuera el culpable, pero que debía hacerlo él.

—Yo, no. Portocarrero —y añadió retórico y solemne—: Señora, los *magistellus* de Viena tienen muy poco que hacer en la política de sucesión del trono. Y mucho me temo que lo único que hagan sea encender una guerra sangrienta de sucesión. Si un día le hablé de esos *magistellus* fue en la ligera atmósfera de una recepción y entre risas y bromas. Ese es el estilo de Roma cuando no hay más remedio que hablar de política. Ni vuestra majestad ni yo ni el astrólogo tenemos culpa alguna. Su hijo está enfermo del alma y su enfermedad es la voluntad de Dios cuyos designios son inexcrutables. Yo no tengo arte ni parte en eso.

Hablando, el nuncio se asustaba un poco de sus propias palabras y dejando a la reina se fue en busca del cardenal Portocarrero.

La reina madre creía, con su sentido supersticioso de viuda castellana, que el nuncio, valiéndose del astrólogo de Viena, había hechizado al rey.

La noticia de que el rey estaba hechizado circuló por palacio y produjo sensación. Los dos bandos rivales comprendían que en aquel hecho había alguna posibilidad de ventaja. Para su fuero interno Medinaceli se decía: «Mi reconciliación con la reina madre fue sólo superficial y aparente, fue una especie de cambio de armas y traté de usar las de la bondad y la amistad como instrumento de guerra».

En el fondo seguían siendo enemigos. Y pensaba también, aunque a nadie lo decía: «Las dos reinas, la joven y la vieja, se tratan con aparente amistad y hasta con cierta falsa ternura, pero en el fondo cada una va a lo suyo». *Lo suyo* era sólo la inclinación hacia Viena o hacia Fontainebleau.

Mientras hablaban los unos y los otros el cardenal Portocarrero fue a visitar al ordinario y a pedirle permiso para exorcizar al rey. Entretanto fray Ramírez, el de la tesorería, iba y venía coleccionando cirios benditos para la ceremonia y diciendo que la culpa la tenía la hechicera de Barcelona.

—A. S. M. le han dado también el jicarazo —decía.

Hablaba tanto y tan sin freno que el duque de Medinaceli lo llamó y lo amenazó con enviarlo a Filipinas si volvía a referirse al estado del rey.

Pasaron algunos días. Como el rey se abstenía de frecuentar a la reina —por consejo del nuncio—, tenía prisa porque la diligencia de expulsión de los demonios se hiciera cuanto antes. No podía abstenerse del trato con su esposa ni en el nombre de Dios ni del diablo. Y se lo decía a Portocarrero con grandes rodeos retóricos y citas de Horacio y de San Pablo y repitiendo aquello de es mejor casarse que abrasarse.

Para comodidad del rey el exorcismo sería administrado en su cámara.

Acudió la reina madre con algunos de sus partidarios, especialmente el nuncio, que había decidido a última hora participar en el acto aunque no como oficiante.

La mayor parte de los adversarios de Medinaceli se habían quedado en la antesala. La cámara del rey tenía evidentemente mayoría entre los testigos del sacramento y todavía el rey se informó de la clase de gente que había entrado. La duquesa de Terranova le dijo al oído:

—Hay aquí gente más endiablada que vuestra majestad imperial, señor.

Rió el rey y dijo a la reina madre:

—Eh, señora, qué crees, ¿estoy enfermo o no?

—Dios sabe quién lo está y quién no lo está.

—No, tú no entiendes de estas cosas. Estoy obseso nada más. El que está poseso es el embajador *gabacho*. ¡Y nadie me lo quiere cambiar!

Miró el cardenal Portocarrero a la reina como si esperara que respondiera a aquellas palabras. Pero ella preguntó si había llegado el escribano de cámara y Medinaceli dijo que en su lugar había llamado a don Jerónimo de Eguía, quien haría sus funciones con más autoridad.

Un hombre gravemente vestido de negro avanzó del fondo

neutro del muro. Era Eguía y estaba allí con el fin de anotar lo que dijera S. M., si tenía a bien decir algo durante la celebración del sacramento.

Había en la cámara varios cortesanos de la facción de Medinaceli, como el mismo Portocarrero, el conde de Fuensalida, virrey de Navarra, don Tomás de la Cerda, hermano de Medinaceli, y otros. Fray Ramírez, el fraile lunático, quería actuar como acólito del cardenal y miraba a Medinaceli con recelo.

Quiso entrar el embajador francés en la cámara y no se lo permitieron. Al saber el rey que estaba fuera rió para sí y dijo:

—El bocado del regente de Nápoles habría que dárselo al marqués de Villars.

Ese regente acababa de morir envenenado en Italia.

Todos se escandalizaron —en silencio— y el cardenal Portocarrero dijo que no era su majestad quien hablaba sino los espíritus malignos. Hizo una señal a Eguía para que al lado de la declaración impertinente del rey anotara su propio comentario. Sonreía el rey:

—Atendiendo a las observaciones del cardenal —decía desde su lecho, muy afable— llevo ya dos días, digo tres, de abstinencia. Sáquenme del cuerpo a los malos espíritus y déjenme los buenos y, por Satanás, nadie tome en palacio pastillas de benjuí ni chocolate si no está bendecido.

—Ahora —dijo el nuncio de S. S.— es su majestad quien habla y no Satanás.

Bajaba el rey un poco la voz y volvía a su saña vengadora:

—Que le den a Villars el bocadito de don Duarte Ribero, embajador portugués en Saboya, que falleció ayer en territorio español. Esta vez no dirás tú, Medinaceli, que fue en Italia.

Se apresuraba Medinaceli a advertir que el embajador portugués había salido de Portugal ya envenenado y que en los dominios de Castilla no se usaban aquellos procedimientos ni otros semejantes. No se envenenaba a nadie en el reino de su majestad católica.

—¿Por qué a mí me llaman *católico* y a Luis XIV, el

bailarín, le llaman *cristiano?* ¿Cuál es la diferencia? —repetía el rey.

Luego pedía que le pusieran otra almohada, lo que hizo su madre. Sin esperar respuesta soltó a reír el rey y añadió:

—Que le den chocolate a Villars como se lo dieron a fray Ramírez, amigo fiel de mi majestad católica y monaguillo de su eminencia el cardenal Portocarrero, aquí presentes los dos en el acto y sacramento del exorcismo. Hablo yo ahora y no el demonio y si estoy elocuente es porque en esta posición, digo, acostado, las enjundias de la elocuencia se ponen más ligeras y fluidas. Y si no saben cómo fue el hechizo mío yo lo diré cuando traigan la *pubilleta* de Barcelona, que está en Francia, y cuya extradición voy a pedir mañana para que nos la manden al quemadero de la Plaza Mayor. ¿Verdad, Ramírez?

No le contestaba nadie, atentos todos al exorcismo que iba a comenzar. Aquí y allá se encendían cirios blancos y un olor de cera virgen y de incienso se expandía dulcemente y parecía atenuar la luz de la tarde al otro lado de las vidrieras, que estaban hechas de pequeños losanges azules delicadamente emplomados. El cardenal se había puesto una estola color violeta y el rey le preguntó:

—¿Estás en condiciones de exorcizar, cardenal? ¿Has ayunado ayer? ¿Has hecho penitencia? ¿Te has abstenido de ciertas cosas con los pajes o las madres de los pajes? ¿Te has purificado para ser digno de este sacramento? Dímelo, Portocarrero, como tu rey natural que soy.

—Tengo permiso del ordinario, señor —dijo modestamente el purpurado.

Y cambió una mirada con los circunstantes más próximos como si diera a entender que no había por qué escandalizarse de las palabras del monarca.

Entraba y salía el negro enano don Guillén con un cirio en cada mano, olfateaba el aire y viendo la extrañeza con que la reina madre lo miraba se apartó un poco, pensando: «¿Quieren sacarle los diablos del cuerpo al rey y no saben todavía lo que son los *Pepos*».

Tenía también el rey un cirio en cada mano y a veces era acometido por una risa nerviosa viendo todo aquello, pero pronto volvía a su seriedad sacramental. Entretanto el cardenal había comenzado sus latines.

A veces el rey, por un extraño fenómeno de telepatía, se apresuraba a decir medio segundo antes que el cardenal algunas frases de las oraciones latinas y todos se miraban sin comprender. Pero bien por la voz monótona del cardenal, por la prolijidad del rito o porque había tomado algunos vasos de vino, el monarca tenía sueño y se adormecía.

Hizo el cardenal una pausa en sus latines y preguntó:

—¿Estáis dispuesto, señor, de buena fe y por voluntad espontánea, a recibir el agua bendita y los óleos?

—*Volo* —respondió el rey en latín y añadió en romance—: Si es razón de Estado, ¿qué remedio? ¿O es que puedo yo negarme al exorcismo sin dejar de ser lo que soy, es decir, mi majestad católica?

Portocarrero volvía a sus latines con una monótona y misteriosa voz y leyó un cuarto de hora, tal vez media hora. La gente disimulaba los bostezos. Al final de la primera parte —el exorcismo era más largo que una misa ordinaria— el cardenal tomó el incensario, arrojó al techo tres nubes azulinas y con la mayor energía ordenó:

—*¡In nomine meo daemonia ejicient!*

Repitió tres veces esa fórmula —como si los demonios hubieran salido—, añadiendo en la segunda y la tercera el nombre del rey y el de Dios, en latín, también. El rey respondió recitando estrofas del *Dies Irae:*

> *Judicandus homo reus*
> *huic ergo parce Deus*
> *esto semper adjutor meus.*
> *Ut consor beatitatis*
> *vivat cum justificatis*
> *in aevum aeternitatis.*
> *Dies illa, dies irae*
> *dies nebulae et turbinis*
> *dies tubae et clangoris.*
> *Dies nebula valde*
> *quando tenebrarum pondus*
> *cadet super peccatores.*

Y en medio del silencio recogido de todos los presentes
volvía el rey a sus obsesiones:

—En la fanal de las exequias hay una colchoneta de plumas de la pechuguita blanca de la oca. Y nadie la ha usado
hasta ahora, eso es.

Luego añadía las frases de la letanía que comienzan con la
palabra *virgo: Virgo potens, Virgo clemens, Virgo fidelis...*

El negro, que era el único entre toda aquella gente que
estaba tranquilo, entraba y salía diciendo para que no lo atro-
pellaran, por su extrema pequeñez:

—Plaza, señorías, altezas. Plaza.

Escuchando al rey añadía el enano:

—Es el *Pepo* capiscol que habla ahora por la boca de su
imperial majestad.

El fraile Ramírez ofrecía la cubeta al cardenal, quien volvió a sus arcaicos latines del tiempo de Simón Magus. Al final
repetía la fórmula exorcizante en latín y en castellano haciendo que su majestad tuviera uno de los cirios encendido a la
altura de sus propios ojos.

—Salid, espíritus infernales —dijo el cardenal—. Salid
por la boca sin causar daño al cuerpo de su majestad católica.

Luego lo repitió en latín. El rey bostezaba y quiso tal
vez ofender a aquella gente con palabras prohibidas por la
etiqueta. Recordaba que un tiempo había tenido el rey fama
de piojoso en la corte y con un deseo súbito de venganza
gritó mientras el cardenal volvía a sus latines:

—¿Qué se me da a mí de todos ustedes, cernícalos hambrientos de la cristiandad? ¿Por qué no envían monedas de
oro a los aposentos de la reina? ¿Por qué no me cambian a
Villars por otro *gabacho*? ¿Por qué envían a los aposentos
sólo ochavos roñosos? ¿Por qué hablan de si yo *crío* o
no *crío*?

En aquel momento se apagó el cirio que tenía en la mano
izquierda. El duque de Medinaceli se apresuró a rogar que
salieran las señoras porque los demonios dirían seguramente
alguna inconveniencia o procacidad mayor. La reina miraba
a Medinaceli y mientras Portocarrero seguía leyendo el grimo-
rio en voz alta ella pensaba: «El peor diablo eres tú». Salía de

la sala a regañadientes porque, según creía, sólo Satanás podía
tener interés en ir contra ella o contra el nuncio. Cuando ya
estaba en la puerta decidió quedarse y el rey, al ver que no se
iba, quiso darle la razón a Medinaceli —sin saber en aquel momento exactamente por qué— y dijo una frase que sonó como
un disparo de mosquete en la gravedad de la cámara:

—¡Afuera las putas tudescas!

La reina madre alzó la nariz y salió sin disimular la rabia
que le producía dejar allí tantos partidarios de Medinaceli.
El rey miraba el cirio en la mano izquierda y decía:

—Se apagó. ¿No han visto vuesas mercedes que se apagó?

El pabilo echaba aún un hilo vertical de humo.

—Fue algún mal espíritu al salir por los ojos, señor.

Miraba el rey alrededor y parecía estar contando a las
personas presentes. Por fin dijo por debajo del monótono
rumor de los latines:

—Sólo quedan en el cuarto los amigos de los *gabachos*.

No se podía deducir por el acento si aquello le gustaba o le
contrariaba. Luego gritó:

—¿Dónde está Villars?

Susurró don Guillén, también por debajo de los latines del
cardenal:

—Está en la antecámara, señor.

El cardenal alzaba la voz para decir:

—*Adjutorium nostrum in nomine Domini...*

El acólito fray Ramírez levantaba la cara hacia el techo:

—*Qui fecit coelum et terram.*

Una ligerísima brisa pasaba acariciando los rostros inquietos y una ventana abierta y lejana acercaba algún eco exterior.
A veces el incienso subía en una masa globulosa y otras se
esparcía en vedijas o en ráfagas con aromas antiguos.

Recitaba el cardenal haciendo cruces en el aire:

—*Beati omnes qui timens Dominum...*

Y terminada aquella parte del oficio se quitaba un *lignum
crucis* que llevaba consigo y lo ponía sobre el pecho del monarca. Al sentir su contacto don Carlos, que estaba con los
ojos cerrados, se estremeció y alzó el cirio un poco.

Entonces el cardenal, con el hisopo en el aire, dijo en español, de memoria y sin leer en libro alguno:

—Os conjuro y exorcizo, espíritus impuros, enemigos del género humano y de las divinas disposiciones, en nombre de la singular Trinidad, Padre, Hijo y Espíritu Santo, por cuyo poder han sido creadas todas las cosas y por cuya providencia se conservan todas ellas dentro de su orden, para que impelidos por ese poder del mismo Dios nuestro señor apartéis de este esposo cristiano y augusto cuanto habéis maquinado con el fin de impedirle la sucesión de hijos conforme al modo ordenado por Dios en el principio de su creación...

Seguía con las siguientes palabras:

—Quiera el Señor que se restablezca en el alma de su majestad el sagrado orden y mediante la generación de los hombres se llene el número de los elegidos en este linaje real de Castilla por inspiración del mismo Jesucristo nuestro señor que ha de venir a juzgar a los vivos y a los muertos y a todo el mundo de su glorioso orbe.

Los presentes respondieron: *Amén.*

Hizo el cardenal nuevos asperges sobre el rey, quien cerraba los párpados al sentir salpicaduras, y luego recitó, separando las sílabas y marcando los acentos, de modo que el recitado fuera como un eco del *Magníficat* cantado:

Magníficat anima mea Dominum
Et exultavit spiritus meus in Deo salutari meo
Quia respexit humilitatem ancillae suae
Ecce enim ex hoc beatam me dicent omnes generationes...

Al final fray Ramírez recogió el *lignum crucis* del pecho del rey y éste se estremeció otra vez al contacto de la mano del fraile. Pensaba el cardenal que el rey estaba ya exorcizado, cuando de pronto don Carlos se sentó en el lecho y gritó:

—¡Que saquen a las putas, que saquen a los pajes y a los frailes!

Fray Ramírez se asustó. Los otros se acercaron al rey y de un modo respetuoso pero firme le hicieron acostarse otra vez. El rey murmuraba entre dientes un refrán: «Putas, frailes y pajes todos de altos linajes». Entonces el cardenal alzó la voz otra vez repitiendo sus asperges con el hisopo:

—¡Salid, espíritus infernales!

Repitió el rey la frase procaz que había dicho antes para asustar a su madre. El cardenal preguntó dirigiéndose a los malos espíritus:

—En el nombre de Dios os ordeno que me digáis qué clase de demonios sois.

Adormecido al parecer, el rey decía, sin embargo:

—Somos varios.

—¿Está entre vosotros el rey de los abismos?

—No —dijo el rey—. Somos varios, pero no tan importantes.

—¿No está entonces Belcebú entre vosotros?

—No.

—¿Eres Astarté?

—No.

Don Guillén dijo una vez más en voz baja:

—Son los *Pepos,* eminencia.

Portocarrero seguía:

—A vosotros, diablos menores o mayores, quienquiera que seáis, os mando que abandonéis el cuerpo de su majestad en el nombre de las tres personas de la Trinidad, Padre, Hijo y Espíritu Santo.

—No les da la gana de salir —articuló entre dientes el rey.

—Os lo ordena el cardenal primado de las Españas en el nombre de Jesús crucificado.

—Dicen que no saldrán —repitió el rey en voz baja—. A mí me lo dicen y yo los oigo bien y lo repito a vuestra eminencia. Escribe estas palabras, Eguía, hijo de la gran cabra.

El exorcismo fracasaba, al parecer; pero entonces Eguía, siempre oficioso, se acercó al duque de Medinaceli y le dijo al oído que en las Descalzas Reales había una monja poseída por el mismo Lucifer rey de los abismos y que tal vez trayendo la monja a don Carlos y pidiendo el cardenal a Lucifer que ordenara a los diablos menores sus subordinados que salieran, éstos saldrían porque no podrían menos de obedecerle.

Añadió Eguía ahora, en voz alta, que otras veces se había hecho aquello y que mantenían en el monasterio a la monja endemoniada, es decir, que no la exorcizaban porque así podían usarla en casos como aquel. Nunca mejor empleada que en favor de su majestad.

Dudó Medinaceli un momento, pero aconsejado por el cardenal mandó a buscar la monja con la mayor urgencia. Tener aquella monja era como tener a Lucifer preso y a su servicio y la comunidad de las Descalzas Reales estaba orgullosa y obtenía beneficios porque cada vez que prestaban a la monja recibían limosnas de cuantía.

Lucifer trabajaba, pues, para las Descalzas Reales.

Al parecer —pensaba el cardenal— Lucifer liberaría a su majestad más fácilmente, porque gustaba de hacer favores a las jerarquías religiosas y a las testas coronadas. Rey de los abismos era Lucifer y rey de las Españas era don Carlos. Entre las cabezas coronadas solían cambiarse gentilezas y cortesías o simplemente favores.

Como si el rey lo hubiera entendido y estuviera de acuerdo dijo:

—Hoy por ti, mañana por mí. Toma y daca. Que traigan a la monja de las Descalzas.

Mientras la monja llegaba, el cardenal repitió el *Magnificat* y al final una brisa imperceptible apagó el cirio que estaba en manos de don Guillén. Del pecho del rey salió un gemido femenino. Pareció desmayarse y se apagaron dos cirios más.

Habló entonces el rey con voz débil:

—Los de Austria. ¿Dónde están los de Austria? Desde ahora declaro herederos de mi corona a los de Austria, pero que envíen antes a mi madre a Toledo. *Et nunc et semper,* los de la Viena imperial. ¿Oís, mis vasallos? Débil soy. Mi salud puede fallar un día. Reyes ha habido que se acostaron en plena salud y no volvieron a levantarse. Mi sucesión será dentro de la casa de Austria y así lo mando a mis vasallos, pero que envíen antes a mi madre a las islas Canarias confinada.

El cardenal le hizo escribir a Eguía aquellas palabras pero advirtiendo que aquel testamento provenía de los enemigos del alma, que éstos ocupaban todavía el cuerpo del rey y que por lo tanto no tenían fuerza ejecutiva sino en sentido contrario. La voluntad de los demonios no podía menos de dañar a la católica monarquía española.

Por si no bastaba, el cardenal añadió que aquellas palabras suyas las confirmaría la Inquisición si era necesario y que el gran inquisidor firmaría el acta del exorcismo al lado del cardenal y del notario cuando llegara el momento. Eguía temblaba oyéndolo, pero a Medinaceli aquello le halagaba los oídos.

Otros dos cirios se apagaron. Había que hacer —insistía el cardenal viendo humear los pabilos— todo lo contrario de lo que los demonios decían. En aquel momento el rey dijo una palabra malsonante y añadió con voz de falsete, como si sonara esa voz dentro de él y muy lejana:

—¡Viva la casa de Austria! ¡Muera el rey Mojiganga de Fontainebleau!

Se apagó otro cirio. Era el que tenía en la mano la duquesa de Terranova, quien lo apartaba de sí y lo miraba con una mueca supersticiosa. El rey cerraba los ojos y repetía aún dos estrofas del *Dies Irae,* para decir después que el principado de Luxemburgo tal vez valía un *virgo* y que el Consejo del Reino decidiría, aunque reflexionando despacio mejor sería un tribunal internacional. El tribunal internacional del *virgo.*

Había aún en la cámara más de quince cirios encendidos y un silencio denso y sacramental servía de fondo a las oraciones latinas del cardenal o a las frases sueltas en romance del rey, siempre impertinentes y de vez en cuando procaces.

El recitado del evangelio de San Marcos en latín terminaba y el cardenal recurrió otra vez al hisopo. En aquel momento llegó la monja de las Descalzas Reales traída en silla de mano por cuatro alabarderos con el capitán de la guardia en persona.

Hubo cierta confusión al principio. La monja estaba como en trance y pusieron la silla de mano al lado de la cama del rey. Abrieron la portezuela, pero viendo a la monja en aquel estado semiconsciente no hicieron nada por sacarla. El cardenal alzó la voz dirigiéndose a ella:

—En el nombre de Dios, contéstame. ¿Es Lucifer quien te posee?

La monja, que era flaca y angulosa con sombras amarillas en los párpados, dijo que sí *por el consentimiento de Dios.* Entonces el cardenal pidió a Lucifer, respetuosamente, que usara la autoridad que tenía para ordenar a los espíritus infernales, sus vasallos, que salieran del cuerpo de su majestad católica y no volvieran a torturarlo más.

Dijo la monja dos blasfemias de veras viles y a continuación rechinó los dientes. Con voz de macho añadió:

—Yo os conjuro, mis vasallos de las profundidades del infierno, para que salgáis del cuerpo de su majestad imperial don Carlos II rey de las Españas.

Sucedió un gran silencio.

Pidió permiso Medinaceli al cardenal para intervenir y preguntó a la monja, aunque dirigiéndose al diablo:

—Señor Lucifer, su majestad acaba de decir que la sucesión del trono de España debe corresponder a la dinastía de Austria. ¿Aprueba vuestra majestad imperial la opinión de sus súbditos?

De la silla de mano salió una afirmación seguida de tres vítores roncos, pero no por eso menos estridentes:

—¡Sea la sucesión para el linaje de Austria! ¡Vivan los imperiales!

El cardenal se volvió al escribano y le repitió las advertencias anteriores. Aquella era la opinión explícita de Satanás y la Inquisición refrendaría el acta más tarde. La opinión de Satanás tenía que ser contraria a los intereses de la católica dinastía.

Se apagaron tres cirios más, pero el cardenal declaró que aún no habían salido todos los demonios y quedaban los más rebeldes. Repitió:

—*¡Por orden de Lucifer rey del averno...!*

En aquel momento se oyó otro gemido lejano y se apagaron dos cirios más. Luego, los cinco últimos de un golpe.

Con un acento satisfecho el cardenal dijo que tenía la impresión de que habían salido ya los últimos espíritus y procedió al asperges y a la unción final. Por si acaso, leyó el evangelio de San Lucas mientras el rey, amodorrado, parecía dormir. Cuando le hicieron las unciones se incorporó en el lecho. Parecía despertar:

—Perdonen vuesas mercedes —se disculpó— si he dicho alguna mala palabra.

Hubo rumores corteses y el rey aseguró que se encontraba mejor, dio las gracias al cardenal y preguntó a Medinaceli dónde estaba la reina su esposa.

Añadió en voz baja al oído de Portocarrero que llevaba tres días de abstinencia.

Don Guillén el enano salió de la cámara y poco después entraba la reina madre mirando recelosa a su hijo.

—Según parece —dijo Medinaceli en voz alta—, el sacramento ha dado los mejores resultados y su majestad ha vuelto a sus sanos espíritus.

Confirmó el cardenal que la legión infernal había salido en varias escuadras o grupos y su paso se acusó por las llamas vacilantes de los cirios y por su extinción final. La monja de las Descalzas Reales —que dejó la cámara en cuanto el oficio fue terminado— había representado una muy importante ayuda. Medinaceli acordó enviar doscientas pistolas al convento en reales de cobre, cuadernas y cuartos.

Dudaba la reina madre de la actuación del cardenal Portocarrero y seguía haciendo preguntas recelosas. Quiso ver el acta de Eguía y Medinaceli se interpuso advirtiendo que pertenecía al secreto del Santo Oficio por el momento.

El rey se desperezaba y acercándose al cardenal besaba su estola en prueba de respeto y gratitud. Creía de veras que desde aquel momento estaba curado de su esterilidad y en condiciones propicias para fecundar a la reina. Saludó con una inclinación de cabeza a Medinaceli y salió hacia los aposentos de su esposa María Luisa como un sonámbulo, repitiendo:

—¿Dónde estás, reina mía, que estos santos varones me han privado durante varios días de tu dulce coloquio?

Se oían lejos los ladridos atiplados de los dos perros *spaniel.*

Detrás del rey corría la duquesa de Terranova, arrepentida de haber dejado sola a la princesa de Orleans durante las ceremonias del exorcismo.

Medinaceli tenía la impresión de que con el exorcismo la idea de la sucesión francesa había ganado algún terreno, aunque no mucho. Habría que insistir por otro lado y hacer firmar al rey un testamento en regla.

Olía tanto el cuarto a incienso que, por un momento, abrieron todas las ventanas y entró el aire melado de las tardes de la Moncloa.

LAS GALLINAS DE CERVANTES

LAS GALLINAS DE CERVANTES

EDICIONES EN LENGUA CASTELLANA

EDICIONES EN LENGUA CASTELLANA

1.ª Editores Mexicanos Unidos. México, 1967

NOTA PRELIMINAR DEL AUTOR

Alguien tenía que escribir sobre las gallinas de la esposa de Cervantes y una de las modas de vanguardia (el surrealismo) me ha ofrecido a mí, tan enemigo de modas, la *manera*.

Había que hacer justicia con Cervantes en las cosas pequeñas al menos, ya que en las grandes si no le hicieron justicia en vida se la hicieron después de su muerte, cuando la consagración vino de los países extranjeros y de las opiniones de críticos y filósofos de fuera.

Triste circunstancia frecuente en España.

Eso de poner doña Catalina de Salazar las gallinas en el acta de matrimonio me había ofendido siempre y revelaba de pronto esa clase de ignominia a la que el hombre de imaginación ha estado siempre expuesto en España, por lo menos en el marco de ciertos sectores de la llamada clase media. Porque en el siglo XVI había ya clase media.

Me refería al surrealismo como a una escuela de vanguardia, pero la verdad es que ha existido siempre desde *El asno de oro* de Apuleyo hasta *El cocodrilo* de Dostoyewski. La única añadidura de la escuela moderna es una ligera dimensión lírica que se produce con el desenfoque de los objetos reales o su deliberada distorsión.

Si esto último no llega a suceder del todo en *Las gallinas de Cervantes* es porque el incidente en sí mismo es demasiado sórdido y no da lugar a más. O porque mi resentimiento de lector entusiasta de Cervantes no me permite ofrecerle un alivio poético a la estupidez de aquella pobre señora que se llamaba doña Catalina de Salazar.

El caso es que las gallinas al margen del contrato llevan ya más de tres siglos cacareando y pidiendo un cronista, como le decía yo a Américo Castro cuando él me hablaba de lo poco que se había escrito sobre la vida privada de Cervantes. Lo único notable y definidor que se ha dicho o que yo recuerdo es que uno de los duques a quienes dedicó sus mejores obras no le respondió dándole siquiera las gracias, cuando merced a esa dedicatoria el duque ha tenido y tiene un lugar en la historia. De otra forma todo el mundo se habría olvidado de él.

En España más que en ningún otro país la gloria es *el sol de los muertos*. Durante la vida de los héroes, los poetas o los santos ese sol brilla para ellos muy pocas veces ya se trate de Hernán Cortés, de Pizarro, de Miguel Servet, de Gracián o de Cervantes. La envidia de sus coetáneos suele enturbiarles la atmósfera.

A veces hasta hacerla asfixiante.

Especialmente la que respiró don Miguel de Cervantes Saavedra, que después de todos los fracasos y derrotas supo dar el ejemplo sublime de su propia caricatura de caballero frustrado (pero no vencido) en don Quijote.

Y además la lección de que no todos los que hacen el ridículo en el nombre de Dios —idealistas humanitarios— van al infierno. El cielo de Cervantes es vasto e inmenso y rodea el planeta entero. Y está poblado de ángeles que repiten las palabras de don Quijote en todos los idiomas del mundo.

Por ese afan de simetría que existe en la vida moral —lo mismo que en el mundo físico— le correspondió a Cervantes (que buscaba en vano a su Dulcinea) la esposa más tonta —ella nos perdone— de la Mancha.

L o que pasaba con la mujer de Cervantes, doña Catalina, era un poco raro al principio, más tarde llegó a ser alarmante y luego fabuloso e increíble.

Pero era verdad y se puede comprobar con documentos de la época.

Lo que le pasaba a doña Catalina Salazar era que se estaba volviendo gallina. Decirlo así parece un poco chocante, sobre todo recordando lo que la gente suele entender cuando se asocia esa ave con la conducta de una mujer. Las costumbres naturales de las gallinas suelen ser entendidas de un modo injusto. Quiero decir que doña Catalina era una mujer casta y sobre todo fiel. En lugar de gallina yo debía haber dicho ave de corral para evitar la expresión directa o, en todo caso, *gallinita,* ya que el diminutivo implica alguna atenuante. Pero en estos casos lo de menos es la manera de decirlo.

Con todas las salvedades y respetos la verdad era que doña Catalina Salazar se volvía gallina, y que si los cervantistas no han llegado todavía a poderlo explicar algún día lo harán con los documentos que yo he podido recoger para estupor de los legos y satisfacción de los estudiosos. La verdad ante todo.

Cervantes no habló nunca de esa transformación, que comenzó el mismo día en que leyó el contrato matrimonial donde su cuñado el clérigo hacía constar los bienes de la novia, incluidos cinco colchones de lana, seis jergones de estigmas de maíz, algunos pliegos de papel de estracilla y dos cerdos que iban y venían por el corral.

El día de la boda, cuando se marcharon los vecinos quedó en un extremo de la sala un tío de doña Catalina que se llamaba don Alonso de Quesada y Quesada, por lo cual se supone que sus padres fueron primos hermanos y tal vez era esa la causa de algunas de las rarezas de su carácter. Iba vestido mitad de caballero a la soldadesca y mitad de cortesano, y era alto, flaco, membrudo y de expresión noble y un poco alucinada.

Cervantes lo había mirado al principio con gran respeto por su decorativa presencia. Después, por su silencio.

Pero sucedió algo imprevisto. Cuando iban a firmar el contrato de boda la novia se quedó con la pluma en el aire al oír decir a su importante tío las primeras y las últimas palabras que dijo aquel día:

—Que cuenten las gallinas y las pongan en el papel.

Cervantes se quedó un momento confuso viendo que la vieja sirvienta se acercaba al hidalgo y le decía al oído el número de las aves de corral. Lo secreto de aquella diligencia impresionó muy de veras a Cervantes. Don Alonso se acercó a la mesa y escribió al margen del acta y junto a la lista de los enseres de la dote y el ajuar: *veintinueve gallinas.* Recuperado a medias de su perplejidad, Cervantes dijo alzando un poco las cejas y señalando el papel:

—Puestos a escribirlo todo falta el gallo, señor don Alonso.

Lo dijo sin intención irónica, pero cuando lo hubo dicho se dio cuenta de que podría ser entendido de esa manera. El caballero don Alonso Quesada afirmó con la cabeza y añadió el gallo a la lista.

Le parecía a Cervantes que aquel figurón era espantosa e increíblemente contradictorio. En su cuerpo vivían dos seres distintos. Lo último que podía haber imaginado Cervantes era que aquel don Alonso saliera con la ocurrencia de las gallinas; él, que parecía reunir las apariencias y las secretas cualidades de generosidad y largueza de los héroes del linaje de Amadís. Entre las graves personas que han estudiado la materia, algunos creen poder demostrar que la idea de apuntar las gallinas se le ocurrió al clérigo hermano de la novia. Hay incluso quien dice que fue idea de la novia misma.

La verdad es que fue don Alonso, el tío, quien las apuntó.

Por un momento pensó Cervantes que sería bueno separar a aquellas dos personas que parecían vivir en el cuerpo de don Alonso, ya que su coincidencia era una monstruosidad. Doña Catalina reía ligera y feliz y, viendo la extrañeza con que su marido miraba todavía a don Alonso, le dijo en voz baja:

—Está un poco *furris,* mi tío. No le hagáis caso.

Cervantes no sabía lo que doña Catalina quería decir.

—¿Furris? —preguntó.

—Siempre ha velado por mis intereses —añadió ella también en voz baja—, pero está un poco *alcachofo*.

Tampoco era aquella opinión muy concreta ni explicaba la anterior.

Al mismo tiempo, doña Catalina había dicho aquellas dos palabras —poco alcochofo— juntas, es decir, así: *pocoalcachofo,* y percibió Cervantes en la manera canturreada de decirlas una alusión al cacareo de las gallinas.

Desde el día que Cervantes firmó aquel contrato de boda comenzó a ver en el perfil de doña Catalina alguna tendencia a identificarse con las aves de corral. Un día descubrió que podía mirar de medio lado sin volver el rostro, con un solo ojo y que éstos tenían tendencia a hacerse planos, como en las pinturas egipcias, e independientes el uno del otro.

Esta observación le inclinó a presentimientos que él mismo desechaba al principio, pero sobre los cuales volvía más tarde como si en ellos existiera la solución de un misterio. Naturalmente, por encima de estas observaciones, Cervantes amaba a doña Catalina, de otra manera no se habría casado. En esto están todos los autores de acuerdo.

En el nacimiento de aquel amor concurrieron diversas circunstancias, como suele suceder. No era Cervantes hombre que se enamorara a primera vista. Más bien desconfiaba de lo que suele llamarse el flechazo aunque, naturalmente, la apelación desnuda a los sentidos tenía su parte en ese despertar de la atención que precede al amor. Doña Catalina era muy joven, casi una niña. Y había tenido la iniciativa en aquellas relaciones que tan rápidamente la llevaron al altar. Vale la pena recordar lo que sucedió porque había algo singular y novelesco.

Dos años antes, doña Catalina y su hermano fueron a Madrid y, contra la voluntad del clérigo, ella vio una comedia de Lope en el corral del Príncipe. En aquella obra, cuyo título no recuerdo, la heroína se adelantaba a declarar su amor al galán y luego lo llevaba a situaciones equívocas hasta conquistarlo y ponerlo en la disyuntiva de casarse o quedar con fama de bellaco. Iba y venía la doncella por el mundo vestida de hombre y entraba en situaciones tan arriscadas como las de algunas heroínas de Calderón. Aquello le parecía a doña Catalina inusual y atrevido, pero posible puesto que sucedía en el teatro y la gente aplaudía.

Con Cervantes no llegó doña Catalina a tanto. Sin embargo, y animada por la comedia de Lope, se atrevió a escribirle una carta de amor. Pero la carta era anónima y sin firma. Así, pues, Cervantes recibió aquella carta —cuyos portes tuvo que pagar y no era la primera vez que esta circunstancia infausta le obligaba a rebañar la escarcela—, la leyó sonriendo y se dijo: «Lástima no saber quién es esta doncella ni dónde vive porque parece de veras inocente y enamorada».

Por experiencia de muchos años sabía Cervantes que de una manera general atraía sólo a dos clases de mujeres: las tontas y las locas. A veces se había preguntado si a todos los hombres les pasaba lo mismo y no había en el mundo más que esas dos clases de hembras a las que redimía un día de su locura o su estupidez la dulce maternidad. Pero con la carta de doña Catalina no podía acabar de atar hilos. No parecía tonta ni loca. Parecía solo atrevida y un poco espantada de su atrevimiento. En dos lugares de la carta declaraba aquella muchacha ser doncella.

Tardó mucho Cervantes en saber que la carta la había escrito doña Catalina. En realidad no lo supo hasta después de casarse.

Por su parte, la muchacha que le había escrito la carta se pasó más de un año esperando la respuesta. No podía comprender por qué no le contestaba su amado. Olvidaba que no había firmado y que no había puesto su dirección. ¿Cómo iba a contestarle? Y pasaban los días y las noches sin recibir respuesta, lo que la hacía sentirse humillada y avergonzada. Pero halló manera de acercarse a Cervantes y de insinuarse entre coqueta y tímida. Y Cervantes se dio cuenta y, como cualquier otro hombre, mordió el anzuelo. La vergüenza de su novia —más bien su sentimiento de frustración— duró algún tiempo, hasta que Cervantes supo lo ocurrido y le dijo riendo: «¿Cómo iba a responderos, señora, si no pusisteis vuestro nombre al pie?». Y le mostraba la carta que había conservado cuidadosamente.

Por entonces doña Catalina había comenzado ya a dejar de ser mujer. Es decir, más bien sin dejar de serlo se había iniciado en ella la transformación en ave de corral. Na había quien pudiera remediarlo.

Algún lector se extrañará de que yo escriba estas páginas sobre la esposa de Cervantes, pero creo que ha llegado el momento de decir la verdad, esa verdad que en vano ocultaban Rodríguez Marín, Cejador y otros queriendo preservar y salvar el decoro de la familia cervantina. Siempre hubo un misterio en las relaciones conyugales de Cervantes y eso nadie lo niega. ¿Por qué no aparece su mujer viviendo con él en Madrid, en Valladolid? Es como si el escritor quisiera recatarla en la media sombra rústica de la aldea. ¿Por qué no la llevaba consigo? Algunos cervantistas lo saben pero guardan todavía el secreto. Yo creo que ha llegado el momento de revelarlo. Es que la dulce esposa se estaba volviendo gallina aunque ella no se daba cuenta, sobre todo al principio.

Cervantes tardó también un poco en aceptar aquella metamorfosis que no era realmente una desgracia sino algo que podríamos llamar un prodigio infausto. No sabía qué pensar Cervantes. Una noche ella pareció tener conciencia de lo que le sucedía y dijo después de mirarse al espejo:

—Me veo un poco pavisosa, ¿no te parece?

El escritor sonrió y la llamó en broma gallipavísima; ya es sabido que los enamorados se dan a veces nombres de animales y hay quien ve ahí la naturaleza satánica de la voluptuosidad. Ser un poco pava era menos mal, es decir no era tanto como ser un poco gallina. Y Cervantes comenzó a observarla de cerca y comprobó que la cabeza se reducía y las piernas adelgazaban. En cambio el busto y las caderas parecían reunirse en una sola comba.

Un día decidió marcharse a la corte para tratar de vender una comedia, pero doña Catalina no quería que se fuera y Cervantes aplazó dos veces el viaje. Otro día, al recibir una carta de un antiguo soldado compañero de Lepanto, que le escribía desde Bogotá —la tierra que más tarde fue la Gran Colombia —ella dijo tartamudeando un poco:

—¿De Bogotá? ¿Carta de Bobobogatttáaa...?

Y parecía que cacareaba como las gallinas después de poner un huevo. Una sobrina niña de doña Catalina suponía que las gallinas decían en aquellos casos: «¡Por por por por... poner!». Con eso querían recordar que tenían derecho al maíz que les daban. ¡Por por por por por... poner! Eso gritaba la niña imitando a las gallinas, y la verdad es que lo hacía bien.

Aquella sobrinita le hacía gracia a Cervantes. Un día de invierno el escritor le hizo con un cuchillo en el solanar un perro de hielo. Había nevado, se habían helado los churretes de agua del deshielo debajo de un nogal y Cervantes en el solanar, soplándose los dedos de vez en cuando, esculpió aquella figura para la niña. Ella, bien enmitonada, jugó con el perro de hielo y llegó a ponerle un collar con una cinta color rosa. Luego lo dejó en la tarima del solanar y más tarde, cuando salió el sol, el perro de hielo se derritió. La niña lo buscaba en vano y fue a decirle a Cervantes muy compungida:

—Se acabó el perro de una meada grande.

Había quedado la huella del agua en la tarima.

El tiempo pasaba dulcemente. Reía Cervantes con aquella niña y tenía dulces coloquios con su esposa, y cuando llegaba de tarde en tarde don Alonso Quesada evitaba discutir con él porque se obstinaba el buen viejo en decirle que las heridas de arcabuz no implicaban heroísmo ni mérito ya que se tiraba a distancia y el mérito estaba sólo en la espada y la pica. Él arrastraba un enorme espadón que llevaba colgado de un tahalí de piel de cabra porque padecía de los riñones el buen hombre.

Cervantes, que había perdido el uso de la mano izquierda de un arcabuzazo y llevaba en el pecho la cicatriz de otro, veía que don Alonso quería disminuirle en su gloria de soldado de mar y tierra. Aquel viejo tenía manías raras. Por ejemplo prohibía que se dijera su nombre de noche porque veía en esa peregrina circunstancia no sé qué riesgos en relación con Urganda la desconocida. Leía libros de caballerías y cuando un día el hermano de doña Catalina el clérigo, que era un poco entrometido y de carácter impaciente, le preguntó al hidalgo si se podía saber qué hacía en Esquivias, él respondió atusándose el bigote lacio y caído:

—Esperar. Eso es lo que hago. Esperar.

—¿Y qué esperáis?

—Espero el ineluctable desenlace.

Hablaba un poco raro, a veces.

La sobrinita no entendía lo que quería decir don Alonso. El cura lo entendió muy bien y lo mismo Cervantes. Pero Cervantes perdió el respeto que sentía por don Alonso —por sus enfermedades y achaques y por su altiva presencia— pensando para sí que un hombre que podía llamar a su muerte «el ineluctable desenlace» no merecía mucha piedad y que retorizar la muerte con aquellas palabras de libro de caballerías era incluso hacerse indigno de ella. Cervantes inconscientemente se vengaba de las opiniones de don Alonso sobre las heridas de arcabuz.

El descubrimiento de la extravagancia del tío, de la sordidez del cuñado clérigo, y sobre todo del acelerado proceso de gallinificación de doña Catalina decidió a Cervantes a pensar en salir un día de Esquivias.

Sin embargo tardó todavía algún tiempo.

En la primavera la vida era cómoda, allí. El solanar daba al corral y Cervantes, que recordaba el acta civil de la boda con la dote detallada y el número de gallinas, las miraba a veces e incluso se entretenía en contarlas, un poco divertido y un poco triste.

A veces veía en el aire un esparver y se decía que si aquel ave de presa bajaba y robaba una gallina no habría ya veintinueve sino solo veintiocho y sentía un poco de vergüenza anticipada pensando que podrían atribuirle aquella disminución de la hacienda familiar. Porque seguramente el clérigo contaba las gallinas de vez en cuando, o por lo menos las contaba la sirvienta.

Una tarde, Cervantes, viendo que había gitanos en las inmediaciones fue a atrancar la puerta del corral, por si acaso. Después se dio cuenta de que aquella precaución estaba enviciendo su voluntad, su conciencia y, sobre todo, su imaginación.

Pero todavía se quedó un par de meses, atento a lo que sucedía con doña Catalina. La cara de la muchacha estaba haciéndose más afilada, el hociquito saledizo y puntiagudo, la nariz en pico y las orejas disminuían debajo del pelo. Un día acariciándoselo descubrió Cervantes dos plumas, quiso quitárselas y doña Catalina se quejó. Estaban bien enraizadas en su piel. Dos plumas largas como las plumas remeras de las alas o las del rabo.

Hubo además otros incidentes, sobre todo uno al parecer nimio pero terriblemente cargado de sentido dramático. No pudo recordarlo nunca Cervantes sin estremecerse, aun muchos años después, en su vejez.

Sucedió un día que paseando Cervantes con el barbero y el cura del pueblo —que era otro y no el hermano de doña Catalina quien tenía una vicaría en Seseña a la que iba con un macaballejo— hallaron cerca de las rompientes de un barranco un halcón joven al parecer caído del nido. No estaba aún cubierto de plumas y era feo como todas las aves de presa en su primera edad.

Cervantes lo recogió con esa emoción con que se recibe en las manos un animalito salvaje, una criatura de Dios que por su invalidez queda a merced nuestra. Lo contemplaba y se decía a sí mismo: «¡Oh, rey de los aires con tu pico encorvado y temible, con tus alas que extendidas son dos veces más largas que tu cuerpo!, ¿qué haces aquí abajo? Cualquier perro, cualquier niño inocentemente cruel puede acabar contigo. Pero yo te cuidaré y alimentaré hasta que puedas valerte y entonces volarás a las alturas donde está tu reino».

Naturalmente, ni Cervantes lo decía ni respondía el falconete. Cervantes lo pensaba nada más. Los otros se limitaban a repetir que el ave sería buena cazadora y que podrían educarla para que cazara perdices o palomas torcaces. Cervantes repetía que sería injusticia hacer esclava a un ave a quien Dios había hecho libre, y al volver a casa le dio de comer pequeños trozos de carne cruda. Se consideraba responsable de la vida del joven halcón.

El ave quedó suelta por la casa. Seguía a Cervantes a brincos y se instalaba a gusto en sus rodillas compartiendo el calor de su cuerpo.

Al principio doña Catalina llegó a tomarle afición, aunque se quejaba de que lo ensuciaba todo. Veía con recelo que le dieran de comer carne, pero por hacer algo amistoso le ponía agua en una escudilla.

—No os molestéis —repetía Cervantes—, que el halcón no bebe. Estos animales toman el agua que hay en la carne y no necesitan beber, al menos mientras son polluelos.

Cuando el clérigo vio el halcón, torció el gesto y preguntó:

—¿Quién ha traído a nuestra casa esta alimaña?

Declaró que aquellas aves no eran buenas para comerlas y que por lo tanto era inútil criarlas. Al mismo tiempo doña Catalina repetía que aquel animal, al que llamaba *buitre* y no halcón, ensuciaba la casa.

Cuando Cervantes fue a Madrid a tratar de vender su comedia tardó en volver a Esquivias diez o doce días, y lo primero que hizo fue preguntar por el ave.

—¡Ah, el pícaro buitre! —dijo doña Catalina—. Quiso escapar y casi lo consiguió porque la verdad es que le habían crecido bastante las alas, pero yo se las corté y ahora no puede volar y me sigue a brinquitos como un sapo.

Parecía especialmente gozosa doña Catalina cuando veía al halcón tratar en vano de subir los tres escalones de la cocina saltando y cayendo. Cervantes reprimió su contrariedad y dijo alzando la voz, una vez más, que no era buitre sino halcón.

Creyó Cervantes que aquellas plumas cortadas eran las plumas definitivas del animal y mirándolo en silencio sentía una sombría y profunda angustia. El ave agitaba las alas deseoso de volar, pero se sentía defraudado ominosamente. Doña Catalina la había convertido en un sapo.

Aquella noche Cervantes estuvo pensando en el halcón y sintiéndose culpable.

Viendo al halcón —señor de los aires— caminar detrás de él y sobre todo tratar inútilmente de subir las escaleras de la cocina con un ala plegada y la otra caída, pensaba Cervantes: «¿Por qué doña Catalina mi esposa se ha atrevido a una impertinencia como ésa?».

Entonces fue cuando comenzó a pensar que la gallinificación de doña Catalina estaba ya en un grado crítico y tal vez su decisión de cortar las alas al halcón representaba alguna tendencia más o menos consciente de gallina vengadora. Porque los halcones son enemigos milenarios de las gallinas.

Cervantes pensó que sabiéndolo o no, doña Catalina trataba de vengar a las aves de corral, sus hermanas. Y eso le dejó despierto aquella noche. Su esposa se mostró querenciosa en el dormitorio, pero Cervantes no quiso seguirle el humor. Aquel halcón había confiado en él, había llegado a quererlo y a seguirlo, se le acercaba abriendo las alas y las sacudía como diciendo: ya me falta poco para poder volar.

Doña Catalina se las había cortado. El pobre halcón las agitaba en vano. Sin las plumas remeras no podía remontarse nunca. La desventura era de tal magnitud que Cervantes llegó a pensar si no sería mejor matar al halcón que condenarlo a una vida rastreadora. Cada vez que veía al ave tratando de subir las escaleras de la cocina y cayendo con un ala abierta y la otra plegada, pero las dos inútiles, se sentía desolado.

Le había sido dada al halcón una vida de veinticinco o treinta años entre las nubes, señoreando los cierzos y las montañas con sus glaciares y bosques verdes. Pero allí estaba, sin poder subir dos escalones.

Había otras razones para la melancolía de Cervantes. No consiguió venderle su comedia a ningún cómico de Madrid y su fracaso le preocupaba. Aquel día no sabía qué hacer y salió al solanar. Estuvo contando las gallinas. No faltaba ninguna. Salió con el halconete en el hombro. El ave a veces daba un jijeo o piulido en el que las gallinas identificaban al ave carnicera y se asustaban. Todas se quedaban un momento inmóviles y miraban en la dirección del halconete.

Cuando Cervantes vio que había veintinueve gallinas recordó que a veces habían comido pollo en casa y por lo tanto se había desnivelado la cuenta del corral, pero siempre había veintinueve, y un día averiguó que su cuñado el clérigo cuando mataban una hacía comprar otra para que el total del gallinero estuviera completo según el contrato de matrimonio.

Era una atención que hizo reír a Cervantes, pero aquella risa no suprimió la preocupación por las veintinueve gallinas. El hecho de que tuviera que agradecer aquella atención le dejaba fatigado y perplejo.

Entretanto doña Catalina seguía dejando de ser mujer y convirtiéndose en ave doméstica. Lo grave era que a medida que su esposa se volvía gallina, Cervantes no sabía qué pensar de ella ni tampoco de su cuñado ni del viejo don Alonso que lle gaba las tardes de los domingos a jugar a las cartas con el clérigo y el cura de Esquivias. A veces tampoco sabía qué pensar sobre sí mismo; ¿era posible estar casado con una gallina? Debía serlo puesto que era un hecho y no había la menor duda.

Doña Catalina no disminuía de tamaño. Si llegaba a convertirse en una gallina por entero sería una gallina enorme, con pico y cresta y alas de una grandeza disforme. Y la vigilaba Cervantes aunque con una atención no demasiado sostenida. Había detalles diferentes, unos más reveladores que otros.

La manera de hablar de doña Catalina seguía siendo el indicio más claro. Es decir, no la manera de pensar ni de emitir ideas sino más bien el tono y timbre de la voz. Alguna diferencia hay entre la voz de un ser humano y la de una gallina. Todavía hay aves como el loro, el cuervo y la picaraza que pueden imitar nuestra voz, ya que el grosor de su lengua y la concavidad inferior de su pico se lo permite. Pero las gallinas no suelen sino piar o cacarear con un metal de voz *sui generis* del todo inconfundible.

Un día ella le dijo a Cervantes en la mesa, sin volver la cabeza:

—¿Y vuestro camarada el de la carta de Caracas?

En aquella repetición de la sílaba «ca» con tonos diversos y un poco quebrados se volvió a percibir a la gallina: *Camarada de la carta de Caracas.* Pero la carta no había llegado de Caracas sino de Bogotá y doña Catalina, tal vez guiada por su instinto gallináceo, se equivocaba y se iba a Caracas para facilitarse a sí misma el cacareo.

Cervantes le dijo que no era aquella ciudad sino Santa Fe de Bogotá y ella, alzando los codos y moviéndose en el aire como quien prueba a volar, estuvo riendo un rato de su propio error y aquellas risas eran francamente y sin la menor duda un cacareo de gallina clueca. Repitió otra vez: «De Bobobobogotáaaa». Y lo hizo tan fuerte que atronó la casa.

Cervantes se preguntó si en caso de quedar embarazada pariría llegando el tiempo como mujer o como gallina.

Otro día Cervantes oyó hablar a su mujer con la sobrinita. No sabían ellas que Cervantes las escuchaba y doña Catalina decía algo ligeramente inadecuado:

—Yo no hago pi-pí. Nunca hago pi-pí como tú y como los otros. Ahora sólo hago po-pó.

Fue la sobrinita a contárselo a Cervantes, quien leía en el solanar su propia *Galatea,* y se quedó pensando con una gran tristeza si en caso de que la metamorfosis continuara intervendría o no la Inquisición.

Con el halconete alicortado en el hombro, Cervantes miraba al corral. Las gallinas iban y venían. Una vez más las contó y eran veintinueve y el gallo.

«Mi mujer y mi cuñado —pensó— no se descuidan en la contabilidad del gallinero. No quieren crearme problemas.»

Lo curioso es que doña Catalina conocía a todas sus aves de corral. Aquella misma tarde salió y se puso a hablar con su esposo de las gallinas, dándole a cada una un nombre diferente. Cervantes la escuchaba entre dolido y asombrado.

—Aquella es —dijo doña Catalina— *la Clueca,* que lleva una veta atada al pie, y la que se rasca ahora con el pico en el alón es *la Pita,* hermana de *la Gallipava* de al lado, que nació en la misma cobada. ¿Veis esa que bebe ahora un poquito y levanta la cabeza para que el agua le entre en el papo? Es *la Pintada,* que pone huevos con motitas amarillas y verdes como una perdiz. Luego vienen *la Papuda,* esa que forma corro con *la Coquita* y la que llamamos *Gallineta viuda.*

—¿Quién la llama así? —se atrevió a preguntar Cervantes un poco tímido.

—Todos, en la casa. Incluso don Alonso.

No se atrevió Cervantes a replicar y doña Catalina continuó: «Aquel es *el Gallino,* porque siendo gallina se pone a veces tontamente encima de otra para cubrirla, y más lejos *la Buchona,* que es la que duerme al lado derecho del gallo. Al izquierdo duerme *la Barbeta* que, con *la Buchona,* son las más gordas. Hasta hace poco lo era *la Coquita.* Las gallinas que duermen al lado del gallo son siempre las más gordas del gallinero y tienen aunque sea sólo media onza más de peso que las otras. Luego viene esa pícara de *Obispa,* que la llamamos así porque tiene un obispillo medio desplumado y más alto que las otras. ¿No lo ves?».

—¿Las conoces a todas?

—Pues... tantos años aquí... sin otro quehacer que el ro

sario de los sábados..., pero aquí viene *la Escarbona,* siempre
bailoteando hacia atrás, hacia adelante, y luego *la Polainuda,*
que es de otra raza y mi abuelo tenía de ésas hasta seiscientas
cuando yo era pequeña y las vendió todas para la cría a varios
compradores de Valdemoro.

Estaba satisfecha doña Catalina de aquella venta de seiscientas gallinas polainudas y era aquel recuerdo un motivo de
orgullo familiar.

—Ahí están en corro *la Porcelana, la Overa* y *la Pechugueta,* que la tiene un poco pelada. Hay otra que llamamos *la
Pechugona,* y no hay que confundirlas, porque tiene mucho
papo y esta otra que lo tiene medio desnudo la llamamos *la
Pechugueta,* que es distinto. *La Caparazona* es la que viene
detrás, que parece que lleva un capisayo de aguas como los
gallegos, y *la Crestonera,* que está cacareando porque ha puesto su huevito, la hermosa. También está al lado *la Coba-
dora,* que es la madre mejor de todas, siempre buscando huevos de cobar, propios o ajenos. Detrás *la Pepita* estuvo mala
hace poco y aquella que brinca del cesto de mimbres es *la
Pollera,* que se ocupa de los pollos tomateros, hasta que los
capolamos. Ésa es muy amiga de *la Mantuda,* que parece que
tiene siempre frío y esconde la pata contra las plumas de la
tripa. Es pariente de *la Rabiscona,* también friolenta, y todavía
quedan *la Papujada* (se atraganta y vomita el gusano antes de
comerlo, dos o tres veces), *la Reculona,* que anda hacia atrás
igual que hacia adelante, sobre todo cuando la mira el gallo, *la
Moñuda, la Calcetera* y *la Roqueta.* Esas son todas, Dios me las
conserve y aumente. ¡Ah, bueno!, se me olvidaba aquélla, *la
Repolluda,* que parece que lleva como yo enagua, refajo, saya
bajera y fustán.

Oía Cervantes todo aquello extrañado y compasivo y ella
entendía que la extrañeza era admiración. Se sostovaba en sus
galas —era domingo— como algunas aves en sus plumas, graciosa todavía en su juventud a pesar de lo avanzado de la metamorfosis.

Aquella tarde los dos curas y el barbero estaban jugando
a las cartas con don Alonso. La esposa de Cervantes les había
puesto un jarro de vino y pimientos en un plato, para la sed.
Cervantes no quiso jugar porque además de estar comple-

to el grupo de cuatro prefería entretenerse con el halcón en la terraza. Se creía culpable del desavío que le había pasado al ave viéndola agitar en vano las alas. Ya cubierto de plumas, gallardo en su naturaleza el halcón miraba a veces a lo alto y debía extrañarse de su incapacidad para seguir su instinto de ave de altura.

Amaba Cervantes a aquel animal y lo acariciaba pasando un dedo por el plumaje del buche, debajo del pico. A veces el halcón mordía el dedo de Cervantes, pero sin malicia y sólo por juego y Cervantes reía. También parecía reír el ave, pero era más bien un jijeo agudo, un jirijío más bien. Las gallinas al oírlo dejaban de comer y miraban, alertadas.

Por cierto que algunas tardes al caer el sol, ya casi de noche, pasaba por encima de la aldea un halcón o jerifalte a gran altura dando un chillido agudo, como de lamentación. Un grito de dolor no necesariamente físico. Oyéndolo se preguntaba Cervantes si no sería el padre o la madre del halconete alicortado. Y se sentía triste por sí mismo, por el halconete y por el ave que lloraba en lo alto sin dejar de volar. Miraba en aquellos casos distante y frío a su esposa doña Catalina, aunque sin rencor.

No podía sentir enemistad por aquella mujer, a pesar de todo, al ver pasar el ave gemidora por el cielo. Y pensaba Cervantes: «Yo también lloraría a veces si no tuviera miedo a parecer ridículo».

Aquel mismo día, cuando salió doña Catalina al solanar, estuvieron hablando de cosas habituales. Por ejemplo, Cervantes recordaba que habían comido dos gallinas y sin embargo eran siempre veintinueve. Ella se apresuró a recordar los respetos de su hermano por la capitulación matrimonial, que, en fin, era una parte del sacramento. Pero no la escuchaba Cervantes, atento al grito del esparver volador.

Entretanto las gallinas iban retirándose a dormir. La última luz iluminaba sobre las bardas los vidrios rotos que, insertos en el adobe seco, las defendían contra posibles asaltantes. Porque había un campamento de gitanos en las afueras.

Doña Catalina, viendo retirarse a las gallinas, dijo:

—Ya veis. Ninguna muere de su muerte natural. Les cortan la cabeza y a la olla.

—¿No es ésa su muerte natural? —dijo Cervantes con humor.

Y rió un momento, pero creyó percibir en ella un gesto de desagrado. Era como si doña Catalina viera alguna clase de riesgo en aquel humor aunque nadie hubiera pensado en cortarle a ella la cabeza.

Después la esposa, indicando al halconete, dijo una vez más:

—No sirve para nada y come su propio peso en carne cruda.

—¿Cómo lo sabéis?

—Me lo han dicho.

—¿Quién?

Ella se quedó un momento dudando. Ella misma no sabía quién se lo había dicho. Pero se aferraba a la idea. Pensó Cervantes: «Es posible que lo sepa por instinto». Es decir, por instinto gallináceo de defensa y de supervivencia.

En aquellos días los brazos de doña Catalina se hacían más cortos y la piel se ponía granulosa como la de las gallinas. Además, ella los agitaba de vez en cuando como si fueran alas.

Estaba Cervantes cada vez más preocupado con todo aquello.

Cuando entraron en la casa seguían los dos curas, el barbero y don Alonso jugando a las cartas. El hidalgo alzaba la nariz, grave y distante. De los dos curas, el hermano de doña Catalina, codicioso, con un papel y una pluma al lado, apuntaba cada jugada como si quisiera por aquel medio averiguar las cartas que los otros tenían. Y los cuatro, en silencio.

Don Alonso echó a la mesa un tres de copas y dijo:

—Arrastro.

Quería decir que les obligaba a los otros a echar los triunfos que tuvieran. Al barbero le contrarió aquello y replicó disgustado con palabras de bellaco tahúr:

—El culo por un barcero.

Rió Cervantes otra vez para sí y pensó: «El barbero habla como quien es, pero ¿tolerará don Alonso esa grosería?». Un *barcero* era un seto espinoso, una zarza en tierras de Aragón. También lo llamaban «arto». Un arto. El barbero debía ser de origen aragonés.

En el juego se solían decir cosas raras de una manera mecánica, y tener que despojarse el barbero de una figura triunfal con pérdida era una incomodidad grave. La arrojó al centro de la mesa y añadió:

—Todos los cornudos tienen suerte.

Por fortuna don Alonso era soltero y los otros dos, curas. Estaban fuera de los niveles del ultraje.

Seguía Cervantes sin comprender que la apariencia noble y decorativa de don Alonso fuera compatible con las ordinarieces del barbero, aunque desde que le oyó al mismo don Alonso decir que había que apuntar las gallinas no creía tener derecho a extrañarse de nada. Y observando la transformación de su esposa se decía: «Ninguna cosa de las que suceden a mi alrededor es razonable».

Razonable o no, aquella misma semana advirtió que el fustán de su mujer se alzaba un poco en la espalda. Era que le crecían las plumas del rabo. Al mismo tiempo las piernas se enflaquecían y aparecían cubiertas de una piel seca y escamosa.

El vientre de doña Catalina formaba una masa redonda con los pechos —casi atrofiados— y los hombros. El cuello se hacía más flaco y la cabeza, ligera y fisgadora, miraba a un lado y otro con recelo. Una tarde dijo, mirando al halcón de reojo:

—Ese pico curvado hacia abajo es para desgarrar la carne.

Pero hablaba poco, doña Catalina. Volvía a mirar al halconete y decía como asustada:

—No lo llevaría yo como vos, en el hombro.

Aquello volvió a decirlo varias veces. El sentido era el mismo, pero las palabras diferentes porque iban tomando cacofonías de ave de corral. Así, pues, la última vez dijo exactamente:

—Esa cacatúa no la cargaría yo, cabe el corazón, que con un picotazo sería capaz de acabar conmigo.

—¿Tenéis miedo de que os ande en el corazón?

Cuando ella pronunciaba voces próximas a cacareo se le quebraba la voz: *Cacatua-cabe-corcon-cabar-cargar.* La ilusión del cacareo era tan perfecta que los jugadores levantaron la cara de las cartas igual que las gallinas cuando oían al halcón.

aunque esta vez por razones contrarias. No era halcón alguno sino gallina.

Sin embargo, sólo la sobrinita se atrevió un día a extrañarse. La cosa se produjo de una manera indirecta. Estaban en el solanar Cervantes y la niña cuando ella dijo: «Mi tía dice que he salido a ella y que soy ya una pollita». Pero la niña llevaba una semana hablándoles a las personas mayores de otra cosa que nadie acababa de entender. La niña iba a una escuela de monjas y por la mañana le daba clase de aritmética una monja vieja quien escribía en la pizarra los números como se suelen escribir, del uno al nueve. Los llamaba guarismos.

Por la tarde daba la clase otra monja que también llamaba guarismos a los números, pero que escribía el siete con una rayita en medio, una rayita que cruzaba el palo vertical con un cinturoncito o un rabito. Y la niña iba preguntando a su tío abuelo lo mismo que a los otros:

—¿Por qué el siete tiene un rabito por la tarde y no por la mañana?

Nadie le hacía caso. El tío abuelo, el hidalgo, le dijo un día:

—¿Qué rabito es ése, muchacha?

—Al siete le sale un rabito por la tarde.

Cuando doña Catalina vio que la niña insistía tanto llegó a pensar si no estaría bien de la cabeza. Por entonces supo que los guarismos eran de origen árabe y les tomó ojeriza. Eran moriscos, es decir, cosa del diablo.

Cervantes también oyó a la niña hacer aquella pregunta y fue el único que la atendió y quiso aclarar el misterio. Cuando supo de qué se trataba estuvo riendo y hasta hizo una apuntación en un papel que se guardó en el bolsillo. Luego le dijo:

—Pregúntaselo a tu maestra de la tarde. ¿Cómo se llama?

—Sor Circuncisión del Niño Jesús.

Cervantes siguió riendo y pensaba que sor Circuncisión se la haría tal vez al siete y las preocupaciones de la niña se acabarían.

Pero Cervantes solía reír pocas veces. Miraba a doña Catalina y se decía: «No se da cuenta. Probablemente no se dará cuenta nunca». Tal vez por decoro de familia, el clérigo su hermano no decía nada y los otros callaban, también. Pero aquello comenzaba a ser una tremenda extravagancia del destino.

Aunque Cervantes dudaba de que el barbero y el hidalgo se dieran cuenta, realmente. Doña Catalina seguía vestida de mujer y las ropas cubrían en su mayor parte a doña Catalina y disimulaban la extraña metamorfosis. Ella, que veía cosas raras en su cuerpo, se decía a veces:

—¿Estaré preñada?

Cuando se lo decía a su marido él quedaba un momento sin aliento pensando que no era preñez sino engallinamiento o gallinificación. El mismo Cervantes, que solía preocuparse de las palabras, no sabía cómo se decía aquello.

Doña Catalina no salía ya de casa. No se daba realmente cuenta de su verdadero estado, pero su hermano y la sirvienta adivinaban sus deseos de salir e impedían que lo hiciera. Para que no fuera a misa a la iglesia, el hermano la celebraba a solas en la casa en donde habían consagrado un ara.

El día que se celebró la primera misa en el hogar, Cervantes, profundamente impresionado por la transformación de su esposa, decidió marcharse. No se atrevía a decirlo francamente porque temía que se le echaran encima y le acusaran de haber traído brujerías de Salamanca, donde fue estudiante, o mejor de Argel, tierra del diablo.

Un día el clérigo dijo después de la comida:

—En esta casa comienzan a suceder cosas extrañas.

Por el momento no dijo más, pero luego exorcizó los pasillos y los asperjó con el hisopo.

Cervantes se asustó pensando: «¿Se atreverá a hablar francamente?». En ese caso, ¿cuál sería la reacción de doña Catalina, quien hasta entonces no se había confesado a sí misma lo que le pasaba? Lo que dijo un día el clérigo fue muy distinto. Se lamentó de que se producían lagunas en la memoria de su buena hermana.

No decía nada Cervantes, pero se acordaba de un alférez que conoció en Argel y que el pobre solía decir lo mismo. Además el alférez añadía: «Tengo lagunas y llega un momento cuando todas se reúnen y hay una sola cuyas aguas desbordan y todo lo inundan. No sé qué hacer. Tal vez en ese caso no puede hacerse nada».

Andaba preocupado Cervantes creyendo que aquella obsesión de las lagunas de la memoria que se juntaban era o podía ser una verdadera obsesión —es decir, una idea fija promovida por el demonio desde fuera. Cuando esas ideas eran promovidas desde dentro ya no se llamaban obsesión sino posesión. Él sabía su demonología como cada cual en aquellos tiempos.

El hidalgo cada vez acudía menos frecuentemente a la casa. Parece que la transformación de su sobrina doña Catalina le producía grandes desazones silenciosas. No se atrevía, por otra parte, a dejar de visitarla.

Cervantes trataba de olvidarlo, pero, como se puede suponer, no lo conseguía. Estaba una tarde ojeando su propia *Galatea* y pensando en escribir la segunda parte cuando Catalina le sacó de sus reflexiones con una pregunta:

—¿Cuánto os valió ese libro, señor? Digo el monto que el librero os pagó.

—No recuerdo exactamente. Creo que fueron ochocientos reales.

Doña Catalina —que nunca tuvo interés en leer el libro— produjo un trémolo en su garganta en la que palpitaba cada sonido —con depresiones y dilataciones de la gorja, según el caso— y luego dijo:

—Las seiscientas gallinas que vendió mi abuelo a los polleros de Valdemoro le valieron bastante más.

Y se fue a la cocina haciendo ostensible sin querer, bajo la falda, el obispillo cada día más alzado y ahora con un cierto orgullo de familia.

Cervantes pensaba aquellos días escribir la segunda parte de *La Galatea* de modo que la heroína, después de escapar al campo con el afortunado pastor de quien se enamoró, fuera esculpida por Pigmalión y quedara en mármoles erigida en el ágora y exponiendo al público todas las debilidades secretas y más o menos trágicas de su autor, digo del artista que la esculpió.

Pero Cervantes no sabía si escribir aquella segunda *Galatea* o no. En caso de hacerlo tendría que ponerse en el lugar de Pigmalión y ofrecer al público las interioridades más delicadas de su alma a través de la estatua de Galatea. Tenía su pudor, Cervantes, y dudaba. Además, para escribir tenía que hacer uso de las resmas de estracilla que había en la casa y que figuraban también en el contrato de boda. No se atrevía.

Entretanto, veía pasar por la calle al hidalgo que era más alto que la barda del corral y cuyo sombrero a la soldadesca sobresalía y lo denunciaba a distancia.

El halcón había recuperado sus plumas remeras con grande y secreta alegría de Cervantes, que lo observaba día a día.

—Este animal está creciendo de prisa —dijo, satisfecho.

Doña Catalina, mirando al halcón de reojo, tardó en responder y por fin lo hizo de una manera desabrida:

—Un parásito, eso es.

Como otras veces, se le atravesaron algunos sonidos y tartamudeó un poco. Un *papapaparásito,* dijo. Cervantes la vigilaba. Al tratar de corregir su tartamudeo ella lo hizo peor y tardó más en acabar la palabra. Cervantes le advirtió:

—Es solo un animal en estado de infancia. Todos los niños son incapaces de ganarse el sustento y dependen por lo tanto de sus mayores, así, pues, no es parásito. Cuando pueda volar...

—No podrá nunca volar porque le corté las alas.

—En una semana podrá volar tan alto como sus padres, señora.

Ella sabía que el halconete subía los tres peldaños de la cocina de un solo brinco con las alas extendidas. Cervantes había creído ver en doña Catalina —cuando se dio cuenta de aquello— cierta expresión decepcionada. Eso le haría andar sobre aviso. La idea de que el ave se escapara le causaba a la esposa algo parecido al pánico de las gallinas en el corral y su reacción era de una rara agresividad contenida.

Pensó Cervantes que tendría que proteger al halcón y lo mejor sería dejarlo vivir fuera de la casa. En lo alto del solanar había un vano entre el tejado moruno y la guardilla de vigas de madera. Aquel lugar no comunicaba con el interior de la casa. Cervantes puso allí tres o cuatro puñados de paja para hacer el lugar más cómodo y ayudarle al halconete a resguardarse del frío —aunque tenía ya sus buenas defensas de plumas— y por la noche lo llevó allí.

Hizo bien, ya que por su parte doña Catalina no dormía —según decía— pensando en el pico agudo y corvo del halcón.

Algunos días más tarde sucedió algo alarmante dentro de la familia. Sin duda doña Catalina era ya una gallina hecha y derecha. Cervantes se había retirado hacía tiempo a dormir en otro cuarto para evitar la intimidad y, como lo hizo en la época de cuaresma, el cuñado sacerdote y ella misma pensaron en la abstinencia, tan loable sobre todo en períodos de devoción oficial.

Pero una noche doña Catalina entró en el cuarto de Cervantes y se quedó a dormir allí aunque no en la cama como una persona sino en la barra de la cabecera, igual que un ave en su percha. Como una gallina corriente y moliente. Cervantes no pudo dormir. En su percha doña Catalina daba pequeños pasos de costado, a la derecha o la izquierda según los movimientos de Cervantes en la cama, quien trataba de evitar su proximidad. Ella en cambio la buscaba.

Tenía miedo Cervantes de que aquella gallina, una vez dormida, le cayera encima, ya que no podía haberse acostumbrado en tan poco tiempo a las maneras de las aves.

Todo el día siguiente se sintió molesto y nervioso. Llevaba dentro de la cabeza una musiquilla que había oído a un flautista callejero y no podía librarse de aquella melodía que se repetía una y otra vez. Su mano manca le temblaba un poco.

Tres noches más siguió doña Catalina yendo a dormir al cuarto de Cervantes e instalándose de la misma manera que el primer día. Cuando se quitaba el vestido quedaba desnuda, es decir, vestida de sus plumas. Se cubría la cabeza con una cofia o pañoleta rizada y con ella también disimulaba la parte inferior de la cara hasta la nariz, es decir, hasta el pico, porque la nariz se le había endurecido hasta ser primero cartilaginosa y luego ósea y escindida. La boca desapareció. Aunque doña Catalina parecía natural y en cierto modo indiferente al cambio, algo había en ella que le impedía acercarse a Cervantes como esposa.

Y al posarse en la cabecera de la cama, la noche se convertía para Cervantes en una larga pesadilla.

Durante el día el sacerdote miraba a su hermana y no decía nada. La verdad es que vestida doña Catalina y con la pañoleta disimulaba bastante bien. Lo malo era cuando tenía que hablar porque casi siempre se perdía en una masa de sonidos sin acertar a articular más que alguna palabra aislada y sin llegar a decir nada concreto. El estado de ánimo sí que lo expresaba; por ejemplo, la alegría, la tristeza, el amor o el odio aunque con el tono más que con las palabras. (En cuanto al odio era innecesario porque ella no odiaba a nadie.)

Cervantes pensaba consultar con el sacerdote del pueblo —con su cuñado no se atrevía—, pero seguía recelando y no las tenía todas consigo pensando en la Inquisición. El problema, pues, se agravaba y algunos días era abrumador.

Menos mal que el halconete escapó y no volvió a verlo Cervantes. Debió encontrar a sus padres porque el ave de presa que antes pasaba de noche por el aire chillando —llorando— no volvió a pasar. Y Cervantes pensó: «Por lo menos el halcón se ha salvado, bendito sea Dios».

Cuando doña Catalina supo que había volado el halcón estuvo dos días encerrada en su cuarto repitiendo frases incongruentes y cacareando. Su voz no era, sin embargo, más fuerte que la de las gallinas aunque tenía una capacidad torácica muy superior a la de ellas. Y Cervantes seguía sin dormir. Llevaba ya siete días sin conciliar el sueño y recordaba que un ser humano difícilmente puede resistir más de diez noches de insomnio. Pasado ese plazo de resistencia la salud declina rápidamente y estaba alarmado. Durante el día iba y venía inseguro en sus pies.

En cambio doña Catalina instalada otra vez en la cabecera de la cama dormía muy bien. Hay que decir en su favor que no llevaba consigo los olores del gallinero y que nunca hacía sus necesidades sino en el retrete. Es decir —y el lector perdone la sordidez de los detalles— pipí no lo hacía, como dijo un día, tiempo atrás, a su sobrinita.

Hubo otro contratiempo grave. La cocinera anunció que quería marcharse. Cervantes se asustó pensando que llevaría la noticia por el mundo, pero quizá con el mismo temor el cura la convenció de que debía hacerse monja en un convento de clausura y esa fue una feliz derivación del problema sin necesidad de que nadie hablara de las gallinas.

Iban haciéndose las cosas difíciles para Cervantes y no sólo por la metamorfosis de doña Catalina. Algunos comenzaban a pensar que Cervantes no hacía nada dentro ni fuera

de la casa. Es verdad que se hallaba en ese período de la
luna de miel en el cual se supone que la vida exterior queda
más o menos interrumpida, pero tanto el clérigo como doña
Catalina aprovechaban cualquier ocasión para hablar con grandes elogios de otros parientes que hacían dinero. Después de
referirse a alguno de ellos y contar sus habilidades, el comentario de doña Catalina era siempre el mismo:

—Ése, vale mucho.

Lo decía con una convicción profunda y un tono enfático
que dolía un poco a Cervantes. En aquel caso se refería a un
pariente arrendador de alcábalas. Por si aquello no bastaba, el
clérigo añadió un día:

—Ese arbitrista no se anda en *Galateas* ni galateos...

Y ella repitió según su estilo:

—Vale un Potosí ese arrendador de alcábalas.

Pensó Cervantes que para dedicarse a aquello hacían falta
dineros y garantías.

Una mañana temprano se oyó un gran alboroto en el corral
y Cervantes salió y vio escapar a un gato enorme, uno de esos
gatos viejos bien alimentados y amigos de aventuras que andan por los corrales ajenos. Salió el gato como alma que lleva
el diablo, pero no se llevaba presa ninguna. Parece, sin embargo, que había herido a una gallina y la víctima se quejaba
y arrastraba un ala ensangrentada.

—Ha sido el buitre —decretó doña Catalina.

Odiaba Cervantes oír llamar *buitre* al halcón. Dijo que
había visto salir un gato muy grande, tan grande como un
pequeño tigre y que el halcón no tenía culpa ninguna.

Entonces doña Catalina dijo ligeramente a su hermano que
Cervantes había visto un tigre en el corral y el clérigo exclamó:

—Dios me asista, que no ha habido nunca tigres en esta
tierra.

Ella insistió en que su esposo había visto un tigre.

De momento la cosa quedó así, pero el domingo llegó otra
vez el hidalgo a jugar a las cartas y poco después acudieron
el barbero y el cura. Todos discutieron si había o no había
tigres en España. Hubo mayoría en contra. Cervantes quiso
decir que los tigres vivían en Asia y que en África tampoco

los había y él lo podía decir por haber estado seis años en Argel. Pero siempre que se ponía a hablar de tierras lejanas lo miraban con recelo como si pensaran: ¿se cree superior por haber estado en África, en Chipre y en Italia? En cuanto al barbero pensaba otra cosa. Pensaba que a pesar de haber andado en naciones lejanas no había hecho dinero.

Aquella tarde quiso Cervantes obligar a hablar al hidalgo. Resultó que el clérigo salió en defensa de su silencio aunque Cervantes no le había importunado sino que se había limitado a preguntarle en qué ocupaba sus importantes ocios durante la semana. Cuando el clérigo dijo que en sus tiempos el hidalgo había seguido los negocios del pollerío con ciertos comerciantes de Valdemoro que tenían puestos en el mercado de Medina del Campo, doña Catalina intervino en favor de su tío, pero lo que dijo no se entendió por su manera gallinácea de pronunciar.

El hidalgo, con su prestancia de condestable de Castilla, había sido en tiempos un buen agente de compras de huevos para el abuelo de doña Catalina. Y una vez que supo que un arriero iba a Pinto con una carreta y que llevaba una carta de su hermano el cura para un campesino que criaba aves de corral, el hidalgo le pidió la carta sellada al clérigo y escribió en el sobrescrito: «El día 15 pasaré por ésa camino de Valdemoro. Si tenéis huevos salid al camino». Y firmó.

Quería que saliera con huevos para comprárselos, pero el rústico entendió mal, salió y le dio una paliza al condestable. Ese incidente desgraciado que doña Catalina contó de buena fe hizo reír a Cervantes. La risa se contagió a su esposa quien, con la cofia de encajes puesta y la pañoleta cubriéndole la mitad del pico, estuvo cacareando notablemente ante el asombro de los curas.

El hidalgo decía, atento a las cartas:

—Un malentendido, ese de los huevos.

Cervantes pensaba seriamente en marcharse cuanto antes de Esquivias. Cuando pudo sofocar la risa preguntó:

—¿Qué pasó después, señor Alonso Quesada?

El cura del pueblo, ordenando el manojo de cartas entre sus manos, respondió por el hidalgo: «Se retiró del negocio, don Alonso».

Viendo en el viejo señor Quesada una vez más aquella dualidad de grandeza y miseria, Cervantes no sabía qué pensar.

Se hablaba otra vez del alboroto en el corral y como no había tigres y parecía raro que un simple gato se atreviera a tanto había la tendencia a considerar culpable al halcón. La opinión de Cervantes, que había visto lo sucedido, no la tomaban en serio. «Saben —pensó él— que soy parte interesada y que defendería al halcón aunque fuera culpable.»

La obsesión de los otros le incomodaba un poco, sin embargo. Y la mano atrofiada le temblaba más.

Otro día, desde su famoso solanar —donde estaba con la sobrinita— vio que todas las gallinas acudían a picar a la que había sido herida por el gato. La víctima se sostenía aún sobre sus patas, pero caminaba a duras penas huyendo de sus compañeras que habían decidido matarla como suelen hacer en casos parecidos. Doña Catalina decretaba desde la ventana:

—Antes que la maten hay que cortarle el cuello y llevarla a la cocina.

La sobrinita se lamentaba: «¡Qué terribles son las gallinas murmuradoras y rebusconas!». La manera de hablar la niña era del gusto de Cervantes. Él se interesaba por las palabras como los niños por los confites y los jugadores por sus bazas.

Veía Cervantes su propia mano manca por heridas de guerra y recordaba el arcabuzazo en el pecho. Creía hallar alguna congruencia en la actitud de toda aquella gente con él. Tampoco él se podía valer con las dos manos.

Su esposa, cuando se desnudaba para ir a dormir —y se obstinaba en hacerlo en el cuarto de Cervantes— quedaba en cueros, llena de plumas, gallina como cualquier otra gallina, pero tan grande que causaba asombro. Conservaba, como dije antes, la cofia y la pañoleta por no se sabe qué razón. Cervantes no se atrevía a preguntárselo, pero suponía que lo hacía para disimular el cambio, al menos en lo que se refería a la cara. Por coquetería de mujer.

Y, como siempre, saltaba a la cabecera de la cama y se dormía pronto, pero despertaba hacia la medianoche, cuando comenzaba a cantar el gallo. Como tenía el peso de una persona mayor, cualquier movimiento, aun el más pequeño, en su percha sacudía la cama entera y Cervantes adormecido se despabilaba incómodo y se volvía de lado para volver a suceder lo mismo poco después.

A veces la cama vibraba con los simples latidos del corazón de doña Catalina. Por fin y apurado por la fatiga Cervantes aprendió a dormir a pesar de todo.

Durante el día seguía preocupándole lo que sucedía en el corral con la gallina herida. Si reflexionaba un poco no tardaba en comprender que en la casa y tal vez en la vida pasaba lo mismo con él. Sabiéndolo manco deseaban hacerle sentir su vulnerabilidad, tal vez.

No tardaron en descubrir que Cervantes rehusaba a veces comer carne de cerdo. No todas las clases de carne de cerdo. Por ejemplo, el jamón serrano bien curado cuando tenían un pernil colgado en la despensa le gustaba, y en las tardes de invierno una loncha con un poco de tomate en conserva, un trozo de pan y medio vaso de vino eran una buena merienda que le entonaba. Quedarse entonces al amor del fuego una hora sin hacer nada, soñando y dormitando, era una auténtica delicia.

Su mujer, gallina y todo, lo observaba. Su cuñado también. Los domingos el hidalgo y el cura de Esquivias, aunque con menos atención y disimulando por cortesía, se fijaban en Cervantes más de lo que se podía esperar. Cervantes entonces se retiraba a su cuarto a escribir. El hecho de que se retirara a escribir les parecía, sin embargo, que no justificaba del todo su vida. Un día que dijo Cervantes que iba a *trabajar* en lugar de *a escribir* hubo miradas de soslayo e ironías sobrentendidas.

Aquella tarde el clérigo dijo al hidalgo: «Mi cuñado don Miguel de Cervantes viene de conversos». Cervantes era rubio, de frente despejada y expresión abierta. Es verdad que tenía una nariz corva y afilada y los labios gruesos y saledizos aunque la boca era pequeña. En todo caso el carácter de Cervantes, un poco solitario y evasivo, distaba del de otros escritores que no venían de conversos como, por ejemplo, Lope de Vega. Tampoco Lope tenía la nariz tan aguileña ni los labios saledizos. Lope, a quien doña Catalina le había aplaudido una comedia en el corral del Príncipe.

Parece que Lope era jovial, sociable, descuidado, con algo de la espontaneidad de doble fondo que suelen tener los buenos actores y los aristócratas. Cervantes resultaba un poco *peculiar* si se le consideraba despacio.

Los jugadores domingueros de cartas comenzaron a mirar a Cervantes como las gallinas miraban a la que había sido atacada por el gato gigantesco. No sabía Cervantes si era por el hecho de venir de conversos o sólo por estar deteriorado en su mano y en su pecho. Esas dudas le incomodaban.

Cervantes, que tenía una sensibilidad muy aguda y que solía leer los secretos pensamientos de la gente especialmente cuando percibía en ella alguna tendencia a la animosidad, seguía inquietándose.

Aquella inquietud no era todavía grave. Cervantes no era hombre de alarmas fáciles sino firme y sereno y lo había demostrado más de una vez. Pero se sentía inquieto cuando creía que el suelo que pisaba se hacía resbaladizo. Era lo que comenzaba a suceder en aquella casa. Por lo demás, el hidalgo Quesada parecía venir de conversos también aunque, quizá, más lejanos.

En el corral, la gallina deteriorada estaba ya medio muerta. Todo el día se dedicaban las otras a mortificarla, y cuando Cervantes la vio posada en tierra sobre su vientre con una pata estirada hacia atrás y la cabeza oscilando a un lado y a otro como un péndulo, se dijo que le quedaban pocas horas de vida. Doña Catalina, mirándola también, pareció dudar un momento pero de pronto dio una voz desacordada, entró en la cocina, salió con un hacha y dirigiéndose a la gallina la llevó al pilón del cobertizo y de un golpe le cortó la cabeza.

Lo más curioso sucedió después. Doña Catalina dejó el hacha clavada en el pilón, quiso entrar en el gallinero sin lograrlo y cuando comprobó que la puerta no era bastante ancha para ella desistió y acurrucándose en un rincón del cobertizo puso un huevo. Un huevo no mayor ni menor que los que ponían las otras gallinas.

Cuando lo hubo puesto cacareó un poco aunque a media voz y sin alarde, como si se diera cuenta de que lo que había hecho no estaba bien en una dama.

Cervantes se sintió desolado.

Antes de casarse había querido informarse sobre la familia

de la novia y supo que sus abuelos venían del Toboso. Se inclinó a soñar un poco como cualquier novio en su caso. Toboso era un nombre compuesto de dos voces hebreas como otros nombres españoles de ciudades o aldeas. *Tob* quería decir *bueno* y *oss* quiere decir *secreto*. Así pues, el Toboso significa en hebreo el *bien secreto* o la bondad escondida. Recordaba Cervantes que antes de casarse había dado a doña Catalina un nombre que le pareció a un tiempo poético y justo. Era Cervantes un gran admirador de la *Celestina* y a la hora de dar a su novia un nombre idílico se le ocurrió hacerlo a imitación del de Melibea y Melisendra, esposa del infante Gaiferos. Si ellas eran dulces como la miel, dulce debía ser también doña Catalina. Así, pues, la llamó *Dulcinea* y por alusión a su linaje, *del Toboso*. En su conjunto, el nombre quería decir *Dulzura de la bondad secreta*. Mitad en romance y mitad en hebreo. Nadie sabía que Cervantes conocía el idioma hebreo. No era que pudiera hablarlo o escribirlo, sino que había sentido curiosidad por los idiomas semíticos y aprendido algo de ellos durante su larga estancia en Argel.

Estaba por otra parte Cervantes tan familiarizado con el antiguo Testamento que, cuando vio a Alonso Quesada, lo primero que se le ocurrió fue pensar en un profeta: Ezequiel. No sabía por qué, pero no podía evitarlo. Ezequiel vivió después del gran éxodo en masa de los judíos.

Los nombres de aquel viejo hidalgo —Alonso y Quesada— le parecieron a Cervantes especialmente sugestivos. Pero Quesada podría haber sido Quijano y Quijada y se le ocurrió que añadiéndole el sufijo *ote* —despectivo— la sugestión era más completa. En hebreo resultaría el nombre Quichot —*o quechote*—, que quiere decir certidumbre, verdad, fundamento y que se cita constantemente en las escrituras religiosas judías.

Quesada era un nombre lleno de alusiones a grandezas humanas y el *ote* lo hacía grotesco. Sin dejar de ser grandioso y grotesco, era sobre todo la verdad. Una gran verdad hebraica. Como Ezequiel y más aún como David, el hidalgo Quesada parecía a un tiempo loco, sabio, grave, grotesco, y Cervantes lo miraba a distancia y reflexionaba. Le producía aquel viejo admiración, respeto y risa.

Con ser eso bastante sugestivo no era gran cosa al lado del

hecho culminante de aquellos días: la metamorfosis de doña Catalina. Al verla Cervantes llevarse la gallina muerta y entregarla a la cocinera se preguntaba cómo podía haber cogido aquel objeto —la gallina— si no se veían ya sus manos al final del brazo. Luego vio que en el extremo de las alas y asomando por la manga bajo las plumas mayores ella conservaba cuatro deditos medio atrofiados —el pulgar había desaparecido ya— con la misma aptitud prensil de antes.

Doña Catalina volvía y explicaba a Cervantes algo en relación con la gallina muerta, pero Cervantes la escuchaba sólo a medias atento como estaba a descubrir entre las plumas —al final de las mangas— sus dedos prensiles. Ella decía con altibajos y disonancias de ave de corral:

—Lallina muerta era oña *Coquita.*

Volvía a decirlo en palabras entrecortadas y confusas. Repetía sus ideas una vez y otra sin acordarse de que las había dicho ya y Cervantes pensaba: «Ha salvado la gallina para dárnosla en la mesa. Pero matándola de un golpe de hacha en el pilón ha hecho doña Catalina en un instante lo que las otras trataban de hacer en las últimas semanas».

Seguía ella hablando de *la Coquita:*

—Una presa tengo de yevar alasposa de lalbeitar questá recienparida.

—Vos no —dijo Cervantes— porque eso no iría bien con vuestro decoro.

Quería Cervantes evitar que saliera a la calle y llamara la atención. Era una gallina enorme. El rabo se alzaba debajo del fustán y habían tenido que coserle una franja supletoria para que no se vieran sus patas secas de gallina. Todavía usaba zapatos en los que acomodaba como podía sus cinco dedos leñosos.

Pero caminaba tambaleándose y por esa razón en cuanto podía se quedaba descalza. Entonces andaba mejor aunque contoneándose y con las piernas separadas. Las faldas bajando hasta el suelo le cubrían discretamente los pies.

Volvía a hablar doña Catalina de *la Coquita,* como si aquella pobre ave fuera un ser humano, y, oyéndola, no podía Cervantes menos de sentirse aludido en su manquedad.

La verdad era que todos los que entraban en la casa

—es decir, los dos curas, el barbero y el hidalgo— sin habérselo propuesto guardaban el secreto de doña Catalina con una especie de disimulada vergüenza. Nunca hablaban de lo que estaba sucediendo aunque no pensaban en otra cosa. En cuanto a la sirvienta, iría pronto al convento de clausura pero antes el cura advertiría a la priora que aquella mujer tenía rarezas y maneras incongruentes de hablar. Así, cuando la cocinera aludiera a la transformación de doña Catalina, nadie se extrañaría en el convento y tampoco se sentirían obligadas las monjas a creerla.

El que más consternado estaba y menos lo mostraba era, como se puede suponer, Cervantes. No tenía relaciones íntimas con doña Catalina hacía tiempo y ella parecía no echarlas en falta. Sólo quería doña Catalina alguna clase de ternura, lo que parece natural aunque no está demostrado que las gallinas tengan necesidades afectivas. Cervantes le decía ocasionalmente a su esposa alguna expresión amable aunque un poco forzada. Tenía el deseo de marcharse de Esquivias cuanto antes, pero no sabía cómo.

Había prometido una aportación económica a la hacienda familiar y no la había hecho todavía. No sabía de dónde sacarla. Fácilmente firmaba Cervantes y contraía obligaciones que le parecían adecuadas al rango de su persona, pero a veces no sabía cómo hacerles frente.

No era fácil hablar con doña Catalina porque cada día el habla de aquella señora perdía exactitud y sentido. Por otra parte, doña Catalina no se acordaba de lo que había dicho un momento antes y por lo tanto hablaba de una manera divagatoria.

Un día se dio cuenta Cervantes de que la transformación de doña Catalina era menos sensacional para sus amigos que la sospecha creciente de haber habido judíos en su linaje. No era Cervantes judío, pero venía de conversos. En el fondo no tenía verdadera importancia. Todos los hombres somos parientes de sangre. Todos los que habitamos el planeta. Si cogemos un lápiz y nos ponemos a calcular el número de nuestros abuelos, generación tras generación, llegamos pronto a un tiempo dentro todavía de la era cristiana en que el número de nuestros parientes consanguíneos es diez veces mayor que el de los habitantes todos del planeta. Ésta, como toda cuestión de números, es clara y se puede comprobar sobre el papel.

Siendo así, todos venimos de judíos, de moriscos y de arios, de lapones hiperbóreos y de egipcios. Y todos tenemos en nuestra parentela santos y blasfemos, vírgenes y putas, príncipes y pájaros de horca —a veces los dos en uno. Todos tenemos en la familia emperadores y mendigos.

Era Cervantes extremadamente prudente. Nunca habló mal de nadie. Si alguno lo maltrataba lo comentaba tal vez, doliéndose, pero su dolor era cancelable. Parecía como si tuviera un sentimiento de culpabilidad.

Era un hombre bueno, secretamente bueno y digno como nadie de Dulcinea del Toboso, es decir de *la mujer dulce de la bondad secreta.*

Antes de marcharse de Esquivias hizo un sondeo a ver si podría vender los majuelos de Seseña u ofrecerlos como garantía para trabajar como alcabalero. Doña Catalina no decía que no. Incluso prometió hablarle a su hermano. Pero ¿tenía algún valor una opinión de doña Catalina?

Había pensado también seriamente Cervantes en ir a las Indias, común refugio de los desventurados. Pero para conseguir la autorización necesitaba una justificación de limpieza de sangre porque había recelo y ojeriza con los sospechosos de judaísmo e incluso con los conversos de reciente data. Ésta era una ley nueva.

Aunque Cervantes había pedido esa autorización, la respuesta se demoraba y ya no se hacía ilusiones porque el aplazamiento suele ser la manera de negar de los reyes.

El día que Cervantes habló a su esposa de los majuelos de Seseña, ella se puso a hablarle de otra cosa con la volubilidad que solía mostrar —después de decirle que sí. Se puso a hablar de las gallinas. El mundo de las gallinas parecía interesar más cada día a doña Catalina, lo que no tiene nada de extraño sabiendo lo que le sucedía.

Aquel día era domingo y el cuñado clérigo había vuelto de Seseña con su caballejo. Era una mañana lluviosa y el clérigo se disponía a celebrar otra misa en su casa. Solía ayudarle Cervantes pronunciando muy enteros y exactos los latines de la bendición de los ángeles, en lo que Cervantes ponía cierto amor propio.

Pero el clérigo que volvía con el quitasol plegado porque había dejado de llover se acercó al solanar y para que el bati-aguas —como decía el hidalgo— se secara volvió a abrirlo. Al extenderse las varillas y desplegarse la tela, las gallinas más próximas dieron una espantada y la que se mostró más asustada fue la misma doña Catalina, que sin darse cuenta abrió los brazos y dio un enorme salto hacia atrás.

Se disculpó el clérigo con voz doliente —le apenaba aquello— y dejó el paraguas abierto en el solanar. Doña Catalina se acercó otra vez a Cervantes, se lamentó con un gorgoreo de gallina que sonaba en tono menor y, cuando vio que el clérigo había entrado en la casa, se puso a hablar otra vez de *la Coquita*. Escuchaba Cervantes y luego, un poco impaciente, le dijo:

—Doña Catalina, ¿es que no podéis hablar de otra cosa?

Entonces ella cambió el tema recordando que a *la Coquita* se la habían comido ya y no le había llevado su presa a la recienparida mujer del albéitar.

Al cambiar de tema, doña Catalina se puso a hablar sin embargo de otra gallina, la que llamaba *Mantuda,* que parecía tener siempre frío y encogerse de hombros e hinchar o sostobar las plumas. Hablaba de ellas como si fueran personas. Según doña Catalina, *la Mantuda* era de la misma cobada que la difunta *Coquita,* pero de otro padre y se conducía en la vida de una manera distinta. Era tímida y taimada. Siempre acudía antes que las otras cuando el gallo descubría un gusano y las llamaba.

Se podía sospechar que el gallo la prefería también porque a veces tenía el gusano en el pico y acudían tres o cuatro, pero él no lo soltaba sino para *la Mantuda.* Es verdad que en los últimos tiempos esa gallina se acostaba a la derecha del gallo y a su lado, lo que quiere decir que gozaba de su favor y que había engordado y pesaba algunas onzas más que las otras.

Doña Catalina decía todo aquello como si estuviera dando noticias de la corte y de la familia de sus majestades. Luego se puso a hablar del gallo, de una manera difícilmente comprensible:

—Nadie como *Caracalla* pararañar el suelo y encontrar, encontrar, encontrar... Es muyencontrador *Caracalla*.

Aburrido, Cervantes apuntó:

—¿Al parecer tiene nombre, el gallo?

Cervantes pensaba que *Caracalla* parecía más bien nombre de gallina. Al mismo tiempo recordaba que había estado en Roma en las famosas termas de Caracalla que se usaban todavía y a las que iban por cierto gentes de todas clases, incluso algunas de no muy buenas costumbres.

Últimamente, doña Catalina hablaba con sonidos difíciles de entender.

Decía por ejemplo aquella mañana:

—*Don Caracalla* me encocora, pero la mantudiya es la que yeba la pinyiata del pico de don Caracaracaracalla.

Antes solía citar nombres de santos y el de Dios mismo en sus exclamaciones, pero últimamente no lo hacía.

Mientras hablaba miraba el paraguas abierto con respeto, casi con temor. Más tarde, cuando su hermano el cura fue a cogerlo viendo que estaba ya seco el parasol —se usaba indistintamente con el sol o el agua—, se desarmó un poco y quedó en el suelo desenvarillado y lacio. Ella dijo retrocediendo:

—Mirandiyo que hacéis señor hermano, que el batiaguas rompido parese una gallinita muerta y el señor Caracaracaracalla se nos acoquina.

Oyendo aquello Cervantes se decía: «Ahí está el señor *Caracalla* gobernando su corral, señor de sus gallinas, arbitrario, despótico y dadivoso, todo a un tiempo». Y viendo que doña Catalina hablaba del gallo con respeto, añadía para sí: «Me gustaría ser el Macrino de ese Caracalla». El Macrino fue quien asesinó al emperador Caracalla en el siglo III. Cervantes sabía un poco de árabe y más hebreo aunque en ninguno de esos idiomas era maestro. Algunos pasajes de Ezequiel podía leerlos en el idioma original, pero aquella era una virtud no comunicable. Y Macrino quería decir *carnicero*.

Había que ser un Quevedo con parientes en el palacio real y hábito de Santiago para atreverse a declarar en público que podía leer hebreo. En aquel nombre del asesino de Caracalla había alusiones al mundo oriental. El Macrino era un nombre fenicio, como la Macrina de Sevilla, que era la mezquita donde iban a rezar los árabes que se dedicaban a descuartizar reses para el rastro. Más tarde aquella mezquita se convirtió en santuario de la Macrina o la Macarena, cuya virgen se sobrentendía que ayudaba a los toreros. La historia tenía tendencia a continuar de un modo u otro.

Doña Catalina seguía hablando y cuando se sentía locuaz al modo gallinesco Cervantes quería ya una sola cosa. Quería marcharse de aquella aldea. Lo más lejos posible. A las Indias no le dejaban ir por el momento, pero le habría gustado por lo menos ir a Andalucía o bien a Castilla la Vieja, a Valladolid, donde estaba la corte.

Comenzaba el clérigo a mirar de reojo a Cervantes por alguna de las siguientes causas. Por haberse enterado de que tenía una hija natural nacida de sus amores con la comedianta Ana Franca —una hija a quien Cervantes amaba y que se llamaba Isabel de Saavedra. Por su propio arrepentimiento de haber casado a la hermana joven con un converso o hijo o nieta de conversos veinte años más viejo y manco. Por haber averiguado que antes de ir Cervantes a Italia mató a un hombre en duelo, por lo cual fue condenado a diez años de destierro y a la amputación de la mano derecha, sentencia que afortunadamente no se cumplió. O simplemente porque recelaba de aquel interés varias veces manifestado por los majuelos de Seseña.

En todo caso, el clérigo se conducía de una manera honesta —decía doña Catalina— ya que al morir *la Coquita* había hecho la rectificación en el contrato de matrimonio. Ninguna otra parte de la hacienda registrada en aquel contrato había sido alterada ni tocada por Cervantes, ni siquiera las resmas de papel de estracilla que le habían tentado varias veces pensando en la segunda parte de la *Galatea*.

El otro cura, el de Esquivias, era hombre de devociones calladas y de una cierta codicia también, pero a lo canónico. No perdonaba los diezmos a ningún campesino ni la oportunidad de sacar algo de sus feligreses más ricos. Al principio se había hecho ilusiones con Cervantes, pero cuando vio que escribía versos alzó los ojos a las vigas del techo de su abadía y masticó cuatro o cinco veces en vano —con la boca vacía. Era un gesto que solía hacer en los casos de dramática desconfianza. Masticaba como las cabras, sin tener nada entre los dientes.

El cura de Esquivias tenía necesidad de sentirse a gusto en su piel, como cada cual. La profesión eclesiástica llevaba aparejados honores y franquicias. Una tarde, entre vaso y vaso de vino —doña Catalina bebía aguamiel—, quiso saber por qué motivos tenía Cervantes tratamiento de don. Cuando lo supo —hidalguía por parte de madre y jerarquía soldadesca— decidió para su roquete que era Cervantes a pesar de todo un hidalgo de gotera y que daba de sí menos que un labrador de dos yugadas. Lo borró del panorama de sus esperanzas.

Un día el párroco se permitió una alusión que alarmó un poco a Cervantes. Habló de los que preferían el aceite a la grasa de tocino para freír huevos. Luego le preguntó a Cervantes si el nombre Ana era judío y lo que quería decir. Sabía Cervantes que *ana* quería decir *aquí, presente, ahora,* pero se limitó a responder que no era tan versado en ciencias humanas como don Francisco de Quevedo y que en Salamanca había oído sólo cánones y gramática. Por otra parte, Ana era el nombre de la comedianta con quien tuvo a su hija Isabel.

Calló Cervantes pero se quedó un poco desazonado pensando en la metamorfosis de doña Catalina. Después de aquel incidente en relación con Ana, el párroco se conducía en la casa como si Cervantes no estuviera presente y el barbero hacía lo mismo, aunque con desatenciones más rústicas y vulgares.

El que no molestaba nunca a Cervantes era su cuñado, pero aquellos cuidados con el contrato de matrimonio eran a veces ligeramente ofensivos, apuntando y borrando gallinas.

Llegó un momento en que Cervantes habría querido salir de la casa y de Esquivias con las manos vacías y sólo por sentirse libre. La idea de que doña Catalina hubiera hablado a su hermano de los majuelos de Seseña le torturaba por la noche acostado en la cama y con su esposa ya del todo gallina —enorme gallina— posada en la barra de la cabecera.

Ya no se podía hablar con ella, es decir, que no se la podía entender sino aproximadamente y a duras penas.

Sin embargo, Cervantes quiso saber de una vez si podía o

no disponer de los majuelos y aquel día le preguntó en el solanar:

—Señora, ¿habéis hablado a vuestro hermano de lo que os dije sobre las vides?

Ella respondió a medias:

—*Don Caracalla* y el papapapapárroco y mi señor hermano ccccccavilan y diaquiáelcabodyaño... diaquiá el cabo dianyi... diquiá el...

No terminó porque *Caracalla,* que estaba escarbando dos pasos adelante y uno atrás como si bailara un minueto, descubrió el consabido gusano y llamó a las gallinas con su *gorgogoriaerr*... Y doña Catalina misma saltó sobre la barandilla y acudió corriendo. Pero llegó tarde porque *la Mantuda* se le adelantó. Entonces doña Catalina volvió al solanar y dijo medio disculpándose:

—Es que está cocococobandiando.

No era sólo que imitaba a las gallinas sino que olvidaba el idioma. Había dicho *diquiaelcabodyaño* en lugar de decir «desde aquí al cabo del año» y *cobandiando* en lugar de incubando o cobando. Era que todo retrocedía en ella, como retrocedían sus faldas bajo el obispillo.

Cervantes se pasó la mano por la frente, suspiró con pesadumbre y entró en la casa. En aquel momento encontró al hidalgo que llegaba, aunque no era domingo. Llevaba un librito en la mano. Un pequeño libro de Luis de Ávila que se llamaba *Jardín Espiritual,* una paráfrasis del *Zohar* de don Sem Tob —don *Hombre Bueno,* en castellano. Fue una gran sorpresa para Cervantes. El *Zohar* era el libro más importante después del *Talmud* judío, por entonces. La crema de la crema del pensamiento hebraico en el que se recordaba que David había sido una especie de bufón de Dios. David que bailaba desnudo para sus sirvientes y que no rehuía lo grotesco risible porque sabía que por encima de todas las manifestaciones más impúdicamente bufonescas del hombre estaba la divinidad invulnerable e invilificable. Por encima de lo ridículo sublime y de lo grandioso mezquino. Del hidalgo que aconsejaba apuntar las gallinas y recibía una paliza en un camino y hasta de la esposa engallinecida.

Cervantes creyó comprender al hidalgo con sus ambiva

lencias incluida la del silencio noble y el habla risible. Y Cervantes salió aquel día de Esquivias y no volvió nunca. Sin los majuelos. Se fue a Andalucía a reunir víveres para la expedición de la Invencible que fue vencida poco después. Sabido es el soneto compuesto más tarde burlándose del duque de Medinasidonia y el que dedicó a Felipe II. De aquellos dos sonetos estaba Cervantes justamente satisfecho. Él, que tanto empeño puso en escribir poesía.

En cuanto a doña Catalina, no se ha podido averiguar más de la vida que vivió después de sucederle la transformación de la que hemos hablado. Lástima.

LA AVENTURA EQUINOCCIAL
DE LOPE DE AGUIRRE

LA AVENTURA EQUINOCCIAL
DE LOPE DE AGUIRRE

EDICIONES EN LENGUA CASTELLANA

1.ª Las Américas. Nueva York, 1964.

2.ª Editorial Magisterio Español, colección «Novelas y Cuentos». Madrid, 1967.

PRESENTACIÓN, POR CARMEN LAFORET

«Ignoro lo que es una asamblea de partido o una reunión de célula, pero sé que el poeta y el político son especímenes opuestos e irreconciliables y que las cualidades del uno y del otro se repelen. Cuando me he acercado a la política, me he conducido como poeta (resultaba así un animal indefinible), y entre los escritores me consideraban a menudo un político. Unos y otros se engañaban y se irritaban al sentirse engañados. Pero un escritor no puede evitar la circunstancia social. Para mantenerse insensible a los problemas sociales de nuestro tiempo hay que ser un pillo o un imbécil.»

Ramón J. SENDER

Este escritor, Ramón J. Sender, posiblemente el más grande, original, sincero y potente creador de nuestra literatura española actual, nació en el pueblo aragonés de Chalamera, «un bonito nido de águilas sobre el Segre y el Cinca»; aunque apenas cumplido un año de edad sus padres se trasladaron no muy lejos de allí, al pueblo de Alcolea de Cinca, donde pasó su primera infancia. Raíz catalana en su apellido y hondas raíces aragonesas en su ascendencia y en su contacto primero con la tierra. Inquietud viajera. Originalidad creadora que le caracteriza, librándole siempre del tópico regional. Es un observador y un creador. Juan Luis Alborg hace notar, en su ensayo sobre este autor, que las crónicas de Sender, con las que obtuvo renombre absolutamente merecido en sus primeros años de periodista, tenían dentro de ellas la semilla de futuras novelas que, efectivamente, realizó. De situaciones reales, su genio peculiar desarrolló luego el estudio psicológico, la aventura novelada.

Ha sido catalogado como escritor político. No lo es más que lo que podían haberlo sido Dante o Cervantes en sus circunstancias. Va hacia la esencia de unas verdades que siente como tales, y no al aprovechamiento de los hechos, para presentar una orientación política.

Escritor social. No se concibe un novelista que no acierte a dar el ambiente de la sociedad elegida para el desenvolvimiento de una narración. Sender, como ha hecho notar Alborg, no ve sin embargo a los hombres encasillados y presos en su capa social. Los ve en toda su dimensión humana. El ser humano le interesa profundamente como tal, y sólo las circunstancias pueden situar al hombre en distintos estratos de la sociedad y orientar sus posiciones. Pero lo importante es el hombre mismo, sea un conquistador del siglo XVI o un estudiante, un labrador, un millonario o un obrero de nuestros días.

Para la mujer, Sender tiene un punto de vista alcanzado desde una honda poesía y una virilidad profunda y sana. Pero no hay ceguera. Sus dotes de observación y la adivinación intuitiva de todo creador le libran de ella. En algunos de sus personajes nos da esa poesía íntima hacia lo femenino. Otros personajes no participan de la posición espiritual del autor y reaccionan de acuerdo con sus características, que pueden ser muy opuestas.

Tampoco los azares de la vida personal de Sender —intensa vida antes y después de su exilio— le ciegan ni le atan en ningún momento. Es demasiado grande para el rencor o el servilismo.

Sus crónicas periodísticas y sus primeros libros de ensayo y novela le dieron a conocer antes de nuestra guerra civil. El Premio Nacional de Literatura de 1935 fue para su novela *Mr. Witt en el Cantón.* Poco después, Sender dejó España y Europa. Hasta el momento de escribir estas líneas no tengo noticias de que haya regresado a España. En el continente americano ha permanecido cerca de treinta años, durante los cuales su trabajo ha sido continuo y se ha enriquecido con los viajes efectuados por distintos países del Sur y del Norte de América.

Alborg y Marra López, entre los comentaristas de la obra de Sender que conozco, coinciden con mi modesta opinión de que el exilio no le ha afectado en el sentido en que ha afectado a tantos escritores exiliados, en todas las épocas de la historia y de la literatura. No le ha secado. Su obra sigue teniendo una profundidad y una frescura asombrosas al describir las cosas españolas. Su lenguaje no se ha anquilosado. Es un maestro viviente no sólo en su realidad humana, sino en su creación. Cuando escribe sobre España lo hace sobre cosas vistas y épocas y gentes que hablan y reaccionan según el momento preciso en que Sender las describe. Con su amplia cultura y su don creador, puede poner de pie una sociedad y unas circunstancias del siglo XVI, como en *La aventura equinoccial de Lope de Aguirre;* pero no ha querido falsear —sin observación directa— nuestro momento cambiante y actual. Sus novelas de España son de la España que él vivió, sintió, padeció y gozó. Y así está viva en sus novelas.

La obra de Sender, que durante muchos años únicamente se publicó en español por editoriales americanas y ya está traducida a casi todos los idiomas, llega ahora a las mejores editoriales españolas. Su riqueza abruma. Aunque no sé el número exacto, puedo dar la cifra de más de veinte libros, entre los que, aparte de las grandes novelas, hay ensayos y obras de teatro. Es un autor de primera fila, de grandísima categoría. Si el adjetivo genial no estuviese desacreditado entre nosotros por el abuso, se lo aplicaría, y a escala de valores universal. No por capricho o por elucubraciones sobre lo que puede ser su obra en plena producción, sino por lo que su obra es ya y nos ha dado.

LA OBRA

La aventura equinoccial de Lope de Aguirre es una de las pocas grandes novelas que se han escrito sobre un episodio de la gran epopeya de la conquista española en América. Aparte de nuestras crónicas, poco conocidas del público, nuestra literatura no nos ha familiarizado con aquellos hombres y sus hazañas, con aquellos tipos humanos, que deberían ser tan populares, al menos, como los «americanos del Oeste» en su lucha contra los indios.

Este libro sobre el rebelde Lope de Aguirre es una novela extraordinaria, escrita sobre la base veraz y sobria de unas crónicas que relatan la locura de un hombre, cuya cabeza fue «expuesta dentro de una jaula hasta que se convirtió en cecina y luego calavera seca», tal como aún puede verse en la ciudad de Tocuyo.

En esta aventura equinoccial viven las tierras y el sol y la vida monstruosa de la flora y la fauna de los grandes ríos, de márgenes aún hoy día vírgenes. Viven también los hombres y las mujeres protagonistas de la aventura, y es protagonista también el valor sobrehumano colectivo, la necesidad de llegar al fin de todo, sin retroceso, que tuvieron aquellos soldados, los mismos que subieron las cimas de los Andes en alpargatas y que exploraron lo inconquistable aun hoy día: las selvas del trópico americano.

En esta novela no se presenta ninguna tesis sobre los hechos acaecidos alrededor de Lope de Aguirre, en lo que comenzó como una expedición en busca de «El Dorado». Sus páginas fascinan con su seca verdad. El talento del novelista nos permite respirar el aire y sentir —sin ser empujados a ello— una poesía y un impulso de vida contra todas las dificultades y los horrores. Nos hace comprender hasta la necesidad de un personaje —la sirvienta Torralba, por ejemplo— que cuando subía a una altura, fuera a una azotea o a lomos de una mula, notaba la irresistible tentación de cantar una jota soriana.

En *La aventura equinoccial de Lope de Aguirre* se conjugan los elementos de la más veraz narración histórica y relato de viajes con los de la novela psicológica más profunda y el más espantoso relato de crímenes.

Sabiduría y fuerza descriptiva, luces y sombras de contraste entre lo cómico, lo tiernamente humorístico y lo sombrío. Todo esto existe en el libro. Y también la ausencia de algo que no iría nunca con la naturaleza de aquellos tipos y aquel ambiente español. Algo que sobra hoy en casi todas las narraciones de sucesos y hasta en simples noticias periodísticas. En este libro en que se cuentan, sin soslayarlos, tantos asesinatos, tanta violencia, no hay morbosidad alguna. El crimen no despierta aquí, en un cerebro predispuesto, la curiosidad, la curiosidad malsana. Es sólo un hecho con toda su crudeza. Un hecho obsesivo porque está ordenado según las razones de un cerebro que se quema y se enferma progresivamente, pero que conserva su lógica fría y ciertos valores esenciales.

Además, nunca las cualidades y defectos de nuestra raza, que dieron la grandeza de su momento y también causaron la ruina de España, se han hecho sentir —sin aludir a ellos— de manera tan clara, objetiva y al mismo tiempo tan desde dentro, como en estas páginas.

Si me he atrevido a presentar en unas pocas líneas a un autor de la talla de Ramón J. Sender se debe a mi convencimiento de que esta familiarización con nuestros autores es necesaria al lector de novelas, que más tarde puede completar su curiosidad y su información en manuales de literatura o en libros de ensayo.

Las editoriales españolas no acostumbran a ser pródigas en presentaciones fuera de la propaganda comercial. Su falta contribuye a una confusión grande en la escala de valores literaria, a un desconocimiento que no debería existir en el lector medio.

Este prólogo es, como digo, una simple presentación, y no un estudio detallado sobre Sender. Por eso no me refiero a cada una de sus obras al tratar de resumir las características esenciales del autor. Hay varias novelas de Sender en nuestras librerías actualmente. El nombre del autor debe bastar para que un librero que conozca su oficio informe al público de los títulos que se van editando.

Mis opiniones personales después de la lectura de *La aventura equinoccial de Lope de Aguirre* sólo tienen valor porque el libro las acompaña para cotejar mi juicio valorativo con el del lector.

En éste, como en todos sus libros, el encuentro con Sender es importantísimo. Porque es un verdadero creador. No es un artesano del oficio, ni un imitador, ni una promesa envuelta en adjetivos. Cuando se tropieza con algo que es una realidad innegable —por ejemplo, un accidente geográfico, que puede ser una montaña o un río—, nos guste o no nos guste, ya no se puede confundir con ninguna imitación (decorado de cartón, acequia e incluso canal). Hay algo que es y algo que no es. Sender *es*. No encuentro para este autor y su obra otra definición mejor que ésta.

Carmen LAFORET

CAPÍTULO PRIMERO

El año 1559, cuando en tierras del Perú se pregonaba la expedición de Ursúa al Dorado, algunos se preguntaban quién era Ursúa para haber logrado del rey que le concediera aquella empresa.

Era Ursúa un capitán nacido en 1525 en Arizcun (Navarra), en el llamado valle del Baztán y no lejos de Pamplona. Tenía una alta idea de sí mismo que trataba de hacer compartir a los otros. Algunos lo odiaban por la persistencia que ponía en aquella tarea. De talla algo más que mediana, bien portado, un poco adusto y altivo, tuvo dificultades en aquellos territorios de Indias. Cerca de Quito, en la provincia de los indios llamados *chitareros,* descubrió una mina de oro. Más tarde, en tierras de la actual Colombia, fundó Pamplona y Tudela, redujo a los indios *musos* y despertó tales envidias en otros capitanes que una noche, por instigación de su enemigo Montalvo de Lugo, le quemaron la casa y tuvo que saltar desnudo por una ventana.

Era pues uno de esos hombres de presencia provocadora que suscitan antagonismos. Siendo justicia mayor de Santa Marta ofendió a algunos patricios de la colonia que le quitaron aquel cargo y llegó a verse comprometido porque dos enemigos suyos, entre ellos el capitán Luis Lancheros, consiguieron órdenes de prisión contra él, aunque no llegaron a hacer uso de ellas.

Afrontaba Ursúa las dificultades con valentía y arrogancia, pero no siempre sabía salir de ellas. Viéndose un día en un mal trance que podía determinar su ruina, acudió al virrey marqués de Cañete, quien, para probarlo, le encargó la reducción de los negros sublevados en Panamá. Éstos eran muchos y fuertes y habían llegado a constituir una amenaza grave. Con fuerzas inferiores los venció y apresó al rey negro Bayamo, a quien llevó a Lima en collera. Entonces fue cuando el virrey comprendió que Ursúa era alguien y le dio la empresa del Dorado. Sus enemigos callaron por el momento.

En plena juventud —no tendría más de treinta y cinco años— había Ursúa fundado ciudades, conquistado naciones indias y últimamente sometido a los negros cimarrones. Era un buen capitán con un futuro delante y su estrella relucía.

Los que lo trataban de cerca lo acusaban sólo de tener una idea excesiva de sí mismo. «Se cree de origen divino», decía algún oficial envidioso. Y el padre Henao, su amigo, respondía: ¿«Por qué no? Todos los hombres lo somos».

Comenzó Ursúa a concentrar su gente en la provincia de los Motilones, en Santa Cruz, al norte del Perú, tierra áspera y montañosa. La llamaban de los *Motilones* porque estaba habitada por una casta de indios que llevaban afeitada la cabeza. Al principio acudieron a su llamada gentes de todas clases, entre ellos sujetos malfamados, perseguidos y verdaderos delincuentes, porque el virrey marqués de Cañete había ofrecido amnistía a los que se alistaran. Para compensar aquello Ursúa quiso atraer a algunos capitanes hidalgos y escribió a don Martín de Guzmán, ofreciéndole el puesto de jefe de operaciones militares, es decir, de maese de campo. Le decía entre otras cosas: «Le ruego que de su parte y la mía suplique a todos los caballeros que conozca y estén sin empleo o con empleo inferior a sus merecimientos que vengan a esta jornada, que en buena camaradería iremos todos y sea nuestra fortuna próspera o adversa trataré de servirlos aquí y de informar de sus méritos en Castilla delante del rey».

Don Martín aceptó y entregó tres mil pesos a Ursúa para gastos de la expedición, que buena falta le hacían. Cuando fue Guzmán a Santa Cruz pareció decepcionarse un poco viendo la clase de gente que se había alistado. Había entregado los tres mil pesos en espera de beneficios, ya que aquellas expediciones, además de ser aventuras bélicas, eran empresas comerciales. Que lo cortés y lo valiente no quitaban a lo práctico.

Uno de los principales caballeros de Lima, llamado Pedro de Añasco, escribió a Ursúa diciéndole que había sabido que

quería llevar en la expedición a su amante doña Inés de
Atienza, viuda de un vecino del Perú, y le aconsejaba que
no lo hiciera. Para eso le recordaba los versos del romance
del conde Irlos:

> *Caballero que va en armas*
> *de hembras no debe curar...*

La presencia de doña Inés —decía— sería causa de contrariedades. Le rogaba que le diera consentimiento para hacer
una discreta gestión de manera que doña Inés accediera a
quedarse en Trujillo sin que supiera que era deseo de su
amado el separarse. Ursúa contestó a todos los puntos de
la carta, pero no dijo nada de doña Inés y por el contrario
se quedó pensando: ¿quién autoriza a Añasco a intervenir en
mi vida privada?

En otra carta de Añasco le decía también que cuidara mucho de algunos individuos que llevaba en su armada y que pres-
cindiera de ellos, «ya que por diez hombres más o menos no
dejará de salir adelante en su jornada». Le daba los nombres
de los soldados que consideraba peligrosos, entre ellos Lope
de Aguirre, Zalduendo y La Bandera. Pero Ursúa no echó de
su campamento sino a un soldado que no era ninguno de
aquellos tres y sólo por un delito ligero de indisciplina.

Pensaba Ursúa que no se hace la guerra con santos y a
veces el peor a la hora de la verdad es el mejor.

El virrey mismo escribió a Ursúa recomendándole también
que echara por lo menos a La Bandera, Zalduendo, Lope de
Aguirre, al mulato Miranda y a dos o tres más. No salió ninguno de ellos del campamento porque Ursúa confiaba en su
propia astucia y vigilancia. Don Martín Guzmán, nombrado
general de campo, le aconsejó también que hiciera una limpia,
y habiéndose negado Ursúa, don Martín meditó las cosas despacio y por fin decidió retirarse. Sin embargo, no reclamó
el dinero a Ursúa, sabiendo que su amigo estaba en grandes
necesidades, y se quedó algunas semanas más para ayudar a
Ursúa a organizar la intendencia.

Uno de los soldados sospechosos era, como hemos visto,
Lope de Aguirre, que solía rodearse de aventureros con his-

torias de sangre, entre ellos un tal Llamoso y otro Bovedo y Figueroa y el mulato Miranda también citado y otras malas piezas, negros o blancos. Pero Aguirre era algo más —mucho más— que un pícaro. Los pícaros eran los primeros que lo sabían.

Eran ya trescientos entre los que se habían concentrado en Santa Cruz, de los cuales algunos partieron para las orillas del río, que estaban veinte leguas más abajo, con objeto de fabricar los bergantines de la expedición. Entre ellos había serradores, carpinteros y calafates, ebanistas de ribera, tallistas de arboladura y peones para la corta de árboles, estos últimos casi todos negros. Llevaban, como se puede suponer, herramientas al caso y hierro para fabricar clavos y grapas. También materiales para hacer brea. Para esta última contaban además con las resinas naturales del bosque. El maestro de oficiales que dirigía la construcción de bergantines se llamaba Juan Corzo. Mientras unos trabajaban otros les abanicaban y oxeaban para impedir que el calor y los mosquitos acabaran con ellos.

El pueblo de Santa Cruz, cuyo nombre completo era Santa Cruz de Capocoba, lo gobernaba su fundador y alcalde Pedro Ramiro por delegación del virrey. Era Ramiro noble y valeroso, con experiencia en aquellas tierras y tan serio que a veces su seriedad era cosa de broma. El gobernador lo nombró teniente general, que era el cargo más respetable después del suyo, y el nombramiento causó alguna extrañeza entre los aventureros más ambiciosos.

El clima no era muy saludable en aquellas latitudes. No llovía —era la época seca del año—, pero había humedad siempre en los lugares donde los árboles producían sombra. Había demasiada humedad. Se sentía siempre el aire mojado.

El capitán Ursúa a veces pensaba que su empresa iba a fracasar antes de comenzar realmente. Había tomado dinero de todo el mundo y como pasaban los meses sin que la expedición saliera, llegaron a amenazarle en Lima con nombrar un contador que fuera al campamento y revisara las cuentas. Eso le asustó y le hizo acelerar los trámites.

Al caer la tarde, Ursúa gozaba del fresco en un solanar descubierto acompañado de sus galantes memorias de Trujillo y veía a veces que en el fondo del paisaje ya oscuro quedaba la cresta de una serranía y en ella un alto pico bañado todavía de sol, dorado y luminoso. Aquel pico, encendido sobre la prematura noche del valle, le hacía pensar en Inés de Atienza, que estaba aún en Trujillo, pero que pronto acudiría a Santa Cruz también. El color del último sol en las altas rocas era el mismo de la piel de doña Inés.

A veces pasaba por debajo del solanar el soldado Pedrarias, hombre de buena presencia y mejor parola. Ursúa se acordaba de que aquel hombre era de los pocos que en Lima se habían atrevido a decir, en una reunión de hidalgos en la que había dos curas, que no creía en Dios.

Ursúa creía algunos días. Otros, no.

Había días en los que el aire centelleaba como las aristas del diamante y eran días secos. La temporada de lluvias no había comenzado.

Ursúa encontró aquel día a Pedrarias y al verlo en mangas de camisa y despechugado, le dijo:

—¿Qué, no aguanta vuesa merced el calor?

—Oh —dijo Pedrarias—, vuesa señoría sabe que el calor es una tortura antigua en estas tierras.

Quiso Ursúa tantear la opinión de Pedrarias, a quien consideraba hombre de cabeza clara:

—Sois —le dijo— uno de los pocos hombres de historia limpia que no me han aconsejado todavía que eche gente del campamento.

—¿Qué gente?

—Gente de mal vivir, dicen.

Ursúa no quería decir nombres. La mejor virtud de un jefe es la impersonalidad. Y Pedrarias se daba cuenta y respondía:

—Me figuro quiénes son, pero ésos pueden ser los mejores soldados, porque son los que más necesidad tienen de hacer olvidar su bellaquería.

En aquel momento pasó don Martín de Guzmán, quien intervino:

—Son casos desesperados esos soldados. Quiera Dios que no sean un mal contagioso en la armada.

Cambiando de tema, Ursúa echó a andar con Guzmán y le dijo:

—Tengo que salir pronto, porque este campamento es una alcancía sin fondo.

Guzmán volvió a aconsejarle que hiciera una purga en el campo. Le respondió Ursúa:

—Si fuéramos a hacer una investigación a fondo en las vidas de toda la gente, desde lo más alto a lo más bajo, no resistiría nadie la prueba. Y por eso creo como Pedrarias que hay que darles a los peores una ocasión para emparejarse con los buenos. Vuesa merced verá cómo da resultado.

—No, yo no lo veré, Ursúa. Tengo que volver a Lima.

Confiaba demasiado Ursúa y no era la suya una confianza en la rehabilitación de los otros, sino en su propia insensibilidad para los lados incómodos de las cosas. Él sabía hacerse un mundo aparte en medio de los demás y encerrarse consigo mismo y cuando llegara doña Isabel aquel aislamiento sería de verdad gustoso.

Durante los últimos meses, Ursúa, enamorado de Inés, había puesto en ella el interés que era capaz de sentir por la humanidad entera. Por esa razón, fuera de Inés, todo lo demás le parecía indiferente y lejano.

Este sentimiento, en un jefe, podía ser peligroso.

Aquel mismo día se marchó Martín de Guzmán, acabada ya la organización de la intendencia, con depósitos en Santa Cruz y en la ribera del río Huallaga.

Los preparativos de la empresa eran tan complicados que habían pasado ya ocho meses desde los primeros pregones y todavía no sabían cuándo saldrían. La demora no se debía a los bergantines, porque esta faena iba muy adelantada y podría ser apresurada y acabada en pocos días si era preciso, pero Ursúa andaba *muy sin dineros*. Se sabía que había tenido que acudir a las arcas del Tesoro, parsimoniosas con los que emprendían conquistas, y al bolsillo mismo del virrey, quien le prestó algunas cantidades. Pero faltaban aún vituallas, herramientas y armas.

Por otra parte, Ursúa necesitaba informes más concretos sobre el Dorado. Los indios motilones trajeron a otros indios llamados brasiles, quienes hablaban a Ursúa de pueblos construidos con losas de plata y el gran lago donde se bañaba cada día el rey de aquel país para ser después ungido y su

piel cubierta de láminas o de polvo de oro. Era servido aquel
rey por esclavos vestidos de igual manera. Pero de lo que
nadie hablaba era del lugar exacto donde el Dorado —así
llamaban a aquel príncipe— reinaba. Unos decían una provincia y otros otra. Al parecer caía cerca de las orillas del
río Amazonas, a seis o siete grados de latitud sur, casi en
la línea equinoccial.

Ursúa estaba decidido a emprender la aventura, aunque
la inseguridad de los informes, la falta de dinero y la calidad
de la gente que llevaba lo tenían inquieto y disimuladamente
escéptico. La falta de dinero de Ursúa era tal que no vacilaba
ante ningún medio para conseguirlo. Pocos días antes, camino de Santa Cruz, pasaban algunos capitanes por una
población llamada Moyobamba, cuyo cura párroco era un tal
Pedro del Portillo. Este buen hombre, *a costa de su estómago,*
según malas lenguas, había juntado hasta seis mil pesos, que
conservaba en oro en casa de un comerciante acaudalado. Al
ver el cura la lucida gente que llevaba Ursúa y saber que
eran los del Dorado, se le despertó la codicia, pidió a Ursúa
que lo hiciera capellán de aquella expedición y le ofreció
hasta dos mil pesos de los seis mil que tenía. Al gobernador
no le dolían prendas y prometió hacerlo obispo de los territorios descubiertos; pero más tarde en Santa Cruz, viendo
el cura que escaseaban los víveres, que no pocos de los
soldados que encontraba eran echacuervos y pícaros —algunos con la cabeza pregonada— y sobre todo que nadie estaba seguro del emplazamiento del Dorado ni de lo que iban
a hacer —si rescatar o poblar o ambas cosas o ninguna de
ellas—, se le apagaron las esperanzas y una noche acudió a
Ursúa a decirle que se volvía a Moyobamba con sus feligreses y que no creía en las novelas de caballerías.

Ursúa, que no había recibido aún el dinero, pero lo había
gastado, según decía, comprando lingotes de plomo para balas,
le hizo ver el daño que aquella determinación les causaba
a todos y ofreció más réditos y garantías. Pero el cura, que
parecía hombre temeroso y débil, se envolvía en su recelo
y decía a todo que no.

—Está bien, puede retirarse cuando quiera —dijo Ursúa
severo y glacial—, pero tendrá que ser a pie, porque el ca-

ballo suyo fue a la ribera con materiales para los bergantines y nos hace falta. Todo anda escaso aquí, sobre todo los víveres, y a lo peor se lo han comido ya los carpinteros. Espero —añadió con humor— que habrán guardado las herraduras, porque ellas y los clavos nos hacen tanta falta como los alimentos. Sin embargo, no se aflija vuesa reverencia, que yo le daré una cédula por el valor del animal, vivo o muerto, y la podrá cobrar con intereses en Omagua después de la conquista.

Respondió el cura que se iría a pie por Cristo, de cuya crucifixión se sentía culpable, y que no quería tener más tratos con tipos de aquella ruin calaña, que tal vez conquistarían Omagua, pero que nunca conquistarían la confianza de los hombres honrados como él.

Ursúa, disimulando la ira, le autorizó a irse cuando quisiera y le volvió la espalda. Algunos soldados habían oído la conversación y Zalduendo acudió y dijo, rascándose la barba desde el cuello hacia arriba: «¿Por qué le deja marchar vuesa señoría? ¿Por clérigo? Las necesidades de guerra de trescientos hombres y el servicio del rey valen más que eso, y si por miramientos lo dejáis, yo digo que con vuestra licencia traeremos al campamento hasta el último maravedí de ese hombre antes del mediodía de mañana». Vacilaba Ursúa y, por fin, dijo:

—Si lo hicieran sin daño y además ofreciendo al sacerdote el pago con réditos, yo no diría nada.

—¿El pago en qué tiempo, señor?

—Cuando Dios provea —dijo Ursúa con un gesto vago.

Salieron los soldados y alcanzaron al cura en el camino. Poniéndole las espadas al pecho le exigieron el dinero y el padre Portillo, creyendo llegada su última hora, sacó un libramiento de los dos mil pesos que llevaba ya hecho —el que pensaba darle a Ursúa— con cargo al mercader. Le exigieron el resto de su fortuna y el cura hizo otro papel y firmó. Fueron los soldados con aquellos documentos al mercader, cobraron cerca de seis mil pesos, que era todo el capital del sacerdote, y volvieron a Santa Cruz.

Como se puede suponer, aquel oro desapareció en seguida para cubrir lo más apremiante y Ursúa dijo que estaba seguro de que el cura volvería al real para correr el mismo azar bueno o malo de su fortuna. Y su profecía se cumplió dos semanas más tarde.

Algunos soldados se enmohecían en la espera, formaban rivalidades y despertaban discusiones y querellas. Entre los soldados de peor fama estaba, como dije, Lope de Aguirre, hombre de corta estatura, cojo de heridas recibidas en acción, cenceño y de aire atravesado. En los lugares donde había vivido, especialmente en las regiones del norte del Perú, se le conocía como *Aguirre el loco*. Pero lo decían con simpatía y amistad y sin dejar de respetarlo.

La fama de loco que tenía Aguirre influía en sus actos, es decir, que a medida que envejecía —tenía ya cuarenta y cinco años, que no eran pocos para un soldado— se creía en el caso de justificar su reputación. Para responder al deseo de influencia que la mayor parte de las personas tienen, se adaptaba a la reputación que le habían hecho, y aquella fama de loco le vino de algunas ocurrencias causadas por su falta de memoria, como la siguiente: cuando trece años antes nació su hija Elvira, salió de casa para avisar al cura y bautizarla y, habiéndose olvidado por el camino, se fue a beber con el primer conocido que topó. A veces perdía la memoria de lo más inmediato, aunque se acordaba muy bien de hechos ocurridos en su infancia y en su juventud. Por otra parte, solía decir que leía las intenciones más secretas de los otros y lo explicaba con ejemplos a veces inquietantes.

Aquella su fama de loco era una manera de gloria, aunque fuera en el fondo bastante mezquina y vil, y se veía que el no haber conseguido otra lo traía inquieto. En Santa Cruz pensaba Lope de Aguirre demasiado en sí mismo. Un día de aburrimiento afiló la pluma, buscó papel y comenzó a escribir: «Yo, el mentado Lope de Aguirre, cristiano viejo, hijo de medianos padres, hidalgo natural vascongado de la villa de Oñate, en los reinos de España, digo que nací el cuatro de febrero del año 1513 en la dicha villa donde me bautizaron.

»En la edad menor fui como tantos otros y aún peor, porque mis padres me consideraban la vergüenza de la familia y querían meterme en algún barco y echarme a la mar. Esto lo digo más por mi padre, que los otros andaban siempre tratando de salvarme si podían, especialmente mi madre, pero como estaba tan arrinconada y acoquinada, poco caso hacia nadie de ella si no era en la iglesia, adonde llevaba aceite y cera y vestidos para los santos en las grandes fiestas.

»No pienso que haya cosas muy nombradas, digo entre las que me acaecieron, sino que a todas las horas del día oía hablar de las Indias y de las tierras descubiertas en el nuevo mundo. Se hablaba de eso en Oñate por los muchos navegantes que iban y venían diciendo historias más o menos puestas en razón, que recordaban a veces las de los libros de Amadís.

»Yo y otros muchachos andábamos con todo eso muy levantados de mollera y el que más y el que menos pensaba aventurar su vida por la mar descubriendo tierras o por la tierra descubriendo naciones. Y atendíamos más a eso que a las declinaciones latinas, aunque también andaba yo algo ocupado con Valerio Máximo y sus historias de la Roma antigua que nos hacía leer el maestro.

»Luego mi padre me mandó a Altuna a una escuela de caballeros, digo de destreza y caballería. Si hubiera de decir y traer a la memoria parte por parte todas las cosas de aquel tiempo en la villa vascongada habría menester otro cronista que tuviera más clara elocuencia y mejor retórica, y con todo y eso serían de poca monta, porque todos los chicos son iguales en todas partes, bellaquería más o menos.

»Trato de escribir mis recuerdos, pero algo va de la espada a la pluma y ésta es más pesada tal vez que el arcabuz y la partesana, digo, para el que no tiene costumbre como yo.»

Pero de pronto le pareció desairado escribir sobre sí mismo y tiró el papel a la chimenea apagada. Más tarde fue a buscarlo, lo alisó otra vez con las palmas de las manos —la izquierda estaba contraída por una herida mal curada— y se dijo: «En Oñate mi vida no tuvo importancia, pero aquí en Indias me he portado como otros». Y con esa idea siguió escribiendo.

«Me embarqué en Sevilla para venir acá en el año 1537 con una cédula que tenía ya del año anterior para ser regidor en el pueblo donde viviera el gobernador del Perú, y digo que esos cargos sólo se dan a personas hidalgas de solar conocido. Después de aquella cédula me dieron otra firmada el 1 de diciembre de 1536, diciendo que aquel regimiento que me otorgaban debía yo tenerlo y ejercerlo allí donde quedara establecido el gobierno de Nueva Toledo, cuya entrada y conquista se había capitulado ya con Almagro. Yo estaba contento con aquello, porque me parecía digno de mí.

»Cuando llegué a esta tierra del Perú vi que la tropa andaba separada en bandos, unos por Pizarro y otros por Almagro, de lo que vino la contienda de 1538, en donde si me hallé o no me hallé a nadie le importa y no voy a decirlo aquí, que demasiado hablan los que no hacen nada y no voy yo a echarme tierra a los ojos. Pero la verdad es que estuve en las entradas de los Chunchos con Pedro de Candía y en los Andes, que son montes fríos y ásperos como ninguna otra montaña en el mundo, y allí muchos cayeron y volvíamos maltrechos cuando nos salió al encuentro el mismo don Hernando Pizarro en persona con Peransúrez, Diego de Rojas, el famoso también Gonzalo Pizarro y otros capitanes y allí mismo don Hernando le quitó el mando a Candía y se lo dio a Peransúrez, con quien yo marché a Carabaya y a Ayavire, montes adentro otra vez y en el peor tiempo, que yo pensé que era mi fin como los otros el suyo y más de uno acertó, aunque yo, por fortuna, me equivocara. Que dentro de lo malo siempre he tenido alguna suerte.

»Llegamos algunos dolientes al pueblo de Sietelinga, donde descansamos cinco o seis semanas, que falta nos hacía. Y después, en lugar de seguir, nos volvimos por el mismo camino, pero no todos, sino menos de la mitad, que los otros se quedaron por las barrancas helados o muertos de hambre. Algo se ha hablado de eso, pero unos lo cuentan y otros lo viven. Y todavía otros que no han andado en el trance lo cobran en mercedes. Con Peransúrez iba yo todavía cuando sucedió la mala muerte de Pizarro el viejo, y al saberlo nos volvimos todos desde Chuquisaca hasta el Cuzco, y allí nos reunimos hasta trescientos, todos hombres de armas, y fuimos por Guamanga y la provincia de Jauja a Guaylas, donde estuvimos más de tres meses esperando a Vaca de Castro, y yo, con otros, volví a Guamanga, que también lo llaman Ayacucho, y allí estuve hasta cuando llegaron a Guaylas las tropas de Vaca de Castro, y tuvieron un recio encuentro con Almagro el mestizo en septiembre de 1542.

»Después se levantaron motines contra el virrey Núñez Vela por las regulaciones que vinieron de España en favor de los indios, y yo era sargento, y estaba en Lima, y de los pocos leales que estuvieron en el campo del virrey, con grande peligro de sus vidas, fuimos dos sargentos, el llamado Gabriel de Pernia y yo, pero no se pudo salvar el virrey, que lo encarcelaron y después murió en Añaquito. Las regulaciones sobre los indios eran bien pensadas, pero imposibles de practicar, como se vio después.

»De lo que pasó luego en Trujillo, donde yo estaba, no diré palabra, que otros hablarán por mí si quieren, y podría hacerlo el padre Henao, que por sus hábitos es hombre de verdad, y otro Aguirre llamado Juan, que estaba también allí, y es tan bueno como el que esto escribe, aunque todavía no le han puesto, como a mí, fama de loco.

»En las entradas y encuentros de bandos me encontré y también en el mal fin del justicia mayor de Charcas llamado Hinojosa tuve parte, aunque no la que se ha dicho, que no me mojé de sangre, pero así va la verdad como el diablo lo dispone y lo mismo pasó en la mala muerte de don Sebastián Castilla, a consecuencia de todo lo cual a mí me pregonaron la pena de muerte y harto tuve que andar caminos de noche y trepar montañas para salvar la piel.

»Dejando esto, que no es necesario entrar en prolijidades, cuando dieron el perdón a los que se alistaran en las banderas del virrey, para combatir contra Hernández de Girón, yo bajé al llano y fui uno de los que se ofrecieron y al campo salimos, y en la batalla de Chuquinga, cerca de Challuanca, me dieron dos arcabuzazos en la pierna, de los que me quedó la renquera que se sabe, y un tercer tiro en la mano izquierda, que si fuera la derecha habría acabado con mi oficio de hombre de guerra y también de jinete desbravador de caballos. Pero no fue así, por fortuna.

»Viendo yo que todos sacaban algo de sus hechos y hazañas, y aun de lo que no hacían, y que yo no sacaba más que el tiempo y la sangre perdidos y que me hacía viejo y sólo me daban potros para desbravar, comencé a sentirme estrecho dentro de mi conciencia, y con otros como Zalduendo anduvimos en revueltas y aun tuve la soga al cuello después de un motín en el Cuzco. Como hombre veraz lo confieso, que aquí no me falla la memoria.

»La mayor parte del tiempo fui leal, pero ¿de qué me valía? Hasta cuando defendía al virrey estaba en falta y querían hacérmelo pagar. Reconozco que alguna vez he hablado más de la cuenta y la muerte de alguno es testimonio, pero los que se pierden en estas tierras se pierden porque quieren, que lejos están de Castilla, y si Pizarro, y Girón, y Almagro acabaron mal fue porque ninguno de ellos tenía bastantes arrestos para alzarse con la corona del Perú y hacerse rey contra el de Castilla, que allí no saben nada de lo que pasa aquí por la distancia, y aunque quisieran remediarlo ya sería tarde. Eso es lo que he dicho siempre.»

Escritas estas páginas, Lope de Aguirre se levantó, las leyó, se quedó dudando y luego arrojó los papeles al fuego. Viéndolos arder se decía: «No sé qué me pasa que en poniéndome a escribir siempre digo cosas por las que pagaría con la cabeza si se divulgaran». Veía arder los papeles y se agradecía a sí mismo aquella precaución. Cuando los papeles se consumieron, Lope de Aguirre decidió que era pronto para escribir sus propias hazañas.

En estas reflexiones se estuvo Lope de Aguirre aquel día mientras fuera llovía caudalosamente —cosa rara, porque era fuera de estación—, y algunos soldados pasaban por la plaza corriendo con un saco puesto en la cabeza como capillo y cogulla de fraile.

Había soldados que tenían consigo sus mujeres o sus mancebas en el real, aunque la mayor parte pensaban quedarse en tierra cuando embarcaran. Algunos llevaban consigo también la hacienda. Una hacienda miserable, como se puede imaginar. Lope llevaba a su hija Elvira, de trece años, y a una sirvienta llamada la Torralba, criolla de vida dudosa, a quien Lope había redimido más o menos y obligado con las promesas del Dorado. Era un poco rara aquella mujer. Lo primero que hizo al llegar a Santa Cruz fue subirse al solanar de la casa y cantar una jota soriana. Luego se disculpó con Lope de Aguirre:

—Subí para tender ropa, y una vez allí tuve que cantar.

La verdad era que tenía buena voz y que la gente acudió a oírla.

En la casa había una habitación decorosa y cómoda que ocupaban la niña Elvira y la Torralba. Las dos eran muy religiosas y la Torralba trataba de hacerse perdonar su pasado a fuerza de rezos. Aquello de la jota era una vena de extravagancia que había en la familia —decía ella— por el lado materno. En cuanto se sentía en un lugar elevado, una escalera, la rama de un árbol, lo alto de una colina, rompía a cantar.

Lope la llamó, y al tenerla delante le dijo:

—Mañana sale una tropilla de motilones de carga para el valle. Mire si Elvirica necesita alguna cosa.

Necesitaban tantas y habían renunciado tantas veces a tenerlas que la Torralba dijo que no. Nada necesitaban sino la ayuda de Dios cuando llegara el momento de partir, que parecía atrasarse demasiado, y aquello le daba mala espina. Pero acababa de decirlo cuando Elvira acudió pidiendo que le compraran un espejo.

—Teneos derecha, voto a Cristo.

Iba la niña un poco echada hacia adelante, porque de otro modo se le marcaban demasiado los pechos y, siendo una novedad en su cuerpo, no estaba acostumbrada.

—Teneos derecha —repetía el padre.

Un día la Torralba le explicó la causa de aquella tendencia de la niña a encorvarse y Lope alzó las cejas, extrañado:

—Parte es del atractivo de la mujer, ¿no es eso?

—Sí —respondió la Torralba—, pero lleva tiempo acostumbrarse.

Era Elvira joven y linda, con la piel dorada de las mestizas, y en sus ojos, ahora, que iba siendo mujer, descubría a veces Lope luces familiares.

No disimulaba la Torralba su miedo a la expedición y a veces la niña se contagiaba del miedo de la dueña. Las dos estaban contentas, sin embargo, de que fuera río y no mar donde iban a navegar.

Les decía Lope aquella tarde lluviosa mientras paseaba por el cuarto acomodando los pasos a la cojera:

—No tengáis miedo, que vamos al Dorado, donde siempre es la primavera y hay mucha población y buen orden en las costumbres; tendréis allí una vida mejor.

—¿Es seguro que podrán conquistarlo tan pocos hombres? —decía la Torralba.

—No eran más los de Cortés en México. Dentro de algunas semanas estaremos en el río y por él iremos a donde podamos mejorar en honra y provecho.

Diciendo esto Lope creía ver a la Torralba cantando su jota soriana en el solanar de un palacio del Dorado con maineles de plata maciza.

—¿Es verdad —preguntaba Elvira— que el Dorado es un hombre que reina al lado de una laguna?

—El rey de esa tierra —contestaba Lope— adonde vamos tiene la costumbre de cubrirse todas las mañanas el cuerpo con un licor untuoso y sobre él espolvorean oro en el pecho y la espalda y en todos los miembros, de modo que parece estar hecho de ese metal y así resplandece a la luz del sol.

La Torralba recelaba:

—He oído decir que los indios brasiles suelen ir a la guerra para hartarse de carne humana.

—Cuentos de viejas.

Parecía oírle la Torralba con escepticismo. Y añadió:

—Lo que dudo es que tan pocos hombres puedan sujetar a tanta gente de guerra como debe haber en el Dorado.

—Con menos gente entró Belalcázar en Quito.

Iba Lope irritándose porque sabía que la Torralba no le creía.

—En el Dorado —gritaba como si ella fuera sorda— hay minas de plata, las más ricas del mundo, y tribus de indios que se llaman los *bochicas,* que cada mañana echan pedruscos de oro a un lago como tributo porque su Dios está adentro y es fama que ese lago ha subido más de tres estados con los tesoros acumulados abajo, y eso debe ser cierto, porque los chibchas yo los he visto cuando echan también al agua de un lago sus ofrendas. Ordás fue el primero que tuvo noticias y supo que ese señor del Dorado era tuerto para más detalles y que llevaba tantos canutillos de oro como victorias había tenido y ofrendaba cada año al lago un bulto del tamaño del hombre, todo de oro macizo, con otras figuras alrededor de reyes muertos o sojuzgados, y éstas no son fantasías, sino noticias de hombres como yo.

Seguía escéptica la Torralba, como suelen serlo las mujeres viejas ante cualquier novedad. Lope insistía:

—Y sabemos muy bien donde está el imperio *omagua* y también la casa del sol de la Nueva Granada y otras cosas de más suponer, y las veréis antes de mucho, y aún os daréis de narices con ellas.

—¿Eso lo dice don Pedro? —preguntaba la Torralba.

—Don Pedro de Ursúa puede decirlo si quiere, pero antes lo digo yo. ¿Oyes? Hace no más de diez años, Quesada, hermano del adelantado, fue a esas tierras o, por mejor decir, a la ciudad de Macatoa, próxima a los omaguas, caminando desde la orilla de la mar en la dirección que le marcó un guía indio. Para más señales de orientación, llevaba el pecho cara al sol en la mañana, y en la tarde el sol no le daba sobre la espalda, sino sobre el hombro derecho, y así llegó con los suyos al Guaviare, que es un río, y luego a Macatoa, y andando ocho jornadas más con el sol en el hombro derecho llegó a la gran población de Omagua. Le habían dicho que no se acercaran a la ciudad porque eran muchos y muy guerreros los habitantes, y lo mismo pasó a Cortés en México, pero si hicieran caso nunca habrían entrado. Y la ciudad de Omagua la vieron con calles derechas y largas y casas muy juntas, sobresaliendo una que estaba en medio y pertenecía al cacique Guarica. Allí tenía su morada y templo con muchos ídolos de oro grandes como una niña de cincuenta lunas, que así cuentan la edad los omaguas. El jefe Huten, que se llamaba así porque era de origen tudesco, mandó entrar y dio batalla contra más de quince mil indios, a los que venció y desbarató. Pero, no pudiendo sostenerse en la tierra, acordaron salir de ella. Al pasar por Tocuyo fue Huten muerto por Carvajal. Todo eso pasó y anda escrito y todo el mundo lo sabe. Pero nosotros vamos a hacer cosas mejores con la ayuda de Dios, y aun sin ella, y en los omaguas, y más adentro de ellos, en el Dorado. ¡Y todo esto es verdad porque lo digo yo!

Aunque incidentes como aquel eran frecuentes con la Torralba, nunca podía acostumbrarse Lope a ver que había gente inocente y de buena fe dispuesta a dudar de lo que él decía. Simplemente, porque lo decía él, y tal vez porque era cojo.

La idea de que comenzaba a ser viejo y no podía confiar mucho en el futuro para labrarse aquella autoridad que no tenía aún lo trastornaba a veces. No tenía autoridad siquiera con la Torralba.

Se reunía Lope a menudo con Zalduendo, García de Arce y Pedro Castillo a murmurar de Ursúa, no como capitán, sino como hombre joven siempre dispuesto a darse importancia.

—No es que se la da —advertía Arce—, sino que la tiene.

Pero no todos estaban de acuerdo con estos.

Luego hablaban de mujeres, Zalduendo era el más enamorado del grupo. El *metisaca* —como llamaba al amor— lo traía loco la mayor parte del año y andaba con una doña María, mulata, casada, que le hacía malas ausencias a su marido en el real. La llamaban *doña* por broma, pero todos le daban aquel tratamiento, lo que no le molestaba ni mucho menos a la mulata. Así como Elvira, la niña de Lope, quería un espejo, la mulata quería una polvera. Tenía fama doña María de gustarle el vino, además. Su debilidad era el trago y el albayalde.

Prefería García de Arce a las mujeres «de la vida» y odiaba a las que, dándoselas de honestas, andaban con melindres y presunciones. Y contaba que en su viaje de Quito a Lima —que lo hizo casi todo por mar— encontró una dama quimerista y él la requebró, y ella le dijo que era la esposa de un capitán que iba a Lima a reunirse con su marido, y que por eso le estaban mal los martelos. Aquello de ser la esposa de una persona de cierta suposición encalabrinó a Arce y llegaron a tener relación íntima de lo que sucedió una enfermedad de morbo gálico que lo tuvo a la muerte.

—¿Quién era el capitán? —preguntó Aguirre.

—Ni ella estaba casada ni Dios que lo fundó, y se daba aires y humos para salir mejor con la suya, maldita sea.

Reía Zalduendo y miraba a Lope, quien, taciturno e inquieto como siempre, antes de que Arce acabara con su historia ya estaba pensando en otra cosa. Pensaba que Ursúa podría aprovechar, si quisiera, la fuerza de todos los que estaban allí en armas para lanzarse sobre Lima y darle un sobresalto al marqués de Cañete. De eso no habló, como es natural. Sabía que aquellas bromas se pagaban caras. Pero el pensamiento no delinque y en él se entretenía.

Había salido de España con su nombramiento de regidor, pero cada día le había traído alguna contrariedad, y ahora, con su cojera y su mano izquierda engarabitada, no podía prentender muchas grandezas. «Seis palmos de tierra en algún lugar y una losa encima, una losa sin nombre, porque mi nombre no le dice nada halagüeño a nadie.» La fama de loco le venía de aquella impaciencia que con el menor pretexto estallaba sin ton ni son. Recordaba un pequeño incidente con cinco soldados en la plaza de Santa Cruz, todos grandes, huesudos y musculosos, y con ellos Lope, enclenque y corto de talla. Uno de los gigantes mostraba los brazos y decía a lo jaqué: «Si una flecha diera aquí saldría rebotada». Otro creía que eran los músculos de las piernas los más importantes para el combate porque con ellos se aguantaba el embite y desde ellos se respondía. Cada uno presumía de algo, y al final dijo Lope con su voz bronca:

—Y de lo que no se nombra ¿cómo andamos, caballeros?

Tenía fama de bravo Lope, y nadie dudaba de su arrojo porque aquella reputación en un ser tan desmedrado era rara y sin proporción y la gente gusta de los contrastes.

Anduvo Lope aquel día indagando con sus amigos sobre el estado de los bergantines en construcción, y al anochecer volvió a su casa. Tuvo la tentación de ponerse otra vez a escribir, pero no estaba seguro de ser más discreto ahora que antes y se estuvo un largo espacio tumbado en el suelo junto a la chimenea, en una manta. Las dos camas que había las usaban las mujeres.

«Va siendo tarde —se decía— para mí y dentro de tres o cuatro años ya no habrá que pensar en nada que valga la pena.» Se le iban los años sin haber hecho lo que pretendía en su juventud. Entre tanto iba y venía *zapateando* —así decía por *cojeando*— sin rumbo.

La fama de valiente que le ponían era una fama mixta de bufonería. Una vez dijo Zalduendo:

—Es mezquino de cuerpo Aguirre, pero tiene el ánimo de un león.

En todo caso, el hidalgüelo de Oñate no iba a tener ya una oportunidad para recibir en las contiendas la parte del león. En tiempos de guerras y conquistas había dos clases de hombres: los que hacían algo y salían adelante con títulos de nobleza, fortuna y grandeza, o morían de un modo glorioso, y los otros, los que morían de la fiebre en los intervalos de los combates o picados por un alacrán o comidos por una culebra, como le había sucedido al tío de uno de los soldados que iban en la expedición. Así decía el soldado: «A mi tío se lo comió una culebra», como la cosa más natural del mundo.

Tal vez era Lope uno de esos héroes de la antiepopeya y moriría también tragado por una alimaña. No era broma. Las serpientes abundaban y eran bastante grandes para comerse a un cristiano. Él había visto una en Venezuela que se había tragado un buey después de quebrantarle los huesos. Lo había engullido ya todo, pero quedaban fuera los cuernos, y algunos soldados decían que era una culebra cornuda y otros que no, y Lope fue a verlo. Pudo acercarse porque estaba la serpiente demasiado embarazada para escapar o agredir a nadie, y fue él quien decidió que no tenía la serpiente —una de las llamadas *boa constrictor*— cuernos, pero que los tenía el buey.

Tardó tres días la serpiente en romperlos y asimismo en echarlos fuera.

Estas reflexiones impacientaban a Lope no contra los otros, sino contra sí mismo. Alguna vez había pensado en matarse, y si no lo hizo fue porque tenía una hija por quien velar y también —todo hay que decirlo— porque un hombre que se mataba estando en un lugar como aquél, donde se podía dar la vida tan fácilmente en acción guerrera, era un hombre *muy para poco*.

Algunos días se despreciaba a sí mismo, y entonces tenía que insultar a cualquiera de los negros que iban en la expedición. Aquellos insultos acababan en bromas, risas y amistades. Los negros eran esclavos y reían en cuanto se les daba la menor oportunidad.

Los que había en Santa Cruz no eran más que seis, porque los otros estaban trabajando en la corta de madera para los bergantines. Cuando Lope bebía un poco más de la cuenta, aunque no solía emborracharse, decía a alguno de aquellos negros que a veces actuaban de verdugos:

—Yo sé cuál es el trabajo que más le gustaría a su mercé. ¿Con el hacha o con la cuerda?

—Mejor la cuelda, señol —decía el negro mostrando dos sartas de dientes parejos y brillantes.

Lope añadía:

—Me alegro de saberlo, morenos. Siempre se halla empleo para una buena habilidad.

Ellos decían a todo que sí por seguirle el humor. Lope sabía que aquellos negros eran gente infantil, aunque a veces parecían viejos demonios.

Aquella tarde los negros se cobijaban bajo el porche de la plaza porque estaba lloviendo y uno de ellos, a quien llamaban Alonso, llevaba la voz tónica de la járaca:

—¿Qué cosá?

—El zapatico de seda.

—¿Qué cosá?

—La rueda de la canela.

—¿Qué cosá?

—El corsé de la donsella.

—¿Qué cosá?

—El pavo de Navidá, que así le hasía la rueda.

—¿Qué cosá?

—Lo que sabía mi abuela la noche de carnavá.

—¿Qué cosá?

—El diablo de la cansela lo sabe y no lo dirá.

—¿Qué cosá?

A veces salía uno a bailar y a veces otros. Bailaban como si estuvieran solos. Es verdad que nadie se detenía a mirarlos si no era Pedrarias, un soldado con manías de humanista, que quería enterarse de todo. Los negros seguían:

—La limeña yendo a misa y el cortejo de mamá.

—¿Qué cosá?

—La aguja de marear.

Seguían así a veces por horas enteras diciendo «cosas». Lope los miraba y les decía a veces que Ursúa había cogido a Bayamo, el rey de los negros de Panamá, y lo había puesto en collera y llevado a los pies del virrey.

—¿Qué le pasará? —preguntaba el negro Alonso, asustado.

Decía Lope bajando la voz:

—Nada, hermano. Ya le pasó. Lo alcorzaron.

Querían los negros a Lope de Aguirre porque los convidaba a beber y porque hablaba bien de Bayamo, rey de los negros, alcorzado por la cabeza.

Había una persona en el real que, siendo de la verdadera nobleza andaluza, trataba a Lope con más consideración que a gente ordinaria. Ése era don Hernando de Guzmán, pariente de reyes y de la sangre de los Medinasidonias. Lope se dio cuenta de que aquel hombre principal, que era sólo un muchacho, todavía lo respetaba más que los otros. Tal vez aquel respeto era solamente el que un joven adolescente suele tener por un hombre casi cincuentón, pero, fuera lo que fuera, respeto era, y Lope se encontraba más a gusto con don Hernando de Guzmán que con otros soldados de la expedición.

Nunca decía Guzmán chocarrerías ni hacía el menor comentario cuando oía opiniones sobre Ursúa en favor o en contra. En realidad, nunca emitía una opinión, a no ser que se la pidieran expresamente, y aun entonces respondía cosas que trataban de ser conciliadoras para los dos bandos si había discrepancia y discusión. Lope se decía: «Ese es el estilo de los poderosos, de los que tienen algo que perder. Todos los que en la vida tienen algo que perder son discretos y prudentes, tienen frases de amistad y no discrepan de nadie, aunque con nadie están profundamente —y menos apasionadamente— de acuerdo». Así era don Hernando. No estaba en el caso de conquistar nada como Lope, sino de defender sólo lo que tenía.

Y resignado a medias con su suerte, Lope se decía: «En cambio, yo soy imprudente y hablo más de la cuenta y a veces soy chocarrero y mordaz, porque siendo pequeño y sin presencia tengo que hacerme notar de alguna manera». Aque-

llo lo dejaba disgustado de sí mismo, pero el disgusto le
duraba poco.

Sucedió en aquellos días que una niña de nueve años
llegó llorando al real, se acogió al amparo de Ursúa y éste
le preguntó qué le pasaba. Con intérprete pudieron averiguar que el marido de aquella niña era un viejo cacique y
acababa de morir. Las cinco esposas que tenía debían morir también, según la costumbre, para que sus almas acom-
pañaran a la del marido en el viaje *post mortem* hasta que
encarnaran en alguno de los animales salvajes de la montaña, especialmente venados y papagayos. A la niña no le
asustaba la muerte, pero sí la selva, a donde tendría que
ir cuando fuera cierva o lorita.

Ursúa la retuvo consigo, días después la bautizaron y la
pusieron al servicio de una dama hermosa y misteriosa que
acababa de llegar a Santa Cruz y que era la amante de Ursúa.
Se llamaba Inés —según dije antes—, Inés de Atienza, y miraba a la niña y repetía:

—Es para no creerlo, una viuda de nueve años.

Parecía la niña feliz allí. Le enseñaban español lo más
rápidamente posible para poder usarla como *lengua* —así
decían— con algunas tribus del interior, si era preciso.

A todo esto, la tropa de Santa Cruz estaba ya completa
y bien armada. Envió Ursúa veinte arcabuceros más a los
astilleros de Topesana, para custodia de los que trabajaban
en los bergantines, y cincuenta indios para relevar a los
que abanicaban a los trabajadores. Había allí equipos dedi-
cados a eso, sin los cuales habría sido imposible hacer nada,
no sólo por el calor y los mosquitos, sino también por los
tábanos, las avispas y hasta por una especie de cucaracha
volantes.

Era aquella tierra muy caliente, por estar en la línea ecuatorial, y todas las alimañas grandes o chicas vivían allí y se
reproducían muy a su sabor. Había quienes tenían más miedo a un ciempiés o a una de aquellas cucarachas volantes que
a las flechas envenenadas.

CAPÍTULO II

Los soldados iban saliendo para los astilleros porque lo mejor de la intendencia estaba ya a la orilla del río y poco a poco llegó a desaparecer de Santa Cruz la mitad de la gente.

Indios mansos con vituallas —casi siempre ganado mayor o menor— iban también en jornadas lentas al río Motilón, a donde llegaban en tres días más o menos, ya que distaba unas veinte leguas.

Lope seguía en Santa Cruz y miraba a su alrededor tratando de formarse un grupo de amigos leales, pero no conocía bastante a aquella gente para encontrarles el lado propicio. Había entrado en buena amistad con Frías y con otro capitán que estuvo también en la aventura de los Andes con Peransúrez años atrás y a quien libró una noche de morirse de frío. Pero como todos sabían que la situación en Santa Cruz era provisional y andaban con cuidados de alojamiento y comida, nadie se detenía a hacer amistad con nadie y bebían y brindaban y se separaban, como suele pasar en las posadas de los caminos.

A la hora de ir a los astilleros, Lope de Aguirre pensaba llevar a Elvira a la grupa de su caballo, pero necesitaba una mula de carga y otra de andadura para la dueña. A veces le decía a la Torralba:

—¿Estáis hecha a los malos caminos?

Ella no sabía si se lo decía en sentido real o figurado y se abstenía de responder, recelosa.

Buscó Lope jamugas para la mula de la dueña y acabó por encontrarlas, aunque no tenía prisa por partir.

La gente se había puesto peligrosamente inquieta con los aplazamientos. Pero Lope solía tener reacciones contrarias a

las de los demás. Y cada día estaba un poco más tranquilo
Solía sucederle en las vísperas de las fechas decisivas. Er
todo caso, el hecho de haber formado listas de caballos y mu
los y arneses y haber enviado al río la mayor parte del mata
lotaje quería decir que estaba ya señalada la fecha para em
barcar. Según la costumbre militar, esa fecha no la sabí
nadie sino el gobernador Ursúa. Éste iba a Lima y volví
completando los preparativos.

Lope se encontró en la plaza con el padre Portillo, quie
se había decidido a ir en la expedición, como dije antes. E
buen cura no tenía grandes ánimos ni espíritu aventurerc
alguno, y cuando vio un día que iba como capellán de l
armada otro sacerdote llamado Alonso de Henao sospech
que las promesas de Ursúa podían ser palabras vanas y s
desanimó más todavía. Lope le dijo:

—Ya veo que es vuesa merced hombre de resolucione
prácticas. Según el refrán, cuando no puedas con tu con
trario, pásate a su bando.

El padre Portillo, sospechando que había ironía en aque
llas palabras, suspiraba y no respondía. Era receloso tambiér

Trató Lope de consolarlo, le dijo que su obispado er
cosa más que probable y finalmente decidieron hacer jun
tos el viaje al río Huallaga o Motilón. Llevaba consigo
padre Portillo algunos libros que pensaba empaquetar co
sus ropas y entre ellos una biblia. Lope se la pidió y l
abrió al azar por los salmos de David. Leyó los versícu
los 10, 11 y 12 del salmo 117: «Todas las gentes me ce
caron y en el nombre del Señor me vengué contra ellos».

«Cercáronme, cercáronme, y en el nombre del Señor m
vengué contra ellos.»

«Cercáronme como abejas y ardieron como fuego en es
pino, y en nombre del Señor me vengué contra ellos.»

Lope se quedó un momento reflexionando, y al devo
verle al cura el libro repitió la lectura del tercer versículo. Lueg
añadió:

—Hasta en los libros santos se autoriza la venganza
¡Qué grandes palabras ésas!: «En el nombre del Señor m
vengué contra ellos».

El cura no sabía qué pensar porque le habían hablad

le Lope como de un hombre atolondrado y violento. Se
atrevió a decir:

—En este libro hay las palabras que a cada cual le pueden
salvar.

—Eso había oído.

Repetía con una voz grave y un poco lejana: «Todas las
gentes me cercaron, y en el nombre del Señor me vengué
contra ellos». Recordaba aquellos versículos y los repitió varias veces a lo largo del camino.

Iban a la ribera del río Huallaga, un río bastante ancho
con raudales fuertes, que iba a desembocar más abajo en
el Amazonas.

Cabalgaba la Torralba en su mulo muy a lo señora, y por
un momento pareció que iba a cantar la jota soriana.

El padre Portillo se hizo bastante amigo de Lope y ayudó
durante el viaje llevando del ronzal el mulo de carga en
los pasos difíciles. En cuanto a Elvira, iba a la grupa del
caballo de su padre y miraba asustada, sintiéndose un poco
perdida en la violencia de aquellos paisajes.

Adoraba Lope a su hija, y sintiendo sus brazos alrededor
de la cintura y la cabeza apoyada en su espalda, no podía
evitar alguna palabra amorosa. Hay una legítima voluptuosidad de padre y Lope no había pensado renunciar a ella. Así,
cuando Elvira le preguntaba si faltaba mucho, él la respondía:
«Sólo un pequeño trecho, corazón mío».

Pero le sucedió a Elvira un accidente desgraciado. El
espejito que le habían traído de Lima se le fue de las manos cuando se miraba y cayó trompicando a un abismo en
cuyo fondo se veía azulear un arroyo. No se atrevió la niña
a pedir a su padre que fuera a recuperarlo porque comprendió que habría sido imposible. Y se quedó el resto del
camino bastante triste.

Cuando llegaron a la ribera vieron que el campamento
estaba muy animado y que los bergantines eran nueve y
estaban en tierra varados sobre carriles de madera, según
costumbre. En el agua había además varias balsas y unas
embarcaciones de forma nueva y nunca vista que llamaban
los marineros *chatas cordobesas* y que eran rectangulares con
dos pisos, uno al nivel del agua, otro a dos estados de ella, y

en el piso segundo unas toldillas para proteger del sol a l
gente.

El calor allí con cualquier tiempo —nublado o sereno—
era de veras angustioso y todos se decían, aunque sin creer
lo, que una vez en el río las brisas de la hoya refrescaría
el aire. Además, en aquellos días de junio de 1560 la estació
vernal estaba en toda su furia.

Ciertamente que en aquellas latitudes el invierno y el ve
rano apenas se distinguían y tan calientes eran los dos qu
los indios, si tenían que trabajar, lo hacían de noche, aur
que en general lo evitaban. Sólo se distinguían las esta
ciones por el régimen de lluvias. Desde julio hasta Navida
llovía poco. A partir de la Navidad solía haber una torment
diaria que comenzaba a la hora de la siesta.

El calor hacía a veces imposible el trabajo, y no sól
para los españoles, sino también para los indígenas aclimatadc
al lugar.

En todo caso, la Naturaleza era generosa y proveía e
aquellas latitudes con largueza de frutos de la tierra y pece
del río y también aves u otros animales del bosque. Er
como si sabiendo que no se podía hacer nada bajo un sol mo
dedor e implacable se adelantara a ofrecer al hombre lo ir
dispensable para que viviera sin trabajar.

No sucede eso en todas partes, sin embargo, sino sól
en algunos lugares del interior, donde los indios, sabié
dolo, tenían sus mejores poblados. En Santa Cruz, que er
tierra alta, no había aquella abundancia ni mucho menos. A
lado del río Huallaga, tampoco. Pero habían sido llevadc
a aquel lugar rebaños de cabras y de ovejas, vacas y grande
cantidades de una harina especial con la que hacían gallet
Llevaban también aceite y sal, esta última abundante.

Lope de Aguirre veía a su alrededor mucha gente impa
ciente, y con aquello se afirmaba mejor en su calma. «Mu
chas cosas he visto yo en esta tierra, y las que veré tod
vía —le decía al padre Portillo—. Pero aún no he visto qu
los hombres reciban según sus méritos. Y en tiempos revue
tos como los que vivimos es necesario que los hombre
plebeyos suban y reciban su premio, cuanto más los que h
mos nacido en casa hidalga y libres de pechos.» Después c

stas u otras palabras parecidas, no era raro que Lope recor-
dara los versículos del salmo de David. El cura no sabía qué
pensar. Tan pronto le parecía Lope un perdido como un
hombre razonable con posibilidades de virtud. Su aire ascético
lo parecía más porque faltándole las muelas de arriba no podía alimentarse y comía poco y mal) era más de ermitaño del
yermo que de guerrero. Pero el cura no podía menos de salir
de su error oyéndolo a veces blasfemar.

El padre Portillo no era muy inteligente ni tampoco fuerte
de carácter, y, en definitiva, más que por la ambición del
obispado, iba con la expedición para no separarse demasiado
de sus seis mil pesos. Su falta de carácter se advertía mejor
cuando se le veía al lado del padre Henao, hombre sanguíneo,
decidido, buen razonador y con muchas letras humanas. En
cuanto Portillo vio a su colega pensó, como dije antes, que si
de aquella entrada salía algún obispado sería para el padre
Henao. Sin embargo, podría suceder que hubiera dos. Y entonces Ursúa le daría a él el segundo antes que pagarle los
seis mil pesos con réditos. De eso estaba bien seguro el padre Portillo.

Una tarde, en la cantina, Lope de Aguirre, Frías y algún
otro soldado discutían materias graves. Frías, capitán casi famoso, exponía sus ideas sobre la guerra y la paz. Aguirre
escuchaba y con frecuencia pensaba lo contrario. Dijo, como
si con estas palabras quisiera cerrar la discusión:

—Lo que pasa es que en la vida está permitido todo y vuesas mercedes no se han enterado todavía.

Frías no quería quedarse atrás, pero tampoco deseaba
darle la razón a Lope. Y dijo con cierto aire de superioridad:

—En la vida está permitido todo, es cierto, señor Lope
de Aguirre, pero no a todos.

Los otros soldados callaban. Lope de Aguirre concedía:

—Ciertamente que no a todos. Al ruin no le está permitido nada.

—Ni al bellaco.

—Siento deciros que en eso discrepamos. Al bellaco le está
permitido todo si es maestro y dueño de su bellaquería y no
esclavo de ella.

—¿Y quién dice si lo es o no lo es?

Apuntaba Lope con un dedo a su propio corazón:

—Aquí nos lo dicen.

Volvió el silencio. Frías invitó a beber otra ronda y apu raron los vasos. Lope repitió:

—A todos les está permitido todo, menos al ruin.

Frías se apresuraba a darle la razón, pero Lope adivinab que aquella idea era nueva para él y le halagaba y le so prendía y le escandalizaba, todo al mismo tiempo.

Pocos días después pudo confirmarlo de manera inolv dable.

Sucedió que dos capitanes y dos soldados fueron juzgado en Santa Cruz, condenados a muerte y decapitados. Uno d los capitanes era precisamente Diego de Frías, hombre de co fianza del virrey. El otro, amigo también de Lope (nad menos que el tesorero de la jornada), se llamaba Francisc Díaz de Arlés. Como Frías, había sido Arlés antiguo amig del gobernador Ursúa. En cuanto a los soldados, eran gent anónima, sin relieve.

La cosa vino del resentimiento de aquellos dos capitane contra Ursúa por haber éste nombrado teniente general corregidor de Santa Cruz don Pedro Ramiro, quien adem de ser capitán conocido y experto en entradas era homb respetado por indios y españoles. Cuando Ursúa hizo sab que lo había nombrado teniente general hubo algunas dece ciones, porque aquél era el puesto más codiciado. El non bramiento fue imprevisto e hizo pensar a Frías y a Díaz Arlés que los otros tampoco se harían de acuerdo con l planes que más o menos llevaban todos en la cabeza desc el día que se alistaron.

Parece que entre lo que cada cual pensaba de sí mism y lo que pensaba Ursúa había una diferencia y aquello dejal a Frías y a Arlés perplejos. Peligrosa suele ser la perplejida de los capitanes armados en tiempos de paz.

Hubo que enviar una misión al interior para reinstalar gunos indios en sus lugares —después de haber trabajac en los astilleros— y recoger víveres ya comprados y env Ursúa a su flamante teniente general Pedro Ramiro con l capitanes antedichos y algunos soldados. Pero los capitan se creían humillados por el hecho de estar bajo el mane

le Ramiro, a quien consideraban hombre civil, y a mitad de
amino se volvieron dejándolo solo con un puñado de soldados y un centenar de indios. A poco de separarse los dos
apitanes encontraron a los soldados de la retaguardia Grixo-
a y Martín y éste les preguntó extrañado:

—¿A dónde bueno caminan vuesas mercedes?

Los capitanes no sabían qué responder y por fin dijo Frías:

—Nos volvemos al real, porque el teniente general Ramiro
s desleal al gobernador.

—¿Cómo es eso? —preguntó, asombrado, Grixota.

—Va alzado con la gente —mintió Arlés— y quiere entrar
 poblar en una provincia por su cuenta. Eso es contra el
ey y habíamos pensado prenderle, pero siendo sólo dos no
s seguro poderlo reducir. Si vuestras mercedes ayudan podríamos ir los cuatro y hacer nuestra obligación.

Los soldados, que no tenían por qué dudar de los capitanes, prometieron y fueron los cuatro en busca de Pedro Ramiro, que estaba, como si el diablo dispusiera las cosas, a
a orilla de un río, sólo con un soldado y toda la gente en la
orilla contraria. Habían ido pasando de dos en dos en una
piragua y Ramiro esperaba que ésta volviera. El día y la hora
ran de un calor intolerable y se oía en las ramas de algunos
rboles estallar la savia.

Al llegar los cuatro entraron en conversación como si no
asara nada y luego Ramiro les preguntó de mal talante:

—¿No decían vuesas mercedes que se iban al campamento?
Han hecho bien en volver, porque de otro modo habría tenido que dar conocimiento a nuestro jefe.

Diego de Frías alzó la voz, presuntuoso:

—Jefe por jefe el mío es el virrey y a él me atengo.

—Yo también —añadió Arlés— y sepa vuesa merced que
no somos simples soldados de filas a quienes se puede amenazar.

Comprendió Ramiro que allí había un resentimiento envenenado y fue a replicar con alguna ira, pero se contuvo y
mostrando la piragua dijo:

—Vayan vuesas mercedes al otro lado. Sólo hay lugar
para dos cada vez. Vayan y luego pasaremos yo y este soldado.

—No. Todavía no.

—Señores —dijo Ramiro autoritario—, estamos en com
sión de servicio y es una orden.

En aquel momento cayeron los cuatro sobre Ramiro y l
graron, aunque a duras penas, sujetarlo y desarmarlo. Cuanc
lo tenían maniatado, Frías le puso una daga envainada p
delante del cuello, bajo la barba, y la apretó con las d
manos hasta que causó a Ramiro la muerte por estrangul
ción. Entonces pensaron cortarle la cabeza y llevarla al re
pero decidieron arrojar el cuerpo entero al río.

Al ver lo que sucedía, el soldado que estaba esperando c
Ramiro la piragua salió corriendo y llevó la noticia al gobe
nador Ursúa. Éste, para evitar que el soldado hablara,
hizo arrestar hasta que el negocio quedara esclarecido.

Días después llegaron los dos capitanes, fueron ante
gobernador y le dijeron que Ramiro se había levantado cont
el rey y tuvieron que arrestarlo y que después quiso hu
con la gente y se vieron en el caso lamentable de matarl
No habían llevado su cabeza temiendo que los grandes cal
res la descompusieran por el camino. Y se lamentaban
haber tenido que llegar a aquella medida extrema.

Ursúa disimuló y los capitanes quedaron en libertad has
que llegaron los dos soldados cómplices y cuando estuvier
todos en el campamento los arrestó y los envió con fuer
escolta a Santa Cruz, donde días después fueron juzgad
rápidamente en público y los condenaron a muerte por tr
dores. En el proceso declararon más de treinta testigos.
guraban entre ellos varios soldados que esperaban a Rami
el día del crimen a la otra orilla del río y la sentencia f
pregonada en toda la tierra de los Motilones.

Las cabezas de los cuatro fueron cortadas en la plaza
Santa Cruz con una espada de dos manos. Actuó como ve
dugo el negro Bemba.

El hecho causó impresión en los expedicionarios, quien
se dieron cuenta —los que lo habían olvidado— de la grav
dad de la empresa en la que estaban. La expedición no e
ninguna broma. Ursúa, como hombre avisado, comprendió q
la muerte de Ramiro, por un lado, había suprimido resqu
mores y envidias en el campamento, y por otro, la ejecuci

de los cuatro había impuesto con toda severidad la disciplina, que andaba un poco relajada. Sabía Ursúa aprovechar los sucesos tal como se presentaran, buenos o malos.

Cuando días después el negro Bemba llegó desde Santa Cruz a la orilla del río y a los astilleros, donde nadie hablaba de otra cosa, Lope lo invitó a beber y le dijo después del tercer vaso:

—Parece que cayeron cuatro cabecitas, ¿eh? —mostraba el negro la doble hilera de dientes, sonriendo de una oreja a la otra, sin responder—. Cuatro, una después de otra, primero mi amigo Frías...

—No, primero fue el otro, señol, el capitán Arlés. Y luego el Frías.

Era Frías de tal calidad que podría esperar el puesto de teniente general, el mismo que Ursúa le había dado a Ramiro. Y en cambio el negro Bemba le había cortado la cabeza. Lo miraba Lope con una mezcla de recelo y de sorpresa zumbona:

—¿Estuvo *suave* la función?

—*Suave* estuvo, como hay Dios, mi capitán Aguirre.

Era aquella una palabra que solía emplear el negro para expresar su satisfacción. La comida que le gustaba era suave, el capitán que no lo maltrataba —Lope no era capitán, pero al negro le gustaba pensarlo—, suave, y el día cuando el calor no apretaba demasiado, suave también.

En eso del calor los negros llevaban ventaja a los españoles, porque estaban acostumbrados y la pigmentación de su piel les ayudaba a aguantar mejor. Sin embargo, sudaban como cada cual. La diferencia estaba en que no se quejaban.

El trabajo de los astilleros había acabado en lo más importante, pero estaban por terminar algunas chatas y grandes balsas de muy poco calado, buenas para las corrientes de lechos pedregosos. Trabajaban todavía con prisa unos cortando árboles, desbrozándolos, seccionándolos y poniendo la madera a secar. Otros haciendo carbón; tres negros le daban al yunque fabricando clavos de diferente tamaño, labrando el hierro que caía en sus manos y especialmente el de las herraduras de los caballos muertos por accidente o degollados para aprovechar su carne y alimentarse.

Entre tanto, las maderas de las nuevas chatas se secaban y bajo la dirección de Corzo, maestro de carpinteros, iban tomando forma. Otros construían jarcias y velamen y había un gran caldero siempre cociendo con resina y pez para el calafate.

Era constante la actividad. Las moscas, tábanos y mosquitos amenazaban acabar con la expedición. Los calores, sin embargo, no eran allí tan fuertes como en el llano ni como habían sido en Santa Cruz.

En la cantina del campo dijo un día Lope a sus amigos refiriéndose a su cojera:

—¿Saben vuesas mercedes por qué *zapateo*? Porque a mi padre le gustaba el chacolí de Altuna. No rían demasiado pronto, caballeros, que yo lo explicaré. Yo no me habría dedicado a las armas si mi padre no me hubiera llevado a Altuna a aprender destreza y otras artes con un viejo soldado que tenía escuela abierta. Y mi padre me llevó como pretexto para acudir cada semana a Altuna a embriagarse como un puerco. Allí aprendí también a desbravar potros, que aunque me esté mal decirlo, no lo hago mal. Pero de allí vino el ir luego a la armada de Indias y recibir los arcabuzazos y el zapatear por estos campamentos. Del chacolí de Altuna.

Algunos reían y otros miraban de reojo pensando: «El loco Aguirre hablando mal del padre que lo engendró». Aquello no era decoroso.

Ocurrió poco después que en la chabola de Lope de Aguirre y delante de su hija, uno de los que habían oído contar aquello dijo a la Torralba:

—¿No sabe que Lope de Aguirre zapatea porque a su padre le gustaba el chacolí de Altuna?

Lope de Aguirre le lanzó a la cara una celada vieja y el hombre salió mohíno, sangrando por la nariz. Desde la puerta Lope lo despidió diciendo:

—¡Cada bellaquería quiere su tiempo y sazón, hideputa!

Ursúa se marchó a Santa Cruz y pocos días después reapareció acompañado de doña Inés de Atienza, su amante. Sorprendió la llegada porque todos daban por seguro que al salir las tropas de Santa Cruz ella volvería a Trujillo.

Al principio fue aquella mujer recibida con extrañeza, luego hubo algunos vítores y aplausos —que disgustaron bastante a Ursúa—, pero después se hizo un gran silencio y en los días siguientes la opinión de los soldados fue cambiando.

Los había que estaban indignados.

Ursúa instaló a Inés en su propia tienda, que era la que ocupaba antes don Ramiro, grande y con varios compartimientos. Era aquella mujer joven viuda, e hija de un español de Lima y de una india principal emparentada con los incas, según decían.

Doña Inés apenas se dejaba ver de nadie. Don Pedro de Ursúa, que estaba en plena mocedad, se pasaba días y noches en la tienda con ella. Estaba tan enamorado que, a pesar de sus responsabilidades de jefe y caudillo, descuidaba revistar la guardia o enviar el parte diario al virrey.

Sucedió otro hecho inesperado que había de tener con el tiempo graves consecuencias. Alonso de Montoya, que era el alcalde de Santa Cruz, había dado a Ursúa sus indios y sus ganados como contribución a la expedición en la cual se había alistado. Este individuo, cuando vio que Ursúa llevaba consigo a su amante, decidió abandonar la expedición y volver a su alcaldía. El pretexto fue que se sentía responsable de dejar despoblado el lugar, cosa que estaba prohibida por las leyes, pero Ursúa entendía los verdaderos motivos.

Al ver el gobernador que Montoya se iba, le dijo que tendría que retener sus ganados y sus indios. Disgustado Montoya prefirió en todo caso marcharse y entonces Ursúa cambió de parecer, y no queriendo malquistarse con alguien que podía hacerse oír de las autoridades de Lima le dijo que le devolvería indios y ganados. Esperaba Montoya esa devolución, pero pasaban los días sin que se cumpliera y comenzó a lamentarse y a decir que la expedición sería catastrófica, y quiso convencer a otros oficiales para que se volvieran con él a Santa Cruz. Considerando aquella actividad sediciosa, Ursúa lo arrestó y lo puso en cadenas en el astillero mismo. Gritaba Montoya mientras lo herraban.

—Mal hace vuesa merced señor gobernador en herrarme. Debía ahorcarme, porque nunca seré amigo de vuesa merced y juro a Dios que lo he de matar yo si tengo ocasión.

Así hablaba Montoya, que era hombre nervioso y pugnaz.

A pesar de todo, Ursúa decidió llevarlo en la jornada del Amazonas con sus indios y ganados, de grado o por fuerza. Aquella seguridad en sí de Ursúa les parecía a algunos demasiado insolente. Era Montoya un hidalgo de pro y lo había maltratado en público. Pero la insolencia de Ursúa no estaba sólo en mostrarse demasiado seguro de sí, sino que iba acompañada de alguna clase de desdén que no era habitual en Ursúa, pero que venía a ser consecuencia de su saciedad sexual. El macho harto de carne tiende a alzar un poco más de lo discreto la cabeza y la voz. Con los animales sucede igual.

Obligaba Ursúa a hacer antesala a todo el mundo, no importaba su cargo militar. Y eso no era por soberbia, sino porque a todas horas estaba dulcemente ocupado con doña Inés, la *cholita,* como comenzaban a llamar en el virreinato a las mujeres mestizas. El nombre venía de los indios y eran ellos los primeros en diferenciar a aquellos productos híbridos que a veces reunían las mejores cualidades de las dos razas.

Hurtándola a las miradas de los soldados, Ursúa se conducía como un *sheik* prudente de Argelia.

Los soldados hablaban:

—Tenemos una gobernadora —decía Lope—: Inés de Atienza.

Zalduendo lo corrigió:

—Doña Inés.

Preguntó Lope entre ofendido y jocoso:

—¿De dónde le viene el don a esa hembra?

—Hermosa es —dijo Zalduendo—, y el tratamiento de *don* bien lo puede merecer la hermosura. Además, viene de príncipes incas.

—Bah —dijo Lope y escupió a un lado—. Príncipes de los monos y de los papagayos. En todo caso hace mal Ursúa en traerla, que aquí no hemos venido a adamarnos entre las sábanas, sino a matar enemigos y a fundar pueblos.

Era Zalduendo grande, desgarbado, y en su cuerpo había materia para cuatro como Lope de Aguirre. Éste comenzaba a hablar del gobernador sin respetos mayores y viendo que lo escuchaban con gusto cargaba la mano. Lo llamaba gabacho porque había nacido cerca de Francia y luego de insultarlo así reía bobamente como reía muy pocas veces Lope.

Una tarde, al oscurecer, oyó Ursúa voces cerca de su tienda. Reconoció a Lope de Aguirre, que decía a otro:

—¡Y qué bien que lo ha contado vuesa merced!

Lo decía con entusiasmo. Tenía Ursúa curiosidad por oír más, pero se acordó del proverbio: «El que escucha a escondidas su mal oye». Y además le parecía desairado.

Se dejó caer en su hamaca. Era aquella hora del atardecer en la que libre de cuidados gustaba de retozar con su amada. La oía andar cerca y miraba la cima lejana de la montaña. Le gustaba ver cómo iba llegando la noche allí, pero seguía encendido aquel pico alto, amarillento y dorado. Con el color del durazno y de las mejillas de Inés.

«Un color de chola india» se dijo entre dientes.

No se atrevía a decir aquella palabra —*chola*— delante de Inés porque ella la consideraba insultante. Y, sin embargo, Ursúa la decía con ternura.

Le gustaba a Ursúa encontrarse con Pedrarias, pero a menudo iba este hidalgo acompañado por Lope de Aguirre y Ursúa sacrificaba el placer de dialogar con Pedrarias a cuenta de no tener que oír a Lope, quien solía hablar de un modo corrosivo y directo.

El día anterior había hablado Ursúa con Pedrarias sobre las ejecuciones de los cuatro traidores que mataron al teniente general. Pedrarias dijo:

—Yo conocí a Frías en el Cuzco y habría puesto la mano en el fuego por él. Pero en la línea equinoccial donde estamos es diferente. El sol cae demasiado vertical. Si gastáramos anteojos ahumados como los grandes de España, quizá habría menos hechos de sangre en el real.

Elvira, la hija de Lope, había visto dos veces de cerca a Ursúa y repetía:

—Padre, el general no tiene manos de guerrero. Se diría que no ha cogido nunca una espada.

—Podría ser que esta vez tuvierais razón, hija. Que sea un galán de corte y no de patio de armas.

No se sentía a gusto Lope cada vez que pensaba en Ursúa y menos cuando lo veía tan joven y tan chapetón. Llamaban así a los oficiales que llegaban de Castilla con trajes nuevos y miradas altivas.

Y pensaba: «Cree que él lo decide todo dentro y fuera de las cabezas y los corazones de los demás, pero se engaña de medio a medio. Si de influencia se va a hablar yo podría decir algo y aún mucho». Se acordaba Lope de haber hablado con el capitán Frías dos días antes de la muerte del teniente general. Estaban en la cantina y Lope le dijo a Frías que todo estaba permitido en la vida.

Es decir, estaba permitido todo, pero no a todos. Pensaba Lope riendo para sí: «Claro que no a todos, bien se ha visto».

«No podía pensar yo —añadía Lope, satisfecho— que tuviera tanta influencia en un capitán como Frías.» Pero los hechos no podían haber sido más elocuentes: Frías se atrevió a todo y le salió mal.

Aún no embarcaban y los días iban pasando y trayendo su provisión de pequeñas o grandes contrariedades. Montoya seguía encadenado. Los cuchicheos y recelos y opiniones adversas contra Ursúa y su amante iban a dar en lo mismo:

—No están casados —le decía Zalduendo a don Hernando Guzmán—. ¡No están casados!

—¿Y qué tiene que ver eso? —intervenía Arce—. En Indias nadie está casado sino cuando le traen la esposa de Castilla.

—No es verdad —dijo Lope—, porque yo puedo mentar más de cien nombres de españoles casados con indias a golpes de campana y de hisopo.

—Pero ¿qué matrimonio es ése? —insistía Zalduendo—. Una india en la cama con nombre de esposa, cuatro en la cocina con nombre de doncellas, que la doncellez la perdieron el día que entraron; tres indias más en el pajar y cuatro en los saladeros y planchaderos y tahonas de la hacienda. Y todas igual. Hijos van e hijos vienen, y si eso es matrimonio que lo diga mi puta abuela.

Aguirre se ponía a contar algo en relación con la mala influencia de las mujeres en expediciones de guerra, pero se le iba el santo al cielo. Por fin se acordaba del caso, aunque no habría podido decir si sucedió hacía un año o diez. Unos días la memoria de lo inmediato le flaqueaba más que otros.

Declaraba enfáticamente que debía estar prohibido llevar mujeres a las *entradas* y conquistas.

—Vuesa merced lleva a Elvirita —acusaba Zalduendo.
—Ella no es una mujer.
—Ha cumplido los trece. Casadera es.
—Pero no es una mujer. Una hija no es una mujer.
Los otros se callaron, prudentes.
—¿Y la Torralba? —preguntaba Zalduendo.
Aguirre lo miró despacio a los ojos, se volvió hacia don Hernando Guzmán y dijo:
—Este Zalduendo es peor que Ursúa, digo en lo que se refiere a las faldas.
No envidiaba Lope a Ursúa por la hembra. Ciertamente —pensaba— que en tiempo de paz es dulce el amor de las faldas, pero ¿qué hombre con un mínimo de experiencia guerrera no distinguía entre las faldas de la mujer y la tarea militar? Lope de Aguirre no envidiaba a Ursúa y recordaba también algunos versos del romance del Conde Irlos, pero diferentes de los que le habían escrito a Ursúa desde Lima. Los versos de Lope decían:

> *Bien es verdad la condesa*
> *que conmigo os querría llevar,*
> *mas yo voy para batallas*
> *y no voy para folgar...*

Pensaba la gente en Ursúa y cavilaba. El resultado de las reflexiones de la gente sobre Ursúa acababa siendo el mismo siempre: «Es un buen capitán, pero con su Inés está mostrando el lado flaco de su persona y su carácter y eso no es bueno». Lope decía ya en voz alta a quien quería oírlo que Ursúa no gobernaba sino con doña Inés. Lo que irritaba más a Lope era que Ursúa se atreviera a ser insolentemente feliz allí a la vista de todo el mundo, olvidando que de su ánimo dependía el destino de tantos hombres, la mayor parte de los cuales por una razón u otra se consideraban desgraciados. «Ursúa —decía Lope— ha encontrado ya su reino de Omagua y el Dorado y los tiene en su tienda y los goza cada día y de los demás se le da un bledo.»
A todo esto Montoya, corregidor de Santa Cruz, seguía en cadenas. Casi todos los indios que iban en la expedición eran

suyos. Y Ursúa le había prometido devolvérselos antes de echarse al río con los barcos. Pero ni lo liberaba ni le devolvía los indios ni *se echaba al río.*

Iban cinco mujeres casadas y cuatro que pretendían casarse en camino. Sin contar a la Torralba y a las indias ni tampoco a Inés ni a Elvira.

A pesar de sus cadenas, Montoya seguía intrigando y quiso convencer a Custodio Hernández, su vecino y dueño también de indios, para que le retirara los suyos a Ursúa. Pero Hernández se negaba a escucharle y decía que como siguiera hablando de aquella manera y se enterara Ursúa podía darle que sentir.

—¿A mí? —gritaba Montoya y soltaba a reír histéricamente. Insultaba al gobernador, llamándolo francés adamado y sólo bueno para los martelos. Finalmente concluía—: Poco debe valer cuando no me ha matado ya.

Lo decía muy convencido, hasta ese extremo llegaba el rencor y la inquina.

Ursúa era español de Navarra y ciertamente no hacía mucho que Navarra había sido francesa. Aludiendo a eso, Aguirre y Montoya se ponían fácilmente de acuerdo para decir alguna broma sucia a costa del idilio de Ursúa e Inés y de las costumbres eróticas de las Galias.

Queriendo Ursúa mostrar que la partida era inminente dio poderes legales a Zalduendo para nombrar capitanes y otros cargos en la expedición, aunque provisionales y sujetos a confirmación. Nombró él mismo a don Hernando Guzmán maestre de campo, lo que no fue mal recibido. Y a Lope de Aguirre *tenedor de difuntos,* cargo extraño y más civil que otra cosa.

—El gabacho cabra —dijo Lope— me ha visto platicar con Montoya y me ha cogido malquerencia.

El cargo le obligaba a llevar cuenta de los que fallecían, de sus haciendas y testamentos. No se podía entender aquel nombramiento sino como una broma de mal gusto. En cuanto a los poderes de Zalduendo, Ursúa se los dio para ver cuáles eran sus ambiciones y las de sus levantiscos amigos. Esperaba que se manifestaran cruda y francamente con Zalduendo, ya que con Ursúa no se habría atrevido nadie a protestar. Y dio un empleo importante antes a Guzmán para evitar que le diera Zalduendo uno inferior y a Lope de Aguirre un empleo bajo para evitar que se lo diera Zalduendo alto.

Habría Lope rechazado el cargo si tal cosa fuera posible dentro de las costumbres militares.

Prefirió callarse.

Cuando alguno le preguntaba por qué le habían dado aquel puesto, él se hacía el desentendido, y si insistían preguntaba a su vez:

—¿Qué es lo que quiere saber vuesa merced? ¿Si me aflijo o me envanezco? Sepa vuesa merced que los cargos definitivos no los da el gobernador, sino el enemigo en el campo de batalla.

El tiempo apremiaba, porque había que llegar a tierra de los omaguas antes de que éstos fueran advertidos y tuvieran demasiada ocasión para prepararse.

El día de partir llegó.

Al echar los barcos al agua algunos de ellos se desarticularon, porque con la temperatura y la humedad y la facilidad de proliferación de toda clase de vegetales e insectos, se habían formado hongos corrosivos y el resto de la tarea de destrucción silenciosa lo habían hecho las termites.

Hubo algún desasosiego y confusión, pero en los tres bergantines que quedaron y algunas balsas y barcas menores y *chatas* pudieron ir acomodándose.

Además de los soldados expedicionarios iban seiscientos indios, entre ellos muchos *yanacunas* de los de Custodio Hernández, que eran los más afectos a los españoles y se vestían como ellos y hablaban el idioma de Castilla bastante bien.

Iban también veintiocho negros bozales, pocos de ellos cristianos.

Aquel día era el primero de julio de 1560.

Pero no salieron. Hubo que desembarcar y el problema más grave se presentó en la siguiente forma: habiéndose roto siete bergantines y la mitad de las *chatas* no podían embarcar más de veinticinco caballos y hubo que abandonar cerca de trescientos después de haberlos comprado caros en los criaderos de Quito. Tampoco pudieron embarcar ni la quinta parte de los víveres, es decir, los animales vivos que llevaban para alimentarse. Quedaron unas cien cabras y otras cabezas de ganado abandonadas. Incluidas varias docenas de cerdos. Como Noé en su arca, quedaron algunas parejas para hacer cría.

El de los bergantines era un problema grave, pero Ursúa, que no solía mostrar un talante alegre, decidió tomarlo todo a broma. Parecía sonriente, distraído y feliz con cada nueva dificultad. Y dijo:

—No importa. Así y todo saldremos en algunas semanas. Irá por delante en una chata Juan de Vargas, que saldrá pasado mañana con cien hombres, la mayor parte indios, para esperarnos con comida en la boca del río Cocoma, donde tenemos o teníamos amigos. Y ciento cincuenta leguas más abajo fondeará García de Arce, que saldrá hoy mismo con treinta hombres. Los dos allegarán bastimentos y víveres a la orilla del río y nos esperarán con ellos.

Así se hizo. Salió el capitán Arce antes de anochecer.

Decía Ursúa que sólo necesitaría llevar comida para los pocos días que tardara en encontrar a Juan de Vargas. Eso facilitaba la instalación de la tropa y de sus pobres haciendas. Había quien llevaba un colchón, algunas cosas de cocina y hasta un cubo y una tabla para lavar ropa. Las mujeres, costureros, vestidos, incluso —quién iba a pensarlo— algún santo de madera policromada por el cual sentían especial devoción.

A Montoya lo habían llevado a bordo con sus cadenas y lo volvieron a sacar. Ursúa le dijo:

—Me duelo destos hierros tanto como vuesa merced, pero en cuanto comience la jornada se le quitarán. Confieso que es la presencia de vuesa merced demasiado importante para dejarlo detrás de mí sabiendo que queda rencoroso y hostil y que podría hacerme daño en la opinión de las autoridades de Lima.

Trataba de halagarlo con un género de sinceridad total que sin embargo no siempre convencía. El recurso último de Ursúa solía ser aquel de descubrir sus propias cartas y mostrar sus motivaciones secretas. Pero Montoya tragaba saliva y miraba a otra parte.

Con las faenas del embarque y desembarque por todas partes se oían balidos de ovejas, cacareos de gallinas y también ladridos de perros, que los llevaban como auxiliares de campaña, recordando los buenos oficios que le hicieron a Cortés en México. Eran perros criados con carne cruda.

Elvirica parecía que no, pero se daba cuenta de todo.

—Aquí les cortan la cabeza a unos hombres grandes como catedrales, ponen en cadenas a otros y nada pasa, nadie protesta, nadie se duele y nadie llora.

Lope la miraba complacido y decía:

—Así es la vida militar, Elvirica. ¿Qué creías tú?

Aprovechaba la Torralba la ocasión para repetir que aquella vida no era para seres humanos, pero ella comprendía que estaban en Indias y que no era lo mismo que estar en España y que en definitiva todo lo daría por bien empleado si podía cuidar a Elvira y llegar un día a establecerse en el país del Dorado.

Añadía la Torralba que doña Inés, la amante del gobernador, era hermosa y parecía buena persona, pero tenía cosas que estaban bien en una castellana y no en una chola.

—¿Qué cosas si se puede saber? —preguntaba Lope.

—Tiene una sonrisa que yo diría demasiado victoriosa.

—¿Victoriosa?

—Eso es. Y en una castellana se vería mejor.

La miraba Lope extrañado. A veces la Torralba hablaba de un modo chocante, pero tal vez era por la *tarumba* del equinoccio. Una sonrisa demasiado victoriosa. ¡Bah!

Al oscurecer comenzaba a despertar la selva, y aunque en aquellos lugares no era muy poblada, se oían cientos de sapos silbadores y de aves nocturnas. También el rugido lejano de algún jaguar en celo.

Sobre aquel estruendo, que a medida que se iba alejando se hacía más denso y también más débil, dominaban los sapos. Unos sapos pequeños, con tres dedos que acababan en tres bolitas, pero de voz aguda y poderosa.

Pedrarias, que era hombre maduro, sentimental y solitario, le llevaba a veces a Elvirica una fruta, algún objeto innecesario y gracioso e incluso alguna ofrenda que parecía de galán, por ejemplo, una orquídea notable por la rareza, que con el calor y la humedad se encontraban en todas partes. Hacía Lope como si no se diera cuenta de aquellos homenajes, halagado. Era Pedrarias una de las pocas personas de quienes

Lope no hablaba nunca mal. Tampoco bien, es verdad, pero su silencio era —cosa rara— un silencio amistoso. Pedrarias dijo una noche:

—Niña, tenéis que aprender a escuchar la selva.

—¿La selva?

—Hay que acostumbrarse y dormir sin oírla. Porque llega un momento en que ya no se oye.

Creía Lope que no había manera de dejar de escucharla y entonces Pedrarias le dijo, soltando a reír: «No es nada eso. Aquí no hay verdadera selva ni más animales que el perrerío de la expedición. Ya veréis lo que es bueno cuando bajemos al Amazonas».

—Al Marañón, diréis.

—Al Amazonas, señor Lope de Aguirre. Yo prefiero llamarlo así.

—¿Y en qué consiste la diferencia?

—En que el Amazonas está en la línea del equinoccio y allí la vida natural es mucho más escandalosa. Ya lo veréis, amigo mío.

Cerca, los perros ladraban, atraillados.

Recordaba Lope que Pedrarias, refiriéndose a aquellos animales, había dicho el *perrerío.* ¡Qué maneras raras de hablar! Y a Lope le gustaba aquello. Su niña copiaba las rarezas de palabra de Pedrarias. Dijo una o dos veces aquello del *perrerío,* gozando de la palabra, la niña.

¿Sería también aquella rareza motivada por la tarumba del equinoccio? No estaban aún en el equinoccio, pero la diferencia de latitud debía ser poca. Pensaba igualmente Lope que según la mulata doña María, amiga de Zalduendo —que servía de azafata a doña Inés—, ésta se pasaba el día retozando con el gobernador y los había soprendido sin querer más de una vez cuando Inés, con la cara junta a la de Ursúa, parpadeaba rozando su piel con las pestañas y diciendo:

—¿Te gusta? Son besos de colibrí.

Lope de Aguirre, pensando en aquellos besos de colibrí, sentía como una ofensa personal. Iba a hablarle de aquello a don Hernando de Guzmán, pero el joven aristócrata no decía nada. Nunca decía nada contra nadie. A falta de otra cosa el silencio mantiene el decoro.

CAPÍTULO III

Tenía Zalduendo una amante en Lima y tres hijos pequeños, hablando de los cuales dijo un día delante de varias
personas:

—Se ganan el cielo, los pobrecitos.

Quería decir que se morían de hambre. Y esperaba que
los otros rieran con aquellas cosas. Lope, que adoraba a su
hija, envolvía a Zalduendo en una mirada fría.

Entre otros chicos iba un paje a quien llamaban Antoñico
y solía decir de sí mismo que era un conquistador como los
demás. Lope le dijo un día que era un *pergeño* de conquistador y le llamaba así: Pergeño. Pero el chico se enfadó
cuando vio que los otros se acostumbraban a llamarlo de
aquella manera, aunque deformando el nombre: *Pergenio.*
Y cuando le llamaban así no contestaba.

Como era natural, las censuras contra Ursúa aumentaban
con los días y las dilaciones y esperas. Los curas censuraban
también a Ursúa, pero nunca lo hacían delante de los soldados. Era como ejercer un derecho exclusivo de la Iglesia.

Aquel día se instalaron en una balsa cubierta treinta soldados al mando de García de Arce. Sabiendo que el viaje
en la balsa iba a ser rápido y que saldría Vargas dos días
después, ordenó Ursúa a Arce que se detuviera en la desembocadura del Huallaga con el Amazonas y recogiera allí
todos los víveres que pudiera conseguir de los poblados próximos. Con los víveres listos debía esperar a Vargas, quien
los embarcaría y seguiría para detenerse en otro lugar donde
acumularía mantenimientos mayores y esperaría a su vez al
grueso de la expedición.

La distancia hasta el lugar donde Arce debía esperar a
Vargas era de unas cien leguas, y aquel territorio, el de los

Caperuzos. Lo llamaban así por estar habitado por unos indios que usaban bonetes en la cabeza, lo que no dejaba de llamar la atención, ya que no habían visto indios con la cabeza cubierta hasta entonces.

Salieron pues los de Arce y confiando en ellos Ursúa comenzó a elegir la gente que debía ir con Vargas y a acomodar la impedimenta en un bergantín y no en una chata como había pensado al principio. Feliz con aquella mejora, Vargas bromeaba según su estilo. Era un madrileño parco de palabras, de ánimo frío y penetrante.

Pocos días después de la salida de Arce salió también Vargas en su bergantín. Tenían todos el genio alegre y ligero de las despedidas. Era aquel día el 28 de junio de 1560.

Cuando echaron los otros bergantines, ya reparados, al agua algunos se desencuadernaron otra vez y los restos se fueron flotando. La gente se burlaba de los oficiales armadores y de los carpinteros, pero Ursúa explicó que la mayor parte de las piezas maestras de la estructura estaban podridas o socavadas por las hormigas. Sólo los barcos que se habían construido más recientemente podían navegar, por no haber dado tiempo a las termites de hacer su devastadora faena.

Las chatas, en cambio, flotaban bien. Eran anchas de base y tenían sólo una borda rudimentaria, pero estaban abiertas por todas partes a las brisas.

Al echar al agua las dos últimas chatas se desbarataron por las mismas razones que los bergantines. Hubo que quedarse en tierra todavía más de dos meses mientras se remendaban y se construían embarcaciones nuevas, la mayor parte balsas y chatas. Habían descubierto que poniendo una capa de pez en las piezas maestras las hormigas no las tocaban. Algunos soldados que eran andaluces y supersticiosos creían que aquellos accidentes iban a traer mala suerte.

Acomodados mejor o peor todos salieron por fin a primeros de septiembre de 1560 bajo los calores tórridos propios de la estación.

No embarcó Ursúa en definitiva más que treinta caballos. Los demás, hasta cerca de trescientos, habían de volverse cimarrones en las serranías próximas. Ursúa contemplaba aque-

llas pérdidas con semblante alegre y era el único que había
reído al ver que se le desintegraban los bergantines. Sin duda,
hacía aquello para no deprimir más la moral de la gente.

Iban en total doscientos treinta hombres de guerra españoles, unos cien auxiliares entre negros y mestizos de distintas razas, otros trescientos indios *mansos,* es decir, adap-
tados, bautizados y que hablaban español. Varias mujeres
indias o mestizas y las cinco españolas que dijimos, sin contar a la distinguida cholita de Trujillo.

Se había reservado Ursúa en el mejor bergantín un com-
partimiento en la proa para sí y para doña Inés. Llevaba
Ursúa dos indios que le servían y doña Inés dos mulatas.
El camarote era abierto por delante, hacia el río, y cerrado
por los otros tres lados, salvo la puerta, que era un mamparo
de madera, movedizo.

—Ahí va la reina en su camarín —dijo Zalduendo, envidioso.

Llevaban dos bergantines con doble cubierta y cuatro chatas grandes y además quince o veinte balsas más largas que
anchas con borde y baranda y un cobertizo en un extremo.
Fuera de las horas centrales del día, en las que el sol caía
vertical y a plomo, había alguna sombra, porque navegando
cerca de la orilla derecha la hacían los árboles, que eran
casi siempre palmas o cocoteros, y una vez en la hoya
fluvial las brisas que llegaban encañonadas desde las alturas
traían alivio.

Pero el calor era insufrible y Ursúa se alegró de haber
dejado la mayor parte de los animales en tierra, ya que no
le parecía posible llevar forrajes para todos ni viajar en
aquellas condiciones y con el estiércol acumulado sin correr
peligro de enfermedades.

Quedaba doña Inés, como se puede suponer, a cubierto
de las miradas y un indio y una mulata hacían una guardia
discreta, mientras que un soldado con armas la hacía ostensiblemente y era relevado a lo largo del día y de la noche
con la consigna de no dejar entrar a nadie sin un permiso
especial. Además daban cada día el santo y seña, es decir,
la consigna secreta que se renovaba.

El primer día la consigna fue *Doña Inés,* por galantería, y cuando el jefe de la guardia se acercó a Ursúa al caer la tarde para darle el parte, el gobernador le ordenó:

—La novedad, a la dama.

Entonces el soldado, dirigiéndose a ella en la rígida actitud del saludo, decía:

—Sin novedad, señora.

Y se retiraba creyendo haber percibido en Ursúa olor de vino reciente, lo que no quería decir nada, porque el gobernador era moderado en sus hábitos.

El orden de la expedición no dejaba de ser curioso. Había un servicio de guardia que se hacía con rodela y celada. Algunos usaban también loriga, pero la llevaban sobre las puras carnes, ya que el calor habría hecho imposible ir a la vez vestidos y armados. Era la guardia de doce soldados y un alférez, que relevándose daban sin fatiga los ocho cuartos de la centinela de cada día. Cuando estaban en tierra la guardia era dos veces más numerosa.

En el bergantín de Ursúa iban los oficiales más notables. Iba también el padre Henao, quien no perdía ocasión de acercarse al gobernador con advertencias, adulaciones y consejos, el más frecuente de los cuales era que se casara con doña Inés para dar buen ejemplo.

El otro sacerdote, el padre Portillo, menos hábil, se había quedado en el bergantín segundo y no se acercaba al jefe de la expedición si no lo llamaban.

Lope de Aguirre, que deseaba estar cerca de su hija Elvira y de la Torralba, iba en el segundo bergantín, donde había tratado de acomodar a las dos mujeres lo mejor posible y lo había conseguido a medias. Los soldados no protestaban. Con todos sus defectos y asperezas sabían hacerse a un lado y dejar los mejores lugares para las mujeres como cosa natural. No habiendo en la cubierta lugar a cubierto de las miradas, había preparado Lope con hamacas y tablas un camarote relativamente cómodo debajo de la cubierta. El calor era mayor, pero el carpintero abrió en la quilla una escota cuadrada que quedó sin cortina ni reparo, por donde entraba el aire. Varias veces al día baldeaban la cubierta y eso daba algún fresco, aunque pasajero. Las dos mujeres creían que iban a asfixiarse y Elvira suspiraba a cada momento no sólo por el calor, sino también por el espejito perdido en Los Motilones. En vano había buscado otro, aunque sabía que el gobernador Ursúa tenía muchos para darlos a los indios a cambio de oro o alimentos.

Se instaló Lope arriba, lo más cerca posible de la proa y se reservó de un modo oficioso y no declarado los servicios del negro Bemba, quien a cuenta de quedarse en el bergantín se ofrecía a ser su criado. A veces el negro llamaba a Lope vueseñoría, según la costumbre adulatoria que tenían los esclavos de su raza.

Todo el mundo andaba ligero de ropa. Los negros, desnudos del todo, aunque cubiertas las caderas y el sexo con una especie de mandil que anudaban de un modo al parecer ligero, pero seguro.

Daban los negros importancia a los privilegios que representaba el viajar en un lugar u otro. Los que no podían ir en los bergantines con el pretexto de servir a alguien se habían acomodado en las chatas, procurando quedarse en la más grande y aun en ella remar y maniobrar para seguir de cerca al bergantín segundo. Eran terriblemente sensitivos los negros a la vanidad de cualquier preeminencia.

En las demás chatas y balsas se apiñaban hombres y mujeres sin orden ni concierto. Se oían ladridos de perros y canciones de cuna —o blasfemias— todo junto.

Durante el día nadie se extralimitaba de palabra ni de obra, nadie protestaba. Aunque todos iban medio desnudos no había desafueros con las mujeres. Por la noche cada cual velaba celoso de la hembra si la tenía y cuidaba de que nadie la molestara. Casi todos dormían mal, por el calor, los mosquitos y la inacción forzosa durante el día.

Iba como guía en el bergantín primero Alonso Esteban, que había hecho aquel mismo viaje, como dije antes, con Orellana. Era hombre peligroso, según decían algunos, cosa difícil de entender, porque parecía medio niño o medio viejo, según por donde le llegaba la luz, y lo mismo pasaba con su carácter.

Solía mirar a las riberas con la cabeza demasiado alta, como si estuviera tratando de identificar lugares que podían serle familiares.

Confiaba Ursúa en la memoria visual de Esteban, quien decía, sin embargo, que hasta que llegaran al Amazonas no podía prometer acordarse de los lugares recorridos, porque la expedición de Orellana no había bajado al Amazonas por el Huallaga, sino por otro afluente.

—Orellana era hombre serio, responsable —dijo Ursúa como preguntando.

—Serio para unas cosas y no tanto para otras. A veces tomaba por lo trágico las fruslerías y en cambio echaba a broma las tragedias.

—¿No pensabais medrar con Orellana? ¿No sois ambicioso?

Era aquella una pregunta un poco extraña, pero Ursúa solía hacerlas sin miedo a lo que pudiera haber en ellas de impertinencia. Esteban tardó en responder y por fin dijo:

—Yo no me hago ilusiones. Me he quemado ya y soy sólo ceniza. Lo mismo les pasa a otros como Lope de Aguirre, pongo por caso, pero ellos no lo quieren confesar.

—Pedrarias me ha dicho que erais rico en España. Él adivina las cosas con sólo echarle a cualquier persona la vista encima.

—Pero a veces se equivoca.

—¿Erais rico?

—Tenía un buen pasar.

—¿Cómo es que caísteis en Indias?

—Como otros. Desórdenes de la juventud y especialmente poca ventura en el juego.

Parece que había tenido otras razones y que estuvo complicado en el proceso de los Cazallas y los alumbrados de Pastrana y condenado en ausencia por la Inquisición, aunque a una pena leve.

Hizo Ursúa varias preguntas más, una tras otra. ¿Tuvisteis alguna diferencia con Orellana? ¿Habéis devengado derechos con él, digo haberes? ¿Tenéis esposa en el Perú? ¿Habéis dejado hijos en España? A todas aquellas preguntas respondió Esteban negativamente con movimientos de cabeza. Como no decía más, Ursúa se dijo: «Ha venido aquí para evitar los calabozos de Lima y fue a Lima para evitar las búsquedas de la Inquisición».

No se lo dijo, pero Esteban adivinaba aquella reflexión y el silencio de los dos comenzaba a ser agrio.

—¿Bajabais a tierra a dormir, digo, cuando hicisteis esta jornada con Orellana?

—No, pero teníamos más espacio en los bergantines y llevábamos víveres de repuesto.

Siguió diciendo que aquello de las hormigas destructoras no había existido siempre en Los Motilones y que diez años antes no las había.

—¿Aguantáis bien el equinoccio? —preguntó Ursúa, pero suponiendo Esteban que era una pregunta rutinaria no respondió y entonces añadió el gobernador—: El clima es malo, pero no intolerable.

—Ya verá vuesa merced más abajo.

—¿Qué?

—Esto no es aún el equinoccio.

Oyó Ursúa dentro la voz de doña Inés y se apresuró a acudir a su lado. Ella le decía con el acento bobo de la luna de miel:

—Eres el jefe de la expedición, el que manda en todos. Pero no en mí. No eres mi jefe, sino mi amante.

Luego le hacía ver a lo lejos el pico de aquella montaña que mucho después de oscurecer seguía viéndose iluminada como siempre. En el cielo azul había una sola nubecita iluminada también, color rosa.

Se reflejaba en el río, temblando con el oleaje.

Las noches eran menos calurosas, pero la tortura de los mosquitos peor. Alguien habló de encender fuego en el primer bergantín de modo que el humo les librara de aquella peste. Y Ursúa amenazó con poner en collera por el resto del viaje al primero que encendiera fuego a bordo. Y añadió: «Aunque los mosquitos les beban la última gota de sangre».

Lope de Aguirre le oyó y se dijo que aquella última frase no era necesaria y que sonaba a crueldad y a impertinencia.

Poco antes del amanecer oyó Ursúa aquella noche un extraño ronquido cadencioso y rítmico, que no parecía humano. Al principio pensó, divertido, que podría ser Inés que roncaba, pero se arrepintió de aquella irreverencia y la besó, dormida, suavemente.

Cuando clareó un poco más vio que aquellos ronquidos los producían los caimanes, de los cuales se veían algunos a los dos lados del bergantín.

Doña Inés era ese estilo de hembra que se excita con el sonido de las palabras procaces. No es mal estilo —revela una fuerte imaginación erótica— y aquel amanecer decía a Ursúa con los ojos entreabiertos y voluptuosos.

—Yo no soy tu esposa, ¿verdad?

—No.

—No soy tu novia, tampoco. ¿Qué dirías que soy?

—Mi amante —respondía Ursúa, ensoñecido.

Ella protestaba:

—Te pido que digas la verdad. No soy yo tu amiga, tu amante, ni tu esposa. Soy tu puta.

Esto último lo decía bajando mucho la voz, pero con un aliento cálido que quemaba en su brazo desnudo y con un timbre de voz de niña pequeña.

Era una de las peculiaridades de su mundo secreto.

La gente no iba muy cómoda a bordo. Muchos habían llevado a la orilla del río colchones de buena lana, pero sólo embarcaron en los bergantines tres: el de la hija de Lope, que luego lo usaba él, porque la hija prefería la hamaca, que era más fresca, y los dos de Ursúa.

Pronto comprendieron los soldados que en el centro del ancho río los mosquitos molestaban menos y echaron por allí, pero no se apartaban demasiado de la orilla, temerosos de la violencia del caudal y de que en caso de zozobrar no pudieran acogerse a tierra.

Al oscurecer, los rumores de la selva se imponían sobre el de las aguas. Millares de sapos silbando a un tiempo daban una masa de sonidos diáfanos y agudos. Entre ellos se oían los pájaros nocturnos y los cocodrilos en celo. Era como si las dos orillas estuvieran pobladas de multitudes humanas gritadoras e histéricas. Los silbidos, los aullidos, los gemidos roncos o agudos aumentaban o disminuían según que los navegantes se acercaran o se alejaran de las orillas.

Los perros de las chatas olfateaban desorientados y gruñían mirando a un lado y a otro.

Aunque no hubiera tormentas ni truenos ni rayos ni lluvia,

había relámpagos y el cielo entero parecía caerse al río y encenderlo. De tarde en tarde salía de la selva un alarido desgarrador que sobresaltaba al negro Bemba, quien miraba en aquella dirección y decía:

—¡Ya lo atrapó! El jaguar atrapó al cochino salvaje. ¿No lo oye gritar, señol? O al mono. A algún macaco grande.

—Amigo, así es todo —comentaba Lope—. La vida es para el que tiene mejores uñas. Digo, para el que más puede.

Durante el día, la naturaleza dormía y sólo estaba despierto el río con sus rumores blandos.

Lope atendía al bienestar de Elvira y cuidaba de que se alimentara. Además, Pedrarias solía velar por ella también y llevarle algo, de vez en cuando.

En la chata grande que seguía al bergantín de Lope, tres o cuatro negros se animaban cada día al entrar la noche con canciones, al mismo tiempo que comenzaba a despertar la selva y Bemba desde la borda del bergantín segundo los miraba con envidia. Alguien sacó de alguna parte un güiro en el que raspaba a compás.

No se veía en las sombras a diez pasos de distancia, pero la vaga claridad que conservaban las aguas se reflejaba en el aire y a veces marcaba los perfiles de la gente. De vez en cuando palpitaba la superficie del río bajo un relámpago.

Canturreaba un negro sufriendo los embates del oleaje, que le cubría las piernas hasta las rodillas, agarrado a un poste de la chata:

> *El blanco muere rezando,*
> *el negro muere llorando*
> *y el indio muere no más...*

Abrazado al poste hacía movimientos de danza como obedeciendo al ritmo de una música interior.

Negros, mulatos y *cabras* se entendían, aunque estos últimos eran despreciados por los otros. Llamaban *cabras* a los hijos de negro e india o al revés y eran feos casi siempre, de un color gris irregular y ojos atravesados e innobles. Aunque había alguna rara excepción. Solían tener todos apellidos nobles y rimbombantes, al menos en el Perú.

No dormía Lope. Dormía poco desde hacía tiempo. Se había acostumbrado a no dormir desde que anduvo huido en Nicaragua con la cabeza pregonada. Cuando dormía dos o tres horas tenía bastante y no quería más.

Lo que hacía era cavilar y se repetía taciturno y grave: «Este es el tiempo revuelto en que algunos hombres se elevan de la nada a la cumbre: Pizarro, Almagro, Cortés, De Soto». Pero en la baraja de la suerte a él sólo le llegaban las malas cartas y en la expedición lo habían hecho *tenedor de difuntos*. Recordándolo sonreía con media boca torcida. Cuando Ursúa se lo dijo pensó Lope: «A ver si no eres tú el primero a quien tenga que asentar en mi lista, adamado, francés, maricón». Llamaban entonces maricones a los mozos que iban perfumados y que cuidaban demasiado del porte y de la galantería, sin que eso quisiera decir otra cosa.

Y Lope seguía pensando: «He renunciado casi a todo. Ahí va la Torralba, cantadora de jotas sorianas, pero en la guerra no es cosa de andar siempre encima de la mujer, que eso endulza el ánimo y nos quita el aguante para las empresas de sangre». Además, la presencia de la niña hacía imposible cualquier tentación promiscuadora.

Lope hacía un gesto de desdén cuando alguien hablaba de los atractivos de doña Inés y, sin embargo, no era bastante viejo para que el ascetismo le fuera impuesto por la naturaleza, ni mucho menos.

Entre los expedicionarios los había rijosos como Zalduendo y La Bandera, que andaban siempre buscando oportunidades para aprovecharlas, y en cambio Lope no se planteaba siquiera el problema: «Mi hija —se decía— es lo único que tengo yo en mi vida y fuera de ella todo lo demás es sangre, mugre, vergüenza e injusticia». Las mercedes y prebendas eran para el que las ganaba con la espada. Y Lope no se quitaba la loriga ni la celada la mayor parte del día y de la noche, porque nunca se sabe cómo ni dónde va a presentarse la ocasión. Vestido de hierro tenía que evitar ponerse al sol, porque entonces la malla se calentaba demasiado y ocasiones hubo de recibir una quemadura en el cuello o en el antebrazo. Una quemadura de la loriga que se había calentado.

Él esperaba no necesariamente la ocasión de la violencia

or sí misma, sino para restablecer la justicia. Tenía igual orazón que cualquier otro, se llamara Pizarro, Cortés o Almagro. Había peleado contra indios, negros, blancos. Había bierto caminos en la selva, entrado en el barro de las *tem-laderas* hasta sentirlo en los pechos, trepado en los Andes evados hasta faltarle el resuello.

Había dado y recibido arcabuzazos, de frente y también traición.

Y comenzaba a ser viejo sin ver el provecho de todo aquelo. Tierra e indios había por todas partes, pero el fruto de la ictoria era siempre para los otros.

—¿No duermes, capitán? —le preguntó Bemba—. Su melé está siempre cavilando —y se tocaba la frente—. Otros lo isen. Disen que su melsé tiene su idea maestra aquí, en la abesa.

—El que no tiene su idea maestra está fregado en este nundo y en el otro, Bemba. En el otro también. ¿Y tú? ¿No ienes tú una idea maestra, también?

—Oh, señol, Bemba no tiene impoltansia. Neglo es diferente. Neglo siempre flegado, señol.

El escándalo de la selva llegaba a su plenitud dos horas lespués de haberse puesto el sol. El negro aplastaba un nosquito en su carne desnuda. Y decía:

—Cuando entre la estasión llovedora caerá agua del sielo luego, espera un poco, y habrá más moscos que antes.

—¡Pues sí que es un alivio!

—Sí, señol. Un alivio será.

Una de las flaquezas del negro era que no entendía nunca l acento irónico ni tenía sentido del humor, aunque sí aptitud la orgía y a la bacanal.

Los víveres escaseaban y Ursúa contaba impaciente el tiemo que tardarían en llegar al primer puesto de socorro, es lecir, a donde les esperaba Vargas con comida. A veces o estaba seguro Ursúa de que Vargas les esperara, después e tanto tiempo. En dos meses pueden suceder muchas cosas. 'ero este recelo y temor no lo comunicaba a nadie.

Seguía Lope cavilando: «Hasta ahora ha habido tres o uatro personas que han podido alzarse en el Perú contra lon Felipe y tal vez llegar a hacerse reyes de estas Indias

como lo es él de Castilla. Caudillo, cacique, rey». La idea
era extravagante y le hacía reír. Pero luego añadía: «Con
corona o sin ella yo podría dar un golpe de fortuna, un día.
Otros los dieron y si falló yo sé por qué». En cuanto al trono, ¿qué tenía un rey para sentarse en un trono? Un trasero.
Era todo lo que hacía falta. Bien. Lope de Aguirre tenía el
suyo como cada cual.

«Un día amanecerá el sol para mí y entonces se hará
justicia.» Y sin saber por qué ni qué clase de justicia y sin
poder concretar las humillaciones que creía estar sufriendo
añadía: «Me van a soñar los bellacos, que no todo va a ser
bajar la cabeza y aguantar. Yo no le pedí a nadie que me
trajera a la vida. Una vez en ella tengo que hacer algo. Gente
más ruin que yo hay en el mundo y con todo y eso han pros-
perado y algunos han salido adelante con títulos del reino y
con muchos millones de pesos de oro fino». Algunos sólo
sacaron fama y reputación, pero algo es salir del montón anónimo y lograr un puesto en la memoria de las gentes.

Entre todas las palabras que relacionaba con su estado
había una que le parecía especialmente adecuada: venganza.
Los salmos de David, el hombre pequeño que acabó con el
filisteo grande, repetía aquella palabra: venganza. Pero había
otra mejor para Lope: *reivindicación*. La había leído hacía
poco en un documento legal: *reivindicación*. Eso es. Reivin-
dicarse era calzarse la púrpura del enemigo después de haber
removido la daga dentro de la herida.

Un hombre de cuarenta años en adelante necesita alguna
clase de respeto de los otros para poder vivir de acuerdo con
sigo mismo. ¡Alguna clase de reverencia, incluso! Y él no
la tenía y cuando quería erigirla siempre había alguno que
reía y tomándolo a broma decía: «Cosas de Aguirre». Incluso
cosas de Aguirre *el loco*. A su alrededor, en el bergantín había muchos pares de ojos vigilantes: ojos retadores, ojos procaces, ojos canallas y traidores, ojos estúpidos, ojos carni-
ceros, ojos desafiadores... Toda la colección.

La Bandera envidiaba a Zalduendo por sus relaciones con
la mulata doña María. Los veía frecuentemente un poco ebrio
y no siempre de pasión. Les gustaba el vino a los dos y ella
solía explicarlo con muy buena parola:

—Bebería desde la mañana hasta la noche, sólo por estar siempre flotando en esa niebla suavecita donde se acaban los pensamientos, los buenos y los malos, los angelicales y los carones. Es lo mejor no pensar. Ser como esos animalitos de la selva que al entrar la noche comienzan su barullo buscándose para el amor, como esas moscas que vuelan con su lucecita en la barriga y la apagan y la encienden diciendo: «Aquí estoy, aquí me tienes, mi amorcito».

Cuando La Bandera oía hablar así a la mulata —aunque nunca parecía escucharla— tenía envidia de Zalduendo. Los hijos de Zalduendo se ganaban el cielo en el Cuzco muriéndose de hambre, pero él iba a bordo de un bergantín y se emborrachaba con su mulatita al caer la tarde, cuando despertaban los monos en la selva.

La Bandera no bebía nunca a solas, es decir, sin compañía, y la de un hombre o varios hombres no le satisfacía. Tenía la obsesión de embriagarse *en privado* —así decía— con una hembra adecuada.

En la embarcación que iba detrás del segundo bergantín seguían los negros cantando. Lope preguntó a Bemba:

—¿Qué es eso, el *candombé*?

—No, señor.

—¿Pues qué es?

—La *macumba*, sólo que ese gorrino, con perdón, la canta mal. Ése no es negro —dijo Bemba—, que es cabra.

El aludido lo oyó y respondió desde las sombras:

—Si soy cabra, vení vuesa mercé a oldeñarme.

Rió Lope de Aguirre en las sombras y Bemba, sin molestarse, dijo:

—La verdad es que vuesa melsé es cabra.

—Y vos sois cabrón, Bemba.

—Si lo soy tenga cuidado vuesa melsé no le blinque ensima.

Y los otros reían, porque en cuanto ríe un negro ríen todos.

—L'agua del río está caliente —decía el negro de la chata que llevaba el timón— y es tan caliente que no la pueden aguantar los lagartos y todos van saliendo a la orilla.

Durmió aquella noche Lope casi tres horas.

Dos días después hubo un accidente que pudo ser grave.

El primer bergantín, el de Ursúa, tropezó con unos bajo
rocosos y se rompió una parte de la quilla, dando paso
un brazo de agua. Lo llevaron a duras penas a la orill;
donde lograron vararlo. Allí, con mantas, lana de los colchc
nes, que mezclaron con brea, y alguna tabla pudieron arregla
la avería, pero para dejar el bergantín en uso y a flote habí
que trabajar diez o doce horas más y Ursúa pasó al de Lop
de Aguirre y llevó consigo a doña Inés, a la que dejó con l
Torralba y con Elvira. La niña de Lope admiraba mucho
doña Inés y tomó de ella prestado su espejito de mano.

Los cocodrilos salían a las playas y miraban recelosos
los hombres. O codiciosos. Era curioso ver cómo aquellc
animales, tan estúpidos en apariencia, sabiéndose incapaces d
incubar sus huevos por tener sus cuerpos caparazones qu
les impedían transmitirles el calor, buscaban la orilla arenos
y acertaban a dejarlos en lugares y profundidades donde ll
gando el calor no los maltratara hasta poner en peligro la vid
de las tiernas criaturas que crecían dentro.

Al día siguiente siguieron navegando y por orden de Ursú
se adelantó Zalduendo en una balsa con algunos soldadc
para que al llegar el grueso de la expedición a los Caperuzc
encontraran las provisiones preparadas en un lugar adecuad
para el embarque. Imitando a Ursúa había Zalduendo llevad
consigo a la mulata doña María.

Dos días tardaron aún Ursúa y los suyos en llegar a lc
Caperuzos y hallaron a Zalduendo con comida, pero sólo
él y no a Vargas ni a García de Arce. Tampoco había noticia
de ellos.

Ursúa se quedó muy preocupado. Dijo a los soldados qu
más adelante hallarían a Vargas y a Arce y que lo únic
que importaba era seguir el viaje cuanto antes. Hubo que d
tenerse, sin embargo, a esperar el bergantín averiado y a lc
que lo tripulaban, así como una chata y dos o tres canoa
ligeras que se habían atrasado.

Por fin el bergantín llegó, seguido por las otras embarca
ciones, y Ursúa vio que el navío no estaba para mucha
aventuras; mandó que siguiera con el personal que llevab
río adelante hasta encontrar a Juan de Vargas, que debí
esperar en la confluencia de aquel río con el Amazonas.

Al mando del bergantín averiado iba Pedro Alonso Galeas, hombre sereno y de valor frío.

Llegó Galeas algunos días después al encuentro de la gente de Vargas, ciento cincuenta leguas más abajo de Los Motilones, y lo que encontró allí no fue para levantar los ánimos. Cuatro españoles habían muerto de hambre y además todos los indios e indias que llevaban. La mitad de los cueros habían sido descarnados y mondados por la voracidad de los buitres amazónicos, especie de gallinazos grandes y negros, con pico amarillo. En medio de ellos esperaban los supervivientes reducidos a los huesos también, pero vivos aún.

Uno de ellos, que apenas podía hablar, les dijo que Vargas y los otros soldados los habían dejado allí y subieron por el Amazonas buscando comida. Un día más tarde llegó Vargas también muy flaco. Había navegado veintidós jornadas sin hallar gente ni víveres de ninguna clase hasta que por fin encontró dos poblaciones y pudo cargar algunas canoas con maíz y otras vituallas y regresar con treinta indios e indias que tomó consigo para el servicio.

Los españoles que iban con Alonso Galeas en el bergantín averiado se alegraron al ver llegar a la gente de Vargas, pero los que esperaban desde hacía casi un mes estaban tan enfermos que poco les iba a aprovechar la ayuda. Y así fue, porque aunque les dieron de comer no tardaron en morir.

Aguardaron algunos días al resto de la expedición y por fin se reunieron todos. Es decir, todos menos Arce y los suyos, a quienes no habían hallado todavía.

Continuaron navegando después de haber repartido los víveres que traía Juan de Vargas y la gente andaba descontenta por aquello de que *el que reparte se queda con la mejor parte*. Todavía de aquella mejor parte las primicias eran para doña Inés, que si hubieran sido para el gobernador la gente no lo habría visto tan mal.

Por su parte, Zalduendo, imitando al jefe, reservaba para doña María la mulata algunas viandas, disimuladamente.

Pero las dos eran caprichosas y hacían alarde de rechazar y tirar al río alimentos que otros codiciaban.

Había decidido Ursúa que cada día al oscurecer los bergantines, las chatas y las balsas se arrimaran a la orilla y

fueran atracadas para que la gente bajara a dormir a tierr:
No era prudente navegar de noche en aquellos pobres n:
víos, que cada vez eran más débiles en medio de corriente
fluviales cada día más caudalosas y violentas.

A Arce y a su balsa entoldada y a sus treinta hombre
no los habían hallado todavía ni tenían de ellos noticia:
Después de haber visto lo que sucedió con la gente d
Vargas, muchos los daban por muertos.

Fueron navegando todos río abajo y Ursúa y su amant
volvieron a su bergantín, donde tenían aposentos mejore
Cierto es que el bergantín hacía agua y que tenían que tr:
bajar seis negros en achicarla, pero como sólo navegaba
durante el día y se acogían de noche a las orillas, el peligr
era menor.

Andaban todos preocupados por el riesgo de perder a Ga
cía de Arce y a sus hombres. Desde que comenzaron la exp
dición sólo habían sucedido cosas infaustas.

Dos días después de navegar por el Amazonas, el berganti
donde iba Ursúa se quebró del todo y hubo que acostarl
y distribuir la carga y los viajeros en el otro y en las chatas
balsas y canoas. Como éstas iban muy cargadas, el peligr
se hizo mayor.

Otra vez pasaron Ursúa y doña Inés al bergantín donde ib
Lope, quien viendo llegar detrás de ellos a los demás, incluíc
la guardia entera, dijo:

—Éramos pocos y parió la abuela.

El gobernador no lo oyó.

Ursúa y sus amigos más próximos, entre ellos el coma:
dante de la guardia y el cura Henao, se fueron apoderanc
de los mejores lugares y no en las bodegas, sino en la c
bierta, en la cual hizo Ursúa instalar unos toldos y pared
ligeras hasta quedar acomodado y aislado con su amiga ta
bien como antes o mejor. No faltó quien murmurara, esp
cialmente los que antes gozaban de la cubierta y las toldilla
Uno de los que protestaban era, como se puede imaginar, Lo;
de Aguirre.

En aquel enorme río, que más parecía un mar, porque e
muchos lugares no se divisaba la otra orilla, había millar
de aves pescadoras y tortugas y caimanes. Estas dos esp

ies vivían en el río y salían a desovar a las arenas de la
rilla.

Llevarían seis días navegando río abajo cuando vieron
nos indios en sus canoas que al parecer estaban pescando
que al ser sorprendidos abandonaron sus redes y trebejos y
lieron huyendo tierra adentro.

Aunque los persiguieron no pudieron alcanzarlos, pero Zal-
uendo, que era el que había bajado con aquel fin, volvió
on más de cien tortugas y millares de huevos, lo que fue
ien recibido por los hambrientos expedicionarios, pues hacía
os días que no se repartían víveres. El negro Bemba en-
eñó a Lope a preparar la tortuga cruda en su concha —ha-
iendo plato de ella— con un jugo que sacaron de una planta
sal y aceite —un aceite especial que debía ser de coco.
Lope le gustaba y quiso hacérselo probar a Elvira, su
ija, pero ella no quiso. La comieron la Torralba y Lope
ientras éste se burlaba de su hija, a quien llamaba Doña Me-
ndres.

Poco después pasaron la boca de otro grande río que unos
amaban de la Canela y otros decían que no, porque el de
Canela estaba más abajo. En todo caso encontraron más
ortugas y más huevos y bastante bien provistos siguieron
u camino. Lope, durante el tiempo que estuvieron recogien-
o tortugas, entró un poco en la selva y salió con algunas fru-
as silvestres para su hija Elvira.

Dos días después encontraron en el río una isla bastante
rande donde, por fin, vieron la balsa maltratada de Arce y
él y algunos otros guarnecidos en un fortín, con señales
e sufrimiento y de gran necesidad, aunque no tanto como
os de Vargas. Ninguno había muerto de hambre, aunque
lgunos murieron de accidentes en la selva o en acción de
uerra con los indios. Allí encontraron las primeras tierras
edianamente pobladas, según parecía, aunque no precisamente
or gente amistosa.

Dio cuenta Arce de todo lo que les había pasado. No pu-
ieron detenerse en el lugar señalado por Ursúa a causa de
as grandes corrientes y por navegar sin ancla, y fueron a
esembarcar más abajo, pero al entrar en la selva perdieron
dos hombres, uno mordido por una serpiente y otro enre-

dado en un zarzal venenoso, de donde no pudo salir. Co
la gran hambre que todos llevaban y la necesidad de busc
comida, al hacerse de noche tuvieron que abandonar a s
suerte a aquellos dos hombres, que no volvieron a aparece
Siguieron explorando y navegaron en la balsa hasta llegar
la isla. Allí echaron pie a tierra y, asediados por los indi
de guerra, se abrieron paso con dificultad hasta una cir
rocosa donde se fortificaron. No comieron sino carne cruc
de algún caimán que mataban los arcabuceros que iban e
el destacamento. Arce era un tirador excepcional y aquel p
queño grupo, con sólo tres arcabuces y otras armas ordinari
—lanzas y espadas—, resistieron sin apenas comer dos mese
contra masas de tres y cuatro mil indios que daban guerr
día y noche. En los primeros encuentros murieron tres esp
ñoles y resultaron ocho o nueve heridos.

Durante el día, Arce disparaba su arcabuz haciendo prod
gios de puntería y destreza. Mató de un solo tiro a dos c
ciques que se acercaban en una lancha y después a cuatr
jefes indios de un solo disparo también —iban en otra canoa—
poniendo en el cañón del arcabuz dos balas enramadas co
alambre de acero. En fin, tantos daños les hicieron a los indi
de aquella región que determinaron éstos acercarse en son c
paz, pero decididos, según informes de un espía, a acaba
con los españoles cuando estuvieran confiados. A todo est
Arce y los suyos habían levantado una casa con muros c
piedra y mamparos de defensa. Los españoles supieron la
intenciones de los indios, y una noche, habiendo logrado ten
encerrados y sin armas a noventa de ellos, entraron y lo
mataron a estocadas y lanzadas. No todos los soldados estu
vieron de acuerdo en aquello y algunos protestaron entonc
y volvieron a protestar delante de Ursúa.

Después de aquella hecatombe, los indios ya no present
ron nunca batalla a los españoles y les llevaban comida
vino. La fama de los españoles a partir de aquel hecho fu
deplorable, y en aquellos territorios y en muchas leguas m
abajo nadie esperaba a los españoles cuando se anunciab
su llegada. Les dejaban maíz y alguna otra vitualla pobre
desabrida y huían al monte.

García de Arce habría tenido que justificarse difícilmen

e aquellos hechos en Lima, y sobre todo en Castilla, si hu-
iera sobrevivido a la expedición de Ursúa. Pero, por fortu-
a o por desgracia, no fue así.

Era García de Arce el que había contado meses atrás a
ope su aventura a bordo de un barco con la falsa esposa
e un capitán entre Quito y Lima y tenía todavía la preocu-
ación del morbo gálico. Una de las razones por las que ha-
ía aceptado ir en la expedición de Ursúa era porque, siendo
os sudores uno de los remedios y el más eficaz que se
aba a los enfermos del morbo gálico, esperaba en aquella
xpedición, bajo los ardores de la línea equinoccial, sudar
asta la última gota de linfa viciada o pura que tenía en el
uerpo. Esta obsesión parecía agravarse con los años y ni
iquiera las miserias de aquellos dos meses de lucha con la
uerte se la hicieron olvidar, pues cuando Ursúa abrazó al
ran arcabucero y le preguntó cómo le iba dijo García de
rce:

—Sudando la ponzoña de dentro y vigilando la de fuera.

Porque allí los indios usaban flechas envenenadas.

Mandó Ursúa enterrar a los muertos, curar a los heridos e
izo que desembarcaran los caballos —no habían bajado a
ierra desde que embarcaron en los astilleros—, y con ellos
nvió una patrulla a descubrir tierra adentro para ver si hallaba
oblaciones y gente.

A todo esto, García de Arce y los suyos, que consideraban
a perdido para siempre el contacto con la sociedad civili-
ada y habían renunciado a ver a Ursúa, hicieron grandes
iestas.

Acordaron todos quedarse allí descansando varios días con
ran contento de los remadores de las chatas y las canoas y
as balsas. Una de ellas —donde iban los amigos del ne-
ro Bemba— estaba cuarteada y medio hundida y hubo que
enunciar a ella porque se veía que no podría seguir ade-
ante. Se pusieron a fabricar otra y los carpinteros, los pilo-
os y hasta un tallador sevillano trabajaban por la noche, ya
ue por el día era imposible a causa del calor. Don Pedro
e Ursúa, que se veía siempre fatigado por los cuidados de
a expedición y negligente en muchas cosas de importancia,
izo teniente general a Juan de Vargas y alférez general a

Hernando de Guzmán, el hidalgo sevillano de familia arist
crática de quien era aficionado Lope de Aguirre. Había sic
antes maese de campo, pero no hubo ocasión de que actu
ra como tal.

Al regresar la patrulla de caballería trajo consigo a varic
indios, entre ellos el más principal de aquella isla. Se ll
maba Papa, lo que al principio causó sorpresa y regocijo. St
súbditos tenían un aire bastante civilizado, llevaban ropa
aunque rudimentarias, y eran hombres y mujeres bien pla
tados. Sus ropas eran blancas, pintadas con rayas de color
vivos. Con aquella curiosidad de descubridores que tenía
todos los soldados, pronto vieron que las pinturas eran d
pincel y no de tejido.

Interrogado por Ursúa, el llamado Papa justificó como pud
la guerra que había hecho a los españoles —hablaba tradu
cido por la viudita de nueve años— y ofreció paces despue
de lamentarse de la conducta sanguinaria de los soldados d
Arce.

Comprobaron los españoles que no había oro ni la menc
sospecha de él, y esto les decepcionaba porque habían ca
minado más de trescientas leguas sin hallar indicios de nir
guna clase de riqueza, a pesar de las promesas del Dorade
Por otra parte contaba mucho Ursúa con los rescates de on
de los indios, para los cuales llevaba cuentas de vidrio, n
vajitas y pequeños espejos de bolsillo.

Quería Elvira uno de aquellos espejitos y su padre fue
pedírselo a Ursúa, quien, por haber ordenado que nadie can
biara nada con los indios, no quería dárselo. Por añadidur
se atrevió a ironizar de una manera arriesgada.

—¿Para qué puede querer un espejito un tenedor de d
funtos?

Antes de que Lope respondiera a su manera —lo que habrí
creado tal vez un incidente peligroso—, intervino doña Iné
diciendo que aquel espejo lo quería Lope de Aguirre para s
hija y que mujer sin espejo era como hombre sin espada. Pc
fin, Lope consiguió su espejo y se lo llevó a su hija, quie
lo agradeció con risas y alegrías.

Se alimentaban los indios de aquella isla con maíz, prir
cipalmente, y de él sacaban un líquido alcohólico que llam

ban chicha, igual que hacían los aborígenes del altiplano más
abajo, en tierras próximas al Perú. También hacían fermentar
el jugo de la yuca y lo bebían y era un vino muy encabezado
con el que se embriagaban. Tenían raíces tuberosas y le-
gumbres de varias clases, como batatas y fríjoles, pero el sustento principal lo sacaban del río, porque eran hábiles pescadores.

Vivían en bohíos grandes y cuadrados y para la guerra y la
caza empleaban dardos arrojadizos con la punta hecha del
mismo palo. Casi siempre envenenados.

Construida por fin la nueva chata y varias balsas y canoas
para suplir las embarcaciones perdidas, volvieron a embar-
carse todos y también los treinta caballos, es decir, sólo
veintinueve, porque uno se les había muerto *empuyado,* o
sea, pinchado por una puya envenenada de las que plantaban
los indios en los caminos en lugares disimulados.

En la isla habían encontrado —en los bohíos abandonados—
gallos y patos silvestres y gran cantidad de frutas, de las
cuales le correspondió a Lope una piña y dos cocos. Puso las
tres colgadas en el techo frente a la escota cuadrada por
la que entraba la brisa de la navegación y las mojaba a menudo de modo que con la constante evaporación se pusieran
frescas.

El Amazonas era muy diferente del Huallaga. Era grande y
agitado y tempestuoso como un mar. Sus aguas tenían un
color diferente, con reflejos amarillentos. Y Esteban, el guía,
decía que se acordaba de haber pasado por allí, pero sus
noticias no eran de gran provecho todavía.

Por la noche se quedaba solo Aguirre en la popa junto a
la baranda y se estaba pensando que habían hecho a Juan
de Vargas teniente general y que sería él quien condujera la
expedición si Ursúa caía enfermo o moría o simplemente si se
sentía perezoso entre los brazos de su amada doña Inés. Era
Juan de Vargas un madrileño, sin grandes méritos, pensaba
Lope. Pero era grande de cuerpo, galán de presencia, valiente y comedido y discreto en la expresión —esto se lo concedía Lope de Aguirre. Aunque tenía Vargas sus fallas y la
mayor era su cambio de conducta desde que lo hicieron teniente general y la falsedad evidente de sus maneras. Cuando

estaba solo tenía una expresión congelada, pero con los otros fingía estados de ánimo adecuados al caso, aunque no tanto que convenciera a nadie. Así, pues, algunos trataban a Vargas como a un hombre de quien no había que fiarse.

En la guerra, los que lo habían visto decían que era desigual y a veces salvaba la vida del que valía menos para poner en riesgo de muerte y perder a cuatro valientes. Por todo esto, Lope lo miraba con recelo y se dio cuenta de que Vargas evitaba encontrarlo a solas. Pensando en Vargas se decía Lope mirando en el cielo una luna turca —un gajo de luna en creciente—: «Vargas el madrileño, de noche claro y de día cenceño». Pero precisamente Vargas era lo que habría querido ser él. A Vargas le llegaban las cosas a las manos. Las cosas que Lope no conseguía, aunque las procurara. Y teniéndolas Vargas, las cosas buenas, no era feliz.

Aquella falta de adaptación de Vargas a su buena fortuna ofendía a Lope, y a solas en el rincón de la proa y viendo las estrellas deshacerse en polvo en la estela de otra chata que se les había adelantado volvía a pensar en lo que podría haber hecho o dejado de hacer: «A mi edad no hay que venirme a mí con lealtades ni sumisiones. Mucho más hombre soy por los años y por la experiencia que la mayoría de los que vienen en esta entrada. Más viejo que Ursúa y más veterano y experto que él con las armas. Yo no voy a venerar a ningún santón morisco ni gabacho, porque Ursúa tiene más de francés comedor de caracoles que de español».

Habiendo entrado Vargas en funciones de teniente general, no daba Ursúa órdenes ni parecía cuidarse de nada sino del bienestar de doña Inés. Era Vargas el que iba y venía con su cara impávida y sus brazos largos, que lo parecían más cuando se remangaba la loriga. Antes de nombrar teniente y alférez generales usaba el gobernador mucha y buena crianza con soldados y civiles, empleando más tolerancia que rigor, pero en cuanto entraron en el Amazonas cambió de condición y era desabrido, malcarado, taciturno, ingrato con sus amigos y desenfadado y cruel con los dolientes. Vargas le dio varias veces listas de enfermos, pero Ursúa se encogía de hombros y no sólo no iba a verlos, sino que ni siquiera preguntaba por cortesía si estaban mejor.

Todo aquello era debido a retozar demasiado con doña Inés —pensaba Lope de Aguirre. Los hombres llegados a madurez lo sabían y los jóvenes e inexpertos lo adivinaban. El hombre harto de carne se hacía egoísta, adusto y cruel.

Recordaba Lope que el día anterior había visto a Vargas —es decir, había estado mirándolo casi una hora— sin que él se diera cuenta. No hubo entre ellos cambio de miradas, y menos de palabras. No sabía Vargas que era observado porque Lope estaba en la cubierta inferior y lo veía desde abajo por la abertura de un mamparo.

Parecía Vargas ausente de todo. Se entretenía en mirar a los mosquitos zancudos, que eran allí más grandes que en otras partes, alimentarse de su sangre. Sucedía con aquellos insectos algo raro. Al picar en la piel se les iba poniendo el vientre rojo e hinchado y más abultado de lo que se podía esperar, y entonces, cuando habían bebido todo lo que podían tolerar, caían a tierra como desmayados. Vargas los miraba y cada vez que caía uno reía, abstraído con sus propios pensamientos.

«¿En qué estarás pensando para reírte así, teniente general, hideputa?» se decía Lope.

Algunos mosquitos, henchidos de sangre y redondos y grávidos, reventaban al caer al suelo y morían, dejando una manchita redonda de sangre.

Aquellos mosquitos los llamaban los indios que iban en las chatas *piums*.

Habían visto que los indios de la isla de Arce se mojaban la piel con un jugo vegetal para evitarlos y para defenderse también de los tábanos y de las abejas, pero los resultados eran sólo temporales y no les salvaban del peligro.

En aquella parte del Amazonas había algunos poblados, pero pequeños y muy miserables. Al bajar a dormir encontraron una noche un grupo de indios desnudos, que no huyeron. Estaban comiendo orugas que sacaban de las palmeras y de otros árboles. Unos las comían crudas y otros asadas y tostadas. A Lope se las ofrecieron los negros —que las comían con placer— y Lope dijo:

—¿Por quién me toman vuesas mercedes, morenos bellacos, macacos de la Guinea, hermanos míos?

Porque Lope los llamaba con malos nombres, pero añadía la palabra *hermanos,* con la cual compensaba los efectos de la ofensa.

Reían los negros y seguían masticando aquellos gusanos asados, cuya carne crujía entre sus dientes. Uno de los negros decía:

—No piense vuesa melcé como un viejo cabra que viene en la chata rabera y que me ha dicho que no las come polque en la tripa se le guerven mariposas y se le quedan dentro y luego se le meten en el colazón, y cuando por la noche está echado pala dormir pasa el tiempo y no duerme el viejo cabla y dice que siente las maliposas *revolotiando* en un lado del colazón y luego en el otro.

Bemba comentaba:

—Yo sé de quién habláis. Vos.

—¿No es veldá, Bemba?

—Sí que sí, Vos.

Aquel negro no tenía nombre. Lo llamaban Vos. Eso dijo él, por lo menos, cuando Lope le preguntó cuál era su nombre.

CAPÍTULO IV

Ursúa se estaba horas enteras en su camareta de la cubierta viendo las aguas del Amazonas y pensando en su propio destino, que nunca le había causado inquietud. Por eso no era supersticioso, ya que la superstición es la forma más frecuente del miedo al destino.

Inés le decía:

—¿Qué miras?

Todo era motivo de broma para ella, todo menos su amor. Cuando quería llamar a sus criados nunca se acordaba del pequeño orden establecido por Ursúa: un golpe de gongo —había uno colgado cerca de la puerta— era para el paje, dos para la doncella, tres para el indio, cuatro para el comandante de la guardia. Inés no se acordaba.

De nada se acordaba nunca Inés ni falta que hacía, según le decía a Ursúa, cálida y rendida.

Habían acordado que Inés no llamaría nunca estando Ursúa fuera porque la presencia del centinela o del comandante de la guardia cuando esperaba a la doncella habría sido incómoda, sobre todo estando como estaba, casi siempre medio desnuda.

Inés se sentía a menudo fuera de sí. «Me gustaría —decía en éxtasis— ser creyente religiosa y que hubiera infierno y condenarme por ti, amor mío.»

En cuanto al gobernador Ursúa, no hablaba apenas porque el calor sostenido día y noche imponía una vasta pereza, pero cualquier detalle, cualquier movimiento de Inés, renovaba su deseo.

Por ejemplo, a veces Inés tenía su graciosa barbilla y su hociquito perlados por el sudor, y estando sus manos ocupadas se secaba sus labios y su barbilla contra el hombro derecho y tal vez luego contra el izquierdo, con un movimiento rápido como el de una graciosa ave. Ursúa sonreía, y acercándose besaba aquel hociquito prodigioso.

En el bergantín segundo, la instalación de la Torralba y de Elvira no era muy cómoda. Una vez dentro de aquel recinto estrecho, con las dos hamacas colgadas y bamboleantes, todo estaba bien, pero para entrar y salir había que hacer alardes de acrobacia. La niña los hacía graciosamente y se preciaba de ello. La Torralba no podía. Y cuando iba a salir tenía que doblarse como un número 4 y asomar fuera una de sus rodillas desnudas (por ella sabían los otros que ella iba a salir y le hacían lugar). No podía menos la Torralba de mostrar aquella rodilla desnuda porque nadie llevaba medias en aquella tierra de los equinoccios. Y porque la única falda se levantaba, quisiéralo o no, al alargar la rodilla doblada por aquel pasadizo único.

Inés, que era delgada y ágil, pasaba entera por donde la Torralba podía sólo meter su pierna doblada.

—Sois una lagarta, niña mía —le decía la dueña, que le había tomado verdadero cariño.

La misma dueña solía decir: «No hay mal que por bien no venga. Con estos recios sudores desta tierra tenemos los cuerpos limpios como patenas. Sin necesidad de bañarnos». La vida entera era en aquellos lugares como un baño constante, no muy placentero, como no suelen serlo las cosas que nos son impuestas y que no hacemos por nuestro propio deseo.

Era a veces difícil respirar, tan difícil como en un baño turco.

Seguían río abajo y fueron a dar de pronto en un pueblo rodeado de enormes selvas y abandonado recientemente por sus habitantes.

Se llamaba el pueblo Carari, según supieron después, y se instaló allí el ejército entero con guardias y vigilancia. Como en otras ocasiones —la última vez en la isla que quedó bautizada con el nombre de *García* en honor a García de Arce—, el mejor aposento fue para el gobernador y para doña Inés y era un gran bohío con todas las comodidades que se pueden encontrar entre indios salvajes. Pieles de animales por todas partes y plumas de papagayo blanco o verde. También un mono amaestrado que saltaba al hombro de doña Inés y parecía hablarle al oído.

Los pajes se divertían mucho con él.

—Ahora comienzo a comprender —decía Inés mirando alrededor, satisfecha— que este viaje nuestro es un verdadero viaje de novios, a pesar de todo.

Añadía que en un lugar como aquél podría pasar toda la vida. No sola, claro.

—¿Con el mono? —preguntaba el gobernador, jovial.

Viéndolos tan felices, el padre Henao volvió a hablarle a Ursúa de casarse, pero el gobernador respondió impaciente:

—Si me caso o no será cuando yo diga y no cuando diga vuesa reverencia; así que no volváis a hablarme del asunto.

Y aunque estaba muy amartelado con su cholita, pensaba como el pastor del romance:

> *...que mujer tan amorosa*
> *non quiero para mí, non...*

Al menos, como esposa legítima y señora de su hogar. Ella tampoco se lo exigía. Ella no le exigía nada a él.

Hicieron exploraciones por los alrededores buscando señales de humanidad viviente, pero no hallaron a nadie. Se veían a veces algunos indios en piraguas acercándose recelosos, pero nunca bastante para que valiera la pena salir a su alcance.

Después de algunos días, sin embargo, un cacique acompañado de algunos indios se acercó en son de paz y Ursúa le dio collares de vidrio.

El cacique se marchó contento y poco después fueron llegando otros indios con comida, esperando merecer los mismos regalos de Ursúa, quien se mostraba liberal e iba poco a poco contrarrestando los efectos del terror desplegado por Arce en su isla, que ellos se habían enterado porque el miedo se propaga con la velocidad de la luz.

Por codicia, los soldados comenzaban a investigar a ver qué más podían ofrecer los indios, y el gobernador dio un bando diciendo que si algún soldado cambiaba o rescataba algo a espaldas suyas sería castigado, ya que había que tratar con el mayor tino a los pobladores de aquellas tierras si querían merecer su amistad y conseguir su alianza. A pesar de todo, algunos soldados cambiaban objetos a escondidas, a veces por las buenas y a veces obligando a los indios con amenazas y mojicones y coces.

Dejaron aquella población cuando vieron que no ofrecía ventajas mayores y siguieron río abajo. Al anochecer se detenían, como siempre, en tierra para dormir. Y aunque los indios huían, poco a poco regresaban y era evidente que habían tenido noticias de la conducta de Ursúa en el pueblo anterior, y eso los hacía más confiados y amistosos.

Aquella noche, algunos soldados se aventuraron hasta la entrada de la selva. Hacía luna clara. Eran los árboles tan espesos que parecía imposible penetrar, y Lope, que era curioso de novedades más por las preguntas que le hacía su hija que por sí mismo, se propuso volver al día siguiente con la luz del sol.

Y así lo hizo.

La vegetación era todavía más espesa de lo que prometía la noche anterior.

Había muchas clases de palmeras, y a simple vista, y sin ser experto, se podían distinguir hasta cinco o seis, unas de altísimo tallo recto, con una tufa de palmas como las de la pascua florida. Otras iguales de tallo, pero con palmas de abanico en lo alto; otras, aun en las cuales las palmas se desplegaban desde el suelo alrededor del tronco y más variedades todavía, combinando diferentes formas y hasta colores porque había una palmera color marfil, casi blanca, en lugares donde no entraba nunca el sol.

La abundancia de palmeras por todas partes —árbol que en Europa sólo tenía carácter suntuario— daba a la selva un aspecto de gran parque señorial. Acercándose un poco se veía que los señores de aquel parque, cuyos confines no se podían imaginar, eran los monos, los jaguares, los pumas, los tapires, las onzas y mil especies y subespecies y familias.

Los indios se acercaban a la selva con alguna confianza, aunque no siempre ni en todas partes. Sabían que la selva podía tragárselos, igual que el río y el mar.

Ursúa envió a Pedro de Galeas con una tropilla a descubrir terreno, señalándole un plazo de seis días, al cabo de los cuales debía de estar de regreso y partió el capitán con su gente y fueron caminando tierra adentro por las márgenes de un estero que se comunicaba con el río. Cerca y a poca distancia dieron vista a unos indios que regresaban a la aldea con cargas de comida pensando que los españoles se habían marchado ya, pero al ver a Galeas y a sus soldados abandonaron la carga y salieron corriendo. Los soldados no pudieron alcanzar a ninguno porque iban ligeros y conocían mejor la tierra. Pero poco después hallaron una india que parecía confiada y que por señas dijo que no era de aquella provincia, sino de otra hacia el Oeste que estaba a cinco soles —cinco días— de distancia. Era muy amistosa, y aunque a Galeas le pareció poca presa para llevarla a Ursúa, regresó con ella al real. Allí encontró sorpresas. Todo el mundo estaba alertado y mohíno y algunos armados con todas las armas, a pesar de las recias calores.

La causa era Alonso de Montoya, que se mostraba levantisco. Cuanto más se alejaba de sus tierras en los Motilones, menos esperanza tenía Montoya de volver y más alacranada —así decía Lope— se sentía su conciencia contra Ursúa. Los hierros que éste le había puesto en los astilleros antes de partir le habían sido quitados hacía tiempo y Ursúa quiso ganar su amistad invitándole más de una vez a comer con él y con Vargas. Decía Montoya a todo que sí, pero guardaba su recelo y esperaba una oportunidad.

Había tratado Montoya de convencer a algunos grupos de soldados para que desertaran con él y volvieran al Perú y Ursúa se enteró, pero quiso ser clemente y hacerse el desentendido recordando que le había castigado duramente en los astilleros antes de partir. Por otra parte, la conspiración de Montoya no llegó a manifestarse y el disimulo por los dos bandos fue bastante para pasarlo por alto. La tercera vez no pudo menos que darse Ursúa por enterado, porque fueron varios soldados a buscarle y repitieron delante de él las mismas palabras que Montoya había dicho. Les proponía apoderarse de algunas embarcaciones como balsas y chatas y volverse al Perú remando río arriba. Aunque con visibles deseos de benevolencia, Ursúa tuvo que castigarlo y lo puso a remar por algunos días como un galeote.

—Me han dicho —le dijo Ursúa— que queréis dejar el bergantín y volver río arriba.

—Es verdad —confesó él, retador.

—Pero aunque dejéis el bergantín es posible que el bergantín no os dejara a vos, Montoya.

Él callaba y remaba. Era hombre que tenía muchos amigos entre la gente civil de la tierra de los Motilones y aun de Lima. Se sentía por eso tan fuerte como Ursúa. Desde el primer incidente grave en la orilla del Huallaga había dado a entender a Ursúa que no lo perdonaba y que nunca volvería a ser su amigo. Pero Ursúa tenía en sí mismo una confianza sobrehumana, aquella misma confianza que le reprochaban Lope de Aguirre y otros, repitiendo a sus espaldas:

—¿De dónde le viene eso de creerse superior a nosotros? ¿Quién se figura que es?

Se le acercaba Lope de Aguirre a veces a Montoya y le hablaba bajo mano. Aquel hombre que remaba entre dos negros en la chata grande era conocido en Indias por hechos brillantes de armas a poca costa —una herida en el pecho y otra en un brazo. Tenía un asentamiento con indios, alguna fortuna y un solar con señorío y esclavos. Lope, viéndolo en desgracia y en pugna con el gobernador, no comprendía por un lado la paciencia de Ursúa ni, por otro, tampoco la constante inquina de Montoya, quien no se doblaba a las amenazas, como no se acomodaba tampoco a las caricias y a las amistades.

Sentía Lope que en aquel hombre había como un advertimiento providencial y que debía oírlo y aprovecharlo. Hacer causa común con él era prematuro antes de tener un grupo de incondicionales en el campo. Sería como declararse candidato al mismo castigo sin la menor posibilidad de salir adelante en ninguna clase de intriga contra Ursúa. Y aunque simpatizaba con Montoya miraba a un lado y a otro sin saber qué decidir. «Si a mí me condenara al cepo o a remar, lo mataría a Ursúa.» Lo mataría, entre otras razones, porque no podía tolerar Lope la idea de que su hija Elvira lo viera en aquella humillación.

Todos iban advertidos viendo que Ursúa mostraba mal talante y andaba en interrogatorios y advertimientos y amenazas. Lope lo miraba desde lejos, y recordando a Montoya en el remo decía para sí: «Qué mal haces, Pedro de Ursúa, en ofender y dejar con vida al hombre a quien ofendes». Mucha arrogancia era, y Lope la atribuía al desdén de los demás que tenía Ursúa en lo más genuino de su carácter y que trataba en vano de disimular. Luego Lope veía el bergantín varado en la playa y pensaba: «Se cuartea en la arena como un animal herido. Como Montoya».

Al oscurecer, cuando la gente parecía más retraída, salían los negros que solían formar rancho aparte y comenzaban, como los animales nocturnos, a alegrarse. Inés los veía desde su bohío con cierta sensación de riesgo y decía a Ursúa:

—Son negros y se adelantan a la noche. Negros que van delante de ella.

—¿Cómo es eso? —preguntaba Ursúa distraído.

—¿No lo ves? Ahora se van a poner a celebrar su fiesta porque se acerca la noche. Para ellos la noche es como su madre negra.

—¡Bah!, son esclavos. Déjalos con sus niñerías.

Casi siempre era Bemba el que tenía la iniciativa del primer sarao. Y una de las cosas que se proponían en aquellas fiestas era demostrar a los blancos que les tenían sin cuidado sus problemas. Bemba parecía animarse cada día al oscurecer, al mismo tiempo que despertaba la selva, y ahora alzaba una mano en el aire doblando el brazo y salía al centro del corro con pasos de baile, la cabeza temblorosa:

—Dime que vaya al *convité*.

—¿Para qué?

—Al *convité* de su mercé.

—Yo te diré.

—Al *convité* del capitán.

—Él te dirá.

—Al *convité* de carne y vino donde se embriaga la mamá. Al *convité*.

—Yo te diré.

—Dime que vaya al *convité* donde se embriaga el coronel.

—Yo te diré.

—El general se va al cuartel y allí no más te va a arrestá.

—Él me dirá.

Los miraba desde lejos Lope de Aguirre y decía entre dientes: «¡Cómo se divierten los bellacos!».

Comprendía Lope que eran gente distinta, con otras preocupaciones o tal vez sin preocupación alguna. Y no los quería, pero los cultivaba sin saber exactamente por qué. Es decir, sabía que a veces uno de ellos cortaba cuatro cabezas humanas y aquello tenía alguna clase de mérito.

La india atrapada por Galeas, que era mujer afable, habló mucho delante del gobernador —con intérpretes—, y por lo que dijo comprendió Ursúa que no estaban aún en la tierra de los Omaguas y que no valía la pena detenerse a explorar. Tenía miedo Ursúa a algunas cosas: a los mosquitos de tierra, que eran más y peores que los del río; a la naturaleza vegetal y animal —lujuriosa y agresiva—, y, sobre todo, a que los fustes y armazones de las quillas de las embarcaciones acabaran de descoyuntarse o de pudrirse. Por allí debía haber termites hambrientas.

También temía que la impaciencia y la mala voluntad de la gente —que parecía recrudecerse en tierra— llegara a alguna clase de extremos. Si esto sucedía antes de llegar al Dorado, su autoridad se debilitaría peligrosamente. Y Ursúa comenzaba a dormir mal lo mismo a bordo que en tierra. Lo atribuía al calor. En cambio, los soldados, que dormían muy mal en las embarcaciones por falta de espacio, descansaban mucho mejor en tierra y estaban deseando que llegara la noche para desembarcar.

Mandó Ursúa volver a bordo y con las primeras luces del día salieron otra vez río abajo.

Era aquélla la parte central del Amazonas con sus promesas y sus peligros, entre los cuales había que contar las flechas envenenadas y las cerbatanas y también una clase de peces pequeños que hacían difícil la pesca. Cuando los anzuelos iban cebados con otro pez, éste era devorado inmediatamente por aquellos seres minúsculos que, sin embargo, no mordían el anzuelo, y si lo mordían, no valían la pena por su pequeñez.

Era peligroso nadar en el río si se tenía alguna herida aunque fuera ligera, y los peces olfateaban la sangre porque aquel olor los hacía voraces y agresivos.

Hicieron la prueba con el mono que había llevado a bordo el negro Alonso. Lo arrojaron atado por los riñones, y el animalito estuvo nadando sin que le sucediera nada. Luego le hicieron una pequeña herida en el rabo y volvieron a arrojarlo. Tres minutos más tarde sacaron su esqueleto limpio, como si no hubiera tenido nunca carne encima.

Días después, a un indio le pasó lo mismo.

El Amazonas seguía mostrando sus misterios y sus peligros.

Desde la isla de García de Arce habían navegado ciento setenta y dos leguas.

Una noche, al salir a tierra para dormir, vieron que los indios no huían. Era aquel pueblo de las provincias llamadas de Caricuri. Otros decían de Manocuri y tardaron en comprender que los dos nombres iban juntos y eran los de una misma región.

Llevaban los indios algunas pequeñas joyas de oro bajo que, naturalmente, despertaron codicia, y Ursúa condenó a bogar en los remos a diez soldados a quienes sorprendió haciendo cambalaches por su cuenta.

Montoya había sido perdonado o tal vez acabó de cumplir su castigo; el caso es que no remaba ya.

Tenían aquellos indios las caras más raras que habían visto hasta entonces y se deformaban voluntariamente hasta extremos grotescos y a veces espantosos. Se consideraban los dueños del Amazonas, y así se lo dijeron a Ursúa con intérpretes. El gobernador se enteró de otras particularidades notables. Los primeros pobladores del Amazonas de los que había memoria eran los *araucos,* hasta que llegaron los *tupiguaraníes.* Estos últimos eran menos oscuros de piel, pero con caras apaisadas, de gatos, a veces más anchas que largas, y ojos oblicuos, que les daban una apariencia poco humana.

Como digo, se deformaban voluntariamente y había hombres cuya cara era toda nariz y otros con los labios saledizos y hocicudos como los de los cerdos. Las mujeres que iban en la expedición de Ursúa, aunque fueran indias, miraban con horror aquellas caras. Dedujo Ursúa que los indios se deformaban para atemorizar a las tribus vecinas.

Todos aquellos indios usaban la cerbatana. Y Bemba se acercaba a alguno de ellos que tenía el extremo de la cerbatana en los labios y le decía:

—A mí no me sopla vuesa mersé, indio puerco.

El indio, sin comprender, apartaba la cerbatana de sus labios sonriendo. Sus sonrisas a menudo en aquellos labios deformados eran horribles.

Se quedaron allí algunos días.

A solas por la noche, Lope, como siempre, pensaba en sí mismo, pero no monologaba, sino que, acercándose al bohío de Montoya, trababa conversación con él. Estaba siempre Montoya de un humor venenoso e irascible y no solía escuchar a nadie.

—¿Por qué no me mata ese gabacho cornudo? —preguntaba a Lope.

Lope le dijo:

—Es verdad, en su caso yo os habría matado. Pero Ursúa no mata a nadie porque es Dios benigno que vela por nuestro bien desde las alturas. Y, además, no gobierna. Sólo gobierna en la cama —decía Lope—, y es que la tal Inés le ha debido dar hechizos.

Algunos se recataban de Aguirre porque lo creían imprudente y no querían ir demasiado lejos.

—Yo también soy de los alacranados —dijo un día a Montoya— y quiero estar en vuestra confianza.

Los resentidos comenzaban a reunirse cada noche con Montoya y éste llevó consigo a Lope. En aquella primera reunión Aguirre, a fuerza de juramentos y blasfemias, se hizo escuchar mejor que Montoya. Y era mucho más radical.

Había bastante confusión en cuanto a los bienes de la armada y el gobernador ordenó que se hiciera inventario de las cosas que pertenecían al ejército y estaban, por lo tanto, bajo su jurisdicción.

Se levantó algún alboroto como consecuencia de aquellas órdenes. Lope agitaba y voceaba y amenazaba y muchos le daban la razón, contagiados de su dinamismo agresivo. Montoya parecía llevar, sin embargo, la iniciativa del descontento, hasta entonces.

Una gran parte de los soldados se disponían a volver al Perú desertando de la expedición. Faltaba señalar día y hora.

A fines de noviembre levantaron otra vez el campo y fueron navegando dos jornadas hasta el pueblo de Mococomo, donde se trató más en secreto y con mayor determinación el negocio de la fuga. Lope se mostraba taciturno y silencioso, pero preguntado y obligado a hablar, alzó la mano y dijo nada menos lo siguiente: «Dejar el campo, huir y volver al Perú es una determinación mezquina y de hombres civiles y ruines. Al fin será una fuga y escape como otros. Lo que yo propongo es dar muerte al gobernador y apoderarse de la armada». Se hizo un gran silencio. A todos les pareció aquello cosa muy grave, aunque no disparatada. Algunos miraban a Lope desde entonces con respeto, pensando que se jugaba la cabeza al hacer en público declaraciones tan radicales. La idea de matar a Ursúa no pareció mal a algunos como Zalduendo y La Bandera, que se morían por doña Inés. Otros cogieron miedo y no volvieron a aquellas reuniones secretas. Lope los miraba de reojo y murmuraba entre dientes, tocando con su mano la daga como si fuera un talismán.

Al día siguiente antes de embarcar hubo dudas. La tarea del inventario no estaba acabada y acordó el gobernador quedarse un día más.

Soldados orientados por indios de aquel lugar fueron de caza y se enteraron de cosas curiosas. La mejor pieza que se podía cobrar en el Amazonas era la *huangana,* que no faltaba por allí y llamaban así a una especie de jabalí. Era un animal inteligente que para cazar formaba con otros muchos un vasto círculo y luego iban todos reduciéndolo y estrechándolo y comiéndose todo lo que hallaban dentro, vegetal o animal. El mayor enemigo de los huanganas era el tigre. Éste solía estar al acecho y caía sobre el último cuando caminaban en manada, es decir, en hilera dentro de la selva. El último suele ser el más débil y además podía atacarlo el tigre sin ser visto por los otros.

Pero la víctima chillaba y entonces acudían los huanganas en su auxilio.

El tigre tenía el cuidado y precaución de herir al huangana en algún lugar crítico —el cuello, la yugular o el corazón o los cuartos traseros—, de modo que no pudiera caminar, y después se subía a un árbol a esperar que los otros se marcharan. Cuando por fin seguían su camino, dejando al herido abandonado a su triste suerte —lo que tarde o temprano sucedía—, el tigre bajaba y se lo comía. Pero a veces sucedía que el árbol adonde el tigre trepaba estaba carcomido por los líquenes o la vejez o las hormigas y entonces se doblaba y caía con su peso. En ese caso el agresor estaba perdido, porque los valientes huanganas le atacaban en masa y de un modo u otro acababan con él. Y además se lo comían. Eran muy voraces los huanganas y ocasionalmente carnívoros como los cerdos.

Todo era voraz en el Amazonas; los peces, los animales de tierra, el sol y, sobre todo, los minúsculos mosquitos.

Había oído Lope de Aguirre la historia de los huanganas y los tigres y decía que el tigre, antes de atacar, debía estar seguro de que el árbol al que iba a acogerse no estaba podrido por dentro. Y el hombre debía pensar en aquel ejemplo. La selva ofrecía ejemplos para todos los casos de la vida.

Cavilaba Lope por la noche en aquello y al final llegaba a la conclusión de que no había entre los enemigos de Ursúa nadie tan resentido como él mismo. Montoya sabía en qué se le había ofendido y sabía también que un día se vengaría. El resentimiento era contra Ursúa nada más. Pero el de Lope lo era contra los hombres todos, contra el cielo y la tierra, contra el rey y contra Dios. Los otros se daban cuenta de que algo fatídico y sombrío dominaba en la voluntad de Lope, pero no sabían qué. Ya no llamaban a Aguirre *el loco,* porque veían que no era la razón lo que le faltaba, sino todo lo demás. Le faltaba todo en el mundo menos la razón. Y él quería apoderarse, con su razón, de todo lo que le faltaba.

Montoya lo buscaba por la noche y a Lope le gustaba esperar en la puerta de su bohío que llegaran los otros en las sombras. Una vez todos juntos hablaban mucho sin llegar nunca a decidir nada concreto. Y palpaba Lope su daga, nervioso.

Sucedió que, cuando se disponían a reembarcar y seguir

su viaje, el bergantín averiado acabó de irse a pique, lo que obligó a detenerse más en aquel lugar hasta fabricar balsas y canoas que lo sustituyeran.

En tres o cuatro días estuvieron las balsas y las canoas acabadas. Ursúa se condujo una vez más imprudentemente al salir de aquel pueblo, porque lo hizo sin informarse antes de lo que iba a suceder en las jornadas siguientes. Y partieron sin repuesto de víveres, pensando hallarlos en cualquier poblado ribereño, como antes.

Pasaron dos días sin hallar comida y el tercero el hambre comenzó a afligirlos a todos. Como bajaban a dormir a la playa, era de ver a aquellos hombres a veces granados y de barbas en pecho buscando bledos y otras miserias de raíces que comer y hurgar en la arena por huevos de tortuga sin hallarlos. Hasta ese alivio les negaba la naturaleza. La mulata doña María, que sentía un desprecio completo por toda clase de peligros, se alegraba, porque decía que le sobraba grasa en donde ella sabía.

—Yo también lo sé —comentaba Zalduendo con un guiño bellaco.

No se veía un ser humano por ninguna parte. Digo, indios. La pesca que solía ser fácil, parecía haberse retirado del río, y si durante el día soñaban con hallar algo en tierra, por la noche, cuando se acostaban hambrientos en la playa, esperaban por el contrario hallar algo el día siguiente en el río. Y así, con las esperanzas diferidas, iba pasando el tiempo entre cuidados y necesidades.

Para descansar en la noche había que orillar las naves y exponerse a ser devorado por los animales más grandes: los caimanes, o por los más pequeños: los mosquitos. Viajaban en el bergantín y en las chatas como en coches de posta atestados, incómodos, respirando cada uno el aliento del vecino. Y pensando demasiado. Como el cuerpo no podía moverse, era la mente la que se movía, y Ursúa se daba cuenta.

Por la noche bajaban como digo y la naturaleza libre les daba una sensación de desahogo. Pero los mosquitos, los grandes murciélagos —que eran distintos en el Amazonas y al principio les habían parecido arañas volantes— y en tierra los cocodrilos representaban una amenaza de cada momento.

Era la época de la incubación y las madres vigilaban los nidos de sus huevos, y más cuando aparecían los nuevos seres, hacia los cuales sentían la misma ternura que las demás alimañas tienen por sus hijos. Menos Zalduendo, que los dejaba que «se ganaran el cielo».

Y había quien dormía con el arcabuz enlazado en las piernas y vigilado de cerca por un caimán receloso, los dos hambrientos y tratando de ver quién iba a comerse a quién. En tierra nadie reflexionaba. La mente se estaba quieta, porque el peligro mataba la imaginación.

La relativa comodidad de las playas tenía sus riesgos, y no había nunca descansos sin nuevas fatigas y amenazas.

Dormir en la playa tampoco era fácil por el estruendo de las selvas más o menos cercanas, que despertaban cada día al oscurecer y que daban la impresión de grandes ciudades en su natural agitación y tráfago. No tranquilizaba a los soldados la idea de que todos los seres que allí vivían eran animales, incapaces de hacer el mal reflexivamente, porque no era el daño lo que temían, sino el no saber lo que sucedía. Los peores sinsabores y angustias del hombre vienen de lo mismo: del no entender o del entender a medias.

El cielo era, como sucede en la línea del ecuador, de una negrura y oscuridad completa y las estrellas brillaban como en ninguna otra parte del espacio. La cruz del sur les decía que estaban en el hemisferio austral.

Hallaban en las playas muy pocos huevos de tortuga y sólo algunas repugnantes iguanas. Hasta aquellos pájaros pescadores de tierra que otras veces habían comido y que cuando son pollos se pueden coger con las manos habían desaparecido del todo.

Durante el día había que estar siempre remando para evitar que la corriente los llevara a la costa o bien para mantener las distancias y que unas naves no zalabordaran con las otras.

Más fácil parecía la navegación en el bergantín, pero había que andar también alerta y eran pocos los negros o los indios que de día tenían los brazos quietos. El que no remaba andaba tomando fondo con la sonda o manteniendo la dirección con el timón, que era un gran madero en la popa.

Pensaba Lope: «Ahora habrá que comerse el perrerío».

Se producían tremendos chubascos inesperados y a menudo con sol, lo que daba lugar a algún arco iris.

Decía Lope mirándolo:

—Todo el mundo se queda con la boca abierta, pero a mí nunca me ha hecho impresión eso. Un arco de colores. ¿Y qué?

Pedrarias expuso una de sus opiniones, que los soldados no solían tener en cuenta. Es decir, que sólo escuchaban con respeto tres personas: doña Inés, Elvira y Lope.

—A mí tampoco me gusta el arco iris —dijo—, que es inútil como lo son todas las cosas incomparables, es decir, las que no se pueden medir con las necesidades del hombre.

No hablaba Pedrarias de aquella manera con nadie sino de tarde en tarde con Lope.

Puso Ursúa vigilancia armada para evitar que mataran algún caballo y se lo comieran. Los otros animales menores, como las cabras y los cerdos embarcados en los Motilones, habían sido consumidos hacía días. Estaban comiéndose los perros, y Lope le mentía constantemente a su hija, diciéndole que aquella carne era cordero o lomo de cerdo. A veces ella recelaba y se negaba a comer, pretextando que no tenía hambre. Su padre alzaba la voz:

—A vuestra edad es obligado tener hambre y vuesa merced va a comer porque lo mando yo.

Alonso Esteban, el que fue con Orellana en una expedición anterior, repetía que en aquella jornada no tuvieron hambre. Dos días después le dijo Pedrarias:

—Ya nos hemos comido el perrerío. ¿No ve vuesa merced que no se oye nunca ladrar?

A pesar de todo, Ursúa y su amada comían, nadie sabía cómo ni qué. Pero al parecer tenían provisiones en reserva.

Cuando veían a Inés y hablaban con ella de las hambres que pasaban, la linda cholita parpadeaba con sus largas pestañas —las pestañas de los besos de colibrí— y hacía como si con aquellos parpadeos quisiera evitar el llanto. Pero no tenía ganas de llorar.

En el bergantín la Torralba bostezaba y decía:

—¿Por qué vinimos a esta tierra? Un país sin invierno es un país engañoso, donde sólo puede vivir la gente enemiga de Dios.

Los soldados comenzaban a sentirse atemorizados por el destino y a pensar que sus hambres, como cualquiera otra posible desgracia, no dependían de Ursúa ni de la pobreza del país, sino de una fatalidad que los llevaba a la ruina y a la aniquilación.

La mulata doña María se burlaba de la escasez y Ursúa le advirtió que no alardeara, porque la gente no creía en sus alardes y pensaba que tenía víveres escondidos. Lo que por otra parte era verdad.

Murieron algunos indios, seguramente de hambre, y sus cuerpos fueron arrojados al río, donde sirvieron —todavía y a pesar de todo— de pasto a los peces y a los caimanes.

De un modo u otro, con palabras, con el gesto, con la mirada, todo el mundo protestaba. Menos un capitán, frío e impasible, que apenas hablaba y que se llamaba Martín Pérez. Éste había evitado la familiaridad con los otros hasta extremos increíbles. Hablar de su propia hambre habría sido una invitación a la confianza y él no era hombre para eso.

Un día se quedaron en la playa en lugar de volver a las embarcaciones, esperando poder cazar algo en la selva, pero no hallaron sino monos, que parecían darse cuenta del peligro y huían y trepaban a lugares inaccesibles sin dejar de parlotear y alborotar.

—Se diría que están hablando —decía La Bandera.

—Y lo están —asentía Lope—, pero no dicen una palabra de verdad.

Era cierto que los monos nunca parecían animales honestos.

Había ido también a la selva el único soldado de veras viejo que iba en la expedición, un tal Núñez de Guevara, nada menos que comendador de Rodas. Era hombre robusto y fuerte, pero con barba blanca y calvo.

—Ustedes los viejos —le dijo Zalduendo, como siempre inoportuno— no deben tener mucho interés en la vida.

—Es lo que algunos creen y se equivocan de medio a medio —respondió él, gravemente.

Pedrarias logró cazar una iguana —animal de veras repugnante— y se lo dio a Lope, advirtiéndole: «Bien aliñada sabe como la carne blanca de pollo y Elvírica no podrá distinguir».

Lope quiso esconderla en un saco, pero el animal con las

espinas de su dorso y con las uñas lo desgarró. Entonces Lope mató a la iguana con la ayuda de Pedrarias y entre los dos la prepararon antes de volver a la playa.

Algunos indios bajaron también a tierra, pero la mayoría se quedaron en las chatas y en las balsas, tan extenuados por el hambre que no tenían fuerza siquiera para evitar el sol y ponerse a la sombra.

El padre Henao iba a la caza con los soldados y Portillo se quedaba con algunos indios dándoles la extremaunción y diciendo en voz alta que no había justicia en la Tierra.

Andaba el padre Portillo tan hambriento y amarillo como los indios.

Doña Inés y su azafata no salían del bergantín, donde más o menos había todavía algo que comer. En cuanto a Ursúa, se negaba a participar de sus colaciones, primero para que no les faltara a ellas y después porque las hambres de los soldados habían llegado a un extremo en que no podía menos de compartirlas el jefe por decoro.

Uno de los que llevaban mejor su hambre era Lope de Aguirre, porque de ordinario comía muy poco y el estómago se acostumbra a la escasez lo mismo que a la abundancia.

Dos personas había a quienes nada faltó en la expedición: Inés, por el amor de Ursúa, y Elvirica, por el amor de su padre.

Los chicos, los pajes, encontraban algo en la selva como los perros sin amo en las ciudades. Pero uno de ellos fue mordido por una serpiente cascabel y murió poco después.

Hubo algunos que pensaban que en un caso extremo estaba permitido el comer carne humana —el chico muerto estaba bastante rollizo— e incluso Esteban llegó a preguntar si el veneno de la serpiente se habría extendido a todo el cuerpo y si la carne del muerto sería venenosa. Lope, que lo oyó, le dijo:

—Quita de ahí, don miseria, hideputa.

Esteban no dijo nada. Era uno de esos hombres a quienes la desgracia hace cobardes, así como hay otros —Lope, por ejemplo— a quienes exaspera y da bríos y capacidades de agresión.

Los negros habían descubierto unas raíces que masticándolas bien se podían comer. No sabían bien, pero eran frescas y jugosas. Atraparon a media tarde un mono, lo despellejaron y se lo comieron crudo. Decían que la carne cruda alimentaba más que cocida.

Al día siguiente volvieron todos a las embarcaciones y siguieron el viaje.

Los indios no decían nunca nada. No se sabía si eran felices o desgraciados, hambrientos o hartos. A su resignación, los indios cristianizados añadían una especie de desesperanza de esclavos. Como había dicho Lope una vez a Zalduendo, «esos indios en cuanto se bautizan y tienen nombre español parece que han perdido lo poco que les quedaba de seres humanos». Ciertamente, de llamarse Ixi-kamal a llamarse Baldomero o Felipe había alguna diferencia *en peor,* como decía la Torralba.

—Pero en cambio ganan el cielo cuando se mueren —añadía Elvira.

Al oír aquellas palabras de su hija, Lope de Aguirre la miraba con ternura y no decía nada.

Durante nueve días se mantuvieron los expedicionarios del aire o poco menos. Cada día murieron algunos indios más, que fueron arrojados también al río. Esteban se entretenía viendo a algún caimán atareado con aquellos cuerpos.

Las verdolagas y otras hierbas que hallaban cerca de la playa en la noche no hacían sino estimular más el hambre. No hay que decir que si quedaba algún animal vivo desapareció. Ya no se oían ladridos ni balidos de día ni de noche. Sólo quedaban los caballos.

Por fin llegaron un día a media tarde a un lugar donde la playa desaparecía y se formaba como una barranca bermeja. Se veía allí una aldea bastante grande.

Sin duda los indios los habían visto desde lejos, porque tuvieron tiempo para prevenirse y con la mayor diligencia pusieron en docenas de canoas a sus mujeres y niños con las cosas de mayor valor que tenían en sus bohíos y los hombres hábiles para la guerra formaron un gran escuadrón y se prepararon a la defensa.

—Hola, hola —decía Lope tanteando su espada.

Viendo Ursúa que aquella gente cabal de cuerpo y de

ínimo y bien armada a su manera iba a romper las hostilidades, dispuso la tropa en orden de batalla. Avanzaba de-
ante con algunos arcabuceros que llevaban las mechas encendidas, pero mostrando una bandera blanca en señal de paz.
Parece que los indios lo entendieron.

Había ordenado Ursúa que nadie disparara hasta que él
diera la orden. Los indios, sin deshacer su formación, seguían
esperando. De sus filas salió un cacique con tantos hombres
como acompañaban a Ursúa y avanzó con talante amistoso.

Al encontrarse tomó el indio el trapo blanco, hizo señales
de paz y de amistad e invitó a los españoles a entrar con
él en el poblado. Entre tanto los indios se retiraban, pero
sin perder la formación y quedando como a la expectativa.

Desembarcaron todos, incluidos los indios que podían caminar y los negros, y se quedaron a su vez esperando órdenes de Ursúa, quien con el cacique estaba organizando
el alojamiento de la gente.

Consiguió Ursúa que señalaran a los expedicionarios un
barrio con los víveres que en él había, que no eran pocos, ya
que cada casa tenía al lado una pequeña laguna llena de tortugas de todos los tamaños, con empalizada alrededor para
que no huyeran. Dentro de las casas, además, había bastante
provisión de maíz y también de puerco salvaje y de aves.

Cuando el cacique y el gobernador estuvieron de acuerdo,
Ursúa señaló las casas donde debían acomodarse y los indios de guerra se retiraron a sus barrios, también. El gobernador dio órdenes estrictas de que ninguno de los que venían con él pasara a los distritos donde vivían los indios y
mucho menos pidiera ni tomara nada de ellos.

La gente sacó el estómago de mal año, como se suele
decir. Además de las tortugas vivas de las lagunas había
otras muchas recién muertas para las comidas de los indios,
hasta seis o siete mil. Y sazonándolas como ellos solían, comieron los hambrientos a su sabor.

Los soldados, los indios de la provincia de los Motilones
y los negros comían a dos carrillos y malgastaban más víveres
de los que aprovechaban.

Cuando vieron los indios cómo se conducían sus visitantes
pensaron que éstos no guardarían las condiciones estipuladas

y por la noche y sin ser vistos —eran muy hábiles en su
movimientos nocturnos— comenzaron a sacar algunas de la
vituallas más importantes, lo mismo de las lagunas que d
las casas, porque entraban y salían sin hacerse sentir y hast
de debajo de la cabeza de algunos soldados sacaron cuero
y ropas sin despertarlos.

Al día siguiente los soldados advertían la merma y com
en las noches siguientes los españoles siguieron la pista de lo
indios llegaron a descubrir lo que sucedía. Entonces se consi
deraron autorizados a recuperar los víveres y también, com
se puede suponer, a tomar lo propio y lo ajeno. Hubo inci
dentes peligrosos. En definitiva se impusieron los que iba
mejor armados.

Trataba Ursúa de poner orden sin conseguirlo. Y creyend
necesario castigar a los que se excedían de un modo más osten
sible, arrestó a un mestizo y éste se lamentó:

—Mire vueseñoría que al alférez Guzmán está maltratand
en mi persona.

—Tú no eres alférez.

—Soy su criado, que es lo mismo para el caso.

El gobernador lo mandó poner en el cepo. Acudió al sa
berlo don Hernando de Guzmán y le pidió como favor per
sonal que lo soltara, pero Ursúa dijo que tenía que hace
un escarmiento.

—Hágalo vuesa merced con otro, porque esto parece u
vejamen contra los que tenemos mando.

—Aquí no hay más mando que el mío, señor alférez,
mientras sea así no queda otro remedio que cumplir mi
órdenes.

El alférez se calló. Como Guzmán había protestado, tuv
Ursúa buen cuidado de hacer ostensible el castigo y de man
tenerlo varios días para que la firmeza de su decisión fuer
conocida por sus contrarios. No hay duda de que Ursú
respetaba a Guzmán, sabiendo que era hijo del veinticuatr
de Sevilla don Alvar Pérez de Esquivel y de doña Aldonz
Portocarrero y que había vivido en la misma casa del virre
Hurtado de Mendoza, pero no tenía una idea demasiado alt
de los méritos del joven. Sabía que descendía de godos
que la tradición de Guzmán el Bueno estaba en su linaje. Per

enía rasgos de carácter un poco infantiles. El mismo Hernando lo sabía y evitaba entrar en demasiada familiaridad con nadie para no descubrirlos. Entre esos rasgos de carácter el joven Guzmán, que se había distinguido en dos acciones de guerra, una de ellas la defensa del fuerte de Peuco en Chile, mostraba cierta fantasía crédula. De niño tuvo criados y ayos moros —cosa frecuente en las casas nobles—; había oído historias de todas clases y a veces las contaba, especialmente cuando había bebido un poco. No había contado ninguna en aquella expedición. Pero en Lima había dicho que algunos herreros árabes de Mauritania del Sur se convertían en hienas, es decir, en un animal de aquellos que llamaban *boudas*, pero que eran las hienas reidoras, y sólo podían volver a ser herreros comiendo unas hierbas llamadas especiales.

También contaba —y dos de los negros que iban en la expedición se lo habían dicho y esto era verdad— que en África y no lejos de Mauritania había hombres-leones que de vez en cuando, vestidos con las pieles de esas fieras y cubiertos con su cabeza hueca —como un gorro—, entraban en los poblados y asesinaban docenas de personas. Solían ir ocho o diez hombres-leones y otras tantas mujeres-leonas, todos disfrazados con las pieles correspondientes, que para mayor eficacia debían estar frescas. Y mataban a dos manos —con dos dagas— a todo el que atrapaban. La mascarada no podía ser más sangrienta. Nadie se defendía contra ellos y la gente llegaba a creer que los hombres-leones lo eran de verdad. Se dejaban matar resignados a una costumbre sangrienta que tenía fuerza de ley.

Esa superstición causaba cada año más de cien muertes en aquellos territorios. Y dos de los negros que habían nacido en África cerca de aquel lugar daban fe de las palabras del alférez general.

Había oído el alférez Guzmán otras cosas que a medida que entraba en edad consideraba demasiado cuestionables para ser dichas entre hombres maduros.

Así, pues, aunque todos tenían amistad y respeto por don Hernando, ese respeto no era necesariamente el de los aventureros en el campo de la violencia, sino, por decirlo así,

más bien un respeto civil de tiempos de paz, consecuenci
de un sentimiento de clase.

El mestizo, su criado, que seguía en el cepo, le dijo un
noche cuando don Hernando fue a verlo.

—¿Por qué no me da vueseñoría el bebedizo para que m
convierta en hiena?

No sabía don Hernando si lo decía en serio o por burla
Aquel esclavo le había oído contar una vez la leyenda african
en Trujillo.

Como en aquel pueblo grande de Machifaro —así se lla
maba— había abundancia de víveres Ursúa se sentía incli
nado a pasar allí la pascua de Navidad, que estaba cerca
Además tenía indicios de que la gente de aquellos lugare
estaba enterada más o menos de la localización de las tierra
del Dorado y pensaba continuar con ellos sus averiguaciones

Decidió enviar como otras veces a Pedro de Galeas co
algunos hombres para que, ocupando ocho o diez canoas, fue
ran entrando en un estero que comunicaba con el río. Galea
y su gente entraron algunas millas en un brazo de agua negra
espesa y maloliente. Probablemente era petróleo.

—Si esto no nos lleva al infierno —decía Galeas— mila
gro será.

Algunas horas después de navegar por aguel brazo de ríc
llegaron a una laguna inmensa, hacia cuyo interior navegaro
unas tres leguas sin ver los confines y perdiendo de vista l
orilla de donde salieron. Como no llevaban brújula ni *balles
tillas* temieron perderse y después de andar algunos días a l
vista de tierra por el lado naciente y sin ver poblacione
ni gentes decidieron volver, según las instrucciones de Ursúa

Mientras Galeas regresaba llegaron cerca de Machifaro e
canoas unos doscientos indios de las tierras altas a saquea
el pueblo, cosa que solían hacer de vez en cuando. Se había
acercado durante la noche cautamente, según la costumbre d
los indios, ignorando que en Machifaro estaban los espa
ñoles.

Descubiertos los enemigos por los vigías del cacique d
Machifaro, avisaron a Ursúa y le pidieron ayuda.

Esperaron que se hiciera de día, y al comprobar los ata
cantes que el pueblo estaba lleno de guerreros españole

decidieron retirarse por el río, pero no sin hacer antes un gran estruendo y aparato de tambores y trompetas para asustarlos.

Mandó Ursúa a su teniente Juan de Vargas que saliera con sesenta arcabuceros y el cacique de Machifaro, a quien acompañaban algunos indios, y bogando en canoas grandes por otro brazo del río les cortaron la retirada a los que pensaban atacar. Éstos eran *cararies* y se dispusieron al combate, pero la mayor parte murieron bajo el fuego de los arcabuces. Los supervivientes casi todos cayeron prisioneros. Los pocos que pudieron huir lo hicieron selva adentro, sin comida ni defensas, para morir aquella noche en los dientes de las fieras o a manos de los indios de la región, que los buscaban rencorosamente. Y en la noche se oían sus alaridos.

Abandonaron las doscientas canoas, muchas de ellas con víveres y objetos de algún valor.

Sucedió en el campo un hecho que sorprendió a todos. Aquel mismo día Ursúa nombró provisor —es decir, obispo provisional— al padre Alonso de Henao. Y lo pregonó así: «Por el derecho de patronazgo que su majestad tiene en estas tierras y en todas las iglesias y obispados dellas, haciendo yo uso de los reales poderes que me han sido conferidos, puedo nombrar, a falta de prelado, un provisor, y lo nombro en la persona de don Alfonso de Henao».

Lo primero que hizo el padre Henao en su nueva capacidad fue excomulgar, a petición de Ursúa, a todos los soldados que conservaran en su poder, sin conocimiento del gobernador, herramientas, hachas, machetes, azuelas, barrenas, clavos y también objetos rescatados de los indios, a menos que inmediatamente acudieran a depositar todos aquellos objetos a los pies del sacerdote.

Se levantaron nuevas murmuraciones y algún que otro altercado, porque los que sabían de leyes decían que el gobernador no podía nombrar al cura para aquel puesto ni el padre Henao aceptarlo.

El alboroto llegó hasta doña Inés, que estaba siempre apartada de las tropas, y ella misma se extrañó de aquel nombramiento, pero por otras razones. Preguntó a Ursúa si creía verdaderamente en Dios.

—Hay días que no creo en Dios —dijo él—, pero Dios cree en mí y entonces es igual.

Oyó aquello la mulata María, que servía a doña Inés, y se lo dijo a su amigo Zalduendo, quien a su vez lo divulgó por el campo. «Dios cree en Ursúa», decía irónicamente. Lope respondió:

—Se acerca el día en que no creerá en Ursúa ni Dios. Porque en estas tierras del equinoccio se vive de prisa.

Había gente letrada que decía que tanto podía excomulgar el padre Henao como su abuela. Además, siendo la diligencia tan claramente provechosa para Ursúa y aun para su bolsillo —que si hubiera sido sólo para su autoridad no habría parecido mal— las murmuraciones se agravaron.

Los más descontentos eran Montoya y Lope de Aguirre. Los otros les hacían coro. Una noche, viendo Aguirre que el criado de Guzmán seguía en el cepo, fue a ver al alférez general y le dijo:

—Parece mentira que haya hombres de buen linaje como vueseñoría que permitan que se maltrate a su criado.

—¿Qué puedo hacer? —preguntaba el joven alférez general

—Si no lo hace vuesa merced lo haré yo, por Dios vivo

La noche se les pasó en charlas y consideraciones sobre el destino de la expedición, el enamoramiento de Ursúa y otras materias. Lope dijo que en tiempos revueltos los hombres que tenían lo que hay que tener subían y llegaban a las mayores alturas, dando lecciones a los soberbios engreídos. Y cada cual podía medrar según su condición y el que era poco llegar a mucho y el que era mucho llegar a más

Él no tenía grandes ambiciones, pero necesitaba reivindicar sus derechos atropellados o desconocidos en Quito, en Panamá y en Lima. Otros que valían menos tenían encomiendas y honores y piezas de oro que no habían pasado por el cuño de visorrey ni dado el quinto para su majestad.

—Yo en la piel de vuesa merced, don Hernando de Guzmán —dijo sin pararse en barras—, no miraría en menos que apoderarme del Perú. Otros pudieron hacerlo y estuvieron a punto de conseguirlo llevando en las venas una sangre menos limpia que la de vuesa merced. Y si el caso llega tenemos que volver a hablar de eso, pero a solas y sin que nadie nos escuche, porque yo tengo un defecto y una virtud. El defecto es que no me gusta dejar enemigos a mi espalda y la virtud es que mi corazón me avisa de quiénes son mis enemigos y de su mala intención cuando la hay. Y no piense que hablo como loco. En todo caso no olvide que lo que digo como loco sé sostenerlo como cuerdo, que es más de lo que se usa por ahí. Y nada perderá vuesa merced con oírme a mí, que soy de los pocos que saben estimar una amistad.

Añadió que debía guardarse de Ursúa, porque comenzaba a agriársele la voluntad y tenía autoridad para descabezar a un cristiano y a una docena de cristianos y en aquellos calores del ecuador a todos se les florecía la sangre con malos hongos venenosos y si llegaba el caso había que ganarle por la mano.

El gentilhombre sevillano le escuchaba sin saber qué pensar. Tenía aquella noche mucho sueño —por ser joven necesitaba dormir más que Lope— y cuando se separaron iba pensando el alférez general que todo lo que le había hablado Lope era locura, pero eran aquellas una clase de locuras nada ingratas sobre las cuales le gustaba reflexionar a solas. Tardó en dormirse a pesar de su sueño recordando que, como Lope de Aguirre no dormía, solía fatigar a la gente con sus visitas y sus diálogos y sus quimeras nocturnas.

Alguien avisó a Ursúa de las maquinaciones de los descontentos y al día siguiente lo primero que hizo el gobernador fue perdonar al criado de Guzmán, quien fue sacado del cepo, y llamar a su bohío a los revoltosos. Llegaron Lope de Aguirre, La Bandera, Montoya, Zalduendo y algunos otros, todos sin armas, menos dos soldados que estaban de guardia. Al entrar Ursúa los recibió con buen semblante y les invitó a tomar asiento. Luego les ofreció vino del que hacían los indios de Machifaro, que era bastante fuerte, y sacando unos papeles que tenía preparados les dijo:

—Quiero mostrarles algo que les atañe. Vean aquí las prevenciones que me habían hecho contra vuesas mercedes antes de salir de los Motilones. Quiero decir que habría podido librarme de vuesas mercedes antes de embarcar y no quise hacerlo porque confiaba más en el valor de cada uno como soldado que en los recelos de los escribanos y bachilleres de Lima.

Como si esto no fuera bastante, se puso a leer. Uno de aquellos papeles decía: «Mire que con diez hombres menos conseguirá vueseñoría entrar en el Dorado lo mismo que con diez hombres más, y así le aconsejo que haga salir de su armada a los siguientes soldados, que allí adonde van tienen que llevar consigo el desorden y el daño». Luego leía Ursúa los nombres de todos ellos, es decir, menos el de Montoya que hasta llegar a los astilleros se había conducido como un caballero discreto y como un hombre de honor.

Leídos uno por uno los nombres, Ursúa añadió:

—No crean vuesas mercedes que esto es todo. Aquí me ponen por lo menudo y bien detallada la historia penal de cada uno de vuesas mercedes y me ofrecen darles un cargo y desempeño en otra parte de manera que se justifique su apartamiento y retirada sin que puedan sospechar que ha sido cosa mía. ¿Ven vuesas mercedes? Aquí dice —y volvió a leer— «se puede hacer de manera que nadie tenga recelo de ser malquisto por vueseñoría...». Etcétera, etcétera. Pero yo no quise hacer el menor caso y ni siquiera respondí.

Seguro Ursúa del efecto de sus palabras miró a los rostros de aquellos hombres. Nadie hablaba. Las expresiones eran congeladas y mudas.

Por fin preguntó Lope.

—¿Quién firma la carta?

—Eso no puedo decirlo, señores. Nada sacarían vuesas mercedes con saberlo y es mejor que ignoren el nombre, ya que incluso desde el punto de vista de la seguridad de vuesas mercedes más vale que no sepan quiénes son los que les quieren mal.

—No entiendo esa razón —dijo Zalduendo.

—Yo os la haré entender. Si vuesa merced sabe quién ha escrito esa carta no podrá menos de dárselo a entender a él algún día en Lima, con cualquier motivo, y de eso no le puede venir ningún provecho a ninguno de los dos y menos a vuesa merced, que tiene menos poder. Esa persona está situada demasiado altamente para que se preocupe de hacer

daño a vuesas mercedes sino muy en defensa propia. Así,
pues, no hayan cuidado y dejen sobre mí este pequeño problema. Lo único que me interesa es que vean vuesas mercedes
que me he conducido como su amigo y camarada, primero en
los Motilones y después ahora y aquí.

Callaban todos. La Bandera dijo:

—El gobernador dice bien y es mejor no saber lo que no
se puede remediar. Yo le doy las gracias en mi nombre y
en el de todos.

Ursúa se apoyó en aquellas palabras para dejar restable-
cida la cordialidad, les ofreció otra vez de beber y luego los
acompañó a la puerta.

Ya fuera, La Bandera decía: «Es noble lo que ha hecho y
le quedamos todos obligados».

—¿Obligados a qué? —preguntó Lope.

—Al respeto y confianza que nos muestra.

—No es respeto ni confianza —dijo Lope— y vean vuesas
mercedes con qué nos sale ahora La Bandera. No hay respeto ahí. Lo que pasa a Ursúa es que se considera tan
por encima de nosotros que no teme enseñarnos las cartas del
juego y decirnos: vean que he estado a punto de echarlos
del real y no lo he hecho porque no creo que sean vuesas
mercedes capaces de hacerme sombra a mí y ni aún de darme
una mala noche. Eso no es respeto, sino más bien desprecio,
y cada cual lo entienda como quiera, pero yo perro viejo soy.
Con esas generosidades y tolerancias y magnanimidades no me
embauca nadie.

Montoya pensaba lo mismo.

—Y si no —insistió Lope viéndose apoyado—, ¿por qué
no nos dijo el nombre del que firmaba la carta? Eso habría
sido lealtad. Si me hubiera dicho: el hideputa que les tiene
inquina es fulano de tal y tal y anden vuesas mercedes advertidos, entonces sería otra cosa. Pero quiere ganar por
los dos lados. Tener la confianza de los de Lima y el agrade-
cimiento nuestro.

Los otros meditaban aquellas palabras, pero todavía La
Bandera no se dejaba convencer.

—Yo apuesto a vuesas mercedes —añadió Lope de Aguirre— que en los días próximos se va a atrever a hacer algún

nuevo desaguisado con nosotros, digo, condenando a alguno a remar en las chatas. Hasta ahora sólo se ha atrevido a castigar al criado de don Hernando y a nuestras almas, y lo digo por las excomuniones.

—A mí me tuvo remando tres días —dijo Montoya— el hijo de la gran perra.

Entre tanto y de noche, los negros hallaban como siempre algún pretexto para cantar. Al oírlos, Montoya alzaba la cabeza alertado y Zalduendo, con una expresión de fatiga, dijo:

—Aaaaah, son los negros, que tienen querencias de su puerca tierra.

El que llevaba la voz cantante era, como siempre, Bemba, el amigo de Lope:

> *Mavá Ghelelé*
> *Ghelelé gh'eté*
> *Ounú Gum ou Kú*
> *Gum u Kú Yeyé*
> *Mel ul Amel u*
> *Kia yeitel arú*
> *So ga dau Bú*
> *So ga dau Bú*
> *So ne yam'arú*
> *No gaidé Bairá?*
> *Vairé vail engó*
> *Maul'ode gh'amba*
> *Ghl ambal elelé*
> *Mava Ghelelé*
> *Ghelelé gh'eté.*

Más o menos exactamente traducido —Pedrarias Armesto solía pedir la traducción a los negros— viene a decir: *Oigo la cigarra, — la cigarra que canta. — La nube del monte Gumé, — la nube le cubre la cresta. — Oh, hijas e hijos míos — bajad a ver — la sombra sobre la tierra, — esa sombra que baja. — Seré yo capaz de trepar aún, — soy viejo y gastado, — mi cuerpo no vale ya, — demasiado gastado mi cuerpo, — pero oigo la cigarra, — la cigarra que canta.*

Y la noche seguía. Un poco más lejos del bohío de los

negros palpitaba la selva en sus insectos, en sus sapos, en sus aves nocturnas. Se oía muy bien la cigarra a la que el negro se refería. La cigarra, que para los negros venía a ser como el ruiseñor para los blancos. Palpitaba la selva en sus millares de garzas y de loros en celo. En sus tigres desvelados.

Al amanecer, algunos papagayos blancos se acercaban y al principio parecían palomas, pero en las voces que daban se veía pronto que eran de otra casta. Los soldados se los comían cuando podían atrapar algo —a falta de otra cosa—, pero tenían la carne correosa y dura y como aquellos animales vivían muchos años, si eran viejos no había manera de cocerlos, que tardaban mucho en ponerse tiernos y mucho menos se podían comer crudos. Así y todo algunos los consideraban una gran ventura cuando no había otra cosa.

Pero en Machifaro no faltaba comida.

CAPÍTULO V

E l padre Portillo, al ver que el padre Henao había sido nombrado obispo provisional, se sintió deprimido, y oyendo a Montoya y a Lope de Aguirre hablar de la falta de humanidad de Ursúa dijo:

—Yo estuve a punto de morir en los días de las hambres recias y viendo que doña Inés tiraba al río desechos de pescado y de fruta me acerqué y llamé al gobernador, aunque no salía casi la voz de mis dientes. Y cuando le dije la gran miseria en que me encontraba, volvió la espalda y dijo: «Nada tengo que dar».

Lo miraba Montoya duramente al entrecejo, según su costumbre.

—¿Y qué hizo vuesa merced?

—¿Qué iba a hacer? Levanté las manos al cielo y dije: Favor me llegue del cielo, ya que no hay en la tierra ni justicia ni caridad.

Lope le preguntaba al cura si creía que Ursúa estaba autorizado para nombrar provisor. Decía Portillo que lo dudaba, pero aunque lo estuviera, la primera provisión de Henao excomulgando a los que retenían bienes de la armada era herética y sin base. El cura remató sus palabras con una sentencia latina que parecía autorizar su opinión.

También Zalduendo tenía motivos personales de malquerencia. Lamentando las jornadas estériles del Amazonas, le había preguntado a Ursúa si no sería mejor parar en cualquier parte y entrar a poblar tierras adentro. Ursúa lo miró por encima del hombro y le dijo: «Primero encanecerán vuesas mercedes que saldrán deste río».

—¡Su puta abuela de su señoría el gabacho! —comentó Lope—, que yo encanecí ya en lo alto de los Andes hace años y le he de hacerse tragar esas palabras.

Aquella tierra de Machifaro daba a Ursúa la impresión de ser una parte de la región de Omagua en las cercanías del Dorado. Llevaba el gobernador consigo dos indios brasiles, quienes conocían el emplazamiento de aquella tierra y repetían a menudo que estaban acercándose. Con eso cobraban ánimo. Y creyéndose a punto de conseguir sus propósitos, confirmó Ursúa a Alonso de Henao el nombramiento de obispo de Omagua. En vista de eso, el sacerdote ya no le reprochaba a Ursúa el no haberse casado con doña Inés y en todo le halagaba y le absolvía.

Fue entonces cuando volvió Pedro Alonso de Galeas con sus soldados exploradores y dijo que en treinta leguas alrededor no había población ni alma viviente, sino aguas negras e infectas.

Añadiendo a esto que los dos indios brasiles y el español Alonso Esteban parecían otra vez desorientados y miraban y miraban y no reconocían los lugares ni sabían cómo orientarse, la gente comenzó a desmayar y a pensar que no llegarían nunca a Omagua.

A veces Alonso Esteban decía que sí y otras que no sobre un mismo asunto, y aunque el nombre de aquel pueblo de los Machifaros lo había dicho antes de llegar, la verdad era que no sabía si desde allí se podía ir o no al interior, en busca del Dorado.

Quedó Ursúa malhumorado porque esperaba algo de Galeas y vio que volvía con malas noticias o sin noticia alguna. Por una infracción que cometió uno de los soldados que llegaba hambriento y sacó una tortuga de la balsa de un bohío en el barrio de los indios, lo castigó a remar tres días en el bergantín.

Juan de Vargas tampoco era partidario de aquellas medidas y una vez más le dijo:

—Eso los afrenta y no los corrige. Más le valdría a vuesa merced ahorcarlos.

Parece que Vargas iba dándose cuenta de la clase de gente que llevaban consigo. Pero Ursúa se desinteresaba de todo menos de Inés y seguía malhumorado y rencoroso.

Solía Ursúa enviar a Galeas a explorar, porque era el soldado que más había puesto en la expedición. Representaban los víveres y los dineros dados por Galeas una verdadera fortuna y por eso confiaba Ursúa en él más que en otros, pensando que ligaba el éxito de la expedición con su prosperidad personal.

Además, Galeas era hombre sin fantasía y sin imaginación; un hombre que no mentía, que no permitía que las apariencias le engañaran. Uno de los hombres más seguros del campo.

Montoya y otros que ya abiertamente formaban corro con Lope de Aguirre y hablaban en voz alta contra el gobernador decían que habían caminado más de setecientas leguas y ni habían hallado las provincias ricas que buscaban ni poblaciones industriosas ni comarcas agrícolas y de provecho, que no había rastro de ellas ni rumbo por donde tratar de buscarlas. Y ni siquiera comida para subsistir. Así, pues, sería más acertado, antes que acabasen de perecer todos, tomar la vuelta del propio río y volverse al Perú, ya que no había esperanza alguna de nada bueno.

Fueron a ver a Ursúa y se lo dijeron francamente. Ursúa respondió que ya sabían que era su amigo y que estaban en la obligación de confiar en él. Nada se lograba nunca en Indias sin sufrir antes grandes trabajos y con un poco más de aguante y de perseverancia los llevaría a buen fin. Añadió que si era preciso seguir buscando hasta que los niños que iban en la expedición se hicieran viejos, sería razonable pensando en el valor inmenso de las riquezas hacia las cuales iban.

Quería Zalduendo saber algo concreto en qué apoyar sus esperanzas y preguntaba al gobernador, quién le respondió diciendo que tenía simultáneamente presentimientos y buenos presagios.

—Tan certeros como los de su señoría son los nuestros —dijo Zalduendo— y a nosotros nos dicen lo contrario.

Algunos creían que Ursúa tenía razón, pero cuando el gobernador quiso aludir otra vez a las pruebas de confianza que les había dado mostrándoles las cartas de Lima, respondió Aguirre:

—Eso probaba mejor la confianza de vuesa merced en sí mismo que en nosotros.

—¿Qué queréis decir, Lope?

—Lo que digo.

—Tenedme, señores, por vuestro padre, que como tal pienso únicamente en el bien de vuesas mercedes.

—Yo me tengo el mío en Oñate, en las provincias vascongadas.

Los otros rieron, unos con amistad para Lope de Aguirre y los más con ironía y burla contra Ursúa.

Se confirmaron una vez más los soldados en su opinión de que con Ursúa no irían a ninguna parte. Hasta los amigos de Ursúa tenían que aceptar que estaba muy cambiado y que iba conduciéndose cada día de un modo más extraño. Parecía un sonámbulo a quien no interesaba nada de lo que pensaban, hablaban o hacían los demás.

—Eso —dijo La Bandera otra vez— es porque está encelado con la hembra.

Había en la expedición un hombre que se llamaba igual que el teniente general: Juan de Vargas. El hecho de que tuviera el mismo nombre, pero no fuera nadie —un campesino de las islas Canarias con sangre guanche—, lo mantenía un poco inquieto y a veces se acercaba al verdadero Juan de Vargas adulador y bufonero y otras se iba con los maldicientes.

Ese Vargas dijo que sabía que doña Inés empleaba unas hierbas y con ellas cocidas mezclaba el vino de Ursúa. Siendo chola y descendiente de incas se suponía que tenía alguna inclinación por los viejos usos de la tierra y por sus misterios.

Decían otros que Ursúa había enflaquecido mucho por aquellos hechizos y que era doña Inés quien gobernaba el campo. Que los castigos contra los soldados para obligarles a remar en las chatas o en el bergantín los decidía ella y que Ursúa sólo se interesaba en buscar, cuando llegaban a tierra, el mejor bohío, que estaba siempre apartado del real, porque despreciaba a la soldadesca y quería alejarse para gozar mejor de su dama.

Los principales miembros de la oposición del gobernador y los que menos precauciones tomaban ya para hablar eran Alonso de Montoya, Juan Alonso de la Bandera, Lorenzo de Zalduendo, Miguel Serrano, un aparejador de Cáceres de expresión seca como el corcho; Pedro Miranda, mulato con la cara cruzada de cuchilladas y cicatrices; Martín Pérez, adusto y señoril, y otros como Pedro Fernández, Diego de Torres, Alonso de Villena, Cristóbal Hernández, el dicho canario Juan de Vargas, homónimo del teniente general, a quien llamaban por el segundo apellido —Zapata—, y algunos otros. Las cabezas más visibles eran Lope, Montoya y La Bandera.

Una noche, puestos de acuerdo, fueron a ver al noble sevillano don Hernando de Guzmán y le hablaron como si sus palabras fueran resultado de graves deliberaciones. Lope hizo un exordio ligeramente adulatorio. Todos sabían que era don Hernando de noble sangre, bien acondicionado y afable, que podía aspirar a ser más que alférez de la expedición y que habían acordado nombrarle para sustituir al gobernador don Pedro de Ursúa. Esperaban que no se negara a aceptar aquel cargo, porque de su aceptación dependía el bien de todos y el servicio de Dios y del rey. Lope de Aguirre añadió textualmente y en su estilo y lenguaje:

—Ya le es notoria a vuestra señoría la perdición en que vamos todos y el poco o ningún remedio que tiene la situación, como también los agravios que sin motivo nos hace Ursúa. Ese hombre anda fuera de sentido y no es necesario que le hayan dado filtros ni hierbas, porque basta con que la mujer nos aficione como la naturaleza lo tiene a bien para que poco a poco nos haga perder la razón. Eso no se puede tolerar en un hombre que tiene a su cargo la vida de trescientos españoles y de otros tantos indios cristianos y mujeres y niños. Si dura una semana más el gobierno de Ursúa sucederán más inconvenientes. Un día prendió a su criado y otro día le prenderá a vuesa merced. Pero si aceptais nuestro nombramiento podemos todos ir a las tierras de Omagua a conquistar y poblar y haremos así gran servicio al rey, quien se tendrá por bien obligado a cuidar mejor de la persona vuestra y de todos nosotros.

—¿Y qué se ha de hacer con Pedro de Ursúa? —preguntó don Hernando, halagado por un lado y por otro temeroso.

—Matarlo —dijo alguien impaciente, y todos pensaron, aun sin mirar, que había sido Montoya.

Viendo Lope que Guzmán palidecía, intervino otra vez:

—También yo fui de ese dictamen hace días, pero pienso

que no es preciso matarlo si todos no estamos de acuerdo en eso. Tal vez podríamos dejarlo en este pueblo con algunos amigos y compañeros suyos. Por ejemplo, el padre Henao, Vargas y alguno de los pajes.

—Eso sería mejor —dijo Vargas Zapata—, que de otro modo el escándalo de su muerte sonaría demasiado.

Pareció que todos quedaban de acuerdo en lo principal, aunque no se había concretado ninguna forma de acción. Como era natural, don Hernando de Guzmán pidió un plazo para reflexionar.

Aquellos días la gente exploraba en el bosque cercano e iba aprovechando las frutas de la selva. Antoñico, el paje mestizo que solía pasarse el día en casa de Lope, iba a veces al bosque y volvía con noticias que comunicaba a Elvira con entusiasmo. Y aquella tarde Elvira decía a Pedrarias, viéndolo entrar en el bohío:

—Antoñico se empeña en que hay un ave en la selva que llora y que entre lloro y lloro dice mi nombre. Eso no es posible, ¿verdad, señor Pedrarias?

El soldado alzaba una ceja:

—¿Quién sabe?

Había muchos pavos silvestres y los indios los estimaban. Algunos tenían parejas de ellos en su casa con las alas cortadas y era curioso cómo en las mismas casas cuando llegaba la época del celo hacían sus nidos.

Los indios llamaban a los nidos de los pavos *urubú-coará,* que como se ve es una onomatopeya del canto de ese animal. Aquellos indios referían muchas cosas de su vida al urubú coará; por ejemplo, para decir que algo era bueno o que alguien había tenido éxito en la vida o simplemente que alguien deseaba prosperidad a otro, hablaban del urubú-coará.

Era el nido de los pavos un símbolo de lujo, riqueza y bienestar.

Algunos soldados, en lugar de ir a la selva, preferían el río y buscaban cocodrilos jóvenes, porque su carne, especialmente en los cuartos traseros, se parecía a la del faisán, y asándola con habilidad era muy estimada.

No era fácil cazar un cocodrilo. Ni tampoco evitar lo contrario, es decir, librarse de ser cazado por él. Parecían estúpidos y tardos de movimientos, pero tenían maneras de pelear muy astutas y además de taimados eran fuertes. Cuando tenían una víctima a la vista, la dejaban acercarse por la espalda, y cuando estaba al alcance de sus movimientos le daban un rápido y fuerte golpe con la cola, y quedando ella aturdida, y a veces sin sentido, la devoraban tranquilamente.

Más de una vez, viéndose el cocodrilo incapaz de alcanzar su presa y asediado por algún soldado, lo cubrió de barro con un coletazo y luego se lanzó al agua gruñendo.

El gruñido de los cocodrilos es como el de los cerdos cuando estos animales gruñen con la boca cerrada.

Había soldados muy valientes en la guerra que tenían miedo del cocodrilo, y al revés, otros flojos de ánimo en la vida ordinaria que eran valientes con ellos.

Como digo, un grupo considerable de soldados estaban de acuerdo contra Ursúa, a quien algunos llamaban el *caimán,* pero nadie sabía qué hacer, todavía, y lo único cierto era que los conjurados andaban juntos y armados y gozaban alguna clase de gloria anticipada. El grupo que fue a ver al sevillano Guzmán acudió después al ancho bohío de Lope, donde éste obsequió a sus amigos con vino de Machifaro y en aquel su estilo nervioso, cortado, pero a menudo elocuente, les estuvo contando después algunas de sus aventuras, cosa que no solía hacer. Contaba un episodio del tiempo cuando iba con Peransúrez camino de Chile y pasaron los Andes.

—Una mañana a punto del día —decía Lope—, cuando volvíamos al camino, un pajecito de doce años que se llamaba Pascual me dijo, señalando a un hombre sentado en una peña y mirándonos fijamente con la expresión del que ríe: ¿Por qué se ríe ese hombre? ¿Es que se está burlando de nosotros? Y yo le dije: Pascual, hijo, reza por su alma, porque está muerto. Era uno de los que se murieron de frío aquellos días.

Oyéndolo pensaban los más próximos: «Ahora nos morimos de calor».

En fin, ese era el destino de los soldados y cada cual se retiró aquella noche a dormir dejando como siempre a Lope desvelado.

Sería medianoche cuando Lope y la Torralva y Elvira y

también Montoya, que vivía cerca, entre los rumores del río y los de la brisa, y a través del zumbido agudísimo de los zancudos, oyeron el alarido de un animal atrapado por un jaguar. Debía ser un tapir el que gritaba. Buena presa el tapir. Gordo, casi sin pelo, todo se aprovechaba en él. Era una especie de cerdo indefenso.

Los gritos de un animal al caer preso del jaguar o del puma son los más lastimosos que se pueden oír, y el que los ha oído una vez no los olvida ya nunca. Incluso el mono, al que nadie toma en serio, el mono que parece incapaz de dramatismo y menos de tragedia, da un alarido gutural tan desesperado y al mismo tiempo tan lleno de apelaciones a la ayuda que el que lo escucha siente desgarrarse algo en su conciencia por no acudir, por permitir que aquello suceda.

Incluso el pájaro que ríe, que siempre ríe. ¡Había que oírlo cuando sentía la garra del tigre! Porque los tigres y los jaguares gustaban mucho de algunas aves.

En el barrio de los indios había novedad. Una mujer había dado a luz y como aquellos indios practicaban la *covada,* el padre se acostaba en la cama con el recién nacido y recibía el homenaje de los vecinos mientras la mujer iba al río a lavarse.

El padre Portillo, que no podía creerlo, asistió a aquel acto y vio al padre en la cama recibiendo por un lado los consuelos y por otro los plácemes de sus amigos.

Por cierto que aquella noche había más luciérnagas volantes que de costumbre y la choza de la feliz familia parecía envuelta en ellas. Aquellas moscas luminosas, que tanto extrañaban al principio a los españoles, iban y venían encendiendo y apagando a voluntad su lámpara azul. La luz les salía del vientre y era tan poderosa que con una botella de cristal en la que metieran una docena de aquellos bichos se podía de noche leer una carta.

Uno de los negros miraba los insectos luminosos y decía a otro:

—Mira, Vos. Aquí los mosquitos yevan una linterna.

Todas las noches, los negros hacían alguna clase de fiesta y los indios acudían a sentarse en corro alrededor y los miraban con admiración, aunque con reservas supersticiosas.

Aquella noche estuvieron hasta muy tarde entregados a sus cosas —reminiscencias de la selva africana—, y por rara ocurrencia no era Bemba el que dirigía la función.

Los ruidos de la noche cuando se estaba cerca de la selva eran muy diversos, sin contar los que producían los animales nocturnos. Se oían a veces cataratas falsas —ilusión de caída torrencial de agua—, el derrumbamiento quizá de un enorme árbol al que las termites habían vaciado el tronco, la explosión de la savia con un ruido de disparo —fuerte no como un arcabuzazo, sino más aún como el tiro de una culebrina—, el rayo súbito en un cielo que desde donde estaban los soldados aparecía lleno de estrellas y despejado, pero que más adentro tenía nubes, al parecer. El estampido del rayo era seco y se multiplicaba en la selva como el ruido de una lámina de metal contra una rueda dentada en movimiento.

De día sucedía lo mismo. A veces, con el cielo azul y el sol resplandeciente, se oía también la descarga de un rayo y comenzaba la lluvia a raudales, no lejos de allí. Las nubes no se veían, pero poco después se advertía la maleza del suelo de la selva ir subiendo como si la tierra se hinchara con el agua.

Todavía había que tener en cuenta el rugido ocasional de un huracán que se acercaba y que a veces no llegaba al lugar del río o se desviaba hacia las tierras altas.

Se oía el rayo en pleno sol y cielo azul. Después, el ruido de la lluvia en el bosque, luego otro rayo quizá y más lluvia y por fin el cielo que se iba cubriendo sobre el río y éste, inmenso como un mar, subía rápidamente de nivel y entraba por algún lado en la selva oscura acezando.

Las búsquedas y curiosidades de los soldados seguían cada día. No era sólo el oro lo que buscaban, sino también la raíz del misterio de aquellas tierras y aquellas gentes. Entre las plantas había la *guayusa,* que era un poderoso afrodisíaco. Se decía que Ursúa abusaba de ella, y La Bandera no podía entender que fuera necesario estimulante alguno con una mujer como la bella Inés. Así, pues, una parte de la culpa del cambio de carácter de Ursúa había que atribuírsela al uso de aquellos excitantes y a la taciturnidad y fatiga nerviosa.

Por eso a veces Ursúa se exasperaba con pequeños problemas y respondía airadamente a las preguntas más inocentes sobre el orden de la expedición e incluso le pegó una vez a un negro que se le acercó bailando ligeramente sobre un pie y preguntando al mismo tiempo dónde pondría la mesa para comer.

Irritó a Ursúa aquella disposición del negro, que tal vez consideró falta de respeto, y le cruzó la cara con su fusta de jinete.

El negro lloraba como un niño y no por el dolor —decía y repetía—, sino por el desamor y la afrenta. Que los «neglos tienen también su velgüensa aunque no lo paresca».

Así decía.

Iba con los conspiradores el padre Portillo, aunque no intervenía nunca en sus deliberaciones. La presencia de aquel sacerdote había tranquilizado a Ursúa las dos o tres veces que tuvo noticias de la conspiración.

Las mujeres de raza blanca, que eran cinco —sin contar a las que representaban la *aristocracia,* que eran Inés, Elvira y la Torralba—, organizaron una fiesta de Navidad con nacimiento y música y villancicos.

Pusieron el nacimiento en un bohío y allí fueron a trabajar también la Torralba y Elvira, pero cuando supo Aguirre que su hija se mezclaba con mujeres como María, la amante de Zalduendo, que hablando decía palabras sucias, se enfadó y ordenó a la Torralba que no sacara a su hija de casa sin su permiso.

Estaba oyéndolo Pedrarias y sonriendo, cuando Lope dijo:

—No es caso de risa. La inocencia —añadió como si se disculpara— necesita protección, porque si no cae sobre ella toda la miseria y la bellaquería del mundo.

Pedrarias le daba la razón:

—A fe que decís verdad, señor Lope de Aguirre.

Pero Elvira estaba desolada y se la oía llorar dentro. Pedrarias dijo a Lope de Aguirre:

—Id a consolarla, pobre niña.

—¿Quién, yo? El padre es el último para una cosa así y más vale mantener la autoridad, que en definitiva por ella se sienten protegidos los hijos en los malos días de su vida.

Luego lo invitó a entrar con él donde estaba la niña.

—Vengo —le dijo Lope a Elvira— porque me ha pedido Pedrarias que os consolara. Pedrarias se siente muy lastimado con vuestro llanto. Vamos, vamos, bien está, hija, y anda al nacimiento si queréis, pero no sola, sino con la Torralba y con el señor Pedrarias, si os acompaña.

Aquello extrañó a Elvira y halagó mucho a las dos mujeres. Pedrarias dijo:

—Lo tengo a merced.

Explicó entonces Elvira que estaba cosiendo un vestidito para el Niño Jesús y que sólo quería ir a probárselo.

—¿Un vestido? —preguntaba Pedrarias con una gravedad humorística.

—Bueno, una camisita —y Elvira la mostraba, desplegada.

—Hija —decía Lope—, ¿estáis segura de que Jesús tenía camisa en el portal de Belén?

Pedrarias y Lope de Aguirre se pusieron a discutir aquel importante asunto y los dos convinieron en que el Niño Jesús estaba en su cuna desnudo del todo. Elvira los escuchaba pensando si hablaban en serio o en broma. Y por fin dijo:

—No tenía camisa porque todos eran allí judíos y fariseos. Pero aquí, entre personas cristianas, vergüenza sería y por eso yo quiero ponerle ésta. Pero si padre es de opinión contraria no se la llevaré.

Lope de Aguirre dijo todavía que en un país como aquél más era comodidad que pobreza el ir desnudo. Pero, en fin creía que Elvira debía llevarle al Niño Jesús la camisa, aunque sólo fuera como señal de homenaje.

La Torralba pensaba: «Qué raro. Lope de Aguirre se encuentra siempre muy a gusto con Pedrarias». Aquello de que Lope se encontrara a gusto con una persona superior a él —pensaba la Torralba— nunca lo habría creído.

Consideraba Lope a Pedrarias como un ser de otra especie, con su buena estatura, su cabeza noble, sus letras, su falta de envidias y de rencores. «Éste es —se decía— uno de esos hombres nacidos para ser estimados en el mundo.» No sabía exactamente qué clase de estimación, pero a veces se decía que con gusto lo habría tomado por la mano, llevado a su casa y dicho: «Señor Pedrarias, hacedme la merced de contraer matrimonio con mi hija». Aquello no estaba aceptado por las costumbres y habría sido muy impertinente. Lope, que adoraba a su hija, lo había pensado, sin embargo, más de una vez.

Sin poder adivinar las interioridades de la conciencia de Lope, sentía Pedrarias en él un aura de amistad segura y sin sombras, más fuerte que los riesgos normales de discrepancia. Por su parte, Pedrarias respetó siempre a Lope de Aguirre. Sin habérselo confesado el uno al otro, los dos gozaban de aquella rara lealtad.

Habían seguido los enemigos de Ursúa frecuentando a don Hernando en su bohío y tratando de hacerle aceptar el nombramiento de gobernador. Pero Guzmán no necesitaba tantos argumentos para convencerse. El primer día había dicho que necesitaba algún tiempo para pensarlo, aunque se veía que no tenía grandes objeciones que hacer, y sin haber aceptado formalmente resultó que las reuniones que tuvieron algunos días después era ya don Hernando quien las convocaba y presidía. Y daba por establecido que aquel plan primero de dejar a Ursúa en Machifaro con algún incondicional suyo como el padre Henao y Vargas y seguir ellos río abajo para descubrir y poblar el Dorado era el mejor. No quería don Hernando que se derramara sangre.

Cada vez que alguien hablaba de dejar al padre Henao en Machifaro, el otro sacerdote, padre Portillo, se sentía esperanzado de nuevo en relación con las dignidades que esperaba, pero tenía mala salud y no estaba seguro de poder vivir hasta alcanzar la meta.

La noche de Navidad, el nacimiento estaba terminado. Había de todo menos nieve, que no la pudieron simular con nada. Es decir, María, la casada infiel, que era amante de Zalduendo y parecía presumir públicamente de ello, había querido simular la nieve vertiendo harina sobre el paisaje del portal de Belén con un cedazo, pero no pudo porque se opuso el intendente.

Unas Navidades como aquellas —sofocándose todo el mundo de calor— no las habían podido imaginar nunca. Pero el nacimiento estaba muy en su punto. El Niño Jesús era una muñeca y había detrás del portal montes y serranías. La estrella anunciadora estaba flotando en el cielo y se veían campesinos, pastores, caminantes y pequeños animales. Había incluso un villano con los pantalones bajos haciendo sus necesidades detrás de un árbol y aquello hacía reír a los indios y acudían todos a verlo. Aquellas figuritas las había llevado consigo la mulata por ser recuerdo de su casa en la Asturias lejana, según decía.

Tenían que montar guardias especiales en aquel bohío porque los indios se habían propuesto robar todo aquello, considerándolo como parte del secreto de la fuerza de los hombres barbados y blancos.

La noche de Navidad hubo fiestas, música y baile. Los muchachos jóvenes dieron su contribución cantando villancicos, María la mulata bailó la zarabanda mientras la cantaban a coro las otras mujeres. Antoñico cantó también dos tonadas de su tierra.

Algunos soldados se emborracharon y hubo que sacarlos de allí a la fuerza. En cambio, Juan de Vargas —el canario—, también borracho, la cogió devota y llorona y rezaba y lloraba. Luego quiso cantar y no pudo, por la emoción.

Dijo Pedrarias a Lope de Aguirre, señalándole a un alemán que iba en la expedición cuyo nombre castellanizado era Monteverde:

—Ese se llama Grünberg y es tudesco y no debe hallarse a gusto en esta fiesta, porque es de los que siguen a Lutero. El pobre tiene derecho a condenarse a su gusto como cada cual.

—Yo me condenaré a mi manera —respondió Lope de Aguirre—, pero la condenación de ellos es la hoguera y tenga cada cual el fin que merece.

Le extrañó aquello a Pedrarias, porque creía que Lope de Aguirre era hombre de ideas francas y liberales en materia religiosa, o mejor, sin ideas ningunas.

Hablando de Ursúa dijo Lope:

—Él piensa que nos lleva engañados y va a salirle cara la equivocación.

En el bohío, los negros bailaron y bebieron y las músicas de los machifaros, ásperas y todo, les prestaron ritmo.

Fuera se extendía, con el denso rumor de la selva, la inmensidad de la noche llena de misterios antiguos. Los indios que se asomaban a la puerta se sentían prendidos por la magia de un niño recién nacido en una cuna de pajas entre José y María y bajo el aliento de la mula y el buey. Como en aquella tierra las flores estaban por castigo, tenía el Niño Jesús las más hermosas que se habían visto nunca y también las más raras, ya que la mayoría eran orquídeas.

Antoñico trataba de acomodar a la música de los indios un villancico improvisado:

> *Mira Pascual que ha nacido*
> *nuestro Señor en las flores...*

No sabía seguir y fue Lope quien le ayudó:

> *Y entre las lanzas indianas*
> *de trescientos marañones.*

—¿Qué es eso de marañón? —preguntó el muchacho.

—Nosotros somos marañones, vuesa merced y yo y todos. Menos el gabacho Ursúa —respondió Lope.

Explicó que aquel río por el que navegaban había sido llamado por algunos también el Marañón. Y que el nombre de marañones era sonoro y no parecía mal.

Hubo un incidente humorístico. El marido de doña María la mulata, que era un *cabra,* es decir, un mestizo de negro e indio, quería imitar a los soldados de Castilla y lo hacía bien en todo, menos en la manera de hablar. Los de Castilla hablaban usando la *zeta* cuando era necesario y no como los andaluces, que usaban siempre la *ese*. El marido de doña María, la amante de Zalduendo, colocaba mal sus *eses* y sus *zetas* a menudo.

Y habiendo sido invitado a cantar en la Nochebuena, comenzó por una canción titulada «Los siervos de Jesús». Y él, para presumir de pronunciación pura, decía: «Los ciervos de Jesús». Y cantaba:

> *En esta Nochebuena*
> *ciervos somos del Niño...*

Claro, la gente reía y la primera en hacerlo era la misma doña María.

Al salir Elvirica reía, aunque sin malicia y creyendo que aquel error tenía gracia en sí mismo. No sabía cuál era el segundo sentido de aquella expresión —el *ciervo* del Señor.

Estuvo también Inés acompañada del gobernador. Y La Bandera le dijo:

—Aquí lo que yo echo en falta es un buen clavecín y a vuesa merced tocándolo y cantando.

Ella lo miró extrañada y dijo:

—Yo no sé tocar el clavecín ni sé tampoco lo que es.

Ursúa, contra su voluntad, porque no estaba a gusto aquella noche en aquel lugar, explicó a Inés lo que era el clavecín y ella dijo que había visto uno en casa del virrey cuando vivía su esposo y eran invitados a veces los días de grandes fiestas nacionales.

Los indios miraban desde el aro de la puerta y algunos, asomando su cabeza entre el muro de hojas secas y el pavimento, a ras de tierra.

El nacimiento había causado sensación entre ellos.

En el campamento seguían las conspiraciones, pero La Bandera y Zalduendo opinaban que era mejor matar a Ursúa, ya que si lo dejaban en tierra moriría pronto de todas formas a manos de los indios. Había que matar también a su teniente general Juan de Vargas. Cada vez que alguien citaba este último nombre el soldado de Canarias intervenía:

—Yo, Juan de Vargas y Zapata, el canario, declaro que estoy de acuerdo.

Todos lo miraban extrañados pensando: parece que no quiere que haya sino un Juan de Vargas en el mundo.

Lope quería matar a Ursúa y marchar con todas las fuerzas al Perú para coronar príncipe a don Hernando contra Felipe II y desgajarse —así decía él— de Castilla. Otros eran partidarios de seguir río abajo con la idea de descubrir y poblar el Dorado.

Como estaban de acuerdo en asesinar a Ursúa y a su teniente general, sólo faltaba señalar la hora y el día.

Se habría dicho que Ursúa tenía alguna premonición, por-

que al día siguiente, que era el 27 de diciembre, salió de
su bohío, fue a visitar a tres soldados enfermos, con los
cuales estuvo largamente de plática, después conversó con
otros en buena amistad y el resto del día anduvo por el real
con expresión risueña y amistosa. Al parecer, se había señalado un nuevo plan de conducta y estaba jugando la carta
de la simpatía y la campechanía.

Por la tarde anduvo a caballo por los alrededores. Ursúa
entendía la jineta y la brida y era hombre galante bien vestido y pulido. Incluso en aquellos lugares andaba aderezado
como por la ciudad. Parece que tenía una idea mezquina
de los demás, porque les prometía el oro y el moro hasta
que los tenía sometidos y entonces olvidaba sus promesas
y mostraba por ellos algún desvío. Tal vez era demasiado
joven y no había aprendido aún que el hombre, cualquier
hombre, no necesita ni quiere ser tal vez amado, pero sí
que necesita y quiere ser tenido en cuenta.

Olvidar aquello era grave y traía complicaciones y dificultades.

Estaba Lope en la puerta de su casa cuando pasó por
delante el gobernador y le dijo sin detenerse:

—¿Qué hay de bueno, Lope de Aguirre? Felices pascuas.

—Felices y no tan felices, según como se mire.

—Hayan vuesas mercedes fe en mí que vamos a buen
puerto.

—¿Y qué garantía nos da vuesa merced?

—Mi palabra y mi espada.

—Espada y palabra tiene cada cual, hasta el más ruin.

Ursúa lo miró, sorprendido, y siguió al trote sin responder.

Sucedió aquella noche algo extraño y misterioso que después dio mucho que hablar. Cerca de la casa donde vivía
el gobernador estaba la del comendador de Rodas, hombre
grave y apersonado, que se llamaba Juan Núñez de Guevara,
amigo del gobernador. Estaba paseando frente al bohío donde
solía dormir, porque hacía mucho calor y andaba desvelado,
cuando vio detrás de la casa del gobernador una forma humana que dijo en voz grave y no muy alta:

—Pedro de Ursúa, gobernador del Dorado y de Omagua,
Dios haya piedad de tu alma.

Guevara fue a ver a quién había dicho aquello y delante de los ojos se le deshizo el bulto y no vio a nadie.

Al día siguiente, el comendador, que no era de los conspiradores y nada sabía de sus planes, contó el caso a algunos amigos y sabiendo que Ursúa estaba aquellos días un poco enfermo pensaron que quizá era un anuncio de muerte natural.

Eso creían todos. El comendador Guevara era hombre que necesitaba pasear. Cuando estaban navegando en el río y no podía pasear se ponía impaciente, sacaba su cabeza a la brisa, haciendo flotar en ella sus barbas de capuchino, y miraba al agua, porque con la sensación física del movimiento del barco se calmaba un poco.

Cuando bajaba a tierra, lo primero que hacía, después de elegir su vivienda si la había o el lugar de la playa donde dormir, era ponerse a pasear con las manos a la espalda y la mirada en el suelo.

Aquella noche, al oír la voz, que no era siquiera una voz temerosa, sino sólo grave y monitora, se detuvo un momento extrañado, luego acudió a ver y no halló a nadie. Estuvo pensando Núñez de Guevara en aquello toda la noche. El año nuevo, el día primero de enero de 1561, vio al gobernador dirigirse hacia la selva por la mañana con Juan de Vargas y volver después con una garza blanca, viva, que aleteaba asustada.

Era aquella un ave hermosa de veras y decía el gobernador que la llevaba para domesticarla en su casa y dársela a la pequeña viuda de nueve años que se les incorporó en los Motilones. Aquella niña quería tener un pájaro y siempre hablaba de las garzas blancas, porque su abuela, cuando murió, se convirtió en una de ellas, según decía.

Aquel día seguía Ursúa mostrándose jovial y amistoso. Juan de Vargas le acompañaba con su expresión impasible y fría.

Desde la puerta de su bohío los veía regresar Lope de Aguirre, quien se decía entre dientes:

«No saben lo que va a sucederles hoy. ¿Creen vuesas mercedes que todo es gobernar y tenientear y recibir mercedes y llenarse en plena juventud de encomiendas y de rentas y de honores? ¿Qué han hecho vuesas mercedes para merecerlo? ¿Y en qué les soy yo inferior a Pedrarias o Montoya? Hace tres días que Vargas no me responde al salado y dicen que está medio sordo, pero yo lo sé mejor y pronto nos veremos las caras y decidiremos quién saluda y quién responde. Yo tengo más don de discernimiento en esta uña que vuesas mercedes en todo el cuerpo y antes de mucho Dios amanecerá y medraremos. Podríais aprender lo que yo valgo, pero ya será tarde para que os aproveche el conocimiento. Lo que valdré mañana lo he valido ayer y lo valgo hoy, pero vuesas mercedes no se han enterado. Los otros, tampoco. Ni Pizarro, ni Almagro, ni el marqués de Cañete. ¿Qué clase de ruindad es la de vuesas mercedes? A mí me basta con echar la vista encima de un cristiano o de un pagano para saber los puntos que calza y lo que puede hacer y no puede hacer. Y vuesas mercedes no han sabido ver en mí lo que está bien a la vista. Jugad con la garza blanca, que poca ocasión va a quedaros para retozar con las cosas de este mundo, gandules, cobardes, bellacos, ruines. Jugar, jugad con la garza, que bien os va a sobrevivir esa garza real.»

Lope conocía aquel ave, que tal vez era con el papagayo la más hermosa del país. Había ido también Lope al bosque con Elvira y el pajecito. A aquellas garzas las llamaban *garzas reales,* porque se parecían a las de España.

En la selva, Antoñico quería que la niña oyera a aquella otra ave que decía su nombre, pero no lo consiguió. En su lugar oyó otras cosas. Las voces tenían un eco extraño, como si estuvieran dentro de una enorme catedral. Y algunas aves parecían hablar castellano y aún se diría que lo hablaban. No tardaron el paje y Elvira en bautizar a algunos pájaros según lo que decían y así había un ave grande y de hermoso plumaje que llamaron desde entonces *Bien-te-vi,* porque era aquello lo que decía con su canto:

—¡Bien-te-vi!

Otros pájaros no decían nada, pero también los llamaban los soldados y los indios por el sonido de sus voces. Así, pues, estaba el *acuraú,* el *moirucututú* y el *jacuruté,* este último bastante lúgubre, que no aparecía hasta el anochecer. Por eso la consideraban los soldados un ave de mal agüero.

Recordaba Lope aquellas cosas viendo al gobernador y a su teniente desaparecer entre los bohíos del poblado.

Quiso el comendador Guevara avisar a Ursúa de aquellas voces siniestras que pidieron a Dios piedad para su alma, pero pensó que las mismas voces las pudieron haberlas oído el mismo Ursúa o doña Inés. Si no las oyeron, nada sacaba llevando a su ánimo la zozobra y la angustia.

Además, no creía el comendador Guevara que aquel augurio fuera a cumplirse tan pronto en el caso de que se cumpliera. Finalmente pensó que sus oídos pudieron engañarle.

Aquel mismo día envió Ursúa otro destacamento mandado por Sancho Pizarro en una dirección distinta de la que había seguido Galeas. Fueron a aquella misión muchos de los amigos más íntimos del gobernador, con lo cual éste pareció quedar más desamparado que nunca. Sancho Pizarro que, aunque extremeño y con aquel nombre no era pariente de los conquistadores del Perú, sufría como él decía de un mal que los demás no tomaban en serio, pero que para él resumía todas las miserias. El aburrimiento. Había nacido para hacer algo difícil y cuando no podía hacer nada inventaba dificultades falsas y trataba de superarlas. Con eso molestaba a veces a los otros.

Tenía la obsesión de la acción y sabiéndolo Ursúa le encomendó aquel servicio y le dio de plazo seis días para regresar con los informes que hubiera podido recoger. Llevaba un grupo de veteranos expertos y también la india *caricuri,* que sabía varios idiomas de los que se hablaban en el Amazonas.

Además de la advertencia de la sombra monitora, aquel mismo día último del año, estando reunidos en el bohío de Zalduendo los conjurados, les oyó un criado negro a quien llamaban Juan Primero —cuando le preguntaban algo, antes de responder se ponía a reflexionar y decía: «Primero...», y de ahí le venía el apodo. El negro Juan oyó que iban a matar a Ursúa aquella noche.

Pensando que por aquel favor Ursúa le devolvería la libertad, quiso ir a avisarle. La primera vez fue a media tarde. El gobernador estaba con doña Inés y a las importunidades de sus pajes, que le decían que era cosa importante, contestó de mala manera. Juan Primero pensó si dejaría aquel mensaje a los criados, pero el asunto era grave y decidió volver.

Después de haber comido Zalduendo, el negro pudo salir otra vez y llegar a la casa del gobernador, pero Ursúa estaba aún —u otra vez— con doña Inés y como solían los dos andar medio desnudos o desnudos del todo por la fuerza del calor, no quisieron abrirle. Entonces Juan dijo a otro negro cocinero del gobernador lo que sucedía. Al oírlo el cocinero se tapó los oídos:

—¿A mí qué me venís con eso, hermano? ¿Qué más se me da?

—Pues la vida de su eselensia es.

—Esas son cosas de cabayeros y a su mersé Juan Primero ni le va ni le viene.

—Díselo no más a su eselensia.

—Si se lo diré o no se lo diré ya lo veré, hermano, que las cosas de cabayeros son altas para entenderlas los pobres morenos esclavos, como vos y como yo, y además, fásil es que el señol no abra la puerta y si no la abre, ¿cómo se lo voy a desí?

Se marchó Juan, temeroso de que Zalduendo lo echara en falta y sospechara.

Así, por una razón u otra, nadie avisó al gobernador.

Sería ya medianoche cuando la gavilla de los conjurados se reunió en casa de don Hernando. Para asegurarse de que Ursúa estaba solo enviaron al criado mestizo de Guzmán con el pretexto de pedir un poco de aceite al cocinero del gobernador. El mestizo, que había estado muchos días castigado por Ursúa en el cepo y el remo, se prestaba con gusto a cualquier clase de complicidad. Volvió poco después diciendo que don Pedro de Ursúa estaba solo y que todos los demás dormían, incluso el cocinero negro, a quien tuvo que despertar.

Dejaron pasar algún tiempo todavía y poco antes de las tres de la mañana —que es la hora llamada en los campamentos del *último cuarto o el cuarto de la modorra*—, cuando más descuidado estaba todo el mundo, salieron en tropel. Iban delante Montoya y Cristóbal Hernández, con las espadas desnudas, pero antes de entrar esperaron a que los demás conjurados tomaran posiciones para asegurar la empresa. Quedó Aguirre guardando la puerta principal y se pusieron otros al pie de las ventanas.

Entraron Montoya y Hernández y hallaron al gobernador desnudo en una hamaca hablando con el pajecillo Lorca.

Al ver entrar a los dos hombres armados, se incorporó Ursúa y dijo:

—¿Qué es esto, señores?

—Ahora lo veredes —dijo Montoya y le dio una gran estocada que le atravesó las costillas por el lado derecho.

Herido, aunque no de muerte, Ursúa se levantó y fue a coger un broquel y una espada, hablando con la boca llena de sangre, pero recibió varias cuchilladas más y cayó muerto sobre unas ollas donde solían guisarle de comer, de modo que el contenido de una de ellas se volcó sobre su cuerpo. Las últimas palabras de Ursúa fueron pidiendo confesión.

Ya muerto, le dieron todavía de estocadas, y por no ser menos y afianzarse en la confianza de los demás, el mismo don Hernando, que estaba fuera con Aguirre, entró y en presencia de todos clavó su espada en el cuello de Ursúa. Con aquello quería decir que se hacía responsable de lo hecho y no pedía en el futuro menos responsabilidades que los demás ante la justicia, si el caso llegaba.

Recordaba Lope aquella noche que don Hernando había sido amigo íntimo del muerto, que algunas noches dormía en su mismo cuarto en otra hamaca y que comían juntos muchas veces. También recordaba que le había dicho don Hernando que no solía ir a ver a Ursúa sino cuando era llamado, para evitar encontrar sola a doña Inés y con eso dar lugar a alguna clase de recelo del enamorado.

Pero los tiempos habían cambiado.

El cocinero del gobernador se golpeaba con los puños la cabeza, repitiendo: «Cosas de cabayeros son, pero yo podría haberle avisado y eso me valdría la libertad». Nadie sabía a qué se refería ni eran momentos aquellos para averiguarlo.

Zalduendo se puso a gritar: «Muerto es el tirano, ¡viva el rey!». Al escándalo acudieron otros soldados. Entre ellos llegaba Juan de Vargas, frío e impasible como siempre y armado con cota y peto, preguntando:

—¿Qué sucede, señores? ¿Por qué están vuesas mercedes aquí a estas horas?

Lo rodearon poniéndole lanzas y espadas al pecho y dos de ellos comenzaron de prisa a desarmarle. Habiéndole quitado ya una manga de la loriga o sayo de armas, Martín Pérez, hombre de muy pocas palabras, pero presto a la acción, no quiso esperar más y metiendo la espada por debajo de una axila de Vargas le dio una estocada a fondo de tal modo que saliendo el arma por el costado contrario hirió —ironías del azar— al otro Juan de Vargas, al de Canarias, que estaba muy atareado desarmando a la víctima.

Con la estocada de Martín Pérez habría tenido bastante el teniente general, pero le dieron muchas más hasta cerciorarse de que estaba muerto.

El de Canarias iba mal herido también, pero no lograba hacerse oír de Loaisa el cirujano ni de nadie que pudiera curarlo. Por fin se dejó caer contra la casa del gobernador decidido a morir y llamó al padre Portillo, quien llegó a confesarlo creyendo que estaba realmente en las últimas. El de Canarias hizo una confesión de crímenes de todas clases y perversiones y aberraciones. Pero era ya de día y no había muerto. Lo mismo el herido que el cura parecían un poco decepcionados.

En el campo todos gritaban: «¡Viva la libertad!». O bien: «¡Muera el tirano y viva el rey!». Con las voces despertaron al resto de la tropa, pero muchos no se atrevían a salir de sus bohíos, porque aunque no podían imaginar lo que estaba sucediendo, sospechaban que en el motín había sangre.

Vargas, el canario, no murió de aquella herida y siempre que veía al padre Portillo lo miraba con recelo, entre tímido y airado, y acababa por decirle a media voz: «Secreto de confesión era, curita del diablo, y mucho ojo con lo que se habla».

Todos pensaban entonces en las particularidades de la vida de Ursúa. El tres debía ser el número funesto del gobernador, porque vivió sólo tres meses y tres días desde que embarcaron y fue asesinado a las tres de la mañana.

Eso decía la mulata doña María, versada en supersticiones y muy excitada con aquellos sucesos, como se puede suponer.

CAPÍTULO VI

Los soldados, cuando pasaban cerca del bohío del gobernador, aguzaban el oído esperando oír llorar a doña Inés, pero no había en aquella casa sino un gran silencio.

Alguien se lo dijo al comendador Guevara, que estaba otra vez paseando frente a la puerta de su casa, y el anciano hizo este comentario:

—No puede llorar todavía doña Inés. No llorará hasta que pasen dos o tres días.

Algún indio se acercaba y parecía olfatear como los gatos a distancia, la carne muerta. El mismo silencio del bohío de Ursúa se extendía por el campamento.

Los capitanes comprometidos hablaban en voz baja y cuando oían algún ruido inesperado —una lanza que se caía o una rodela que chocaba con otra— se volvían a mirar, inquietos.

El joven noble sevillano —don Hernando de Guzmán— iba y venía con grandes ojos desvelados y en sus movimientos se advertía una nueva seguridad de sí y una especie de gratitud por la vida. Iba convocando a la gente en el bohío del muerto.

Era como si la vida se hubiera interrumpido en todas partes un momento para que cada cual pudiera cerciorarse mejor de lo que sucedía, los criminales de su crimen y los otros de su tolerancia y aceptación pasiva. Y para que reflexionaran un poco. En el bohío todos estaban despiertos menos la indita de nueve años, que dormía ignorante de todo. Inés, sentada en su cama, trataba de interpretar cada rumor, cada palabra y cada silencio.

La garza blanca que días antes había cazado Ursúa estaba en el suelo con una pata atada al enramado del muro y cada vez que alguno pasaba cerca aleteaba, asustada.

Entraban y salían los capitanes moviéndose más de lo necesario. Se daban órdenes los unos a los otros y nadie hacía nada, en realidad.

Más tarde acudieron a la casa de Ursúa todos los que estaban advertidos anticipadamente de lo que iba a suceder. Al entrar Lope de Aguirre vio que salía el pajecillo Lorca con varios paquetes y le preguntó qué era aquello y a dónde iba.

—Estos son —dijo Lorca muy serio— los *cabodaños*.

Es decir, los regalos que Ursúa tenía preparados para fin de año. Eran cinco, para los cinco chicos que trabajaban como pajes con diferentes capitanes. Lope de Aguirre preguntó.

—¿Hay uno para Antoñico?

—¿Pues no ha de haberlo? Ya digo que hay para todos.

—Llévalo a mi casa y entrégalo a Elvira.

Dijo Lorca que eso pensaba hacer. Tenía aquel chico los ojos agrandados por el espanto, pero hablaba como si nada hubiera sucedido. Pensó Lope de Aguirre que el paje no acababa de creerlo, porque cuando las cosas son demasiado espantosas se hacen irreales y a Aguirre cuando era joven le pasaba lo mismo.

El bohío estaba lleno de gente de armas.

Allí estaban los más responsables y una vez reunidos enviaron a buscar a los que faltaban.

Algunos soldados, mostrándose dolidos de la muerte de Ursúa, eran conducidos a empujones o a culatazos de arcabuz y como protestaban se oían disputas y voces.

En casa del gobernador muerto, los negros acababan de abrir una profunda fosa dentro mismo de la habitación donde murió y enterraron en ella los dos cuerpos, el de Ursúa desnudo.

Los que aguzaban el oído tratando en vano de oír el llanto o las lamentaciones de doña Inés no acababan de salir de su asombro, y viendo que Lope iba y venía y daba órdenes y disponía las cosas alguien preguntó quién era el jefe del campamento y Zalduendo y La Bandera señalaron al mismo tiempo a don Hernando de Guzmán, quien afirmó con la cabeza, se situó en el lugar presidencial, pidió silencio y dijo que nombraba maestre de campo a Lope de Aguirre si nadie se oponía.

No habiendo sido contestado el nombramiento, quedó Lope con el puesto más importante después del que tenía Guzmán

Lo primero que quería hacer Lope de Aguirre —según dijo— era poner en hierros a los amigos más allegados de difunto Ursúa, pero don Hernando se opuso enérgicamente diciendo que no parecía bien comenzar a ejercer su oficio con violencia y que lo que había que esperar era, por el contrario, la pacífica persuasión de todos en aquella nueva etapa de la jornada del Dorado.

Mandó entonces Lope de Aguirre, bajo pena de muerte que ningún soldado hablara a nadie en voz baja y que todo lo hicieran en voz alta y clara y con palabras inteligibles, de suerte que los demás supieran de qué se trataba. Parece que algunos se descuidaron, porque tenían por costumbre hablar más bajo que los otros, y fueron sobresaltados con amenazas. También prohibió Lope que ninguno saliera en toda la noche del lugar donde estaba. Luego hizo sacar los barriles de vino de consagrar y del que para su uso llevaba el gobernador y allí lo repartieron. Todos bebían menos Lope de Aguirre, que seguía vigilante y armado hasta los dientes.

Cuando fue de día Lope de Aguirre mandó tocar llamada y acudieron los que faltaban y entonces, viendo el nuevo maestre de campo que estaban todos menos los que se fueron con Sancho Pizarro a descubrir tierra y no habían vuelto aún, habló con su estilo nervioso, razonable y violento a un tiempo mismo:

—Caballeros, soldados, hermanos míos —dijo—, bien creo que os habéis extrañado de este negocio y de cómo se ha hecho y algunos de vuesas mercedes nos echarán la culpa por no haberles dado conocimiento y otros quizá porque no se hizo antes. El no dar conocimiento a vuesas mercedes ha sido porque donde hay muchos buenos no falta un ruin que lo descubra y denuncie y este negocio convenía que fuera muy secreto y el no haber sido hecho antes fue por servir a vuesas mercedes, ya que muchos días hace que nos quisimos huir y dejar a este francés como él merecía, pero luego, pensándolo bien y para sacar a vuestras mercedes a tierra de promisión y hacerles libres, quisimos mejor matarlo. Así lo hemos hecho por el bien de todos. Acuérdense vuesas

mercedes del mal tratamiento que ese enemigo de Dios nos
hacía y cómo nos traía avasallados, echándonos de su conversación cuando lo íbamos a ver, y cómo se reservaba lo
mejor para sí y en días de ayuno y miseria nadie comía sino
él; pero además quiero descubrir a vuesas mercedes un secreto que lo he sabido muy cierto y es que este francés
abacho nos quería traer por aquí perdidos algún tiempo y
después salirse él, sólo o con los más adictos y dejarnos en
despoblado y sin repuesto de armas ni comida. Buscaba de
ese modo liquidar sus deudas y sus compromisos y buscar
después otro nombramiento en Quito para las tierras del
norte, que tenemos documentos que dan testimonio y constancia. Siendo así, ¿qué íbamos a hacer sino defendernos?
Lo hecho bien hecho está y no podía ser de otra manera.

Siguió diciendo cosas contra Ursúa que convenían o no, pero
en todo caso aflojaban la tensión del silencio y de la distancia
entre los conjurados y los otros. Al final, anunció que iban a
hacer delante de todos algunos nombramientos más para el
buen orden de la armada, y, confirmados los cargos de gobernador y de maestre de campo en las personas de don Hernando y Lope de Aguirre, se hizo el nombramiento de capitán
de la guardia a favor de Alonso de la Bandera. Éste aceptó
contento, pensando que el cargo le permitiría alguna autoridad
cerca de la viuda de Ursúa, porque la guardia estaba al lado
de su bohío y cuando navegaban se instalaba en el bergantín.

Nombraron luego capitanes de infantería a Lorenzo Zalduendo, a Cristóbal Hernández y a Miguel Serrano de Cáceres.
Capitán de a caballo a Alonso de Montoya. A Alonso de
Villena lo hicieron alférez general. Alguacil mayor y barrachel
borrachel, como se solía decir, al mulato Pedro de Miranda
y pagador mayor a Pedro Hernández. Dejaron sin cargos entre
los que habían intervenido en la muerte de Ursúa sólo a dos
personas: al adusto Martín Pérez y a Juan de Vargas, el
mozo.

Lope dijo a Martín que no le daba puesto alguno en aquel
momento por tenerlo en consideración para mayores desem-
peños y que sería remunerado y gratificado en la primera
ocasión que se ofreciera. Insistió en que tenía muy especial

cuenta de su persona. En cuanto a Vargas, el canario, no aten
día por el momento sino a la curación de su herida —un
estocada en el hombro— y nada quería saber de prebenda

Para que no dijeran que todo quedaba entre el grupo qu
hizo las muertes, Lope nombró jefe de navegación a un po
tugués llamado Sebastián Gómez y capitanes supernumerario
de infantería al comendador Núñez de Guevara —el qu
había visto la sombra funesta junto a la casa de Ursúa
oído su trágico advertimiento— y a Pedro Alonso Galeas, c
pitán responsable de las municiones a Alonso Henrique d
Orellana y almirante de la mar a Miguel Robledo.

Nombraron justicia del campo a Diego Belalcázar, quien
recibir la vara pareció sorprendido y dijo, no sin algún ba
buceo:

—Yo la recibo en nombre del rey don Felipe, nuestr
señor.

Fue mal acogida esta declaración y Belalcázar rectifica
aunque se veía que era por prudencia, ya que tal como est
ban los ánimos en aquel momento no podía hacer otra cos
Pero Lope de Aguirre había quedado irritado por el incident
y alzó la voz:

—Debo declarar a vuesas mercedes que he sido y so
traidor y lo repito para que vean que no hay que esper
desde ahora nada de nadie sino de nuestra espada. ¿Qué
eso de recibir dignidad alguna en nombre del rey? ¿De qu
rey? ¿Del que va a cortarnos la cabeza si puede haberno
a la mano?

Villena, alférez general, dijo:

—Por vida de Dios que Lope ha hablado bien.

—Yo tengo que decir mi palabra —respondió La Bandera—
y es que matar a Ursúa no ha sido traición ninguna, sino se
vicio del rey y muy buen servicio, porque Ursúa no quer
buscar ni conquistar ni poblar tierra teniendo tan buena gen
y habiendo gastado su majestad tantos dineros de su caj
Yo no soy traidor y al que me llame traidor le digo que mien
por la mitad de la barba y que con iguales armas o c
menos me mataré con él si es preciso.

Lope se puso un poco pálido y fue a responder, pero l
otros intervinieron y le rogaron que diera por acabado

ncidente. Lope murmuraba: «Ya se ve que La Bandera tiene
niedo del rey». La Bandera, que lo oyó, dijo en voz colérica
jue no había hablado de aquella manera por miedo y que tan
>uen corazón tenía como los otros y un pescuezo no peor
>ara darlo a la horca si llegaba el caso.

La gente se dividió en grupos. Algunos soldados fueron
Lope y le insistieron en la desvergüenza de La Bandera, pero
Lope los atajaba:

—Calma, señores, que *cada día trae su afán*.

El cura Alonso de Henao, que estaba en la puerta, se es-
andalizó al oír en labios de Lope aquellas palabras de los
vangelios y se retiró, encontrando por el camino al padre
Portillo. Como al morir Ursúa había perdido Henao su obis-
-ado, se hablaban ahora los dos sacerdotes de igual a igual.

Con la patrulla de Sancho Pizarro habían ido también cinco
- seis indios. Y les sucedió un incidente que pudo costar la
ida a dos de ellos y a un español. Vale la pena relatarlo
-ara ver la rara inteligencia de algunos animales salvajes y
n este caso de los jaguares del Amazonas, tan feroces como
)s tigres del Asia.

Dos indios y un soldado entraron en la selva buscando
lgo de comer y marchaban en fila y a alguna distancia unos
e otros. El soldado iba delante con un arcabuz y el indio
jue lo seguía con una lanza. El tercero iba sin armas, con
ólo una cuerda al hombro.

Se separaron algún trecho los tres y apareció entre los
rbustos un jaguar que se lanzó sin rugir ni otra señal que
evelara su presencia contra el indio que iba sin armas. Era
eguro que había dejado pasar antes a los hombres armados
ara caer sobre el menos peligroso.

De una zarpada a la cabeza el animal arrancó al indio el
uero cabelludo, que le quedó colgando sobre los ojos. El
idio se sintió perdido, retrocedió y pidió auxilio. Llegaba el
tro indio en su ayuda y el jaguar, dejando al herido, fue
>bre el que le amenazaba y de un manotazo le arrancó una
reja y parte de la mejilla. Disparó entretanto el soldado su
-cabuz y acertó, aunque ligeramente, al animal. Éste se
nzó sobre el soldado y lo hirió también de una zarpada. El
iimal se quedó entonces con sus tres enemigos heridos y

sangrantes a una distancia igual de los tres, esperando par
acometer al que le pareciera más peligroso en un moment
determinado. Y miraba al uno y luego al otro mostrando lo
dientes y gruñendo y vigilando. Por fin, otro tiro de arcabu
lo mató.

Cerca de aquel lugar encontraron un pavo silvestre medi
desplumado y comido. Lo que quedaba del ave y el cuerp
entero del tigre fueron asados por Sancho Pizarro, que ade
más de soldado era gentil cocinero. Los indios y el arca
bucero no tardaron en curar, porque lo bueno que tenía aque
clima era que el que no moría en el acto se curaba más pront
que en otras latitudes.

Lope de Aguirre y don Hernando estaban preocupado
pensando cuáles serían las reacciones de Sancho Pizarro cuar
do llegara y se enterara de lo sucedido, porque Sancho era mu
partidario de Ursúa y también lo eran los soldados que llevab
consigo. Enviaron algunos hombres seguros para que vigilara
los caminos y cuando el destacamento volvió le salió al er
cuentro Lope con una patrulla fuerte y explicó a Pizarro l
sucedido, diciendo que había sido una decisión de todo el can
pamento y muy en servicio del rey. Como hombre sagaz, Sanch
Pizarro dijo a todo que sí y fingió estar de acuerdo, agra
deciendo que le hubieran nombrado sargento mayor del campo

Luego dio cuenta Sancho de sus descubrimientos, que care
cían de importancia, pues sólo encontró dos pueblecillos si
riqueza alguna y casi sin habitantes y donde los mismos indic
estaban muy necesitados. Se veía que en todo lo que de
cubrieron y exploraron no había disposición para la vid
humana en términos decentes. Eso fue lo que dijo Pizarro

Así, pues, descartaron la posibilidad de entrar tierra ade
tro los que todavía mantenían aquella ilusión, que no eran pc
cierto los principales amotinados.

Uno de los pajes que tenía Ursúa, el llamado Lorca, ;
puso a las órdenes personales de Guzmán.

Antoñico quedó con Lope, ya que en vida de Ursúa, con
hemos visto, había tomado amistad con el vasco y con s
hija Elvira, quien consideraba al muchacho como un hermar
menor. De once años, Antoñico era bastante gallardo para e:
edad y no cuidaba de banderías ni de motines, pero se oc

baba mucho de la selva y de sus misterios y estuvo contando
a Elvira que había visto un ave de vuelo blando y larga cola
que decía al cantar y repetía una vez y otra: «María, ya es de
día». Así como el *jacurutú* anunciaba la noche lúgubremente,
este otro pájaro anunciaba el día con jovialidad.

Elvira recordaba la otra ave que también hablaba español
y decía cuando alguien entraba en la selva: «Ya te vi, ya te vi».

Las tinieblas y el alba tenían sus adecuados heraldos en la
selva. «María-ya-es-de-día» y «Ya-te-vi, ya-te-vi» eran los primeros cada amanecer, según el paje Antoñico.

Otra criatura extraña de la selva decía «*toró-toró*» siempre repetido y casi con voz humana. Era un animal un poco
grotesco, que respondía cuando le hablaban, pero no tenía más
voces que aquellas dos. Antoñico a veces gritaba en medio
de los árboles sin ver animal ninguno:

—¿Dónde estás?

E inmediatamente contestaba el animal:

—Toró-toró.

No era ave, sino un mamífero que reptaba por los árboles
y vivía en ellos y tenía una cara extraña con cierto aire de
mujer y pelaje gris blanco. No atacaba. Y Antoñico le decía:

—¿Dónde estás, gran bellaco?

—Toró-toró —respondía el otro.

Aunque nadie había ido a ver a doña Inés después de los
trágicos sucesos, se hablaba mucho de ella y con muy poco
respeto. La Bandera salió una vez en defensa de su honor y
se burlaron los otros diciendo que doña Inés había matado a
Ursúa con sus hechizos y que tuviera cuidado no fuera a
matarlo a él también.

—Y a fe —decía La Bandera, pensativo— que hay mujeres
en el mundo con las que vale la pena correr el riesgo.

Zalduendo lo creía también y a veces se quedaban los dos
mirándose con la expresión vacía. Todavía a los dos los miraba Lope con reservas *cazurras*.

Lope, que parecía el más justificado en sus rencores contra
Ursúa, era también el único en el grupo de los conjurados
que no se había manchado con sangre. No acababa de entenderlo él mismo y miraba a Zalduendo y sobre todo a La
Bandera como a individuos que habían hecho su trabajo, el

que le correspondía a él. «Es natural que a mi edad —pensó—
yo me sirva de jóvenes.» Claro es que ninguno de los do
había sacado la espada por servir a Lope, sino por diversa
razones, la primera el recuerdo del capitán Frías y su coleg
decapitados por Ursúa en Santa Cruz. Habían sido muy ami
gos de ellos. Y La Bandera por amor y codicia de doña Inés

No se entendía Lope con La Bandera, quien se había man
chado de sangre y quería haberse manchado *por el rey*. A
mismo tiempo, Belalcázar recibía la vara de justicia *por el re*
también. El único tal vez que no se había manchado de sangr
era Lope y sin embargo era también el único que había dich
de sí mismo que era un traidor y que lo tenía a gala.

Pocos días después, don Hernando, haciendo uso de su
autoridad como gobernador y general del campo, convocó :
asamblea y pidió los pareceres de todos, capitanes y solda
dos, acerca del futuro inmediato, de lo que había que hace
y de si había que ir o no en busca del Dorado. Dijo que
aquellos pareceres de todos deberían ser escritos y firmados
en un papel y que así el acuerdo sería legal.

Se adelantó a decir su opinión, según la cual lo mejor
sería mantener los planes primeros y tratar de descubrir
conquistar y poblar el Dorado, y así, una vez descubiertas
aquellas naciones, el rey lo tendría por gran servicio y les
perdonaría la muerte de Ursúa y de Vargas. Pero sería bien
para descargo de todos que se hiciesen luego informaciones y
se buscara la opinión de los más importantes del ejército y me
jor aún de los soldados todos, y si acordaban seguir los
planes de Ursúa había que dejar escrita una declaración diciendo que Ursúa no quería llevarlos adelante ni ir a Omagua
ni al Dorado y andaba remiso y engañador.

Todos recordaban —siguió diciendo Guzmán— la condición intolerable de Ursúa y había que tratar de hacer bien lo
que él no hacía bien ni mal. El Dorado existía y los indios
brasiles hablaban de un cacique, Guatavita, que sabía dónde
estaba la laguna de Parima en la ciudad maravillosa de Manoa.
Todos sabían cómo en los días de gran solemnidad religiosa
aquel cacique adoraba a su padre el sol y arrojaba a la
laguna de Parima bultos de oro del tamaño del mismo rey.

Comenzando siempre con aquella expresión de «*todos sa-*

bemos...» siguió refiriéndose a las maravillas del Dorado y al final insistió en que lo mejor sería descubrir y poblar en nombre del rey. Así se podría decir en el escrito que para descubrir y poblar aquella tierra fue necesaria antes la muerte de Ursúa. Añadía que mandarían al rey más oro que mandaron Pizarro y Cortés. Y que a fuerza de oro habrían de hacer olvidar al emperador las muertes de Ursúa y de Vargas. Acabó diciendo que él se declaraba primer y máximo culpable de las muertes de Ursúa y de Vargas y que aceptaba toda la responsabilidad para que vieran que no tenía miedo y que su consejo no era por temor al castigo de nadie, sino por el bienestar y la prosperidad de todos, en cuya opinión ponía él su voluntad, porque no tenía otra sino la de servirles.

La idea la apoyaron en seguida Montoya y La Bandera, pero Lope se mantenía aparte, inquieto, con la impresión de que algo se le escapaba entre las manos, y por fin pidió la palabra y dijo:

—Míos fueron, si vuestras mercedes se acuerdan, los primeros pasos que se dieron sobre la muerte del gobernador y también mías las condiciones que puse, sobre las cuales todos estábamos de acuerdo. Yo no quiero repetir aquí cuáles fueron esas condiciones, pero me remito otra vez a la buena memoria de todos, incluso de vueseñoría el gobernador general don Hernando. Sólo pido que vuesas mercedes reflexionen un poco antes de decidir.

No quería porfiar por no dejar en mal lugar al nuevo gobernador y para evitar que el resto del ejército viera que andaban ya en contradicciones, discusiones y peleas.

El nuevo gobernador se quedó un poco sorprendido y pidió a Lope que fuera más explícito y claro. Pero Lope, excusándose, dijo:

—Lo que tenía que decir lo he dicho ya y que cada cual recuerde los términos establecidos antes de emprender lo que hemos hecho y consulte su propia conciencia de hombre y de soldado.

Nadie contestó. Parece que algunos coincidían con Lope de Aguirre y lo dijeron y éste no pudo menos de vanagloriarse para sus adentros. Pero don Hernando insistió en que cualquiera que fuera la opinión de Lope sería bueno hacer una declaración general sobre las causas de la muerte de Ursúa y que todos la firmaran. En aquel documento habría que comenzar diciendo que Ursúa no tenía respetos humanos...

—Ni divinos —dijo el padre Portillo, recién entrado.

Todos lo miraron y él se ruborizó un poco.

—¿Ven vuesas mercedes? —dijo don Hernando.

Añadió que el mismo sacerdote estaba dispuesto a firmar y esto animó a algunos. Así, pues, se escribió la declaración entera, en la cual se acusaba al gobernador sin hablar para nada de la sublevación ni mucho menos de la muerte del jefe y de su lugarteniente. Sin más discusión fueron firmando todos.

Al llegar el turno de Lope de Aguirre, éste escribió con grandes letras: «*Lope de Aguirre, traidor*». Los que iban a firmar detrás de él se sobresaltaron y Lope, que esperaba aquel sobresalto y que daba muestras de no poder aguantar más su propio silencio, alzó la voz y dijo:

—Caballeros, mudando mi propósito anterior voy a hablar. ¿Qué locura o necedad es ésta en que algunos de nosotros hemos dado que cierto parece más pasatiempo y juego de niños? No es de hombres cuerdos lo que vuesas mercedes hacen fiando su crédito de esta información que estamos firmando, porque por muy bien escrita que esté no va a resucitar a los muertos, y habiendo matado a un gobernador del rey pretender que con papeles como esos nos hemos de librar de culpa es una locura, porque el rey y los jueces saben muy bien cómo se hacen esos papeles y para qué fines y descargos. Todo el mundo sabe en Quito y en Lima y en Santo Domingo que si apretados cada uno de nosotros por la necesidad y la tortura nos obligaran a declarar cosas de monta contra nosotros mismos, las declararíamos siendo falsas. Y si eso sucede cada día en sus tribunales y justicias, ¿cuánto más fácilmente seremos todos capaces de declarar mentiras y embustes si es en nuestro favor y en cuestión de vida o de muerte? Yo os lo prevengo. Nadie se engañe, porque todos matamos al gobernador y todos nos hemos holgado de ello y hasta los que no lo sabían son culpables en lenguaje militar por consentirlo y no enterarse. Cada cual meta su mano en el pecho y diga lo que siente. Todos hemos sido y somos traidores y todos nos hemos hallado en este motín y suponiendo que la tierra que buscamos se encuentre y se pueble y sea diez veces más grande que España y que de ella saque el rey más oro que de todas las Indias juntas, el primer bachiller o letradillo que a ella venga con poderes de su majestad a tomarnos residencia ha de cortar a vuesas mercedes las cabezas sin preguntar a Castilla, que la ley es la ley, y con eso nuestros trabajos habrán sido vanos. Mi parecer es que dejando esos intentos de justificarnos y buscar la tierra, y puesto que de todas maneras nos han de quitar las vidas, nos anticipemos y las vendamos caras y busquemos fortuna a punta de espada en nuestra tierra que bien conocen vuesas mercedes cuál es, digo, el Perú. En ella tenemos nuestros amigos, que cuando sepan que vamos allá en rebelión nos saldrán a recibir con los brazos abiertos y hasta pondrán la vida en nuestra defensa, que yo he vivido con ellos y los conozco y lo que nunca osarían en Castilla lo osarán en estas tierras del otro lado del mar, que parece que en la travesía de esas aguas atlánticas cambia el espíritu del hombre. Y la idea que expongo no es mía ni es nueva, que vuesas mercedes saben que antes incluso de comenzar la jornada del Amazonas en la que estamos se comentaba en todas partes que el marqués de Cañete, visorrey, quería alzarse contra Felipe II y no por sí solo, sino teniendo por mano derecha a Ursúa y aprovechando que habiendo sido depuesto del virreinato y teniendo que dar residencia, el nuevo virrey nombrado en Castilla don Diego de Acebo se había muerto en Sevilla antes de embarcar, que parecía designio del cielo. Vuesas mercedes dirán blanco o negro y que hablar es hablar y que los hechos son otra cosa, pero yo digo que cuando todo el mundo decía en voz baja lo que vuesas mercedes han oído en Lima y en el Cuzco y en Trujillo era porque en el ánimo de todos estaba la buena razón del asunto y nadie se extrañará de nuestro levantamiento; al contrario, muchos suspirarán descansados y tranquilos, que el que más y el que menos teme al rey y a sus escribanos. Y todos querrán y podrán hacerse una naturaleza nueva a nuestro lado y ellos y nosotros seremos unos y seremos fuertes.

Una vez más se puso a su lado Villena —nombrado alférez general por don Hernando— diciendo: «Lo que el señor Lope de Aguirre, nuestro maese de campo, ha dicho me parece lo más acertado y lo que a todos conviene y así yo lo confirmo con mi voto, lo apruebo y le doy mi confianza por las buenas causas y razones como acaba de dar y quien otra cosa le aconseje al gobernador mi señor no le tiene buena voluntad ni le desea bien, sino verle perdido y con él a todo su campo». Y repitió, concluyendo muy firme y enérgico: «La opinión del señor maese de campo es la mía».

Tal vez para que no se dijera que el parecer del gobernador no tenía quien lo defendiera, intervino La Bandera, repitiendo lo que ya había dicho, pero explayándolo más y con acento amistoso y conciliador: «No fue traición —dijo— el haber muerto a Ursúa ni se cometió con su muerte ningún delito, pues convino así a todos y era lo mejor que se podía hacer por tener Ursúa otra intención que la del rey, quien le había mandado que descubriese y poblase la tierra de Omagua y el Dorado. Por eso su majestad fue mejor servido, yo creo, con la muerte del gobernador Ursúa, que andaba flojo y desganado y nos llevaba a todos a la ruina y habría costado al rey mucha gente y mucha hacienda ya gastada en vano. Y así tengo por bien que lo mejor será disimular los que intervenimos en este negocio y mostrarnos leales al rey y hasta esperar premio, que lo merecemos de la real mano —al llegar aquí vio que Lope de Aguirre negaba con la cabeza y hacía señales de lástima y de burlona compasión, lo que irritó tanto a La Bandera que volvió a su violencia anterior—: Y quien dijere que por estas causas de lo que hemos hecho somos traidores yo le digo que miente y lo haré bueno donde quiera y con las armas que quisiere».

Lope fue sobre La Bandera, pero intervinieron los otros capitanes e impidieron que la reunión acabara con sangre. Como Lope de Aguirre decía palabras entrecortadas a media voz, llamando cobardes a los que tomaran aquella posición, La Bandera alzó la voz otra vez:

—Ya he dicho que yo no tengo miedo de que el rey me mande cortar la cabeza ni busco su perdón, que tengo tantos hígados como el que más y doy la vida por poco y aún por

menos si es preciso. Y así digo que, a pesar de mi opinión
aquí expuesta, lo que acuerde la comunidad será mi ley y an-
daré como el primero en cumplirlo.

Pero a pesar de las presiones y las discusiones de grupo
tampoco en aquella reunión se llegó a acuerdo ninguno. Al
salir estaban los ánimos bastante exaltados y continuaron todo
el día las argumentaciones, aunque La Bandera, preocupado
por la idea de que lo creyeran miedoso, condescendía a veces
con Lope. Era La Bandera fuerte como un campeón olímpico
y Lope de Aguirre pequeño, cojo y físicamente insignificante.
Aquella condescendencia del fuerte hería a Lope de Aguirre.

La Bandera, con toda su energía, tenía sus lados flacos
de carácter. Era cierto su deseo de volverse a congraciar
con las autoridades de Lima y sobre todo con el rey. Era el
miedo del hombre que de pronto ve todos los caminos de la
esperanza cerrados. Así como Lope era por naturaleza un
desesperado y con aquella decisión se abría horizontes nuevos,
La Bandera, por el contrario, era hombre de esperanzas, y
al verse sin ellas se sentía desorientado y confuso. En el
reparto de los bienes del mundo, La Bandera era de los triunfadores naturales y Lope de los que pierden. Pero Lope tenía
también su filosofía y no envidiaba a aquella clase de triunfadores sumisos porque, como decía él, «tan presto muere
don Magnífico como don Mezquino, y de hombre a hombre,
cero».

Sucedía también que La Bandera, enamorado de doña Inés,
esperaba haberlo conseguido todo cuando la tuviera a ella.

Entretanto, el tiempo comenzaba a cambiar también en
aquella parte del Amazonas.

Hasta entonces habían tenido una relativa sequedad de atmósfera y un tiempo calmo. Los mosquitos molestaban mucho
en tierra y no tanto en el río. Pero comenzaba la estación
de las lluvias.

A partir de la Navidad, cada día, a la hora de la siesta,
había una tormenta estrepitosa con rayos y centellas. La
lluvia caía a raudales y después de cada descarga eléctrica
aumentaba en intensidad y fuerza. Algunas veces la tormenta
duraba dos o tres horas y salía otra vez el sol. Pero era
frecuente que continuara a lo largo del día y de la noche.

Los rayos no eran color malva ni azules, como en otras partes, sino de colores diferentes, y entre dos azules había de pronto uno color rosa, sembrando sus ramificaciones por la alta bóveda. O rojo.

Los truenos, a veces, eran constantes y sin interrupción, es decir, que los ecos de uno se mezclaban con las vibraciones del anterior, pero en otras ocasiones eran secos como cañonazos y sin eco alguno. El negro Bemba se entretenía en contar sus propias pulsaciones entre un rayo y el otro. Unas veces contaba cuatro, otras hasta siete pulsaciones. Y así durante horas y horas.

—Esta es la ley de la línea equinoccial —decía Alonso Esteban— y de aquí en adelante todo será lo mismo. Aguaceros, caimanes, serpientes y rayos y centellas.

Las tormentas eran a veces espantosas, y una vez La Bandera sorprendió a Lope de Aguirre, sin que éste se diera cuenta, hablando consigo mismo o con Dios o con el diablo:

«Sí, puedes tronar y centellear y quemar la tierra y el cielo. También a Ti te resulta el cielo estrecho como a mí el mundo. Pero yo tengo un plan y si no te parece bien, a tiempo estás para matarme ahora de un rayo. Si no me matas entenderé que lo apruebas y tanto mejor para todos.»

La Bandera, que era hombre de supersticiones, al oír después de las palabras de Lope un rayo que debió caer cerca y ver las armas del nuevo maestre de campo brillar y refulgir con el relámpago, tuvo la impresión de que el rayo había fulminado a Lope. Luego volvió a verlo indemne y se extrañó.

A vueltas con sus propias reflexiones, La Bandera llegó a temer a aquel hombre raquítico y tremendo.

Era verdad lo que dijo el barbado capitán Guevara y pasados los primeros días doña Inés comenzó a llorar. A veces se la oía en la noche dar grandes voces pidiendo que la mataran también a ella. Como doña María la mulata estaba en su mismo cuarto —con la indita viuda de nueve años— trataba de consolarla, pero era inútil.

Un día, enterado, el gobernador de la desesperación de doña Inés, fue a verla. Se mostró frío, distante y protector. Al principio creyó Inés que iba a requerirla de amores, pero el nuevo gobernador se limitaba a decirle que podía y debía estar tranquila y sentirse segura y que la dejarían en el primer territorio cristiano que hallaran si no quería seguir con ellos.

—¿Yo? ¿Dónde? Si vuesas mercedes no saben siquiera a dónde van —dijo ella.

El nuevo gobernador le aseguró que lo sabían muy bien. Inés, entre sollozos, le decía:

—Si esos forajidos han sido capaces de traicionar a don Pedro de Ursúa también lo serán de traicionar a vuesa merced. Y algún día se acordará de estas palabras que acabo de decirle, señor Hernando de Guzmán.

En medio de su ira y de sus lágrimas, parecían las dos mujeres un poco decepcionadas viendo que don Hernando, joven y apuesto —y sobre todo, cabeza del campo—, no trataba de recibir a la viudita en herencia.

La mulata pensaba: «Éste ha debido leer y aun aprender de memoria el romance del conde Irlos y su debilidad no es la hembra, sino la autoridad y el poder».

Poco después de salir Guzmán entró La Bandera. Y aquello ya era otra cosa: regalos de frutas, una polvera nueva para la mulata, un quitasol y un mosquitero para Inés y de pronto alusiones y palabras ligeramente incongruentes, por ejemplo aquel deseo de que doña Inés aprendiera un día a tocar el clavecín, en Castilla.

La mulata se ponía de parte de La Bandera en todo, porque sabía que, como candidato, excluía la posibilidad de Zalduendo, que era su amante. Doña María quería que doña Inés aceptara a La Bandera para excluir a Zalduendo de entre los pretendientes.

Tenía La Bandera entre otras ventajas la de ser capitán de la guardia, que estaba al lado en un cobertizo de tablas y esteras de henequén. Y de navegar —cuando volvieran al río— en el mismo bergantín con doña Inés.

La Bandera era tan torpe como cualquier enamorado y doña Inés se daba cuenta. Después de haber llorado a Ursúa una buena novena comenzó a escuchar al nuevo galán. Éste iba poco a poco perdiendo su torpeza. Ya no le hablaba del clavecín y en cambio había pasado a las obras y aprovechaba cualquier ocasión para saltarle al cuello y abrazarla y besarla.

Ella resistía blandamente, produciendo unos rumores guturales de súplica y protesta que a La Bandera le sonaban como los arrullos de una paloma, y así se lo dijo.

La niña india de nueve años, que hablaba ya español, veía todas las cosas en sólo dos planos: lo bueno y lo malo, lo propicio y lo contrario, lo blanco y lo negro. Y La Bandera tuvo la fortuna de caerle bien. Era un hombre bueno. Para la niña, las garzas blancas venían del cielo y los cuervos negros del infierno.

La Bandera pertenecía al reino de las garzas blancas.

Se convirtió el comandante de la guardia en un esclavo voluntario y en un amador platónico de Inés y la mulata doña María en hábil celestina.

Como la mayor parte de la noche la pasaba La Bandera desvelado, tenía ocasión con cualquier pretexto de acercarse a la vivienda de Inés y una noche la halló casi desnuda y sola. Aunque parecía aquello especialmente propicio, doña Inés se defendió. «¿Creéis —decía— que puedo olvidar tan pronto a don Pedro de Ursúa? ¿Por quién me tomáis?». La Bandera le hacía ver que siendo ya imposible resucitarlo y encontrándose ella en plena juventud a nadie podría extrañarle que aceptara un amor nuevo. La mujer y el hombre eran el universo entero y gracias al amor la vida seguía existiendo. Y ella y él eran la vida.

Pero Inés se defendía aún. Es verdad que no iba a llevar la defensa muy lejos.

La selva se *sentía* desde el poblado mucho mejor que desde el río. Había en ella al atardecer rumores de multitud como en una ciudad en días de fiesta o jubileo, cuando unos gritan, otros hablan, alguno ríe, grupos de niños cantan o lloran, todo incesantemente y a un mismo tiempo.

En días secos, aquella selva estaba infestada de mosquitos zancudos que los indios llamaban *carapanás,* sobre todo al oscurecer y en la noche. Era imposible evitarlos y algunos soldados se cubrían la cara con trapos, pero siempre hallaban los mosquitos algún resquicio en el pescuezo o en la oreja o en la mano.

Además, su aguijón pasaba los tejidos ligeros y picaba lo mismo a través de ellos.

Durante el día no molestaban si había brisas fuertes, pero en lugar de ellos aparecían unas moscas tenaces, obstinadas y pegajosas que mordían como avispas. Recordaban a los tábanos de Castilla, pero más abundantes, y a veces parecían una verdadera plaga.

Sólo cuando los bergantines viajaban lejos de las orillas se sentía algún alivio.

La tormenta equinoccial —así decía Esteban, el experto navegador de Orellana—, que comenzaba hacia las tres de la tarde duraba a veces, como dije, todo el día y la noche. Y el estruendo no dejaba dormir. Fue Lope al bohío de los negros, que estaba cerca del suyo. Aunque eran más de veinte los negros, la casa era grande y sobraba lugar para todos. Los blancos cuando se aburrían se ponían a conspirar, pero los negros no se aburrían nunca, porque antes de que llegara aquella posibilidad rompían a cantar y a bailar. Habían hecho, a imitación de los indios de Machifaro, con unas calabacitas secas dentro de las cuales ponían semillas o piedrecitas menudas, un instrumento sonoro. Moviéndolas a compás y a contratiempo con los tambores daban un sonido que no era desagradable. Llamaban a aquellas calabacitas *maracas*.

Le gustaba a Lope ver cómo Bemba, su amigo y ahora su criado, era quien llevaba la dirección del baile. Y gritaba Bemba:

—Los hermanitos Marassa, caray.
—Ya veo —respondían los otros a coro.
—Juntitos los dos Marassa.
—Juntitos.
—Levantando guirigay.
—Caray.
—En la puerta de la *ayupa*.
—Ya ves.
—Los dos hermanos Marassa.
—¡Qué pasa!
—Pasa lo que yo me sé.
—Marassa.
—Marassa bumbé quedé.
—Ya ve.

Y seguían así horas enteras. Lope se asomó y, viendo a Bemba de espaldas, bailando, y a los otros distraídos con su fiesta prefirió marcharse sin darse a conocer. Sabía que aquellos negros lo querían a él porque era pequeño, oscuro, retorcido y cojo. Porque era, de un modo u otro, *inferior*. En cambio, odiaban a los triunfadores atléticos como La Bandera. Sin darse cuenta, Lope sabía las cosas que los otros sentían, aunque ellos mismos no se dieran cuenta. Por ejemplo, sabía que comenzaban a temerle a él en el campo.

La tormenta seguía.

Como era de esperar, el día siguiente amaneció límpido y fragante. Lope, a medio armar —con la loriga, pero sin celada—, se acercó al bosque. Iba con Elvira, que gustaba mucho de aquellos paseos cuando su padre podía acompañarla a falta de Pedrarias.

Vieron aquel día pasar por el llano descubierto —allí donde se acababa la arena de la playa— una multitud de monos chillones que se perdieron en la selva. Detrás de aquella multitud de animales de pelaje grisáceo y caras de expresión violenta y agresiva —de perros que estaban a punto de dejar de ser perros, pero que eran perros todavía— iban cincuenta o sesenta monos rubios, con su carita rosada. Algunos se detuvieron y se alzaron sobre las patas de atrás para mirar a los soldados.

Elvira dijo: «Es imposible que esos animales no tengan alguna clase de alma y de entendimiento». El padre explicó:

—Tienen alma irracional..., eso dicen al menos, hija.

Pero los monos de la cara sonrosada y el pelo blanco amarillento, tan limpios que parecían muñecos de lana y seda, se detenían un momento, miraban, alguno alzaba el brazo para rascarse con la otra mano en la axila, daba un pequeño grito de sorpresa o de comentario —que parecía irónico— y seguía a los otros.

—Ésos —dijo Esteban, que se acercó— andan más de cincuenta leguas cuando llega el tiempo de las nueces por allá hacia las fuentes del río, digo, hacia los Cararis y más arriba. Cuando llega el tiempo de la sazón de esa nuez, se van todos allá y cuando la comen algunos se ponen malos y se mueren y los otros se vuelven medio locos. Les da la locura de la hembra, que esas nueces tienen un aceite que despierta deseos tremendos. Eso dicen.

Callaban los dos pensando en Ursúa y en doña Inés y veían pasar los últimos monos blanco-amarillentos con su carita de seda color rosa. Elvira reía y hablaba haciendo gorjeos de complacencia viendo a aquellos animalitos tan limpios y de gestos tan estilizados y graciosos.

Habían decidido los capitanes en una reunión —sin volver a hablar del gran problema que quedó planteado entre La Bandera y Lope de Aguirre— continuar el viaje río abajo en vista de que, a juzgar por las apariencias, en Machifaro nada había que descubrir ni conquistar ni poblar. Todos se alegraron, aunque sólo fuera porque navegando lejos de las orillas los mosquitos los dejaban en paz.

Los negros hablaban entre sí y comentaban las cosas a su manera. Refiriéndose a la muerte de Ursúa, el negro a quien llamaban Vos decía:

—Lo abrieron por delante muy bien porque estaba en cueros. Y le salió el alma. Luego tuvimos que enterrarlo con el otro.

Para los negros y para muchos de los indios del Amazonas, la muerte no existía sino en forma de accidente, es decir, de mala voluntad misteriosa y secreta de alguien que influía desde las sombras y que salía adelante con su influencia. Por desgracia, todos tenían personas que los querían mal.

Si no, no se moriría nadie nunca. Eso creía Vos.

CAPÍTULO VII

Cuando Lope subía al bergantín oyó a Martín Pérez que a bordo hablaba con Zalduendo y le decía:

—Lo de Ursúa tenía que suceder y yo lo sabía y lo estaba esperando hace tiempo. Yo lo sabía por la fecha de su nacimiento, digo, por los astros.

Le extrañó a Lope que Martín Pérez hablara tanto, porque era hombre de muy pocas palabras. Tenía una cabeza seca y mongólica, y según él nuestros actos están acoplados al movimiento del sol, la luna y las estrellas. Así, era fatalista y no creía que las palabras ni las opiniones humanas tuvieran mucho valor.

Por eso no hablaba.

Algunos tenían miedo de Martín Pérez por su laconismo y su manera de pasar al lado sin detenerse, como una sombra maldita. Quizá por todo eso, o porque realmente lo merecía, tenía prestigio como hombre de guerra. Lope lo estimaba mucho.

Acababan de subir al bergantín los últimos cuando el padre Portillo, apoyado en la borda del lado norte, sacó su breviario y se puso a leer. Desde abajo, desde la *chata cordobesa* que flotaba al lado, se oyó una voz de mujer:

—¡Padresito, quiérame vos un poco!

Lope no sabía cómo entender aquello. La misma voz gritaba:

—Si no me querés un poquito me condenaré. ¡Me muero por vos, padresito!

Disgustado, el sacerdote se fue al lado contrario del bergantín sin dejar de leer su breviario.

Zalduendo contenía la risa y otros, por el contrario, reían más fuerte de lo que habría sido discreto. El padre Portillo

enrojecía ligeramente en la frente y las mejillas, sin apartar
su vista del breviario.

Dos soldados trataban de acomodar tres iguanas vivas,
pero ellas querían huir y alguien dijo: «Mátenlas sus mercedes». Uno de los soldados explicó: «No se puede. En media
hora olerían a muerto con estas calorazas». Y el que había
aconsejado que las mataran comentó: «Tampoco huelen a vivo
ahora, camarada».

Algún otro soldado llevaba víveres, pero casi todos con-
fiaban en el azar.

El bergantín —el único que quedaba— iba muy cargado.
Se habían instalado allí, además de los nuevos jefes, doña
Inés con su criadita india y la mulata María, que había venido
siendo su doncella. Consiguió doña Inés mamparos y cor-
tinas que la aislaran de la gente. Pedía las cosas y las exigía
como si Ursúa estuviera vivo todavía.

Por casualidad, la guardia quedaba siempre instalada cerca
de donde estaba ella y La Bandera no la perdía de vista.

Habían pasado once días desde la muerte del gobernador.
En la chata que seguía al bergantín y que tenía algún espacio libre, los negros —que nunca parecían tener calor ni
hambre ni sufrir molestia alguna— volvían a sus ritos.

> *Okelé fayao-ó*
> *llibé nem'ore-é*
> *Okelé fayé...*
> *okelé-fayao-ó*
> *Umba yangós aremé?*
> *Yangós arim etemé*
> *Okeyé fayé*
> *Yangós arim etemé*
> *Nu to, nau filuné*
> *filú ga yorimé.*

Explicaban a Pedrarias que aquello quería decir: *En la dis-*
tancia, el pajaro okelé — allá lejos, qué triste está. — Allí el
pequeño okelé, — allá lejos el pajarito okelé, — ¿quizá está
viendo caer la lluvia? — Porque la ve canta — en la distancia
el pajarito okelé, — ve caer la lluvia y la saluda — Ah, ah,

cantas y mi corazón, — mi corazón amargo, se siente más amargo...

Era una canción triste, porque salían de un lugar conocido donde habían sido felices para ir a otro que no sabían cómo sería.

De vez en cuando, el negro que llevaba la iniciativa, y que era ahora el llamado Juan Primero, miraba alrededor el río, la selva de aquella orilla —la orilla contraria no la alcanzaba la vista— con una especie de codicia de propietario. Sin duda aquella tierra era más parecida a la tierra africana de sus orígenes que a la de los españoles.

No había en el campo unidad de opiniones ni mucho menos. Unos querían quedarse a descubrir y poblar el Dorado y otros volver al Perú y hacerse lugar allí a punta de espada. De un modo sobreentendido, los que querían poblar el Dorado esperaban el perdón de Castilla y los que preferían volver al Perú desafiaban al rey.

Se podía plantear la cuestión de otra manera. Era el problema de los cobardes y de los valientes o de los hombres con esperanza y de los desesperados.

El mismo día que salieron de Machifaro llegaron al anochecer a otro pueblo también en la orilla izquierda del río, tan despoblado y vacío que no había ni una triste cazuela de barro donde guisar. Pero se detuvieron a hacer noche. Para mayor dificultad, el bergantín comenzó a hacer agua y cuando quisieron repararlo vieron que el fuste central estaba podrido también, a pesar de la brea, y sacaron a toda prisa las vituallas y las armas antes de que se fuera a pique.

El grupo que prefería volver al Perú se había dividido también en dos, porque unos pensaban volver por el mismo río a fuerza de remos en la chata grande, que era la única segura, y enterado Lope de Aguirre —que era partidario de ir al Perú por Panamá— la hizo desbaratar aquella misma noche. Como sólo les quedaban embarcaciones menores y el lugar parecía a propósito para hacer nuevos navíos, acordaron quedarse allí hasta construir dos bergantines grandes, capaces de navegar por alta mar.

La Bandera veía todo aquello con cierto escepticismo y se acogía al amparo de doña Inés con el pretexto de protegerla, dándole en tierra el mejor bohío y poniendo la guardia a su lado. Eran ya amigos íntimos y por la noche no se hallaba nunca a La Bandera en la guardia, porque las pasaba todas ocupado en la dulce tarea del amor. Inés, que había resistido en tierra, no pudo negarse a bordo del bergantín porque la vista de las aguas del río la enloquecía un poco.

Parece que doña Inés se encontraba en un raro estado de estupor entre aterrada y abúlica. Pero, como decía Zalduendo, «se le daba una higa de todos los soldados y querría que se los llevara el diablo en una noche». Como se puede suponer, Zalduendo envidiaba a La Bandera.

A solas con La Bandera recordaba doña Inés que en Trujillo y en vida de su marido éste había dicho muchas veces que el estado natural de una mujer en Indias era el estado de viuda. Y viuda fue pronto doña Inés de su marido, que murió en la revuelta de Gonzalo Pizarro. Después, como hemos visto, lo fue de Ursúa, y cuando alguien aludía a aquello, ella decía con una expresión indefinible:

—Me gustan los españoles. Querría ser la viuda de todos los españoles.

La Bandera no sabía cómo entender aquello. ¿Tal vez Inés quería verlos a todos muertos? Las cholitas tenían ya una manera de pensar propia y distinta.

Al saber que había dicho aquello, Pedrarias comentó:

—Debe ser cansado quehacer para las mujeres ese de ser hermosas.

Los negros, algunos de los cuales eran buenos carpinteros, comenzaron a cortar árboles, a desbastarlos y a preparar la madera bruta. Los pilotos y gente de mar hacían los diseños, dando a las embarcaciones nuevas el mayor calado y arbolado posible.

Habiendo desembarcado los caballos y los enseres, cada cual se acomodó como pudo. La verdad era que en aquel pueblo había lugar para todos.

Con la frecuentación de doña Inés, La Bandera iba cambiando de hábitos, ni más ni menos que Ursúa, aunque por un estilo diferente. A menudo se quedaba inmóvil con la vista perdida en el aire y Lope lo veía desde lejos, se golpeaba con la fusta la pierna coja y reía por lo bajo diciendo:

«Ya le dio la tarumba del martelo al comandante de la guardia».

La Bandera le había dicho a doña Inés que ella era la mujer con quien había soñado desde niño. Y le contaba una historia que no dejaba de tener interés: No habría cumplido aún doce años cuando en la casa de sus abuelos en Torrijos vio un día un extraño objeto de adorno encima de una cómoda. Era como una combinación de conchas y de perlas que hacían los portugueses, endurecida dentro de una campana de cristal. Había en algún lugar entre las valvas nacaradas y las perlas una pequeñísima mujer de marfil rosado, desnuda. Según como se miraba la figurita, se proyectaba ampliada o reducida, pero cualquier parte de ella o toda entera era de un poder sugestivo de veras diabólico.

La Bandera no olvidaba la primera vez que fue sorprendido mirando aquella mujer, porque lo castigaron duramente. Calculando después los riesgos volvió muchas veces a entrar a escondidas, y a contemplar aquel prodigio.

Desde entonces la mujercita de marfil rosado de la cómoda de sus abuelos era el ideal femenino suyo y daba la casualidad de que Inés parecía una copia fidelísima de aquella figura. Con esas asociaciones y con su tendencia al éxtasis, Lope lo veía *disminuido* cada día. Y sonreía para sí repitiéndose que en la vida había que saber esperar.

La fabricación de los bergantines y algunas chatas nuevas y balsas había de llevar según calcularon más de dos meses. En realidad, fueron tres; pero lo peor no fue la inmovilidad y tardanza, sino que las hambres que sufrieron fueron tales que tuvieron que comerse los caballos, hasta el último. Algunos negros que los cuidaban les habían tomado cariño y se dolían y había que ver a Juan Primero llorando por un rodado que llamaban «Babieca», como el del Cid.

Así y todo llegó a faltar también la carne de caballo y tenían que ir al otro lado del río, que en aquel lugar era más de diez leguas de ancho, a buscar yuca, que molían y con la cual hacían un pan casabe o galleta de poco alimento y mal sabor. Los que no podían más —y solían ser los indios de quienes se hacía menos cuenta— se metían en la selva y volvían con frutas y dátiles y guayaba para sí y los suyos.

Habían conservado hasta entonces alguna pareja de animales para hacer cría en las tierras que poblaran, pero allí perecieron también.

Lope comenzaba a llamar a los soldados *marañones* porque el río que navegaban lo llamaba el *Marañón,* mientras que para los que habían ido con Orellan se llamaba el río, como hemos dicho varias veces, Amazonas. Alonso Esteban se lo recordaba a Lope de Aguirre, y él decía: «¿Qué le pasa a vuesa merced con las amazonas? Marañones somos y marañones triunfaremos o moriremos». Le sonaba bien aquel nombre: *marañones.*

Con el cargo de maestre de campo tenía muchas ocasiones Aguirre de ejercer alguna clase de autoridad, y lo hacía con una mezcla de amistad y paternalismo amenazador que la mayoría le toleraban porque después de Núñez de Guevara —el que vio el *fantasma* anunciando la muerte de Ursúa— era el más viejo del campo. Además, en tiempos confusos el más extremista suele arrastrar consigo las opiniones de los otros, y Lope de Aguirre lo era. Tenía, pues, no pocos partidarios.

El hambre era en el campamento no sólo un hecho físico, sino moral también por sus tremendos efectos deprimentes. Así como los niños creen valer más comiendo más y todo lo cifran en eso, los adultos se sienten disminuidos con el hambre.

Morir está bien —pensaban algunos—, pero no de hambre. Morir de hambre es de perros y no de personas, y menos de hombres cristianos.

Un soldado decía, sentado contra un árbol:

—Me comería tres barcos de nabos con habichuelas.

La Bandera se pasaba el día buscando qué comer, no para sí, sino para su amada. Entre otros problemas tenía uno de veras dramático que consistía en que los excesos del amor le debilitaban y necesitaba reparar fuerzas. Pero los víveres que lograba se los llevaba a ella y, bien alimentada Inés, exigía más amor. Y La Bandera, feliz, temblaba en sus piernas.

Se iba quedando La Bandera en los huesos y Lope de Aguirre lo veía con ironía.

Los carpinteros y aserradores estaban toda la noche y parte del día trabajando. Los de las sierras cortaban troncos de árbol, y cuando Elvira salía de su bohío acomodaba sus pasos sin darse cuenta al ritmo de la sierra. Quería evitarlo, pero no podía. Y a veces regresaba a su bohío con la impresión de que caminaba bailando, sin atreverse a ir a donde quería ir.

Como siempre, Lope era de los que menos sufrían con el hambre, porque, aunque hubiera víveres sobrados, no comía casi nunca. Lo mantenía el instinto de reivindicación y de venganza. Iba y venía por el campo día y noche y lo veía todo y estaba en todas partes. Menos a las horas de la tormenta. Cuando después de los primeros rayos comenzaba a llover había que retirarse, recogerse, ocultarse y dejarles la tierra y el cielo a las aguas tibias de la línea ecuatorial.

Viéndose tan atendida y mimada, doña Inés desarrollaba algunas coqueterías nuevas. Con La Bandera se consideraba superior socialmente y se atrevía a todo. Una noche lo hizo salir a buscar una hierba que usaban contra las picaduras de los insectos porque le había mordido una hormiga roja en el tobillo.

Otro día se lamentaba Inés de que un párpado le temblaba constantemente, y como no sabía La Bandera qué hacer, además de besarla tiernamente en los ojos, llamó a una india de las que iban en la expedición, que era curandera, y que dijo sin la menor duda:

—Eso le pasa a vuesa merced porque ha visto dos sapos haciendo el amor.

No se acordaba Inés de haber visto tal cosa. Pero la india juraba que no se le iría aquel temblor del párpado hasta que viera otros dos sapos en la misma ocasión y acción. Porque lo que producía el daño producía el remedio.

Con eso se marchó, y en los movimientos del cuerpo de la india se veía la alegría de marcharse, ya que la relación directa con los españoles —o *castillas,* que decían— le daba miedo. Estar cerca de los castillas era estar cerca de la muerte por una razón u otra.

Después de aquellos consejos, Inés miraba a La Bandera, y éste pensaba que si ella lo pedía no tendría más remedio que ir a buscar dos sapos en celo, macho y hembra, y llevarlos al bohío.

La necesidad de atender a Inés y de buscarle alimentos

le hacía aguzar el ingenio a La Bandera. Un día encontró tres huevos de caimán y los preparó friéndolos con aceite de palma. Pero, al saber que eran de caimán, ella no los quiso y los comió el mismo La Bandera, quien atrapó una indigestión que se le complicó con el cólico nervioso que padecen a veces los enamorados demasiado activos. Estuvo una semana resignado a las formas platónicas del amor.

Lope seguía vigilando la construcción de los bergantines. Había escondido víveres para los carpinteros y aserradores porque no debía faltarles nada a aquellos hombres de quienes dependía el futuro de todos.

No estaba Aguirre muy satisfecho porque había en el campamento algunos incondicionales de Ursúa que lo miraban de reojo y le obedecían de muy mala gana. Por ejemplo, García de Arce, además de negarle obediencia, comenzaba a murmurar y a levantar opiniones divergentes. Hacía tiempo que Lope la tenía tomada con Arce, quien seguía con la obsesión de estar enfermo de morbo gálico y había dicho un día que la mujer que lo había contagiado a bordo era la esposa de un capitán guipuzcoano, y al enterarse Lope de Aguirre, aunque era evidente que no se refería a él, le quedó cierto resquemor. Lo que más duele de la calumnia no es el hecho imputado, sino la mala intención.

Una noche, al verlo pasar delante de su puerta, le dijo:

—¿Por qué no acudisteis ayer cuando los tambores llamaron a asamblea?

—No estaba bien de salud.

—¿El morbo gálico todavía? No se apure vuesa merced, que yo sé un remedio que no falla.

Olvidaba a veces Lope los sucesos del día anterior; otras no podía determinar si lo sucedido el día anterior había pasado dos meses atrás y viceversa. Pero de las cosas pasadas diez años antes —como aquella de la esposa del capitán— se acordaba muy bien.

Creía Lope leer en la mente de sus enemigos, y Arce era uno de ellos. Al menos por tal lo había tenido. «Este hombre —pensaba—, allí donde yo esté me hará sombra. Unas veces con bromas como la de la hembra esposa del guipuzcoano, que le pegó el morbo gálico, y otras con veras.

Porque hay gentes con la obsesión de disminuirme de un modo u otro. ¿Es que sólo disminuyéndome a mí prosperan ellos?» Tenía Lope entre cejas también a Belalcázar por haber hecho declaración de lealtad a Felipe II cuando recibió la vara de justicia. Era un hombre grave que al anochecer cada día parecía más grave porque se sentía muy viejo, y cuando se retiraba a su bohío iba arrastrando los pies y apoyándose en una rama de árbol que para aquel fin tenía. Al día siguiente se volvía a sentir en la mañana joven otra vez. Viendo aquello, Pedrarias se decía: es la influencia de estas latitudes, donde todo es exagerado, y el atardecer es una tragedia desoladora, y el amanecer, una orgía que nos fascina.

Eran las casas de aquel pueblo grandes; en cada una de ellas vivía, al parecer, una tribu entera, y todas juntas eran una confederación o cosa parecida. Cubiertas de palmas, como todas las que encontraron en las orillas del río, no tenían puertas y debían los españoles poner toldos de sábanas para dormir porque los mosquitos los devoraban. Hacía tanto calor que ni de día ni de noche se podía sufrir la ropa.

Buscaban para comer huevos de aves o de tortuga que raramente encontraban, unas frutas planas que eran como naranjas, pero blancas, ananás, pavos y *pauxis,* que eran también buenas aves. Pero no siempre encontraban carne y las frutas eran más refresco que alimento. Los que trabajaban en los bergantines se habían reservado parte de los caballos, que tenían salados y ocultos.

Pasaba la gente mucha hambre y la falta de sal, por haberse concluido la que traían de los Motilones, aumentaba la angustia. La última que quedaba la emplearon los de los bergantines en salar el último caballo para conservarlo, todo esto con conocimiento de Aguirre, que protegía especialmente a los negros carpinteros.

Algunos días iban selva adentro y no hallaban sino monos, que cazaban con tanta dificultad que no valía la pena. Si usaban los arcabuces no podían matar más que uno —el primero—, porque los demás, asustados, se iban muy lejos.

Entretanto, Gonzalo Duarte —otro sospechoso para Lope— hacía buñuelos para don Hernando con maíz que halló y tuvo sobre ello palabras con Lope, quien lo llamó «el buñolero».

Había dos soldados que no se avenían a comer carne de mono si sabían que lo era y los otros se burlaban. Hubo casos tristes. Mujeres que se dejaban casi morir de inanición para que comieran sus hijos, y también lo contrario, personas que se escondían de sus hijos para devorar la parte de alimentos que les correspondían y que les habían robado.

Pasaban a veces tres y cuatro días sin hallar nada de comer.

Y no aparecían indios por parte alguna.

Sobre los monos de la selva había diversidad de opiniones. Los monos cuadrumanos que no se ponían de pie se podían matar y cocer sin reparo, pero de pronto acudían docenas de otras clases de macacos a ver a los expedicionarios, y aunque no se aventuraban muy lejos de la selva —siempre quedaban a una distancia de los árboles menor que la que los separaba de los hombres—, a veces se dejaban aproximar y los indios de la expedición atacaban de pronto a palos —no usaban otras armas— a toda aquella asamble de antropoides. Era una mala faena aquella, como decía Belalcázar. La mayor parte de los monos huían y trepaban a los árboles, pero seis u ocho quedaban aturdidos en el suelo y eran rematados, despellejados y puestos a cocer poco después. Con ellos no podía comer sino la décima parte de la armada. La Bandera se cuidaba de que no faltara, sin embargo, para doña Inés.

A veces La Bandera abandonaba la guardia y se iba a cazar para ella.

Aunque parezca increíble, algunos soldados no querían emplearse en la faena de matar monos a garrotazos si los animales se presentaban de pie o con buenas maneras. Eso decían. Con los arcabuces era difícil, porque nunca estaban un momento quietos los monos.

También Lope veía a veces con repugnancia la exterminación de un grupo de monos y el padre Henao le preguntó cómo podía repugnarle aquello a un hombre como él.

—¿Qué me pasa a mí, según vuesa reverencia?

—No, nada —respondió el cura—. Lo digo porque no hay duda de que es vuesa merced hombre de pelo en pecho.

—¿Qué tiene que ver eso? ¿No ve vuestra reverencia que

esos animales son seres inocentes? Ninguno de ellos ha querido ser obispo. Son más inocentes que vuesa merced y que yo mismo. Por eso se les quiere a los animales a veces más que a las personas. Además, esos animales nos imitan a nosotros los hombres.

También era verdad. El sacerdote lo miraba con recelo y evitaba discutir con él desde entonces.

Había pendiente alguna tarea de persuasión en el campo antes de decidir el destino final de la expedición y Lope y Montoya no se descuidaban. Lope de Aguirre, sobre todo, iba a los soldados de menos luces y les prometía facilidades y honores en el Perú. Muchos se dejaban deslumbrar, sobre todo los más veteranos, que recordaban cómo algunos caudillos rebeldes estuvieron a punto de triunfar en el Perú contra el rey. Y creían se podía repetir la aventura bajo mejores auspicios.

Era Lope ya obedecido y seguido por muchos, entre los cuales no faltaba quien lo considerara más importante que el gobernador mismo. Solía tener Lope una palabra de halago para cada uno de los soldados si ellos las aceptaban y, si no, miradas reticentes, reservas y amenazas.

Una noche fue a ver al gobernador, y hallándolo solo le dijo que no podía ni debía tolerar en el campo a dos personas que eran enemigos suyos declarados: Arce y Belalcázar. Enemigos abiertos del gobernador. Sobre todo, Arce, porque así como Belalcázar había proclamado públicamente su adhesión al rey, por lo tanto, era menos peligroso, en cambio, Arce andaba haciendo diferentes caras según soplaba el viento y guardando secreta su intención.

Sin embargo, Lope la conocía aquella intención porque penetraba en los propósitos secretos de aquellas personas que le obligaban a concentrar en ellas su pensamiento durante el espacio de una luna.

Don Hernando, que era un poco supersticioso como nacido en Sevilla, lo miraba sin saber qué pensar. Aquello del espacio de una luna lo intrigaba.

Hablando de Arce recordaba Lope sus palabras de diez años antes sobre la mujer del morbo gálico. Y le decía a don Hernando:

—¿Cree vuestra merced que se va a salvar un día de la justicia de Castilla por ser clemente con enemigos como Arce y Belalcázar?

—Yo no espero nada de la justicia de Castilla, señor maestre de campo.

—En la guerra ya es sabido que sólo tiene razón el que la gana —dijo Lope—, y, por lo demás, yo bien me acuerdo de cuando vuesa merced metió la espada por el cuello de Ursúa y otros se acuerdan igual que yo.

Palideció don Hernando y dijo:

—Podéis prender a Arce cuando queráis, pero que sea justificado. ¿No mandáis en el jefe de alguaciles, digo en el mulato Pedro de Miranda? Entendeos con él.

—Ese mulato borrachel anda remolón y menos caso me hace a mí que a mi criado negro, el Bemba.

Era aquel mulato de Talavera de la Reina, se las daba de caballero y Aguirre sospechaba que había sido quien dos días antes de morir Ursúa le avisó desde fuera del bohío, porque una vez le había oído decir que tenía clarividencia para ver llegar la muerte de otras personas.

El gobernador repitió:

—Podéis disponer de Arce.

—No es sólo Arce, que Belalcázar está amotinando la gente contra vuesa merced.

—¿Hay pruebas?

—Las hay y buenas —respondió con ironía Lope—. La más importante es que lo digo yo.

—¡Vamos, vamos, señor Lope de Aguirre!

—¡No vamos a parte alguna!

Viendo el gobernador que Lope hablaba con encarnizamiento, le dijo:

—Repito que tenéis carta blanca con Arce si es cierto lo que decís, que yo no lo dudo. Pero es bueno que se hagan las cosas con justicia y con testimonios ciertos. A Belalcázar dejádmelo en paz.

Le pidió entonces Lope que firmara un papel que le presentó. El gobernador le dijo sin leerlo:

—Tanta autoridad tiene vuestra firma como la mía, que estamos en guerra y sois el maese de campo.

Salió Lope renqueando y fue a buscar a los negros Juan Primero y Bemba, a quienes sacó del trabajo de los bergantines y llevó a su casa.

—Desde ahora —les dijo— vais a servirme a mí, pero como en mi casa no hay acomodo vais a vivir en un bohío desocupado. Allí estaréis los dos solos y sin que entre a vivir con vuesas mercedes ningún otro hombre blanco ni indio, negro ni mulato.

—¿Desde cuándo, señol?

—Desde esta misma noche. Digo, desde ahora.

Se fueron los negros un poco intrigados y desde la puerta Lope les dio orden de acudir al punto del alba a su casa.

El día siguiente, poco antes de amanecer, cuatro soldados de la guardia arrestaron a Arce y lo llevaron a presencia de Aguirre. Los acompañaba el mismo La Bandera, jefe de la guardia, que no comprendía bien lo que pasaba.

—¿Qué tenéis que hacer aquí, La Bandera? —le dijo Lope de Aguirre. Y añadió en broma—: ¿Cómo osáis abandonar un momento la guardia y con ella a doña Inés? ¿No tenéis miedo de que os la quite Zalduendo?

Salió La Bandera renegando de las bromas hechas por Lope de Aguirre.

—¿Qué es esto? —preguntaba Arce, alarmado.

—No tardaréis en verlo. Atenlo vuesas mercedes mis hijos y vengan detrás.

Estaba Lope armado como para el campo de batalla. Fueron al bohío donde dormían los negros Bemba y Juan. Una vez allí, Bemba, que se creía en delito, dijo:

—Ahora ibámos a casa de vueselensia, como nos dijo ayer.

—Bien está, bien está. Vuesas mercedes, soldados, vuelvan a la guardia, que yo tengo aquí órdenes que cumplir del gobernador —y mostraba el papel escrito que don Hernando se había negado el día antes a firmar.

Los soldados dejaron al preso y Lope dio a Bemba una cuerda encerada que llevaba arrollada al cinto:

—Desde ahora vuesas mercedes tienen otro oficio —dijo a los negros—. Me van a ejecutar la sentencia de garrote que llevo aquí.

Les mostró el papel. Ninguno de los negros podía leer

pero sabían que Lope era maestre de campo y tenía autoridad para aquello y para más.

Caído en el suelo, Arce se agitaba en vano y trataba de hablar, pero la mordaza se lo impedía. Resollaba como un buey.

—¿Te gusta el empleo? —preguntaba Lope a Bemba, irónico.

En lugar de responder, el negro sonreía mostrando sus dientes blancos y perfectos. Bajo la mirada de Lope, el negro Bemba enlazó el cuello del prisionero y el maese de campo hizo un gesto con la mano para que esperara:

—Capitán García de Arce: éstas son órdenes mías, porque yo sé que vuesa merced me es contrario en el corazón y vivimos un tiempo en el que si hemos de salvarnos sólo puede haber una voluntad en el campo.

Se agitaba el otro queriendo hablar sin lograrlo y Lope hizo una señal avanzando la mandíbula en la dirección del preso. Bemba comprendió y apretó las cuerdas.

Antes de que Arce acabara de morir, dio Lope orden al otro negro de que abriera la fosa allí mismo, a cubierto de miradas indiscretas, y lo enterraran dentro del bohío. Con una profundidad de vara y media.

—Lo que lleve el capitán en la escarcela —añadió—, vuesas mercedes se lo reparten como buenos amigos.

Salió Lope de Aguirre, después de cerciorarse de que Arce estaba muerto. Luego se fue despacio hacia su casa, donde le esperaban un grupo de marañones armados. Habían sido avisados la noche anterior.

—Esperen aquí vuesas mercedes —dijo— y no tengan demasiada prisa.

Salió Lope con su hija camino del bosque. Aquellos paseos matinales con Elvira —al rayar el alba, que era el único momento placentero del día— eran el lujo de su vida.

Pero aquella mañana Lope y su hija sólo encontraron cosas feas. Había culebras, escorpiones y arañas, algunas de éstas tan grandes y ágiles que cazaban pájaros y se los comían en pocos minutos.

Había también, como se puede suponer, gran cantidad de abejas que a veces ponían sus enjambres en lugares inadver-

516 La obra completa de Ramón J. Sender

tidos y algún soldado, sin querer, daba en ellos para arrancar
una rama con frutos o alcanzar alguna presa de caza. Pocos
días antes volvió al campamento el negro Carolino, desnudo, dando voces, con más de treinta picaduras de abeja en la
espalda.

Le quitaron algunos de los aguijones que llevaba clavados
y cuando iban a aplicarle aguardiente para aliviar la inflama-
ción y el escozor se volvió olfateando y dijo al padre Henao
y a la mulata María:

—Eso, mejor adentro, padresito.

Lo que habían de gastar en la piel prefería beberlo. La
mulata no quería, pero el padre Henao accedió y el negro se
sintió muy aliviado después de haber bebido un trago de aguardiente.

No perdía Lope ocasión de halagar y acariciar a los negros y sabía muy bien por qué.

Al volver del bosque seguían los soldados armados, lo que
no era poca molestia con los calores del día. Lope les dijo
que trajeran a Belalcázar por las buenas o por las malas, pero
vivo.

Salieron los otros a cumplir la orden, presurosos y con
un aire de veras ejecutivo. No sabían aún que Arce había sido
agarrotado.

Sucedía entretanto un hecho de veras singular. Llegaba
una nube de mariposas de la otra orilla del río. En aquel
lugar, el Amazonas tenía una anchura de más de seis leguas
y los soldados miraban la nube, que parecía una enorme
mancha solar flotando en el aire. Predominaban en ella dos
colores: oro y gris.

Volaban ya fatigadas, según se podía ver, y Elvira y el
paje Antoñico, que solían fijarse en aquellas cosas de la naturaleza, se decían: «No llegarán». Elvira repetía: «Seguro que
no llegarán». Se dolía de la suerte de aquellas lejanas mariposas que ponían en el aire un inmenso reflejo flotante y que
hacían que las brisas cambiaran de color. Seguramente habían
salido de la otra orilla empujadas por algún céfiro y contaban llegar al otro lado, pero perdieron la brisa al llegar a la
mitad del camino y no podían más. Lope dijo:

—Viven tan poco tiempo que no llegan a tener experiencia

verdadera de nada y no pueden aprender lo que es la distancia entre dos orillas.

Otros seres tenían no sólo alguna inteligencia —es decir, instinto—, sino experiencia también. Pero no las mariposas, que vivían sólo tres o cuatro días. En ese tiempo, ¿qué podían aprender?

La nube luminosa fue bajando y por fin la mayor parte cayó en el agua. Iban las mariposas tan cerca unas de otras que el río, en un espacio de más de mil quinientas varas, cambió de color y parecía que habían puesto sobre él un tapiz de seda.

En aquel momento se levantó otra vez la brisa y algunas mariposas que no habían tocado aún el agua volvieron a elevarse, pero carecían de fuerzas y fueron a caer un poco más adelante. Lope sonreía un poco dolido: «Así son también las personas —decía entre dientes—. Se equivocan en sus problemas de altura y de distancia».

Desde la ventana de su bohío, mirando aquel vasto tapiz de mariposas, doña Inés le decía a La Bandera:

—Venid a ver. Millones de muertes ahí en un segundo y yo viva. Yo viva, siempre. Y lo peor es que quiero seguir estando viva.

Parecía que iba a llorar, pero La Bandera la envolvía en sus caricias y promesas y doña Inés acababa por reír un poco histéricamente.

En aquel momento llegaron ante Lope de Aguirre los marañones —así los llamaba— con Belalcázar. Iba desnudo del todo, como lo encontraron, y habiéndose negado a caminar lo llevaban en vilo, entre seis, horizontal y suspendido en lo alto. Belalcázar, sabiéndose perdido, iba gritando: «¡Viva el rey!», para atraer la atención de los otros soldados del campo disconformes con Lope de Aguirre.

Antes de que llegaran a donde estaba Lope con su hija, ella entró en la casa, viendo que aquel hombre iba del todo en cueros.

Hizo Lope seña a los marañones de que le siguieran y se dirigió otra vez al bohío de los dos negros. Iba Belalcázar gritando aún y dando vítores al rey Felipe. No iba maniatado y acertó a desprenderse de sus esbirros y a salir corriendo hasta alcanzar la orilla del río. Una vez allí se arrojó al agua de cabeza y nadó con todas sus fuerzas para alejarse lo más posible.

Lope estaba furioso y dijo a dos marañones:

—Tomen una canoa y síganlo, y allí donde lo encuentren empújenlo abajo con la contera de la lanza, que por la boca debe morir el que con la boca traiciona.

Pero a los gritos de Belalcázar habían salido capitanes y soldados y con ellos el gobernador don Hernando, quien viendo a toda aquella gente alarmada, contuvo a los marañones que iban a buscar la canoa y a cumplir las órdenes de Lope.

Estaba Belalcázar ya agotado y no habría podido resistir mucho más cuando el gobernador don Hernando dio orden de que fueran a rescatarlo cuatro hombres neutrales, desarmados y sin malquerencia alguna. Éstos lo traían poco después desnudo como el día que nació. Llevaba dos grandes mariposas fuertas y pequeñas al labio inferior y escupía tres o cuatro más. Las quillas y los remos de las dos canoas estaban tapizados de alas de mariposa con los colores un poco fúnebres, pero muy brillantes de oro y negro.

Dijo el gobernador a Belalcázar delante de todos:

—Vaya vuesa merced a su casa y no haya cuidado.

Luego llamó a Lope y se alejó con él, diciéndole, aunque sin acento de reconvención porque no se sintiera humillado delante de la gente:

—¿Qué es eso? Yo os autoricé a tomar medidas contra Arce, sólo contra él.

Aquel día llegaron indios de un pueblo próximo, y como señal de paz trajeron vino y pan cazabe. Los soldados salieron orientados por ellos en busca de más vino y de más alimentos y volvieron con todo lo que hallaron, que no fue poco.

Hubo aquella noche mucha gente borracha y se oyeron voces de todas clases en favor o en contra de Lope, quien andaba sereno y oyendo y aquilatando amistades y posibles peligros, pero mostrando descuido y alegría. Llamaban los indios a aquel vino con un nombre aprendido de las tribus del alto Amazonas, de quienes habían tal vez tomado la habilidad y la costumbre de fabricarlo. Se llamaba *aya-huasca,* que en idioma quechúa quiere decir exactamente «vino de los muertos».

Tenían la superstición de que aquel vino les ponía en relación con los seres de ultratumba y a través de ellos podían adivinar, anticipar los hechos, tener inspiraciones sagradas sobre lo que había que hacer en la guerra o en la paz. Aquel vino les había dicho que se hicieran amigos de los marañones, y por eso acudían allí.

El *aya-huasca* lo fabricaban masticando las mujeres un tallo vegetal hasta reducirlo a pulpa y escupiéndolo en una vasija grande alrededor de la cual se sentaban todas. Cuando la vasija estaba llena, la llevaban a una especie de lagar, donde pocos días después fermentaba.

Aquella noche, los que trabajaban en los bergantines reclamaron la ayuda de Bemba, que, como dije antes, era un buen carpintero, y Lope tuvo que dejarlo que volviera a su empleo. El mismo Bemba llevó a Carolino frente al maese de campo y le dijo:

—Este es Carolino, que maneja los cordeles y también el hacha si es preciso.

Carolino añadía modestamente:

—También la espada, señol, si por un casual. La de dos manos.

A los negros del servicio de Lope les llegó su ración de vino también y, medio borracho, Carolino preguntaba a Juan por qué no habían matado a Belalcázar. Respondía Juan:

—Es que se escapó por el río y luego acudió don Gusmán —así decía— en su favorsito.

Se quedaban callados y Juan explicaba todavía:

—El negosio del carnero y el del cabrón, dos negosios son.

—¿Por qué lo dices? —preguntaba el otro.

—Porque no todas las cosas son una y hay que saber distinguir.

Lope, que los oyó, recriminó a Juan. Primero, por atreverse a hablar de aquella manera.

—Vuesas mercedes —les dijo— no van nunca a decir una palabra sobre el trabajo que hacen, y no olviden que si a vuesas mercedes les gusta dar garrote a los blancos hay

blancos a quienes no les disgustaría dar garrote a un negro
Así es que...

Carolino se rió sin ganas y se llevó cómicamente las do
manos al cuello como para protegerlo:

—Cosa de Juan fue, que es un bocaza.

Lope de Aguirre se fue después a su bohío, pero estuve
despierto toda la noche hasta una hora antes del amanecer
como muchas veces le sucedía. Y pensaba en los hechos re
cientes:

«Ya ha desaparecido Arce y la gente se ha enterado si
que yo lo diga. Se han enterado porque tal vez el mism
don Hernando lo ha dicho. Bien. Los marañones son discretos
pero don Hernando habla como cumple a un jefe tan moz
y sin experiencia. No es que yo piense que la muerte de u
hombre como ese podía ocultarla mucho tiempo, pero n
esperaba que se conociera tan pronto. Al enterarse de l
muerte de Arce, unos dicen blanco y otros negro, per
a todos se les encoge el ombligo.

»Menos a La Bandera, que se ha atrevido a decir que
siendo él teniente general —porque lo ha nombrado ante
ayer don Hernando— y yo maestre de campo, tenemos l
misma autoridad, y lo que yo haga lo ha de deshacer él s
llega a tiempo, que en lo de Arce no llegó, pero sí en l
de Belalcázar. La Bandera es teniente general y manda l
guardia, pero su gobierno fuera de ella es ilusión como e
de Ursúa y sólo manda verdaderamente con doña Inés. Otr
que caerá *por do más pecado había,* como dice el romance
Yo les dejo a vuesas mercedes el gozo y la gala de doñ
Inés. Yo soy hombre serio, y en la guerra hay que hacer l
guerra, y en la paz, el amor.

»Arce ha caído y Belalcázar no. Pero no sólo no cay
Belalcázar, ese soldado que cada atardecer envejece, y al irs
a dormir va arrastrando los pies, sino que armó el más gra
de escándalo que ha habido en el real desde que salimos d
los Motilones, porque hasta la nube de mariposas le ayud
Y eso me perjudica y me beneficia, según como queram
verlo. Me perjudica porque he mostrado públicamente l
intención de matar a un enemigo y lo he dejado vivo, co
lo cual el cartel de la ignominia queda flameando al aire

hablando contra mí. Pero yo voy siendo fuerte. Si no fuera tan fuerte habrían venido esta noche a buscar mi cabeza los partidarios de Ursúa, que los hay todavía y no son pocos.

»Tengo que serlo más cada día, sin embargo, o cada día seré más débil, que así son las cosas en tiempos como los que vivimos. El único peligro que se me presenta inmediato es La Bandera. Y me lleva una ventaja: que don Hernando lo está criando a sus pechos. Lo ha hecho teniente general sin saberlo yo y ahí está con tanto mando como yo mismo y deseoso de entenderse como fiel vasallo de su majestad con Felipe II después de haber conquistado y poblado el Dorado. De eso no habla, pero yo sé que no piensa en otra cosa, aunque lo disimula. Él está disimulando conmigo, y todo lo que tengo yo que hacer es disimular con él, que también yo entiendo este negocio y en Guipúzcoa tenemos fama dello, y tengo que demostrar que esa fama es autorizada. Él me lleva una ventaja, y es que no ha dado garrote a nadie y que no ha puesto a morir a nadie que siga vivo después de andar en cueros chillando por todo el campo como cerdo en la víspera de San Martín. Me tiene esa ventaja y la de sus manejos a la sombra de don Hernando.

»Pero La Bandera anda enamorado y eso es algo. Zalduendo sueña con quitarle la hembra a La Bandera, y eso es algo más. Yo sé que La Bandera lo sabe y busca con don Hernando la manera de acrecentarse en autoridad y poder para ganarles sus posiciones por la mano a todos sus posibles rivales, incluido Zalduendo. Pero si otros rivales de La Bandera cortejan a su hembra, yo no. Yo sólo quiero el poder, y para eso primero hace falta astucia. Luego vendrá la fuerza, si ha de venir.

»Si ahora yo doy la cara y obligo a La Bandera a defenderse públicamente llevo la de perder. Así, pues, en lugar de ensoberbecerme y retar a La Bandera, lo mejor será que me descarte, que me retire y que diga palabras de humildad si es preciso. Es decir, que haga confiarse y descuidarse a los dos: a La Bandera y a don Hernando.

»Pero hay que contar los pasos que doy. La Bandera ha armado dos o tres tremolinas de celos por haber encontrado en los aposentos de la hermosa viuda a dos hombres que

se mueren por ella. Uno es el mulato jefe de alguaciles Pe
dro de Miranda, que da la casualidad de que es mi enemigo
y otro es el bendito de Pedro Hernández, que cumplió muy
bien el negocio de la muerte de Ursúa y Vargas. Don Pe
dro Hernández quiere él que le llamen y, la verdad, yo no
me avengo a eso con un hombre que cuando no está ena
morando a doña Inés con suspiros y miradas está comién
dose las uñas o arrancándose el pelo uno por uno, que tiene
una calva del tamaño de un escudo de a ocho encima de
la oreja y él dice que es de la celada, por mejor parecer.
Los dos son enemigos míos y no porque piensan de manera
diferente sobre el destino de la expedición, sino, sencilla
mente, porque creen que yo no soy bastante para mandarle
como maestre de campo. Y cuando me nombraron anduvie
ron murmurando y diciendo que a mí me tolerarían como
una especie de supersargento, pero no como capitán, y me
nos como maestre de campo. En eso coinciden también con
La Bandera, aunque en lo demás son rivales.

»Si ahora doy frente a La Bandera me harán oposición
que La Bandera manda tanto como yo y tiene en su mano
la guardia y además cuenta con la oreja de don Hernando
que lo escucha mejor desde que declaró que estaba dis
puesto a conquistar la voluntad del rey con sus actos de
guerrero valeroso y de político sagaz desde el Dorado. Si
le doy frente me aniquilarán, y tal vez se ha tratado ya de
eso entre don Hernando y él.

»Ya que no puedo adelantarme con las armas porque des
pués del escándalo de Belalcázar no sé cómo me seguirían
los marañones, tendré que mostrarme propicio a La Bandera
y si eso no basta, servil. Ardides de guerra son. Pero mi
intención ni Dios la conoce, aunque la conozco yo muy bien.
Y en la guerra todo está permitido.

»He visto anoche una vez más la cara de La Bandera y sé
muy bien lo que hay debajo de aquella frente de hombre
adamado y amartelado y febril. Hay descuido y mala vo
luntad. Hagamos que se confíe un poco más y el resto vendrá
solo.»

Siguió Lope de Aguirre pensando en lo mismo desde án
gulos diferentes, y como dormía poco salió a pasear.

Se encontró al azar con el jefe de los alguaciles, Pedro de Miranda. Estaba Lope convencido de que Miranda había sido el fantasma profético que avisó a Ursúa de su muerte.

—Tenga mucho cuidado vuesa merced —le dijo—, que jugando a los fantasmas puede acabar por serlo.

—Todos lo seremos un día —respondió él.

—Pero algunos antes de su hora y sazón, creo yo.

Oyendo aquello, Miranda se amilanó bastante y no supo qué responder.

Al día siguiente, durante la tormenta que comenzó a la hora de la siesta, el cielo parecía venirse abajo. Hacía tanto calor que el agua que caía los soldados la sentían caliente en la piel. También lo estaban las aguas de aquellos ríos y arroyos afluentes del Amazonas. En cambio, el agua de este enorme río estaba fresca.

Los indios, que habían visto que los españoles no se iban del pueblo, se impacientaban y poco a poco fueron ocupando las casas que quedaban vacantes, que eran muchas. En ellas se establecieron, aunque pacíficamente y dispuestos siempre a ceder el paso a los españoles y servirlos.

Los marañones los enviaban a pescar, que en eso eran más hábiles, y los indios obedecían. Eran aquellos indios la gente más fea de aspecto que se podía imaginar. Las mujeres parecían machos airados y zaínos, y los hombres, bestias apocalípticas, sobre todo los que llevaban las orejas —como habían visto en otras tribus más al norte— alargadas hasta descansar en los hombros y a veces más abajo, en los pechos.

Como decía antes, en los afluentes del Amazonas el agua estaba siempre caliente, y en el Amazonas, fresca, y la diferencia la sentían los peces porque en los lugares de confluencia se quedaban como pasmados con el frescor del Amazonas. El color del agua también cambiaba. Había ríos azules y también negros, pero el Amazonas era amarillo aun en las horas de cielo más azul y sol más refulgente. A veces el amarillo del río se hacía dorado, y entonces algunos marañones se acordaban del cacique vestido de láminas y de polvo de oro y pensaban hacia dónde caería aquella tierra.

En los lugares donde el Amazonas y algún afluente de

agua cálida se reunían había centenares de peces pasmados por el placer, que se quedaban flotando y se les podía coger con las manos o con unas redes anchas que usaban los indios.

Lo malo era que no había donde conservarlos porque con el calor pronto se descomponían y no podían guardarlos de un día para otro. Por eso cuando llegaban jornadas sin pescado —en las que el río parecía vacío— se producían recias hambres. Todos tenían miedo a un mañana sin comida en las orillas desiertas y sin poblar de aquellos parajes inmensos que parecían olvidados de Dios.

Había que salir cuanto antes de aquel pueblo, pero era imposible mientras no estuvieran acabados los bergantines y algunas chatas nuevas para los indios.

Al hablar de los indios viajeros se entiende los que salieron de los Motilones, de los cuales había más de ciento sesenta aún vivos. Otros muchos habían muerto de hambre en la isla de Arce o en la boca del río Huallaga o en las largas navegaciones sin comida. Había otros enfermos y se les veía descaecer de día en día hasta su muerte. Desde el bergantín solía Lope estar oyendo toser a un indio que iba en la chata toda la noche.

Los que vivían en aquella tierra eran, como digo, disformes y bestiales de apariencia. Por noticias de otros indios, y sobre todo de Alonso Esteban, que había pasado por aquellos lugares mucho antes, supieron que aquella gente no hacía ascos a un buen asado de carne humana, aunque se recataban con los españoles. Más de una vez encontraron puestos a asar bajo las piedras calientes —entre dos capas de ellas, con fuego debajo y encima— un cerdo salvaje y otras un cuerpo humano de alguna tribu vecina. Sin embargo, parece que esto último lo hacían más por religión que por gula, ya que creían que el espíritu del muerto a quien se comían pasaba a enriquecer el suyo propio. Entre aquellos indios había algunos de veinticinco años que eran ya abuelos. Sus mujeres no eran más viejas, como se puede suponer, y a los treinta y dos algunas eran ya bisabuelas. En aquella tierra ecuatorial los cuerpos se desarrollaban más de prisa, y las mentes, más despacio. Parece que suele ser así en todas las especies, y aquellas criaturas que se pueden valer a sí mismas antes son las que menos desarrollan su inteligencia o su astucia. Con los hombres, en cierto modo, es igual. Los menos precoces en la infancia suelen ser los más inteligentes después.

El cerebro es un órgano delicado cuya formación y perfeccionamiento requiere años de lenta experimentación. Los que más tardan en alcanzar madurez son los que cuando la alcanzan son más inteligentes.

Muchos de aquellos indios e indias, a los diez años, eran adultos y maduros, pero su madurez era muy precaria. Se quedaban en aquella edad siempre y su infantilidad se veía antes que nada en la falta de sentido de responsabilidad, en la ligereza con que mentían una y mil veces cada día, en el gusto por el hurto y los pequeños placeres de la gula y también en la indiferencia por los valores morales y por cualquier clase de abstracción como la virtud, la justicia, la bondad, el bien. No es que no les gustaran aquellas cosas, sino que no las entendían y no existían para ellos.

Lope no se ocupaba de los indios indígenas, pero si se presentaba alguna ocasión de juzgar su conducta los trataba como a los animales domésticos. Con desdén, aunque con cierto respeto por su inocencia. Así, pues, a lo largo de la jornada del Amazonas no mató a ninguno de ellos, aunque tampoco hizo nada por salvar a dos o tres que se ahogaron en el río.

Un día, y de un modo inesperado, los indios hicieron una gran fiesta. Aquel era uno de los motivos de su regreso al pueblo. Era la fiesta del *Urubú-coará* (nido de pavo silvestre), donde se embriagaban con el jugo de una planta que los ponía tristes al principio y como enfermos —palidecían y sudaban cada uno mirando al suelo y sin pensar en los otros—, pero después sentían una alegría y un bienestar raros. Y muchos deseos de comunicarse y hablar. Bailaban entonces horas y horas completamente desnudos. A veces el hombre acertaba a dar un golpe con el trasero a la mujer y la enviaba tambaleándose quince o veinte pasos lejos. Las mujeres reían. Cuando era lo contrario, es decir, la mujer quien enviaba lejos al hombre o lo derribaba con un golpe del trasero reían todos, hombres y mujeres. A aquel golpe lo llamaban « el coletazo del *yacaré*», porque les recordaba el movimiento defensivo del caimán.

Veían los españoles todo aquello indiferentes y pensando que ninguna mujer tenía atractivos y que sólo alguna niña entre los nueve y los diez años podía ser apetecible antes de ser tatuada y deformada. Esa edad equivalía allí a los quince años de las mozas de Castilla.

Lope acudió a la fiesta seguido de Elvira y de la Torralba, pero se quedaron poco tiempo, y volviendo luego a casa decía Elvira:

—Esos indios son peores que los motilones, padre.

—Posiblemente.

—Son gente muy baja y tirada esos indios.

—Pero tienen sus méritos, como cada cual. Siempre hay un lado por el que merecen consideración estas gentes, por bajas que sean.

No lo creía la Torralba. La hija dudaba también y preguntaba:

—¿Cuál?

—No hay putas entre los indios, hija mía.

La niña se quedaba pensando, y la Torralba, también. Creía la dueña que no había putas entre las indias, porque siéndolo todas se perdía la idea de la distinción entre ellas y las mujeres honradas. Pero la Torralba no se atrevía a discrepar de Lope y se guardaba sus opiniones para sí misma.

Ya cerca del bohío, Lope repetía:

—No hay putas entre los indios. ¿Y saben vuesas mercedes por qué? Pues porque tampoco hay curas.

Reía Lope, y Elvirica se enfadaba y le decía que tendría que ir a confesar aquel pecado con el padre Henao.

—Prefiero a Portillo —dijo Lope.

Dejó a las mujeres en el bohío y volvió al lugar del sarao.

Iba Elvira preocupada con las palabras de su padre dando vueltas a su imaginación. Una vez en casa, le dijo a la Torralba:

—¿Puede aclararme una duda vuesa merced?

—Si puedo, lo haré con gusto, Elvira.

—¿Por qué hay putas?

—La necesidad y el vicio, hija.

—También entre los hombres hay necesidad y vicio. ¿Por qué no hay putos?

La Torralba se quedaba mirando al vacío sin saber qué responder. Por fin soltó a reír y dijo:

—Los hay, Elvirica. Sólo que de otra manera.

Y como era tarde se acostaron a dormir, sin más explicaciones.

Lope estaba en el bohío de los indios y pensaba en sus amigos y en sus enemigos. La Bandera odiaba al mulato Miranda y a Pedro Hernández, sus rivales enamorados, quienes cada vez que hallaban libre la puerta de los aposentos de Inés entraban ciegamente y locamente, sin haber conseguido hasta entonces la amistad de la viuda.

Y aquella misma noche La Bandera fue a ver a Lope y, como al azar, acusó a sus rivales de estar conspirando contra los nuevos mandos del real. No dejó de extrañarle a Lope de Aguirre aquella acusación de La Bandera, pero recordaba que el mulato hizo el fantasma junto al bohío del gobernador y que el otro se arrancaba los pelos del lado derecho de la cabeza y decía que la calva era de la celada.

Esto último no sería nada, pero Pedro Hernández llamaba siempre a Lope de una manera vejatoria: «el cojo Aguirre». Además le convenía a Lope servir por el momento a La Bandera. Lo miraba de hito en hito y se decía: viene a mí, a pesar de hallarnos en malos términos, porque me tiene en poco. Si me tuviera algún respeto no vendría. Lope de Aguirre le pidió ver a los dos supuestos conpiradores.

Llegaron Miranda y Hernández maniatados y fueron juntos con Lope al bohío de Carolino y de Juan Primero. Bastaba con que enseñara Lope a los negros el papel escrito para que éstos cumplieran su obligación. Aquel papel era una vitela sucia, porque la tinta se había corrido con el sudor del que la llevaba.

El mulato y Hernández fueron agorrotados, puestos de espalda el uno contra el otro y atadas las gargantas de los dos con un solo lazo corredizo. Más tarde vovió por aquí Lope de Aguirre y encontró a los negros abriendo la fosa y bromeando y riendo.

Volvía Lope a su casa pensando que, a pesar de cual
quier clase de consideraciones morales, era aquel un buer
camino y había que seguirlo hasta el fin. Primero para hacer
confiarse a La Bandera y que descubriera su intención y la
de Guzmán. Después ya vería lo que hacía.

El día siguiente, en cuanto se levantó don Hernando, fue
Lope a su bohío, y al verlo entrar, el joven gobernador le
llenó de improperios y le dijo que el campo no era una
cuadrilla de forajidos, que una vida humana era siempre
respetable y que no volviera a hacer ni a mandar ejecución
alguna sin su conocimiento. Oyéndolo se decía Lope: «Está
visto que La Bandera juega también con dos barajas. Des
pués de conseguir de mí que suprimiera a sus rivales vino
aquí a acusarme ladinamente con don Hernando de haber
los suprimido. Es más sutil La Bandera de lo que yo pen
saba y habrá que aguzar el entendimiento». En vista de la
reacción de Guzmán, todo lo que se le ocurrió a Lope de
Aguirre fue ofrecerle la dimisión.

—Yo no necesito vuestra dimisión, ni la quiero —res
pondió el jefe.

—Vos no queréis mi dimisión, pero yo sí —replicó fir
memente Lope—, y aquí la traigo, con ánimo conciliador
y sin mala voluntad.

Poco después llegaron algunos oficiales, y delante de
ellos volvió a hacer su renuncia en términos más formales
Lope de Aguirre dijo:

—Bien saben vuesas mercedes que yo he sido uno de
los que más metieron prenda en preparar y poner en acción
la rebelión pasada, con fortuna, y que tengo ahora la mi
rada puesta en el orden que ha venido después, digo en
organizar el campo lo mejor posible y pensándolo así es
conveniente para todos que deje mi cargo y dimita de mi
puesto de maese de campo, ya que éste y el de La Ban
dera son mandos equiparables y los soldados andan dicien
do que las órdenes de La Bandera y las mías a veces van
contrapuestas por rencillas de tiempos pasados. Para evi
tar problemas como esos y mayores renuncio a mi cargo, por
que además soy viejo y querría tener algún sosiego para
pasear con mi hija que, aunque mestiza, me parece bien

y la quiero mucho. El señor capitán La Bandera sea al mismo tiempo teniente general y maese de campo, que yo sé bien que se honrará de ello y por ahora no hacen falta dos personas para su desempeño, digo, hasta que entremos en terreno porfiable y de guerra. Y esto es lo primero que tenía que decir a vuesas mercedes.

»Lo segundo es que, habiendo sido nombrado La Bandera teniente general y siendo además ahora maese de campo, no debe en manera alguna seguir siendo comandante de la guardia, que eso es menosprecio de puestos tan elevados. El cargo de capitán de la guardia hay que dárselo a Zalduendo, buen soldado y cumplidor. Esta es mi última opinión de maese de campo y la digo sin otro interés que el buen orden del campamento. Espero que se cumpla, para bien de todos.

Don Hernando se alegró, aunque le porfió un poco para que desistiera, y después dijo que le nombraba capitán de la caballería y que, aunque por el momento no había caballos, se harían con ellos en cuanto llegaran a tierras donde los hubiera. En cuanto al nombramiento de Zalduendo para comandante de la guardia, tenía razón, y sería hecho aquel mismo día de modo que entrara Zalduendo inmediatamente en funciones.

Lope salió con la gravedad que le permitía su cojera. Al enterarse La Bandera de todo aquello se quedó asombrado y fue a ver a Lope, quien repitió que lo había hecho mirando por la buena hermandad en el real y por el sosiego de la gente y estaba dispuesto, si era necesario, a hacer más.

Habiendo ganado aquella importante batalla —así lo creían ellos—, los partidarios de don Hernando andaban llenos de ilusiones y comenzaron a confiarse y a ir declarando más francamente sus propósitos. Lope escuchaba y hacía sus cábalas y por las mañanas, a primera hora, paseaba con su niña hasta el bosque. A veces entraba un poco, pero no mucho, porque había culebras venenosas.

Entretanto, ni La Bandera ni Lope de Aguirre se descuidaban el uno del otro, y Zalduendo, que era ya capitán de la guardia, estrechaba el cerco de doña Inés en las horas que dejaba libre La Bandera a la viudita.

Doña Inés había estado, y estaba aún, enferma de *aprensión de ánimo,* según decía Pedrarias, que sabía un poco de medicina. A veces, cuando se quedaba sola, se hablaba a sí misma, casi siempre de una manera lastimosa. Zalduendo, el primer día que entró a verla, la sorprendió en uno de aquellos trances.

—Estoy sola, sola, sola en el mundo —decía—, sin escuchar más que el *golpiar* de mi corazón.

Y lo decía entre dientes. Decía *golpiar,* lo que en una mujer de cierta distinción como ella chocaba un poco a los españoles. Pero en aquellos detalles se distinguían los *cholos.* Ellos decían *golpiar,* y los españoles de Castilla, *golpear.*

Lo primero que le dijo Zalduendo fue que tenía celos de La Bandera y también de Ursúa y del primer marido, aunque los dos habían muerto. Extrañada de aquella manera tan rara de hacerle la corte, Inés no sabía qué decir, y Zalduendo añadió palabras extrañas y románticas. La hizo asomarse para ver en el fondo del río una nubecita reflejada. Era de noche, pero aquella nubecita estaba aún llena de sol. Se acordó Inés de Ursúa, que percibía también cosas como aquella.

En cuanto Lope se encontró con Martín Pérez, quien le reprochó haber dimitido, Lope le dijo:

—Vuesa merced sólo piensa en sí mismo, pero yo pienso en todos.

CAPÍTULO VIII

Andaba Zalduendo muy fino con doña Inés, a la que cortejaba a espaldas de La Bandera, pero olvidaba todas sus finezas cuando alguien fuera del bohío de la viudita le preguntaba.

—El *metisaca* gobierna el mundo —dijo contestando a una pregunta de Lope.

Las extremas humildades de Lope de Aguirre, en las que creía La Bandera, porque los hombres fuertes suelen ser confiados, eran sospechosas para don Hernando, quien, viendo un día trabajar a Lope de Aguirre con un mandil de cuero, ayudando al herrero de la fragua, que fabricaba arandelas y clavos, no pudo menos de acordarse del herrero de la Mauritania que por la noche se volvía hiena, según los cuentos oídos en su infancia, y también de los hombres-leones —éstos no eran cuentos infantiles, sino hechos adultos y ciertos—, que caían sobre las aldeas con un cuchillo en cada mano.

Se conformaba Lope de Aguirre con el puesto de capitán de la caballería —sin caballos— que le habían dado, y al verlo apartado de la dirección de los negocios, los partidarios de don Hernando se sintieron más fuertes y comenzaron a decirle al gobernador que desconfiara de Lope y que no siguiera sus consejos. Viendo Lope que sus enemigos rodeaban siempre a don Hernando, se le acercó una noche de improviso con las armas puestas, a pesar de los grandes calores. Don Hernando se asustó tanto, que con voz insegura se adelantó a hablarle:

—Me alegro mucho de que hayáis venido, porque tengo que deciros algo importante. Cada día comprendo mejor que me huelgo con vuestra amistad y quiero asegurar para el futuro mis alianzas de familia con vuesa merced. Por eso desde ahora os pido, lo más grave y formalmente que puedo, que caséis vuestra hija con un hermano mío que está en Lima y es el mayorazgo, y así, con la voluntad de Dios, nuestras sangres quedarán reunidas.

Mientras hablaba se acordaba del herrero de Mauritania y de las hienas y los hombres-leones. Aquello de las mezclas de sangre le parecía una expresión inexacta y un poco siniestra, pero ya no había remedio.

Y allí estaba Lope de Aguirre, el hombre pequeño, cenceño, pero de secreta y poderosa voluntad, que por pequeño que sea un león siempre señorea a los demás, aunque sean jirafas o elefantes. Cuando Lope de Aguirre le vio tan nerviosamente afable y aun rendido, le dijo, con aquella sangre fría que a veces era lo más notable de su carácter:

—Señor, todas esas atenciones y mercedes mucho las estimo, pero me hacen pensar que la conciencia anda escrupulosa y que desean mis enemigos, a través de las palabras de vuesa merced, cerrarme los ojos para lo que ellos planean contra vos o sólo contra mí o tal vez contra los dos juntos, que nada me extrañaría, según lo que he averiguado en los días últimos.

Era verdad que los enemigos de Lope habían aconsejado a Hernando de Guzmán que les diera autoridad para matarlo.

—Os hablo con mi conciencia abierta de par en par —dijo el gobernador.

—Eso podría no ser verdad, y bueno será que me lo diga todo, ya que yo he averiguado parte. Y no olvide vuesa merced que leo a través de las frentes y de los escrúpulos de las personas.

Don Hernando vacilaba, y de pronto le dijo:

—Todo viene de una cosa y la misma. De que habéis renunciado vuestro cargo de maestre de campo y la gente quiere hacer leña del árbol caído. Prometedme aceptarlo de nuevo y entonces os diré toda la verdad, con la cual seguramente no os diré nada nuevo, porque yo también creo que podéis adivinar las cosas que os conciernen.

—Está bien, don Hernando. Acepto el puesto otra vez y os escucho.

—Quiero mandar pregonar la aceptación vuestra.

—No, eso no, todavía. Yo os diré cuándo.

—Así haré. Sabed, pues, señor maese de campo, que es verdad y que algunos han venido a pedirme que les permita *emplearse* contra vuesa merced. Yo les he dicho que si alguno se atreve a hablar de esa manera otra vez lo pondré en hierros.

Lo escuchaba Lope y se decía: «No lo creo. Este gobernador no es capaz de hablar con tanta firmeza. Tal vez quiso hablar así y no habló, que es muy diferente».

Pero Lope se mostró agradecido por la confianza. Suponiendo don Hernando que aquello no bastaba para tranquilizar a Lope, le insistió en la boda de su hermano con su hija Elvira y le dijo que desde aquel momento, y gracias a aquellas palabras, que tenían valor legal de compromiso de esponsales, habría de llamar a su hija *doña* Elvira, y no Elvira a secas, y que se ofrecía a ser el padrino y a dotarla altamente.

Le daba las gracias Lope, y lo único cierto que sacaba de todas aquellas palabras era una conclusión, siempre la misma: «Don Hernando de Guzmán se siente culpable y tiene miedo. ¿A qué tiene miedo? A mí, a Lope de Aguirre».

El miedo de los otros actuaba sobre Aguirre como suele actuar sobre algunas fieras, es decir, estimulando la agresión. Pero Lope de Aguirre estaba lejos de pensar en agredir, por lo menos a don Hernando. Pensaba en La Bandera y sólo en él. Sabía que era el mayor obstáculo que se oponía a sus designios. La entrevista acabó después de haber logrado el gobernador desvirtuar los recelos más graves de Lope.

Todavía no creía que Lope de Aguirre estuviera satisfecho, y fue el día siguiente a su casa llevando un regalo para *doña* Elvira, a quien llamó así y le comunicó el acuerdo de la boda futura. Elvira no sabía nada, y el hecho de que su padre no se lo hubiera dicho intrigó a don Hernando más que todas las palabras de Lope.

A todo esto, Lope le daba las gracias, pensando en otra cosa. Tantas dobleces veía don Hernando en Lope, que un día le dijo: «A fe señor, Lope de Aguirre, que a veces se diría que venís de linaje de indios por la distancia que hay entre vuestras palabras y vuestros pensamientos». Vio un poco extrañado a Lope y añadió: «Ya veis que os trato como a pariente próximo, con confianzas de hermano».

—Gracias, don Hernando.

—Lo hago poniendo el corazón en mis palabras.

—Y yo no soy hombre para desestimar las confianzas de vueseñoría.

La Bandera quería entretanto mandarlo todo, disponerlo todo. Su estatura y su arrogancia natural daban a su tendencia autoritaria un acento provocativo. Los amigos que perdía La Bandera no iban, sin embargo, con Lope, sino que quedaban al margen, neutrales, y Lope no hacía nada por atraérselos. Pero iba siempre armado y acompañado de dos o tres marañones que velaban por él. También La Bandera recelaba y tomaba precauciones.

Una noche, sin haber hecho pública Lope la aceptación del puesto de maestre de campo, fue en busca de Zalduendo, que estaba junto al río. Llegó por detrás Lope sin hacer ruido en la arena o haciendo tan poco, que era cubierto por el rumor de las aguas.

Cuando estuvo al lado le dijo:

—Zalduendo, distraído andáis. Si yo hubiera sido un caimán ya estarías en mis tripas.

—No es tan fácil, que rastreo a los lagartos y a otras cosas con mis buenas narices.

Se preciaba de aquellas narices Zalduendo. Y por eso añadió:

—¿Sabéis lo que hacía aquí? Pues olfatear el aire, que a veces siento como el olor de la mar, y es que debemos estar más cerca.

—Donosas narices. Bien seguro que cada día nos vamos acercando a la mar.

—Yo lo que digo es que la siento desde aquí.

—¿Y a qué huele?

—A cabello de hembra huele la mar, y lo digo en serio.

—Una hembra huele de un modo y otra de otro, supongo.

Explicó Zalduendo la diferencia entre el olor del río y el del mar y así estuvieron un rato, sin que Lope le escuchara, porque pensaba en otras cosas. Entretanto vieron que un enorme caimán hembra se acomodaba para desovar a la distancia de unas ciento cincuenta varas, donde la arena acababa y comenzaba la hierba y la maleza.

Las hembras de los cocodrilos ponían sus huevos no en la playa, sino en lugares donde las hojas y las ramas caídas de los árboles comenzaban a pudrirse con el sol y la humedad del légamo y de la lluvia.

Cada hembra ponía de cincuenta a sesenta huevos grandes como los de cisne, es decir, algo mayores que los de la oca, pero mucho más fuertes de envoltura.

Los ponían todos juntos y luego cubrían el lugar con hojarasca y cieno para ocultarlos. Sabía cada hembra donde estaba su nido, y a veces, cuando el sol no caía sobre él, se ponían encima para ayudar a la incubación.

Un soldado apuntó con el arcabuz a aquella hembra que estaba quieta y disparó. No dio señales el animal de haberse apercibido. Disparó otra vez el soldado y ella se estremeció, cambió de postura y, dando la espalda al río, siguió sobre los huevos como si nada sucediera.

—Hay que acertarles en un ojo o debajo del brazuelo cuando se bandean, que allí se acaba la coraza y comienza la ternilla.

Siguieron hablando y, llevando Lope el tema a lo que le convenía, le dijo que estaba en un problema grande, porque había descubierto que La Bandera y Cristóbal Hernández querían matar a Guzmán y alzarse con el real para ir con la cabeza de Guzmán a pedir perdón a Lima y que lo tenían combinado para un día próximo. Zalduendo se quedó muy sorprendido y dijo:

—¿Por qué no vais a avisar al gobernador?

—Ese es el caso. A mí no me creerá, porque sabe que somos La Bandera y yo contrarios y que andamos rencorosos. A vuesa merced le creería mejor que a mí y, además, como capitán de la guardia os corresponde esa diligencia tan delicada y tan grave.

Estuvo Zalduendo haciendo más preguntas, con el deseo que tenía de que la acusación fuera verdad, porque odiaba a La Bandera y estaba perdidamente enamorado de doña Inés. Al final se dejó convencer.

Fue a ver a don Hernando y se lo dijo, sin explicar cómo se había enterado —Lope se lo prohibió—, pero dándole a entender que era cosa sabida en el campamento. Don Hernando llamó a Lope y éste se lo confirmó, excusándose de no habérselo dicho antes porque quería cerciorarse, dada la gravedad del asunto.

Entonces se pusieron de acuerdo Zalduendo y Lope de Aguirre y seis marañones, con la autorización de don Hernando, para matar a La Bandera y a Cristóbal Hernández, que era su guardia de corps. Podían llegar y sorprenderlos y matarlos en casa del gobernador, donde estarían descuidados y sin armas el día siguiente.

Y aquellas ejecuciones se hicieron sin que intervinieran Carolino ni Juan Primero. Lope, acompañado de Zalduendo, que andaba muy codicioso viendo la proximidad del momento de tener a doña Inés en sus brazos, llegaron a la hora indicada y a estocadas y de dos arcabuzazos mataron al amante de doña Inés y al caballero Cristóbal Hernández, que antes habían pasado por ser los más adictos y más leales que tenía el nuevo gobernador.

Lope creía haber logrado una victoria importante.

Pasó el cargo de capitán de infantería que tenía Hernández a Gonzalo Guiral de Fuentes, y el de teniente general quedó por el momento sin proveer. Lope de Aguirre dijo entonces al gobernador:

—Ahora es el momento de que mande vueseñoría pregonar mi segundo nombramiento de maestre de campo.

Y así se hizo.

Los indios, que veían lo que sucedía en el campo, comenzaban a cambiar de actitud con los españoles y se alejaban otra vez, cesando en la ayuda a los expedicionarios. No porque tuvieran sentido moral ni respetos por la vida humana, sino por miedo. Si eso hacen entre sí, ¿qué no harán con nosotros?, pensaban.

Volvieron los días de hambre.

Las cosas llegaron a agravarse de tal forma, que saliendo un día a buscar yuca para molerla y hacer con ella pan cazabe, una tropa de españoles mal armados fue atacada por los indios, quienes con flechas y cerbatanas mataron a

Sebastián Gómez, capitán de la mar, a un tal Molina, a Villareal, a Pedro Díaz, a Mendoza y a Antón Rodríguez.

Seis muertos en una escaramuza eran muchos muertos, y Antoñico, que había ido también, se salvó con otros por pies y llegó pidiendo a Lope de Aguirre, desde entonces, peto, rodela, celada y loriga, como los demás. Lope le decía en broma:

—Y un caballo acorazado y una lanza de doce libras.

Desde entonces, los víveres escasearon más, y los indios, alentados por el éxito de su emboscada, llegaban por la noche a robar canoas. Eso decía Lope, y por ser el único que lo decía hubo quien sospechó que desataba de noche aquellas canoas y las dejaba salir río abajo para que nadie osara escaparse, ya que después de la muerte de La Bandera algunos habían comenzado a hablar de volver río arriba a los Motilones o, por lo menos, a la tierra de los Caperuzos, donde estaba el capitán Salinas, a cuyo nombre se acogerían buscando apoyo moral.

El caso es que de ciento treinta canoas que tenían no les quedaron en pocos días sino veinte escasas, y que eran además las más pequeñas y ruines, que no bastaban siquiera para salir a pescar.

Como los bergantines que se construían tenían bastante espacio para alojar a toda la tropa, no cuidaban mucho de aquella pérdida.

Andaba ya Lope de Aguirre sin la sombra funesta de La Bandera y con la adhesión entusiasta de Zalduendo y de algunos otros más poderoso que nunca. Y decía donde quiera que le escuchaban cómo su hija estaba prometida al mayorazgo de la casa de don Hernando y nadie osaba hablar de ella sino como de *doña* Elvira. A todo esto, Lope de Aguirre había conocido las debilidades del carácter de don Hernando, que es una de las peores cosas que le pueden suceder al que manda. Y entró un día en casa del gobernador y le dijo que había llegado el momento de reformar el campo y de hacer refrendar los cargos que tenían por la comunidad entera.

Al gobernador le pareció bien, porque la confusión que se iba creando no permitía ver claro en las voluntades, y menos en las conciencias de los soldados, y así los hizo convocar a golpe de tambor en la plaza, que era muy grande y estaba frente a la casa de don Hernando, y cuando estuvieron todos reunidos salió con una partesana en la mano, acompañado de Lope de Aguirre y de algunos marañones.

Había una mesa en la cabecera del campo, y junto a ella se puso don Hernando y estuvo esperando que los tambores cesaran de redoblar. Entonces, con tranquilo continente y voz sonora, comenzó:

—Caballeros, soldados, hombres de bien. Hasta aquí he sido general de vuesas mercedes sin otro título que la voluntad de los capitanes y de algunos soldados, y pensando que este puesto requiere la confianza de todos, no quisiera que nadie se quejase diciendo que no le dieron ocasión para opinar, y por eso, para satisfacción del campo entero, les he convocado aquí de modo que reciban mi dimisión y después elijan el general que mejor les pareciere, porque yo me holgaré mucho de que la nueva designación sea a gusto de todos. Y ahora, y por las razones que acabo de decir, me desisto del cargo de general voluntariamente y sin fuerza.

Al acabar de hablar clavó la partesana en el suelo, dejó la vara de justicia en la mesa y se apartó hacia atrás con ademán de renuncia al poder, aunque la verdad es que así y todo quedaba bien armado. Los demás fueron dimitiendo de sus cargos también y abandonando sus armas igualmente hasta formar con ellas un regular montón junto a la mesa.

Los soldados del campo, que asistían en silencio a aquel extraño y solemne acto, sospechando que, aunque dijeran otra cosa no les sería aceptado, siguieron callados, esperando a conocer la voluntad de los más fuertes para seguirla, y después de un largo silencio, Lope de Aguirre habló para decir que estaba seguro de poder expresar la voluntad de todos reiterando la elección de general en la persona de don Hernando de Guzmán. Esa segunda elección era hecha con la conformidad del campo entero, porque cada cual consideraba bien empleado en su noble persona no sólo el cargo de general, sino otros de mayor suposición y estima. Y lo mismo se podía decir de los oficios que tenían las demás personas. Añadió que todos los capitanes y los soldados pensaban que nadie podría tener el cargo de gobernador con más merecimientos y que esperaba que si alguno se oponía expusiera los motivos, porque serían muy tenidos en cuenta.

Esperaron a ver si alguien hablaba, y al ver que no y que, por el contrario, se levantaba un murmullo de aprobación, don Hernando fue al lugar donde había dejado plantada la partesana, la arrancó y habló así: «Doy gracias a vuesas mercedes y les quedo obligado por este nombramiento que, sin violencias y por sus propias voluntades han hecho otra vez en mi persona y que desempeñaré con la ayuda de Dios, manteniendo a todos en justicia y disponiendo las cosas de suerte que vayan vuesas mercedes acrecentándose en honras y provechos, pues para todos los habrá en el Perú, a donde iremos y donde, de un modo u otro, acabaremos por enseñorearnos. Pero como en las guerras que se hacen contra el rey en Castilla unos son forzados y otros voluntarios, y yo no quiero que en esta empresa vaya nadie contra su voluntad, cada uno puede declarar su intención en favor o en contra. Si hay alguien que entienda que la jornada no es lícita o no quiere o puede seguirla, y los que se oponen son bastantes para poder sostenerse en una población de indios y quieren hacerlo así, yo les daré todas las facilidades, partiendo con vuesas mercedes lo que haya de armas y municiones, y si son tan pocos que no bastaran para defenderse solos, los llevaré conmigo sin obligación ninguna como hermanos y les dejaré en el primer pueblo de paz donde ellos quieran quedarse. Por ninguna clase de temor deben dejar de decir lo que piensan, ya que no corren ningún riesgo sus personas, y yo juro hacer con vuesas mercedes lo que prometo.

Después de una pausa para añadir con el silencio gravedad a lo que iba a decir, siguió hablando:

—Por el contrario, los que tengan voluntad de seguirme deben firmar con sus nombres en estos papeles ya sellados —y mostró unos pliegos en blanco que había en la mesa.

Volvió a callar. En aquel silencio, que era completo y profundo, se oyó hacia el interior de la selva un alboroto de papagayos y hacia el río el gruñido sordo de un caimán.

Por fin, algunos soldados hablaron disculpándose de no firmar. Eran sólo tres: Francisco Vázquez, Juan de Cabañas y el falso Juan de Vargas, el canario, que solía hacerse conocer por el segundo apellido: Zapata. Desde que fue herido por error en la contienda que costó la vida a su homónimo entendió que aquello había sido un aviso del cielo y se sintió del todo desanimado. Cada día lamentaba más haberse alistado en la expedición.

Pedrarias sonreía y miraba sin perder detalle. Parecía estar siempre por encima de lo que hacían los demás, aunque de tal forma que su aparente superioridad no molestaba. La verdad era que en su familia había casos de locura —su padre y su abuelo al llegar a los sesenta murieron locos— y él ponía desde joven toda su atención en no apasionarse ni exaltarse por nada. Lo que era, pues, precaución parecía naturaleza. Viendo la manera de firmar Pedrarias, se le acercó Lope de Aguirre y le dijo:

—Yo creía que vuesa merced era Pedrarias de Armesto.

—Sí, pero es un cargo de conciencia firmar un papel en blanco. Y si el papel está en blanco mi firma no es firma y las dos cosas son igualmente legítimas o igualmente falsas.

Entonces Lope de Aguirre contuvo al que iba a firmar detrás de Pedrarias y dijo en voz alta: «Juro a Dios que ese escrúpulo viene derecho y que el señor de Pedrarias tiene razón y le sobra. El escribano pondrá ahora en ese papel la voluntad clara de todos nosotros mientras el padre Henao dice la misa y después juraremos y los que han firmado a ciegas firmarán con sus buenas luces y los que no quieran firmar no les será tenido en cuenta».

El mismo Lope de Aguirre ayudó a poner en la mesa los candelabros y otros objetos rituales y acabada la tarea con ayuda de Antoñico, Lorca y Pascual, el cura avanzó y dijo:

—Cumplamos nuestro deber de buenos hermanos en Cristo. *In nomine pater et filii et spiritu santi...*

Se dijo la misa, que fue servida por el padre Portillo y Pascual como acólito, y al final el padre Henao consagró la custodia y bendijo con ella a los concurrentes. En su solemne lentitud se veía algo de las maneras del obispo, es decir, de lo que podríamos llamar un obispo frustrado.

Luego, don Hernando de Guzmán, sin consentir que el clérigo se desvistiera, dijo que sería bueno que todos jurasen lealtad los unos a los otros y si lo querían se la juraran a él y mandó al sacerdote que fuera recibiendo con la mano en el misal juramento de uno en uno. Primero juró el mismo don Hernando, quien dijo: «Juro a Dios y a Santa María y a los Evangelios y al ara consagrada, donde pongo la mano de mi libre voluntad, que unos y otros nos ayudaremos y favoreceremos y seremos conformes en la guerra que vamos a hacer y que antes moriremos en la demanda que abandonar las banderas sin que la menor cosa, parentesco o amistad o necesidad puedan retardar o impedir el hacerlo».

Después, el cura repitió en voz alta y para que todos lo oyeran la fórmula de juramento de don Hernando y añadió las siguientes palabras: « ...y en todo el discurso de la guerra tendremos por nuestro general a don Hernando de Guzmán, sola cabeza nuestra, obedeciéndole y haciendo por él lo que manden sus ministros so pena de perjuros y de caer en caso de menos valer». Fue llamando por la lista militar a todos los oficiales y soldados, quienes, tocando de uno en uno con la mano el ara, decían:

—Sí, juro.

Y luego firmaban los que no lo habían hecho todavía y muchos de los que habían firmado antes.

Cuando terminó el último, Lope de Aguirre pidió silencio y habló en voz alta y grave:

—Cosa sabida es —comenzó diciendo— que los rebeldes que se han alzado en los reinos del Perú se han perdido por no quererse llamar reyes, y así nosotros, por no caer donde ellos tropezaron y para que esta guerra lleve mejor efecto, conviene que alcemos por príncipe nuestro al señor don Hernando de Guzmán, que está presente y después de llegados al Perú le coronemos por rey, diciendo primeramente y en este día y lugar que renunciamos tierras y reinos y al rey don Felipe, puesto que es sabido que no se puede servir a dos príncipes. Y yo voy a renunciar formalmente por el campo entero.

A continuación Lope de Aguirre lanzó maldiciones contra el rey de Castilla en la siguiente forma:

«Reniego de los servicios hechos al rey de Castilla por mis padres y mis abuelos.

»Reniego de los servicios que hice antes de salir de España al infame rey de Castilla.

»Reniego por tercera vez contra los servicios que de obra hice en el camino de Indias y en Indias mismas al rey follón de Castilla don Felipe II.

»Reniego con mi fe y mi honra y mi vida y a costa de lo que sea de la servidumbre que a mí y a otros ha impuesto el rey don Felipe II, que no lo es ya mío ni lo será de vuesas mercedes si siguen mi buen consejo.

»Reniego del príncipe de Asturias y de su padre Felipe II, de su esposa la reina y de todos sus hijos e hijas que pudieran haber y llegaran un día a llevar en la cabeza la corona de Castilla.

»Reniego de mi naturaleza de súbdito del imperio de Felipe II.

»Reniego de mi nombre de español y me halago con llamarme marañón y peruano y todo para mejor descartarme de la servidumbre al rey malsín Felipe II.

»Reniego de un rey y de unos ministros que en el nombre de Dios sirven a Satanás en España y en las Indias.

»Reniego de Felipe II por injusto, mal aconsejado, criminal y ladrón.

»Reniego de Felipe II por todas las cosas antedichas y otras muchas que cada uno de vuesas mercedes piensa y con las cuales convengo, ya que a todos nos hizo ofensa e injusticia en hacienda y en consideración y en retribuirnos mal por bien.

»Reniego de la monarquía castellana para hoy y mañana y para siempre y conmigo reniegan los hijos que pueda haber y los que he habido.

»Reniego del rey incapaz y cobarde que vive entre engaños mientras nosotros perdemos la vida y el decoro en estas tierras ignoradas por él.

»Y así pues digo y os pido a vuestras mercedes que digan conmigo: ¡Muera el rey felón!»

Contestaron muchos, aunque no tantos como esperaba Lope. Serían más o menos la mitad quienes gritaron: «¡Muera!». Alzando Lope más la voz y de un modo sañudo y encarnizado añadió:

«Mueran la reina, los padres del rey y de la reina, los que se tocan con corona en el alcázar de Castilla.»

Contestaron ahora muchos más, arrastrados por la violencia de la dicción.

«¡Muera el llamado príncipe de Asturias!

»Mueran todos sus descendientes, de los cuales nos descastamos para siempre y sin remedio ni esperanza de perdón.»

Y añadió aún cuatro reniegos más, que fueron respondidos mejor, aunque una tercera parte de los soldados parecía abstenerse.

Lope no había terminado. Después de sus *veinte reniegos* y alzando la voz con toda su fuerza, que no era poca, y con su acento bronco que infundía respeto, añadió: «Para que este negocio lleve más autoridad y en el Perú podamos coronar como es debido a nuestro rey don Hernando de Guzmán, es menester que ahora sea proclamado príncipe, y yo digo desde aquí que no conozco otro rey ni príncipe sino don Hernando y por tal le voy a besar la mano y el que quiera que me siga».

Hincó la rodilla y dijo: «Deme vuestra alteza la mano, que mi príncipe es desde ahora». Don Hernando alzó por un brazo a Lope, extrañado, porque no esperaba tanto rendimiento, pero en aquel momento un capitán con la espada desnuda gritó:

—Yo prometo a vuestra excelencia como hidalgo de servirle con esta espada en la mano mientras la vida me dure.

Entonces el escribano, que había acabado el acta, se levantó, la leyó y al final fue citando los nombres de todos los que habían jurado. Como a aquellos territorios se les llamaba también *Machifaro,* el documento * del escribano estaba fechado allí y decía exactamente:

---

* Este documento está tomado del libro del historiador español don Emiliano Jos titulado *La expedición de Ursúa al Dorado,* Huesca, 1927, lo mismo que los otros que figuran en este libro. El autor se ha permitido modernizar la ortografía y también ligeramente —no del todo— el estilo para que no desentone demasiado del resto de la narración. — *Nota del autor.*

«En la provincia de Machifaro, que será a unas setecientas leguas de los reinos del Perú río abajo, según se viene de los Motilones, en 23 días del mes de marzo de 1561, estando juntos en una plaza el muy magnífico señor don Hernando de Guzmán y toda la gente que vino al descubrimiento de Omagua con Pedro de Ursúa y siendo el dicho señor Guzmán su capitán general y Lope de Aguirre su maestre de campo y los demás capitanes y oficiales que tenía nombrados, el dicho señor don Hernando de Guzmán les dijo que su merced les había llamado y juntado para que entendiesen que desde que murió el gobernador Pedro de Ursúa hasta el día de hoy había sido su capitán general y habían estado debajo de su gobernación y mando y que ahora era su voluntad dejarlos a todos en libertad para que como personas libres y según su deseo hiciesen aquello que más quisiesen y se quedaran a poblar la tierra o fuesen a descubrir y poblar a donde quisieran todos y cada uno de ellos y se separaran y dividieran unos para ir a un lugar y otros a otro y que con ese fin y para decidir lo que a cada cual más le conviniere nombrasen todos juntos o divididos, como mejor les pareciese, gobernador o gobernadores, capitán o capitanes y otros oficiales para que los gobernasen y acaudillasen e ir a aquel territorio o a aquellos territorios donde más a su voluntad lo hicieran. Y para dejarles en completa libertad desde ahora dejaba y dejó y se eximía y se eximió del cargo que tenía de capitán general y quedaba como uno de los demás soldados particulares: A ese efecto destituyó también a todos los demás oficiales que había nombrado antes, como maestre de campo y capitanes y otros empleos y dijo que todos eran iguales y nadie más que otro y habiendo acabado de decir lo susodicho, calló.

»Luego todos a una dijeron que para hacer los nuevos nombramientos y dejarlo constado en acta nombraban por escribano a Melchor de Villegas, quien pondría también por escrito las decisiones y acuerdos del campo y quien daría testimonio fiel de ello a todas las personas que lo necesitaran y demandasen y para tomarle juramento nombraban a Lope de Aguirre, antiguo maese de campo, quien sin más debía tomarlo al dicho Melchor de Villegas de que cumpliría su misión con lealtad y fidelidad, y luego el dicho Lope de Aguirre hizo la cruz con la mano derecha en el altar y yo el dicho Melchor de Villegas puse mi mano derecha sobre ella y presté juramento en forma debida por Dios y por Santa María y por las palabras de los santos evangelios, que bien y fielmente había de usar de dicho cargo y oficio de escribano y daría fe y testimonio de lo que hoy pasase doquiera que me fuese pedido y demandado. Igual daría los autos y registros de lo que hoy pasase para que siempre quedara de ellos memoria. Y juré y prometí de hacerlo así y de guardarlo y firmarlo con mi nombre.

»Sin más pausa habiendo pasado lo susodicho según y como escrito queda toda la gente que estaba presente declararon a una que nombraban y elegían por príncipe y señor al dicho don Hernando de Guzmán para que vaya a los reinos del Perú y los conquiste y así quite y desposea a los que ahora los tienen y poseen y los ponga debajo de su ingenio y autoridad y entonces nos gratifique y remunere en ellos por el trabajo que hemos puesto en conquistarlo y en pacificar a los indios naturales de los dichos reinos que así lo hicimos todos los aquí presentes con nuestras personas y nuestro esfuerzo y derramando nuestra sangre, todo a nuestra costa. Que no fuimos gratificados en ellos ni remunerados, ni se nos dio premio alguno, antes bien el virrey don Hurtado de Mendoza nos desterró de los dichos reinos con engaños y falsedades diciéndonos que veníamos a la tierra mejor y más poblada del mundo, siendo como es según la experiencia por todos conocida y sufrida la tierra más mala e inhabitable y de menos gente que hay en él, sabiendo y constándole antes de venir nosotros se han perdido veinticinco o treinta armadas; y que por razón de todo lo antedicho nombraban y nombraron como dicho tienen al citado don Hernando de Guzmán su príncipe y señor para que los tenga debajo de su yugo y autoridad y los ampare y les haga la justicia de ponerlos en posesión de dichos reinos y los remunere y gratifique en ellos por la sangre que en ganarlos derramaron y los trabajos que han pasado, ya que de los que al presente gobiernan dichos reinos no podrán alcanzar justicia alguna sino con las armas en la mano; y que para ir desde este

lugar donde se encuentran al presente a los dichos reinos del
Perú es el mejor camino y más derecho el que pasa por el
Nombre de Dios y por Panamá y no se puede ir por otra
parte y como sabido es que por allí y por las buenas no les
darían pasaje le piden y suplican a su nuevo señor don
Hernando que con mano armada vaya a los dichos lugares y
pase por fuerza y por las armas, para lo cual tome las cosas
necesarias y también en esos pueblos tomará las que sean
menester para el pasaje y así al mismo tiempo volvían a
prometerle y le prometieron tenerle siempre por su príncipe
y servirlo y hacer todo aquello que les mandara y serle siempre leales vasallos; y para cumplir mejor lo susodicho juraron a Dios y a Santa María y a las palabras de los santos
cuatro evangelios y por la señal de la cruz sobre la cual pusieron sus manos derechas uno a uno de cumplir y guardar
y tener por siempre y legal todo lo susodicho y así fueron
pasando y besándole la mano a su nuevo señor y príncipe
y para mejor constancia firmáronlo de su propia mano. Y los
nombres de la dicha conjuración y proclamación son los siguientes: Sebastián de Santa Cruz, Melchor de Pina, Fernán
Gómez, Juan de Rosales, Nicolás de Madrigal...»

Seguían las firmas hasta ciento noventa y dos, todas de
veteranos conquistadores.

Acabada la ceremonia se disolvió la asamblea y Lope de
Aguirre y Zalduendo se pusieron a nombrar cargos palatinos
para los servicios de la casa del príncipe.

En la plaza quedaron algunos grupos de soldados, todavía
sorprendidos y sin saber qué pensar. Un negro, el famoso
Bemba, solo y al sol, bailaba con su propia sombra mirando
al suelo:

...yo yamo a papá Legbá.

Como nadie se le unía en el baile ni en la canción, desistió
decepcionado y se dirigió a los bergantines. Se tambaleaba
un poco. Debía haber bebido y otros tres negros lo miraban
con una expresión de simpatía y de envidia al mismo tiempo
por la embriaguez y tratando de imaginar dónde había conseguido la bebida.

Nadie sino los negros estaban tranquilos aquel día. Pero la tranquilidad de los negros tenía sin cuidado a todo el mundo.

El que más y el que menos de los españoles estaba seguro de haber hecho algo irrevocable. Fue Pedrarias a ver a Lope a su casa y le dijo: «No soy yo el único que ha firmado mal. Yo he visto que Juan Aceituno de Estrada firmó *Juan Juárez Ace,* y que Juan Jerónimo Spinola se puso *Juan G. de Valdespina,* y también Custodio Hernández puso *Francisco Hz.*

—Firma por firma —respondió Lope—, yo sabré esclarecerlas cuando llegue el caso.

—¿Qué caso?

—El que yo me sé. Que los vascos siempre se paran y detienen en el penúltimo escalón de la fama porque tienen miedo, pero yo subiré, y estoy subiendo ya para bien o para mal ese último escalón, y venga el diablo si quiere y haga su agosto, que yo haré el mío. En cuanto a vos, no os preocupéis, que de hombre a hombre va algo y yo sé distinguir.

Estaban en la lista también el clérigo Portillo, pero no el padre Henao, que con las solemnidades de la misa y los juramentos se olvidó de firmar.

Era Pedrarias uno de los pocos que tenían sobre Lope algún ascendiente. Él lo sabía bien y no abusaba, pero tampoco dejaba de usar su influencia. Una vez le dijo Lope:

—Hombre sois de saber, Pedrarias, voto a Dios.

—Algo sé —confesó Pedrarias—, pero no hagáis caso de mi ciencia, sino de mi conciencia.

—Habré de creerlo porque nunca habéis aceptado el cargo de escribano a pesar de vuestras letras y vuestra buena péndola. Y si lo hubierais aceptado, dudosa sería vuestra conciencia, al menos para mí, que no hay un solo escribano en Indias que la tenga buena.

Le preguntó qué cargo quería porque se lo daría por importante que fuera, ya que el príncipe estaba también muy dispuesto en su favor. Dijo Pedrarias que no quería cargo alguno, sino seguir siendo un soldado, y si sus servicios de guerra lo merecían, ser nombrado capitán cuando el tiempo llegara.

—A fe —dijo Lope con cierto reprimido entusiasmo—
que todos los marañones podrían serlo con más motivo que
los que nombran en la cancillería del virrey en Lima.

Admiraba Lope de Aguirre a Pedrarias por la finura de
su mente y también por la prestancia y distinción de su finura, y por esos motivos no le había hablado a Elvira del
mayorazgo de la casa de los Guzmán.

Tampoco doña Elvira miraba con malos ojos a Pedrarias,
que la niña comenzaba a tener conciencia de su juventud
y de sus inclinaciones.

Hizo Lope nombramientos teóricos de magnates con altos
salarios a cargo de las futuras arcas del rey y pensaba confirmar aquellos nombramientos en Lima cuando el día llegara.

Desde entonces, la vivienda de don Hernando I por la
gracia de Dios fue custodiada por la guardia que mandaba
Alonso de Zalduendo. Pero el comandante no estaba casi
nunca, porque se pasaba el día y la noche con doña Inés, a
la que amaba tan tiernamente como Ursúa y La Bandera,
cuyos restos descansaban, bien saciados de amor, bajo la tierra a orillas del Amazonas.

Por fin se acabaron de construir los bergantines, que fueron bautizados con los nombres de Santiago y Victoria y
eran de cabida de trescientas sesenta toneladas cada uno,
sin más cala que unos siete palmos y todavía sin cubiertas.
La falta de cala era especialmente práctica en los lugares
donde el río se presentaba con poco fondo.

También acondicionaron con reparaciones los restos del
otro bergantín y algunas chatas.

Pero no salían aún. Hubo a última hora contraorden. Había murmuraciones y corros nocturnos. Uno de los que más
se distinguían en aquellas trasnochadas era un tal Pedro Alonso Caxo, de Extremadura, gran amigo de los Pizarros, que
entendía de navegar.

Era hombre de poca fortuna en la guerra y en la paz y se
le tenía en no muy grande estimación. Este Caxo fue a Lope
a preguntarle por qué no habían salido antes los bergantines,
estando, como estaban, acabados.

—Acabado os vea yo a malas puñaladas —le respondió
Lope de Aguirre.

Caxo se apartó, fue a sentarse en un poyo cerca del agua y allí se estuvo viéndola pasar, ensimismado. Cuando oyó el anuncio de un pregón se levantó y acudió despacio a escuchar.

Desde que había sido proclamado don Hernando de Guzmán príncipe de Tierra Firme y gobernador de Chile, sus bandos comenzaban con trompetas y atabales y los que los oían se quitaban las gorras. Pero Caxo olvidó hacer esto último no por el deseo de discrepar, sino, sencillamente, porque a veces se quedaba inactivo a mitad de un movimiento, y en aquella inacción pasaba un largo e inocente minuto.

El pregón convocaba la gente a otra asamblea. Los soldados se acercaban, muchos de ellos macilentos y extenuados por el calor y el hambre. Sin embargo, el problema de la comida se presentaba mejor en los días últimos.

Zalduendo robaba comida para doña Inés y le decía:

—Animaos, señora, que yo he de alzaros otra vez hasta la luna si es preciso.

—En el lugar donde estoy, bajar o subir es ya igual —decía Inés—. Comer mejor o peor y ser viva o muerta no hace mucha diferencia para mí tampoco.

Habían pescado algunos *pirarucús,* que son peces muy sabrosos parecidos al salmón, pero más grandes. Podían comer con uno de ellos de regular tamaño quince hombres muy a su sabor.

Veía el negro Bemba las maniobras de la pesca, del descabezamiento y destripamiento del pez y de su preparación para el fuego —envuelto en hojas verdes de un árbol cuyo nombre ignoraba—, sabiendo que no iba a probarlo, a no ser que pescaran muchos más y sobrara, y recordando que no se conservaría más de tres o cuatro horas con aquel calor.

Había calculado el negro que hacía falta para que todo aquello sucediera que pescaran más de diez piracucús. Y estaba atento a la pesca y contando los ejemplares de aquel hermoso animal a medida que los sacaban. Cuando vio que había seis y que no sacaban ninguno más se marchó despacio, mirando sus propios pies.

Los que limpiaban aquellos peces arrojaban las cabezas y las tripas al agua, y el negro, que, aunque no lo pareciera, era hombre reflexivo, pensaba: «Esos pescados del río se comen las entrañas de sus semejantes». Pero aquello no lo hacían todos y la ballena, por ejemplo, no comía peces. Había sido antes *persona* la ballena y vivido en tierra. Eso le había oído decir por lo menos a Pedrarias.

Acabado el espectáculo de los pescadores, mientras los soldados acudían a la asamblea, el negro se puso a mirar un hecho insólito, una cucaracha que al pie del banco de remeros del bergantín viejo se afanaba por librarse de su vieja caparazón. Era una cucaracha más grande que las de Europa y salía de su vieja vestidura flamante y blanca. Lo que más le llamaba la atención al negro era aquella blancura en un bicho tan negro.

Tanto le extrañaba que tuvo que hablarle a un indio que andaba recogiendo los trebejos de pesca: «las culebras, los pájaros y los animales de la selva como la ardilla, y el tejón y hasta los gatos, cambian de pelaje. Incluso la cucaracha aquí presente. ¿Por qué no cambio yo de piel?». Y se miraba las manos huesudas, negras por el dorso y rosáceas por dentro, grandes y esclavas.

Luego se volvió a mirar a los soldados que por llegar tarde acudían a grandes zancadas. Pero había un grupo de tres que se acercaba despacio, hablando. Se lamentaban de la conducta de Lope con los pocos soldados y capitanes que no habían firmado el acta de rebeldía contra Felipe II. Lope los trataba mejor que a los otros, tal vez por el respeto que se tiene a la integridad y a la hombría o porque aguardaba la ocasión para tomarse la venganza. En todo caso, la diferencia que hacía entre unos y otros les parecía mal.

Lope de Aguirre lo hacía porque siendo, como iban a ser más tarde, si el caso llegaba, testigos de cargo, demostraran a las autoridades que no se había hecho fuerza a nadie para firmar y que el que había firmado lo había hecho por voluntad propia, ya que los que se negaron habían sido respetados. El que firmó debía aguantar su responsabilidad y, si era preciso, poner el cuello en el tajo.

En definitiva, pues, Lope los estimaba y conservaba en

libertad para tener más dominados y esclavizados en sus conciencias a los otros. Al bachiller Francisco Vázquez, que era uno de los que no firmaron, lo trataba afablemente y a Pedrarias, que firmó con reservas y con un nombre falso, lo llevaba a comer a su casa, con la Torralba y con su hija, que lo trataban como a su mejor amigo.

En la reunión del campo tomó la palabra Lope, dirigiéndose a las tropas y llamándolas *mis marañones*. «Hemos tardado tres meses en hacer los bergantines —dijo—, y ahora todos podremos caber en ellos, y los indios en dos chatas, que, como vuesas mercedes han visto, están ya listas para navegar. Mal será andar por el río en bergantines sin cubiertas por el mucho sol, pero iremos por la orilla, donde la sombra llega antes, y nos detendremos en el primer lugar donde encontremos aparejos para hacer lo que falta y acabarlo todo antes de salir a la mar. Aquí hemos consumido toda la madera y clavazón y brea que teníamos y las naves son mucho más fuertes que las anteriores porque el fuste central es de cedro, tan duro como la piedra. No nos faltan azuelas y sierras y otras herramientas, pero algunas nos han sido robadas, pensamos que por los indios. Si alguno tiene noticias de cómo y cuándo las han robado, que lo diga, y será no flaco servicio para el campo.

»Grandes trabajos hemos pasado, marañones. Nos hemos comido, como bien saben vuesas mercedes, los caballos y los perros que traíamos, con lo cual la empresa de conquistar y poblar en tierra nueva es imposible. Antes de que Dios nos enviara esos pescados grandes y sabrosos ha habido marañones que han comido gallinazos, digo, esos buitres negros que se alimentan de carne muerta y descompuesta y otras aves y animales de tierra de muy mal sabor. Ni tan siquiera hemos tenido el consuelo de la yuca porque, habiendo muerto de hambre los mejores indios que llevábamos y no sabiendo nosotros hacer pan cazabe, había que pasarse sin él. Yo sé que los días que no se han cogido pescados algunos lo consideran maldición y se han atrevido a decirlo.

»¿Maldición de qué? ¿Qué tiene que mezclarse Dios en estas cosas de los marañones de guerra? El cielo es para quien lo merece, según dice el padre Henao; pero, según digo yo, la tierra es para quien la conquista a punta de lanza y filo de sable.»

Había un silencio que a veces parecía temeroso y Lope seguía: «No hay otra maldición que la flojedad del ánimo de que la tiene, que bastante castigado va con ella, y yo os digo, marañones, que un tiempo nuevo ha llegado y que no permitiré el desmayo ni la flojedad de ninguna manera. Por que otros tiempos son, como digo. Los tiempos de hacerse cada cual hombre de pro, que juro a Dios que, aunque sea a costa mía y de mi propia salud y vida, cada uno de mis marañones se ha de ver en lo futuro rodeado de grandeza y señorío.

»Jefe soy del campo bajo la autoridad del príncipe don Hernando, que Dios guarde, y como consecuencia de todos los desafueros que me han hecho a mí y de todas las humillaciones que han hecho a vuesas mercedes, pronto veremos coronado rey del Perú a nuestro señor don Hernando y a vuesas mercedes, mejorando en otro tanto y más de lo que cada cual merece. Pero una cosa os digo: no murmuréis por los rincones ni forméis corros ni arméis motines en el camino del río ni del mar ni tampoco en tierra, porque mi corazón me dice quién es el disconforme cobarde que no se atreve a aparecer en público, y diciéndolo mi corazón cierto es, y juro a Dios que no le valdrá disimular, y yo le arrancaré el alma del cuerpo por el bien de los demás, que será cosa que a todos convendrá para la unidad del campo y poder mejor llegar a donde todos nos proponemos.

»Así, pues, marañones míos, nadie haga malas ausencias a nadie, que a buen puerto llegaremos todos y días vendrán en que se alegrarán vuesas mercedes de haber nacido y de haber venido a esta empresa. De las hazañas de otros capitanes se ha hablado con alabanza, de Cortés con entusiasmo, de Pizarro con asombro, y de otros con piedad y compasión. Yo os digo, marañones —y aquí levantaba la voz hueca y profunda—, que de mí se hablará con estupor, y de vuesas mercedes, lo mismo. ¿Piensan que somos gente maleante, degenerada y comunera, que salió del Perú a robar y a holgar? Pues pensaban poco para lo que van a ver que habrá quien cuando oiga la palabra *marañones* se le volverá el pelo blanco. Fuera de la Ley estamos, pero somos ambiciosos con motivo, inventores en nuestras buenas cabezas e ingeniosos, y si no que se vean las buenas trazas de nuestros bergantines y la manera que hemos tenido de cambiar el orden de nuestro campo, y somos además buenos trazadores en la manera de desarrollar nuestra voluntad y amorosos de nuestra aventura y celosos de nuestra idea y del plan de la república que llevamos en las mentes.

»Lo primero y principal de esa idea maestra es la venganza. Os juro, marañones, que en todo el reino del Perú los que pensaban que éramos para poco nos van a ver de cuerpo entero. Nuestra intención primera es el castigo de los soberbios que lograron levantarse en nombre de su linaje o de sus pesos de oro y serán los primeros que pagarán en oro y también en sangre viva, que vale más. Pero por ahora no viene al caso entretener más a vuesas mercedes y viniendo a dar en las cosas prácticas y de menor consideración, pero muy importantes también para la buena marcha de la armada, les digo que vayan llevando a los bergantines sus haciendas y entreguen las armas todas al capitán Zalduendo y le pregunten a él cuál es la manera de acomodo que les corresponde. Nadie piense en llevar más cosas que las indispensables y ninguna ociosa ni de lujo. Nadie sea osado de llevar colchones ni cajas grandes, que el espacio anda escaso y hace falta para las armas y los implementos de guerra. Y con esto sólo me queda decirles que todos, sin falta, estén listos al punto del día de mañana, porque saldremos río abajo con la fresca.»

Así acabó la reunión. La gente, más que a las palabras, atendía a la figura, al gesto del que hablaba y al tono de su voz, y lo primero que notaron fue que Lope era el único que estaba armado y cubierto de defensas. En aquellos lugares donde hasta los que estaban desnudos y a la sombra alentaban con dificultad, Lope iba con coselete y loriga. Y su voz salía tonante y vibradora de un pecho enteco y feble. De su cinturón y su pesado tahalí colgaba por un lado una espada maestra que llegaba al suelo y que habría arrastrado si no estuviera recogido el tahalí de manera que en lugar de

vertical su posición era oblicua. Y del otro lado del cinto
colgaba una daga de grandes gavilanes.

Con todo aquello, Lope se movía y andaba tan ligero como
un colibrí en el aire.

Pero cuando la asamblea se disolvía, aquella voz tonante
de Lope volvió a oírse, comenzando con un *¡Marañones...*
que hizo temblar las hojas de las palmeras más próximas:

—Puesto que nos acercamos a la mar y ésta se siente ya
en el aire y en la fuerza de las mareas que hacen subir el
agua, bueno será que sepan vuesas mercedes el plan a seguir una vez salidos por la boca desde el río de los marañones. Y ese plan, según ha sido acordado por los mandos
del campo, es el siguiente: Salidos que seamos a la mar na-
vegaremos la derrota del Norte hasta la isla de la Margarita, donde estaremos no más de cuatro días para hacer
agua y matalotaje y recibir las personas de guerra, si hay
alguna que quiera venirse con nosotros. Después saldremos
en los bergantines que tenemos si no hallamos allí otros
mejores para Nombre de Dios, y de allí cruzaremos la sierra de Capri, que es el paso para Panamá, donde se hará lo
que convenga. Tomaremos la arcabucería y artillería desos
lugares, y cuando más tarde lleguemos al Perú, la sola palabra
de marañones hará envejecer cincuenta años a la gente que
la oiga. Ea, marañones, eso es todo ahora, que, como ven
vuesas mercedes, no quiero guardar secreto aquello que pueda interesar a vuestras mercedes y cada uno esté listo para
salir mañana río abajo y tenga presentes las instrucciones que
he dado antes sobre llevar o no llevar impedimenta.

Fue después Lope de Aguirre a casa de don Hernando,
quien tenía ya maestresala, y pajes adultos, y mayordomo
mayor, y guardia propia de un rey. Allí solía hablar Lope
una vez más de la ventura y la desgracia de los capitanes
conquistadores del Perú. «Si don Gonzalo Pizarro tuvo tan
mal fin —decía— fue porque se avino a bajar las banderas
que mientras anduvo en facción iba con gran pujanza de
gente y muy aventajado en armas y pertrechos de guerra y
salió victorioso de muchos encuentros contra el emperador
como fue en aquella entrada donde venció y mató al visorrey
Blasco Núñez con la mayor parte de su gente. Cuando más

gallardo andaba con aquel viento de fortuna que pudo ponerle en las nubes fue preso y desbaratado en Jaquijaguana por el presidente Pedro de la Gasca y luego muerto miserablemente. Lo mismo le pasó a Hernández Girón, que anduvo también levantado contra el rey con buen golpe de armada y habiendo tenido otras victorias y mucho aparejo y disposición, pero pocos hombres, con sólo trescientos de ellos venció a mil y doscientos del rey, y llevando ya muy adelantada la victoria para alzarse con el Perú fue desbaratado y muerto por Gómez de Solís. Y podría poner otros ejemplos de rebeldías famosas que han acabado mal por la misma razón, porque la alegría de la libertad en que andaban y de la codicia satisfecha con los provechos legítimos de las victorias no les dejó ver claramente el camino que tenían que seguir, y el primero era tener un señor coronado y ley y banderas a quienes obedecer y en cuyo nombre desventurarse de España, que sin eso todo lo demás andaba errado. Nosotros hemos comenzado como es preciso, y en cuanto a leyes, la primera debe ser que todo el que ha tenido autoridad en el Perú y hecho fortuna tendrá que someterse a residencia y, antes que nada, dimitirse de sus cargos y entregarlos a los capitanes vencedores, que ellos sabrán muy bien distribuirlos y restablecer la justicia y el honor a cada cual.»

Todas las declaraciones de Lope acababan en lo mismo: «En mi defensa estoy, y por esa razón de perseguido tengo que convertirme en perseguidor justiciero y en brazo implacable y vuecelencia lo verá antes de mucho». Después salía Lope cojeando un poco más por el lado de la espada que por el de la daga, y don Hernando, que estaba casi desnudo en su bohío, se hacía la misma pregunta de todos: «¿Cómo puede andar vestido y armado si yo desnudo apenas puedo aguantar?». Y oía en el aire de la habitación durante largo rato las vibraciones secas de la voz de Aguirre.

Al día siguiente salieron de aquel pueblo que quedó bautizado con el nombre de Los Bergantines, y navegando todo el día fueron a dar al anochecido en otro que pertenecía aún a la misma región de Machifaro y estaba en el mismo lado del río, y Lope se apartó por un ramal así como una legua para no dar lugar a los bergantines a que fueran al lado contrario, donde, según los indios brasiles, estaba la tierra de Omagua y del Dorado. Temeroso estaba Lope de que la facción de los partidarios de descubrir y poblar volviera a levantarse con su idea, y cuando parecía que iban a atracar y tomar tierra, Lope dio orden de seguir río adelante y el viaje continuó tres días y una noche más, sólo por alejarse de aquellos lugares, lo que sin cubiertas ni obra muerta era más que angustioso para todo el mundo, incluido Lope, que, sin embargo, no se cuidaba de buscar la sombra.

El martes de Semana Santa llegaron a otro pueblo recién abandonado y sin víveres, pero Lope envió a Montoya con una patrulla a un poblado alejado no más de tres leguas por un río afluente, cortando la retirada a los indios fugitivos, y los sorprendieron y les quitaron los víveres que tenían y grandes cantidades de maíz, y cazabe, y manteca de tortuga, y carne de caimán joven y de pavos silvestres. Al volver Montoya tomó Lope el acuerdo de que todos se quedaran allí a pasar la Semana Santa. En la confluencia del río secundario por donde subió Montoya la diferencia de temperatura de las aguas con las del Amazonas era mucha y pasmaba otra vez a los peces, que se quedaban flotando como adormecidos en la superficie, lo que facilitaba su pesca en grandes cantidades. Decía el padre Portillo que era prodigio y que, por ser la Semana Santa, nadie debía comer sino peces, ya que la providencia se les daba para el caso tan generosamente.

Nadie oía aquellas advertencias y Lope rió cuando vio al padre Henao comerse una pechuga de pavo al pie de una palmera y le preguntó, y el cura dijo entre suspiros que se estaba ganando el infierno.

Acertaron allí a tratar con más amistad a los indios, quienes, a pesar de la *hazaña* de Montoya y consolados porque éste les dio collares de vidrio y otras niñerías, desde el día siguiente volvieron al pueblo, se acomodaron cerca de los españoles y les traían víveres, pidiéndoles a cambio las sartas de cuentas, espejitos pequeños y navajitas. El metal y el vidrio eran estimados más que nada en el mundo como cosas que nunca habían visto.

Aquellos indios eran más feos todavía que los hallados antes; llevaban sus cabezas deformadas desde la niñez y, desnudos, mostraban sus sexos, envueltos en largas cintas vegetales que cambiaban cada dos días, y esas cintas eran pintadas de colores con tinturas que sacaban de la selva. Su idioma era el mismo que el de los anteriores indios de la región de Machifaro.

En aquel lugar el soldado Pedro Alonso Caxo, que estaba un poco entontecido por el resol y la calor, quejándose de la mala distribución de las comidas y viendo que Zalduendo era el que hacía las partes y se quedaba con lo mejor para doña Inés, se tiró de las barbas y dijo a otro soldado: «¡Vive Dios que es verdad el dicho latino de *audaces fortuna jubat, timidos que repellit!* Y si no, andad a ver a Lope de Aguirre, cuerdo o loco, en lo más alto de los mandos del campo». Todo esto lo había dicho Caxo a un tal Villatoro.

Otro soldado que oyó aquellas palabras y vio la expresión de venenoso gozo con que escuchaba Villatoro fue a decírselo a Lope, quien llamó a los dos. Hacía tiempo que sospechaba de la secreta traición de Caxo, porque a la hora de bautizar los bergantines había propuesto que a uno lo llamaran Lope, y al otro, Aguirre. Cuando tuvo delante a los dos soldados dijo a Caxo:

—Hola, mi señor Caxo, el del ingenio socarrón. ¿No sabe vuesa merced que en un campo como éste, con autoridades nuevas, hace falta de vez en cuando un ejemplo para asegurar la gente?

Los soldados callaban. Lope se decía a sí mismo que necesitaba aquel ejemplo por un lado para tantear la paciencia de Guzmán, y por otro, para comprobar si podía hacer uso absoluto de la autoridad que estaba adquiriendo. Necesitaba el ejemplo por los dos lados, por el de su jefe y sus subordinados.

—¿No responden vuesas mercedes?

—¿Qué vamos a responder? —dijo Villatoro.

—Bien. Vuesas mercedes van a ser el ejemplo, que yo sé que Caxo anda a la luz de la luna hablando solo, y no sería ésa cosa grave, sino que a veces, hablando solo, dice mi nombre, y eso ya es menos delicado.

—Yo tengo familia —dijo Caxo.

—Yo también —replicó Aguirre—, y si no hago el ejemplo con vuesas mercedes podría ser que mi familia se quedara pronto sin mí. Y eso a mí tampoco me conviene.

Quedaron los tres callados. Villatoro parecía despreocupado:

—Vuesa merced manda y puede dar órdenes —dijo—, pero conmigo no dará ejemplo ninguno, porque tengo que salir con vida del río y subir y llegar luego hasta la isla Margarita.

—¿Cómo lo sabéis?

—Un barrunto que me da por veces.

No miraba Lope a Caxo porque era difícil cruzar los ojos con una persona a quien había anunciado la muerte inmediata. Pero viendo la seguridad que tenía Villatoro en su barrunto soltó a reír con todas sus fuerzas.

Pidió una escolta a la guardia, y con ella envió los dos hombres al bohío de Carolino. Llevaba Caxo mismo el papel escrito (la vitela sudada, donde no se podía leer ya una sola letra). Pero a través de los cambios de régimen y de lugar los negros no estaban seguros de lo que tenían que hacer y Carolino fue a ver a Lope, quien al saber que los soldados murmuradores estaban aún con vida se disgustó y les dijo:

—¿No tenéis cordeles o estáis esperando que los ahorque yo con vuestras tripas?

Volvió atrás Carolino, repitiendo confuso: «No señol, sí señol».

En el bohío estranguló a Caxo, quien pedía en vano tiempo para escribir una carta. «¿Y quién la va a llevar, su mercé?», preguntaba Carolino ajustándole la cuerda. «No hay nadie pa llevar la calta.»

Acababa de matarlo e iba a hacer lo mismo con el otro cuando llegó el mayordomo del príncipe acompañado de Zalduendo, que había ido a avisar a don Hernando. Daban los dos grandes voces para que Carolino se detuviera, pero Caxo estaba ya muerto. Así, pues, enterraron a Caxo y liberaron a Villatoro, quien andaba desde entonces mohíno y sin placer ni gusto para nada, evitando por un lado encontrarse con los negros y, por otro, con Lope de Aguirre, quien lo miraba, sin embargo, admirado y repitiendo:

—¡Oh, el gran bellaco, y qué razón tenía con su barrunto!

En aquellos días de Semana Santa hicieron los curas que todos los que llevaban alguna imagen la cubrieran con tela y, mejor o peor, improvisaron un monumento y pusieron el crucifijo mayor acostado en el centro. Después predicaron sermones, según el ritual de Semana Santa, y lo más chocante fue cuando cantaron los himnos. Los dos curas tenían mala voz, y con los calores y sudores y los hábitos puestos cantaban peor que nunca. Era muy gustoso para Lope de Aguirre oírles cantar *Super flumina Babilonis* a dos voces sin acompañamiento de música y con un fondo de papagayos y de monos de la selva. Lope creía en Dios, pero no respetaba mucho el ritual.

Hicieron el viernes el rito de las tinieblas con la ayuda de los pajes Antoñico y Pascual, que sabían ayudar a misa.

Los indios se acercaban y algunos querían intervenir, pero Antoñico, que nunca había sentido gran simpatía por ellos, los apartaba con maneras despóticas.

Al final, en la tarde del sábado, algunos soldados confesaron, pero nadie comulgó porque las hostias se habían tomado de moho con la humedad y no podían hacer otras. El padre Portillo se alegraba porque, como él decía, «cuantas menos comuniones, menos sacrilegios». Pero todavía le quedaba algún resquicio de esperanza del obispado ahora que había perdido el suyo el padre Henao.

El martes, después del domingo de gloria, salieron de nuevo todos en los bergantines y fueron a dar río abajo dos días después en una isla muy larga en la que había una población de indios bastante próspera en apariencia y tan numerosa que las casas grandes y alineadas cerca del agua se alargaban en una extensión de más de dos leguas. La población de indios huyó sin tiempo para llevarse los víveres, y allí encontraron los expedicionarios gran abundancia de todo, incluido un vino tan fuerte que tenían que aguarlo, porque de otra forma se embriagaban con pocos sorbos.

Allí fue destituido de su puesto el alférez general Alonso de Villena, que fue uno de los más comprometidos en la

muerte de Ursúa y de Vargas por considerarlo Lope de
Aguirre hombre bajo y de poco mérito, y le dieron el mismo
puesto al aragonés Juan de Corella, de familia conocida, hombre callado y seguro de carácter y sobrino del obispo de
Honduras. No había intervenido en la muerte de nadie ni
vitoreado a unos ni ofendido a otros y se le respetaba por su
prudencia.

No pareció Corella alegrarse especialmente, y mientras le
daban la noticia estaba contemplando a un indio viejo y muy
negro que no huyó y que laboriosamente grababa en una
peña las formas de los dos bergantines con rara habilidad.

Acabado el dibujo, aquel indio fue a llamar a los vecinos
del pueblo y les mostró el collar de vidrio que le habían
dado los españoles. Otros indios acudieron codiciosos, y más
tarde, los demás. Se mostraban tan felices con los regalos
de los marañones y tan obsequiosos que en dos días habían
ofrecido a los soldados y cambiado con ellos todo lo que
tenían y en el campamento no se carecía de nada. Los indios
se ofrecían incluso para hacer cazabe, para remar en las
canoas o para entrar en la selva e ir de caza. Aunque algunos soldados los maltrataban de vez en cuando, no dejaban por eso de aprovechar todas las ocasiones para seguir
haciendo sus cambalaches.

Pero aquello no les bastaba. Por la noche, los indios, que
eran sutiles ladrones, entraban en los bohíos y sacaban de
debajo de las almohadas y del cuerpo mismo de los durmientes prendas de vestir y otros objetos sin que los españoles lo percibieran. Algunos eran descubiertos y castigados con azotes o prisión, pero en seguida llegaban sus
amigos o parientes con ofrecimientos de comida y de otras
cosas para rescatarlos, y así se hacía. Algunos traían perlas,
y con eso andaban los marañones febriles y avizores.

Acordaron quedarse allí hasta poner cubierta a los bergantines, necesidad muy apremiante por las grandes calores
de aquellos lugares.

Y pocos días después, hartos y felices, trabajaban los españoles todos durante la noche en las orillas del río. Habían
descubierto maderas especiales, con las que hicieron las piezas que faltaban de los bergantines. Los indios ayudaban en

todo, pero los españoles descubrieron que comían carne humana sin necesidad y por placer, ya que en aquellos parajes abundaban los mantenimientos de fruta y de carne de caza.

Lope vio a un indio con las orejas alargadas por abajo hasta llegarle a los pechos. Como las casas de aquel pueblo eran todas iguales y estaban alineadas simétricamente al lado del río, dedujo Lope por un cálculo infantil que todos los indios debían ser como aquél, es decir, orejudos y caníbales.

Las noches eran allí mucho más negras aún que antes y las sombras eran lechosas, es decir, húmedas y blanqueadas por la luna.

Lope se sentía inquieto, y a veces, desesperado. Encontró calaveras humanas en muchas partes y en los lugares donde menos lo esperaba. No era susceptible de espantos ni de otras debilidades, pero aquel testimonio tan repetido llegaba a ser incómodo.

No tardaron en averiguar que algunos de aquellos indios eran omaguas echados de su tierra y reducidos a vivir en las orillas del río. Cada uno refería historias diferentes y debían ser grandes embusteros.

Apareció una india bastante fea y muy grande de estatura. Tenía en el rostro las manchas de la preñez y un soldado se burló de ella después de recibir tres perlas y dos ananás. Lope le dijo a grandes voces:

—India o cristiana, no quiero ver que nadie se burle de las señales de preñez de ninguna hembra, que la maternidad es lo único sagrado en cualquier tierra y tiempo y lugar.

Necesitaban que alguien lo dijera, como Lope, para ver de pronto que era un sentimiento obvio y justo. La india lo entendió mal, creyó que Lope se había enfadado con ella y salió trotando con la miraba baja.

Lope no quería que los de la guardia se quitaran las armas y repetía una sentencia de Pedrarias:

—No olviden mis hijos que la conciencia del peligro es ya la mitad de la seguridad y la salvación.

Aquellos indios, a quienes llamaban *iquitos* o cosa parecida, vivían antes en el interior del país, en unas tierras quebradas, pero tiempos atrás un terremoto cegó los manantiales y, castigados por su Dios —eso creían— tuvieron que bajar a orillas del Amazonas buscando agua. Allí se mezclaron con los de la ribera, quienes los despreciaban por creerlos malditos, ya que el volcán del que venía el terremoto los había echado de su tierra.

Los llamaban *caribes,* que en su lengua quiere decir extranjeros. Sintiéndose inferiores, para diferenciarse y producir alguna clase de singularidad que les diera prestigio, comenzaron a dar en la costumbre de apretarse la cabeza desde niños y alargarla hacia arriba. Se veían muchas mujeres con la cabeza rematada en lo alto en forma de pirámide. En general, y por naturaleza, tenían la cabeza redonda. Eran braquicéfalos y se podía decir que lo eran todos los pueblos del Amazonas, llegando en algunos esta circunstancia a los más raros extremos, es decir, a producir tipos con la cabeza más ancha que larga, como los gatos.

Al vino que almacenaban en grandes tinajas lo llamaban *carbé,* y no lo bebían sino por razones religiosas, porque les permitía comunicarse —en la embriaguez— con la divinidad, según creían. Lo bebían en esos casos sin mezclar con agua y se embriagaban hasta extremos indescriptibles.

Algunos enemigos de los *iquitos,* que eran feroces guerreros, llegaron una noche a atacarles con ánimo de comérselos después, pero los españoles los hicieron huir fácilmente, obligándolos a dejar algunas docenas de muertos en el campo.

Tenían aquellos indios bastante orden en sus cosas. El brujo y el médico era llamado allí el *payé* y tenía medicinas raras, entre las cuales usaban mucho el humo del tabaco, que, según ellos, hacía acudir a los demonios propicios. Pero el que fumaba era el *payé* y echaba el humo sobre las partes doloridas del enfermo mientras le frotaba las piernas o daba voces ordenándole al mal que se fuera.

En aquellos días hubo un incidente bastante agrio entre Zalduendo y Lope de Aguirre. Al salir del pueblo anterior donde pasaron la pascua había dado orden el maestre de campo de que nadie pusiera caja grande ni colchón en los bergantines para ir más holgados.

Doña María, que había sido amante de Zalduendo antes

de que éste se enamorara de doña Inés, andaba muy resentida y fue a denunciar a Lope que el capitán de la guardia había llevado a bordo el colchón de la viudita. Llamó Aguirre a Zalduendo y tuvieron una discusión agria que fue envenenándose con memorias de otras anteriores. Como estaban en tierra, el colchón de doña Inés había sido instalado en el bohío donde ella y su amante vivían y el cuerpo del delito no fue sorprendido a bordo, pero el colchón no podía haber llegado a aquel pueblo sino en uno de los barcos.

—Basta ya de insensateces —dijo Lope— y de embustes. Yo sé lo que sé, y mal año para vuesa merced si piensa que mis órdenes se pueden ignorar.

Zalduendo sospechaba que doña Inés oía las voces más o menos ofensivas y humillantes de Lope de Aguirre, y contestó:

—El año, si es bueno o malo para mí, depende de lo que yo haga y no de lo que digan los otros.

—No me repliquéis, Zalduendo —le dijo Lope amenazador—, que voto a Dios que no soy hombre para permitir que me falten al respeto.

—Ni yo para dejar que me llamen embustero.

—Callaos y obedeced, que la disciplina no es virtud, sino obligación, y en pie de guerra estamos.

Aunque en apariencia el incidente no era grave, quedaron los ánimos muy irritados, y desde aquel momento Zalduendo y Lope no sólo iban armados —lo que no era raro en los cargos que desempeñaban—, sino que llevaban alguna clase de escolta. El libertino Zalduendo y el ascético Lope se vigilaban con encono.

CAPÍTULO IX

Aquel incidente se complicó.

Fue Zalduendo a ver a don Hernando, temeroso de las amenazas de Lope de Aguirre, más presentes en el encarnizamiento de sus ojos que en sus palabras mismas. El colchón de doña Inés iba tomando relieve en aquellos ires y venires.

La desventaja de Zalduendo con Lope era la que suele padecer el libertino frente al hombre casto. El primero es confiado y blando. La ventaja de Lope de Aguirre era, por el contrario, la del hombre íntegro, vibrador como un hilo de acero y encaminado derechamente a un solo propósito con todas sus potencias.

Dijo Zalduendo a don Hernando que iba Lope por la noche buscando adhesiones y formando corros secretos al margen de los intereses del gobernador. Mucho temía Zalduendo que cuando Lope tuviera bastantes marañones al lado, como él decía, diera al traste con sus enemigos, incluyendo entre ellos al mismo gobernador, don Hernando, de quien iba hablando ya Lope demasiado ligeramente.

Alzaba la mano don Hernando y le rogaba:

—Cállese vuesa merced y no hable así, que no lo creo. No quiero creerlo.

Cada vez que Guzmán hablaba con algún soldado que, como Zalduendo, se había manifestado antes partidario de conquistar, poblar y pedir perdón al rey, volvía a sacar a colación el tema. Zalduendo, que desde el principio se había negado a aceptar —igual que La Bandera— pública y privadamente el nombre de traidor, insistió en lo provechoso que sería para todos entrar en tierras de Omagua ahora que estaban tan cerca y llevar a cabo los planes y objetivos primeros de la expedición. La mitad de los indios que acudían a comerciar eran omaguas, y algunos, interrogados por los españoles, decían saber el camino del Dorado y de la ciudad de Manoa y de la laguna, cuyas aguas habían subido tres estados por las estatuas de oro macizo arrojadas al fondo desde hacía cientos de años.

Alarmado don Hernando por las palabras del comandante de la guardia, quien llegó a decirle que no le extrañaría que Lope tuviera entre sus planes la muerte del príncipe como había tenido antes la de Ursúa, estuvo dudando largamente y por fin hizo llamar a los indios omaguas que habían hablado del Dorado, y por medio de la mujer intérprete pudieron entenderse. El omagua más viejo decía: «Manoa está dentro de un macizo de montañas, en lo alto, y hay allí minas de oro y de plata y montañas de cristal verde, y en el centro del valle, el lago grande, donde el Dorado se baña cada día y donde tres días importantes del año hacen ofrendas de oro».

—¿De qué son las casas de Manao? ¿De paja?

—No. De piedra tallada.

—¿Van los indios desnudos?

—Visten buenas telas de lana de vicuña.

—¿Tienen religión?

—Adoran al sol como nosotros. Cada día, cuando sale, lo adoran.

—¿Tu podrías llevarnos?

—Sí, señor.

—¿En cuántos días?

—Catorce de marcha con el sol del lado izquierdo y seis más con el sol de frente.

—Está bien. Retírate y no digas a nadie lo que hemos hablado.

El indio salió un poco extrañado de que no le hubieran regalado nada. Zalduendo estaba engolosinado con Manoa y el lago del Dorado:

—¿Lo estáis viendo?

Pero todavía dudaba don Hernando. Por fin, y como si no acabara de creer en la eficacia de lo que hacía, mandó a Zalduendo que fuera convocando a la gente más adicta y segura para celebrar en seguida una reunión. Ésta debía ser antes de que Lope volviera. Andaba el maese de campo a la sazón fuera del pueblo, con sus guardias de corps y Elvira y el paje Antoñico.

En pocos instantes acudieron más de cien soldados. Todos se mostraban de acuerdo en buscar los territorios de Omagua y del Dorado y conquistarlos y poblarlos, pero sabían —dijeron algunos— que aquello sería imposible mientras viviera Lope de Aguirre, quien estaba empeñado en volver al Perú a sangre y fuego.

Don Hernando, que presidía la reunión, había puesto centinelas para avisar si Aguirre volvía, y se mostraba inquieto y con prisa. Advirtió a los que oían que no se dejaran convencer si Lope les volvía a hablar de ir al Perú, porque es señal de poco valer dejarse llevar por el que propone las soluciones más desesperadas y sólo caían en ese vicio los más tímidos y débiles.

Parecían, sin embargo, decididos todos aquel día, y Zalduendo, en un momento de exaltación, propuso que llamaran a Lope de Aguirre y que cuando llegara lo mataran allí mismo a estocadas, después de lo cual no habría ya problemas de ninguna clase. Parecían decididos, cuando Montoya se opuso, diciendo que con Lope llegarían algunos de los que le guardaban la espalda y fuerza sería matarlos también, con lo cual no estaba de acuerdo, porque algunos eran personas cabales y meritorias. Y además eran sus amigos personales.

Los ánimos estaban exaltados y don Hernando temblaba ante la idea de que Lope pudiera enterarse de todo aquello. Pidió el mayor sigilo, advirtiendo que del secreto dependía la fortuna y el futuro de todos.

Dijo Montoya que le parecía muy bien la muerte de Lope y también la entrada en territorios de Omagua y el Dorado y no dejaba de sugestionarle la idea de las estatuas de oro arrojadas al fondo del lago. Al final de su discurso propuso que esperaran a que el ejército estuviera otra vez en los bergantines, todos desarmados, menos los de la guardia, mandados por Zalduendo, quienes podían eliminar entonces a Lope sin daño de terceros.

Don Hernando accedió, con la condición de embarcar cuanto antes y poner el plan en acción, ya que aquella clase de conspiraciones no podían mantenerse mucho tiempo secretas.

Intervinieron otros soldados para confirmarse en el mismo plan y se acordó que había que llevarlo todo a cabo antes de veinticuatro horas.

Como si Lope lo supiera, al volver de su paseo lo primero que hizo fue llamar a las tropas y, con su autoridad de maestre de campo, dividirlas en compañías de cuarenta hombres, poniendo a su cabeza un capitán amigo suyo y reservándose para sí la mejor unidad y la más segura e incondicional. En la compañía que tenía a su cargo la protección del príncipe puso muchos amigos de don Hernando, pero también algunos suyos, disimulados, para que espiaran.

Andaba Lope en muy malas relaciones con Gonzalo Duarte, que era mayordomo mayor de don Hernando, y temiendo el dicho mayordomo que Lope habría de ensañarse con él en cuanto tuviera ocasión, gestionó y obtuvo del príncipe un decreto, según el cual nadie podría juzgar ni entender en las responsabilidades del personal de la casa real sino el príncipe mismo. Al enterarse Lope, que fue una hora después de su regreso, acudió con tropas armadas y prendió al mayordomo, y cuando lo tuvo atado lo llevó al bohío del negro Carolino, quien sacó sus cuerdas enceradas y se dispuso a trabajar después de haberle mostrado Lope de Aguirre, como otras veces, el misterioso papel.

Pero don Hernando llegó detrás, armado, y tuvo palabras fuertes con Lope y le amenazó y le quitó su presa de las uñas. Volvieron Duarte y el príncipe a su casa y detrás de ellos iba Lope de Aguirre, entre amenazador y suplicante, y cuando llegaron al bohío, allí dentro, y a puerta cerrada, Lope volvió a suplicar en grandes y temerarias voces que le devolviera el preso, que tenía derecho como maese de campo y que Duarte había cometido grandes delitos contra su servicio y contra el interés del campo. Decía que era enemigo suyo —de don Hernando— y que él lo hacía antes que nada por su propio bien y por la seguridad de la armada. Siguió negándose don Hernando, y Lope de Aguirre, de rodillas y con la espada desenvainada, repitió lo más patéticamente del mundo que tenía necesidad de cortar allí mismo la cabeza de Gonzalo Duarte para salvar de peligro la del gobernador don Hernando, y éste le respondió fríamente que envainara la espada, se tranquilizara y saliera de allí, porque él haría una investigación, y si el mayordomo era culpable, lo castigaría con la severidad necesaria.

El calor en aquella isla era aquel día infernal, y dos mujeres que iban con la expedición se desmayaron y tuvieron que ser auxiliadas y *resucitadas* cuando parecían medio muertas.

Sudaba Lope de Aguirre debajo de la celada y sus barbas mojadas se pegaban a la loriga. Intervinieron otros capitanes allí presentes, partidarios del uno y del otro bando, y lograron apaciguar a Lope por el momento.

Gonzalo Duarte habló entonces a Lope de Aguirre para decirle que estaba equivocado en tenerle por enemigo, ya que desde el tiempo que andaban en tierra de los Motilones le había guardado grandes secretos que le habrían costado a Lope la vida si los revelara.

—¿Qué secretos? —preguntaba Lope, escéptico, pero un poco más tranquilo.

—Vuesa merced dijo en los Motilones que había que matar a Ursúa y alzarse con el gobierno y volverse a Lima en armas para apoderarse del país a sangre y fuego, y yo sabía muy bien que lo había dicho, y a pesar de tener relación íntima con el gobernador Ursúa, no le dije nada ni en los Motilones, ni en los Caperuzos, ni en el río, a lo largo del viaje. Nunca esperaba yo —concluyó Duarte— que vuesa merced daría este pago a mi lealtad.

—Reconozco —dijo Lope— que lo que dice Duarte es la pura verdad y que yo le soy deudor en esa consideración. Reconozco que yo prometí a Duarte hacerle capitán cuando yo fuera maestre de campo, y que con esa promesa o sin ella, o como quiera que fuera, Gonzalo Duarte me guardó la fe prometida.

Aprovecharon aquel instante los otros para intervenir y obligarlos a hacer las paces, y el mismo don Hernando les pidió que se dieran la mano, y aun Lope lo abrazó.

Había días —decía Pedrarias— que el calor hacía enloquecer a la gente, y por eso repetía a veces que todo el mundo debía descontar en la intemperancia y en la irritabilidad de los demás lo que correspondía a la fatiga nerviosa de aquellos calores, a la que Pedrarias llamaba el paroxismo ecuatorial, y otros, la *tarumba del equinoccio*. Se suponía que en aquellas latitudes cada cual tenía derecho a una cierta incongruencia y a una cierta irresponsabilidad.

Pero nada de aquello cambió la verdadera disposición de los ánimos y cada uno disimuló, pensando ganar tiempo para ver cómo se ponían las cosas en las horas venideras. Porque Lope miraba alrededor y no acababa de entender quién estaba con él quién en contra y a veces percibía riesgos nuevos por todas partes sin poder concretarlos. Todo lo que necesitaba saber era quién quería ir a Lima a sangre y fuego y quién a Manoa y al lago del Dorado.

La presencia de Montoya era una de las que más le inquietaban, porque se conducía dentro de la casa del príncipe como si fuera su casa propia y aún habló en voz baja con don Hernando dos veces, sin que lo oyera Lope. Desorientado éste, y alarmado por aquella especie de vacío que lo acompañaba, acabó lanzando un juramento y marchándose a la calle con cuatro o cinco de sus incondicionales.

Aquella tarde, antes de hacerse de noche, estaba Lope con sus guardias de corps cerca de la selva, sentado en un tronco derribado a la entrada misma, cuando oyeron todos un extraño fragor dentro del bosque y miraron detrás creyendo que llegaba una gran manada de animales —pumas o jaguares— avanzando en masa hacia ellos. No tardaron en descubrir que eran las espumas cubiertas de hojas secas y ramas muertas —iluminadas a trechos por la luna— de una de aquellas inundaciones frecuentes por lluvias torrenciales caídas en algún otro lugar más o menos lejano. O simplemente por el macareo del océano, que alcanzaba hasta doscientas leguas río adentro. Eran las espumas cubiertas de una densa capa de maleza, levantada e hinchada, que producían un vasto rumor, como las pisadas de cientos de animales juntos.

Cuando aquel macareo llegaba había docenas de pequeñas islas, y a veces no tan pequeñas, inundadas y cubiertas por las aguas, y muchos animales, sorprendidos, iban nadando a las que quedaban secas para abandonarlas a su vez al alcanzarles el agua.

Algunos llegaban a la orilla del río, pero la mayor parte se ahogaban.

Sabían los indios muy bien cuándo aquellas islas iban a ser inundadas, y a veces uno preguntaba al otro en broma, señalando aquellos lugares todavía secos:

—*Yasso gaöata?*

Quería decir: «¿Damos un paseo?». Y el otro, que sabía lo que iba a suceder, reía. Entonces el que lo había preguntado señalaba un brazo de río pequeño y decía, como justificando su ofrecimiento:

—*Iagarapes.*

Es decir: «Un simple arroyo inocente».

Y reían los dos. Casi todos aquellos indios, con su infantil sentido del humor, eran omaguas.

Lope de Aguirre, que se había asustado un momento al ver lo que sucedía en el interior de la selva, soltó a reír —pocas veces le habían visto hacerlo tan a gusto— y dijo:

—Así son todos o los más espantos de este mundo. Espuma y nonada. Pero hay que andar con la barba sobre el hombro, marañones. Y más ahora, que por estar cerca de los omaguas hay quienes vuelven a la antigua ilusión y confusión y miseria del Dorado.

No lejos de allí, el negro Bemba, exagerando los movimientos del baile, cantaba:

> *Los Ibós se cuelgan solos*
> *solos se cuelgan, mamá,*
> *¿se puede saber por qué?*

—Porque se quieren gorvé —le respondían los otros.

—¿A ondé?

—A donde va el yacaré, se marchan, se marcharán.

—¿Por qué?

—Porque les pagan, no más.

Los Ibós se cuelgan solos
yo quiero saber por qué.

—Se van a ver a papá al otro lado del mar.
—Hay que ver.
—A ver a los que dejaron.
—Zumba-lé.
—Al papá y a la mamá.
—Zumba-lé.

Y así seguían. Lope de Aguirre los miraba a cierta distancia y se preguntaba:

—¿Dónde estará ahora el colchón de doña Inés? ¿Lo habrán escondido?

Los negros seguían cantando y bailando. Era su manera de acusar la *tarumba del equinoccio*.

Pensaba Lope que en medio de tantas dificultades secretas y aparentes aquel colchón de doña Inés estaba siempre en su memoria.

El día siguiente, al amanecer, sucedió otro hecho de veras notable, que revelaba lo que era la vida natural en aquellas latitudes. Un soldado vio un cocodrilo, que, por ser blanco y joven, parecía prometer carnes más tiernas, y lo mató de un arcabuzazo en un ojo.

Fueron a abrirle el vientre y dentro apareció una culebra todavía viva de unos tres pies de largo.

Viéndola agitarse —aunque estaba herida en la cabeza— y temiendo que fuera venenosa la abrieron en dos, y dentro del vientre de la culebra apareció un enorme sapo, quieto e inmóvil, pero vivo también, a juzgar por algunas palpitaciones en el lado del corazón.

Lope, que había acudido al disparo del arcabuz —armado, como siempre—, se quedó mirando y pensando: «La rana o sapo fue sorprendido por la culebra cuando quería comerse alguna alimaña pequeña, pero la culebra fue sorprendida cuando acababa de comerse al sapo. Y el cocodrilo fue cazado y muerto cuando acababa de tragarse a la culebra. Ahora el hombre era el último peldaño de aquella curiosa relación de fracasos y victorias. La tragedia de un ser era la victoria de otro. ¿Quién aparecería detrás del hombre?

Así son todas las demás cosas del mundo —se decía Lope, con ánimo ligero— y hay que andar alerta y madrugar.

¿No habría por allí cerca alguien que cazara al hombre que mató al cocodrilo y se lo comiera? No habría sido extraño, en caso de haberse hallado solo el marañón que mató al cocodrilo, porque, según dije, los indios eran caníbales. Pero no pasó nada, y poco después el cocodrilo, hecho cuartos, estaba asándose al fuego.

Hacían los negros su fiesta matinal —siempre tenían algo que celebrar— y había que ver a Carolino en medio del grupo de sus compatriotas africanos, borracho ya —tan temprano— con el licor de los omaguas.

El día entraba poco a poco en el fanal del equinoccio y una vez más producía el calor efectos extraños. Tan pronto tomaba la gente una determinación urgente, como su cumplimiento —que se había considerado inmediato e inevitable— se aplazaba sin saber por qué. O se olvidaba, a veces.

Zalduendo, que andaba muy preocupado, le dijo a doña Inés, reclinado en el famoso colchón:

—No sé qué hacer viendo tanta intriga a mi vera, a un lado y a otro.

Doña Inés no respondía, Zalduendo volvía a hablar, como si esperara consejo. Ella le dijo, por fin, recordando un proverbio:

—Come pan, bebe vino y di la verdad. Esa es la vida de un hombre.

No sabía Zalduendo lo que quería decir con aquello. En el Amazonas no había pan ni verdadero vino, aunque no faltaban licores fermentados.

Entretanto, parecía como si todo el mundo hubiera olvidado los acuerdos del día anterior. El sol, que mantenía fluida la sangre y las linfas y quería tal vez disolver los sesos de los hombres, presidía conspiraciones, sugería muertes y otros desmanes y deshacía en el aire como burbujas las mismas intenciones que había inspirado.

Aquel era el día de la partida, y nadie hacía nada. La verdad era que todos se encontraban bien en la isla y que nadie parecía tener prisa por seguir adelante. Los alimentos eran excelentes y los platos más estimados, la tortuga y el caimán, condimentados de diferentes maneras. El pavo silvestre, si lo atrapaban, lo que no era fácil, era un manjar de excepción. Hacían con él platos exquisitos, y aquel día le llevaron dos a Lope, sazonados de un modo diferente, y él comenzó a comer, y luego, mirando a los otros, gritó:

—¡Hay para todos! Yo no como hasta que no coman todos los marañones, mis hijos.

Los indios se pusieron en faena y media hora después comían todos los españoles aquellos mismos platos, muy a su gusto. Lope se preciaba de aquellas maneras estrictas y compañeriles, y algunos marañones querían a Lope por ellas, en las que reconocían a uno de los suyos, es decir, a un hombre del pueblo.

En aquel lugar las mariposas eran grandes y, en reposo, formaban contra el tronco del árbol o contra la puerta del bohío un triángulo negro o azul, inmóvil. Al volar descubrían debajo colores raros, predominando el amarillo y el blanco. Había en la grande belleza inútil de aquellas mariposas algo como un peligro.

Y algunos soldados, que no se asustaban de las balas ni de las lanzas y ni siquiera de las flechas envenenadas de los indios, saltaban hacia atrás cuando una mariposa de aquellas pasaba rozándoles las barbas.

Se hizo mediodía sin que la gente embarcara y pasaron veinticuatro horas sin que la conjura contra Lope se cumpliera. El príncipe don Hernando comenzó a sentirse desasosegado y no sabía qué hacer ni a dónde ir. Mandó a buscar a Zalduendo y éste no acudía. No estaba nunca en su puesto, y don Hernando lo censuró, aunque suavemente, diciendo que para ver a doña Inés, de ocho en ocho días bastaba, y que no debía abandonar el servicio. ¡De ocho en ocho días! En cuestiones de amor, el joven príncipe tenía las ideas de un anacoreta del yermo.

Inés, a pesar de todo, era fiel al recuerdo de Ursúa, después de cuya muerte nunca había querido hablar de él con nadie, como si ningún marañón mereciera aquella confianza y aquel honor. Unos le hablaban bien y otros mal de Ursúa, y ella escuchaba, impasible. Una vez preguntó a Zalduendo:

—¿Por qué lo mataron a Ursúa?

—Oh —dijo él, sin saber qué responder—. Todos matan. Vuestra merced también mató a La Bandera.

—¿Eso es verdad? —preguntaba ella.

Y se mostraba involuntariamente feliz. No le parecía mal haber matado a La Bandera.

Zalduendo le había proporcionado a su antigua amante, la mulata María, un amigo que siempre había andado un poco enamorado de ella. Y así la mulata se sentía menos abandonada. No le tenía rencor a doña Inés y las dos hablaban mal de Zalduendo. Pero él y el nuevo amante de doña María andaban siempre juntos y tenían secretos de enamorados y confidencias. Entendiólo Aguirre, y dijo varias veces y en diferentes lugares que aquel negocio no podía acabar bien. Ni tampoco el de Duarte. Tenía Lope a veces celos de la amistad, como los amantes los tienen del amor.

Entretanto, Lorenzo de Zalduendo, en lugar de sentirse en delito por el incidente del colchón, fue a Lope de Aguirre y, con acento sereno y amistoso, pero con los nervios de la discordia, le dijo:

—Ya sé que vuesa merced habla de mí y de doña Inés, y puesto que tanto se ocupa de nosotros, he pensado que sería bueno venir a pedirle que mande que se nos disponga un buen sitio en el bergantín.

Lope de Aguirre se le quedó mirando fijamente, sin responder. Nadie habría podido entender una opinión concreta en aquella cara de Lope, seca como el esparto.

—Ese colchón —dijo, por fin— le va a costar la vida a alguno —y se marchó cojeando.

A todo esto, y siguiendo las instrucciones recibidas el día anterior, iba Zalduendo preparando las cosas para embarcar a la gente, y dispuso en el mejor bergantín —que estaba ya cubierto— el mejor sitio para doña Inés y su amiga, que andaba en martelos diferentes con cada luna nueva. No sólo llevó Zalduendo el colchón, sino cajas y otros bagajes de aquellas mujeres.

Lope de Aguirre salió al paso de Zalduendo, recordándole las órdenes que había dado, y el capitán de la guardia le contestó: «A fe que eso cumple decirlo a las damas, mis señoras, y voy a tratarlo antes con ellas». Fue a su bohío y volvió a salir con una lanza. Rodeado de soldados armados, arrojó la lanza a un árbol, en cuyo tronco se clavó y quedó el asta temblando, mientras el soldado decía:

—¡Voto a Dios que estaría mejor empleada esta lanza en quien yo me sé!

Aquella tarde murió de calor —así decían— la niña india que solía servir a doña Inés —la viudita de nueve años—, y estando enterrándola, doña María, la mulata, dijo:

—Dios te perdone, criatura, que antes de algunos días tendrás muchos compañeros.

Al mismo tiempo, y cerca de allí, Zalduendo, arrancando la lanza del árbol, dijo a grandes voces:

—¿Mercedes me ha de hacer a mí el escuerzo de Aguirre? ¿Permiso he de pedirle para poner el colchón en el bergantín? Vivamos sin él, pese a Dios, que no soy hombre para necesitar de sus consentimientos.

Se enteró Aguirre y, pensando que Zalduendo se sentía respaldado por el príncipe, fue a ver y a reclamar a don Hernando, a quien dijo que no se fiaba de ningún sevillano —don Hernando lo era, igual que Zalduendo— y que anduviera con cuidado, porque desde allí en adelante iría siempre Lope acompañado de cincuenta marañones bravos y bien armados y que más le valdría a don Hernando comer bledos que los buñuelos que le hacía Gonzalo Duarte, su mayordomo.

El calor en aquel día era extremo. Los indios aguardaban la frescura del crepúsculo escondidos en sus cubiles, pero los españoles iban y venían al sol y con todas las armas.

Se alejaba Lope de Aguirre del bohío de don Hernando cuando, arrepentido, decidió volver a darle explicaciones y excusas, y don Hernando fingió aceptarlas, aunque estaba muy amargado y desde entonces iba también rodeado de gente armada y se trataban con cortesía, pero con máximo recelo.

No podía comprender don Hernando —ni tampoco Zalduendo— por qué no se ponía en obra el plan para acabar con Lope de Aguirre. Había alguna perplejidad en toda aquella gente comprometida, y como faltaba la palabra ejecutiva, nadie hacía nada. En aquel pueblo se estaba bien, la comida era abundante y existía la vaga sospecha de hallarse más cerca que nunca del Dorado.

La orden de subir a las naves no se daba aún.

Entretanto, Lope de Aguirre, fingiendo calma, charlaba junto a la orilla en el lado donde estaban los bergantines y decía a los soldados más próximos: «Nos acercamos a la mar y después iremos a la Margarita, y desde allí, a tierra firme, donde tendremos en seguida que toquemos tierra más de mil negros del Panamá, que cuando sepan que hemos matado a Ursúa, su peor enemigo, vendrán con nosotros. A esos negros les daremos libertad y armas y caeremos con ellos y con otros sobre el Perú».

Había nombrado ya Lope de Aguirre, como dije antes, todos los cargos importantes en Lima, y algunos marañones, más o menos inocentes —que de todo había—, iban a Lope de Aguirre y le decían:

—Señor, una merced vengo a suplicar, pero ha de serme concedida antes de que se la diga.

—Hable sin cuidado, que a soldados tan buenos nada se les puede negar.

—El favor que se me tiene otorgado antes de pedirlo es que soy aficionado a vivir en el Cuzco del Perú y allí reside cierto vecino rico que, llegados que seamos, yo procuraré hacerle de menos, y luego querría que su repartimiento y su mujer fuesen míos.

—Hacerse ha desa manera —respondía Lope de Aguirre— y téngalo vuesa merced por suyo desde ahora.

Luego, al quedarse solo, pensaba Lope que aquel soldado tenía sus reivindicaciones como él. Como cada cual.

Descubrieron en aquella tierra que los indios mascaban las mismas hojas de coca que los del altiplano del Perú. Algunos sacaban de aquellas hojas, después de ponerlas en maceración, una pasta densa que mezclaban con agua y que bebían. En aquellas tareas ponían los indios cuidado y solemnidad y un cierto compañerismo alegre, parecido al de los soldados o marineros europeos cuando beben en las tabernas.

Después, los que habían tomado la coca se sentían frescos, animados y tonificados para el trabajo.

Lo malo era cuando además bebían su chicha y se emborrachaban.

Pero no era sólo aquello. En la isla y en tierra firme los

naturales tomaban un polvo por la nariz, aspirándolo de un tubo con una cazoleta al final —como una pipa— y otros tomando el polvo entre el pulgar y el índice.

Era la semilla del *paricá,* pulverizada. Que producía efectos dispares. A unos les hacía caer en un estado de desgana y de éxtasis y a otros los excitaba y enloquecía. Dependía, al parecer, del temperamento de cada cual.

Aquellos indios llevaban las orejas desgarradas. Por abajo se les habían alargado tanto, que les descansaban en los hombros cortadas en dos colgajos. A ellos les parecía un signo de belleza e importancia.

—Ésos —dijo Lope— son los orejones, que ya los había visto yo en la parte de la montaña, hacia Quito.

Eran aquellos individuos inolvidables. En su cara, la mujer tenía una expresión tan dura como el hombre y ninguna de sus facciones armonizaba con la otra. Dos ojos feroces y enormes contrastaban a veces con una boca de una dulzura y suavidad ridículas, y entre ellos, una nariz en promontorio, que parecía artificial y que había crecido enormemente, tal vez inflamada por la costumbre de sorber aquel polvo.

No era fácil considerar a aquellos hombres más cerca de los hombres que de los monos de pelaje limpio y cara rosada. Y los mismos negros los miraban a veces con un gesto de repulsión. Se veía que eran pobres gentes resbalando por la pendiente de la degradación y, de un modo u otro, extinguiéndose por sus vicios, entre ellos el canibalismo, el *paricá,* la chicha y la coca. Sin contar con la *tarumba* del equinoccio.

En aquellas latitudes del Amazonas, uno de los mayores cuidados lo daba la necesidad de protegerse de los vampiros, murciélagos de aspecto repugnante que se acercaban a las personas en la noche y abriéndoles sutilmente una herida se alimentaban de su sangre.

No había memoria de que nadie hubiera despertado nunca a causa de esa siniestra maniobra, porque la saliva de los vampiros es anestésica y hace insensible su mordedura. Así, pues, el animal nocturno comienza lamiendo la parte del cuerpo que quiere atacar. Los lugares que prefiere son los pulpejos de los dedos de los pies, los de las manos, la nariz, la nuca o los lóbulos de las orejas. Una vez lamida y anestesiada la piel cortan un trocito de ella del tamaño de medio centímetro en cuadro de modo que se produzca la hemorragia. Y la sangre fluye y beben a gusto sin ser notados.

Naturalmente, la víctima se encuentra al día siguiente los lugares atacados manchados de sangre y sabe lo que le ha sucedido, pero nunca se dio el caso de que nadie despertara por la agresión de aquel murciélago.

Para evitarlos había que dormir calzados y con la cabeza y las manos envueltas en trapos, lo que en las noches caniculares del ecuador era de verdad imposible, ya que el que lo hacía iba desnudándose una vez dormido sin darse cuenta.

Atacaban también los vampiros a las grandes aves, detrás de la cabeza, en la nuca, y, naturalmente, a los niños indefensos, si las madres no velaban para evitarlo. Cuando algunos se quejaban de aquellas mordeduras, Lope de Aguirre reía siniestramente y decía: «La culpa la tienen vuesas mercedes por dormir. A mí, que no duermo, no me chupan la sangre esas sanguijuelas voladoras».

Se habían dado casos de niños desangrados y muertos.

Pasaban las horas de aquel día y nadie iba a bordo. Los indios habían tomado su coca y aquella tarde tocaban en unas flautas de bambú con sólo dos agujeros próximos a la embocadura, repitiendo siempre el mismo son, con el cual bailaban en sus fiestas, pero aquel día se limitaban a ir y venir con su música, simulando no ver a nadie ni mirar a su alrededor aunque enterándose de todo a su manera.

Hasta ellos había llegado la noticia de la tensión creciente en el campo.

Lope de Aguirre, comentando las palabras de Zalduendo a propósito del colchón de doña Inés, decía que más le valdría a Zalduendo encomendarse a Dios, en lugar de tirar lanzas y decir *bramuras*. Al saber aquello de enconmendarse a Dios Zalduendo fue por su parte a ver a don Hernando y le pidió que diera órdenes inmediatas para acabar con Lope de Aguirre. Don Hernando le ordenó que se callara, pero dos soldados del servicio de don Hernando, que eran el capitán Guiral y el maestresala Villena, se atrevieron a decir que si se había de hacer algo se hiciera pronto. Don Hernando se levantó muy nervioso y dijo que le dejaran a él la decisión en cosas de tan grave monta y prometió decidir aquel mismo día. Estaba muy nervioso y tan pronto se ponía el coselete de acero y se ceñía la espada, sin objeto, como se lo quitaba todo y se quedaba casi en cueros, por el calor.

Estando así llegó Lope de Aguirre con una gavilla de los suyos y, sin hacer caso a nadie, insultaron a Zalduendo, y antes de que pudiera echar mano a la espada allí mismo comenzaron a estocadas y a puñaladas con él hasta dejarlo muerto. Enloquecido, don Hernando daba grandes voces:

—¡Señores caballeros, ténganse vuesas mercedes!

Pero de nada valió, y Zalduendo dio la última gota de sangre a los pies de su compatriota el príncipe. Después, Lope de Aguirre se volvió a dos de los suyos, que eran Antón Llamoso y Francisco Carrión, este segundo mestizo, y les ordenó que fueran a buscar a doña Inés y a su amiga María y que las matasen allí donde las encontraran.

—Estoy harto —dijo— de negocios de putas en el real.

Entretanto, don Hernando, dolido y acongojado por la muerte del capitán de su guardia, dijo a Aguirre que nunca olvidaría el descomedimiento y el poco respeto que había tenido por su persona atreviéndose delante de él a matar a un capitán como Zalduendo y que cuidara mucho de lo que hacía, porque no podría menos de juzgar actos como aquél y calificarlos y castigarlos, ya que la armada no era una cuadrilla de forajidos, sino un ejército de hombres que esperaban por el buen ejemplo conseguir la adhesión de otros tan buenos cuando llegaran a tierra firme, y que aquella conducta, más que de caballeros, era de rufianes y gentes de horca. Que él no había nacido para permitir y tolerar hechos como aquél y que...

Pero Lope de Aguirre, agotada su paciencia, le dijo desvergonzándose por segunda vez:

—Vuecelencia no entiende de cosas de guerra ni sabe gobernarse ni gobernar a los otros y yo no me fío de ningún sevillano y Zalduendo lo era y otros lo son lo mismo que él y todo el mundo sabe las dobleces y falsedades que hay en ellos. Vuecelencia —siguió diciendo Lope— vive descuidado y hace mal, que cuando se tiene el cargo de vuecelencia o el mío hay que andar como ando yo y si ahora quiere hacer consejo de guerra contra mí por la muerte de Zalduendo cuide antes de asegurarse con cincuenta o sesenta hombres de guerra bien armados y dispuestos a dar la vida por vuecelencia, por lo que pudiera suceder, que yo los tengo y aún más, y si quiere otro consejo le diré a vuecelencia que más le valdría comer el cazabe que hacen las indias macerando la pasta con los pies sucios que las empanadas que le prepara el mayordomo Duarte.

Dicho esto salió sin querer escuchar lo que respondía el príncipe. Fue al bohío de doña Inés y entró diciendo:

—Memorable va a ser este día para vuesas mercedes.

Pero no había nadie, y entonces recordó que había dado órdenes de que las mataran.

Poco después, Carrión y Llamoso, amigos de Lope, fueron en busca de doña Inés y de María la mulata, y habiéndolas hallado cerca de la sepultura de la niña muerta el día anterior poniendo en ella flores, les dieron de puñaladas. Comenzó Llamoso con un punzón albardero, con el que dio diez o doce golpes a doña Inés sin matarla. Estaban detrás de unos arbustos en las afueras de la aldea, y viendo Llamoso que Carrión había degollado a María del primer golpe y limpiaba en sus faldas la daga, decidió también acabar con doña Inés, y tomándola por los cabellos con la mano derecha porque era zurdo le clavó la daga en el cuello varias veces.

Estaban los cuerpos tan destrozados que los soldados tuvieron gran compasión cuando fueron a darles tierra.

Era doña Inés la mujer más bonita del Perú, según decían cuantos la conocieron.

Dijo luego Lope a los soldados que lo había mandado hacer con el fin de que aquella mujer no fuese causa de otras muertes como había sido ya.

Hicieron una tumba en la arena —ni siquiera en tierra firme, y era imprudencia, porque los indios las sacarían y se las comerían— y las enterraron. La Torralba y doña Elvira fueron a poner flores encima y a rezar. Los marañones las miraban hacer, encandilados.

El padre Henao dedicó a la hermosa peruana un epitafio
latino y lo dejó toscamente grabado en la losa arenisca con el
mismo puñal que había empleado Llamoso:

Conditur hic lauris prefulgens forma pullœ
Quan tulit insontem sanguinolenta manus
Gloria silvarum est, extinctum cenere corpus
Ast Domini vivens displicuit facies.

Que quería decir: «Se esconde en estos laureles la es-
pléndida forma de una jovenzuela a quien, inocente, mató sangrienta mano. Su cuerpo, convertido en ceniza, es la gloria de
las selvas, pues viva su hermosura desagradó al hombre».

Cuando se enteró Lope le dijo al padre Henao: «Todo me
parece bien menos eso de *puellœ,* porque la verdad es que
tenía poco de doncella doña Inés que Dios haya».

Le respondió el cura que no era *puellœ,* sino *pulloé,* y
que esto no quería decir doncella, sino joven, jovenzuela.

—Ya veo —y Lope reía bajo sus barbas—. Pollita. Yo
también sé mi latín, no vaya a pensar vuesa reverencia que
me gusta que me hagan la lección. Yo lo sé también.

Y miraba al cura con aquel aire indescifrable que atemo-
rizaba a algunos.

Muertas y enterradas Inés y doña María, y sintiéndose
Lope de Aguirre sosegado por la victoria y más o menos
culpable, volvió a casa de don Hernando y le dijo, según
su costumbre, con una especie de oficiosidad arrogante:

—Vengo a daros satisfacciones del hecho de la muerte de
Zalduendo, quien había amenazado de muerte a un tan gran
servidor vuestro como soy yo y ahora puede vuecelencia sentirse seguro porque yo soy más hombre que Zalduendo para
defenderle y también más que otros en quienes tiene vuecelencia demasiada confianza de puertas adentro. Quiera Dios
que no vea el desengaño antes de mucho.

Escuchaba el príncipe pálido y sin saber qué responder
ni aun qué pensar y Lope le dijo:

—Asómese vuecelencia a esa puerta y verá que llevo conmigo lo más veterano de la armada y los llevo para defensa
de vuecelencia y para su seguridad y para mantener el buen

orden en el campo y que nadie ose demandarse. Que si e
colchón de doña Inés trajo lo que ha traído, ¿qué podrán
traer otros motivos mayores de discordia como a diario hay
en el campo?

El príncipe no quiso asomarse fuera, y recordando el in
cidente del colchón pensaba que no podía haber tal vez mo
tivos mayores entre aquella gente marañona exasperada por
el calor del equinoccio, joven y sin hembra.

Vio Lope de Aguirre en una puerta interior los rostros
de los capitanes Guiral de Fuentes y Alonso de Villena y re
calcó, viéndolos tan pálidos como a don Hernando:

—Quiera Dios que no paguen justos por pecadores y que
cada cual ande tan seguro como ando yo a la hora de la
justicia.

—De la venganza —musitó don Hernando.

—Venganza o justicia, que de perseguido me he vuelto er
perseguidor, y en esto está todo el secreto de saber vivir. Yo
a lo dicho me atengo, y a los hechos más que a las pa
labras.

Y salió zapateando como él decía al hecho de cojear.

No había dicho don Hernando a Lope que aceptaba su
explicaciones. Y Lope se daba cuenta.

El maestresala y el capitán Guiral seguían con el rostro
blanco de estupor. No hablaban, eran todos oídos y no aca
baban de comprender.

Salió doña Elvira aquel día a pasear, pero no con Lope d
Aguirre, su padre, sino con Pedrarias, a quien expresament
Lope le encomendó aquella importante e inocente tarea. La
Torralba no quería salir del bohío en aquella aldea porque
habiendo querido cantar la jota soriana al instalarse en la
casa nueva —y cantarla en el tejado— la pidió en matrimo
nio un cacique indio, y los soldados se rieron tanto de aque
llo que en cuanto la veían volvían a recordárselo y a bromear

Así, pues, la Torralba no salía. Tampoco le gustaba ver la
vergüenzas de tanta gente en cueros, según decía.

Tenía pánico por la noche pensando en los vampiros. Des
de que un día despertó con sangre en la almohada y en la
orejas y en las plantas de los pies no se volvió a dormir y
nunca sino completamente envuelta —de los pies a la cabeza—

en una sábana como en un sudario. Para que dormida no se destapara a causa del calor hacía que Elvira la cosiera la sábana encima cada noche. La hija de Lope tenía en cambio un recio mosquitero hecho con redes de pescar. Los mosquitos entraban, pero no los vampiros.

Pedrarias llevaba a doña Elvira cerca del bosque. Cada vez que el soldado la llamaba *doña* Elvira, ella se ruborizaba un poco y le decía que aquello era una galantería un poco boba de don Hernando y que no se burlara de ella.

Iba Pedrarias muy cuidadoso con Elvira por las alimañas de todo orden que solían encontrar. La serpiente cascabel era frecuente en aquellos lugares y su mordedura necesariamente mortal. La llamaban los indios *jararacá,* que parece una alusión al ruido que hace con sus crótalos en las piedras.

Cuando preguntaban a las madres indias por qué tenían a sus niños colgados de pequeñas hamacas o cestos a cinco o seis pies de altura en las ventanas o los aleros de sus bohíos nunca decían que era por miedo a las culebras —a las cuales no había que aludir nunca, y menos a la cascabel—, sino para evitar que los niños comieran tierra.

Era verdad que aquel vicio lo tenían muchos de los chicuelos en todas las tribus y que con frecuencia alguno moría por su causa.

Mientras paseaba Pedrarias con doña Elvira el capitán Guiral y el maestresala Villena hablaban a solas dentro de la casa de don Hernando y a cubierto del príncipe.

—¿Habéis visto que no ha dicho nada don Hernando?

—¿Qué va a decir? Horas hay para la lengua y horas para el cuchillo, y éstas son las del cuchillo.

Hacían los indios, fuera, su jolgorio de flautas y tambores a pleno sol. Era la vida del Amazonas aparentemente miserable y penosa, pero mirando las cosas despacio se llegaba pronto a comprender que dentro de la fatalidad en la que los hombres todos vivimos no era aquélla una vida tan ardua como la de algunos pueblos civilizados.

La vida de aquellas gentes desde que nacían era una especie de deslumbramiento del que no acababan de salir en todo el tiempo de su existencia. Es decir, que llegaban al día de su muerte sin haber comenzado siquiera a com-

prender nada. Cuando nacían veían caudales inmensos de agua
que tomaba distintos colores, entre los que predominaba el
amarillo dorado. Veían al lado una selva poderosa y llena
de misterio, con rumores siniestros durante el día y una
algarabía infernal e inextricable durante la noche. El dios im
placable de la vida y la muerte era visible y perceptible —vol
canes lejanos que hablaban por el estruendo de sus erupcio-
nes y por los terremotos. Las tormentas diarias desde Na
vidad hasta avanzado agosto con rayos y truenos, lluvias
torrenciales y un sol aplastante mantenía en un estado de
asombro a los hombres.

Nadie llegaba nunca a acostumbrarse ni a familiarizarse
con todo aquello. Los grandes placeres físicos compensaban
la incomodidad del hambre ocasional o del peligro de las guerras de tribus. Y cada día la sorpresa era mayor. Cuando no
podían más sorbían por la nariz el polvo del *paricá* o mascaban la coca. Así conseguían una calma interior ocasional.

Llegaban a la mayor edad y morían a los treinta o cuarenta años sin haber salido de su asombro y sin ocasión para
comenzar a reflexionar. Ahí estaba el peligro de los otros, de
los guerreros españoles y los blancos. En la preocupación sin
soluciones ni conclusiones. La vida de aquellos seres del Amazonas, con todas sus dificultades, era mejor que la vida gris y
sórdida de los pobres en los países del viejo continente. La gen
te pobre de Europa vivía sesenta años o más abrumada por el
hábito de reflexionar y de comprender demasiado sin poder
resolver nada en definitiva. Y esto sucedía a veces también
con los ricos.

Pensando así, Pedrarias mostraba a Elvira las cosas de la
naturaleza. Él mismo se estaba familiarizando con algunos
animales, especialmente con un ave de costumbres muy cu
riosas. Se llamaba *agamí* y era un pájaro del tamaño de un
jerifalte que se hacía amigo de los soldados y penetraba fácil
mente en sus bohíos o en los bergantines y que a veces
se posaba en el hombro del que se aventuraba a entrar en
la selva, especialmente de Pedrarias, a quien parecía cono
cer y distinguir.

Estaba la selva, como he dicho, plagada de culebras pon
zoñosas cuya picadura mataba en algunas horas, y aquel pá

aro, el *agamí,* atacaba a los reptiles y los mataba con el pico y las garras. Luego, si tenía hambre se los comía, pero no era frecuente.

Parecía estar el *agamí* consciente de la importancia de su trabajo, porque cada vez que entraba Pedrarias en el bosque acudía el pájaro, se posaba en su hombro e iba delante de él cazando culebras y a veces llevando alguna a su lado para que la viera. En una ocasión, no habiéndose fijado Pedrarias, porque estaba atento a un tapir que se acercaba y al que quería cazar, el *agamí* llevó a sus pies una serpiente herida, pero viva, y el reptil lo primero que hizo, sin duda para alejarse del ave, fue trepar arrollado a la pierna de Pedrarias. Éste se estuvo quieto como una estatua, agarró la rama de un árbol con el brazo tendido y por el brazo y la rama se fue el reptil tranquilamente.

El *agamí* estaba orgulloso de sus habilidades y quería mostrarlas.

Aquel día las horas pasaban y ni embarcaba la tropa ni don Hernando tomaba determinación alguna contra Lope de Aguirre.

Entretanto, Pedrarias y Elvira seguían cerca de la selva como si nada sucediera. Y veían y buscaban y comentaban lo que hallaban. Entre los insectos grandes y ruidosos de la selva abundaba uno que se llamaba *machaco,* palabra que en quéchua quiere decir *víbora.* Era una cigarra tan gritadora o más que las de España y tenía el cuerpo parecido, pero, así como la de España era inofensiva y los chicos las cogían y jugaban con ellas, la del Amazonas tenía la cabeza triangular como las víboras y llevaba en el pecho una espina o aguijón de media pulgada de largo, muy agudo y por el cual segregaba al clavarlo un veneno más activo que el del alacrán.

Cuando volvían de la selva, Pedrarias y la niña vieron al maestresala de don Hernando y al capitán Guiral, que iban caminando despacio con Lope de Aguirre, a quien hablaban apasionadamente en voz baja. No pudo Pedrarias menos de extrañarse, porque consideraba a aquellos dos capitanes grandes enemigos de Lope.

Los dos criados de Guzmán habían decidido que, estando

como estaba toda la fuerza de parte de Lope de Aguirre
y que siendo el caudillo vasco el único que se decidía a ac
tuar, había que congraciarse con él antes de ser sus víctimas
Y fueron ni más ni menos a contarle lo que había pasado
en la junta, en la que acordaron matarlo. «Si estáis vivo aún
—le dijeron— es porque Montoya dijo que no quería que
lo mataran yendo acompañado vuesa merced de sus guardias
de corps entre los cuales tiene amigos.» Añadieron que su
muerte estaba aplazada para cuando subieran todos a los
bergantines. A aquella condición impuesta por Montoya debía
la vida Lope de Aguirre.

Se sintió Lope tan ofendido y tan alarmado que, habiendo
sido llamado poco después por don Hernando para celebrar
una junta antes de embarcar en los bergantines, el maestre
de campo le respondió:

—No es ya tiempo de hacer juntas ni de llamarme a ellas
Otras juntas ha celebrado vuecelencia sin mí, y lo mismo pue
de hacer ahora. Estoy en otros mayores cuidados y os pido
por todas esas razones que tengáis por excusada mi pre
sencia.

No era prudente aquella respuesta porque parecía descu
brir sus intenciones, pero la indignación de Lope de Aguirre
no permitía discreción ni clase alguna de sigilo.

CAPÍTULO X

A solas, y después de haber oído las graves confidencias de los criados de don Hernando, se decía Lope: «¿El loco Aguirre? Bien, estoy loco, pero vuesas mercedes van a sentir mi locura en el meollo de su razón. El loco Aguirre va a arreglarles la vida a los cuerdos. El delirante Aguirre va a arreglar la visión, la conciencia y la vida de los razonables. ¿El criminal Aguirre? ¿Es que alguien me llama así? Yo no he matado con mi espada sino a otro hombre que llevaba también espada al costado y preparaba mi muerte. Sólo a Zalduendo, sevillano falso y quimerista, embustero y traidor, que para eso había nacido. Los demás no los he matado yo, sino el buen azar de Dios, que por todos vela y que permite sólo aquello que debe ser permitido. No se mueve la hoja del árbol sin la voluntad de Dios. De acuerdo. Yo no intervine sino en el último crimen y fue porque Zalduendo había pedido permiso al jefe para madrugarme a mí. No es fácil eso, que duermo poco y como las liebres, con un ojo abierto. Tengo mis quehaceres, quehaceres secretos que yo sólo puedo conocer y decidir. Dos hombres que están obligados en vida y en muerte al sevillano don Hernando y a quienes yo no he ofrecido nada han venido a revelarme las intenciones de su señor. A mí, el loco Aguirre. Yo estaba solo ayer, pero no lo estoy hoy, con mis sesenta marañones armados y Carolino y Juan Primero en su bohío aguardando la vitela sudada no necesito más en el mundo. Miserable soy, pero no más que otros. Y tenemos nuestra justicia. Yo voy a fundar y establecer un reino a mi manera. ¿Es que no tenemos nosotros derecho a conducirnos estúpidamente en lo alto de la pirámide como los que están ahora? ¿Es que yo no tengo el mismo derecho que Pizarro y que La

Gasca y Hurtado de Mendoza a ser simple cuando quiera y bellaco cuando me dé la gana con una cadena de oro cruzada al pecho que sea devoción y encomienda y gala todo junto?»

Así hablaba Lope de Aguirre, y golpeándose el pecho con el puño cerrado añadía: «Nosotros. Somos nosotros los que hemos venido a la jornada de Indias. Somos lo mejor de cada familia porque somos los que no van a heredar y tienen que buscarse el honor y el ducado a fuerza de ingenio y a punta de espada. Somos honrados, pero ¿para qué nos sirve a los que no tenemos tierra donde fundar ni rentas con que lucir? Toda mi honradez la pongo debajo de la bota, de esta bota que se afirma malamente en el suelo a causa del arcabuzazo que me dieron en la pierna. Un lujo, la honradez, pero no el mejor, para mí. Tal vez para Pedrarias. No, tampoco para él. Para nadie. Poco haría con su honradez Felipe II si no matara gente. Que ha matado más cristianos en secreto que diez veces la gente que llevo yo en el real. Yo soy yo. Yo soy vosotros. Yo soy todos los demás y yo soy el único entero y joven o viejo, rico o pobre, lisiado o sano, a quien vais a escuchar, a quien vais a obedecer y a soñar. ¡Me estáis soñando ya vuesas mercedes los amigos de don Hernando, hijos de la gran puta! Yo no tenía interés en venir a la vida, pero he venido, y mucho cuidado, chapetones de Castilla, que los cojos de las provincias vascongadas os andamos a los alcances. Me alegro de haber venido a este Amazonas, donde parece que todo lo que vemos y lo que oímos es sólo el fondo de un milagro, el milagro que tengo que hacer yo sólo, marañones. Lo que yo he valido yo lo sabía, pero ahora lo van a saber vuesas mercedes, marañones. Si no fuera por esta jornada del Amazonas, nunca se me habría presentado la ocasión, y van vuesas mercedes a ver lo que un hombre como yo hace cuando le llega la ocasión, cuando ya no viven La Bandera ni Zalduendo ni otros que trataban de torcerme el camino. Mi camino».

La vida en la isla era la misma hora tras hora. Seguían los indios con sus curiosidades, sus cambalaches y sus sonrisas. Nunca habían visto indios tan sonrientes los marañones.

Aquellos indios, cuando hablaban de los hombres blancos, decían en su idioma: *Cariua Jurupari,* es decir: *el blanco* es *el diablo.* Porque, lo mismo que los semitas, ellos tienen sus diablos, que se diferencian poco del que podríamos llamar diablo ortodoxo de los persas o los romanos. Para defenderse del diablo blanco o verde usaban flechas envenenadas con el famoso *curare,* que entonces era desconocido fuera del Amazonas.

El *curare,* que es una corrupción de *uirarirana,* viene de la planta de este nombre, arbusto de tamaño mediano que exhala aromáticos efluvios. Al mismo tiempo que atrae y engaña y se denuncia ofrece al que se acerca unas pequeñas frutillas rojas, más pequeñas que aceitunas, que invitan a comerlas por el color y la fragancia.

Lo curioso es que el que las come puede hacerlo sin cuidado porque son inofensivas con una condición: que no mastique ni coma las semillas. De ellas y de las hojas y del tallo del *uirarirana* se desprende una savia ponzoñosa. Tanto que la más leve raspadura en la piel que haga aflorar sangre a los poros es mortal si esa sangre entra en contacto, aunque sea fugaz y rápido con el jugo de la semilla.

Los indios untaban con aquel betún —así decían los españoles— la flecha, y por su parte los españoles, cuando sospechaban que una flecha tenía ponzoña, lo primero que hacían era raspar con ella la piel de un indio, a quien observaban, y si seguía vivo después de algunas horas la flecha no estaba envenenada. Lope de Aguirre lo hizo aquel día y el indio tardó seis horas en morir. «¡Oh, el hideputa!», exclamó Aguirre como si él tuviera la culpa.

El blanco era Cariua-Juruparí, pero los indios no se quedaban atrás en eso del diabolismo.

Entre aquellos indios había una tribu que vivía a un tiro de arcabuz y se llamaban los *cachivos.* Gente más rara aún. Los indios cachivos eran caribes. La palabra caribe no quiere decir, sin embargo, comedores de carne humana, sino, como dije antes, simplemente extranjeros. En aquel caso eran las dos cosas a un mismo tiempo.

Andaban locos los caribes por comerse a un blanco creyendo que así las cualidades del blanco les serían transferidas. Ofrecían sus esposas a los blancos para que yacieran con ellas y las dejaran embarazadas y dieran a luz. Entonces el esposo indio —según dijo a Lope uno de los brasiles— cuidaría al hijo del blanco, lo mimaría y atendería hasta tener uso de razón, y al llegar a los ocho o nueve años se lo comería para recibir su espíritu. El espíritu de su padre blanco.

Pasaba con eso que muchas gentes que comían ritualmente carne humana se acostumbraban y luego seguían por afición y sin sentimiento religioso ni pretexto ritual alguno. Entre los omaguas había muchos indios de ésos. Casi todos los brasiles eran también caníbales.

A veces iban Lope de Aguirre y su hija al barrio de los caribes y todos los indios salían a mirar a la niña en éxtasis. Entonces ella tenía miedo y pedía a su padre volver a casa. A su choza. Los negros llamaban a aquellas chozas *ajupas,* quizá por tradición de sus poblados de África.

Iban allí los indios desnudos, como la mayor parte en las orillas del Amazonas, y, sin duda, era ésa la única manera de vivir en un país tan caluroso. Lo único que llevaban sobre su piel era algún collar de dientes de mono o de hombre, y los más viejos, algunas cabezas humanas reducidas al tamaño del puño y colgadas de la cintura por los cabellos. Aquellas cabezas traían loco y fuera de sí a Pedrarias.

Había personas en la expedición que les encontraban a aquellas cabezas parecidos con la cabeza natural de Lope, en la que creían ver la misma sequedad y la misma expresión hermética. También sus facciones parecían reducidas y comprimidas por extrañas presiones exteriores.

Nadie le decía eso a nadie, aunque todos lo pensaban.

Estaba Lope de Aguirre muy ocupado con sus reflexiones. Aquel día que acababa de comenzar iba a ser definitivo en su vida para bien o para mal. El maestresala de don Hernando y el capitán Guiral habían ido a decirle cuáles eran las intenciones de don Hernando y se lo dijeron con todos los detalles y garantías de veracidad. Más se preciaba Lope de Aguirre de la fidelidad de aquellos dos hombres que de la victoria que le venían a facilitar. «El hecho de que vengan a mí quiere decir que ya no es don Hernando quien tiene la autoridad en el campo, sino yo. Ya no son estos hombres satélites de don Hernando, sino míos, y sin haberlos sobornado ni siquiera con una promesa.» Entre tanto, Bovedo iba a salirse con la suya. Le había oído decir un día Lope que no tenía valor para suicidarse y que aquélla era la única razón por la cual estaba todavía vivo. Eso le dijo Bovedo, que era, como Montoya, el que debía dar la señal para matarlo según le comunicaron Guiral y el maestresala, y Lope de Aguirre pensaba que lo primero que tenía que hacer era suprimirlos a los dos, a Montoya y a Bovedo. Había que ayudarle a Bovedo a salir de esta vida, ya que no tenía valor para marcharse por su cuenta. Y en cuanto a Montoya, mil veces le había dicho a Ursúa: «Yo soy de los que nunca olvidan ni perdonan. Mátame, y si no me matas puedes estar seguro de que un día te mataré yo a ti». Y así fue. De veras, Montoya cumplió su palabra. Montoya y Bovedo —éste con su cabeza rubiácea de gallego mal cocido— eran dos, pero campaban siempre juntos. Había que darles a los dos lo que los dos habían esperado y deseado alguna vez en su vida sin que nadie se lo diera.

—A lanzadas —les dijo Lope de Aguirre a cuatro de sus soldados— y cuando el sol comience a caer. Exactamente cuando el sol baje y se vea encima de aquellas palmeras. Si no lo hacen vuesas mercedes con diligencia y silencio estamos todos fregados.

Para distraer la atención de la gente anunció que el viaje se reanudaría al día siguiente y los soldados comenzaron a disponer sus cosas.

Cuando el sol comenzaba a caer, Lope de Aguirre dio un bando para que todas las canoas fueran puestas en racimo junto al costado norte de la aldea. Las órdenes se entendían para todo el mundo menos para las tropas que llevaba consigo, con las cuales puso vigilancia en las cercanías de la casa de don Hernando.

Las viviendas de Montoya y de Bovedo estaban en el extremo sur, y como todas las de aquella población habían sido construidas a lo largo de la orilla, era fácil interceptar la comunicación llegado el momento, porque bastaba con una pareja de hombres armados.

Atareado todo el mundo llevando las canoas al extremo opuesto, Lope de Aguirre señaló a cada escuadra de diez hombres sus víctimas y les dijo cómo debían emplearse de modo que cayeran primero Bovedo y Montoya.

Todo a punto, vieron que se entraba la noche, y fue aquélla una de las más oscuras que se vieron nunca, a pesar de que en la línea equinoccial lo son todas. Un jefe de escuadra advirtió a Lope de Aguirre que en la confusión de la noche, si había resistencia, podía ser que se mataran los soldados entre sí, y por esa razón pensaban si no sería mejor esperar el amanecer. Lope decidió que el soldado tenía razón, pero que a Montoya y a Bovedo había que matarlos en seguida y sin hacer ruido, para lo cual eran especialmente acomodadas sus casas, que estaban juntas y en un extremo de la aldea.

Fueron allí y Lope de Aguirre, fingiendo alegría y ligereza de ánimo, dijo a los españoles que hallaron por el camino que iba de caza en busca de dos jaguares.

Sorprendieron a sus víctimas descuidados y los mataron a golpes de lanza, como había dispuesto Lope. Bovedo, que estaba en cueros, gritaba: «¡Ah, es el loco Aguirre, que prueba a razonar! Es la primera cosa razonable que hace». Y ofrecía el pecho a la lanza. En cuanto a Montoya, cayó herido de muerte, y decía en el suelo con un gruñido parecido al de los caimanes: «Me madrugó el cojo». Estuvo repitiéndolo hasta que le faltó el aliento.

Después, siendo ya noche cerrada, que no se divisaba un hombre a dos pasos, volvieron al centro de la aldea y Lope de Aguirre y los suyos, todos bien armados, se retiraron a los bergantines, de modo que si el príncipe descubría algo y reunía gente contra ellos pudieran soltar las amarras y marchar río abajo.

Allí esperaron el amanecer, y si los soldados de filas durmieron —con guardias alertadas—, ni Aguirre ni sus dos auxiliares más cercanos, que eran Juan de Aguirre, también guipuzcoano, y Martín Pérez cerraron los ojos.

Al clarear la aurora salieron las tropas de Lope de Aguirre en grupos de diez. Nadie sabía lo que iban a hacer, a excepción de Lope y sus dos confidentes. En las últimas instrucciones que Lope dio a sus tropas insistió mucho en que los castigos que se iban a hacer eran por la seguridad y respeto del príncipe, y añadió que si por casualidad éste intervenía y mandaba que no hicieran las tropas lo que tenían ordenado, no había que hacer caso alguno a don Hernando, ya que por ser joven y suave de carácter no podía imaginar las maldades de sus enemigos y había que protegerlo a pesar de sí mismo. En esto insistió tanto que después le dijo Martín Pérez:

—Cuando vean que hemos matado al príncipe, ¿qué dirán?

—No hay cuidado —dijo Lope—. La perplejidad no les dejará decir nada y ni aún pensar que yo los conozco.

Al lado de la casa del príncipe estaba la del padre Henao, en la que entraron —alguien dijo después que por error y confusión—, y un soldado llamado Alonso Navarro, viendo al sacerdote desnudo en su hamaca, lo atravesó de una estocada aun antes de que acabara de despertar. No hubo ruido ni voces de algazara. Al salir dijo Navarro:

—Le he metido en el cuerpo al padre Henao los latines de doña Inés.

Y Lope de Aguirre comentó:

—Bien hecho, mi hijo, que habría sido un testigo de cargo, y en un ejército esos hombres no valen para nada.

Luego entraron en la casa del príncipe, donde, además de don Hernando, vivían algunos de sus servidores y gentilhombres. Al ruido salió el mismo Guzmán en camisa, todo alborotado, diciendo a Lope de Aguirre:

—¿Qué es eso, padre mío?

Lope le dijo, pasando a otro cuarto con su gente:

—Asegúrese vuecelencia, que a defenderlo venimos.

Entraron donde estaba el capitán Serrano, el mayordomo Gonzalo Duarte —que ya había estado a pique de morir una vez— y un tal Baltasar Toscano, a quienes mataron a estocadas, hallándose inermes, menos Duarte, que quiso defenderse y lo mataron de un tiro de arcabuz.

Entretanto, Juan Aguirre y Martín Pérez, instruidos por Lope, se hicieron perdidizos en la casa, encontraron a don Hernando y le dispararon también un tiro. Herido el príncipe, dijo a grandes voces:

—Es un error, caballeros. Es un extravío que don Hernando soy. Favor a mí, Lope de Aguirre.

Lo remataron a estocadas por piedad, ya que el tiro le dio en el vientre y le produjo una herida mortal con la que habría tardado tres o cuatro horas en morir.

Sucedió a aquellos crímenes una gran calma en el pueblo.

No acudían los indios a los alborotos de los españoles, y éstos, con excepción de los que estaban en armas al lado de Lope, huyeron del pueblo medio vestidos, algunos armados, y los más, sin armas, que no las tenían porque Lope de Aguirre se había cuidado de quitárselas.

Baltasar Toscano, que había sido un enamorado de doña Inés —sin que llegara a catarla— y que se pasaba la vida en sueños diurnos y delirios sexuales, fue muerto a golpes de daga. Miguel Serrano era hombre quieto, que siempre se irritaba cuando tenía que cambiar de lugar de residencia y quería quedarse en todas partes donde se detenían. El pobre fue muerto a lanzadas y quedó para siempre en aquel lugar sin cuidado de nuevos viajes.

En cuanto a Duarte, era un hombre que siempre decía que no a todo el mundo, no importaba lo que le preguntaban o pidieran, aunque luego, reconsiderando el caso, se avenía con todos. Lope hacía tiempo que había renunciado a entenderlo.

Si aquellos hombres muertos hubieran decidido adelantarse en sus planes algunas horas, Lope de Aguirre habría sido vencido sin grandes dificultades.

Como decía antes, los españoles, que supieron lo sucedido, huyeron al campo. Pedrarias andaba como solía preguntando a los indios del poblado próximo cosas en relación con sus costumbres, muy interesado en tratar de comprender cómo reducían al tamaño de un puño las cabezas humanas. Al verlo volver, Lope le salió al paso:

—¿Dónde están los otros? —preguntó.

—Yo no sé nada. Vuelvo de hablar con los indios tupíes.

Llevaba un cuadernito mugriento en el que había escrito algo y Lope de Aguirre se lo pidió y estuvo leyendo al azar: «Entre los indios tupíes, cuando una hija llega a la edad de nueve años, le cortan el cabello a rape y la tatúan en la cadera, los pechos y el vientre mojando una espina de *macú* en la tinta de una planta que llaman *genipapo*. Ponen también a la niña collares de dientes de animales feroces, especialmente de jaguares y pumas, y cuando le ha crecido el pelo y las heridas del tatuaje están cicatrizadas se la dan al pretendiente y los casan. Entonces la niña suele tener menos de diez años aún.

»En la boda hacen música con tres instrumentos que llaman *inubias, borés* y *maracas,* y son dos de percusión y uno de aire, que es una flauta de bambú. La música es monótona, pero buena para bailar por figurar en ella un ritmo muy señalado.

»Hay una costumbre curiosa entre estos indios, y es que uno de ellos es nombrado marido de las viudas y ese no trabaja y se dedica a vivir con ellas en un bohío y a atenderlas como macho.

»Los tupíes tienen dos mujeres, una joven y otra vieja, y ésta ejerce autoridad sobre todos los hijos, los propios y los de la otra. Los caciques tienen cuatro o cinco y a veces más mujeres.

»Cuando muere el marido lo entierran en la misma choza, debajo del lugar donde dormía, siempre envuelto en su propia hamaca.

»Después las mujeres y los hijos se pintan la cara de negro y lloran durante todo un día. Al siguiente las viudas pasan a formar parte de la extraña y extensa familia del *marido de las viudas,* que tiene una gran casa redonda, especial.»

En aquel lugar llamaban a los españoles también *caribes,* es decir, *extranjeros.*

Se extrañó Lope de Aguirre de no hallar en el cuaderno de Pedrarias una sola alusión a lo que acababa de suceder en el campamento y le dijo:

—Vaya vuesa merced a tener compañía a las mujeres de mi casa, que no se sobresalten y dígales que estoy bien. Porque debieron oír los tiros y el alboroto de la gente.

Observó Pedrarias que había sangre en la loriga de Lope y también en las lanzas y partesanas de algunos soldados, y Lope explicó, taciturno:

—Hay carne fresca doquiera, por ahí, que tuve que madrugarles a los que preparaban mi muerte. Ellos me querían merendar y yo los almorcé.

—Ya lo sé que hay carne fresca, Lope. Los indios la ventean desde sus bohíos, que tienen narices golosas,

Luego dijo que había que enterrar a los muertos en fosas profundas para evitar que se los comieran.

—Un muerto —dijo Lope— no es ya amigo ni enemigo, sino una cosa sagrada y neutral, y tiene vuesa merced mucha razón. Yo soy del mismo parecer, y nos quedaremos aquí un día más hasta que los cuerpos entren en descomposición.

Enterrados los muertos, comenzaron los tambores de Lope de Aguirre a tocar asamblea y fueron regresando los soldados que habían huido, algunos porque viéndose solos, perdidos y vigilados por los indios caníbales, suponían que era mejor afrontar el peligro de las espadas de Aguirre que la vigilancia, el acecho y la codicia animal de los *tupíes*.

Reunidos en la plaza, subió Lope a un montículo de modo que lo vieran todos y dijo:

—No se admiren ni espanten vuesas mercedes de lo que ha sucedido, porque en guerra estamos y no puede haberla sin sangre derramada. El príncipe y sus aliados debían morir, porque no eran personas para gobernar la armada ni para poblar, y menos aún para volver al Perú y llevarnos a la victoria. Y estando en el extremo que estamos, los que no valían para el buen fin que todos nos proponemos tenían que acabar como han acabado, y pensar otra cosa sería locura. Lo que hemos hecho es bueno para todos nosotros, porque si esos hombres muertos siguieran vivos serían un día, tarde o temprano, la muerte de vuesas mercedes todos que están escuchándome y de mí mismo por su mal gobierno y torcida intención, ya que pensaban ofrecer paces y pedir perdones al rey don Felipe. De aquí en adelante ténganme vuesas mercedes por más amigo suyo que nunca y desde ahora todos iremos con un solo fin a una misma parte y yo seré su protector y su caudillo y no les pesará de tenerme por general, pues soy tan bueno como otro y aun mejor, al menos en mis intenciones y voluntad. Vuesas mercedes saben, marañones, cómo me preocupo de su bienestar hasta llegar a poner por vuesas mercedes en peligro mi vida, como acaban de ver todos.

Hubo un silencio en el que se oían las abejas de un avispero que zumbaba debajo de la copa de una palmera, y Lope de Aguirre continuó alzando mucho la voz:

—Hasta aquí todo ha sido trapacería, que nos gobernaba un mozo, pero ahora es distinto, y por vida de Dios que a todos tengo que hacer capitanes una vez llegados allá; por lo tanto, lo que les digo ahora es que amuelen sus lanzas y corten balas y prepárense a la guerra, que en mí hallarán el primero en el peligro y el último en el provecho, y desde ahora prometo, con la mano derecha sobre el corazón, de no derramar más sangre española mientras no me organicen motines, que en ese caso no respondo de nada y ya me conocen vuesas mercedes. Y ahora prepárense, que vamos a seguir la jornada del río mañana mismo. Pero antes sepan todos, y ténganlo presente para las cuestiones de orden y servicio, que los nuevos cargos han quedado provistos así: es maese de campo Martín Pérez; almirante de la mar, Juan López Calafate; sargento mayor, Juan González Carpintero, y en cuanto al comendador Núñez de Guevara, le destituyo del cargo de capitán que tenía, porque bien se ve, por su edad y naturaleza, no ser de condición para seguir la guerra, y le prometo enviarlo a Castilla con veinte mil pesos para atenciones de su vejez. Su puesto se lo doy a Diego de Trujillo, que era antes alférez. Queda nombrado para capitán de a caballo Diego Tirado, y no diga que no, porque en lugar estamos donde no se puede sino callar y obedecer. Capitán de la guardia hago a Nicolás de Zozaya, vizcaíno y tan apersonado como yo mismo, que no lo puedo más encarecer —hubo algunas risas, porque Zozaya era también ruin de cuerpo—. La vara de barrachel la entrego a Carrión, y para que se vea que no todo ha de ser por política ni por hechos de alianza personal, dejo con sus capitanías a Sancho Pizarro y a Galeas, que las habían recibido de manos del difunto don Hernando, que Dios haya.

Se deshizo la asamblea, pero a continuación Aguirre hizo pregonar una vez más la orden de que, bajo pena de muerte, nadie hablara más en voz baja con nadie ni echara mano en presencia de Lope de Aguirre a la espada o la daga ni llevara armas de ninguna clase fuera de la guardia.

Así y todo, y para mayor seguridad, por las noches se iba Lope a recoger a los bergantines los dos días que todavía continuaron en aquel lugar, porque a pesar del anuncio de salir al día siguiente prefirió Lope demorarse para dar tiempo a que los cuerpos enterrados comenzaran a descomponerse y no fueran comidos por los indios. En los bergantines habían sido recogidas las armas de todos los soldados que no estaban de servicio.

Por fin, el día 16 de mayo salieron otra vez. El ejército ocupaba los dos bergantines y una chata y no pocas canoas, que, aunque todos cabían en los bergantines, por mayor comodidad y soltura algunos preferían viajar así sabiendo que en todo caso a la noche bajarían a dormir a tierra.

Habían embarcado algún vino del que hacían los indios, y entre los negros que iban en la chata, al oscurecer se vio a Carolino batir palmas y salir al centro del corro:

> *Guedé, guedé*
> *del alacrán que cimbrea*
> *guedé, guedé*
> *de la nieta de su abuela...*

Lope de Aguirre creía que los negros eran como los niños con sus juegos, que si molestan hay que tolerarlos, por su inocencia.

El pueblo que dejaron lo llamaron Matanzas, por las que se habían cometido, y al salir hizo Lope que los remeros bogaran hacia el centro del río y después que se acercaran al lado contrario para alejar a la tropa de aquella orilla, donde había poblaciones omaguas, y quitarles el deseo de quedarse a poblar, pero a medida que se acercaban a la banda contraria veían que también allí había llanuras bajas, montañas lejanas, bosques esparcidos y señales de población. Algunos habrían deseado bajar, porque decían los brasiles que era tierra muy rica y vecina del Dorado, pero nadie osaba hablar por miedo a perder la vida. Y miraban con melancolía el humo de centenares de chimeneas hogareñas subiendo en el aire quieto.

Por si acaso, Lope de Aguirre dio un bando en los dos

bergantines prohibiendo a los soldados que hablaran con los indios brasiles y que se dijera en voz alta ni baja el nombre de Omagua y mucho menos el del Dorado.

Así fueron navegando ocho días y ocho noches, sin tocar tierra, apartándose de una orilla y de otra para evitarles la tentación a los posibles desertores. No caminaron mucho, porque la anchura del río era allí de doce leguas y en ir de un lado al otro se les iba el tiempo. Como Lope no dormía sino una hora o dos cada día, y a veces sentado —y aun algunos creían que de pie—, no le importaba mucho la incomodidad del bergantín, pero otros habrían dado algo por poder dormir en tierra firme, como había prometido el caudillo al embarcar.

Un día, aquejados de la falta de alimentos, atracaron las naves cerca de un poblado grande donde los indios parecían amistosos. Por si acaso, y para hacerles abandonar los bienes que tuvieran, Lope de Aguirre mandó hacer algunos disparos de arcabuz y, escapando los indios, la tropa acudió a sus casas y vieron que en todas había una o varias iguanas atadas, que solían comerlas asadas al fuego. De los indios fugitivos pudieron atrapar sólo un hombre y una mujer, que guardaron para obtener información.

Había muchas flechas en las casas, y Aguirre, tomando una, volvió a hacer la prueba del veneno frotándola contra la pierna de un indio hasta darle escozor y escorche, y pocas horas después el indio murió, de lo que sacaron que el *betún* que llevaban en la punta era *curare*. Lope lo hizo pregonar.

No parecían, a pesar de todo, aquellos indios gente de guerra, y poco a poco fueron regresando algunos, aunque no todos. Se quedaban a la mira, entre tímidos y curiosos.

Improvisó allí Lope una ceremonia —porque le pareció el lugar a propósito— de fundación de una ciudad. Armado de todas las armas, subió a un poyo y delante de todos dijo que quería fundar en aquel sitio una ciudad llamada con el nombre de su hija Elvira y que sería una ciudad separada y negada y contrapuesta al reino del rey Felipe, y que si alguno quería impedírselo lo desafiaba a que saliera a combatir con él. No habiendo contradicción, Lope de Aguirre dijo que se posesionaba de aquel lugar en nombre propio y en el de sus marañones y, según el ritual acostumbrado en aquellos casos, echó mano a la espada y anduvo quince o veinte pasos en cada dirección —norte, sur, este y oeste—, cortando con tajos y reveses maleza, ramaje y todo lo que hallaba por delante.

Después hincó un madero y dijo que fundaba, asentaba y hacía la población llamada Elvira y que aquel poste era el rollo y la picota y que iba a nombrar dos alcaldes, ocho regidores y un alguacil para el gobierno perpetuo de la nueva república, los cuales cargos serían retribuidos con honores y paga. Después de todo esto, como buen cristiano que Lope dijo ser, señaló en tierra con la punta de la espada el lugar donde debía ponerse el basamento de la iglesia y dijo que aquel sería el edificio principal de la ciudad, cuyo nombre —Elvira— sería honrado por las edades como lo había sido Granada con aquel mismo nombre en otros tiempos.

Dejó el nombre escrito en un papel, hizo grabarlo además con una daga en el poste —de lo cual se encargó voluntariamente Pedrarias— y Lope añadió que como no había disposiciones hechas para proveer de medios de vida al alcalde y a los regidores, éstos seguirían con la expedición, pero tendrían aquellos cargos con carácter honorífico y por ellos serían conocidos. Y cuando hubieran regresado al Perú y conquistado el poder para desmembrar aquella tierra de Castilla lo primero que harían sería ir a construir y a poblar y a organizar la nueva ciudad de Elvira, cuyos señores serían, y como tales, servidos por las tribus indias vecinas.

Acabado el discurso creyó que uno de los soldados se había reído y fue a él:

—¿De qué os reís, hermano? Responded con verdad: ¿de qué os reíais?

—Pues pensaba que en ese rollo no colgarán muchas cabezas.

—Eso nunca se sabe, hermano. ¿Entendéis?

Había como una amenaza en su voz, y el soldado dijo que sí, que entendía.

—Algunos de vuesas mercedes quizá no lo comprenden, pero yo veo la ciudad ya levantada, con murallas y campaniles, con torres y blasones, con plazas y calles, y mercados y consistorio, que hasta me parece estar oyendo las campanas llamando a misa mayor.

Todos callaban y no sucedió nada más.

Era aquel un pueblo de caníbales donde había tres parcialidades de tres tribus, con tres plazas, y en cada plaza un ara de sacrificios y encima una barbacoa grande con figuras humanas monstruosas.

Había carne de indios seca y en conserva y también puesta a cocer en grandes marmitas.

En los días siguientes vieron casas construidas encima de empalizadas como sobrados, y las ponían tan altas por el riesgo del río, que lo cubría todo cuando subía la marea. Aunque estaban a doscientas cincuenta leguas de la mar, los macareos eran terribles, y una noche estaba uno de los bergantines atados con cuatro cabrestantes gruesos como el brazo y el primer golpe del macareo —o el *pororo,* que decían los indios— lo arrancó de las ataduras y de un golpe lo llevó a la distancia de un tiro de arcabuz. Enviaron gente en canoas para recogerlo y lo trajeron sin daño, con gran extrañeza y alegría de todos.

El soldado que se había reído del rollo de la nueva ciudad fundada era un tal Serrano, un poco simple, aunque hombre de valor como soldado. Tenía una particularidad de carácter aquel hombre, y era que no podía mirar al cielo ni tampoco a las lejanías del río —allí donde el río parecía mar y el azul de abajo se confundía con el de arriba—, porque sentía vértigo.

El padre Portillo, que murió de aprensión en aquel lugar, solía decirle a Serrano que tenía miedo del infinito y que hacía bien en tener miedo, porque en el fondo del infinito estaba Dios. En todo caso, Serrano, desde el incidente del rollo, miraba con recelo a Aguirre y procuraba evitar su presencia, que le producía una sensación parecida al vértigo, también.

Quería Aguirre saber más de aquella tierra y dio a un indio algunos espejitos y dos hachas pequeñas de metal o estraletas y le dijo que fuera a llamar a los demás, con la seguridad de que no recibirían mal alguno. El indio se fue y al día siguiente volvió con dos mensajeros del cacique de la población. El uno era manco y el otro cojo y los dos muy deformes, por enfermedad o a propósito, que los indios —cosa rara— usaban romper algún hueso adrede a sí mismos o a los otros. Aquellos dos hombres dijeron por señas que luego llegarían los demás, dispuestos a trabar amistad con los extranjeros.

En aquel lugar, bautizado con el nombre de Elvira, sucedió un hecho curioso, y es que una mestiza de las que iban en la expedición estaba preñada y a punto de parir, y Lope dispuso que se quedaran para que pariera en la ciudad recién fundada, aunque no existente, y en la declaración de nacimiento se dijera que la persona nacida era natural de la ciudad de Elvira y con esa declaración tomara más cuerpo y realidad la existencia de la nueva urbe.

Antes Lope hizo traer la mujer a su lado y le preguntó:

—¿Sois casada?

—No, por la misericordia de Dios.

—¿Quién es el padre? Porque hace más de nueve meses que andamos en el río.

—Era de noche, señor, y yo no lo sé.

—Alguno sería. ¿No recelas de alguno?

—Quién sabe.

—¿Negro o blanco?

—Negro pienso, aunque con la noche tan oscura destos lugares no se sabe.

—Si era negro parirás *cabra*.

—Lo que Dios quiera, señor.

Lope fue a ponerle mano en el hombro y la mujer retrocedió. Lope le dijo:

—No tengas miedo. Una mujer que está para ser madre, sagrada es en toda la redondez de la Tierra.

—Es que unas manos como las de vuesa merced deben doler si la tocan a una, pero por lo demás, miedo no tengo.

—No duelen mis manos.

—Pues quién sabe.

—Di lo que piensas sin miedo, que ya he dicho que eres sagrada.

—Gracias, señor. Pero más bien puta soy.

—Puta era la madre de los fundadores de Roma. Y tú parirás en esta ciudad nueva. En esta ciudad de Elvira.

Ella miraba alrededor sin ver ciudad alguna:

—Sí, señor.

—Yo no creo en el amor —dijo Pedrarias a Lope— como tampoco cree vuesa merced, pero creo en la maternidad y en las ciudades nuevas. Yo seré el padre y yo escribiré el acta fechada en la ciudad de Elvira a tantos de tantos... como manda la ley.

Pensaba Lope que para ayudar a la mujer a parir habría sido oportuna la presencia de la mulata doña María. Y mejor aún, las dos que murieron en la isla: doña Inés y la mulata. Y lo dijo. La embarazada comentó, con la expresión extraviada:

—A doña Inés de Atienza la vi detrás de los arbustos como una muñeca lavada y desteñida.

—¿Eso visteis? —preguntó Lope, también confuso.

Al día siguiente la mujer dio a luz asistida por dos indias y, según el deseo de Lope, junto al rollo de la ciudad de Elvira. Pero el recién nacido vivió pocas horas, y aquello le pareció a Lope un presagio funesto. Cuando Pedrarias le preguntó si escribía o no el acta de nacimiento y la defunción respondió Lope de mala manera, cosa que no había hecho nunca a Pedrarias.

En aquella tierra eran los indios grandes flecheros, y recordando el betún que ponían en las flechas, Lope de Aguirre recomendaba a los soldados que se pusieran las armas, aunque los había que preferían mil muertes antes que sufrir la angustia del calor debajo del coselete y las mallas. Pedrarias andaba, curioso como siempre, mirando e indagando. Eran aquellos indios caníbales también y codiciosos de carne humana y tenían templos donde hacían sacrificios e idolatrías al sol y a la luna. En una puerta estaba hecha en relieve la figura del sol, y a su lado, la de un hombre. Y en otra, la figura de la luna, y al lado, la de una mujer, señales que parecían muy reveladoras de sus costumbres religiosas. Los dos templos estaban recubiertos de sangre seca.

En sus casas aquellos indios tenían maíz, frutas frescas y abundantes peces que sacaban cada día del río.

Se habían instalado los marañones en los mejores bohíos. En el de Lope las cosas seguían como siempre. Iba el paje a la selva y al volver le contaba lo que había visto a Elvira, quien lo creía o no.

Al ver llegar a Pedrarias le dijo Elvira, porfiadora:

—Antoñico dice que ha visto también en esta tierra el pájaro que dice mi nombre.

—Y es verdad —afirmó el paje muy serio.

—¿Dónde los visteis? —preguntó al soldado curioso.

—En donde las aves suelen cantar. En una rama.

—Lo que pasa —dijo Pedrarias— es que Antoñico está enamorado de quien yo me sé.

—Si lo estoy o no —dijo el paje— es cuestión mía.

Pedrarias se puso a reír y el chico buscó una daga, la empuñó y fue sobre él. Sin dejar de reír, Pedrarias le retorció la mano y le hizo soltar el arma. Luego volvió a dársela con una cortesía afectada, y el muchacho se declaró vencido y sonrió.

Causó no poca sorpresa ver que tenían los indios en una casa una empuñadura de espada de Castilla, y en otras, clavos de hierro. Dijo Esteban que eran del paso por allí de los de Orellana, quienes tuvieron que combatir y cayeron algunos, y él se acordaba muy bien.

Los indios tupíes —que eran los de aquel lugar— adoraban el fuego, y el dios del fuego intermediario con el sol era el rayo. Lo representaban con una cruz.

También allí se usaba la costumbre del *marido de las viudas,* quien se dedicaba únicamente a atenderlas en sus deseos amorosos. Suponiendo que aquella profesión le tenía muy ocupado, al nombrarlo la comunidad lo relevaba de otros trabajos y era un hombre feliz, aunque todos lo tomaban un poco a broma y se reían de él. Si había alguna mujer hermosa y atractiva podía ser feliz, pero si eran feas, su vida sería un suplicio constante y más de una vez tendría que acudir a la ayuda de la estimulante *guayusa.* En aquellos lugares la idea que los indios tenían de la belleza era muy diferente de la nuestra.

Por los indios que habían visto, y por lo que dijo Pedrarias, tenían allí la costumbre de depilarse su cuerpo lo mismo los hombres que las mujeres, y un solo pelo en pechos o espaldas se consideraba como una vergüenza. No dejaban más pelo que el de la cabeza, que peinaban y cuidaban y recogían con lianas.

Llevaban los hombres sus órganos sexuales envueltos en cintas y en las grandes fiestas llevaban el cabello y el sexo más cuidados que nunca. Ellas, con *tangas* nuevas, y ellos, con cintas nuevas, también.

Las *tangas* eran unos triángulos de cerámica cocida pintados con rayas y adornos de colores. Con ellas se cubrían el sexo las mujeres. Solían usar una delante y otra atrás y llegaban a juntarse en la entrepierna, porque eras corvas. A veces entrechocaban y sonaban al andar.

No había mucha caza por allí, al parecer, o era la selva demasiado amenazadora y arriesgada. Los indios no tenían carne de pavos silvestres.

En aquellos días celebraron los funerales de uno de ellos con un gran velorio y una comida.

Los indios brasiles que iban con la expedición hablaban el mismo idioma que aquella gente y parecían felices.

Preguntaba Aguirre a uno de ellos y él respondía:

—Aquí dan de comer muy bien a los que acuden al velorio. La comida del muertito. Gordo estaría yo —añadía, locuaz— si por cada muerto desde que embarcamos en los Motilones me dieras tú la comida del muertito.

Lo miraba Lope con una expresión indefinible y murmuraba entre dientes:

—¡Hideputa, bellaco!

Poco después los dos indios brasiles desaparecieron. Se fugaron. Sin duda al encontrarse en su tierra tuvieron nostalgias y no pudieron resistirlas.

Los pilotos y los expertos en cosas de mar dijeron que la marea llegaba allí y que no debía haber hasta el océano más de doscientas leguas, porque calculaban la fuerza de la mar en relación con la extremada anchura del río.

Siendo aquel lugar especialmente adecuado para hacer jarcias y otras cosas, indispensables antes de salir al mar, decidió Lope quedarse el tiempo necesario hasta que estuvieran hechas. Pusiéronse todos otra vez a trabajar.

Los indios traían bastante comida y los días pasaban en calma, con un sol más implacable aún y una actividad de colmena. Usaban los indios unas tijeras especiales que cortaban más que las de los españoles y estaban hechas con las mandíbulas de unos peces que llamaban *pañas*. Los peces eran pequeños y de una voracidad increíble. En dos o tres minutos acababan con un tapir si éste cometía la imprudencia de bañarse en el río, y dejaban su esqueleto mondo. Otros indios llamaban a aquellos peces *pirañas*.

Los indios a veces pescaban algunos pañas, y con sus mandíbulas hacían aquellas tijeras, que duraban muchos años y cortaban fácilmente láminas de maderas y cueros animales.

Quería Lope dejar en aquella tierra a Juan de Vargas Zapata, el canario, porque lo consideraba un mal soldado, y pareciendo tan indio como los tupíes, éstos lo recibirían quizá como uno más. Le preguntó con humor un poco siniestro:

—Estáis viajando gratis en mis bergantines, ¿no es eso?

—Sí, señor.

—Pues desde ahora menester es que pagues el flete.

—¿Con qué voy a pagar? Ya ve vuesa merced que no tengo nada.

Poco después Lope de Aguirre hizo algunas decisiones extrañas. Ordenó a Vargas Zapata que no se apartara de allí y que atendiera a lo que iba a suceder. Había en la armada un soldado alemán a quien llamaban, castellanizando su nombre, Monteverde. Este hombre —Grünberg— tenía dos rasgos de carácter un poco inusuales: uno, su tendencia a hablar en voz baja, confidencialmente, de las cosas más simples, con lo que tenía a Lope preocupado. Otro, el deseo de lamentarse de la ineficacia de las decisiones, siempre tardas o torpes. Aguirre lo envió con el papel escrito —la vitela sudada de siempre— al bohío de Carolino. «Vuesa merced vaya allí —le dijo— y dele ese papel y aguarde la respuesta.» Luego dijo a los más próximos.

—¿Por qué se cambia el nombre y niega su patria, el rufián? ¿Y por qué habla tudesco consigo mismo cada vez que sabe que yo he hecho una justicia?

Lo curioso fue que Monteverde andaba por el poblado

preguntando por el bohío de Carolino y que le costó bastante trabajo encontrarlo. Una vez allí los dos negros lo sujetaron y le dieron garrote. Luego fueron a preguntar qué hacían con el cuerpo, y Aguirre dijo que lo llevaran al bergantín Victoria y así estrenaría el tudesco la jarcia y la antena. Allí lo mandó colgar, poniéndole al pie un cartel que decía: por *amotinadorcillo*.

La verdad era que aquel hombre grande, rubio, de ojos huraños y de gesto torcido le parecía a Lope de Aguirre una acusación constante y no podía respirar a gusto si lo miraba dos veces. El mismo día hizo ahorcar a dos hombres más. Uno, Juan de Cabañas, que no había querido firmar el documento de desnaturalización de España. Ese Cabañas andaba muy escrupuloso de conciencia y desde la muerte de Ursúa se acusaba a sí mismo de aquel crimen, aunque no había intervenido. Se acusaba de culpabilidad por omisión, que era tan grave —decía a quien quería oírlo— o más que el delito por acción, ya que al menos el de la acción era hombre que arriesgaba algo y asumía responsabilidad. Había oído Lope aquellos escrúpulos de Cabañas por referencias indirectas.

Según decía Lope de Aguirre disculpándose con Pedrarias, no podía ser un buen caudillo ni llevar a los marañones a buen fin si alguno le obligaba a sentir cargada su conciencia con reconcomio, escrúpulo y disgusto de sí. «Más muertes y peores ha hecho el rey Felipe —repetía— y hay todavía en el campo quien jura por él.»

Pedrarias, oyéndole, pensaba una vez más en la *tarumba del equinoccio*. Él también sentía dentro de sí mismo su mundo moral subvertido y tenía que vigilarse y reprimirse muchas veces. Por ejemplo, en la *novena* de las recias hambres había pensado sin repugnancia en los indios que comían carne humana, y éste era un secreto pasado y venenoso que no se atrevía a confesarse a sí mismo.

El negro Carolino dio garrote a Cabañas al pie del bergantín Victoria y delante de todos. Luego lo izaron al lado de Grünberg —es decir, Monteverde—, y la mayoría de los marañones que habían acudido miraban aquellos cuerpos colgados y miraban a Lope en silencio.

Hubo otra víctima. Un soldado débil de carácter y siempre deprimido y triste que al ver aquellas ejecuciones dijo que no tenía interés alguno en la vida, que no comía ni apenas dormía y que le daba lo mismo una cosa que otra. Se llamaba Juan González y había sido muy partidario de Lope. Sin embargo, a medida que la expedición se acercaba al mar perdía su fe y había llegado a hablar a un amigo de que aprovecharía la primera oportunidad de estar en tierra de cristianos para desertar.

La ejecución de González se hizo con la misma diligencia que las anteriores. Lope vigilaba armado hasta las puntas de los dedos con su guardia personal detrás, en el bergantín mayor, que tenía ya el juego de jarcias completo. Acercarse aquellos días a los bergantines era acercarse a la muerte, según lo que estaba sucediendo. Antes de ofrecer su cuello a Carolino, el tal González entregó un paquete para devolverlo —dijo— al padre Portillo, olvidando que el cura de los seis mil pesos había muerto ya. En el paquete —que hizo allí delante de todos— había una almohaza o peine, un librillo de devoción y una navaja de bolsillo. Pedrarias veía que Lope había decidido eliminar la escoria del campo y dejar sólo vivos a los hombres de valor y empuje, es decir, reducir la masa de valor dudoso a lo que él consideraba oro puro.

El comendador de Rodas que se detuvo a mirar fue llamado por Lope de Aguirre, y como era hombre ya anciano, se acercó despacio, pero sin cuidado y con la gravedad de sus años. Cuando estuvo cerca del bergantín, dos soldados le dieron de lanzadas y a un gesto de Lope de Aguirre lo arrojaron todavía vivo al río. En el agua gritaba el comendador, pero no pidiendo confesión, en la que tal vez no creía, sino maldiciendo a Aguirre. Éste dijo a unos indios que fueran a auxiliarlo, y cuando los indios estaban en el río rompieron los arcabuceros de Lope la canoa a tiros y los indios cayeron al agua.

Los marañones que estaban en el bergantín miraban impasibles. El caudillo vasco miraba también atentamente a las aguas como si esperara algo. Vio a Guevara debatirse un momento y desaparecer dejando arriba una mancha roja de sangre. Un indio de los que estaban en la balsa inmediata llamó la atención de Lope y le dijo:

—Mira al agua y verás algo que hasta ahora no habías visto nunca.

—Sí, ya lo sé —dijo Aguirre—, y por eso hemos echado al agua al comendador para hacer la prueba y que con su vida de viejo inútil sirva a la comunidad de los marañones. Porque no sé si en esta parte del río pasa lo mismo que en la parte alta de donde hice la experiencia con un mono.

Unos minutos después apareció flotante el esqueleto del comendador, limpio y mondo, como si no hubiera tenido nunca carne. El esqueleto, como los que se ven en las alegorías de la muerte, con la calavera blanca, los dientes descubiertos.

El esqueleto del comendador. El mismo indio decía que eran una especie de sardinas rabiosas las que se lo habían comido.

Había que tener en cuenta un riesgo más: el de las *sardinas rabiosas* que estaban en todo el río. A los que caían al agua sin tener herida alguna, aquellos peces no les atacaban. Por eso, de los cuatro indios de la canoa, tres que iban heridos fueron devorados en un instante —sus esqueletos asomaron también un momento flotando—, y el cuarto, que estaba ileso, nadó y llegó indemne a la orilla.

Pero al indio que se salvó le valió de poco, ya que días después, cuando estuvieron acabadas las jarcias y completo el velamen, acordó Lope dejar en aquella población a cien indios y a él entre ellos. Los indios suplicaban que no los dejaran en aquella tierra de caníbales y Lope dijo que no había lugar en los bergantines para tanta gente, que las chatas no navegarían por la mar abierta y que tampoco podían llevar a bordo comida para todos una vez fuera del Amazonas.

Al salir de aquel poblado hubo, sin embargo, como siempre, entre los negros, fiestas y jolgorio. Mezclándose con ellos bailaron los indios indígenas y las indias también. Esta vez era Juan Primero quien dirigía con una voz falsamente atiplada:

> *Cada agua tiene una reina*
> *la pequeña y la grandé.*
> —*Guedé.*
> —*Y la agüita del llover,*
> *la del río que es muy grande*
> *yo me la voy a beber.*
> —*Guedé.*
> —*¿Dónde, la reina del agua?*
> —*Guedé.*

Luego dijo Juan Primero que no había que hacer llorar a los pájaros. También los animalitos de pelo o pluma sufrían la *tarumba del equinoccio* y los peces, pañas del río. No había que hacerlos llorar a los pájaros. El paje Antoñico decía que él había visto llorar a dos en una rama, pero en otro pueblo anterior.

Algunas mujeres de las que bailaban en el corro de los negros eran bastante hermosas para indias, y usaban las mismas tangas que los marañones habían visto desde los territorios de Machifaro, una delante cubriendo el pubis y otra detrás.

En el baile a veces hacían movimientos obscenos y las dos tangas chocando en la entrepierna a compás producían en algunos indios una excitación visible. Otros indios llamaban a aquellas piezas de cerámica *babal.*

Las mujeres las llevaban atadas a la cintura con hilos vegetales fuertes y delgados, cuyo color se confundía con el de la piel, pero que se acusaban por la presión que hacían en ella.

Al día siguiente iban a salir de aquel lugar cuando el soldado Alonso Esteban reconoció el pueblo como Corpus Christi —así lo había bautizado Orellana diez años antes—. Esteban se sintió de pronto muy locuaz y comenzó a contar que en aquel lugar los soldados de Orellana fueron bien recibidos, especialmente por las mujeres indias, en cuya compañía pasaron algunos días muy gustosos. Entonces dijo Lope de Aguirre que comprendía por qué había muchachos con ojos castellanos entre los indios.

Esteban añadía que la expedición de Orellana llevaba un

cronista, el padre Gaspar de Carvajal. Aquel fraile había escrito todo lo que vio y Esteban decía guiñando un ojo: «Pero se olvidó de apuntar las intimidades de los soldados con las indias, que, como ven vuesas mercedes, son más hermosas que en otras partes».

Y reían mientras la brisa balanceaba en la antena los lazos de cuerda que colgaban perezosamente, sin cuerpo alguno ya, y como si esperaran otros que reemplazaran a los que sacaron y dieron sepultura, una sepultura lo más honda posible, para que no se los comieran los bailarines.

Aquellos indios creían en la resurrección y Lope se burlaba, pero Pedrarias dijo:

—¿Por qué no? Bien mirado, no es un milagro mayor resucitar que nacer.

Un momento se quedó Lope pensativo y luego dijo: «Este Pedrarias acabará fraile cartujo, que yo lo conozco bien».

CAPÍTULO XI

Llegaron seis días después a unas casas fuertes que no lejos de las márgenes del río tenían los indios sobre las puntas de maderos altos cercados por abajo con trochas y aspilleras para flechar a salvo. Envió Lope algunos arcabuceros, pero al avanzar de frente recibieron dos de ellos heridas de flechas. Sospechaban que las flechas llevaban curare y uno de los soldados quería volver al real cuando otro le dijo:

—Con la ponzoña se vive tres o cuatro horas todavía, y ese espacio basta para salir adelante con este trabajo. Si hemos de morir, hagamos antes nuestra obligación.

Los heridos siguieron avanzando. Fueron a rodear a los indios por lugares más accesibles, pero al entrar en las casas vieron que habían podido escapar.

Ni en aquélla ni en otras viviendas encontraron comida alguna. Sólo hallaron algunos panes de sal cocida que llevaron consigo porque estaban en gran necesidad de ella. En verano la sal es más necesaria que en invierno, y allí era siempre verano.

Al volver, los heridos se encontraban bien, y más tarde comprobaron que las flechas que los hirieron no tenían el *betún* fatal. No tardaron en curar.

Desde los Caperuzos a aquella población habían navegado mil trescientas leguas, contando con las revueltas que daba el río. Tres días se detuvieron allí para completar el repuesto de agua dulce, de la que fueron llenando las grandes tinajas que tenían.

A los dos días de llegar se presentaron algunos centenares de piraguas llenas de indios de guerra que parecían dispuestos a atacar. Por fortuna, las flechas que llevaban

tampoco estaban envenenadas, y así lo comprobó Lope de
Aguirre, que con una de ellas frotó y escorchó a Pedro Gutiérrez, antiguo amigo de Ursúa, en el brazo, sin que muriera.

Por cierto que Gutiérrez protestó:

—Haga vuesa merced la prueba con un negro —dijo.

—No. Yo los necesito los negros.

—¿Para qué?

—Para dar garrote a vuesa merced si se tercia.

Vaciló un momento Gutiérrez y luego soltó a reír y comentó:

—¡Vive Dios, que hasta la muerte es ya cosa de risa en
estos lugares!

Los indios no atacaron. Por el contrario, les llevaron víveres. Siguieron un día más tarde el viaje y encontraron un
pueblo bastante grande. Cuando lo vio Esteban comenzó a
dar voces:

—Esta es la tierra de las amazonas, que yo me acuerdo
bien.

Le preguntaba Lope de Aguirre si había allí mantenimientos u oro o algún otro bien natural.

—Mujeres. Aquí sólo hay mujeres que pelean.

Eso decía y volvía a repetir obsesionado:

—En esas orillas blancas delante del bosque es donde
comienza la tierra de las amazonas.

Lo decía desde el puente del bergantín señalando una
vastísima extensión. Algunos soldados bajaron, aunque sin
fiarse mucho y con las armas puestas, lo que, como siempre, les daba un calor agónico. El único que parecía no sentir ese calor era Lope de Aguirre.

Años antes había pasado por allí Orellana y el fraile que
iba con la expedición, fray Gaspar de Carvajal, había escrito
las cosas que vio, que no fueron pocas.

Antes de llegar allí, los indios de otros lugares les habían
advertido que tuvieran cuidado con las mujeres de aquella
región, que eran más peligrosas que los hombres. El cacique Aparis —el que requirió de amores a la Torralba— les
había dicho también en la isla de los omagua que rece-
aran de las *coniupuiaras*. Según los que sabían el idioma de
la región, el cacique debió decirles:

—*Reciquié cuñan puiara.*

Había que tener cuidado, pero no la clase de cuidado que tuvo Orellana, sino otro muy distinto, porque los primeros indios que aparecieron en sus piraguas o en la playa delante de los barcos de Orellana no parecían de guerra y reían amistosos y decían a los españoles: «Bajad aquí y os llevaremos a las amazonas, que nos han mandado venir para eso». Y seguían riendo. Eso era lo malo, que reían. Los españoles han sido siempre demasiado sensitivos para la risa de los desconocidos, lo mismo en los salones de la corte que en las orillas del Amazonas. Y los soldados dispararon no sólo ballestas, sino también arcabuces. Hubo algunos indios muertos y muchos más heridos. Los indios supervivientes corrieron espantados a los pueblos de las amazonas, que no estaban lejos.

Entonces las amazonas salieron armadas de arco y flecha y algunas con jabalinas de palo muy duro y puntiagudo. A primera vista se podía comprobar que eran ellas quienes mandaban y no los hombres. Éstos no se atrevían a hacer nada sin su autorización.

Hecha aquella manifestación de fuerza, los españoles de Orellana acostaron dos bergantines y se dispusieron a bajar, pero las amazonas y los indios a sus órdenes llegaban en tumulto dando grandes voces. Una parte de los hombres no peleaban, sino que bailaban, y todavía las amazonas esperaban convencer a los españoles de que sus intenciones eran de paz y querían nada más yacer con ellos y ser fecundadas según la costumbre de cada año. La circunstancia de haber hombres llegados de otras latitudes hacía alguna novedad y las mujeres guerreras —que preferían a los extranjeros—, con sus grandes cuerpos musculados y sus cabelleras sueltas al viento, buscaban al macho y se extrañaban de hallarlo retraído y a la defensiva.

Dispararon ellas primero contra los bergantines, cubriéndolos de flechas, y las danzas y las risas y las voces de los indios continuaban.

Los españoles dispararon otra vez y mataron a varios hombres y una mujer.

No entendían los españoles el lenguaje amoroso de aque

llas hembras. Tampoco las amazonas entendían la reacción de los hombres barbados que parecían desdeñarlas cuando todo el mundo las estimaba tanto en aquellos territorios. Algunos indios, a pesar de los muertos y heridos, seguían bailando y riendo.

Eran danzas y risas que iban con el ritual. No era jolgorio, sino religión, es decir, erotismo religioso. La segunda vez que las amazonas lanzaron sus flechas lo hicieron apuntando no a la quilla de los barcos, sino a los navegantes. Y tal vez por humor —extraño humor el de una hembra en celo— al fraile mismo lo hirieron y el pobre fray Gaspar explicaba en sus memorias que la herida fue en el bajo vientre y dio «en lo hueco y la flecha no penetró mucho porque los hábitos le quitaron la primera fuerza», que si no allí se habría clavado. En todo caso, los votos de castidad hacían desdeñable la localización de la herida.

Otro de los expedicionarios de Orellana había de decir después al rey: «Estos indios dijeron al soldado que los entendía que en la banda del norte, a donde iban una vez cada año, había unas mujeres y se estaban con ellas dos meses, y así de las uniones del año anterior habían parido hijos y los varones niños se iban con los hombres y las hembras se quedaban con las mujeres».

Todos los que habían visto a las amazonas afirmaban que eran mujeres grandes y de piel más clara que la de los indios, lo que no puede menos de extrañar, porque, aun suponiendo que pertenecieran a otra raza, lo natural era que a la vuelta de unas cuantas generaciones tuvieran la piel cobriza también.

Los indios de la tierra de las amazonas llamaban en su idioma a las mujeres *icamiabas*.

Todos los nombres relativos a aquellas mujeres y a sus costumbres sonaban de un modo equívoco en los oídos de los españoles, lo que les había sucedido antes en otros territorios de México y Guatemala con los nombres indígenas. Una de aquellas poblaciones de mujeres se llamaba las *coinas* y la reina de ellas era la *coñori*. Así lo escribieron al menos los cronistas castellanizando fonéticamente las palabras indígenas. Ciertamente, en sus idiomas indios las mujeres tenían el nombre del río más próximo —afluente del Amazonas— llamado Couhuria. Y la reina de ellas se llamaba *coñopuira* —escribe ingenuamente fray Gaspar. Su nombre verdadero era Cuñanpu-iara. En México habían convertido a Guauhnahuac en *Cuernavaca,* y a Huitchilopoxli, en *Huixilobos.*

Todo en aquel inmenso río Conhuris estaba regido por las mujeres. En los pueblos descubiertos no había dioses de nombre masculino, ni mitos masculinos, ni el hombre tenía otra misión que la de un esclavo fecundador. El matriarcado había llegado a extremos sorprendentes. La mujer elegía al hombre, lo raptaba, lo echaba de sí una vez fecundada y le obligaba a vivir en otros poblados y en condiciones de inferioridad.

Y he aquí que Lope de Aguirre y los suyos habían llegado a aquella tierra de las Amazonas. Aunque se veían casas blancas a alguna distancia, no había por parte alguna señales de vida. Ni *coimas,* ni *coñoris,* ni mujeres, ni hombres.

Curiosos por lo que Esteban había contado fueron bajando a la playa hasta dos docenas de marañones. Algunos tenían la esperanza de que las amazonas los llevaran consigo, pero entretanto iban armados de punta en blanco o bien sudaban debajo de las armaduras acolchadas.

Otros —la mayor parte— quedaron a bordo porque el calor era, como siempre, extenuante. De un lado de la selva aunque era aún de día, llegaba el incipiente clamor de los animales despiertos. El sapo ,el papagayo, el macao daban sus voces. La selva, que callaba durante el día, despertaba en la noche con un estruendo inquietante y había pájaros que reían como personas y monos que gritaban como pájaros sapos que silbaban —en tonos distintos a veces armónicos— y silenciosos reptiles que esperaban su presa en calma.

Fray Gaspar, cronista de Orellana, escribía así algunos años antes sus impresiones de las amazonas. «Estas mujeres son muy blancas y altas y tienen el cabello trenzado y revuelto en la cabeza y son muy membrudas y andan en cueros tapadas sus vergüenzas, y llevan arcos y flechas en las manos, haciendo cada una tanta guerra como diez indios. Y es verdad que hubo mujer de ésas que metió un palmo de flecha en la quilla de un bergantín y otras menos, que parecían nuestros barcos puercoespines».

Del combate dice: «Andúvose en esta pelea más de una hora, que los indios no perdían ánimo, antes parecía que se les doblaba. Aunque veían muchos de los suyos muertos y pasaban por encima de ellos, no hacían sino retraerse y tornar al campo a pelear. Quiero que sepan cuál fue la causa porque estos indios se defendían de tal manera. Han de saber que todos ellos son sujetos y tributarios de las amazonas y sabida nuestra venida fueron a pedirles socorro y vinieron hasta diez o doce mujeres, que éstas nosotros vimos, que andaban peleando delante de todos como capitanes y peleaban tan animosamente que los indios no osaban volver las espaldas y al que las volvía delante de nosotros le mataban a palos, y ésta es la causa por donde los indios se defendían tanto... Tornando a nuestro propósito y pelea fue nuestro Señor servido de dar fuerza y ánimo a nuestros compañeros que mataron siete u ocho de las amazonas. A causa de lo cual los indios desmayaron y fueron vencidos y desbaratados con harto daño de sus personas, y porque venían de los otros pueblos muchas gentes de socorro y se habían de tomar precauciones mandó el capitán que a muy grande priesa se embarcase la gente porque no quería arriesgar la vida de todos, y así se embarcaron, no sin zozobra, porque ya los indios comenzaban a llegar por el agua en una gran flota de canoas. Y así nos hicimos a lo largo del río y dejamos la tierra».

Fray Gaspar dice más adelante en su crónica que Orellana pudo tomar preso uno de aquellos indios y habló con él por medio de un intérprete. «El capitán preguntó cómo se llamaba el señor que mandaba en aquella tierra y el indio le respondió que era mujer y no hombre.» Y luego dice fray Gaspar: «El capitán quiso saber qué mujeres eran aquellas que habían venido a darnos guerra y el indio dijo que eran unas mujeres que residían la tierra adentro y tenían sus principales poblaciones siete jornadas de la costa.

»El capitán le preguntó si aquellas mujeres eran casadas y él dijo que no. Luego le preguntó de qué manera viven y el indio respondió que, como tiene dicho, viven siete jornadas tierra adentro y que él había estado muchas veces allá y había visto su retiro y vivienda que como vasallo iba a llevarles tributos cuando lo mandaban.

»Quiso saber el capitán si aquellas mujeres eran muchas y el indio dijo que sí y que conocía los nombres de setenta pueblos y los nombró delante de los que allí estábamos y su memoria llamó la atención.

»El capitán le dijo si aquellos pueblos eran de paja y el indio respondió que no, sino de piedra y con sus puertas y ventanas y que de un pueblo a otro iban caminos cercados por los dos lados y puestos guardas en ellos que no puede entrar nadie sin que pague tributo.

»Preguntado si aquellas mujeres parían, el indio respondió que sí. El capitán dijo que cómo no siendo casadas ni residiendo hombre entre ellas se empreñaban. El indio dixo: estas mujeres participan con hombres indios en tiempos, y cuando les viene aquella gana se reúnen mucha copia de ellas armadas y hacen como que dan guerra a un gran señor que reside y tiene su tierra no lejos y por fuerza traen los hombres a sus tierras y los tienen consigo aquel tiempo que se les antoja, y después que se hallan preñadas les tornan a enviar a sus tierras sin les hacer mal ninguno, e después, cuando viene el tiempo que han de parir, si paren hijo le matan o lo envían a su padre, y si hija la crían con muy gran amor y solicitud y la enseñan las cosas de la guerra.

»Dijo más, que entre todas estas mujeres hay una señora que sujeta y tiene todas las demás bajo su mano, la cual señora se llama *Coñori.*»

Según el mismo indio «hay en aquella tierra dos lagunas de agua salada de las que hacen sal. Dijo que tienen una ley que en poniéndose el sol no ha de quedar indio macho en todas sus ciudades que no salga afuera y se vaya a sus tierras; dice también que en muchas provincias de indios a ellas comarcanas los tienen las mujeres sujetos y los hacen tributar y que les sirvan...».

«Todo lo que este indio nos dijo y más nos lo habían dicho a nosotros antes a seis leguas de Quito —dice fray Gaspar en su crónica— porque muchos indios vienen por las ver a esas mujeres río abaxo a mil e cuatrocientas leguas y así solían decir los indios que para ir a ver a aquellas mujeres había que salir muchacho y volver viejo.»

Fray Gaspar insistía en la valentía y el arrojo de aquellas mujeres, pero a lo que tenían miedo realmente los soldados de Lope de Aguirre era a los venenos de la selva y había flechas envenenadas entre los tupíes, que tenían un dispositivo especial, de modo que al correr por el aire silbaban muy poderosamente. Los españoles relacionaban aquel silbido con el betún mortífero y algunos temblaban dentro de su piel.

Al atardecer de aquel día habían bajado entre los primeros Lope de Aguirre y Esteban y caminaban con la mirada en los horizontes más próximos, de modo que no hubiera sorpresas, cuando Esteban tropezó en la arena con un objeto duro. Se trataba de un hueso humano. Descubrieron otros alrededor y dijo Lope:

—Son de hembra, si no me engaño.

—¿Cómo lo sabe vuesa merced?

—¿No estáis viendo? Cabeza pequeña, costillas estrechas, caderas anchas, y aun diría por la anchura de las caderas que ésta era mujer varias veces parida.

Lo miraba Esteban de reojo con humor. A veces Lope daba la impresión de saber muchas cosas. Otros soldados habían hecho descubrimientos parecidos en las inmediaciones.

Más esqueletos, algunos enteros, otros desarticulados y rotos. Y Esteban, contagiado por la curiosidad de Lope, fue a ver y creyó poder identificar hasta siete osamentas de mujer. Eran —cosa rara— más grandes de estatura que los hombres. «Debían comer mejor», dijo. Y Lope de Aguirre se creyó en el caso de discrepar:

—Eso de comer no tiene que ver con la estatura, que en mi casa no había riqueza, pero no hacíamos más que comer todo el día y ya veis. Soy chaparro y no crecí más desde los once años. Gentes he visto pobres como ratas que comen una vez cada tres días y son grandes como trinquetes. No, eso del comer no importa para el tamaño, sino la casta.

Esteban mismo venía de familia humilde donde faltaba a menudo lo indispensable y era grande como un pino.

Seguían investigando. Junto a un cráneo hallaron una gran mata de pelo que parecía vegetal, pero luego vieron que era humano.

—Hermosas debían ser —dijo Lope tristemente—, y ya ven vuesas mercedes a lo que fueron a parar.

Pensaba Lope en aquel momento en doña Inés de Atienza, que debía estar también ya en huesos puros porque el clima y la tierra calcárea devoraban las partes blandas del cuerpo rápidamente.

Llamó Lope a dos soldados que se alejaban demasiado:

—¿Adónde bueno van vuesas mercedes? Vengan y no se aparten, no les pase lo que a fray Gaspar con las amazonas.

Rieron los más próximos y Esteban se estuvo mirando a Lope y pensando: «Esta tarde está de buen humor. Cosa rara. ¿Qué ideas andarán por esa cabeza?». Lope estaba contento porque se acercaban al mar, pero, como si se arrepintiera de su jovialidad, volvió a quedarse mudo y taciturno. Seguía pensando en doña Inés.

Mientras hablaba Lope volvía de lado con el pie un costillar y miraba la espina dorsal de otro esqueleto. Señalando una muesca en la espina vertebral a la altura de la costilla, dijo:

—En empresas de hombres que van a la guerra la mujer está de más. Ya veis lo que le pasó a Orellana con su esposa, doña Ana de Ayala.

—Era valiente doña Ana.

—¿De qué sirve la valentía de la mujer? Se va a la boca del tigre por alarde, pero escapa de un ratoncillo. Y ya veis lo que le valió a Ursúa doña Inés. Sólo traen desgracia en tiempos de guerra.

Se quedaron todos callados, y dijo por fin Esteban:

—El caso es muy diferente, digo el de estas hembras del Perú.

—Como son distintas Sevilla y Lima. La mujer es fruta de la tierra y sale según la condición del país —añadió Lope—. Sevillana con sevillana se las distingue desde lejos. Y limeña también. Doña Inés era una cholita de esas que encalabrinan al mismo San Antonio y no había nacido para esposa ni madre como las hembras de Sevilla. Estas mujeres del lado de acá tienen en los ojos un gato equinoccial dormido. Dormido y rosnando.

—¿Y las de vuestro país vascongado?

—Allí la mujer hace lo que quiere, y el hombre, también, digo, el hombre hace lo mismo que quiere ella. La hembra manda dentro y fuera de casa; donde hay basquiñas no falta autoridad y arreglo. Porque, como ser, son las mujeres recias y cabales. Más *coñoris* que las de aquí. Y por eso llevan los calzones, porque merecen llevarlos. Digo, en Guipúzcoa.

—Mira la mella de la bala, que debió ser bien puesta y la mató a esta hembra en el acto.

Para que hiciera aquella muesca el plomo tuvo que atravesar la región cardíaca. La amazona debió morir en seguida —quizá antes de caer al suelo— y sin llegar a comprender las reacciones de aquellos hombres solicitados para el amor.

Esto último es lo que dijo Esteban.

Los soldados que avanzaban hacia el bosque se habían detenido y esperaban a Lope y a Esteban, quienes seguían pensando con tristeza y compasión en las mujeres que salieron al paso de los hombres de Orellana ofreciéndoseles bajo aquellos cielos cálidos y que recibieron el plomo ardiente de los arcabuces. Pobres mujeres que murieron en la dulce demanda. Una vez más, hombres y mujeres no se entendieron. Nupcias más extrañas y menos previstas no se podían imaginar.

Vieron cerca de la selva que por un claro de árboles sobre el río Cunian iba saliendo una luna inmensa y plana, mucho más grande de lo que suele aparecer. Debajo de la luna estaba el lago llamado por los indios tupíes *Yacuyara* —espejo de la luna—, de donde las amazonas sacaban el *muirakitan,* la piedra de jade que sólo en aquella región podía ser hallada.

La consecuencia del sangriento malentendido fue que las amazonas abandonaron las poblaciones que tenían cerca del río donde tantas desgracias les afligían. Esteban creía que habría sido mejor entenderse con las *conioris.* «—Nunca se sabe —dijo Lope—. Arañas hay que se comen al macho desde que han tenido su deleite».

Sin dejar de hablar de aquello se reunieron con otros soldados, entre ellos Pedro Gutiérrez y Diego Palomo. El primero era un tipo raro que gozaba en los velorios y entierros como otros en las bodas. En el pueblo de las jarcias había asistido con fruición al funeral indio. Lope, con su tendencia a llevar la contraria, dijo:

—Hizo mal Orellana llamando a este río de las Amazonas, como si sólo las hubiera aquí, porque en otras partes destos territorios de Indias han salido a darnos guerras mujeres con flechas y jabalinas, y así, pues, no son éstas las únicas. Y sobre lo que dicen que dijeron los de Orellana de que las amazonas se quemaban la teta derecha para tirar mejor el arco no lo creo, que eso de quemarse una teta cosa recia debe ser, y se habla y se habla, y el que más habla más miente.

Dirigiéndose secamente a Gutiérrez, que era hombre de apariencia taimada y retraída, preguntó:

—¿Qué piensa vuesa merced?

—Yo estaba hablando con Diego de lo mismo. Sobre las amazonas. Y mirando si las hay o no y dónde están. No hemos visto una sola.

—A lo mejor —dijo Lope— nos están ellas mirando ahora desde sus escondites. O desde las copas de los árboles, que esa gente trepa como las monas. Pero ¿queréis ver una coñorí? Aquí está, bien desnuda y tendida la tienes en tierra. ¿No te apetece?

Señalaba otro esqueleto, éste descoyuntado. Le faltaba una pierna y miraron alrededor sin hallarla. El cráneo tenía un agujero por el que salían hormigas rojas.

Cada uno decía lo que había oído sobre aquellas extrañas mujeres.

Decidió Lope que había que hacer más provisiones, y al ver que llegaban tres soldados discutiendo les preguntó de qué trataban. Uno dijo que tenía oído que en las casas de las amazonas había mucha riqueza de oro y plata y que todas las señoras eran principales y llevaban oro en arracadas, pulseras y tobilleras, y tenían hombres como sirvientes, y éstos sólo usaban vasijas pobres de madera, a no ser las que ponían al fuego, que eran de barro y ellos mismos las hacían. En el centro de aquellos poblados había un templo donde adoraban el sol, al cual llamaban *caranain,* y las casas tenían las paredes con frisos cubiertos de pinturas y de maderas labradas con gran riqueza. Decían también que había allí figuras de bulto, siempre mujeres, hechas de oro, y también altares de oro macizo para el servicio del sol. Andaban aquellas mujeres vestidas de tela de lana muy fina porque en aquella tierra había muchas ovejas de pelo largo como las del Perú, y llevaban coronas de oro de dos dedos de gruesas.

Lo escuchaban y el soldado seguía hablando: «Hay camellos pequeños, que los cargan, y otros animales no tan grandes como el caballo, que los cargan también, y que tienen la pata hendida».

Iba Lope diciendo a medida que el soldado hablaba los nombres de aquellos animales: alpaca, vicuña, llama. Y dijo por fin:

—Más vale que se calle vuesa merced si no sabe más. Esas casas de las que habla no aguantan dos aguaceros y el nombre que ha oído vuesa merced no es *caranain,* sino *carauay,* y es el nombre de una palmera de hojas anchas con las que cubren el techo. Que también por mi barrio tenemos noticias y más ciertas que las de vuesa merced.

El soldado insistía en hablar como si hubiera estado él mismo, aunque advirtió que quien estuvo fue un tío suyo que anduvo con Orellana:

—Se llaman los de esta parte *tupinambas* y también *mucunes* y *yaguanais,* y los más ricos son los *guanibis,* que caen cerca de la mar. Allí está el lago famoso y el príncipe que se baña de oro cada día, y ésa es la tierra donde...

Se impacientaba Lope:

—Mira, hermano; si todo eso es verdad, vais a ir delante señalando el camino, y si de aquí a tres días no encontramos a esas señoras de las coronas de oro os colgaremos de los pies en un árbol, que den cuenta de vuestra vida los mosquitos panzones. ¿Qué tal negocio os parece?

El soldado calló asustado sabiendo que con Lope no había bromas.

Todos reían fácilmente aquella tarde allí, sobre los huesos

de las amazonas. La luna era grande y alta e iluminaba la tierra como si fuera de día.

Lope de Aguirre había enviado gente a cazar, y cuando vio salir por un lado de la selva a un grupo de marañones dijo:

—Ahí vienen.

Traían algunos monos grandes, y uno de ellos iba malherido y atravesado en un palo. Un mestizo de los que sostenían la percha al hombro juraba que no comería nunca carne de aquel animal porque se parecía a un pariente suyo que tenía una taberna en el Callao. Lo decía muy en serio. De la herida del mono salían hojas verdes porque se la había taponado el animal al sentir el balazo con un manojo de hierbas.

Lope y los suyos llegaron hasta un poblado de chozas blancas, entre las cuales había una era de piedra, aunque mal labrada, con varios iconos de madera. No vieron trazas de vida humana y parecía aquel lugar abandonado hacía años. En algunas chozas se veían nidos de serpientes o de aves extrañas que los habían fabricado en el techo. En otras habían brotado las raíces de los árboles próximos cuarteando los muros y amenazando con destruirlo todo.

Atraparon un indio desnudo que no parecía amedrentado y marchaba con los españoles sin cuidado. Luego resultó que era o había sido esclavo de las famosas *coñoris,* quienes al parecer no le daban buena vida.

Por la razón que fuera, se sometió de grado a toda clase de preguntas y las respondió lo mejor que pudo con la ayuda de los que traducían. Se veía que los indios traductores se consideraban superiores al recién llegado por el hecho de hablar español —que el otro ignoraba— o, simplemente, porque eran indios de tribus no sojuzgadas por las mujeres.

Lo que pudo decir el prisionero fue que las amazonas preferían siempre los hombres más lejanos a los de sus tribus vecinas, vieja costumbre de todos los pueblos primitivos o modernos. Así, pues, cuando llegó Orellana con hombres exóticos y nunca vistos, las amazonas acudieron, según decía el cronista, desnudas y hermosas, haciendo sonar en la entrepierna las *tangas* como crótalos. Y bailaron sin poder creer que era guerra aquello. Bailaron sus danzas nupciales. Flecharon los navíos, sólo a ellos y no a los hombres, porque aunque éstos habían matado a varios indios no se sentían por eso ofendidas. Ellas mataban también un esclavo de aquellos con el menor pretexto y aun sin pretexto ninguno.

A pesar de la desventaja, las amazonas sostuvieron el combate más de tres horas y algunas se metieron en piraguas y trataron de asaltar el bergantín de Orellana por el costado opuesto.

Así y todo, decían aquellas mujeres a grandes voces cosas que no entendían los soldados —ni los indios intérpretes que llevaban a bordo— y hacían gestos indecorosos moviendo las caderas a los lados y el vientre de abajo arriba y haciendo sonar en este caso las *tangas,* que entrechocaban.

No entendían los españoles, y aunque hubieran entendido no era tal vez su estilo. En el amor les gustaba a los españoles conservar la iniciativa y hasta las prostitutas más abyectas solían en los lupanares —porque sabían el estilo de los hombres— decir en algún momento crítico de su quehacer, fingiendo pudor: «¿Qué me haces, amores?».

El estilo de las amazonas era otro, y por las relaciones de aquel indio prisionero —que Lope escuchaba, absorto— comprendieron, pues, que era verdad lo que decía Esteban. El indio confirmaba que los hombres elegidos por las amazonas tenían que vivir con ellas dos meses, durante los cuales eran tratados como huéspedes de honor y no se les obligaba a trabajar. Aquellos dos meses —calculaba Esteban— era el plazo que ellas necesitaban para persuadirse de que estaban encintas. Y cuando eso sucedía soltaban a los amantes ocasionales y los enviaban a sus lugares de origen.

Pedrarias, que acudió a grandes zancadas, escuchaba, como siempre, con la boca abierta, y se decía que le habría gustado conocer a aquellas hembras y ver qué clase de recursos femeninos usaban además de la danza guerrero-nupcial. Por otra parte se hacía también la pregunta de veras impertinente de cuál sería la vida erótica de aquellas mujeres en los diez meses restantes del año. No era posible que en aquel lugar del planeta —en la línea equinoccial, a dos grados de latitud Norte o un grado de latitud Sur— y expuestas al embeleco de los equinoccios pudieran mantenerse en cómoda castidad tanto tiempo sin varón. Y entonces, ¿qué hacían? Pedrarias no lo decía, pero tenía vehementes sospechas de lesbianismo. «He aquí, pues —pensaba—, en las orillas del Amazonas, dos instituciones helénicas: la amazona y la dulce poetisa de Lesbos».

Pero no se sabe que las *coñoris* escribieran poesía.

Algunos soldados querían quedarse en aquel lugar y enviar mensajes a las hembras belicosas, pero el indio decía que era inútil y que no acudirían, primero porque no era aquélla la época del año, y además porque tenían que ser ellas las que buscaran al hombre y no el hombre a ellas.

Hizo más preguntas Lope de Aguirre, aunque no de carácter erótico, que en aquella materia, aunque no era indiferente, tampoco era curioso. Según el prisionero, las amazonas llevaban un talismán, una piedra de jade que sacaban de un lago —el Ipaua Yaciuara— y llamaban a aquella piedra el *muirakitán*. Lo llevaban colgado del pecho y les daba fuerza, según creían.

Pero la noche comenzaba a hacerse difícil.

Cada vez que los bergantines atracaban en la orilla llegaban sobre los expedicionarios nubes de mosquitos. Al hambre de los soldados respondían los mosquitos con el hambre propia. Así, pues, cuando anclaban en las orillas solían bajar y encender hogueras para que el humo y el fuego alejaran no sólo a los mosquitos, sino también a los vampiros, que abundaban más, sin duda por crecer el calor y llegaba un momento en que la latitud Sur que marcaban los astrolabios era cero.

Como se puede suponer, el calor parecía siempre crecer y amenazar con mayores rigores. De noche y de día. Pudieron comprobarlo bien el día siguiente.

Entre los animales que descubrieron en aquellos lugares, uno de los más notables era el ave llamada *tucán,* del tamaño de un loro grande, pero con un pico enorme —más largo que el cuerpo entero del ave— y plumaje deslumbrador, cuyo macho —dijo un indio a Pedrarias— se dejaba morir cuando moría su compañera. Pedrarias, oyéndolo, pensaba: «Vaya, no sólo los hombres pueden conducirse estúpidamente cuando se enamoran».

Parecían allí los lagartos más grandes, tenían hasta treinta varas de largos y se llamaban como en el resto del río *yacarés*. La araña grande y peluda que cazaba pájaros abundaba y cuando recibía la picadura de una pequeña mosca —una especie de avispa atrevida— en un lugar especial del cuerpo —es decir, en uno de los ganglios motores— se quedaba del todo paralizada. Entonces la avispa dejaba sus huevos en el cuerpo de la araña y al salir las larvas se alimentaban de ella sin que por su estado pudiera evitarlo. Así es que las larvas se la iban comiendo viva. Pedrarias anotaba aquello en sus cuadernos.

Oír hablar así acerca de las selvas de las que llegaba el clamor de millones de criaturas diferentes dedicadas a la lucha por el sexo, la comida o la autoridad, era como oír hablar de las costumbres de una ciudad ignorada. Pocos indios entraban en las zonas sombrías de la selva —había lugares donde al mediodía, y a pesar del sol deslumbrador, la oscuridad era total.

De noche, cerca de las hogueras protectoras, bajo el guirigay de la selva, los marañones roncaban tumbados en la arena, siempre en el lado a donde la brisa llevaba el humo, porque era el único donde se sentían seguros de no ser devorados por los mosquitos ni desangrados por los murciélagos.

El día siguiente vio Lope algunos indios desnudos remando en piraguas cuadrangulares y ligeras, de quilla achatada, indiferentes a las nubes de mosquitos que los perseguían. No acababa de creerlo y preguntaba y le decían que en aquellos territorios había una hierba que producía una savia milagrosa, y mojándose con ella la piel los mosquitos no se acercaban. Pidió Lope a un indio que le diera aquel líquido y se frotó las barbas y el cuello. Pero sus barbas quedaron como pasadas por lejía, a trechos color castaño, a trechos grises, y en algún lugar, de un tono rojizo desteñido, lo que añadió a la figura del vasco una particularidad nueva. Parecía, cuando estaba inmóvil —durmiendo una de sus siestas de gato, recostado contra la obra muerta del bergantín, sin soltar el arcabuz—, una vieja talla de madera que espera ser repintada.

Aquellos días quiso Lope averiguar el misterio del *curare*.

Parece que no era dificultoso, pero aunque a veces el indio *tupí* —el viejo que traducía mejor o peor— lo había fabricado a la vista de Lope en su manera de manejar algunas hojas o mezclarlas con una especie de resina pegajosa se confundía el que miraba y no acababa de enterarse del verdadero secreto. Las deficiencias del lenguaje fueron finalmente un pretexto para renunciar y dejar la empresa por imposible.

El indio tupí tenía una cerbatana con la que disparaba una espina de cacto guarnecida de estigmas de maíz. Como se puede suponer, si la espina tenía curare, la herida, por superficial que fuera, causaba la muerte.

Aquel tupí sopló dos veces, apuntando su cerbatana contra dos indios de los que iban en la expedición. Entre ellos se odiaban a veces mucho más que entre indios y blancos. Murieron. El tupí era necesario como traductor y Lope se hizo el desentendido.

Con los negros era diferente. A veces Carolino le decía al indio de la cerbatana:

—¡A mí vuesa merced no me sopla!

Lo decía con una gran sonrisa adulatoria y el indio lo miraba en silencio con los ojos casi cerrados. Aquélla era la diferencia. Los indios casi nunca hablaban.

Dijo el tupí que cerca de aquel lugar había una población india con hombres iguales a los marañones que hablaban el mismo idioma y que se habían casado con indias y tenían hijos y eran felices. Esteban apuntó aquellos y otros detalles y dedujo que debían ser los exploradores que fueron con Diego de Ordás. Parece que Diego de Ordás intentó la exploración del río el año 1532 desde el Atlántico, es decir, subiendo contra la corriente. Llevaba un teniente general llamado Juan Cornejo, experto en navegación, y se decidió a forzar la boca de la ría con su nave. Logró entrar, pero un poco más adentro la nave quedó varada en los bajos. Algunos hombres murieron y otros se salvaron en tierra firme, cada cual por su lado.*

---

* Diego Álvarez, al que los indios llamaron *Caramurú,* alcanzó un poblado donde se casó con una princesa india —después de bautizada— que se llamó Catalina Paraguassú, con la que tuvo varios hijos. Parece que el matrimonio fue feliz y el esposo hizo un viaje

Lope no quiso ir en busca de aquellos españoles, ya que parecían contentos con su suerte.

Navegaron dos días de sol a sol y el tercero echaron las anclas y entraron en algunos poblados donde los indios no opusieron resistencia. Les dieron maíz, avena, pan y un líquido muy bueno parecido a la cerveza del que tenían gran abundancia. Hallaron también tejidos finos y bien labrados y otras pruebas de industriosidad y civilización. El maíz de los silos lo cubrían los indios con una ligera capa de ceniza para librarlo del gorgojo.

Aquel día y en aquel lugar Lope corrió un serio peligro y si salió de él con vida se debió a su poder de disimulo y al miedo de la mayor parte de su gente. Lope se embriagó, cosa que no acostumbraba. Pero estaba consciente de su propia embriaguez y de los peligros que representaba y evitó hablar para no denunciarse, se apartó con algunos incondicionales y con los negros de servicio, que eran a un tiempo sirvientes, guardas de corps y verdugos, y durmió una hora al pie de uno de aquellos enormes árboles, que podían cobijar debajo a un batallón. Lope despertó dueño de sí, y si no fresco de cabeza, capaz de velar por su vida.

Al principio de su embriaguez comenzó a sentirse provocador, pero se dio cuenta y tomó una actitud diferente. Las últimas palabras que dijo antes de apartarse a dormitar fueron:

—Bien conocen vuesas mercedes, mis hijos, que si esta cabeza cae de mis hombros las de vuesas mercedes conocerán antes de mucho la soga y la rama del árbol. Así es que vivamos en buena armonía.

---

con ella a Europa. Entre los supervivientes había alguno como el portugués Joao Ramalho que también fundó linaje y dejó centenares de descendientes, que hoy pertenecen a la aristocracia brasileña. Ramalho se casó con otra princesa india llamada *Burtyra*. Otro de los desaparecidos era Francisco del Puerto, que dejó también descendencia memorable.

De los náufragos de la expedición de Ordás se salvaron todos los que no perecieron en el delta del río. Lope había conocido al sobrino de uno de aquellos desaparecidos, quien le dijo cuando Lope le preguntó años antes por su tío: «Se lo comieron las hormigas, las que llaman panzudas».

En aquellos lugares sintieron dos macareos —*pororos*— y las dos olas altas que entraron se lo llevaron todo por delante. Los bergantines estaban en una rada a cubierto de la primera fuerza del *pororo* y no sufrieron, pero de haber estado en medio del río se habrían perdido para siempre.

Todavía en una aldea desierta encontraron urnas de cerámica muy bien trabajadas, con la tapadera en forma de cabeza humana y ojos, boca y nariz pintados y cocidos al fuego. Dentro había cenizas y huesos a medio quemar.

—Estas ollas —decía Pedrarias con entusiasmo— no las hacen mejor en Talavera de la Reina, digo, en Castilla.

Aparecieron allí algunos indios en cueros, como siempre, pero calzados con unas pequeñas sandalias para evitar quemarse en las piedras calientes del sol. Llevaban el pelo cortado en líneas redondas cercando la cabeza, y para que ésta diera lugar mejor a aquel adorno les apretaban de niños el cráneo, que quedaba piramidal o cónico, como habían visto en una tribu anterior.

Sucedió aquel día que estando hablando Pedro Gutiérrez y Diego Palomo de los cien indios abandonados en tierra de caníbales, uno dijo:

—Equivocado anduvo en eso nuestro general Lope de Aguirre. Sobre todo habiendo sido bautizados la mayor parte de aquellos indios, que casi todos tenían nombres castellanos.

Se quedaron callados y Gutiérrez suspiró y añadió:

—Parece que ya no vamos a tener gente de servicio, y, por lo tanto, bueno será que hagamos nosotros mismos lo que haya que hacer.

Los oyó el negro Carolino, que andaba resentido con ellos y los espiaba y fue con la historia a Lope de Aguirre, quien comprendió que aquellas palabras no representaban delito alguno. Carolino estaba pidiéndole las cabezas de aquellos dos hombres que solían burlarse de sus danzas, y Lope vaciló un rato, y de pronto le mostró la vitela y le dijo que podía disponer de ella.

Carolino y los otros negros cayeron sobre los dos soldados como alimañas feroces y dieron garrote a Gutiérrez. Rogaba Diego Palomo al caudillo que en lugar de matarlo lo dejara vivo en aquella tierra para volver a la playa anterior y quedarse a vivir con los indios bautizados. Miraba Lope a los negros que estaban esperando detrás de su víctima y ellos movían la cabeza, negando. Era la primera vez que Lope les pedía parecer. Palomo murió también y anduvo Pedrarias muy intrigado con aquellas ejecuciones. Cuando preguntó a Lope, éste dijo, poniéndole una mano en el hombro:

—¿Seguís con la manía de entenderlo todo? ¿Sí? Eran malos soldados y sus vidas no valían sino para lo que han hecho, es decir, para sujetarme más y mejor a estos negros bozales que al salir del río, y sobre todo al llegar a alguna tierra firme, se podrían huir con sus hermanos montaraces de Panamá. Con estas justicias aseguré a los veinte negros conmigo y quizá conquistaré a dos mil más en el camino del Perú.

La boca del Amazonas, en su salida al mar, tenía ochenta leguas de ancha, según los pilotos y las observaciones hechas por Orellana, que Esteban llevaba apuntadas. Otro golpe de *pororo* se llevó una lancha con tres españoles —no volvieron a verlos— y arrastró a varios indios que andaban por una playa mariscando. Viendo la violencia del macareo, Lope de Aguirre no sabía cuándo salir con sus bergantines ni cómo asegurarse de que no serían destruidos. Los pilotos le aconsejaron que aguardara hasta las horas de la marea baja.

Al llegar a la desembocadura del Amazonas había en la expedición de Lope doscientos cuarenta españoles, cincuenta y cinco indios y veinte negros. De los españoles habían muerto más de sesenta; de los indios, doscientos trece, sin contar los cien que dejaron en las playas anteriores. Los únicos que estaban en igual número eran los negros bailarines. Es verdad que nunca se quejaban de nada, que comían carne de origen más que dudoso sin hacer preguntas y obedecían las órdenes de Lope —a veces con la cuerda encerada— sin escrúpulos de conciencia.

Recordaba Lope de Aguirre que Juan Primero le había dicho, mostrándole en tierra de los tupís un lecho de palmas sobre las cuales había piedras calientes:

—¿Sabe vuecelencia lo que hay debajo desa barbacoa?

Un cristiano, eselensia. Está ahí asándose el cuerpo de Monteverde el tudesco, que lo sacaron ellos con las uñas rastreando como podencos y lo cambiaron por tres puercos que les ofrecían los indios desta parte.

En aquellos lugares la violencia de la marea entraba en colisión con las corrientes del río. Si coincidía con el plenilunio era mayor el riesgo y se levantaban olas muy altas. La marea llegaba de pronto en menos de un cuarto de hora a su mayor altura y desde algunas leguas de distancia se oía un gran fragor que anunciaba el *pororoa* o *pororo*. Luego se veía un promontorio de agua de más de quince pies de alto que iba ocupando la anchura del río con gran violencia.

Esperaron la marea baja para salir a la mar, y así y todo no fue empresa fácil.

Eran allí los novilunos de una lobreguez temible y los plenilunos plateados y claros, pero estos últimos anunciaban, como he dicho, dificultad en la navegación. Aquel inmenso río era demasiado sensible a las señales del cielo.

Antes de salir al mar tuvieron que recorrer un enorme dédalo de islas y brazos de agua entre selvas impenetrables que por la noche despertaban con sus animales en celo. Mostraba la selva la misma monstruosa densidad: cañas del grosor de la pierna creciendo altísimas sobre un suelo esponjoso, cocoteros puntiagudos que alzaban sus troncos rectos y lisos, árboles de otras clases buscando un poco de aire y un poco de cielo azul, más árboles aún, sometidos, vencidos, devorados por los triunfadores. Arbustos con ramas que parecían de acero, plantas carnívoras que si atrapaban a un pájaro lo envolvían en sus hojas e iban estrujándolo hasta arrojar días después el esqueleto mondo, y arriba, bóvedas, penachos, ojivas, como en las catedrales, astrágalos, florones, volutas, ondas, arabescos. Había helechos milenarios que se apretaban en haces espesos, hojas como láminas de bronce claro que bajo una gota de agua sonaban metálicamente, lianas por todas partes con las que se podría ahorcar a un filisteo.

Y a veces una oscuridad completa a las doce del día, en cuya oscuridad relucían dos ojos y quizá se oía la risa de un pájaro multicolor que era repetida por cincuenta ecos. En aquellos días de la salida al mar, con islas densamente pobladas de vegetación por todas partes, Lope de Aguirre no quiso bajar a dormir a tierra. La verdad es que casi nunca dormía en parte alguna.

Todo aquel mundo vegetal tenía una vida misteriosa y propia y el hombre que se acercaba se sentía atraído por el terror y el prodigio. Había algo religioso que impresionaba, plantas como altares, luces de origen incierto, susurros como rezos y otros mil raros enigmas. No se veía ningún ser vivo, pero se tenía la evidencia de infinitas existencias secretas palpitando alrededor.

A veces una rama se rompía, incapaz de sostenerse, y el seco estallido repercutía en todas partes y cien ecos la repetían. La luz era en la desembocadura del río un raro portento porque no se veían sombras por parte alguna y el sol parecía llegar en todas direcciones. De arriba, de abajo —violentamente refractado por las aguas—, de la derecha y de la izquierda, con densidades diferentes.

En aquellas colisiones de luces la cara de Lope de Aguirre parecía menos humana. Una piel apergaminada, con reflejos metálicos y unas barbas lacias y vegetales.

Se parecía más que nunca a las cabezas reducidas y comprimidas que algunos machifaros llevaban colgadas del cinto, por gala.

Había más de dos mil islas. Los pilotos contaron dos mil y siete y, naturalmente, no las vieron todas.

Dos mestizos y un español andaban en una piragua para explorar entre aquellas islas y se los tragó el légamo después de haber sido volcada la piragua por el macareo.

Tres mujeres indias que estaban mariscando en una isla fueron rodeadas por el agua del *pororo* cada vez más alta, que las anegó por fin.

Y, sin embargo, aquí y allá, nuevas islas despertaban nuevas curiosidades y costaba trabajo contener a la gente. Los pilotos decían: «Nadie baje, porque las aguas cubrirán esa isla antes de mucho». Y era verdad. Había allí árboles que vivían una vida submarina más tiempo que sobre las aguas.

Al salir por fin al mar, Lope hizo subir al bergantín segundo a los pocos que iban en canoas y abandonó la última chata con gran dolor de los negros, que la querían como a un ser vivo.

Lope de Aguirre extrajo del segundo bergantín la aguja de marear y el astrolabio y la llamada «ballestina», que hacía mantener el rumbo según la sombra solar. Desprovisto de aquellos instrumentos tendrían que navegar siguiendo al bergantín donde iba Lope, manteniéndose a su vista durante el día y guiándose durante la noche por un farol que llevaba en la popa.

Tuvieron buen tiempo y los bergantines no se separaron. Pero la navegación duró diecisiete días, muchos más de los que habían calculado, y los alimentos y el agua se hicieron tan escasos que si el viaje hubiera durado una semana más habrían muerto la mayoría de hambre o de sed. Llegó a racionarse la comida de modo que tocaban a sólo algunos granos de maíz por día. Y el agua, a la cuarta parte de un cuartillo por persona y día también, lo que en aquellas latitudes tórridas apenas si se puede imaginar.

Por si fuera poco, los recelos de Lope seguían encendidos como siempre, y mirando alrededor sólo veía amenazas de deserción y traición. Con la estrechez del navío era forzoso que anduvieran juntos algunos que tenían motivos para el rencor, y así sucedía que el capitán Guiral cruzaba su mirada con la de Lope a menudo. Los dos la desviaban y quedaba una memoria de violencia insatisfecha.

Se había hecho Guiral amigo de Diego de Alcaraz, soldado sencillo y sin trastienda, que tenía la hamaca a su lado y hablaban a menudo en voz baja.

Lope de Aguirre, por sí y ante sí, los hizo matar. La ejecución fue hecha por la noche y sin enterarse sino los que estaban más cerca y los cuerpos arrojados a la mar.

Cuando iban a matar a Alcaraz, que era hombre cuidadoso y ordenado, puso en orden las pocas cosas que tenía, regaló unos calzones a un indio y, haciendo un paquete con un cuaderno de papel húmedo y casi inservible, dos medias calzas rotas, una agujeta de ajustador y una armilla vieja, escribió encima: «Esto es de Zozoya, que va en el otro bergantín». Viendo aquello se acordaba Lope de Cabañas, que hizo lo mismo con objetos del difunto padre Portillo.

Cuando preguntaron los negros a Lope qué harían con los cadáveres, el caudillo dijo:

—Arrójenlos al mar para pasto de las sardinas rabiosas.

Había sido Guiral toda su vida un hombre sólido y seguro de sí, normal y razonable. Nunca pudo tener en cuenta circunstancias como las que conoció en aquella expedición. Pero en los últimos momentos de su vida sintió que renacía en su recuerdo una preocupación de la infancia: el lobo. La idea de un hombre-lobo terriblemente peligroso que podía esperarle a él en algún recodo de la vida. A veces miraba a Lope en la estrechez del barco, y viéndolo pequeño, adusto, cubierto de armas, pensaba que su nombre aludía al lobo y tal vez aquél era el lobo y que lo había hallado. Lope se daba cuenta de la rareza de aquella mirada y la evitaba.

Sabía Guiral que el pequeño hombre lobo tenía detrás por lo menos cien hombres más, poderosamente armados, y que su voluntad era decisiva e inapelable.

En cuanto a Alcaraz, no había dado señales particulares de sí mismo desde que salieron de los Motilones y era el menos conspicuo de los conquistadores y el más apacible de los marañones. Es cierto que Lope tampoco podía sostener la mirada de Alcaraz y que sabiéndolo evitaba mirarlo de frente. Cuando no tenía más remedio que mirarlo, los ojos se le desenfocaban ligeramente y se veía un pequeño y momentáneo estrabismo.

En dos ocasiones le preguntó el caudillo marañón:

—¿Se puede saber en qué cavilaciones se ocupa vuesa merced?

Y era una pregunta siniestra por el tono más que por las palabras.

Al llegar a la isla, Pedrarias vio que en un rincón de la cubierta de abajo, un indio, que iba completamente en cueros, se disponía a hacerse el tocado. Sacó de un rincón un puñado de lianas, se echó el pelo atrás, se peinó largo rato con un pequeño rastrillo de madera de yuca y luego lo recogió, lo ató con la liana dando muchas vueltas y cuando estuvo atado sacó del mismo rincón donde tenía sus efectos un poco de una pasta que llamaban *achiote* y con todo cuidado se pintó una raya de oreja a oreja cruzándose el rostro, debajo de los párpados, otra más o menos paralela debajo de la nariz, y la tercera, debajo de la boca. Lope comentó:

—¡Villano, ruin y cómo se aliña!

Con aquello, el indio, que, como digo, iba completamente en cueros, quedaba vestido de gala por lo menos para los días que estuviera en la isla, a la que miraba curioso y del todo satisfecho de sí.

Los bergantines no fueron a tocar tierra en el mismo lugar de la isla Margarita porque la marea llevó el segundo a otra playa distante unas dos leguas. Era un día lunes por la tarde a 20 de julio de 1561.

Bajó Lope de Aguirre con algunos soldados y envió a un tal Rodríguez con cuatro hombres de armas y algunos indios de la isla como guías para que fueran a avisar al maestre de campo Martín Pérez, que iba en el otro bergantín, y se le uniera lo antes posible con su gente. Al mismo tiempo dio a Rodríguez el famoso papel —que era una vitela dura, pero ya mugrienta y reblandecida por el sudor— y le dijo que se lo entregara a Martín Pérez. En el reverso de la vitela escribió Lope de Aguirre el nombre de Sancho Pizarro y la orden de que le diera muerte por el camino, ya que se le hacía más sospechoso cada día y nunca había podido tolerar lo que Pizarro llamaba su necesidad de entender la muerte de don Hernando. Siempre estaba Pizarro queriendo hacer algo —algo inmediato y urgente— en relación con el recuerdo de don Hernando y nunca sabía qué, y, por lo tanto, nunca hacía nada. Aquello le daba cierto desasosiego, para defenderse del cual se hundía en su famoso silencio con los ojos melancólicos y sombríos. Ojos de *cizaña,* decía Lope de Aguirre.

Envió también Lope a su capitán de caballería Diego Tirado al interior de la isla, a pie, con dos o tres más. Como iban flacos y amarillos del viaje y sin armas, daba compasión mirarlos.

Llevaba Diego Tirado el encargo de avisar y pedir a las autoridades que les vendieran alguna comida, porque venían perdidos y náufragos y prometían pagar como fuera. Decían que llevaban algunas piezas de oro y otras cosas de valor.

Lo primero que necesitaban era agua. La isla no tenía manantiales, pero las lluvias torrenciales de cada día les permitían almacenarla en grandes cisternas para todo el año.

Sin embargo, en su pequeñez, la isla tenía montañas muy altas y no se habría podido contornear en tres días y tres noches con un caballo ligero. Desde las playas iba subiendo en pendiente bastante acusada hasta la capital, que era Yua, y no estaba lejos. Muchos de los españoles que vivían allí habían sido los primeros descubridores y fundadores y se consideraban permanentemente instalados viviendo como en Castilla. Los calores eran sofocantes, aunque no tanto como en el Amazonas, pero aquellos españoles vivían de noche y tenían algunos centenares de indios que se ocupaban del trabajo del campo, es decir, del pastoreo y de la agricultura. También los había pescadores de perlas.

Lope de Aguirre se quedó al pie de su bergantín, esperando. Llevaba, como siempre, la lóriga y el peto, así como la celada, debajo de cuyo ventalle levantado lucían sus ojos de esparver. A su lado izquierdo, la espada, y al derecho, la daga.

Algunos soldados quisieron desembarcar y Lope se opuso. Obligó a la mayor parte a permanecer armados en la cubierta inferior, es decir, escondidos, y sólo dejó arriba a los enfermos e inválidos, desde luego, sin armas.

Lope de Aguirre esperaba. El óxido del sudor y del hierro sobre su ropa la manchaban de ocres y verdes, y el caudillo, mirando la isla pacífica, pensaba en sus pobladores y se decía: «Esos truhanes granujas tienen de todo, y fuerza será obligarles a alguna clase de liberalidad».

Elvira y la Torralba estaban en la cubierta y la niña quería bajar a tierra, pero no se atrevía a pedirle nada a su padre, a quien veía muy preocupado y cuyos cambios de humor conocía.

—Sois el jefe de todo el mundo menos mío —le decía desde la borda—. El jefe de todo el mundo y mi padre.

Parecía no oírle Lope.

La Torralba dijo tímidamente que tenía ganas de cantar la jota soriana, y Lope se apresuró a decirles que si querían desembarcar podían hacerlo. Al mismo tiempo miraba a la Torralba, y con la dureza de sus ojos parecía decirle que el tiempo no estaba para canciones. Aquella advertencia estaba tan clara que la Torralba se creyó en el caso de explicar, bajando la voz:

—No, si sólo tengo ganas de cantar cuando estoy en lugares altos. Ahí abajo, en tierra, no cantaré.

CAPÍTULO XII

Entretanto, Martín Pérez, desembarcado a dos leguas de distancia, al saber dónde estaba Lope de Aguirre, quiso ir a su encuentro, pero tuvo que esperar a que volvieran Zozaya y Francisco Hernández, que habían ido con algunos negros a buscar víveres y agua. Esperándolos se hizo de noche.

Sancho Pizarro, que había sido el primero con Martín Pérez en bajar a tierra y una vez más no parecía tener interés en lo que le rodeaba, cuando le dijeron que Zozaya había ido a buscar agua exclamó: «Ah, sí. Había olvidado que tenía sed». Por cosas como ésa, Lope decía de él que estaba aneblado.

Quería decir «peligrosamente entontecido».

A medida que caminaban todos en la oscuridad, Martín Pérez iba pensando en Sancho Pizarro. Se había propuesto no volver a matar a nadie sino en acción de guerra, pero era imposible dejar sin cumplir una orden de Lope.

Habiéndole dicho el caudillo marañón que había que acabar el *negocio* de Pizarro por el camino, llamó a uno de los negros:

—¿Va armado vuesa merced? ¿Lleva daga? ¿Tiene cordeles?

El negro, que se llamaba Asunción el Mocho, porque sólo tenía medio brazo izquierdo, dijo que sí. Un negro no podía ir sin cordeles porque a menudo le mandaban que trasladara cosas muy pesadas de un lugar a otro. Daga no tenía, pero cordeles sí.

Entonces Martín Pérez vio que su defecto físico le podía entorpecer, y el negro Asunción comprendió y le dijo:

—Aquí, mi hermano puede ayudalme, según el negosio que sea.

Martín, que era hombre de pocas palabras, le mostró la cartulina de Lope, famosa ya entre los negros. El mocho comprendió:

—Si aguarda vuesa merced, pronto llegaremos a donde Juan Primero —dijo, prudente.

—No, no podemos esperar.

Entonces habló el negro con su hermano un momento, en una lengua africana, y se les oyó reír a los dos con una satisfacción de sí mismos un poco indecente. En aquel momento, próxima a salir la luna por detrás de una montaña, se percibía sobre ella en el horizonte un creciente resplandor.

Dijo Martín Pérez que tenía que hacerse aquello antes de que saliera la luna del todo.

Tienen los negros supersticiones relacionadas con nuestro satélite y debieron pensar que la prontitud era por motivos de orden religioso. El maestre de campo preguntó al segundo negro cómo se llamaba y Asunción advirtió:

—Éste no tiene nombre.

—¿Cómo?

—No está bautizado. Se le dice Vos y acude.

—¿Y no tiene algún nombre africano, guineo o congolés?

—Ah, eso sí, señor. Yattaba. Pero no se lo pusieron con la crisma, y por eso digo que si lo llama vuesa mercé Vos también acude.

Indicó Martín Pérez quién era la víctima y Asunción atajó:

—Ya sabemos mero quién es Pisarro. Digo, el Sancho Pisarro. ¿Verdad, Vos?

El Vos sonreía, y aquella sonrisa era su manera de afirmar.

Dijo Martín Pérez que iba a pedir a Sancho que se quedara atrás esperando a dos que se habían rezagado —lo que no era verdad—, y entonces los negros podrían hacer su trabajo.

Se fue quedando atrás Pizarro para esperar a los supuestos rezagados, y cuando la mitad de la luna asomaba por encima del monte oyó Martín Pérez detrás un rumor de pelea, forcejeo y voces de sorpresa de Pizarro. Pensó Martín que no habían tenido suerte los negros, ya que la mudez del agarrotado era la primera señal del éxito y se detuvo a esperar.

Los negros andaban a vueltas y en tumulto.

—¿Qué pasa, señor Pizarro? —preguntó Martín sólo por comprobar que se trataba de él.

—Estos negros hideputas, que no sé qué me quieren.

Y seguían forcejeando. Martín volvió a preguntar en las sombras:

—¿Qué dice vuesa merced, señor Pizarro?

Esta vez no respondió, y sin dejar de oírse forcejeos y alguna lucha, el negro Asunción le dijo a su hermano:

—Ya está, Vos. Digo que ya no hay que haser sino aguardar, Vos.

Siguió Martín Pérez camino adelante hasta alcanzar a los otros y se guardó la vitela en el bolsillo para devolvérsela a su jefe. Le quedaba alguna duda y no estaría tranquilo hasta que volvieran los negros y le dijeran que el trabajo estaba hecho.

Así, pues, iba caminando despacio y esperando.

A la luz de la luna se veía bien el paisaje. Había una albufera grande que llamaban la Restinga, no cerrada del todo, sino abierta al mar, durante la marea alta, y alrededor, unas dos leguas de tierra envolviéndola por tres lados.

El monte por donde aparecía la luna se llamaba Copei y estaba cubierto de árboles, con dos valles anchos y profundos de buena tierra cultivable, uno al este llamado de la Asunción y otro al oeste, del Espíritu Santo. En la costa del lado oeste había bancos de perlas y los vecinos tenían indios que bajaban buceando a pescarlas.

Cuando llegó Martín Pérez con su gente al lado de Lope de Aguirre, éste le dijo:

—¿Se ha hecho el trabajo?

—Sí, señor —y le devolvió Martín la vitela mugrienta.

Entonces sucedió algo de veras curioso. Lope de Aguirre dijo dos o tres nombres más y advirtió que había que despacharlos también si seguían *enredando*. Martín Pérez, visiblemente indignado, alzó la voz:

—¡Por vida de Dios que yo no sé con qué gente queréis hacer la guerra si cada día matáis a seis o siete!

—Vaya, Martín Pérez, se ve que traéis buen rejo del camino.

—Más necesidad tenemos de allegar gente nueva que de matar la vieja, si ha de lucirnos el pelo. Digo, si queremos tener victoria.

—No es el número el que hace la fuerza. Ni el mucho gritar.

Martín Pérez se calló.

Además de Rodríguez, que fue a Yua —la capital— con una carta de Lope de Aguirre, habían ido tres o cuatro soldados también sin armas y muy derrotados a pedir comida a unos ranchos prometiendo pagarla.

Habían creído al principio los vecinos de la isla que aquellos bergantines eran de corsarios franceses y algunos se apercibieron a la defensa. Al ver cuán diferentes eran, se alegraron, y, como suele suceder, la sorpresa les hizo confiarse más de lo razonable.

Con la carta que llevaba Rodríguez y lo que dijeron los otros soldados decidieron las autoridades de la Margarita enviar a alguien a enterarse personalmente de lo que sucedía en la costa y salieron al encuentro de Lope de Aguirre dos o tres personas civiles con Gaspar Hernández, que era alcalde de Yua. Antes había hecho Lope que se escondieran las tropas en las bodegas del bergantín, como ya dije. Sólo se veían en la cubierta los dolientes de hambre o de enfermedad.

Cambiaron saludos y Aguirre hizo un discurso hablando de la navegación del Amazonas a su manera y diciendo que habían salido del Perú diez meses antes y que tenían muy gran necesidad de socorro: «Dios nos ha traído a esta isla —dijo humildemente— para que no acabemos de sucumbir y les ruego que nos den alguna ayuda de carne, pan y vino, que lo pagaremos y seguiremos nuestra derrota al Nombre de Dios y luego al Perú».

Gaspar Hernández, convencido por la prosa lastimera de Lope, hizo matar dos vacas y mandó a Yua a buscar pan y vino. Hicieron campamento allí, se encendió fuego y en pocos momentos estaba la carne puesta a asar. Lope de Aguirre presentó a Hernández una capa de terciopelo guarnecida de pasamanos de oro de ley que había sido de Ursúa. Se vio Hernández vistiendo aquella capa en las solemnida des oficiales y se sintió convencido, pero, por si acaso no bastaba, Lope le dio una copa de plata sobredorada y le dijo:

—Vuesas mercedes tal vez tendrán en algo estas alhajas y otras que traemos a bordo, pero para los hombres de camino y de guerra poca ayuda o ninguna son.

Entró Hernández en camaradería con Lope y con los otros soldados y envió una carta al gobernador de la isla, don Juan de Villaldrando, que estaba en Yua, diciendo que los recién llegados eran gente de paz que sólo querían tomar víveres y que tenían buenas prendas con qué pagarlos.

El gobernador y sus oficiales habían retenido consigo a Diego Tirado y a los mensajeros que llegaron primero hasta asegurarse prudentemente con las impresiones de Gaspar Hernández, porque habían tenido experiencias desagradables y no pasaban por la palabra de cualquiera. Pero cuando el gobernador leyó aquella carta de Hernández se acabaron los recelos y dio orden a sus auxiliares para que bajaran al puerto con alimentos, y el mismo gobernador se dispuso a ir con uno de los alcaldes ordinarios, llamado Manuel Rodríguez, y el regidor Andrés de Salamanca y dos o tres personas más de la administración de la isla.

Salieron todos a caballo y hacia la medianoche, porque ningún español solía salir de casa durante el día a causa del sol y de su furia equinoccial, aunque estaban un grado o dos más al norte que el Amazonas.

En la playa seguía Lope de Aguirre solo con los enfermos y algunos soldados sin armas a la vista, que comían a dos carrillos. Los otros, que eran la mayoría, llevaban más de doce horas sin comer ni beber y seguían aguantando pacientemente bajo cubierta, a pesar de estar oliendo desde allí la carne asada.

Cuando Lope vio llegar al gobernador y a su séquito se adelantó a recibirlos. Él y los marañones que lo acompañaban le ayudaron a desmontar con grandes reverencias y Lope se inclinó a besar la mano del gobernador. Él se la negó y Lope insistió diciendo: es mi obligación. Entre los caballos iba y venía un perro de casta indefinible, a quien el gobernador llamaba *Solimán*.

Los soldados que llevaba Lope de Aguirre con el pretexto

de ir a atar a los caballos los apartaron un trecho, de modo que no pudieran las autoridades de la isla saltar fácilmente sobre ellos cuando llegara el caso.

Abrazó el gobernador a Lope de Aguirre cuando supo que era el jefe de la expedición, lo que no dejó de extrañarle —tampoco pasó desapercibida su extrañeza a Aguirre—, y caminando hacia el bergantín, cuando estuvieron todos cerca del agua, Lope hizo otro pequeño discurso: «Señor gobernador y señores míos. Los soldados del Perú más se precian de traer consigo buenas armas que vestidos ricos, aunque los tienen sobrados, digo, para el bien parecer. Y así suplican a vuesa merced, y yo les ruego también de mi parte que les den permiso para saltar a tierra y sacar sus armas y arcabuces, porque en el bergantín se toman de moho y puede que de paso hagan vuesas mercedes mercado y feria con las cosas que traen encima, de los cambalaches con los indios, que no faltan algunas de valor.

Contestó el gobernador que lo tenía a bien y cualquiera en su caso habría hecho lo mismo, ya que la apariencia de Lope no podía ser más inocente y todo presentaba un aspecto pacífico. Por si algo faltaba a algunos pasos, estaba la Torralba, sentada en un poyo, y Elvira, a su lado, con la cabeza en la falda de la dueña, dormía.

En todo caso, con la venia del gobernador, Lope de Aguirre se acercó al bergantín y gritó:

—Ea, marañones míos, aguzad vuestras armas, limpiad vuestros arcabuces, que los traéis húmedos de la mar, porque ya tenéis licencia del gobernador para saltar con ellos a tierra, y cuando el gobernador no os lo diera, vosotros os la tomarais, que hombres sois para eso y para más.

Al gobernador le extrañaron estas últimas palabras.

Salieron todos los soldados de las bodegas y en la misma cubierta del bergantín hicieron una salva de saludo al gobernador disparando diez arcabuces al mismo tiempo, con lo que Elvirica despertó asustada. Luego bajaron alabarderos, lanceros, soldados y oficiales de todas las armas en porte de campaña, es decir, armados como si fueran a entrar en batalla. Miraba el gobernador sin acabar de creer lo que veía y su extrañeza aumentó cuando vio que aquellos soldados, instruidos ya de antemano, rodeaban a las autoridades por completo.

Sin violencia aparente alguna, eso no.

Al contrario, con la sonrisa de Lope de Aguirre y las excusas del maestre de campo, que tropezó sin querer con el alcalde Hernández. El perro *Solimán,* pisado por un soldado, aulló dos veces.

Luego que estuvieron cercados los hombres que tenían mando en la isla, Lope de Aguirre preguntó al gobernador de quién era un navío que habían visto en otra bahía al llegar, que parecía de buen porte y arboladura. El gobernador, no muy seguro de voz y comprendiendo que había formado opiniones prematuras sobre aquella gente, dijo que el navío lo mandaba un fraile, el padre Montesinos, de Santo Domingo, que había llegado tres días antes, y no estaban muy contentos los de la isla porque quiso llevarse a los indios de servicio para la guerra de los *araucos,* según decía. La población de la isla no quería renunciar a sus indios, que eran los que hacían todos los trabajos duros.

—¿De qué orden es el fraile?

—Es provincial de los dominicos, se llama fray Francisco de Montesinos y lleva algunos soldados. El barco es un navío de gran porte.

Luego se miraban en silencio los unos y los otros y Lope de Aguirre pensaba en el navío con codicia.

—Vuesas mercedes —dijo— no quieren perder los indios, claro.

—Si no fuera por ellos —confesó Hernández—, ¿quién iba a trabajar la tierra? Ellos están acostumbrados a los rigores del clima.

Vivían los españoles de la Margarita en una especie de paraíso natural. Fuerte era el calor, pero gracias a él tenían en la isla hasta cuatro cosechas al año. La incomodidad valía la pena.

Cada vez que al azar del diálogo Hernández llamaba señoría al gobernador, Lope de Aguirre los miraba a los dos con zumba. Y dijo a Villaldrando que los soldados le agradecían la atención de dejarlos desembarcar con sus armas. Respondió el gobernador que, puesto que la isla estaba en paz y no había amenaza exterior ninguna, podían los soldados dejar las armas y conservar sólo una guardia armada, si es que la creían necesaria.

El gobernador y las otras autoridades suponían que los soldados se ofrecían para las necesidades militares de la isla. Quiso apartarse con sus oficiales, y al ver el cordón de soldados que les rodeaba dijo un poco impaciente:

—¿Qué hacen vuesas mercedes aquí? ¿Qué pretenden?

Lope, acompañado de Martín Pérez, se acercó al gobernador:

—Nosotros, señores —le dijo—, vamos volviendo al Perú, donde de ordinario no faltan guerras ni alborotos, no solamente con los indios bravos, sino también entre los españoles, y yendo como vamos en servicio del rey, no sería bueno que nos pusieran dificultades, y así, y sintiéndolo mucho, es conveniente para todos que vuesas mercedes dejen las armas y se declaren presos. No se alarmen vuesas mercedes, que esto lo hago sólo para que se nos dé el avío necesario para nuestra jornada sin discusiones ni demoras ni aplazamientos.

El gobernador y los suyos se hicieron atrás preguntando, asombrados:

—¿Qué quiere decir con eso vuesa merced?

Algunos de ellos echaron mano a la espada, pero fue inútil, porque los marañones les pusieron las partesanas en los pechos y les apuntaron con los arcabuces.

Una vez desarmados tomaron los marañones sus caballos que serían hasta ocho o diez y salieron a los caminos para evitar que nadie diera noticias de lo que ocurría. Cuando veían a alguno a caballo lo alcanzaban, le quitaban el animal y lo obligaban a ir a la playa a pie para engrosar el número de los presos.

En poco tiempo se hicieron con una docena más de animales, todos excelentes.

Dispuso entonces Lope la marcha a la ciudad de Yua, que no estaba lejos. Veinte caballeros cabalgando a los dos flancos de la columna, y los demás, bien armados, a pie.

Montaba Lope el caballo del gobernador, a quién invitó a subir a las ancas. «Que vuestras mercedes —dijo— están acostumbradas aquí a la molicie y al regalo». El gobernador, indignado, se negó a subir, y entonces Aguirre desmontó y dijo:

—Pues que vuesa merced no quiere montar, vayamos todos a pie.

Pero los otros marañones no desmontaban, y al poco rato, con la molestia de las armas y del calor, volvió a cabalgar Lope de Aguirre y a invitar al gobernador, quien aceptó por fin, estoico y miserable. Le decía Lope para animarle que aquello no tenía importancia y que todo consistía en apartar un poco a las autoridades para dejarles libertad a aquellos soldados mientras estuvieran en la isla, porque venían entumecidos en los bergantines. Luego volvió la cabeza y preguntaba:

—Recias calores padecen aquí. Ya tendrán también lindas doncellas indias o mestizas que les hagan aire, ¿no es verdad?

Los otros no respondían. En el caballo de Pedrarias iba Elvirica, a la grupa. La Torralba detrás, a pie, acompañada del perro *Solimán,* que se hizo su amigo.

El gobernador dijo a Lope que tuviera cuidado con lo que hacía, porque era hombre de relaciones estrechas con las autoridades de la audiencia real de Santo Domingo. Lope de Aguirre comentó:

—No lo dudo; ya me imagino que vueseñoría es persona de suposición. Por eso lo trato con tantos respetos. Por mi lado también puedo deciros que no va mal acompañado. Yo me entiendo directamente con el consejo de Castilla.

Acudían algunos habitantes curiosos en sus caballos y Lope de Aguirre los hacía desmontar y les quitaba las cabalgaduras. Las tomaban los marañones y los pobres isleños se veían obligados a seguir la comitiva a pie. A veces Lope, para justificar el despojo, decía:

—Es sólo por algunos días. Y puede sentirse halagado vuesa merced, porque su caballo lo monta ahora un mayorazgo de una casa noble de Ciudad Real.

Los marañones reían, pero no demasiado, porque sabían que Lope no gustaba de que sus rasgos de humor acabaran en chacota.

Martín Pérez, que montaba una jaca excelente, se adelantó con un grupo de jinetes para tomar posesión de la plaza de Yua antes de que llegara Aguirre, y así lo hizo, entrando en la ciudad el día de la Magdalena, que era martes, al amanecer. Dio voces en el centro de la plaza, a las que respondían los otros marañones: «¡Viva Lope de Aguirre!».

Con regocijo y galopando por las calles fueron todos a aposentarse a la fortaleza, que estaba abierta, y en cuyos establos encontraron más animales, con los cuales podían formar los invasores un poderoso y lucido escuadrón. Los soldados, esparcidos por el pueblo, quitaban las armas a los vecinos que encontraban, y si alguno quería resistir lo ofendían con grandes insolencias y lo desarmaban por la fuerza, aunque evitando hacerle daño.

Antes de media mañana la isla entera estaba alarmada y a la defensiva, pero las autoridades habían sido reducidas a prisión y las órdenes las daba en la isla el caudillo vasco, cetrino y malcarado.

Había en la fortaleza unos veinte presos vigilados por la guardia.

Después de comer regresaron todos a la plaza, donde trataron de cortar el rollo, que era un grueso tronco de duro guayacán, pero dar en él era lo mismo que dar en una roca, y el acero de las hachas se embotaba sin hacer mella.

Se irritaba Lope con aquella resistencia y decía: «Si piensa el rollo que va a seguir ahí en honor de su majestad, se equivoca en la mitad y otro tanto, y si no quiere dejarse destruir, aquí se quedará, pero será para servirnos a nosotros». Luego, con voz alegre, preguntaba a los marañones más próximos:

—¿Qué dicen vuesas mercedes? ¿No han visto cómo se toma una isla sin gastar pólvora ni derramar sangre?

Fue Lope de Aguirre con los suyos a donde estaba la tesorería, y sin esperar las llaves ni preguntar quién las tenía hicieron pedazos las puertas y la caja, de donde sacaron gran cantidad de oro y de perlas de los quintos del rey y destrozaron los libros de cuentas.

—Me siento un hombre nuevo —decía Lope de Aguirre yendo y viniendo.

Estaban ocupados en aquello cuando apareció una señora anciana vestida de modo llamativo y apoyada en un bastón, diciendo:

—Buen favor hacen vuesas mercedes a Villaldrando, porque ahora sus cuentas serán las del Gran Capitán, dando por perdidos en manos de vuestras mercedes los dineros que él se ha comido.

—¿Quén es vuesa merced? —preguntó Lope.

La señora se irguió, ofendida:

—Llamadme vueseñoría, que yo soy la verdadera gobernadora de la Margarita.

Creyó Lope que estaba loca y no le hizo caso.

Ya dueño de la ciudad, dio un bando diciendo que condenaba a muerte a todos los vecinos que a partir de aquel momento no comparecieran con todas las armas que tuvieran, lo mismo ofensivas que defensivas, y que nadie podría salir de la ciudad sin permiso escrito.

Después hizo llevar a la plaza una cuba de vino de cuarenta arrobas que sacaron de casa de un mercader y allí bebieron alegremente.

Un vecino oficioso o malintencionado acudió a decir que Villaldrando no era sino el teniente gobernador y que la gobernadora era su suegra, que era de mucha más edad y que presumía de venir de los godos. Lope de Aguirre lo miraba y se preguntaba: «¿Con qué intención viene este sujeto a decírmelo?».

Tuvieron noticias los marañones de que un comerciante llamado Gaspar había mandado esconder un barco suyo que llegaba de la isla de Santo Domingo, por lo cual Lope le amenazó de muerte si no decía dónde estaba. El hombre confesó y el barco fue desvalijado. Traía muchas mercaderías valiosas de Castilla. Repetía el hombre:

—Arruinado soy, y más me valdría ahora irme con vuesas mercedes a ser carne de horca.

Dio orden Lope de que algunos marañones entre los más adictos recorrieran todas las viviendas e hicieran un inventario con aquellas cosas que hallaran y que fueran útiles para la expedición y la guerra o, simplemente, para el capricho de los marañones y así se hizo, con los excesos na-

turales. Lo mejor que encontraron lo trasladaron a la fortaleza y lo otro quedó a cargo de sus propios dueños, a
quienes advirtieron que estaba apuntado en sus listas, y que
si faltaba un adarme pagarían con sus vidas.

Se apoderó Lope de las mercaderías que había almace-
nadas en la isla por cuenta del rey para llevarlas a España,
las repartió entre sus soldados y mandó que reunieran en el
puerto todas las canoas y piraguas. Una vez juntas, les prendió fuego para que no pudiera ir nadie a llevar aviso a la costa de tierra firme que se veía a lo lejos.

Así transcurrieron los dos primeros días de ocupación de
la Margarita, que encontraron los marañones más rica de lo
que creían, lo mismo de alimentos que de otras vituallas, incluidas algunas cosas de lujo traídas de España o preparadas para ser enviadas al rey.

—Miren vuesas mercedes —decía Aguirre— qué vida se
dan estos castellanos, que creen haber llegado al cielo antes
de morir. A fe que voy a darles qué sentir y lo van a pagar de su pellejo.

Algunas mujeres miraban por las ventanas cuando pasaban soldados marañones y hacían comentarios. No acababan
de creer que en pocas horas estuvieran el gobernador y las
demás autoridades presos, sus haciendas robadas, alguna casa
incendiada —cuando creían los soldados que les habían ocultado algo—, los ganados recogidos y acorralados
para alimento de la tropa. Todo aquello lo había hecho un
hombre enteco, malcarado, estropeado de una pierna y cubierto de hierros, mientras que los demás, civiles y militares
iban casi en cueros.

Antes de entrar en la fortaleza el maese de campo Martín
Pérez aconsejó a Lope de Aguirre:

—Quítese vuesa merced la cota y vístase otra camisa,
que lleva ésa muy sudada.

Esto le pareció sospechoso a Lope, quien comenzaba a
tener entre cejas a Martín por varias razones. La primera
porque antes de llegar a la isla había dicho a bordo del bergantín que el esqueleto del comendador Guevara les seguía
por el mar. Lo bueno era que otros soldados dijeron haberlo visto relucir en la noche poco después de salir de la

boca del Amazonas. Había dicho Martín en broma aquello de ser seguidos por el esqueleto del comendador, pero luego le aseguró a Lope haberlo visto realmente.

Otro motivo de recelo era el haberse opuesto Martín a que Lope llevara a cabo otras ejecuciones que tenía planeadas y el preguntarle: «¿Con quién va su merced a hacer la guerra, si cada día mata a seis o siete hombres?».

—Id a la guardia —dijo Lope a Martín— y consideraos en estado de arresto.

Martín obedeció, aunque advirtiendo a Lope que no comprendía el motivo y que haría mejor en explicárselo.

Había en la isla algunos jóvenes descontentos de Villaldrando que viendo las libertades de los marañones se unieron a ellos. Lope estaba muy orgulloso de aquellas adhesiones y repetía:

—Ya ven vuesas mercedes; estos hombres vienen a nuestras filas y juro a Dios que será para medro y prosperidad de todos. Ya verán vuesas mercedes cómo otros muchos acudirán a nuestras banderas en la tierra firme y todos juntos no hemos de parar hasta ocupar el Perú.

Se le acercaron algunos a preguntar por Martín Pérez y el caudillo mandó llamar al comandante de la guardia:

—¿Qué hace Martín? —le preguntó—. ¿No ha dicho palabra, buena ni mala?

—No, que yo sepa.

—¿Tampoco habló del esqueleto del comendador?

El comandante de la guardia creyó que aquello era una broma de Lope y rió sin contestar. Entonces fueron los dos a la guardia, Lope levantó el arresto a Martín y hasta le dio excusas. Salió Martín sin hacer comentario alguno y volvió a sus tareas de maese de campo como si tal cosa.

Lope subió a la fortaleza, fue a sus habitaciones, y poco después, viendo pasar a su hija delante de la puerta de su cuarto, le gritó:

—¡Teneos derecha, Elvira! ¿Cómo os lo voy a decir?

La niña se asomó asustada, con los hombros echados atrás y los pechos ostensibles. Por un espacio breve como el de un parpadeo, el caudillo marañón miró a su hija con ternura:

—Eso es. Si a vuestra edad no sois gallarda, ¿cuándo?

Entonces la niña se puso dulce y coqueta, acudió a su padre, lo besó en las barbas, y Lope, reprimiendo su gozo, le dijo:

—Dejadme, hija, que estoy ocupado.

A todo esto, Lope hacía firmar a los que se enganchaban como soldados un documento en el que renunciaban a su nacionalidad de españoles, y como compensación les daba pagas adelantadas del dinero del rey.

Luego Lope les dio alguna libertad para hacer y deshacer en la isla y tomar lo suyo y lo ajeno sin cuidado. Los soldados nuevos fueron especialmente útiles para descubrir riquezas ocultas.

Las escaleras de la fortaleza eran de madera y cada peldaño gemía en un tono diferente bajo el pie de los marañones.

A veces pasaba la gobernadora cerca y se quedaban todos mirando su vestido de brillante seda amarilla.

—¿Y esa vieja loca, quién es? —les preguntaba Lope.

—No está loca. Es la gobernadora, de veras.

Lope de Aguirre no acababa de comprenderlo.

La gente de la isla se había recogido en aquel rincón a vivir una vida de hidalgos perezosos. La conciencia de clase era tremenda en todos y había quien creía venir de doña Juana la Loca y otros llevaban insignias caballerescas sin derecho.

Todos andaban estirados y se exigían recíprocamente respetos más o menos pintorescos.

Algunos tenían dos muchachas negras para mecer la hamaca.

Vio Lope que entre los presos el gobernador Villaldrando exigía una celda separada por ser de más categoría que el alcalde, y éste también para no compartir el mismo lugar con el alguacil.

—Oh, los bellacos —decía Lope—; yo he venido aquí con el rasero y les voy a hacer entender a todos quién es cada uno.

Pero Lope no dejaba de pensar en el navío del padre provincial fray Francisco de Montesinos. Los dos bergantines estaban comenzando a descoyuntarse y mal anclados con los embates de las olas se desmejoraban más cada día.

El barco del fraile estaba en la bahía que llamaban de Maracapana, donde había un poblado de indios. Bajaba el provincial a veces con algunos soldados y trataba de alistar hombres para la guerra del arauco, pero andaba alerta porque sabía lo que estaba sucediendo al otro lado de la isla. Fueron interceptadas dos comunicaciones del dominico dirigidas a Villaldrando. No sabía aún que el gobernador estaba preso, lo que extrañó mucho a Lope, quien dedujo que los isleños, por miedo a la responsabilidad, se conducían con prudencia y no iban a llevarle noticias al fraile. No todas las noticias, al menos.

Sabía Lope que el barco del provincial estaba artillado, lo que para sus planes era de importancia esencial. Envió, pues, uno de sus bergantines inseguros con dieciocho soldados y un capitán llamado Mungía. Como piloto iba un negro veterano de aquellas costas que habían hallado en Yua y se les ofreció. Iban los soldados con la orden de apoderarse del navío a toda costa y llevarlo a la rada más próxima a la capital.

Partió Mungía sin esperar, y cuando se acercaba a la bahía de Maracapana le pareció mejor pasarse al lado del religioso que quedarse con Lope y el padre provincial los recibió sin recelo hasta que Mungía le dijo con todos sus detalles lo que sucedía en la isla y lo que Lope había hecho en el Amazonas. Entonces fray Francisco pareció desconcertado, y apartándose de los soldados les ordenó que dejaran las armas en un rincón. Ellos lo hicieron advirtiendo además que le darían cualquier otra prueba de lealtad si las quería.

El dominico, todavía inseguro, les dijo que los llevaría a la costa de tierra firme aquel mismo día y avisaría a las autoridades de Burburata para que tomaran medidas. Mungía le respondió que lo tenían a bien y que hiciera todo lo que mejor le pareciera para el servicio de Dios y del rey.

No tardaron los soldados de Mungía y su jefe en desembarcar en la costa de Burburata y el padre Montesinos dio noticia a las autoridades de la cuantía, armamento e intenciones de las fuerzas de Lope y de los crímenes cometidos en su viaje por el Amazonas, todo lo cual produjo algún asombro y alarma. Volvió después el fraile con su barco a la Margarita y fondeó otra vez en la bahía de Maracapana.

A todo esto, Lope consideraba ya suyo el navío —es decir, en poder de Mungía— y dio un bando obligando a la gente de la isla a llevarle seiscientos carneros y algunos novillos para matarlos y salarlos y que le hiciesen una cantidad determinada de cazabe. Todo debía estar listo en un plazo determinado para embarcarlo en el navío del padre Montesinos, en el cual partiría cuanto antes para Panamá.

La vida en la isla era muy gustosa. Los soldados estaban distribuidos en diferentes casas y Lope obligaba a los isleños a tratarlos bien, amenazándoles si no con grandes castigos. Pero algunos vecinos, después de recibir a un soldado, protestaban y pedían un capitán por ser gente de calidad, según decían, y merecer huéspedes de nota. Lope les mandaba decir que el supuesto soldado era de la casa de Fernán Núñez y había ido a Indias por un mal paso en rivalidad de amores.

Cuando los isleños se dieron cuenta de que Lope se burlaba de ellos, ya no reclamaron más.

Los soldados iban a comer a aquellas casas, pero a la hora de dormir no se fiaban de nadie y se reunían en la fortaleza de Yua, donde dormían más tranquilos. Había en una esquina del corredor de abajo una imagen de Santiago a caballo, pero el caballo era un caballito de mar y el artista que lo hizo debía ser un humorista.

Mandó Lope de Aguirre un día juntarse en la plaza de la ciudad a todos los isleños que pudieron acudir y les hizo un discurso: «Los más de vuesas mercedes tendrán ya entendido que no somos venidos a esta isla para quedarnos ni para dar disgusto a nadie; antes al revés, traemos todos el deseo de hacerles servicio. Dios me es testigo de que no pensaba quedarme aquí más que cuatro días. Pero mis navíos venían tan mal acondicionados que era imposible seguir con ellos y me es forzoso, ya que Dios me lo depara, de aguardar aquí el barco del provincial. Yo creía que se quedaría, pero me dicen que ha salido otra vez con rumbo a Burburata y de allí a Santo Domingo. Ahora hemos de aguardarlo para tomarlo por las armas con fuerzas que tengo destacadas en Maracapana, y eso será mejor para vuesas mercedes que detenernos todos aquí más tiempo haciendo consumo y causando desorden en vuestras costumbres mientras construimos otro u otros bergantines. Pueden estar todos ciertos de que en cuanto llegue el barco del provincial nos haremos con él y nos pondremos en viaje. Esa es la razón por la cual he pedido al matalotaje. También por eso he puesto presos al gobernador y a los demás caballeros, para que no haya impedimentos en nuestras demandas, y aún es lo que más les conviene a ellos, porque el día de mañana nadie podrá exigirles responsabilidad, ya que estando presos no han podido oponerse a nuestras libertades y licencias. Muchas veces he dicho y ahora repito que no quiero que mis soldados tomen nada de gracia, sino que todo se pague mejor de lo que ordinariamente se acostumbra, y así desde ahora es mi deseo que cada gallina no se venda en dos reales como hacían vuesas mercedes, sino en tres y en cuatro, según el peso. Y así con las demás cosas. No hay que dar nada a ningún soldado ni tampoco a mí sin apuntarlo, de manera que antes de salir de la isla yo veré el monto y lo abonaré hasta el último cuarto con largueza para agradecer la merced que vuesas mercedes nos hacen teniéndonos consigo».

La gente escuchaba no muy convencida, porque se daban cuenta de que las palabras de Lope no estaban de acuerdo con los hechos. Ciertamente, la gente de paz que vive alerta al pequeño provecho es muy difícil de engañar en esa materia alrededor de la cual gira toda su vida. Así, pues, oían a Lope, y lo mismo les daba que subiera los precios como que los bajara, porque en todo caso sabían que no iban a cobrar.

La misma vieja señora que se había acercado el primer día a Lope apareció en la plaza apoyada en su bastón, miró al caudillo con aire tormentoso y preguntó:

—¿Por qué grita tanto ese forastero?

Nadie respondía y se creyó en el caso de añadir:

—El precio de las gallinas lo pongo yo.

Preguntaba Lope una vez más si aquella mujer era la llamada gobernadora, pero al mismo tiempo Bemba pedía permiso para bailar, porque era su santo, y los negros formaron corro allí mismo:

> *Ou - é*
> *Ou Kogá jou va-yé*
> *llava Kogá yé*
> *Ou - é*
> *Ou Kogá jou va-yé*
> *Na va-bou-moma-yé*
> *Ou - é*
> *Bou moma yauyoumé*
> *Ou - é*
> *Va Kogá jou va-yé*
> *Na va-bou-moma-yé*
> *Ou - é*
> *Yeité - na - dedaghé.*

Cantaban y bailaban y la letra que en español correspondía era la siguiente: *Ou - é... una diadema de plumas en las cejas / árbol del paraíso / Ou - é... esta hermosa diadema en mi frente / Ou - é... Esta hermosa diadema en mis cejas / y yo toco suavemente el suelo con mis pies. / Ou - é... Esta hermosa diadema de mis cejas / graciosamente toco el suelo con mis pies / Ou - é... y todo el mundo viene a mi alrededor.*

Era un pretexto para que mostrara Bemba a la gente de la isla lo bien que bailaba precisamente el día de su santo. *Ou - é.*

La campana del templo llamaba al rosario, y como la puerta estaba abierta de par en par se veían desde fuera muchos fieles y al párroco que comenzaba los rezos. Pedrarias oía en la plaza el *ou - é* de los negros, y luego, también a compás, el *ora pro nobis* de los blancos, y no se atrevía a pensar que todo era uno y lo mismo.

Cuando pudo acercarse a Lope de Aguirre le dijo:

—En pocos días habéis hecho una revolución en la isla, pero mucho ojo, porque anda por ahí gente exaltada.

Lope se puso a ironizar contra los isleños, y después preguntó a Pedrarias si durante el viaje por la mar había visto flotando en las aguas también el esqueleto de Guevara. Pedrarias se extrañó mucho de aquella pregunta y Lope le dijo lo que Martín y otros decían haber visto. Las explicaciones le extrañaron todavía más.

Había cerca de ellos un grupo de mujeres que parecían querer hablarles. Pedrarias se volvió hacia ellas:

—¿Qué esperan vuesas mercedes?

Ninguna respondía. Repitió Pedrarias su pregunta y tampoco respondieron. Habló Lope de Aguirre:

—Ooooh, déjeles vuesa merced. Son viejas putas silenciadas por la edad.

Entonces una de ellas dijo con una voz atiplada, pero enérgica, que acudían a pedirle por merced la libertad de Villaldrando.

—Yo no tengo mando aquí —dijo Lope—. Vayan a pedirlo a la gobernadora. ¿No hay una gobernadora?

Lo curioso es que las mujeres se marcharon al parecer en busca de ella. Pedrarias reía mirando a Lope de Aguirre y pensando: «Qué gran camarada sería este Lope si no fuera tan...». Y no acertaba con la palabra. Miserable no le iba. Vil, tampoco. Era difícil calificarlo de un modo vejatorio porque veía en él un Julio César con la cabeza reducida al tamaño de un puño, como hacían los indios tupíes. Pero Julio César. También el caudillo romano había matado gente culpable y gente inocente. Con el lazo o el cuchillo y, frecuentemente, por la mano de negros de la Libia antigua, como el llamado Vos. Ni más ni menos.

El perro *Solimán,* habiendo perdido al gobernador, andaba buscando nuevo dueño y olfateaba prudentemente una vez y otra al Bemba y luego a Pedrarias. Parecía preferir a este último.

CAPÍTULO XIII

El tercer día de ocupación de la Margarita Lope bebió demasiado después de varias semanas a bordo sin catarlo y dijo alguna incongruencia que hizo reír. El capitán Alonso Henríquez, cuidadoso del buen crédito de Lope, creía que muchas atrocidades había hecho el caudillo y podía hacerlas, que iban con la guerra, pero no tenía derecho a hacer una tontería como aquella de mostrarse borracho a los soldados.

Aunque sólo fuera por cuidado de la propia seguridad, debió haberlo evitado, porque contra un jefe borracho se puede intentar todo sin peligro.

Eso dijo Henríquez, y por ser hombre discreto se hizo notar más. Tenía ese capitán el cargo de jefe de parque y munición. Unos le llamaban Henríquez y otros Orellana, por ser su segundo apellido. En los últimos días se quejaba de su cabeza y tenía la idea de que la perdía y se iba convirtiendo —no se sabe si en broma o en serio— en un reloj. Con minuteros y segunderos y con el tictac que creía escuchar en el silencio. Oyéndolo un día hablar de aquello, dijo Lope que en su real no quería locos.

—No es locura —le dijo Pedrarias, que era amigo de Henríquez—, sino una sinrazón pasajera por el rigor del clima.

Lope lo miraba con sorna, pensando: «Estaría bueno que todas las cosas malas o buenas las achequemos a la influencia de la *línea equinoccial*». Y aquel día no habló más. Pero dos después, y por una razón u otra, Carolino dio garrote a Henríquez en su propia vivienda donde iba a comer mientras la mujer de la casa iba y venía dando alaridos como un ave herida y gritaba tanto que se oían sus voces en la misma plaza de Yua. Henríquez, con los cordeles trabados en la nuca y anudados fuertemente detrás corrió por toda la casa derribando sillas, vasos y candeleros antes de caer en el zaguán por donde quiso escapar. Era un sistema nuevo de Carolino.

Pedrarias se enteró cuando ya no tenía remedio y desde aquel día mostraba un semblante frío e inamistoso a Lope de Aguirre y no frecuentaba tanto a su hija ni a la Torralba, a quienes solía visitar con cualquier pretexto. Algunos soldados comenzaron a pensar que ni por leales ni por dudosos tenían sus vidas seguras, ya que dependían más del capricho de Lope que de ninguna consideración de justicia. Y sus caprichos nadie los entendía.

Lope, a las preguntas de Pedrarias, dijo una vez y otra: «Si Henríquez creía y se atrevía a decir en voz alta que yo he hecho muchas atrocidades en el Amazonas y una estupidez aquí, cerca estaba de la sedición, y ya sabía que yo soy diestro en las madrugadas».

—Día llegará a este paso —replicó Pedrarias— en que nadie duerma, y entonces de poco os valdrá madrugar. Entre tanto, ni Dios entiende lo que hacéis.

—Yo me entiendo, y si Dios no lo entiende, peor para él.

Más de un soldado habría tratado de escapar, pero se contenían viendo que la isla no era grande, que se podía recorrer en pocos días y que era fácil llegar a los últimos rincones de las montañas. A pesar de todo algunos soldados decidieron la fuga. Y los primeros fueron cuatro, llamados Francisco Vázquez, Gonzalo de Zúñiga, Juan de Villatoro y Luis Sánchez del Castillo. De los cuatro, el último creía haber visto también en la boca del Amazonas el esqueleto del comendador Guevara flotando en las aguas. No sólo flotando, sino nadando y dando gritos, y era el único entre los que lo habían visto que decía aquello. ¿Cuándo se ha visto que un esqueleto pueda dar gritos?

Los cuatro se escaparon de la fortaleza aprovechando las sombras de la noche y al enterarse Lope de Aguirre se indignó de tal manera que algunos creyeron que perdía la razón. Daba voces, insultaba a los ausentes, se mesaba las barbas, echaba espuma por la boca y dispuso en seguida las primeras diligencias para perseguirlos y encontrarlos. Pero antes fue adonde estaban encerrados los presos de la isla y dijo al gobernador que si no comparecían los fugitivos antes de cuarenta y ocho horas iba a hacer un escarmiento y a asolar y destruir la isla entera, con lo que tendrían mucho que temer y que perder lo mismo justos que pecadores.

Por toda respuesta el gobernador reiteró su petición de que le dieran una prisión nueva y lo separaran de los alguaciles, ya que tenía una jerarquía mucho más alta. Lope le dijo:

—Vuesa merced no es el gobernador, sino el hijo político de la gobernadora, que yo me he enterado.

Fue luego a las casas donde los fugitivos solían comer y entre insultos y amenazas dijo que daba a sus dueños un plazo de diez horas para encontrarlos. Buscó además a los soldados recién incorporados de entre los vecinos de la isla y como conocedores de todos los recovecos de la misma les pidió su opinión y luego los envió a ellos mismos con armas y con los vecinos civiles.

Habrían pasado diez o doce horas cuando trajeron a Villatoro y a Sánchez atados el uno con el otro y llevándolos directamente al rollo de la plaza mayor el negro Juan Primero enlazó el cuello de Sánchez y el otro negro Carolino el de Villatoro y los colgaron. La población en masa fue obligada por Lope de Aguirre a presenciar la ejecución.

Para que el suplicio fuera más patético, Lope hizo que a los reos les soltaran las manos y los pies cuando los izaban en el aire. Así los espasmos y convulsiones fueron mayores y también el terror de la gente. Algunos civiles miraban al suelo por lástima y Lope les hacía levantar la cabeza poniéndoles la punta de la espada bajo la barba. Otros soldados hacían lo mismo con sus partesanas y una mujer joven se desmayó.

Durante la agonía de las víctimas decía Lope de Aguirre:

—Ahí están los leales a su majestad. A ver si viene ahora el rey don Felipe a sacarlos de la horca.

A los pies de las víctimas hizo poner un letrero: «Por traidores, que lo fueron primero al rey y luego a mí». Y firmaba *Lope de Aguirre.* Comentando aquello decía:

—Ese Sánchez vio nadar el esqueleto del comendador, pero no aprendió que en la vida sólo se puede traicionar una vez y el que traiciona dos es un bellaco parapoco que merece lo que él ha tenido.

Aquello asustó mucho a la gente. Pedrarias, que solía ser impasible y acostumbraba a situarse por encima de lo que veía, se mostraba taciturno y evasivo con Lope.

—Estáis envileciendo la muerte —le dijo un día— y eso se paga caro.

—Ella nos envilece a todos, Pedrarias —respondió el caudillo, despreocupado—. Y bueno es que la muerte trabaje una vez por mí, digo, por la disciplina en el campo.

Alguien le dijo a Aguirre que el gobernador Villaldrando había pedido a Castilla un marquesado y enviado con ese fin su árbol genealógico y la relación de sus hazañas y que en la isla había quien se burlaba de aquello.

—¿Marqués? —comentó Lope—. La marca no está aquí, sino en el Perú, donde se combate por una nonada y donde la sangre llama a la sangre.

No hay duda de que aquel escarmiento hizo que otros soldados que pensaban desertar al ver que la fuga les valía de poco se estuvieran por el momento quedos.

Acababan de expirar los dos reos cuando vio Lope de Aguirre que llegaba por la plaza un fraile dominico murmurando latines. Lope de Aguirre le dijo:

—¿Qué reza ahí vuesa merced?

—Rezo por el alma de esos desdichados.

—¿Cómo es el alma de los desertores? ¿Grande, pequeña? ¿Blanca, negra? ¿No lo sabe? Yo se lo diré a vuesa merced: no hay color ni tamaño, porque no tenían alma. Eran dos desalmados. ¿Quiere saber más de ellos? Yo los conocía como si los hubiera parido. Ese Sánchez andaba desde que salimos de los Motilones diciendo que no estaba seguro de ser Sánchez, que no sabía quién era. Ahora se enterará en la lista de San Pedro. ¿No tiene una lista San Pedro con los nombres de los hideputas que llegan allí? Pues allí se lo dirán al de la cabeza de reloj. ¿Y Villatoro no sabe vuesa merced quién es? Mírelo, que todavía sacude la pata izquierda. Yo se lo diré: Villatoro era un flojo que según decía él mismo tenía miedo de los monos desde que nació. Le dieron un día en Machifaro a comer un brazo asado de mono y mirando la

mano dijo que no podía porque aquella era mano de persona.
Y desde entonces nos miraba a todos y a mí mismo como a
condenados en vida, como a almas penadas en vida que andaban fuera de sus cuerpos. Miedo nos tenía y miedo tenía
a su sombra. No escapaba de mí cuando se fue al monte,
sino de su propia sombra y también de la sombra doble de
los hideputas morenos que tengo a mi lado —los negros rieron en silencio, mostrando sus grandes dentaduras blancas—.
Éstos, Carolino y el Juan Primero, los tenían atemorizados a
los dos, por eso huyeron al campo. ¿Qué dice vuesa merced?

—Yo no digo nada.

A Lope le molestaba su silencio altivo.

—Pero lo dirá, porque lo mando yo.

—No tengo nada que decir. ¿Qué quiere vuesa merced
que diga?

Advirtió Lope o creyó advertir que aquel cura lo miraba
con un cierto desdén y que si sus palabras eran prudentes su
gesto denunciaba una aversión natural. Y dijo a sus negros:

—Vayan mis hijos a darle la razón a ese ministro de la
iglesia.

Los negros no sabían qué hacer.

—Denle vuesas mercedes la razón, he dicho, por la espalda.

—¿Pero cómo? —preguntaba Carolino.

Sacó Lope la vitela sudada y entonces Juan Primero se
acercó al cura con los cordeles en la mano.

—Sólo quiero darle la razón a vuesa merced —dijo Lope—,
ya que vuesa merced está pensando que soy un criminal y los
religiosos como vuesa merced abundan y aun sobran en el
mundo.

Pero se interpusieron los vecinos con súplicas, y como acababan aquellos mismos vecinos de llevarle dos de los fugitivos,
Lope se consideró en el caso de acceder. Por el momento, pues,
la vida del dominico fue respetada con alguna decepción de
Carolino, quien para disimular bailaba ligerísimamente sobre
un pie, cantando una de sus canciones con un rumor nasal:

Oue - ué...

Entonces se puso a explicar Lope de Aguirre a los soldados

por qué habían vencido tan fácilmente en la isla y decía que mejor vencerían en la tierra firme. Hablaba a la sombra de los ahorcados:

—Vuesas mercedes han visto que estas gentes y las de allá se pasan la vida abanicándose debajo de las palmas mientras los indios se descuernan sobre las sementeras y después debajo de las aguas del mar buscando perlas para ellos y son gentes que juran por el rey y por la reina y por el pontífice de Roma y a su sombra guardan lo que tienen y roban lo que pueden bajo capa de personas decentes. Esas gentes comienzan a saber quién soy y fuerza es que acaben de aprenderlo. Vivimos en un tiempo en que la tierra será para quien se atreva a ganarla con sangre y sudor y yo soy uno de ellos y mis marañones son otros tan buenos como yo. Yo sé a dónde voy y a dónde llevo a vuesas mercedes y nadie podrá apartarme de mi camino, porque en él me han puesto la vieja saña de mi corazón y la justicia de mi cabeza, que si no marca los minutos como la de Sánchez sabe muy bien dónde está la ley. No la del rey Felipe, sino la de la sangre de los hombres naturales que ven su vida acabada y su gesto torcido por las balas de los arcabuces sin que nadie parezca haberse querido dar por sabidor. Yo soy poco, pero poco era David y acabó con el filisteazo Goliath. Yo seré, sin necesidad de que mi esqueleto vaya nadando por las aguas ni dando gritos por la mar, la sombra reivindicadora de todos los que han sido pisoteados por los caballos del rey y como tal quiero castigar a los verdaderos culpables. Aquí tienen vuesas mercedes los cuerpos sin ánimas de Sánchez y de Villatoro, que hace media hora creían estar camino de Castilla para besar los pies a don Felipe y pedirle perdón. Ahí está el perdón. El que puede, que los perdone en la otra vida, que perdonándolos Dios hará su oficio y yo hago el mío como jefe militar ahorcándolos.

Se volvió a mirar al sacerdote, pero no lo halló: «¿Dónde está esa paloma del patíbulo de la inquisición?». Pero al fraile se lo habían llevado algunos vecinos de la isla, que velaban por él.

Alzó la voz Lope de Aguirre: «¿Dónde está ese fraile donimico? ¿Dónde ha ido el sabihondo de la regla de Santo Domingo?».

664 La obra completa de Ramón J. Sender

Alguien le acercó un jarrillo de barro, porque Lope tenía la garganta seca y hablaba con ronquera. Fue Lope a beber, pero al darse cuenta de que era agua la tiró y dijo:

—¿No hay algo mejor para un jefe de marañones?

Le llevaron vino.

Bebió y luego se puso a hablar de las dificultades que los soldados hallarían en el desarrollo de su empresa en la tierra firme. «Los peores enemigos que encontraremos serán los curas y los frailes como ese de Santo Domingo y otros de San Francisco y aún estoy por decir también los frailes mercedarios, aunque para ellos siempre he tenido algún respeto, porque me han alojado y dado de comer dos veces en tiempos de necesidad sin pedirme que rezara ni preguntarme si confesaba para la pascua. Pero vuesas mercedes anden con la barba sobre el hombro cuando vieren un fraile, porque al menos lo que hacen es estorbar la libertad de los soldados y esa libertad la necesitamos para mejor hacer las conquistas y sujetar a los naturales. Igual que a los frailes tienen vuesas mercedes que despachar con hacha o cordel en cuanto se pongan a su alcance a los oidores, gobernadores, letrados y procuradores, a los obispos y a los presidentes de cabildo y a los visorreyes, que si pudiera yo tener a mi alcance a los dos que hay en estas Indias no vivirían más que el tiempo que tardara Carolino en hacer su faena.»

Al decir esto Lope todos miraron al negro, quien volvió a sonreír satisfecho, aunque un poco turbado por tanta atención.

—Todas estas personas que he dicho —continuó el caudillo— deben morir a vuestras manos en estas Indias que el diablo descubrió, porque la culpa de estar perdidas estas tierras es de ellos. Hay que destruir a la mayoría de los caballeros y gentes de noble sangre, porque aunque nosotros seamos también hidalgos no vivimos de nuestra hidalguía, sino de nuestros brazos y del sudor de nuestras frentes y de la destreza de nuestras espadas. Sólo perdonaremos a los soldados que se pasen a nuestras filas. Pero no es eso todo. Habrá que colgar de las ventanas de sus lupanares a todas las mujeres públicas, ya que por una tal como Inés de Atienza nos vino a nosotros el principio del mal en el Amazonas, ya que si no hubiera sido por ella tal vez el mismo Ursúa habría sido uno más contra el visorrey tarde o temprano. Yo acabaré con todas las gentes de ruin trato y vuesas mercedes serán testigos. Lo mismo si son obispos que si son mujerzuelas de plaza y puerta franca.

Se puso a explicar a los soldados la clase de guerra que pensaba hacer y cómo no daría batalla de frente a ningún capitán, sino sólo al mismo rey si pudiera hacerlo un día en el campo. Y la razón era que a los capitanes pensaba ganarles los soldados con industrias y habilidades de guerra como había hecho al desembarcar en la isla y como haría siempre, aunque siguiendo en cada ocasión y lugar las normas que fueran más convenientes a la situación. Explicó los términos de la sedición y cuándo se podía usar con esperanzas de éxito y cuándo no.

Viendo que en la Margarita le había salido todo bien, no faltaban soldados que creían más que nunca en Lope de Aguirre.

Pero aquella misma tarde hubo noticia el caudillo de lo sucedido con Mungía en la bahía de Maracapana. Había dado días antes órdenes de comenzar a reparar los bergantines y a construir otros, pero no perdía nunca la esperanza de apoderarse del barco del provincial. Aquella tarde tuvo las primeras sospechas de lo que había sucedido cuando le dijeron que un vecino de la isla llamado Alonso Pérez de Aguilar —amigo del marañón Acuña, que se había ido con Mungía— huyó también en una canoa sin que hubiera manera de alcanzarlo. Cuando Lope se enteró hizo saquear la casa del fugitivo, destruir el tejado, arrancar puertas y ventanas con palancas de hierro y degollar todas sus reses y ovejas. Además destruyó las sementeras que le pertenecían. Pero evitaba aún hablar en público de la deserción de Mungía, que consideraba ya un hecho seguro. Mientras no hablara de ello el hecho no quedaría establecido formalmente.

Se daba el caso de que uno de sus más leales amigos, el marañón Joanes de Iturriaga, también vascongado, desde que estaban en la isla Margarita invitaba a comer a su mesa a diez o doce de los soldados más pobres. Era aquel Iturriaga un hombre que desde que salieron del Amazonas decía que no podía estar solo un momento y que por eso buscaba la compañía de algunos que siendo los más modestos parecían los mejor dispuestos a acompañarle.

No podía creer Lope que aquella costumbre fuera inocente del todo, sino que adulando a los menos prósperos trataba de ganárselos para formar un grupo disidente. Llamó al maese de campo Martín Pérez y le ordenó que fuera a la posada de Iturriaga con otros soldados seguros y lo matara a la hora de comer. Pero a arcabuzazos, que era una clase noble de muerte y aquel soldado era también noble y además era su paisano. Quiso intervenir Pedrarias diciendo que soldados tan buenos como Iturriaga, después de once meses de no dormir por causa de las recias calores y de no combatir sino con caimanes, monos, arañas y culebras, tenía derecho a alguna particularidad de conducta, pero Lope se negó a escucharlo.

Hallaron los soldados a Iturriaga en la casa donde estaba cenando con ocho o diez compañeros. Al verlos entrar el vasco se levantó para hacer honor al maese de campo y al acercarse con la mano tendida le dispararon varios tiros, mientras otros soldados amenazaban con lanzas y picas a los demás. El perro *Solimán,* que había ido con los soldados, ladraba furiosamente alrededor de la casa.

Dio noticia Martín de haber cumplido la orden y Lope le dijo en broma:

—Espero que no va a llorar vuesa merced por tener una pica menos en el campo.

—Y a fe que no era mala —dijo Martín, sombrío.

Por ser el muerto vizcaíno y paisano suyo dijo Lope que había que honrarle y al día siguiente le hicieron el entierro más ceremonioso que se había visto nunca en la isla. Iban todos los soldados formados por escuadras, con las armas al estilo fúnebre, los tambores tocando muy lentos y destemplados, es decir, sin vibración, las banderas a media asta y Lope de Aguirre a la cabeza. Había quien decía que Lope había matado a Iturriaga porque era demasiado honesto en sus maneras y costumbres y aquello hacía un contraste violento dentro de la armada.

Al principio dijo Lope que lo había matado por borracho y hablador y cuando vio que eso nadie lo comprendía, porque nunca habían visto a Iturriaga bebido ni innecesariamente locuaz, cambió de excusa y dijo que conspiraba contra él. En cuanto a honradez, Lope dijo a los que quisieron escucharle que si en el campo había un hombre honrado era Pedrarias. Y que no era la honradez lo que le ofendía a él, sino el disimulo.

Ocurrían cosas nuevas. La antigua gobernadora Aldonza Manrique tenía un loro y le había enseñado a decir:

—¡Viva Lope de Aguirre, capitán de los marañones!

Oyéndolo Lope sentía una impresión agridulce, pero había que reportarse, porque matar a un hombre podría ser una injusticia, aunque explicable, pero matar a un loro habría sido desvarío.

Irritaba a Lope la risa de aquel loro —siempre reía después de aquel vítor—, sobre todo cuando salía a la plaza un gallego viejo medio loco tocando la cornamusa y estaba cerca el loro y éste comenzaba a reír —es decir, a imitar al gaitero— y era la imitación como una tremenda carcajada artificial que repercutía por toda la isla y que a algunos les ponía los pelos de punta. Un día dijo Pedrarias para sí mismo:

«Parece como si ese papagayo fuera ahora el gobernador de la isla».

Al menos iba siempre en el hombro o en el puño de la gobernadora Aldonza Manrique como los azores en el puño de las princesas.

Era el humor de Lope cada día más sombrío por la tardanza en llegar noticias definitivas sobre el navío del provincial. No acababa de creer que Mungía hubiera desertado, y para convencerse a sí mismo comenzó a decir a grandes voces que si el fraile provincial había cogido presos a sus soldados o los había matado tenía que hacer un escarmiento jamás visto ni oído.

Oyéndole hablar así los vecinos de la Margarita temblaban debajo de su piel, especialmente mientras los dos ahorcados estuvieron colgados en la plaza.

Entre tanto, el padre Montesinos, después de haber dado aviso en toda la costa de Venezuela, en Cumaná, en Burburata, en Nuestra Señora de Carballeda, en la Guaira, cerca del puerto de Caracas y en otras partes, volvió a Maracapana en la isla Margarita, esperando poder hacer algo contra Aguirre o por lo menos dar ocasión a que las deserciones continuaran.

Cuando avisaron a Lope de la llegada del navío volvió a hacerse la ilusión de que lo traía, por fin, Mungía con sus soldados, pero poco después vieron acercarse a tierra un esquife con un esclavo negro, quien refirió detalladamente lo que había sucedido y dijo que los marañones desertores estaban a bordo con el provincial y con las armas listas para hacerles a los de Lope toda la guerra que pudieran. El negro había escapado y quería armas para luchar contra el provincial, pero Lope desconfiaba y lo puso bajo vigilancia.

Receloso, Aguirre metió en las prisiones de la fortaleza a la poca gente notable de Yua que quedaba en libertad y desde una torre estuvo viendo lo que hacía el barco del padre Montesinos. Vieron que viraba y desplegaba velas y los soldados de la Margarita que se habían unido a Lope le dijeron que el provincial se iba con el barco a un fondeadero que se llamaba Punta de Piedras.

Puso Aguirre espías escalonados en los caminos, de modo que le avisaran de los movimientos del provincial, y él se instaló con su alférez general Alonso de Villena —a quien volvió a dar el cargo que había tenido con don Hernando, por fallecimiento de Corella— en un lugar intermedio para acudir con las fuerzas a donde fuera preciso. Pero al oscurecer cambió de idea y se dirigió con Villena y cinco soldados otra vez a la fortaleza.

Fue a ver a los presos más importantes, que eran el gobernador Villaldrando, el alcalde Manuel Rodríguez, el alguacil mayor Cosme de León, un tal Cáceres, regidor, y el criado del gobernador Juan Rodríguez. Mandó que los sacaran de la prisión alta, donde tenían ventanas con rejas desde las cuales se veía el mar, y los bajaron a los sótanos de la fortaleza. Los presos, habiendo visto a lo lejos el barco del provincial, concibieron otra vez esperanzas, pero al llegar Lope con sus soldados se creyeron perdidos. Lope se dio cuenta y con aquellos escrúpulos humanitarios que se le despertaban a veces les habló:

—Pierdan vuesas mercedes el temor y confíen en mí y en

mis promesas, porque les doy mi palabra de que aunque el
fraile provincial traiga consigo más soldados que árboles es-
pinosos hay en esta isla (y está lleno dellos) y me hagan
la guerra más cruel y mueran todos mis compañeros, por
Dios les digo que ninguno de vuesas mercedes morirá ni aun
correrá el menor peligro.

Con esto iban bajando los presos un poco más tranquilos.
A medida que bajaban las escaleras estaban más oscuras y
tuvieron que esperar que trajeran candiles.

A pesar de las seguridades de Lope de Aguirre los cinco
presos que representaban en la Margarita la autoridad fueron
agarrotados aquel mismo día en los sótanos. Y Lope de Aguirre estuvo presente mientras sus dos negros actuaban. Pero
no fueron sólo los negros.

El gobernador, al ver que sus presentimientos se cumplían, dijo:

—¿Qué vale vuestra palabra, señor general?

—Mucho vale, señor gobernador, sólo que hay que enten-
derla al revés. Y para que veáis que al revés y todo mis
obras van concertadas yo os diré antes de que mi justicia sea
hecha las razones que he tenido y tengo para ello. Enemigos
tengo, pero no me faltan tampoco amigos, y un marañón
nuevo, de esta isla, nacido en Portugal y llamado Gonzalo
Hernández, me ha dicho cuáles son las intenciones de vuesas
mercedes, especialmente la suya, señor gobernador, que esperaba ser liberado por ese fraile provincial, a quien envió
cartas al rey muy en secreto y también algunos arcabuces de
la fortaleza, y en las cartas decía al provincial que nos lla-
mase cerca del barco como para parlamentar y entonces podría disparar toda su artillería de a bordo y matarnos. Yo
como buen soldado tengo que adelantarme a las maniobras
del enemigo y antes de ir a atacar al provincial debo dejar
la retaguardia segura y pacífica. Esa es, pues, la razón. ¿Comprendéis ahora, señor gobernador? Ea, adelante —dijo, dirigiéndose a los negros.

Pero cuando Carolino iba con sus cordeles el caudillo lo
detuvo con un gesto:

—Aguarda, Carolino, que el señor gobernador merece más
respeto. A tal señor, tal honor. Avisen vuesas mercedes a

Francisco de Carrión, alguacil mayor, que es hombre de pro y se encargará de hacer esa justicia, ya que como el señor gobernador me ha recordado varias veces es la más alta jerarquía de la isla, aunque yo creo que exagera y que por encima de él está su ilustre suegra doña Aldonza.

Carrión llegó y dio garrote al gobernador con los cordeles de Carolino. Después dirigió Lope las otras ejecuciones y las hicieron los dos negros. Fue la del regidor Cáceres la más lamentable, porque era un anciano tullido de manos y pies, quien tratando de sonreír dijo a Lope de Aguirre:

—Quizá yo debía daros las gracias, que perdiendo la vida pierdo bien poco y aun yo diría que no pierdo nada, porque años hace comencé a morir y ahora acabaré.

Quedaban los cuerpos alineados en tierra según el orden de las ejecuciones. El primero el gobernador y el último el regidor Cáceres.

Lope de Aguirre mandó que acudieran todos los soldados, y reunidos en aquellos lugares que eran bodegas grandes con pavimento de tierra, mostrando Lope los cuerpos de los cinco hombres, les dijo: «Mirad, marañones, lo que habéis hecho. Además de los males y los daños cometidos en el Amazonas matando a vuestro gobernador Ursúa y a su teniente Juan de Vargas y a otros muchos y alzando por príncipe a don Hernando de Guzmán habéis muerto también al gobernador y a los alcaldes y justicias que ahí están como los podéis ver. Por lo tanto, cada uno de vosotros si antes confiaba en alguien hoy no confíe en nadie y mire por sí y pelee por·su vida, que en ninguna parte del mundo vivirán ya vuesas mercedes seguros si no es en mi compañía después de cometer tantos desafueros, de los cuales el colmo y extremo es el que tenéis delante. Mirad bien las figuras de estos cinco hombres y no dejéis de llevarlos en vuestra conciencia».

Mandó después a los negros hacer dos hoyos en la misma prisión y allí enterraron a los muertos sin ataúd y sin servicio religioso. Cuando acabaron, todavía Lope volvió a hablar:

—Ya sabéis, marañones, que vinimos a esta isla y el primer día la robaron vuesas mercedes y entraron a saco en las iglesias, que si son los negros los que aprietan los cordeles son vuestras voluntades las que lo autorizan y para más obligaros

hice la ejecución del gobernador por manos de hombre libre
y cristiano y antiguo siervo del rey don Felipe, quiero decir,
por español de cuna y nacido libre de voluntad y no esclavo.
Después de todo esto no tendréis honra ni hacienda ni respiro
ni sosiego sino a mi lado y lo mejor que se hará de vuestros
cuerpos es cuatro cuartos y darlos a los grajos en los postes
de la justicia. ¿Han entendido vuesas mercedes?

Luego se volvió hacia los negros:

—Andad, Carolino hermano, con los presos y las presas
de la población civil y decidles cuál ha sido vuestra buena
obra y mostrarles los cordeles, que tengan algún motivo para
temer por sus gargantas y no confiar demasiado en los cañones del barco del provincial. Que yo sé que desde las ventanas le hacen señas.

El negro estaba confuso y no sabía qué hacer. Por fin
preguntó:

—¿No me da la vitela, señol?

—No. Te mando que vayas a decirles lo que habéis hecho,
pero no a ahorcarlos, ¿entiendes?

Dicho esto eligió ochenta arcabuceros veteranos y partió
al encuentro del provincial. Antes de partir —era ya de noche— hacia Punta de Piedras le dijo a su maestre de campo
Martín Pérez:

—Quedad aquí con las demás tropas y mirad que todo esté
sosegado y en buen orden. Como mañana será domingo
buscad que los soldados tengan algún solaz y que se huelguen
y coman y beban bien.

El maese de campo tomó las palabras de Lope al pie de la
letra y cuando las trompetas tocaron diana al día siguiente
preparó un banquete que se celebró al mediodía con abundancia de viandas y de vinos.

Fue la mejor fiesta que habían tenido desde los Motilones
y se celebró en la fortaleza y sirvieron los negros. Por cierto
que Carolino y Juan Primero, con la autoridad que les daba
su lúgubre profesión, se negaban tácitamente a servir como
criados y eran los otros negros y los pajes quienes lo hacían.

No les permitieron, sin embargo, a los verdugos sentarse
a la mesa, pero tampoco les obligaron a trabajar como sirvientes y así iban y venían con bromas y donaires.

Martín Pérez desde la presidencia de la mesa se quedaba a veces escuchando, porque suponía que debían oírse lejos los tiros de los arcabuces, ya que el encuentro con el provincial no podía suceder muy lejos.

Pero no se oía nada y el maestre de campo no sabía qué pensar.

Alguien sacó a colación el tema del esqueleto del comendador Guevara y Martín explicó que los huesos humanos flotan en el agua porque están huecos y que además el calor y el fósforo del cerebro hacían lucir de noche la calavera a ras del agua y que él había visto aquella luz también.

El paje Antoñico juraba que había visto al comendador nadando detrás de los bergantines y que seguramente en aquel momento estaba en la bahía de Punta de Piedras.

Algunos estaban medianamente borrachos y querían que los negros cantaran y bailaran, pero no en africano, porque las canciones en congolés, guineo o etíope no las entendían. Antes de acabar de decirlo estaba el negro Vos con una mestiza dando vueltas uno alrededor del otro y cantando:

> *Me casé con su mercé*
> *por dormir en buena cama*
> *y ahora me sale con que*
> *el colchón no tiene lana.*

Daba la mestiza dos vueltas sobre sí misma y respondía con otra letra siempre resbalando hacia lo procaz. Cuando se tiene alcohol en la sangre todas las cosas hacen gracia, porque con el alcohol ha entrado el diablo de la risa —en su origen la palabra árabe *alcohol* quiere decir *el diablo*— y lo demás es sólo pretexto:

> *No me hable así su mercé*
> *negrito del alma mía,*
> *que si le falta la lana*
> *le sobra la picardía.*

Y se entreperseguían torpemente. Los que más gozaban con todo aquello eran los pajes, que no teniendo ocasión de alternar de igual a igual con los marañones aprovechaban aquella y bebían y juraban como los demás.

Hablaba Martín Pérez con Carolino sobre las ejecuciones recientes, pero según órdenes de Lope no quería el negro decir más de lo indispensable. Evitaba hablar de aquellas cosas, aunque viendo la curiosidad del maese de campo no podía menos de responder y se limitaba a decir sí o no.

El negro y la mestiza seguían cantando y bailando.

La embriaguez de algunos era silenciosa y retraída y la de otros parlanchina, como suele suceder. Los habladores al principio solían evitar el tema peligroso: Lope de Aguirre. Pero a medida que avanzaba la fiesta y circulaban las botellas las lenguas se desataban, aunque nunca en voz alta. Aquí y allá se formaban corrillos y se hablaba.

El nombre de Lope no se citaba nunca, porque cada cual recelaba del vecino y ese recelo había sido creado por el caudillo marañón y había sido su precaución más sutil.

El gaitero soplaba y le acompañaba un bombo que marcaba el ritmo con una violencia salvaje y primitiva. El negro y la mestiza aprovechaban aquel ritmo —cualquier ritmo— para sus danzas y seguían con ellas.

Pensaba Pedrarias que aquella combinación de las músicas célticas y las danzas negras del África no la habría podido imaginar el mismo demonio.

Otra vez volvía Martín Pérez a sus preguntas y otra vez se encerraba Carolino en sus afirmaciones y sus negaciones, remiso a hablar. Si el maese de campo hubiera sido un hombre más observador habría podido calibrar a través de las respuestas de Carolino el pro y el contra de los «fantasmas acechadores» —así entendían los negros el peligro— y sacar alguna consecuencia.

Pero Martín no se creía nunca en peligro. Era hombre que no entraba nunca apasionadamente en los problemas de los otros y ni siquiera en los problemas generales. Evitaba cualquier familiaridad y era frío e impersonal. Seguía preguntando al negro. Los esclavos perciben mejor que nadie los matices de la confianza del amo, ya que toda su vida, acciones y ocupaciones dependen de esa confianza y de sus variables accidentes. Y por otra parte no olvidaban los negros que

Martín Pérez con todo y ser el maestre de campo había sido arrestado el mismo día que llegó a la Margarita.

—¿Quién murió primero? —preguntaba Martín.

—Pues negro no sabe.

—¿No estabais allí, Carolino?

—Yo voy a donde mi jefe me llama, señol maese de campo. Donde me llaman, allí voy.

Martín se dirigía al otro negro:

—¿Y tú, Juan?

Algunos llamaban por burla a aquel Juan don Juan de Austria y cuando Juan Primero reía, halagado, le decía el Bemba, celoso:

—No tienes por qué ensancharte con eso, que lo disen los señoles por llamalte hideputa, que don Juan de Austria hijo es de don Carlos por la puelta falsa.

Eran los negros entre sí muy celosos de las amistades de los marañones mientras no llegaba la hora de agarrotarlos.

El que conseguía toda clase de confidencias de los negros era Pedrarias, porque ellos hacía tiempo que se habían dado cuenta de que aquel soldado tenía autoridad sobre Lope sin pretenderlo y sin hacerla valer nunca bajo ningún motivo ni pretexto. El negro Carolino trataba por esa razón con más deferencia a Pedrarias que a ningún otro marañón.

—Lo único malo que yo veo sobre los cinco muertitos —djio Carolino a Pedrarias— es que no les han echado la rezada.

Porque los negros podían matar, pero no dejaban de estimar a sus víctimas y consideraban las sentencias como decisiones fatales que no dependían de los crímenes de los reos, sino de voluntades más fuertes que las suyas que los habían vencido en la sombra. De malquerencias cultivadas por espíritus y fantasmas contrarios, es decir, de brujos y nigromantes. Para defenderse de aquellos brujerías que estaban siempre en el aire y contra los cuales sólo podían actuar espíritus mayores, el negro Carolino y su amigo conocían un procedimiento que en el Amazonas no pudieron usar porque no tenían los medios. Ahora no se ponían nunca a trabajar sin un cigarro puro encendido en los dientes. Eran cigarros recios y toscos, de tabaco de anchas hojas verdosas que ellos mismos fabricaban —habrían aprendido de los indios—, y a cuyo humo atribuían, igual que los indios, virtudes contra los espíritus malignos. No aspiraban el humo, no fumaban realmente. Bastaba con tener aquel cigarro encendido en los dientes y ver cómo se iba consumiendo y cómo el humo envolvía al verdugo y a su víctima. O al sacerdote en su «rezada».

Carolino le contaba todo esto a Pedrarias y luego contestaba a sus preguntas, que no eran pocas. Aquel día, habiendo comenzado a hablar de las últimas ejecuciones, el negro siguió hablando por su cuenta:

—Por la falta de la rezada las almas andan por ahí y pueden hacer mal, señol.

Llevaba Carolino el cigarro encendido para convocar al diablo fuerte contra los diablos débiles —éstos se ahogaban con el humo. Y hablaba. En la isla Carolino sabía que no había —entre los indios y los negros— una muerte sin su banquete funerario. Tampoco entre los indios del Amazonas. Como el día anterior había habido cinco muertes, Carolino creía que el banquete de los marañones era tan rico y abundante porque tenía que equivaler a otras tantas comidas funerales. Pero no había plañideras y el alma del gobernador tenía que dolerse. El alma —que ellos llamaban *anga*— volaba al lugar donde la persona nació para reencarnar allí en un animal del bosque. Frecuentemente un animal grande y hermoso; pero también a veces feo, según.

Los negros después del banquete bajaron a los sótanos y, recitando una jaculatoria en la que decían que *ya sabrían un día los parientes de los muertos quiénes les habían hecho mal,* se pusieron a bailar apisonando con los pies la tierra de las sepulturas. No creían los negros en la muerte natural. Siempre llegaba por la malquerencia de un espíritu y había que defenderse de ellos en lo posible. No creían en la muerte como un fenómeno natural e inevitable. Llegaba como un accidente. No culpaban los verdugos tampoco a Lope de Aguirre de aquellas muertes ni de otras. Para ellos Lope era sólo un instrumento obediente a la mala voluntad de los diablos menores que pueblan los aires y se ocupan en causar accidentes a la gente que vive descuidada. Cuando acabaron de bailar sobre las sepulturas volvieron a la sala del banquete.

Pensando en aquello Pedrarias se decía si no tendrían razón en fin de cuentas aquellos negros protegidos por el humo del tabaco. Al menos eran los únicos a quienes no les sucedía nunca nada. La mala voluntad posible de los diablos menores o mayores —y del mismo Lope— los respetaba. Preguntó a Carolino si aquella costumbre del tabaco la habían traído de África y el negro dijo que no, que habían aprendido a ahuyentar a los malos espíritus con aquel humo de los indios de las Antillas y de las dos orillas del Amazonas y que todos los negros lo habían adoptado porque les daban muy buenos resultados. Pedrarias comenzó a pensar en serio que sería bueno fumar aquella hierba.

Había siempre en los negros y en los indios como una sed de prácticas y ritos y revelaciones nuevas.

—¿Y habéis bailado bastante en el sótano sobre las sepulturas?

—No, señol. Pero en cuanto que sierre la noche iremos otra vez a bailal.

Escuchaba aquellas cosas Pedrarias con cierto respeto. Nunca se burlaba de las creencias de nadie por muy infantiles que parecieran.

Los que más habían llamado la atención en el banquete y sobre todo después de él eran Llamoso y, aunque parezca extraño, el maestre de campo, pero con circunstancias muy diferentes entre sí, porque Llamoso hablaba y cantaba y hacía bravuras y provocaciones y en cambio Martín Pérez miraba y callaba. La borrachera, así como a otros les enciende el rostro, a Martín lo ponía pálido, y así como Llamoso iba y venía y se subía a la mesa y quería arengar y hacer discursos, Martín tenía una neta conciencia de su estado y evitaba hablar y levantarse de su asiento.

Era Llamoso un tipo desgalichado, aunque grande y de buen esqueleto, y su cara escuálida fingía debilidades que estaba muy lejos de padecer, ya que con las armas encima era uno de los más resistentes.

Los marañones en sus fiestas solían sentirse con Llamoso borracho más felices que con otros, pero a veces Llamoso soltaba a reír sin causa o con algún motivo que sólo él conocía y era una risa tan falsa como la del loro de la gobernadora, y entonces todos callaban de pronto.

Aquella risa de Llamoso no era la consecuencia del vino, porque en estado de lucidez salía a veces con alguna de aquellas carcajadas que a todo el mundo lo ponían incómodo. Oyéndolas desde su cuarto la Torralba se cubría a veces las orejas con las manos. Y no era raro que se confundiera y creyera que era Llamoso el que reía cuando era el loro de la gobernadora o al revés.

No tenía Pedrarias una idea muy favorable de Llamoso. En el fondo creía que era un degenerado.

En cuanto a Martín Pérez era hombre de un gran valor físico y, sin embargo, cuando vivía Ursúa tenía miedo a las tormentas. Desde que el primer gobernador murió a sus manos parecía haber eliminado ese y otros rasgos de carácter. Influyó mucho en Martín la muerte de Ursúa. Aquella tarde al formarse la tormenta equinoccial de cada día Martín Pérez fue a levantarse de la mesa, vio que lo peor de la embriaguez había pasado y subió a su cuarto, que estaba en lo alto de la fortaleza.

La tormenta de aquel día era seca o parecía que iba a serlo. Martín sentía sus nervios lo mismo que en tiempos de Ursúa. Lo atribuía al alcohol.

Buscó a los negros, pero no los hallaba. Fue a las cocinas y le dijeron que se habían ido a los sótanos. Decidió Martín bajar también con el pretexto de hacer algunas preguntas a Carolino, pero en realidad porque en las habitaciones altas de la fortaleza estaba más expuesto a las descargas eléctricas.

Cuando llegó al sótano encontró no sólo a Carolino, sino a siete u ocho negros más, bailando sobre la sepultura del gobernador con los pies descalzos y apisonando la tierra ritualmente.

Como otras veces, Carolino llevaba la voz cantante:

> ... *al agua se va Lamgbé*
> —*Mamá.*
> *Al aire se va Lamgbé*
> —*Ganá.*

Llevaba Carolino el cigarro encendido, un cigarro que iba quemándose solo. Daba el humo un aroma dulce que invadía los sótanos y de vez en cuando el negro guardaba el humo en su boca y lo iba soltando por la nariz, despacio, grave y bailador.

Oyó desde allí Martín Pérez dos truenos horrísonos y se sentó en un banco que había arrimado a la pared, con la cabeza entre las manos. Quiso ver de pronto si Carolino tenía con él la misma confianza que con Pedrarias, pero no podía comprobarlo porque estaba muy ocupado el negro con el cigarro y con el constante apisonar de sus pies desnudos. «Cuando comience a llover —pensó Martín— volveré arriba.»

Al enterarse la gobernadora doña Aldonza de la muerte de su yerno el gobernador, anduvo preguntando dónde lo habían enterrado y por fin logró que Carolino se lo dijera. Doña Aldonza llevó un ramo de flores a los sótanos y lo dejó en tierra, pero por error en el lado que correspondía a la tumba del alguacil.

Tenía mérito aquella visita de doña Aldonza, porque era reumática y bajaba y subía las escaleras con dificultad. Al ver a Carolino allí doña Aldonza señaló la tumba y dijo:

—Ya lo hicieron marqués a mi yerno.

Luego se puso a hablar de su hija, que quedaba viuda y sola en la flor de la edad, y Martín creía adivinar en el tono de su voz una especie de contento disimulado.

CAPÍTULO XIV

Cuando salió Aguirre para Punta de Piedra con sus marañones el perro *Solimán* que había sido del gobernador comenzó a caminar a su lado, muy decidido, pero al ver que se alejaban de la ciudad abandonó al escuadrón de jinetes y volvió al trote camino de la fortaleza. En la ausencia de Lope de Aguirre se adhirió al maestre de campo Martín Pérez, de quien no se separaba. Aquel animal tenía el instinto de las jerarquías.

Hacía *Solimán* cosas graciosas: saltaba por el rey, se ponía en dos patas y caminaba cojeando sin estar cojo.

El caudillo con sus ochenta soldados bien montados fue a ocupar posiciones disimuladas cerca de Punta de Piedras, donde esperaron más de veinticuatro horas. Un campesino indio se acercó a decirles que el provincial acababa de salir otra vez para la bahía más próxima de Yua. Entonces Lope decidió volver a rienda suelta y tratar de llegar antes que el provincial para evitar que éste con las tropas que llevaba pudiera hacer algún daño.

Al trote largo llegaron los ochenta jinetes de regreso a la ciudad antes que el barco entrara en la bahía y aun antes de que sus velas asomaran por el horizonte.

Viendo que no había novedad fueron todos a la fortaleza.

El perro *Solimán* llegóse a Lope de Aguirre y el vasco le dio con el pie.

—¿Qué clase de perro sois —le dijo— que en cuanto salís media milla de la ciudad os acojonáis?

Los soldados próximos rieron y *Solimán,* receloso, buscó otra vez la amistad del maestre de campo que llegaba:

—Sin novedad, fuera de que ayer hicimos banquete y algunos se emborracharon.

—¿Hablaron más de la cuenta, supongo? —preguntó Lope, esperando que en la ligereza de las lenguas se habrían denunciado todavía los posibles enemigos secretos.

—Algunos, sí.

—¿Quiénes? ¿No seríais vos también?

—Mi vino es callado y discreto —bromeó el maese de campo, un poco pálido.

Esperaba Lope saber más adelante quiénes habían hablado y qué habían dicho. Era con aquel fin como recomendó el día anterior a Martín que agasajara a la tropa y les diera vino en abundancia.

Como siempre que volvía del campo, aunque su ausencia hubiera sido corta, fue a ver a la Torralba y a su hija y las halló en alegre camaradería con otras mujeres de la Margarita.

Tenía presas Lope de Aguirre a aquellas mujeres como rehenes de la conducta de los maridos. Ellas comenzaban a acostumbrarse a la prisión y los maridos, la mayor parte en libertad, no se atrevían a respirar sin permiso del comandante de la guardia.

—Padre —dijo Elvira, que ignoraba que habían matado al gobernador, porque solían ocultarle las decisiones de su padre—. ¿No sabéis que quien gobierna esta isla es una mujer? Bueno, el gobernador es el señor Villaldrando, pero en los papeles del rey figura doña Aldonza como gobernadora. Padre mío, ¿por qué no me lleváis a hacer homenaje y cortesía a doña Aldonza? Nunca he visto una mujer gobernadora.

—Ni yo tampoco.

—Es mujer muy principal y tiene deudos nobles en Castilla.

Miró Lope de Aguirre a su hija en silencio y luego a las otras. Finalmente dijo a Elvira:

—¡Por vida de Dios, bellaca, que tomáis las mañas de las vecinas de la Margarita y que si seguís así tengo que haceros cortar el cabello!

Salió luego de allí y al llegar abajo —a lo que era patio de armas— se enteró por Martín Pérez de que el provincial había enviado cartas a la población invitándola a juntarse con él contra Lope de Aguirre en servicio —decía— de Dios y del rey. Leyó una de aquellas cartas y exclamó:

—Ea, marañones, que tenemos los enemigos encima, pero amigos tenemos también que nos avisan y un indio me vino a decir, sin preguntarle, que el barco del provincial había salido de Punta de Piedras y otro nos trae las cartas sediciosas del dominico.

Una noticia peor le esperaba. El marañón Guillén de Cárdenas se había escapado al campo a pesar de los escarmientos que había hecho días antes el caudillo, quien al saberlo dio un gran suspiro y dijo:

—¡Oh, Guillén, tú serás la causa de que mientras viva no deje de la mano este arcabuz cargado con treinta balas!

Luego preguntó por el alférez Villena y le dijeron que estaba trabajando en la construcción del bergantín nuevo.

Andaba alrededor de Lope un capitán llamado López a quien llamaban también *Calafate* porque había sido maestro de ese oficio y en los Motilones y en otras partes había dirigido el calafateado de los barcos nuevos. Dándose cuenta Aguirre de que le buscaba le preguntó:

—¿Qué me quiere vuesa merced, señor López, que parece que anda con algún escrúpulo grave en el cuerpo?

El capitán lo llevó sigilosamente a la azotea, donde un vigía atalayaba el mar para avisar la llegada del barco del provincial.

—Mi escrúpulo —dijo— es que hay quien piensa sucederos en el mando. Ayer estando todos un poco sueltos de lengua yo dije: ojalá que nuestro general tenga buen suceso en Punta de Piedras. Y Guillén respondió: «Si tiene mal suceso azar de la guerra será. Y si matan a Lope de Aguirre lo que yo digo es que mandar por mandar otro lo haría tan bien y quizá mejor». Yo le pregunté a Guillén: ¿quién lo haría mejor? ¿Vos? «No, Martín Pérez aquí presente.» Eso dijo Guillén.

—¿Oyó esas palabras Martín? —preguntó Aguirre con la voz ronca.

—Las oyó y aun habló. Y supimos que el banquete que nos daba era por congraciarse con todos y aun hizo que trajeran música y vino un gallego con su cornamusa y otros con trompetas y atabales y las mejores bebidas fueron traídas a la mesa. Y entonces, es decir, cuando Guillén hubo hablado, el maestre de campo dijo: «Si llegara el caso tal haría, porque en ausencia de Lope de Aguirre yo soy quien gobierna a vuesas mercedes y el mando de general me vendría por la mano». Eso dijo.

Lope, antes de decidir nada, quiso asegurarse:

—Además de vuesa merced, ¿quién escuchó esas palabras?

Preguntándolo recordaba Aguirre las historias de Martín sobre el esqueleto del comendador Guevara que seguía a los bergantines por la mar. Una historia que nunca le había gustado.

—Escucharon los que estaban cerca —dijo López—. Cuando habló Martín estaba escanciando vino un pajecillo mestizo y lo oyó bien y aun le llamó *excelencia* por burla y le hizo reverencia como a general y gobernador, de todo lo cual Martín se rió complacido.

—Ese paje —dijo Lope, con simpatía— era Antoñico, que es truhán de genio.

Hizo llamar al paje y éste confirmó las palabras de López y añadió alguna de su cosecha, porque los mestizos no siempre son leales a los españoles ni a los indios y ni siquiera a los mestizos mismos y lo que dijo el muchacho fue que los vecinos de Martín en la mesa hablando de las cosas de la guerra dijeron: «Si acaso le sucediese alguna desgracia a Lope con la gente del provincial, ¿quién tomaría el mando?». Y al oír eso dijo Martín: «Aquí estoy yo, que me viene por la mano y si el viejo faltare serviré a todos y haré por vuesas mercedes lo que estoy obligado».

Cavilaba Lope de Aguirre como si las palabras de Martín le dolieran. Y se acordaba de cuando Martín le reprochó que matara tanta gente. Todas las cosas contrarias a Martín acudían a su memoria.

—¿Eso dijo? ¿Es verdad que Guillén había dicho que otros lo harían mejor que yo?

Asomaba a la azotea otro mancebo llamado Chávez, quien se apresuró a hablar:

—Eso oí yo al maese de campo, que estaba detrás con el pichel grande para escanciar vino.

Se volvió Aguirre hacia él:

—¿Y a vos quién os pregunta?

—Lo hago por el servicio de vuesa merced.

Dijo Lope de Aguirre muy sombríamente:

—Aquí hay tres personas pidiendo la vida del maestre de campo.

Y en aquel momento se acordaba de cuando Martín le pidió que se quitara la cota de malla con el pretexto de que su camisa estaba sudada. «¿Para qué necesitaba que yo me quitara la cota?».

Y repetía, mesándose la barba y sintiendo en su mano su propio aliento febril:

—Tres personas pidiendo la cabeza de Martín Pérez y el aire está tan caliente que la respiración añade fuego al fuego.

Esto último no sabían los otros cómo entenderlo. López Calafate volvió a hablar:

—Otras palabras peores le oí a Martín en el banquete, que estaba mirando un mosquito panzón que bebía en su brazo y dijo: «Así pasa con los hombres en el real, que cuando tienen la tripa redonda y roja de sangre caen».

Antoñico quiso rectificar y dijo al mismo tiempo cosas muy raras:

—Lo que pasó fue que estaba mirando el reló grande de la sala y dijo que las horas se emborrachaban también de sangre y caían una a una como aquel mosquito.

Lope dudaba. Los hombres con la tripa llena de sangre, como los mosquitos, que los indios llamaban *piums*. Los hombres, bien. Pero las horas... ¿cómo pueden las horas caer llenas de sangre? No decía nada Lope. Reflexionaba, y los otros lo miraban con una curiosidad anhelante.

—¡Las horas con la tripa roja de sangre! ¡Qué locura!

Parecía Lope con la mirada perdida en alguna absorbente confusión interior que sólo él podía ver. Hizo un vago gesto:

—Andad...

Y en su expresión comprendieron los otros que la sentencia estaba decidida contra Martín. Se decía Calafate: «Ya está, ya cayeron la hora y el hombre y el mosquito. Ya está».

—Andad, Calafate —repitió Lope— y avisad a cuatro hombres armados de la guardia, de mi parte.

—¿Y a Martín?

—A Martín, también. Que vengan todos.

—La puerta es estrecha —advirtió Calafate—, y si llegan

a un tiempo, ¿quién ha de entrar antes aquí? ¿Martín o los soldados?

—Martín.

Calafate salió de prisa con cierta alegría en los movimientos, y también iba a salir Antoñico, pero Lope le ordenó con un gesto que se quedara.

Preguntó Lope al otro paje:

—¿Cuántos años tenéis?

—Catorce y medio.

—¿Sabéis qué es esto? —y le mostraba el arcabuz que llevaba consigo.

El chico rió como si quisiera decir: «¡Vaya una pregunta!». ¿No había de saberlo? Todo el mundo lo sabía.

—¿Sabéis disparar?

—Sí sé.

—Tened el arcabuz —se lo dio y el chico lo agarró con codicia.

—¿Habéis disparado?

—Más de una vez.

—¿Contra quién?

—Sólo contra los terreros del campo de instrucción.

—Tened también la mecha.

Viendo aquello, Antoñico se moría de celos. Pero es verdad que Antoñico tenía sólo once años. ¿Cuándo se ha visto que un niño de esa edad maneje un arcabuz?

—¿Dónde nació vuesa merced?

—En Lima.

—¿Qué año?

—El año de 1538.

—Entonces tenéis sólo trece años y habéis mentido en doce meses. Bueno, no importa, ya que sabéis tirar, vais a estrenaros ahora mismo con sangre humana. Con sangre de traidor. ¿Os place? Encended la mecha. Así es. Bien. Entonces disparad contra Martín Pérez por la espalda cuando se presente, pero no en la puerta, sino más afuera, en la azotea. Que no falle el tiro, porque si falla me lo habéis de pagar con vuestra cabeza.

El soldado vigía, que lo había oído todo, no se atrevía a moverse de su puesto. Antoñico se acercó a Lope y se refugió cerca de él contra el muro, temeroso. Todos callaban.

Poco después llegó el perro *Solimán* moviendo el rabo y anunciando sin querer que su amo adoptivo se acercaba. Chavecillo —así lo llamaba Lope, quien solía ser amistoso y aun tierno con los pajes— estaba en la puerta con el arcabuz terciado como un niño jugando a los soldados.

Y apareció Martín Pérez bien ajeno a lo que iba a sucederle. No hizo más que entrar en la terraza cuando Chávez, por detrás, le disparó. A continuación entraron en tumulto los cuatro de la guardia y luego apareció López Calafate, cerrando la puerta.

Aunque herido gravemente —de tal forma que por la herida del pecho, con dos costillas rotas y saledizas, le asomaba el corazón—, Martín Pérez corría por la terraza enloquecido, unas veces apretado contra el muro y otras cayendo y caminando a cuatro manos y gritando: «¡Traición!», porque no podía imaginar sino que se trataba de una sublevación contra él y contra Lope de Aguirre al mismo tiempo. Los soldados de la guardia iban detrás dándole de lanzadas, y el mismo Chavecillo lo remató, degollándolo. El suelo y las paredes estaban llenos de sangre. El vigía, sin extrañeza alguna, se limitó a apartarse cuando Martín se le acercaba, para no ser manchado con la sangre que brotaba de sus heridas.

Cuando todo quedó en silencio el perro se acercó a oler el cuerpo inerte de su último amo y se quedó al lado, mirándolo fijamente.

Pero, según su costumbre, Lope de Aguirre quería completar sus informes.

—Para acabar conmigo —dijo gravemente— hace falta más de un hombre. ¿Quiénes estaban conchabados con él?

—Ah, eso —dijo Calafate mirando el cadáver de Martín, asustado— yo no lo sé. Yo creo que no había nadie.

—¿Cómo que no había nadie? ¿En un banquete? ¿Quién estaba más cerca de Martín cuando dijo esas palabras?

Se quedó pensando Calafate, y por fin dijo:

—Llamoso estaba a su lado.

Los pajes se miraban entre sí, y mientras Chávez esperaba la ocasión para disparar otra vez, el otro declaraba que aunque Llamoso estaba al lado de Martín, no había dicho una palabra.

Con expresión pesarosa, pero muy decidida, Lope mandó traer a Llamoso, advirtiendo a López Calafate que como no acudieran pronto los dos les iba a dar que sentir lo mismo al acusador que al acusado. Con esto, Calafate se puso blanco como la pared y salió con una oficiosidad un poco ridícula.

Los cuatro soldados de la guardia quedaban esperando, con el presentimiento de que iban a ser necesarios otra vez. Uno tenía la espada manchada de sangre humeante, y Lope le dijo:

—Envaine vuesa merced ese acero.

El soldado obedeció. Quiso volver a salir Antoñico y Lope lo retuvo otra vez, pero ahora con palabras que representaban una amenaza:

—Estaos quedo, mancebico, si queréis vivir hasta criar barbas.

Cuando llegó Llamoso y vio a Martín caído en su sangre quedó un momento confuso y azorado.

—¡Oh, el gran traidor hideputa! —exclamó.

—¿Y cómo es que antes fuisteis tan amigo suyo y ahora tan contrario? ¿Cómo es que debiéndome a mí tantas amistades y favores formáis liga con los que esperan alzarse con el mando de la armada?

Así hablaba Lope. Los cuatro soldados de la guardia se pusieron a los dos lados de Llamoso y éste comenzó a dar voces, diciendo que siempre había sido leal a Lope y que allí mismo y a la vista de todos iba a comer los sesos de Martín Pérez —que asomaban por una herida—, y que si le quedara al traidor un hálito de vida, él se la quitaría a mordiscos.

—Amigo erais del maese de campo y bien le oíste decir lo que dijo en el banquete.

Llamoso pareció tranquilizarse, como suele suceder cuando comprendemos la razón de la alarma:

—Lo oí por habérmelo dicho otros después, que yo estaba demasiado bebido para entender nada y todavía me duele la cabeza de la resaca.

Hablaba Llamoso con una prisa un poco loca mirando la puerta que había vuelto a cerrar Calafate y que vigilaba el paje con el arcabuz. Viendo Llamoso que Lope de Aguirre lo contemplaba con una frialdad desdeñosa y sintiendo en aquel desdén un peligro de muerte, fue sobre el cuerpo de Martín y le ensanchó con su propia daga la herida del pecho.

—Decid una palabra, Lope de Aguirre, padre mío, y aquí delante de vuesas mercedes me comeré el corazón deste cobarde.

Dijo Lope con un acento fatigado y como contra su voluntad:

—Nada de eso es necesario para salvar la vida, Llamoso, que esta vez la salváis por cobarde. Dejad en paz el cuerpo de Martín, que ya no es sino lo que todos vemos: un muerto para la sepultura y habed respeto de él.

Se le había caído a Martín una escarcela de cuero crudo donde llevaba el sello real de Felipe II, que usaba Ursúa. Estaba manchado de sangre, y el perro, después de olerla, la cogió con los dientes.

—Pueden vuesas mercedes —dijo Lope a los de la guardia— volver a su puesto.

Salieron los soldados con los dos pajes, entre cuyas piernas desapareció *Solimán* con la rapidez del rayo, llevándose en los dientes la escarcela manchada de sangre.

Lope de Aguirre, fuera de sí otra vez, dijo a Llamoso:

—Andad detrás del perro, hideputa bellaco, y quitádsela.

Contento Llamoso de poder salir de la presencia de Lope, se fue detrás del perro, y llamándolo unas veces con amor y otras con rabia, no acababa de creer que se había salvado a tan poca costa. Ya fuera y al saber de lo que se trataba, otras personas se unieron a Llamoso en la persecución del perro. Y Llamoso corría detrás y se decía a sí mismo: «He hecho una gran cobardía, pero prefiero ser un cobarde vivo a un valiente muerto.

Entretanto, y al oír aquel alboroto, los únicos que acudieron al lado de Lope, esperando que por una razón u otra sus servicios fueran necesarios, fueron los dos negros con sus cordeles. Lope de Aguirre los oyó decir a sus espaldas:

—Aquí estamos, señol.

El caudillo salió de la terraza, dejando en ella el cuerpo de Martín Pérez y diciendo a los negros:

—Denle sepultura cerca de los otros, en el sótano.

A medida que Lope iba pasando por los corredores de la fortaleza sucedían cosas nuevas y nunca vistas. Una mujer que se llamaba María Trujillo, vecina de Yua, a quien poco antes había visto Lope con su hija Elvira, al acercarse el jefe de los marañones, se arrojó por una ventana en un acceso de pánico. No era alta la ventana, pero pudo haberse matado o quebrado una pierna. Lope de Aguirre se asomó esperando verla muerta o herida, y en este caso enviarle socorro, pero la vio salir corriendo y gritando el nombre de un santo.

Luego se acercó Lope a la guardia, y acompañado de los cuatro que intervinieron en la muerte de Martín fue bajando a la plaza. A medida que bajaba, los vecinos que lo veían salían huyendo, y entre los marañones algunos se habían armado sin necesidad, ya que no estaban de servicio, y otros se habían ausentado. Cuando preguntó Aguirre dónde estaban le dijeron que habían salido detrás del perro a rescatar el sello del rey, que pensaba usar Lope en sus ardides sediciosos.

Oyó aquello Lope de mal humor y dijo que Llamoso era un cobarde, puerco, hideputa, y que si no recuperaba la escarcela con el sello lo había de hacer ahorcar. Antoñico trató de defenderlo:

—Él no se la dio al perro, sino que fue *Solimán* quien la atrapó. Sin que se la diera nadie.

Al clamor de la gente que perseguía a *Solimán* acudió doña Aldonza en sus sedas amarillas, toda cintas y escapularios. Llamaba a Lope *joven distraído* y le preguntaba si era realmente el que mandaba en los forasteros armados y si quería escucharle un momento. Sin hacerle caso, Lope fue bajando hacia la plaza, y al comprender ella que no podía alcanzarlo se sentó en la calzada y se puso a reír. Luego explicó a los vecinos:

—Ya no hay caballero en esta isla que quiera tratarme con cortesía. ¡Bien diferente era en mi juventud! Pero ahora estoy vieja y reumática.

Aquella tarde llegó con velas bajas y lento porte el navío del provincial al mismo lugar donde días antes había atracado el bergantín de Lope de Aguirre. Este barco, medio deshecho, había sido remolcado a una ensenada próxima, donde, a cubierto de la resaca, fue desmontado para aprovechar la clavazón y algunas partes de la obra muerta en la construcción del navío nuevo.

El arsenal que había sido improvisado en aquella rada estaba guardado por diez arcabuceros.

Ancló el provincial a media legua de tierra y se vieron en seguida alrededor un par de esquifes y algunas canoas llenas de soldados que parecían dispuestos a desembarcar. No se acercaba más el navío, y aún le extrañó a Lope que se atreviera a acercarse tanto, porque debía suponer el fraile que tenían los marañones en su poder los falconetes y el mortero de la fortaleza.

Preparó Lope de Aguirre fuerzas de tierra para recibir a los que trataban de desembarcar, pero éstos, entre los cuales iba el capitán Mungía y los veinte desertores, se quedaban a media milla de tierra y usando las bocinas de a bordo decían insultos y provocaciones a Lope de Aguirre e invitaban a los marañones a la rebelión.

Llevaba el navío desplegados los estandartes y banderas del rey con los que hacía gran ostentación y alarde.

Una de las cosas que dijo Mungía, ignorando como ignoraba la situación del real y las últimas novedades trágicas, fue la siguiente:

—Venid acá vosotros con Martín Pérez, que el haber matado a Montoya y a Bovedo no les será tomado en cuenta, puesto que los dos eran traidores y asesinos de Ursúa.

Y alzando más la voz añadía: «¿Oís, Martín Pérez? Veníos acá con las fuerzas que tengáis, que el provincial de los dominicos trae bulas de perdón de su majestad para vuesas mercedes».

Miraba Aguirre el navío y decía: «Es de los buenos ese barco. Juro a Dios que con él llegaríamos a Panamá en poco tiempo y que allí íbamos a dar un sobresalto a los clérigos y a los bachilleres del rey». Luego añadía para sí:

«Martín Pérez no te responderá, Mungia, que su escarcela va por la isla en los dientes de un perro.»

Se dio cuenta Lope de que la gente del navío no saltaría

a tierra y subió a la ciudad al galope de su caballo dispuesto a escribir una carta al padre provincial. No esperaba mucho de aquella diligencia, pero quería que el fraile estuviera al tanto de quiénes eran los marañones que se habían pasado a su bando.

Al entrar en los corredores de la fortaleza se produjo otro revuelo de alarma, y dirigiéndose a algunas mujeres de las que estaban en rehenes, Lope les dijo:

—Vuesas mercedes tienen la conciencia turbia, y por eso han más miedo que vergüenza.

Vio rastros de sangre por el suelo, de donde dedujo que el cuerpo del maestre de campo había sido ya llevado a los sótanos y enterrado.

Llamó a Pedrarias y le dictó la siguiente carta, pidiéndole que no cambiara las ideas, aunque podía suavizar la expresión si le parecía que iba demasiado ruda: «Al reverendo fray Francisco de Montesinos, provincial de la isla de Santo Domingo y capitán general de la tierra de Maracapana.

»Más quisiéramos hacer a vuestra paternidad el recibimiento con ramos de flores que con arcabuces por habernos dicho aquí muchas personas ser vuesa merced muy generoso en todo, y cierto por las obras lo hemos visto hoy en este día, ya que, trayendo gente y artillería, no ha querido atacar la isla. Por ser tan amigo de las armas y ejercicios militares, como es vuesa paternidad, vemos que es verdad que las cumbres de la virtud y la nobleza las alcanzaron nuestros mayores con las espadas en la mano. Y así vuestra reverencia continúa la gran tradición y todos nos holgamos dello.

»Yo no niego, y menos estos señores que aquí están, que nos salimos del Perú para el río Marañón, con el fin de descubrir y poblar, hasta trescientos españoles dellos sanos, dellos cojos por los muchos trabajos que hemos pasado en el Perú, y cierto si hubiéramos hallado tierra que ofreciera alguna comodidad habríamos parado allí y dado descanso a estos tristes cuerpos, que están con más costurones que ropas de romero. Mas a falta de lo que digo y los muchos trabajos que hemos pasado hacemos cuenta que vivimos todavía solamente de gracia, según el río, y la mar, y la hambre, y los recios soles del equinoccio, nos han amenazado con la muerte cada día, y así los que vinieren contra nosotros, como parece venir vuesa reverencia, hagan cuenta que vienen a pelear con los espíritus de los hombres muertos en tan dura jornada. Pero cuidado, que estos espíritus están muy subidos de aliento y tienen espadas y saben manejarlas.

»Los soldados de vuestra paternidad nos llaman traidores. Debe castigarlos, que no digan tal cosa, y menos que nos tachen de cobardes, porque acometer al rey de Castilla no es sino empresa de gran ánimo. Si nosotros calláramos y aguantáramos y nos arrimáramos a las faldas de vuesa merced, bien podría ser que tuviéramos algunos oficios y algún orden en nuestras vidas, mas por nuestros hados sólo sabemos hacer balas y amolar lanzas, que es la moneda que acá corre. Y en eso estamos y seguiremos. Si hay necesidad por ahí de este menudo, todavía lo proveeremos, sólo que irá caliente.

»Querría decir a vuestra paternidad y que bien lo entendiera lo mucho que el Perú nos debe y la mucha razón que tenemos para hacer lo que hacemos. Por ahora la ocasión no parece a propósito, y por eso no diré nada dello. Mañana, placiendo a Dios, enviaré a vuestra paternidad todos los traslados y copias de los papeles que entre nosotros se han hecho y cada uno ha firmado estando en plena libertad y lo haré pensando en la clase de descargos que pueden dar esos señores que se han ido a vuestro lado, que bien juraron a don Hernando de Guzmán por su rey y se desnaturalizaron de los reinos de España y se amotinaron y alzaron en un pueblo de Machifaro y usurparon la justicia, sobre todo Alonso Arias, de negra historia ya en el Perú. Ese tal fue sargento de don Hernando, y Rodrigo Gutiérrez, su gentilhombre. De los otros señores no hay para qué hablar ni hacer cuenta, que bazofia son, aunque de Arias tampoco hablara yo, si no es porque entiende mucho de hacer jarcia, y nos vendría bien tenerlo aquí ahora. Rodrigo Gutiérrez, ciertamente, es hombre de bien, y lo sería más si no mirara siempre al suelo, señal de gran traidor. Pues si por acaso ha caído por ahí un tal Gonzalo de Zúñiga, de Sevilla, téngalo vuestra paternidad por un gentil chocarrero que no dice palabra de verdad y sus mañas son éstas: él se halló en Popoyán con Álvaro de Hoyón, en rebelión y alzamiento ya entonces contra su rey natural, y al tiempo que iban a pelear dejó a su capitán y se huyó, y cuando vio que se había escapado con vida y que ya no le pedían la cabeza apareció en el Perú en la ciudad de San Miguel con Fulano Silva (no se me acuerda el nombre primero) en motín y robaron la caja del rey y mataron las justicias, y asimismo se pudo huir. Ése es el leal que lleva a su lado. Hombre es que mientras hay dinero y qué comer es diligente, y al tiempo de la pelea siempre huye, aunque sus firmas que tengo aquí no pueden huir a parte alguna y hablan por él.

»De sólo un hombre me pesa que no esté aquí conmigo, porque tenía muy gran necesidad que me guardara este ganado, que lo entiende muy bien. A mi buen amigo Membreño, y a Antón Pérez, y a Andrés Díaz les beso las manos, y a Munguía y a Arteaga, que Dios los perdone como a difuntos, porque muertos deben estar, ya que vivos tengo que les sería imposible negarme a mí. De su muerte deme vuesa merced noticias o de su vida, si la hubieren, aunque más querría que fuesen vivos y todos juntos (siendo vuestra paternidad nuestro patriarca) contra Felipe. Porque después de creer en Dios, el que no es más que otro no vale nada, y un consejo le doy, y es que no vaya vuestra paternidad por Santo Domingo, que un día le han de desposeer del trono en que está, digo del provincialato, y para eso no vale la pena. *César o nihil*. Eso entendemos nosotros aquí, y si viniera no se arrepentiría.

»La respuesta suplico a vuestra paternidad me escriba, y si acaso lo prefiere, ande la guerra, porque a los traidores les dará gozo, y a los leales que los resucite el rey si puede. Aunque hasta agora no veo ninguno resucitado, y mucho lo dudo, que el rey ni sana heridas ni da vidas, y nosotros, sus antiguos sujetos, podemos herir y hacer justicias matando igual y aun mejor que él. Y vuestra merced que lo vea.

»La vida de vuesa paternidad guarde Dios y le acreciente de dignidades. De esta fortaleza de la Margarita, hoy viernes besa las manos a vuestra paternidad su servidor. — *Lope de Aguirre*.»

Envió esta carta con unos indios al navío en una piragua

y le pareció que había hecho algo necesario e importante. Todo el mundo se sentía raro y nervioso aquella tarde porque el aire andaba muy cargado de electricidad y los relámpagos encendían y apagaban el firmamento constantemente, sin que se oyeran truenos.

—¿Qué os parece la carta? —preguntó Lope a Pedrarias.

—No me parece muy bien.

—Es que las traiciones de ésos que fueron nuestros camaradas no me dejan pensar mejor.

Parece que cuando recibió el provincial la carta tuvo la impresión de que era un papel escrito medio en broma con una intención chocarrera y burlona, ya que ni siquiera su principal objeto, que era el de acusar a los desertores y ponerles la vida en peligro, lo cumplía de un modo que pudiera parecer eficaz. El fraile tampoco vio en aquellas líneas rencor ni saña y ni siquiera verdadera enemistad. No acababa de comprender.

Respondió con una carta mesurada, tratando de persuadir a Lope de que se apartara del camino que llevaba, ya que sólo podría conducirle a la ruina personal suya y a la de sus amigos y rogándole que se redujera a la obediencia del rey y al servicio de Dios, cosas que tanto importaban a la seguridad de su conciencia y de su alma. Pero si su ciega obstinación era tanta que no quería hacerlo, le pedía que como cristiano cesara de derramar sangre y hacer crueldades en aquella isla, ya que no se podían remediar las que había hecho en el río Amazonas. Decía también que Munguía y Arteaga estaban vivos y eran muy felices servidores de su majestad y que al volver a su servicio no habían hecho sino cumplir la obligación que tenían.

Envió el provincial la respuesta con el mismo indio que llevó la carta de Aguirre, y al llegar el indio a la playa vio en ella a dos soldados sin armas, echados en la arena. Uno era un tal Juan de San Juan, y otro, Alonso Paredes. El primero solía andar siempre detrás de alguna mujer, no importaba quién, que lo mismo le daba negra que blanca o mestiza, y el segundo tenía la manía de encontrar dobles entre la gente que trataba. Dobles de sí mismo, dobles de Lope de Aguirre, dobles de Pedrarias y de otros.

Lope había bajado a la plaza también y decía entretanto a los suyos:

—Así son las gentes del rey. Lo mismo que el provincial, cuando creen que hacen algo bueno causan la desgracia de la gente partidaria suya. Así el tal fraile podría haberse ahorrado la visita a estas partes en vez de determinar con su presencia la muerte del gobernador y de otros cuatro. Y viniendo ahí a mostrarse sin atacar ni desembarcar, más nos lleva a prevenirnos y a fortalecernos que a otra cosa. Pero así son ellos, que tienen miedo de su sombra. Ya verán vuesas mercedes lo que podemos hacer y lo que haremos con esa gente del rey cuando pongamos el pie en tierra firme.

Hablando así observó que en la playa y muy cerca del agua seguían hablándose en voz baja Pedrarias y Juan de San Juan. Les dio una voz, pero no lo oyeron, que llegaba el viento contrario. En aquel momento se acercaban por el agua algunas canoas del provincial, aunque no tanto que se pudiera pensar que trataban de desembarcar. Desde las canoas, los del navío daban grandes voces, llamando traidores y cobardes a los marañones. Algunos de éstos respondían con insultos también, y Lope de Aguirre decía entre dientes:

«¡Donosa guerra de mujeres y clérigos, que todo lo hacen hablando!.»

Estaba a su lado Carolino con tres negros más y Lope les señaló a los dos soldados acostados en la arena haciendo una mueca. Necesitaba Carolino asegurarse mejor, y entonces Lope sacó a medias la vitela sudada y la mostró, sin hablar.

Con sus cordeles listos, los negros fueron sobre San Juan y Paredes. Se perdieron un momento todos en un remolino de arena y Lope de Aguirre, vueltas las espaldas a la playa, comentó:

«Querían pasarse al navío, y por eso aguardaban ahí horas y horas.»

En fin, decidió Lope de Aguirre renunciar al barco del provincial y darse prisa a acabar el que estaban construyendo. El alférez Villena preguntó al ver a aquellos dos soldados muertos en la arena:

—¿Les habéis dado muerte?

—No —dijo Lope—. Yo no doy la muerte a nadie; Dios nos la ha dado a todos, y lo único que yo hago con mis enemigos a veces es adelantar un poco el calendario.

Aquel día Lope pidió carpinteros, suponiendo que había alguno en la isla; pero nadie acudía a su llamamiento, porque los tres que en su juventud lo fueron se avergonzaban y hacían lo posible porque todo el mundo lo olvidara. Con lo cual, por cierto, invitaban a los otros a recordarlo más que nunca.

Lope insistía porque los necesitaba para acelerar la construcción del bergantín nuevo y reparar los viejos. Dio bandos a golpe del tambor y sólo acudió doña Aldonza, quien dijo que había tres carpinteros, y aún acompañó a los soldados para señalar sus casas.

No pudiendo ya negarse, los aludidos fueron al trabajo muy contra su voluntad, vestidos a lo noble, y viéndolos partir doña Aldonza decía:

—Ahí van los gentilhombres a serrar y cepillar y desbastar madera.

Reía y el papagayo blanco que llevaba en el puño la imitaba, y su risa era mucho más escandalosa.

Uno de los marañones que trabajaba en los astilleros era el navarro Díaz de Armendáriz, primo hermano del difunto Ursúa. Desde que fue muerto el gobernador solía quedarse su primo a un lado en las empresas de la tropa, cualquiera que fueran. Lope de Aguirre y Armendáriz se evitaban y hacían como si no existieran el uno para el otro. Era hombre raro y con los calores y las aventuras sangrientas se hizo más raro todavía. Hablaba con acentos falsos, y a veces, cuando quería decir algo, sólo llegaba a decirlo por aproximación. Su acento falso parecía a veces una burla de la persona con quien hablaba. Otras veces revelaba simplemente estados confusos de sensibilidad sin ilación con lo que sucedía alrededor.

La extremosidad del clima y de la hambre y de la sed sufridos en el Amazonas y en alta mar habían influido de un modo u otro en el carácter de aquel hombre también.

Al comenzarse a construir el navío, Armendáriz eludía el trabajo, y su pretexto más frecuente era la enfermedad. Al principio, Lope de Aguirre aceptaba las excusas, y aún llegó a decirle que se fuera a una casa de campo a vivir en paz, pero aquel día lo pensó mejor, y apenas acabado el trabajo de la jornada envió a los dos negros en su busca, y ellos volvieron una hora después a decirle que se habían cumplido sus órdenes. Se quedaba Lope de Aguirre con la impresión de haber completado sólo entonces la tarea que comenzó con la muerte de Ursúa.

—Hay que desarraigar —decía— la cizaña de los Ursúa gabachos para que no vuelva a brotar.

Aquella manía de llamar a Ursúa francés nadie la comprendió en el tiempo que duró la expedición.

Mandó Lope hacer tres banderas nuevas con telas sacadas de un comercio de la ciudad. Y fueron banderas bastante peculiares, de seda negra, con dos espadas rojas cruzadas. El color negro parecía aludir a la piratería de mar y no dejó de causar alguna extrañeza a los soldados. Mandó Lope que las banderas se bendijeran en la iglesia, para lo cual convocó a los curas, quienes comparecieron no sin algún temor.

El día 15 de agosto del año 1561 se celebró la misa cantada a la que obligó Lope a asistir a toda la población. Los marañones estaban también todos, menos Llamoso, que al parecer seguía corriendo por la isla detrás del perro tratando de rescatar el estuche con el sello del rey Felipe.

Había salido Lope de la fortaleza con todas sus fuerzas en columna de honor, y así fueron a la iglesia. Por el camino sucedió uno de aquellos incidentes que a veces hacían dudar a los amigos de Aguirre de la razón del caudillo. Consistió en que viendo en el suelo una carta de baraja que representaba el rey de espadas la llevó a puntapiés cierto trecho diciendo injurias contra Felipe II, y por fin, antes de entrar en la iglesia, se inclinó a cogerla, la hizo mil pedazos y los arrojó al aire.

Doña Aldonza, con su loro blanco en el hombro, se sentó en el lugar presidencial, como siempre, vestida de sedas amarillas. A su lado, Lope de Aguirre. Los oficios fueron muy solemnes. Esparaban que hablara uno de los curas, pero ninguno de ellos se atrevió, y entonces Lope se levantó y avanzó al presbiterio. Dando cara al público y espaldas al altar dijo:

«—Marañones: confiando en las valientes fuerzas de vuesas mercedes, que son de todos conocidas, os hago entrega formal de estas banderas, con las cuales y las compañías de soldados que militarán bajo ellas vais a defender y a amparar vuestras personas y la mía saliendo al campo contra toda clase de enemigos, hiriendo y matando a aquellos que no acepten nuestra soberanía. En los pueblos donde por mostrarse contumaces sus habitantes haya que venir a rompimiento y a saqueo, yo encargo a vuesas mercedes la veneración de los templos y la honra de las mujeres, puesto que en todo lo demás tendrán libertad para conducirse y vivir cada cual como mejor le parezca, ya que nadie les irá a la mano, y menos éste, que tiene el honor de mandar en vuesas mercedes. Dense, pues, por recibidos destas banderas en el nombre mío y en el de los pueblos de tierra firme que hemos de arrancar de la soberanía ignominiosa del emperador Felipe.»

El alférez general dio tres vítores a Lope de Aguirre, que fueron respondidos.

Por cierto que el loro de doña Aldonza, excitado, gritaba también y su voz dominaba las otras.

Entonces el alférez general y el capitán de tierra recibieron las banderas, fueron inciensados con ellas a los acordes del órgano y después salieron al atrio a esperar las tropas, que no tardaron en desfilar.

Volvieron todos a sus cuarteles y Lope subió a la terraza de la fortaleza a ver el campo, que en aquel caso era más bien la mar. El barco del provincial había levado anclas y quería ver Lope el rumbo que tomaba.

Poco después, los soldados todos andaban desarmados, menos Alonso de Villena. Extrañado Lope de verlo cargado de armas, preguntó y le dijo Antoñico que se sentía en peligro porque el día del banquete había hablado también contra el caudillo.

Lope recordaba al alférez en el templo muy armado de espada y de daga de esgrima. ¿Para qué? ¿Con todos aquellos calores? Preguntó Lope al paje por qué no le había denunciado antes la conducta de Villena y el chico dijo:

—Cuando habló en el banquete estaba borracho, y era cosa de risa más que de ofensa.

Olía Lope de Aguirre a incienso porque el párroco lo había incensado al mismo tiempo que a sus tres banderas, y el caudillo percibía aquel aroma con deleite, pensando en Villena. Solían andar con Villena dos soldados: Loaísa y Domínguez, y el día que el alférez fue acusado por Antoñico envió Lope a los dos negros a buscar a Villena, pero sólo para llevarlo a su presencia. Villena, que tenía puesta vigilancia, escapó de la casa por una puerta trasera y se fue al campo.

Como todas las diligencias para hallarlo parecían vanas, Lope de Aguirre dijo con la lógica que acostumbraba:

—Un hombre solo no podría hacer nada contra mí, y si tenía conspiración con otros, eran, sin duda, Loaísa y Domínguez.

Mandó arrestarlos y los hallaron en la casa donde solían comer los tres, cuya dueña era Ana de Rojas, mujer castellana de cierta distinción. Pero al llegar los negros con Juan de Aguirre quiso Domínguez defenderse, echó mano a la espada y hubo un conato de lucha. Cuando se entregaron y depusieron las armas, Juan de Aguirre dio de puñaladas a Loaísa, mientras que los dos negros caían sobre Domínguez y le daban garrote, preguntando al mismo tiempo dónde estaba Villena e insultando a doña Ana.

La mujer salió a la calle pidiendo auxilio, y habiéndose enterado Lope de todo aquel escándalo dispuso que la ahorcaran en el rollo de la plaza y obligó a acudir a toda la población.

Los negros le pusieron a doña Ana el dogal. Cuando iban a colgarla, ella pidió que le ataran las manos —sólo le habían atado los pies— y Carolino preguntó para qué.

—Atadme las manos por merced —repitió ella.

No quería el negro y se acercó Lope a la castellana:

—¿Qué más os da eso?

Explicó ella en voz baja que había oído que los ahorcados que tenían las manos libres y sueltas se desnudaban en la agonía, y ella no quería desnudarse a la vista de la gente. Lope se dio cuenta de que era una mujer honesta. Y mandó a los negros que le ataran las manos a la espalda, como ella quería.

Poco después estaba la pobre mujer en las convulsiones

de la agonía —sin desnudarse—, y Lope de Aguirre invitó a los arcabuceros a que dispararan sobre ella para atenuarle el suplicio. Jovialmente ofreció algunos premios a los que tiraran mejor. Así, pues, la ejecución de doña Ana se convirtió en una alegre competición, hasta que uno de los arcabuceros, habiendo roto la espina dorsal en la nuca, el cuerpo cayó descabezado.

En aquel momento llegó un vigía y dijo al caudillo que el navío del provincial había hecho velas hacia el nordeste, en la dirección de Santo Domingo.

«Va el fraile —se dijo Lope— a avisar a los escribanos y corchetes de la real audiencia y a poner por palabra y escritura lo que no ha podido hacer por obra.»

Preguntó luego por Llamoso y nadie supo darle razón. Cuando comenzaba a irritarse y a blasfemar se acercó su homónimo Juan de Aguirre y le dijo que Llamoso seguía tras el perro, y que tal vez no se atrevía a volver.

—Háganle saber vuesas mercedes que puede volver con el sello del rey Felipe o sin él, que no le pasará nada, y acábese de una vez este triste negocio, que no he oído en mi vida nada más cobarde ni miserable.

CAPÍTULO XV

Había observado Pedrarias que cuando sentía Lope sus propensiones sangrientas solía haber luna creciente. Y sucedía también que las ejecuciones más crueles eran las últimas de cada uno de aquellos períodos destructivos, de acuerdo con la filosofía clásica que dice que el movimiento natural es más violento al final que al principio.

Iba Lope de Aguirre preguntando si había sido hallado el perro *Solimán,* y unos le decían una cosa y otros otra. Parece que el recuerdo de la roja víscera de Martín asomando en la herida, la persecución de Llamoso y el ir de la gente detrás del sello del rey ponían a Lope, por vez primera desde que salieron de los Motilones, «una grande grima en el corazón».

Al principio, Loaísa y su amigo Domínguez, para salvar a Villena, dijeron también que había salido en persecución del perro. Los que seguían al animal aprovechaban el pretexto para alejarse de la plaza aquel día que parecía especialmente funesto. Lope de Aguirre, exasperado y deseando salir cuanto antes de la isla, miraba las banderas negras que ondeaban y enviaba a decir a los que trabajaban en el nuevo navío que se dieran prisa porque el tiempo apremiaba.

El cuerpo de Ana de Rosas seguía caído en la plaza debajo del rollo. Preguntó Lope a un isleño dónde estaba el marido de aquella mujer y le dijeron que al enterarse de la muerte de doña Ana hacía extremos de dolor y se había puesto enfermo. Lope de Aguirre dijo:

—Así debe ser en buena ley natural. ¿No se acuerdan vuesas mercedes del pájaro del Amazonas, el del grande pico que se deja morir cuando muere su hembra?

—Ese es el *tucán* —dijo alguien sombríamente.

—Vaya vuesa merced, Carolino, y ocúpese de ese tucán, para que se cumpla la ley.

Salió Carolino a paso vivo —con una prisa un poco cómica— en busca de Juan Primero o de Bemba, para no ir solo. Encontró a los dos juntos y fueron los tres. Al llegar a la casa encendieron uno de sus cigarros rituales. Había allí un fraile de la orden de Santo Domingo asistiendo al marido.

Dieron los negros garrote al anciano, que se llamaba Diego Gómez, y el fraile, escandalizado, comenzó a clamar justicia y a reprocharles lo que habían hecho. Entonces Carolino dijo a su compadre Juan:

—Su mercé el fraile tiene rasón.

—Demasiada razón que tiene su reverencia con la sotana blanca.

—Yo fui el primero que trabajó en este oficio en el río de las Amazonas —dijo Carolino— y se me acuelda que el jefe desía: «Cuando alguno tiene demasiada rasón ya no es de este mundo». Y lo despachaba para el otro. Anda tú coliendo a preguntar al general si la vitela vale para un hombre civil de la isla y también para un fraile.

Entretanto, el religioso seguía diciendo a los negros que habían cometido un asesinato y que tendrían que dar cuenta de él a la justicia de este mundo y a la del otro.

—Demasiada rasón que tienes, fraile —decía Carolino—, pero negro hase lo que manda su eselensia y ha ido Juan Plimelo a pleguntad no más a su eselensia.

El religioso rezaba y daba la unción *in extremis* al muerto. Poco después se oyeron gritos fuera. Era el negro, que volvía muy excitado y decía a grandes voces:

—Vale para un fraile también. ¿Oye vuesa mercé, Carolino? Eso ha dicho su eselensia.

Lo mataron en pocos minutos y lo dejaron en la cama al lado del viudo, que ya no lo era. Carolino decía arrollándose los cordeles al cinto:

—Hay más trabajo en esta isla que en el río, Vos.

Entretanto, Lope de Aguirre había llamado a otro sacerdote, dominico también, que había en la isla para que lo confesara —según dijo— y lo absolviera de sus crímenes, pero en realidad porque siendo de la misma religión que el provincial navegante los consideraba sus agentes. Y suponía que había en ellos alguna clase de riesgo.

Acudió el fraile a confesar a Lope sin saber lo que acababa de sucederle a su colega.

Lope de Aguirre le contó sus crímenes. El cura le dijo al final:

—Vivís en pecado mortal. Vuestra obligación es arrepentiros de todo y acudir un día buscando el perdón a los pies de su majestad y, mejor aún, ir a Roma en peregrinaje con toda humildad y no volver nunca a cargar vuestra ánima con las vidas de otros seres humanos. Puesto que decís que desde vuestra juventud os habéis llamado el *Peregrino* porque nunca estabais más de una semana en el mismo lugar, justificad esa santa palabra y acudid después de largos meses de penitencia a buscar el perdón en Roma o en Santiago y vestid sayal y poned ceniza en vuestra frente. Tal vez el Señor os perdonará, que su misericordia es infinita.

—¿Ha perdonado el Señor al rey Felipe por los muchos crímenes que ha cometido?

—Nosotros no somos quiénes para hablar así de su majestad.

—Lo digo porque ha dado garrote a clérigos y a civiles en más número que yo. Una idea se me ocurre, padre.

—¿Cuál?

—Si yo lo mato a vuesa reverencia y después me arrepiento, ¿me perdonará Dios?

Durante algunos minutos el fraile no supo qué responder. Lope se levantó y se sentó a su lado.

—¿Qué decís? —preguntaba—. ¿No me perdonará Dios si os mato y me arrepiento?

Seguía el cura sin responder. Tal vez estaba rezando. Lope insistía:

—Me he confesado. ¿Ahora vais a darme la absolución como se la dan los curas al rey don Felipe? ¿Sí o no?

El fraile seguía en silencio. Entonces llegaron los negros que habían matado al fraile primero y al enfermo Gómez y dijo Lope a Carolino:

—Parece que tenéis hecha la mano a matar frailes.

Carolino se acercaba al religioso, pero Lope quiso honrar al que acababa de confesarle y dijo a los negros:

—Vayan vuesas mercedes y tráiganme al barrachel.

El alguacil mayor era entonces un tal Paniagua. Pronto acudió y Lope le dijo:

—Vea vuesa merced, que hay que sacar de en medio a este cura porque defiende los crímenes del rey y condena los míos. ¿Cuándo se ha visto un desafuero como ese en buena religión?

Pidió el cura, muy pálido, que le dieran unos minutos para rezar. Lope se los dio y salió ordenando a los negros que se quedaran a ayudar al barrachel si acaso los necesitaba. Al salir advirtió a Paniagua que fuera complaciente con el cura en todo lo que pidiera si no era la vida.

No comprendía Paniagua que se pudiera matar amablemente a nadie, pero en aquel momento el cura —que se había extendido en el suelo boca abajo, con la cara en la tierra y en aquella posición rezaba los salmos del miserere —alzó la cabeza para pedir a Paniagua que le diera la peor muerte y la más cruel que pudiera imaginar y que él la ofrecía a Dios por la salvación de su alma.

Paniagua le dijo que tenía órdenes de complacerle y que le daría garrote por la boca, que era más cruel que por la garganta.

—No podrá vuesa merced, que yo lo sé bien —advertía Bemba, experto.

El cura seguía rezando y cuando terminó le puso Paniagua los cordeles en la boca por debajo de la lengua y apretó hasta romperle las mandíbulas y cortarle las mejillas, pero como transcurrió un largo espacio sin que llegara la muerte llamó en su ayuda a Bemba, quien le puso al reo otro cordel en la garganta.

Poco después el sacerdote había muerto con un crucifijo en las manos, que no lo soltó a lo largo del suplicio.

Cuando Lope lo supo se alzó de hombros y dijo que todo aquel heroísmo carecía de méritos, porque cuando se tiene la fe de aquellos curas se trata sólo de un buen negocio; un momento de dolor a cambio de la felicidad eterna. No tenía mérito.

La mala racha equinoccial estaba acabando y según la ley de Aristóteles a la que me refería antes debía ser mucho más fuerte en sus fines de lo que había sido en sus principios. Lope de Aguirre bajó al pequeño arsenal, vio que los trabajos iban adelantados dio prisas a todos para que acabaran cuanto antes, no fuera que los avisos del provincial de Santo Domingo permitieran a sus enemigos prepararse en todas partes contra él.

Se había incorporado a los marañones el primer día que llegaron a la isla un soldado ya más que maduro de la Margarita que se llamaba Simón de Somorrostro, y éste al ver las crueldades y violencias de Lope cambió de parecer y le pidió permiso para quedarse en tierra, porque no se sentía con fuerzas para salir al mar ni para afrontar los inconvenientes ni asperezas de la vida militar. En respuesta, Lope de Aguirre dijo:

—Este soldado viejo tiene razón y le sobra. Vean vuesas mercedes que nadie en la isla le haga daño, que es hombre bien criado y nunca ha molestado a nadie.

Los negros, entendiendo lo que quería decir, tomaron al veterano por los brazos, lo llevaron al rollo y lo suspendieron en él por la garganta.

Hizo aquello Lope porque vio que algunos otros soldados de la Margarita que se habían incorporado a los marañones se le acercaban con la misma intención de excusarse. Al ver lo que sucedía a su compañero desistieron y Lope de Aguirre los miraba a distancia y sonreía bajo sus barbas ralas:

—Vuestro ánimo es mucho mejor que el de Somorrostro —les decía, irónico.

Al lado de Somorrostro hizo colgar también a una mujer llamada Isabel de Chávez porque el alojado en su casa se había escapado al campo y ella no había ido a denunciarlo y, según decía Lope, no podía menos de saberlo.

Un mancebo de pocos años de los de la isla quiso salir en defensa de la mujer diciendo que nunca hablaba con el soldado fugitivo y Lope de Aguirre dispuso que le raparan la poca barba que tenía mojándola con orines, y como un soldado ya maduro dijera que aquella mujer era de Ciudad Real, lo mismo que él, y que estaba enferma de la mente, porque tenía miedo de dormir pensando que mientras dormía irían las otras mujeres a cortarle el cabello, Lope de Aguirre dijo:

—Y bien podría ser que se lo cortaran, pero además si es vuesa merced de Ciudad Real como ella bueno será que le rapen las barbas igual que al mancebo y que ella lo vea antes de ser colgada, que ahora me acuerdo que vuesa merced llegó un día tarde al escuadrón.

Raparon la barba al viejo igual que al joven mientras Isabel de Chávez, con el lazo en el cuello y los dos pies en tierra, miraba impasible. En aquel momento llegaba doña Aldonza con su bastón y sus sedas amarillas pidiendo que no mataran a aquella mujer, porque tenía virtud para presentir los terremotos y era por eso muy estimada y muy útil a la comunidad de la isla, ya que con sus premoniciones salvaba muchas vidas.

Lope respondió:

—¿Tanto amáis a la comunidad, señora Aldonza? Entonces, ¿queréis poneros vos en el lugar de ella? Os quitaremos la vida y la dejaremos a ella libre para que siga ayudando a la comunidad. ¿Os parece bien?

La gobernadora respondió entre dientes: «¡Un cuerno!», y se fue con grandes aires llamando en alta voz a Lope de Aguirre «don Turuleque».

Aquella burla dio más que hablar que las ejecuciones. La gente reía con cualquier motivo. Había observado Pedrarias que en la línea equinoccial las tragedias pasaban fácilmente desapercibidas, pero todo el mundo aprovechaba cualquier pretexto para reír.

¡Y había que ver cómo reían cuando se presentaba la ocasión!

Dos días después la gobernadora envió una invitación escrita a Lope de Aguirre llamándole vueseñoría. Le invitaba a verse con ella en la sala de gobierno de la fortaleza a las seis de la tarde. Había sucedido un hecho lamentable. En la playa y desnudo del todo apareció el cadáver del muchacho rapado el día anterior con orines. Había querido huir a tierra firme nadando y se ahogó y las aguas devolvieron el cuerpo a la playa. Algunos decían que se había suicidado.

Sabía Lope que la cita de la gobernadora tenía relación con aquel hecho, porque el muchacho muerto era su sobrino.

Estaba la gobernadora sentada en un sofá y se veía que tenía el hábito natural de la preeminencia. Llevaba un sombrero debajo del cual se veían sus cabellos recogidos en grandes crenchas. Lope se fue a sentar frente a ella, a alguna distancia. Se miraban en silencio y ella, que tenía una pierna tendida sobre el terciopelo del diván, movía el pie en el aire, en todas direcciones.

Miraba Lope aquel pie sin saber qué pensar y decidió una vez más que la mujer padecía alguna clase de flojera mental y que por eso le habían quitado el ejercicio del gobierno, aunque le dejaran el honor. Pero la verdad era que nadie la consideraba loca y que la respetaban con su loro y todo.

Seguía moviendo el pie en el aire. Todo en aquella dama gorda y rubiácea estaba en reposo menos el pie.

—¿Qué hace vuesa merced? —preguntó Lope.

—Estoy haciendo bailar mi pie para evitar el calambre.

—Ah, al parecer tiene calambres en el pie vuesa merced.

—No, en la pierna. Pero la pierna se rige por los tendones del pie y por eso lo hago bailar. ¿No lo está viendo?

El movimiento del pie era más vivo. Lope seguía mirándolo, intrigado. Calzaba la vieja chapines de raso verdes, con lazo rojo. La luz hacía reflejos extraños en las combas de la seda.

Dijo Lope que no podía esperar allí viendo cómo ella hacía bailar su pie. Se levantó y se iba a marchar cuando doña Aldonza le suplicó:

—Siéntese otra vez y espere, que tengo cosas importantes que decirle para el buen orden de su ejército mientras esté en la isla. En primer lugar está haciendo verdaderas atrocidades y vuesa merced tendrá que afrontar las consecuencias y esperar las sanciones.

—Claro —dijo él—, con mi cabeza pago. Con mi buena cabeza.

—¿Sólo con ella?

—Si es eso lo que tiene que decirme vuesa merced hace tiempo que lo sé —y se dispuso otra vez a salir escéptico y aburrido—. ¿No le gusta lo que hemos hecho con su yerno? Cualquiera otra suegra se sentiría feliz con esto.

—Yo no soy una suegra cualquiera.

—A una suegra excepcional le sucedería lo mismo, señora mía.

—Me tenía sin cuidado mi yerno lo mismo para bien que para mal. Él era gobernador para eso: para que lo ahorcaran. Pero no para presidir. Él ha cumplido su deber y yo cumplo el mío.

—Pero Villaldrando era el marido de su hija.

—De eso yo no digo nada, digo de su muerte, porque morir todos tenemos que morir y más tarde o más pronto poco importa. Mi yerno puede esperarme muchos años en el infierno. Estoy aquí y os he rogado que vinierais para hablaros de algo mucho más importante. Para hablaros del doncel rapado con orines. Eso no estuvo bien. En la isla tenemos cierto sentido del honor, «don Turuleque».

—Tampoco falta en mi tierra.

—Vuesa merced rapó las barbas con orines a un soldado de los suyos y al niño de la isla y el niño se mató y el soldado grande vive y medra, que por ahí lo he visto con la cara de granujilla que le ha salido después de la barba rapada. Eso quiere decir que los dengues y perendengues que vienen con vuesa merced bellacos son y que por el contrario en esta isla los hombres se crían caballeros desde chicos.

—No comprende vuesa merced la causa de la diferencia. Lo que pasa es que al niño lo raparon con orines ajenos, lo que era ofensa, y al soldado con los propios. Raparse uno con sus propios orines no tiene nada de particular, porque en las provincias vascongadas lo hacían nuestros abuelos y hay ahora todavía quien se lava los dientes con ellos y lo consideran cosa sana.

Se quedaba ella mirando a Lope sin hablar, con grandes ojos redondos, y por fin decía:

—¡Qué te parece! En mi tierra sólo se considera eso bueno para curar los sabañones.

—El chico —dijo Lope— tampoco es seguro que se quiso matar. Yo creo que no y pondría la mano en el fuego. Quiso huirse de la isla y como no había canoas se echó a nado pensando que tarde o temprano llegaría a la tierra firme. No quería matarse, sino escapar del lugar de la vergüenza para no ver más la cara de los que la presenciaron.

—¡Bah, bah, bah! Muchos presenciaron la afrenta, pero sólo una persona le importaba a mi sobrino: una muchacha de su edad que lo vio y de la cual andaba encelado. Eso es.

—Valiente simpleza andar encelado a su edad.

—¿Qué sabéis de eso, mastuerzo? Si vuesas mercedes creen que la dignidad es simpleza poco saben de hidalguía.

—Señora, a mí no me da lecciones de eso vuesa merced, que nací libre de pechos, y si sigue por ese camino voy a acordarme de quién soy y a hacer que os corten las faldas por lugar vergonzoso, como hay Dios.

Y reía, pero era una risa hueca y falsa.

—El muchacho rapado —replicó ella con una gran seguridad en sí misma y como si no se dignara tomar en cuenta la amenaza— murió queriendo escapar de la vergüenza de los ojos de su amada.

—Todo lo que pueda decir ahora vuesa merced lo he visto o pensado yo anoche, porque este asunto me ha impresionado más que ningún otro en nuestra jornada desde que salimos de los Motilones del Perú y muchas ocurrencias buenas o malas o sin calificar ha habido desde entonces. Ya lo sé. Y sé también que el muchacho había mirado a su amada, que estaba en un corro de mujeres, y que ella viéndolo de aquella guisa se rió. Eso es: se burló. Si ella no se hubiera burlado el mozo no se habría corrido ni habría afrontado después el riesgo de morir nadando hasta la tierra firme. Culpa fue de ella. Y si el niño iba para muy caballero y habría llegado a serlo ella iba para lo que yo me sé.

—Dígalo vuesa merced si se atreve.

—¿Por qué no he de atreverme?

—Porque es mi ahijada, que yo la saqué de pila.

—¿Qué me importa a mí eso y qué puede importarle a nadie? La ahijada de vueseñoría camina para puta.

—¡Grosero, bellaco! —gritó ella, pero le retozaba la risa en la garganta—. ¡Se ve que sois villano como lo son vuestros soldados! Pero con vuestra villanía yo podría entenderme si a mano viene. A pesar de todo debéis daros cuenta de que estáis hablando con doña Aldonza Henríquez, alcaldesa perpetua de Ciudad Rodrigo en la raya de Portugal y gobernadora honoraria y vitalicia de la isla de la Margarita en el mar de las Indias occidentales. Sí, os lo digo a vos, granuja, harto de nabos.

—Señora —dijo él, tanteando la daga otra vez como si fuera un talismán—, teneos, porque me dan ganas de haceros rapar también.

—Yo no tengo barbas, «don Turuleque».

—De haceros rapar la cabeza, que no sería la primera vez que lo hago. Ya una vez lo hice con mi hija y podría hacerlo igual con mi abuela.

—¿Rapar a vuestra hija? ¿Qué clase de monstruo sois?

—No tanto como raparla a navaja, pero sí cortarle el pelo por castigo, bien cerca del cuero.

—A mí no hay nadie en el mundo que me haga tal cosa.

—¡Voto a Dios que me dan ganas de demostraros lo contrario!

—¡Nadie puede cortarme el pelo a navaja ni a tijera!

—¿No os acordáis de lo que he hecho con otros hombres y mujeres de la isla? Algo más les he dado que sentir y aún mucho más. ¿Y no voy a poder cortaros el pelo si se me antoja?

—No, en los días de vuestra vida.

Como supremo argumento ella se quitó el sombrero y con el sombrero la cabellera, que era postiza. Dejó los dos en su falda amarilla. Su cabeza estaba lisa y blanca, monda y lironda como una enorme cebolla. Y muy seria preguntó:

—¿Eh, qué tal?

La miraba Lope, alucinado:

—Señora —dijo—, ahora comprendo que hay que vivir mucho para llegar a creer lo que se ve.

—Se me cayó el pelo de unas fiebres y no ha vuelto a salirme. ¿Tenía o no razón?

—Parecéis un chino de esos que pintan en los reposteros de Oriente. Poneos la peluca, señora, por favor.

La fealdad de aquella mujer era de una complejidad que daba miedo.

—Poneos el bonete, por favor —repetía Lope.

—No sin que antes me oigáis. Hay que hacerle al niño un entierro con gaita y bombo y con los tambores de la armada. El caballerito escapaba a la tierra firme para no ser visto nunca más de su amada, de la amada que se burló viéndolo hacer el paso en medio de la gente de la isla. Y escapando del deshonor murió, que yo misma lo vi en la playa desnudo como lo parió su madre. Yo lo vi, con estos ojos. Y ahora habrá que hacerle un entierro. Para eso quería hablar con vuesa merced, para que el entierro sea tan gallardo y vistoso como el que hicieron el otro día a ese mastuerzo marañón a quien hizo matar vuesa merced.

La risa de aquella mujer era como la del loro. O era el loro quien la imitaba a ella. Uno de ellos había influido en el otro.

—El entierro —dijo Lope gravemente— se lo harán vuesas mercedes, porque nosotros vamos a salir muy pronto para la tierra firme.

—Ya veo. No os impresiona el rasgo de dignidad del niño. A mí me hace saltar las lágrimas cada vez que pienso en él.

Se puso otra vez a reír, es decir, parecía risa, pero era llanto. Bastante histérico el llanto, sin embargo; cada cual llora como puede. Lope recalcó:

—No era hombre de honor el muchacho, porque escapaba. Escapaba del que lo ofendió y en eso vuesa merced se equivoca. Y repito que no fue suicidio, sino accidente. Murió ahogado cuando huía a la costa de Venezuela. Si hubiera sido hombre de honor como dice vuesa merced se habría quedado aquí.

—¿Para qué iba a quedarse?

—Para matarme a mí.

—Se dice pronto eso.

—Me habría matado a mí si hubiera sido un mancebo de honor.

La gobernadora lo miraba con los ojos redondos.

—Opinión meritoria sería esa en otros labios, pero al fin palabras de barbero.

—O de hidalgo.

Se oían crujir fuera los peldaños de las escaleras y la gobernadora, que escuchaba atentamente, dijo:

—Ahí está. Ésa que viene es. Digo, la madre.

Seguía insultando a Lope de Aguirre no por sus crímenes —eso no le impresionaba, porque eran cosas de hombres y de guerras—, sino por la rapadura con orines, y Lope, viendo otra vez a la gobernadora mover el pie en el aire, dijo:

—Vuesa merced no se toma en serio.

—¿Yo? Dios me libre. De eso vienen todos los males que hacen las personas a los otros. Se toma uno en serio y comienza a matar gente.

A todo esto la madre del muchacho estaba en la puerta y era una mujer magra, de facciones apretadas y cálidas, con el labio superior sudoroso.

—¡Mi hijo! ¡Tenía que matar vuesa merced a mi hijo, señor capitán! ¿No sabíais que era hijo único? Siquiera si se hubiera llevado vuesa merced cualquiera de las tres meonas que tengo en casa yo diría vaya con Dios, que hembras son. Pero tenía que ser el varón, el hombre de mañana y el báculo de mi vejez.

—Señora... —decía Lope, de veras compungido.

—¡El decoro de mi casa!

—Señora... —balbuceaba Lope—. Yo no fui quien lo mató, que fue la mar a la que se arrojó por la ceguera del deshonor delante de su amada.

Llegó en aquel momento un soldado de la guardia y dijo desde la puerta:

—Esa mujer entró sin licencia, escapándose de los guardianes.

Lope recuperó delante del soldado su sangre fría —que había perdido un momento— y dijo gravemente:

—Sáquenla de aquí, pero no le hagan daño. Si alguno la maltrata tendrá que pagarlo con arresto mayor, y ya sabéis lo que eso quiere decir en nuestras guardias.

—Entró en la fortaleza insultándoos, señor De Aguirre.

—Nadie la ofenda, que es madre y ha sido ya agraviada. No hay que ofender a la maternidad. Y ahora le digo a vuesa merced, soldado marañón, que la vida tiene sus fundamentos y que nunca hay que socavarlos ni envilecerlos y el mayor de ellos es ser madre. Esta señora es sagrada para mí y lo será para todos, y vive Dios que si alguno se atreve a zaherirla con una mirada o una palabra le saque los ojos a punta de puñal.

Había otra vez un gran silencio, pero de pronto se oyó la risa —es decir, el llanto— de la gobernadora. El soldado no entendía aquella reacción de doña Aldonza y al principio creyó que era el loro y miró alrededor buscándolo.

—¿Qué reís ahí o lloráis? —dijo Lope—. ¿No sabéis lo que le pasó a doña Ana de Rojas? ¿Sí? Vive Dios que no sé por qué no hago lo mismo con vuesa merced.

—No lo hacéis sencillamente porque no podéis. Eso es.

Vaciló un momento Lope de Aguirre y por fin se dirigió al soldado:

—Salga vuesa merced y llévese a estas dos señoras. A la señora doña Aldonza la podrían vuesas mercedes rapar a navaja si tuviera pelo, pero a esta madre del muchacho que se ahogó nadando camino de la costa de Venezuela respétenla como a su propia madre o de otro modo se las verá vuesa merced conmigo y no digo más.

La gobernadora caminaba empujada suavemente por el soldado y volvía la cabeza para insultar a Lope, llamándole otra vez barbero y mengue y dengue y perendengue. Luego reía de un modo tan agudo que sonaba a gaita gallega.

Al mismo tiempo en otra sala del piso más alto estaban Elvira y la Torralba hablando y la niña decía:

—¿No os acordáis que en el Amazonas a pesar de ser tan niña me llamaban *doña*?

—Pero aquello de don Hernando no podía acabar bien. Si os casarais con un marañón tendría que ser con Pedrarias.

Parecía la niña contenta con la hipótesis, pero de un modo infantil:

—¡Qué bien! ¡Cuántas cosas tendríamos en la vida que hablar cuando nos acordáramos del Amazonas!

—La gente no se casa para hablar.

—¿Pues para qué?

—Los mejores momentos del matrimonio son momentos de silencio, donde sólo se suspira.

—¡Pero cuántas memorias tendríamos!

—Yo no quiero acordarme nunca del Amazonas. Lo que querría sería quedarme aquí en esta tierra que es la primera tierra cristiana que hemos topado. Pero iré con vuesa merced adonde sea preciso, que Dios ha querido que nuestras vidas vayan unidas.

La niña se sentía curiosa y parlera:

—Vuesa merced no viene por mí, señora Torralba.

—¿Qué decís?

—La verdad, digo. Vuesa merced está enamorada y yo lo sé, que los años de vuesa merced son todavía para enamorarse y no tiene más de tres canas en su cabello.

—¿Yo, desgraciada de mí?

Y la niña Elvira añadió bajando la voz:

—Estáis enamorada de mi padre, que yo lo he adivinado.

Comenzó la Torralba a toser —una tos seca y nerviosa— y antes de dominar aquella crisis súbita sacó el rosario de cuentas de ámbar:

—Angelus Dei nunciavit Maria.

Y la niña, aguantando la risa y mirándola de reojo, respondió también en latín.

Seguían los rezos, pero Elvira miraba a la Torralba de reojo y repetía en su mente: «El general Lope de Aguirre es jefe de todos esos hombrazos tremendos, pero no es mi jefe, sino mi padre». Y oía en las escaleras la risa de la gobernadora.

Seguía rezando mecánicamente con la imaginación puesta en su gentil destino de doncellica expedicionaria. Era verdad que había habido otras mujeres en expediciones de guerra, como la esposa de Orellana o la pobre doña Inés o la mulata doña María o la llamada «monja alférez», pero siempre eran esposas o mancebas. Ella era la primera doncella de la que había memoria en la historia de Indias, según había dicho Pedrarias. Y a ella por no ser esposa ni manceba —precisamente por eso— no le sucedía nada. No podía quejarse de su suerte Elvirica. Eso creía.

Días después estaba ya Lope de Aguirre dispuesto a embarcar con su armada cuando llegaron noticias de que un español vecino de Caracas que se llamaba Francisco Fajardo había llegado a la isla con una tropilla de indios flecheros y dos o tres españoles más con arcabuces decididos a hacerle el mal que pudieran. Fajardo envió una carta a Lope diciéndole que si era hombre acudiera a vérselas con él.

No podía comprender Lope que con tan poca tropa se atreviera aquel caraqueño a tanto —porque se había acercado a tiro de arcabuz de la ciudad— y sospechó que llevaba más fuerzas en retaguardia. Tampoco quiso dar oportunidad a que algunos de sus soldados inseguros desertaran. Como una victoria contra Fajardo no iba a mejorar en todo caso su situación, no hizo caso del desafío, cosa que extrañó bastante a los marañones.

Así y todo no estaba muy seguro Aguirre de lo que podía suceder hasta que hubieran embarcado y obligó a la guardia a tener vigilancia constante con el pretexto de las amenazas de Fajardo y a hacer fuego contra el que tratara de escapar.

A última hora apareció Llamoso y viendo que Lope lo miraba con expresión airada dijo:

—No me preguntéis nada, porque no podría responderos ni la verdad ni la mentira. ¡Yo no se lo di! Yo arrojé el sello nada más. *Solimán* lo cogió, pero yo no soy hombre tan bajo para ignorar lo que eso nos importa a todos.

Se refería al sello del rey Felipe.

—Entrad en el navío —dijo Lope con expresión sombría— y no volváis a hablarme de ese negocio si estimáis vuestra cabeza.

El otro obedeció en silencio.

Embarcó Lope tres caballos muy buenos y un mulo y como no había acomodo en el navío nuevo ni en los bergantines el comandante de navegación, Alonso Rodríguez, que era de costumbres curiosas, al parecer poco dado a las mujeres y que parecía tenerlas miedo y huir de ellas —por lo cual era a veces objeto de burlas—, advirtió a Lope de Aguirre:

—Vea vuesa merced que no hay bastante sitio para los caballos y el mulo y si la mar está movida los animales causarán algún estorbo a los hombres.

Vio Aguirre entonces sobre la comba de una colina próxima a doña Aldonza, esplendente en sus sedas con el loro blanco en el puño, a dos mujeres más y al perro *Solimán*. Bajo la impresión de las miradas de doña Aldonza mascaba Lope la vergüenza y refrenaba la ira.

Debía ser Aguirre el penúltimo en embarcar y el último Rodríguez, quien viendo que el general tenía el agua a la rodilla soltó a reír:

—¿No ve vuesa merced que se está mojando en balde? Vaya por allá, que hay vado.

En la comba de la colina reía el loro de doña Aldonza.

Irritado por el consejo de Rodríguez sacó Lope la espada y le dio un tajo en el hombro que le quebró la clavícula.

—¿Dónde está el cirujano? —preguntó, fuera de sí—. Venga acá su merced, Carolino, y cure al cabrón almirante.

Allí mismo Rodríguez fue estrangulado según el sistema en el que Carolino era ya maestro. Azotaba Rodríguez el agua con los pies que era piedad verlo. El loro seguía riendo en la colina y Lope sentía aquella risa en sus nervios. Antes de embarcar envió Aguirre a buscar a un cura de la isla llamado Contreras no para matarlo —dijo—, sino para llevarlo consigo.

Declaró el cura al entrar en el barco:

—Vuesas mercedes son testigos de que vengo a la fuerza y contra mi voluntad.

Respondía Lope de Aguirre:

—No se asuste vuesa paternidad, que lo traigo para fines muy nobles y santos.

En la comba de la colina decía doña Aldonza a grandes voces:

—Váyanse vuesas mercedes al cuerno, hatajo de viles, mandiles y zascandiles.

Como se puede suponer... las fuerzas que llevaba Lope eran menos de las que tenía cuando llegó a la isla y los españoles que embarcaron sumaban unos ciento sesenta. Habían llegado a la isla muchos más, pero entre los que desertaron y se fueron con el provincial, los que mató y los que huyeron al interior de las montañas habían quedado reducidos a muchos menos. Iban, pues, ciento sesenta hombres de guerra, unos cien indios del servicio de la Margarita que Lope se llevó consigo, diez o doce voluntarios nuevos que habrían querido desertar y no podían y los consabidos negros, que eran los mismos que embarcaron en los Motilones.

—A veces eso de ser esclavo —decía el negro Vos— no es tan malo, según como se mire. Obedeses y ya está.

Llevaba en cambio Lope de Aguirre más armas con las cuales pensaba proveer a los voluntarios que se acercaran en tierra firme. Había sacado de la isla cincuenta arcabuces más, unas cien partesanas, lanzas y espadas, seis tiros que llamaban *de fruslera,* que estaban en la fortaleza y que eran trabucos que se cargaban con virutas de cobre y lingotes y desperdicios de metal. Llevaba también todos los arneses y riendas y cinchas y arreos que había en la isla, con la idea de reconstruir su caballería en la primera ocasión.

Era domingo y día último de agosto de 1561.

En lugar de ir a Nombre de Dios y a Panamá, donde estaba seguro de que le esperaban con todas las fuerzas disponibles, decidió Lope ir a desembarcar al puerto de Burburata y desde allí marchar por tierra al Perú, atravesando Venezuela, Nueva Granada y cruzando selvas y montañas sin cuidado de las dificultades naturales. Por el camino pensaba hacer más gente y aquellos lugares tenían para él, como digo, la ventaja de ser en definitiva los menos sospechados por el enemigo.

Ordinariamente se hacía la travesía desde la Margarita a Burburata en cuarenta y ocho horas. Pero tuvieron vientos contrarios y estuvieron en el mar ocho días largos. Lope de Aguirre acusaba a los pilotos de estar tomando otro rumbo y no el de Burburata. Blasfemaba y en las tormentas de la hora de la siesta decía después de oír el estruendo de un rayo:

—Yo no soy de los vuestros, Señor, sino vuestro enemigo. Si no he de tener fortuna en mis planes y designios matadme ahora, pero si no me matáis dadme vientos propicios y guardad la gloria eterna para vuestros santos, que los más eran gente ruin y yo soy de otra casta.

El cura se hacía cruces y rezaba día y noche.

Por fin llegaron a Burburata el día 7 de septiembre.

Desembarcaron al caer la tarde. Encontraron allí un barco de mercaderes, quienes viendo llegar a los de Aguirre y sabiendo quiénes eran sacaron a tierra sus mercaderías y huyeron con ellas al interior sin esperarlos.

Al bajar a la playa lo primero que hizo Lope fue prender fuego a aquella embarcación. Acamparon en la arena, poniendo Lope de Aguirre vigías y centinelas con la intención de evitar que algún soldado se apartara del real.

Allí se quedaron toda la noche y el fuego del navío de los mercaderes, que estuvo ardiendo hasta el alba, les alumbraba.

No había en Burburata una sola persona, porque los vecinos abandonaron también sus casas llevándose todo lo que tenían de valor.

El gobernador de aquellos territorios se llamaba Pablo Collado, residía en Tocuyo, a algunos días de distancia por malos caminos, y era hombre civil y de poco nervio. Tuvo en seguida conocimiento de la llegada de Aguirre porque los de Burburata enviaron avisos con caballos ligeros. Se encontró el gobernador con que Lope había ido a desembarcar en donde nadie lo esperaba.

Convencido de que no tendría más remedio que vérselas con Aguirre y de que contaba con poca gente y floja, trató de concentrar a todo el mundo hábil para las armas. Acudieron algunos vecinos de Tocuyo y el gobernador nombró provisionalmente comandante general a Gutiérrez de la Peña, que había sido su antecesor en el gobierno y además de haber adquirido cierta experiencia de combate con indios, era vecino viejo de la misma ciudad, donde tenía bienes de importancia.

Envió el gobernador a llamar a Bravo de Molina y a García de Paredes —los dos capitanes conocidos—, que vivían en Mérida, y les pidió que acudieran con las fuerzas que pudieran juntar, ya que tenían el enemigo en los umbrales y carecían de defensas adecuadas.

Pertenecía Mérida a la gobernación de Venezuela —no a la jurisdicción de Collado— y además había tenido aquel gobernador diferencias personales con los capitanes Bravo y García de Paredes, pero en aquella ocasión les rogaba humildemente que olvidando el pasado acudieran al servicio de su majestad. El capitán García de Paredes acudió a Tocuyo con buen ánimo. Estaba la ciudad a unas doscientas millas de la costa y sin caminos las distancias eran mayores, en realidad.

Había que considerar la inseguridad del territorio, recientemente poblado, con indios de guerra en todas partes y animales salvajes en las selvas. Sin contar las enfermedades «equinocciales», los mosquitos, los escorpiones, las culebras venenosas y otras mil molestias ya conocidas en el Amazonas y en la isla Margarita.

Tener sin embargo el enemigo a doscientas millas era entonces «tenerlo en el umbral», como decía Collado a los capitanes Gutiérrez de la Peña y García de Paredes, este último hijo del famoso héroe de las guerras de Italia.

Como el más joven era Gutiérrez de la Peña, el gobernador había pensado hacerlo maestre de campo —contra su primera determinación. La peor por el momento era la falta de tropas y de armas y también la repercusión de la fama de Aguirre en los territorios próximos a la costa donde habían desembarcado. El terror lo primero que causa es el vacío. Después desarrolla una cierta virtud de atracción y seducción. Había que contrarrestarla cuanto antes y la única manera era dar a entender que había un ejército capaz de afrontar y destruir a Lope de Aguirre.

Gutiérrez de la Peña y García de Paredes veían en el gobernador un hombre inteligente, pero impresionado e inquieto. Justificaba su propia inquietud hablando de las responsabilidades que contraía con el virrey y con el rey mismo, pero en el fondo lo que pasaba era que el gobernador tenía miedo.

Los capitanes tenían una pequeña escolta de seis soldados para las emergencias del camino y no estaban seguros de poder conseguir muchos más. En cuanto a las armas sólo había dos arcabuces y algunas lanzas. El gobernador confirmó a Gutiérrez de la Peña en su cargo de general e hizo maese de campo a García de Paredes.

Envió por delante a García de la Peña, quien se fue a Barquisimeto, que estaba a mitad de distancia de la costa, con sólo seis hombres, esperando levantar más gente por el camino con cédulas del gobernador llenas de promesas. En cuanto a García de Paredes se quedó unos días más con el gobernador en Tocuyo. Había aceptado el puesto diciendo:

—Plegue a Dios darnos ayuda de gente y arcabuces, porque si no estamos perdidos, que Lope de Aguirre tiene más de doscientos.

Había enviado el gobernador nuevas cartas a Mérida para el capitán Bravo y a Santa Fe para avisar a la real audiencia. Contestó Bravo que las fuerzas que tenía no eran bastante para cruzar aquellos territorios de indios rebeldes y que sería mejor reservarlas para combatir a Aguirre cuando llegara más adentro. A pesar de todo era necesario salir cuanto antes al paso de Lope, porque había muchas naciones indias de guerra que estaban flojamente sometidas y que podrían ser atraídas por la fama del caudillo. Asimismo, los españoles descontentos del Perú, que no eran pocos, acudirían a Lope en cuanto éste tuviera el menor éxito. El gobernador se veía envuelto por los problemas y con dos capitanes expertos, pero sin gente. Pidió a Bravo que acudiera a Tocuyo lo antes posible.

Había que impedir a toda costa que Lope de Aguirre entrara tierra adentro, y si esto no podían evitarlo era indispensable organizar la resistencia en Barquisimeto y no dejarle pasar de allí.

Los soldados que pudo levantar Pedro Bravo en Mérida no fueron sino veinticinco y los mismos voluntarios al ver la pequeña tropa que formaban y que no había más se desanimaron, pero Bravo les dijo que esperaba hallar más gente en Tocuyo y en Barquisimeto.

—Se ha avisado a la real audiencia de Santa Fe —añadió— y allí dispondrán dineros y harán una leva general.

Los veinticinco soldados siguieron a Pedro Bravo camino de Tocuyo, donde los esperaba el gobernador. Llevaban banderas, pero estaban mal armados y algunos que esperaban hallar una celada y algún sable en Tocuyo iban a sufrir una decepción. El gobernador no tenía celadas ni sables y mucho menos arcabuces.

Entretanto, al amanecer, en la playa de Burburata, Lope de Aguirre envió una avanzadilla de reconocimiento al pueblo, a ver qué sucedía. Había esperado Lope de Aguirre que aquella misma noche llegaran del pueblo a ofrecerle vasallaje y a rogarle que no causara daños en las vidas ni en las haciendas, pero la patrulla de marañones encontró el pueblo desamparado y vacío. Al acercarse a una casa vieron que salía de ella uno de los que habían sido pilotos de Aguirre en el Amazonas, que se llamaba Francisco Martín y lo llamaban Paco el Piloto. Iba comiendo y al ver a los soldados dijo sin sorpresa alguna:

—Hora es de que lleguen vuesas mercedes, que los espero desde el día en que desembarcamos aquí con Munguía.

Era de los que se habían pasado al barco del provincial,

pero muy contra su voluntad, según dijo, y esperaba una oportunidad para unirse otra vez a las tropas de Aguirre que para eso estaba allí.

—He aquí —dijo un soldado de la patrulla— algo que va a gustarle mucho a Lope de Aguirre. Si no le da por cortaros la cabeza, que todo podría ser.

—No hará tal —dijo el soldado chupándose los dedos—, que yo lo conozco y él me conoce y lo de Munguía fue contra mi voluntad.

Extrañaba a los soldados aquella confianza de Paco el Piloto, quien ignoraba los últimos sucesos de la Margarita. Explicó que estando en Burburata con otros soldados y con todos los vecinos se había dedicado a hablar de las violencias y atrocidades y matanzas de Lope y nadie se extrañaba, porque habían oído antes al provincial. Entonces Paco exageraba más las violencias del caudillo para asustarlos. ¡Y vaya si los asustó!

Al ver aproximarse las naves de Lope sucedió lo que el marañón suponía. Todos huyeron con los bienes que pudieron llevar consigo y él se quedó sosegado y escondido y allí estaba. Añadió muy seguro de sí:

—Otros marañones de Munguía hay que no pudieron quedarse y se marcharon con la gente civil, pero volverán aquí en cuanto tengan vagar, porque son leales a Aguirre lo mismo que yo.

Fue investigando con la patrulla y encontraron algunos víveres y sobre todo buena bebida que llevaron a la playa. Presentóse Paco el Piloto al general, quien después de vacilar un momento —tan de improviso le tomó— le dio la mano, luego lo abrazó y le dijo que le agradecía su perseverancia y su lealtad.

—Muchas ocasiones ha tenido vuesa merced —añadió— para volvernos las espaldas y quedarse con las banderas del rey. Pero no lo ha hecho y al regresar a mi lado demuestra su lealtad, que yo no olvidaré cuando llegue la hora de repartir honras y provechos.

Preguntó qué se decía en el campo enemigo. Paco el Piloto dijo que la gente estaba en una situación de pánico extremo y que el nombre de Lope de Aguirre por sí solo les demudaba la expresión y no creían que fuera hombre, sino fuerza sobrenatural y encarnación del mal mismo.

—El diablo, ¿eh? —decía Lope de Aguirre muy serio.

—No he oído decir esa palabra a nadie, pero seguro que es lo que piensan.

—Quizá tienen razón. ¿Y qué pensáis de esa fama? ¿Nos ayuda o nos perjudica?

—Os está ayudando y muy bien. Porque delante de vuestros caballos se hace el vacío y aún de vuestro nombre. Y viendo el miedo de todo el mundo otros soldados de Munguía dan por segura vuestra victoria y quieren volverse aquí y lo harán en la primera ocasión, digo aquellos marañones que fueron sacados de vuestras filas a la fuerza. Lo mismo se puede decir de millares de indios de guerra que odian al gobernador y a la real audiencia y de negros cimarrones que andan por esas montañas de San Cristóbal. Lo que es gente os juro por Dios que no ha de faltaros.

Oyéndolo se sentía Lope a gusto en su loriga y miró alrededor buscando a Pedrarias. Vio de pronto que estaba detrás de él:

—¿Estáis oyendo? —le dijo.

Pedrarias se puso a hacer preguntas a Paco el Piloto, porque tenía sospechas. Tal vez se trataba de un espía del campo del rey que escaparía para darles informes por la noche. Paco el Piloto explicaba cómo sucedió la traición de Munguía:

—Ni yo ni los otros esperábamos una cosa como aquella. Pero Pedro de Munguía, Arteaga y Rodrigo Gutiérrez se lo tenían conspirado y preparado y nos engañaron a todos. Cuando llegamos cerca del navío del provincial los tres vinieron y me dijeron: dejen vuesas mercedes los arcabuces, que nos vea el fraile sin ellos y así se confiará más. Hecho esto entramos en el navío y en cuanto tuvimos los pies dentro comenzaron Munguía y sus amigos a gritar viva el rey y los pocos soldados que llevaba el provincial nos rodearon. Íbamos casi sin armas y nada podíamos hacer. Luego algunos que pensaban lo mismo que yo contra Munguía al llegar a Burburata quisimos escapar y regresar a la Margarita, pero no teníamos embarcación y quedamos en tierra como estoy yo ahora. Hay varios soldados en el campo con los vecinos de

Burburata que querrían volver aquí, porque están mal vistos de todo el mundo y los maltratan y no les dan de comer por recelo y venganza y andan más miserables que nunca.

Oyendo aquellas buenas noticias Lope de Aguirre le mandó que volviera al lado de los fugitivos con una carta que iba a escribir y que los rescatara y trajera a su lado, procurando de paso averiguar lo que pudiera sobre los movimientos del campo del rey.

Escribió la carta, que decía:

«Marañones, hermanos míos y vecinos civiles de Burburata.

»Dios sea con vuestras mercedes, que yo he venido aquí a traerles libertad y ventura. He oído cómo algunos de vuesas mercedes querrían venir a nuestro campo, donde además de tener fuerzas poderosas para conquistar el Perú —que sólo en arcabuces tenemos más de trescientos cincuenta y munición para estar gastándolas en salvas tres años y no acabarla— tenemos también corazones justicieros y la voluntad de liberar a todos los españoles y pobladores indígenas destas tierras de la tiranía de Felipe II.»

Luego añadía que al que llegara a su lado le daría la opción de elegir en el Perú la hacienda de cualquiera de los servidores actuales del virrey y otras mercedes que citaba por lo menudo para despertarles la codicia.

—Esto es —dijo Paco el Piloto, recibiendo la carta y guardándosela en el seno— cartel de levas y ese resultado dará.

Lope murmuraba entre dientes:

—Mis banderas os aguardan.

Allí estaban, las banderas de seda negra forrada de tafetán, con las espadas rojas cruzadas no en cruz romana, sino en aspa, como la señal de Indra implacable —el rayo fulminador. Antes de que se marchara Paco el Piloto un portugués de los que se habían incorporado a Lope en la isla Margarita llamado Antonio Farias preguntó si aquel lugar donde estaban era isla o tierra firme, y lo decía porque veía los bergantines con algunas velas izadas y el estandarte real.

¿Estandarte real? El portugués estaba loco o era un bellaco bufón y en los dos casos estorbaba. Lope de Aguirre, quizá para impresionar a Paco, hizo dar garrote al portugués allí mismo. Carolino cumplió su deber una vez más con los cordeles. Después Lope de Aguirre dijo:

—Tengan todos fe en mí y no olviden que soy el que dice la última palabra en el destino de vuesas mercedes.

Salió Paco en el momento en que Lope de Aguirre daba las primeras órdenes para marchar a Burburata. Pedrarias, que seguía detrás del caudillo, le dijo en voz baja:

—Vive Dios que esta es una ejecución cuyo sentido y razón no entiendo.

Lope, sin alzar tampoco la voz, dijo:

—Lo comprenderéis cuando os diga que lo he hecho para probar a Paco el Piloto. Después de lo que ha visto si vuelve al real con nosotros es porque no fue ayer traidor ni es ahora espía. ¿Comprendéis?

—Creo que sí —dijo Pedrarias.

Una de las tareas que más ocupado traían a Pedrarias era la de explicarse las cosas que veía a su alrededor. La vida no había comenzado a ser verosímil todavía para él y en eso le sucedía lo mismo que a los indios del Amazonas rodeados por el prodigio de una naturaleza exuberante que los excedía por todas partes.

—Nada de lo que veo me espanta —añadió Pedrarias—, que como decís más muertes y crueldades hace en una semana Felipe II, y la violencia es necesaria para la conquista y el gobierno, pero quisiera comprender lo que pasa en vuestra alma, si pasa algo cada vez que suprimís una vida humana.

Eso de *si pasa algo* hizo reír a Lope de Aguirre como nunca le había visto reír Pedrarias. Aquel día en la playa de Burburata le dijo todavía Lope, refiriéndose a Farias el portugués, que era hombre reblandecido por la molicie de la vida en la Margarita y además un «cosechador», es decir, un soldado que se unía a los triunfadores a la hora del botín.

—A ésos —decía Lope— yo los conozco a distancia por el olfato.

Creía Pedrarias que una vez más Lope tenía razón y éste al darse cuenta añadía:

—Vuestra merced da demasiada importancia a la apariencia exterior de las cosas. Lo mismo que los árboles en la selva, la prosperidad de uno es la muerte de otro. Mata la Iglesia, mata el rey y mata el encomendero. Y a menudo con menos motivos que yo.

Comprendía Pedrarias e incluso disculpaba a su jefe. En aquel momento acababan de sacar de los barcos la impedimenta y Lope dio orden de que la llevaran a Burburata sin esperar más. Pedrarias le preguntó todavía:

—¿Cree vuesa merced que Paco volverá?

—Eso nunca se sabe hasta que sucede. Ya veremos.

Viendo descargar el último atalaje, Lope bromeó con Pedrarias:

—Vuesa merced firmó con un nombre falso la proclamación donde nos desnaturalizábamos de Castilla. ¿No os acordáis? Y ahora andáis muy escrupuloso.

Vaciló un momento Pedrarias y luego dijo:

—Ya sabéis Lope de Aguirre que nunca he ocultado yo mi descontento con aquella declaración, pero marañón soy y marañón moriré si es preciso al lado de los camaradas. Creo en la amistad y morir por ella es tan bueno como morir por el rey y aún mejor.

Disimulaba Lope su admiración por Pedrarias, a quien consideraba hombre de paz y letrado y le permitía tácitamente algunos privilegios, entre ellos el de mantenerse con las manos limpias de sangre. Por eso respondió todavía en voz baja y confidencial:

—Nos conocemos, señor Pedrarias, y sin palabras nos entendemos las más veces. Aguirre el Loco me llaman y no es verdad. Debían llamarme Aguirre el Peregrino. Unos buscan al Papa y otros a Santiago, andando por las sendas del mundo. Yo busco también a alguien. ¿Sabe vuesa merced a quién busco?

Un soldado dejó caer tres rodelas y dos lanzas con un gran ruido y Lope se volvió nervioso. Luego repitió la pregunta y Pedrarias dijo que sí que lo sabía.

—¿A quién?

Pedrarias, con una rara placidez de expresión, se inclinó sobre el hombro del caudillo y le dijo:

—Soy bastante viejo para haber aprendido que no se puede decir la verdad en público y a veces tampoco en privado.

—Ése a quien busco —dijo Lope exaltado, de pronto— es

un hombre cabal y a ése lo voy a sentar en el trono de Lima antes de mucho. Las Navidades las pasará ése que no habéis dicho, pero que pensáis, calentándose los pies en la chimenea de los Pizarros contra la plancha del fuego marcada aún con las armas de Felipe II. Ése a quien busco lo encontraré allí y le daré las dignidades que le han robado. En esta época de convulsiones y revueltas todos han subido menos él, todos han hallado su rampa hacia arriba menos él. A fe que él la ha de hallar también con su cojera y todo y ha de subir con pie firme. Nada importa en la vida, ni el pan ni el vino, ni la hembra, ni la amistad, ni los honores del rey. Sólo importa poner la bota donde yo sé que hay que ponerla. Nadie más que yo sabe cuál es ese lugar y dónde está.

Se volvió hacia Pedrarias:

—¿Lo cree vuesa merced?

—Aunque no lo creyera —dijo Pedrarias gravemente— iría con vuesa merced lo mismo.

—¿Por qué?

—Ya os dije que creo en la amistad.

Al llegar aquí se levantó Lope para llamar la atención de los soldados y con objeto de que su voz fuera más sonora se dobló un poco sobre la cintura cargada de tahalíes y aceros.

—¡Marañoooones! Nuestros enemigos ni tienen soldados ni tienen armas. Algunos me preguntaban por qué venía yo a Burburata y no iba a Nombre de Dios. Bien, marañones, todas las tropas que podían habernos recibido a arcabuzazos están en Nombre de Dios y os digo que sin disparar un tiro llegaremos a Nueva Granada y disparando muy pocos, pero certeros, llegaremos a tierras del Perú, en donde tendremos que emplearnos como hombres de guerra que somos. Pero no olvidéis nunca lo que os digo ahora: que vosotros, marañones, que venís conmigo podéis perder la vida, pero no la esperanza. Hasta los que huyeron con Munguía están con ella, digo, con su esperanza entera y van a volver.

Se interrumpió un momento para decir a Pedrarias que fuera a Burburata y eligiera allí los aposentos para su hija y la Torralba y luego continuó a grandes voces:

—Van a volver aquí los de Munguía y los recibiremos con los brazos abiertos, porque vienen acogiéndose al sagrado de la amistad..., que siempre la he respetado por encima de todo, y ellos saben dónde está y dónde van a encontrarla. Todos la hallarán aquí, entre nosotros, y no sólo en mí, sino también en vuesas mercedes...

Seguía hablando con un ímpetu en la voz y en el tono que habría parecido imposible en un cuerpo tan enteco y ruin.

CAPÍTULO XVI

Envió Lope de Aguirre a buscar animales de carga y de montura. Volvieron los exploradores dos días más tarde trayendo dieciocho yeguas y siete caballos cimarrones que andaban salvajes por los montes. Algunos venían heridos por las trochas de puyas disimuladas que habían puesto en los caminos contra los marañones y no debían tener veneno, porque ninguno de los animales llegó a morir.

Pregonada fue a tambor y trompeta la guerra contra el rey de España y contra sus vasallos, amenazando con pena de muerte a los soldados marañones que no los mataran en el lugar que los tomaran prisioneros, exceptuando a aquellos que se entregaran con el deseo de unirse a la rebelión y lo dijeran así al disgregarse del enemigo.

Los marañones más seguros recibieron la orden de descubrir la tierra, saquear los poblados próximos y tomar algunos prisioneros para obtener información. Una patrulla llegó a la hacienda de un tal Benito Chávez, que estaba a cuatro leguas del pueblo. Era Chávez precisamente alcalde de Burburata y estaba allí con su familia, incluidas la esposa y la nuera. Los soldados robaron la hacienda y volvieron con Chávez al real.

Llevado el alcalde a la presencia de Aguirre, éste le preguntó las condiciones de la tierra y la razón por la que los vecinos habían huido del pueblo. Él respondió cortésmente a lo que le preguntaban, sin decir nada realmente nuevo.

Otra patrulla de exploradores apresó a un tal Pedro Núñez y viendo que era hombre joven y despejado de lengua Lope de Aguirre le preguntó qué opiniones tenía la gente sobre él y qué decían. Parecía el hombre receloso de hablar y Lope le prometió no hacerle daño y le suplicó por las buenas que le dijera lo que hubiera oído, bueno o malo.

Tranquilizado por fin, Núñez habló:

—Todos le tienen a vuesa merced por un gran luterano y lo mismo dicen de sus soldados.

Lope de Aguirre tomó una celada que había en la mesa y se la arrojó:

—¡Bárbaro, necio! —rugía fuera de sí—. ¿No sois más que el miserable majadero que aparentáis o es que venís con socarronerías y con añagazas?

Lo mandó salir de su presencia, pero le prohibió alejarse cien pasos del pueblo y dieron orden a los centinelas de hacer fuego si intentaba marcharse. Núñez, viéndose mal parado, quiso congraciarse con Lope y le dijo dónde podía encontrar una tropilla de caballos y mulos. Fueron a buscarlos y eran también selváticos y sin domar. Pero Lope era un gran domador y había entre sus soldados otros con la misma habilidad. Se pusieron en seguida a la tarea.

Quedaron en Burburata los días necesarios para desbravar a los animales de modo que pudieran montarlos. Entretanto fueron hallando, por denuncias e indicios, otros animales de ganado mayor que los vecinos habían ocultado en el monte y víveres en gran cantidad y también algunas cubas de vino. Tal abundancia tenían de éste que muchos soldados se bañaban en él, metiéndose desnudos en las tinas, ya que no podían consumirlo ni llevarlo consigo. Lope animaba a los soldados a esa y otras libertades y llamó a Pedrarias para escribir algunas cartas. La más importante era para el alcalde del pueblo de Valencia, que estaba siete leguas distante de Burburata, cerca del mar y al lado de una enorme laguna. En la carta decía Lope que no pasaría por allí, ya que llevaba la determinación de llegar cuanto antes a Nueva Granada y al Perú, pero que necesitaba que cada vecino de Nueva Valencia le enviara un caballo. Y que aquello no era contribución de guerra, porque él pensaba pagarlos religiosamente cuando le fueran entregados.

Después de algunas frases corteses terminaba amenazando con ir a Nueva Valencia y saquearla y devastarla y prenderla fuego si no le obedecían.

Había logrado que Núñez le indicara los lugares donde otros vecinos habían enterrado cosas de valor —algunos incluso dinero— y buscándolos llegaron a descubrir un gran barril de aceitunas de España del mismo Núñez —según él dijo—, entre cuyas aceitunas había algunos objetos de oro y dos barras de plata. Dijo Núñez a Lope de Aguirre que el barril era suyo y que las aceitunas las daba de grado a los soldados, pero le suplicaba le permitieran recoger los objetos de valor. Lope de Aguirre preguntó a Núñez con qué estaba tapado el barril y él dijo que con una grande rodaja de madera.

—¿Y cómo estaba cerrada esa rodaja?

—Con brea —respondió Núñez.

Envió Lope a buscar la tapadera y se la trajeron. Resultó que había estado pegada con yeso y no con brea.

—Éste ha mentido en eso y lo mismo mentirá en todo lo demás.

Mandó que dieran garrote a Núñez por embustero. Gritaba Núñez que era portugués y estaba fuera de su jurisdicción y reía Lope, preguntando al negro Vos:

—¿Qué piensas tú? ¿Vale tu cuerda para sacarles el alma a los portugueses?

El negro preparaba sus cordeles y reía sin responder.

—Ya sabía yo que tenía que morir así —dijo el portugués—, porque toda mi vida he tenido miedo de los cordeles —dijo—. De los cordeles y de la noche.

Aguirre dijo a Vos que estaba ya enlazando el cuello de su víctima:

—Entonces espera que anochezca para que se cumplan en todo las profecías de tal embustero, que en algo tenía que acertar.

Como la luna no salía hasta las nueve de la noche o algo más tarde, le dijo Lope al negro:

—Cuando la luna se vea por la raya de la colina le apretaréis el gaznate. ¿Entendido?

—Sí, señol, que ya en la Margarita hise otra justisia con la luna.

Con el primer segmento lunar sobre la colina los negros quitaron la vida a Núñez. Luego fueron a hacer la parte pesada de aquel trabajo: la sepultura. Y apelmazaron la tierra con sus pies desnudos, bailando sin dejar el cigarro, que humeaba en sus labios.

Al día siguiente, después de una dura sesión de desbrave en la que Lope, como más experto, llevaba la dirección, salió al campo y encontró en las afueras junto a un arroyo a un tal Juan Pérez, soldado de aspecto doliente que estaba mirando correr el agua.

—¿Qué hacéis aquí? —le preguntó.

—Ando algo enfermo y aquí me estoy por desenfadarme con el murmullo del agua.

—¿En qué pensabais?

—Pues me acordaba de aquel cura llamado Portillo que murió en el Amazonas, si mal no me acuerdo, en el pueblo de los bergantines, y que decía que estaba pesaroso de la muerte de Cristo como si la hubiera cometido él. Y acordándome pensaba que hay muchas clases de hombres en el mundo. Y también me acordaba del pueblo donde nací.

—Creo que no podréis seguir esta jornada con nosotros.

—También lo he pensado yo más de una vez, pero iré hasta donde mi ánimo llegue.

—No, porque os quedaréis en Burburata.

—Como vuesa merced disponga.

Volvió Aguirre a su casa y mandó que fueran a buscarlo «para hacerle regalo en el pueblo», pues que se encontraba mal de salud. Lo llevaron otra vez a su presencia y dijo Aguirre que no quería hombres inútiles en el campo.

Dejó pasar un rato en silencio y preguntó:

—¿Qué decís?

—Nada. Pienso lo mismo que antes, que hay muchas clases de hombres en el mundo.

—¿No os pesa tener que morir?

—No tanto como yo mismo había creído. Todos han de pasar por ahí. También vuesa merced.

Otros soldados le rogaron a Lope por su vida, pero el caudillo dijo que no y llamó a los negros, advirtiéndoles que a aquél no había que enterrarlo, sino dejarlo a la vista como ejemplo. Muerto Juan Pérez, lo pusieron en la plaza del pueblo con un cartel a los pies: «Por tibio y desaprovechado».

Como de Valencia respondieron a la carta de Lope diciendo que no enviarían caballos por haber pocos y ser necesarios, decidió Lope de Aguirre ir a la ciudad y hacer un castigo, pero de pronto sucedió algo que nunca había esperado. Todo podía imaginarlo Aguirre menos que Pedrarias y Diego de Alarcón desertaran. Así fue, sin embargo, y de tal modo, que parecía imposible volverlos a encontrar.

Elvira se pasó dos días llorando y la Torralba se sintió tan afectada que renunció para siempre a cantar su jota soriana.

Aguirre, más perplejo que indignado, envió tres soldados a la hacienda de Chávez —que estaba preso todavía en Burburata— para que trajeran al real a la mujer y la hija casada del dicho alcalde, y cuando estuvieron allí Lope soltó a Chávez y le dijo:

—Si me traes a esos fugitivos, y tú sabes mejor que yo dónde están y sabes también evitar las trochas y las puyas envenenadas, te devolveré a tu mujer y a tu hija. Si no traes a Pedrarias y a Alarcón vendrán las dos mujeres con nosotros y antes que perdamos nosotros las cabezas podéis estar seguro de que las perderán ellas.

Dicho esto, salieron todos para Valencia. Hacían falta las cabalgaduras para transportar el parque, incluida la artillería sacada de la Margarita. Y todos iban a pie, incluso las mujeres, es decir, la Torralba y Elvira, y con mayor motivo la esposa y la hija de Chávez.

Elvira quiso lamentarse y dolerse —a cada paso se clavaba una espina en un pie e iba a su padre a que se la quitara y a preguntarle si estaba envenenada. Pero la tercera vez Lope de Aguirre dijo a su hija en voz baja que si volvía a su lado con un problema como aquél iba a castigarla por el procedimiento que ella sabía muy bien. La niña sospechaba que era muy capaz de volver a cortarle el pelo como hizo una vez en Trujillo y no volvió a quejarse.

Lope de Aguirre parecía muy mohíno y de cuando en cuando suspiraba sin querer hablar. Como alguien le preguntara, dijo:

—Creía en la amistad: en la amistad de los valientes con los hombres de entendimiento. ¿Sabéis por qué?

—A fe que no, si no me lo decís.

—Pues porque los dos saben morir. Los unos porque lo entienden y los otros porque es su oficio. Vuestro oficio y el mío es ése.

Seguían caminando en silencio. Lope se sentía perplejo:

—¿Qué decís vos, Juan de Aguirre, que lleváis mi nombre por maldición? ¿Qué decís, hermano, villano, zascandil?

—Yo no digo nada —respondió el otro sombríamente.

Había dejado Lope detrás, en Burbarata, a tres soldados enfermos llamados Juan de Paredes, Francisco Marquina y Alonso Jiménez, lo que fue comentado con extrañeza después de saber lo que hacía con los *desaprovechados*. La fuga de Pedrarias y Diego de Alarcón le había desmoralizado más que ninguna otra contrariedad anterior. Y Lope caminaba y hablaba a veces consigo mismo sin acabar de comprender lo que había sucedido con aquellos hombres, especialmente con Pedrarias.

Llevarían una jornada de camino cerca de la costa hacia Nueva Valencia cuando tuvieron noticia de una flotilla de canoas cargadas que iban hacia Burburata, es decir, en dirección contraria. Y Lope de Aguirre, con algunos de los suyos, decidió volver para apresar a los navegantes, que eran españoles y parecía que llevaban víveres. No quiso enviar a otros soldados a aquella misión, temeroso de que desertaran. Y ordenó a la expedición entera que acampara en aquel mismo sitio donde estaban y se quedaron esperando hasta que volviera.

Se llevó consigo hasta treinta arcabuceros, todos gente segura, y dejó al mando del campamento a Juan de Aguirre, a quien consideraba como su igual y su medio hermano, aunque cuando se enfadaba decía de él que era su sombra bastarda.

En Burburata no hallaron a los españoles ni a ninguna otra gente, y Lope, indignado y no sabiendo qué hacer, se embriagó hasta un extremo que nadie había visto nunca en Aguirre. No estando su hija con él, bebió mucho más de la cuenta. Iba apoyándose en las paredes, diciendo insensateces, llamando a Pedrarias y a Diego de Alarcón ofreciéndoles en su media lengua de borracho respetarles la vida, y al ver que no aparecían, blasfemando como un poseído.

«Si la amistad tampoco es nada —decía—, ¿qué queda en el mundo? ¿La corona de don Felipe II? ¿Y los cordeles de Carolino?»

Luego decía que tanto valía lo uno como lo otro y que todo era nonada.

Aprovecharon el estado de Lope de Aguirre tres hombres que hacía tiempo tenían determinado escapar. Eran Rosales, Acosta y Jorge Rodas, que con la oscuridad de la noche huyeron.

Al día siguiente se dio cuenta Aguirre de lo que había pasado y trataron todos de seguir las huellas de los fugitivos, pero sospechaban que los españoles de la flotilla del día anterior podían llegar todavía y decidieron quedarse en la aldea, esperando.

Estando Aguirre en Burburata hubo en el campamento general algunos desórdenes y novedades infaustas a pesar del celo con que mandaba Juan de Aguirre, que era tan temido como Lope mismo. Hacía un calor insufrible y andaban tan escasos de agua que pronto la necesidad se hizo angustiosa. Envió Juan de Aguirre algunos soldados y gente de servicio a explorar y tardaron mucho en hallarla —y bien lejos del real— en unas quebradas, cerca de las cuales, por ser lugar recatado y muy adentro de la tierra y creerlo seguro, habían acampado algunos vecinos de Burburata. Éstos tuvieron noticia por los espías de que los soldados de la patrulla se acercaban y, asustados, levantaron el campo y se fueron más al interior. Pero los soldados de Aguirre hallaron en el arroyo huellas humanas y mandaron algunos indios anaconas que las siguieran hasta ver qué era lo que encontraban.

Los indios fueron a dar en las chozas donde los españoles habían estado, y entre las cosas que hallaron había una capa que se llevaron consigo. Todos la reconocieron como perteneciente a un soldado llamado Rodrigo Gutiérrez, que había desertado con los de Munguía. En la capucha de la capa hallaron copia de una declaración de garantía que dicho soldado Rodrigo Gutiérrez había hecho días antes, en cuya probanza figuraban también declaraciones de Paco el Piloto contra Aguirre, a quien llamaba asesino, degenerado y hombre nacido naturalmente para la horca. Al regresar la patrulla al real llevaron todo aquello a manos de Juan de Aguirre, y éste, cuando leyó las declaraciones de Paco, que estaba en el campamento, se fue a él, y sin decir una palabra lo cosió a puñaladas. Andaba el herido en la agonía cuando un soldado de la expedición llamado Arana disparo para matarlo con tan mala fortuna que, por la poca visibilidad —entraba ya la noche— o por lo que fuera, la misma bala que remató a Paco el Piloto hirió de muerte a otro marañón que se llamaba Antón García.

Se armó un desorden notable. Algunos acusaban a Arana de haber tirado con malicia para matarlos a los dos y otros lo defendían diciendo que había sido casualidad. Se enconaron las pasiones porque el muerto García tenía muchos amigos, y viéndose en peligro Arana marchó a Burburata y contó el caso a Lope, diciendo que la muerte de García había sido deliberada y que disparó contra él a sabiendas porque la noche anterior quiso huir al campo enemigo y le propuso escapar juntos.

Volvieron de Burburata pocos días después Lope y Arana con los demás soldados sin haber podido atrapar la flotilla de españoles, y al llegar al campamento leyó Lope de Aguirre el documento hallado en el capillo del desertor y dio por bien hechas las ejecuciones, felicitando incluso a Juan de Aguirre.

Después preguntó por Pedrarias y por Alarcón, y al saber que no habían llegado dijo a la mujer de Chávez:

—Por Dios vivo que si vuestro marido no me los trae que habéis de ser otra Ana Rojas de la Margarita.

Ella no sabía quién era aquella mujer ni lo que le había sucedido, pero algunos soldados la miraban de reojo y murmuraban entre dientes con los vecinos diciendo que como ahorcada sería igual, pero no como hermosa.

La expedición siguió hacia Valencia por unos caminos tan difíciles y fragosos que los caballos a veces no podían avanzar ni retroceder, y el calor era tal y los animales tan poco acostumbrados a la carga que tuvieron que prescindir de parte de ella.

Entretanto, los hombres trepaban a gatas o se abrían paso con las espadas por lugares muy cerrados de maleza. Era Aguirre compasivo con las bestias, pero no con las personas, y así los soldados tenían que llevar a veces lo que no querían llevar los caballos. Nadie podía protestar, porque Aguirre era el primero en cargarse a las espaldas grandes pesos.

En el camino desde Burburata a Valencia, que era sólo de siete u ocho leguas, invirtieron seis días. Por un lado, los esfuerzos de Aguirre, que llevaba encima cargas superiores a lo que un hombre fuerte podía tolerar, y por otro, la humedad malsana y el calor, hicieron que una mañana, al amanecer y despertar, se encontrara Lope de Aguirre con la ingrata sorpresa de que no podía moverse.

Al menor movimiento sentía dolores muy agudos en todo el cuerpo.

Pusieron al caudillo en una especie de andas que llevaban los indios al hombro y al mismo tiempo dos soldados con una de las banderas desplegadas iban haciéndole sombra de modo que no lo fatigara el calor.

Iba Lope de Aguirre dando grandes voces y diciendo a su gente:

—Matadme, marañones, ya que Dios parece que quiere acabar conmigo. Matadme y así le ganaréis a Dios por la mano, maldito sea el día que nací.

Por fin llegaron a Valencia. Los vecinos de aquella población habían sido advertidos con tiempo y pusieron a salvo sus bienes y sus personas.

Estaba la ciudad al lado de una gran laguna alrededor de la cual había poblaciones de indios pacíficos y ricos. Los fugitivos españoles de Valencia se diseminaron en aquellas aldeas, pero no pudieron llevar consigo sus ganados mayores, y fue en ellos en donde se ensañó la soldadesca.

Seguía Lope de Aguirre enfermo y con grandes dolores. Envió delante unas patrullas que hallaron el pueblo desierto y eligieron la casa mejor para posada de Aguirre. Éste seguía mal y en algunos días llegó a ponerse tan amarillo y flaco que se habría dicho que vivía sus últimas horas.

Al sentir que mejoraba se puso a hacer comentarios sobre su propia salud y los designios de Dios, quien le devolvía las fuerzas para exterminar a los cobardes que salían huyendo sólo al oír su nombre y que no eran hombres ni merecían ser llamados así, porque la guerra cosa noble era, y de personas de mucha consideración y pro, y desde el principio del mundo la habían practicado los mejores hombres. Incluso en el cielo y entre los ángeles había habido guerras, decía, y las habría allí donde vida hubiera. Luego desafiaba a Dios a darle enfermedades y decía que habría de matar él más gente con la espada que Dios con la peste.

Después preguntaba si había noticias de Pedrarias.

Cuando se sintió del todo bien y no contribuyó poco la idea de que su campo estaba rico y bien provisto de caballos y mulos, dio un bando diciendo que ningún soldado podía salir del pueblo sino bajo pena de la vida y que sería en esta materia implacable.

Había un marañón que no se enteró del bando y se alejó del pueblo cosa de un tiro de arcabuz para coger unas papayas. Se llamaba Gonzalo Gómez y era hombre que nunca había hecho muestras de rebeldía ni de extremada adhesión o protesta en ningún sentido. Solía decir que cuando se quitaba las armas y la carga del camino se sentía flotar en el aire como un ave, y aquello lo repetía una vez y otra a todo el que quería escucharle. Cuando Aguirre supo que Gonzalo se había ido de la población comenzó a llamar a sus negros, de los cuales Carolino, que parecía estar siempre alerta, llegó el primero.

Fue Gonzalo arrestado y llevado a la plaza bajo el rollo. Iba comiendo una papaya, que amarilleaba en sus manos. Cuando terminó dijo:

—Burla parece esto de tener que morir en el rollo del rey.

—Razón tenéis —dijo Lope—, y para evitarlo seréis ahorcado al otro lado de la plaza.

Lo colgaron de un balcón de madera, del cual habían colgado días antes los habitantes del pueblo un joven jaguar ladrón de ganados que estaba todavía allí, muerto.

Quedó Gonzalo con los ojos abiertos y parecía mirar los ojos también abiertos del jaguar, y los cuatro parecían ojos artificiales de vidrio.

Pero lo que más preocupaba a Lope era la captura de Pedrarias y de Alarcón, y pensaba en ellos constantemente, aunque no volvió a decir sus nombres.

Tantas diligencias hizo el alcalde, y sobre todo su yerno, Julián de Mendoza, para rescatar a sus mujeres, que lograron alcanzar a los fugitivos, y poniéndoles colleras de madera y encadenándolos los condujeron a pie camino de Valencia.

En cuanto se vieron enlazados por la collera y uncidos como bueyes se sintieron los dos en una disposición de ánimo nueva y que nunca habían conocido. Pedrarias advirtió:

—Ponga vuesa merced su paso con el mío y verá cómo es menos penoso el yugo.

Eran de la misma altura, buenos mozos, pero Alarcón tenía una apariencia rufianesca y villana. Después de caminar un largo trecho en silencio fueron invitados por Mendoza a descansar.

Se sentaron al mismo tiempo en un ribazo. Pedrarias dejó vagar la vista por el cielo azul y comentó:

—He aquí que entre nosotros nace algo que no habíamos conocido antes.

—¿El qué?

—La sencillez y la bondad. ¿No os parece?

Alarcón afirmó y dijo:

—Algo como eso sentía, pero me faltaban las palabras. ¡Qué raro que no sea uno capaz de ser bueno sino con la muerte en los dientes!

—¿No os da zozobra y angustia morir?

—No, Pedrarias.

—Cosa rara es. ¿No sentís compasión de vuestra desgracia?

—Hace tanto tiempo que se me agotó la compasión a fuerza de ver desventuras ajenas que no me queda piedad para mí mismo.

Mendoza los hizo levantarse y continuar. Pedrarias, para evitar que por desacuerdo en los movimientos uno hiciera daño al otro, solía decir: «¿Está vuesa merced aprontado? Una, dos y tres». Y se levantaban juntos.

Caminaron todo el día, pero iban los dos tan angustiados por el cepo y por las calores, así como por la zozobra de las torturas que les esperaban en el campo de Aguirre, que, dejándose caer en el suelo, Diego de Alarcón dijo que no caminaría más y que cuanto antes murieran otras tantas incomodidades se ahorrarían. Pedrarias pensaba lo mismo.

—Vean vuesas mercedes lo que hacen —advirtió Mendo-

za—; porque a mí poco me importa, que en llevándole a Lope
de Aguirre las cabezas de vuesas mercedes él me entregará a
mi mujer y a mi suegra, y eso es todo lo que busco.

—Demasiada miseria es andar en cepo —respondió Pedrarias con voz fatigada— como los esclavos que han robado al amo. Yo tampoco puedo más, y haga vuesa merced
lo que mejor le parezca.

Mendoza desenvainó la espada, y acercándose a Pedrarias
le alzó la barba con la mano izquierda, y poniéndole la hoja
de acero en el cuello para tomar puntería le rasgó la piel de
modo que comenzó a salirle sangre. Pedrarias levantó la mano
y dijo:

—No más, que yo caminaré y me esforzaré lo que buenamente pueda. Dura cosa es perder lo único que se tiene, la
vida, aunque sea ruin.

Su compañero juró que si se levantaba y volvía a caminar
lo hacía contra su voluntad y por acomodar a Pedrarias, ya
que estaban uncidos. Prefería, sin embargo, Alarcón morir
allí porque se había hecho su composición de lugar y estaba seguro de tener un fin mejor en manos de Mendoza que
en las de Aguirre.

Se disculpó Pedrarias diciendo que mientras se respira hay
esperanza, y que careciendo de fe religiosa no tenía a quien
rezar y le agradecería que caminara hasta llegar los dos a
Valencia, y una vez allí verían.

Explicaba todavía los fundamentos de sus esperanzas:

—Cuando todos o casi todos firmaron la desnaturalización
de España y el desafío contra Felipe II, yo firmé con un
nombre contrahecho y Lope lo vio. Me preguntó por qué lo
hacía y yo le dije que, puesto que Lope había firmado lla-
mándose a sí mismo traidor, yo no quería estar con mi nombre debajo de aquel dictado. También le dije que había firmado un papel blanco no sabiendo de qué se trataba, lo
que me autorizaba a recelar. Estas cosas le han hecho me-
ditar a él, y no crea vuesa merced que todo es estiércol en
el alma de Aguirre. Hay un rincón limpio en su conciencia,
y en él admira Lope cualquier forma de nobleza. Antes mata
a un amigo suyo bellaco que a un enemigo noble.

Esto dejó pensativo a Alarcón, quien después de un largo

silencio se acomodó la collera mejor —sangraba por un hombro—, y volviendo a suspirar dijo:

—Aunque me la dieran, la vida no la querría ya, porque estoy viviendo hace días más en el otro mundo que en éste.

Pedrarias, caminando con incomodidad, habló:

—Ojalá tuviera yo la conformidad vuestra.

Cuando llegaron fueron conducidos ante Lope de Aguirre, quien devolvió las mujeres a Mendoza, y acercándose a los dos prisioneros le dijo a Pedrarias:

—¿Qué mal os he hecho yo nunca, señor Pedrarias, para que así escaparais de mi lado?

Hablaba más dolido que ofendido. Pedrarias no respondía. Le pareció inútil disculparse, y en realidad no había disculpa.

Sacaron a los presos de la collera y el caudillo ordenó que llevaran a Diego de Alarcón por las calles con pregoneros delante diciendo: «Esta es la justicia que manda hacer Lope de Aguirre, fuerte caudillo de la noble gente marañona, a este hombre leal servidor del rey de Castilla, mandándolo arrastrar, ahorcar y hacer cuartos por ello, y quien tal haga tal pague».

Conducido al suplicio, Alarcón sonreía con amistad a los que encontraba a su paso. Algunos creían que habían perdido el juicio.

Cortaron la cabeza a Alarcón, quien momentos antes dijo que se despedía de sus amigos y les deseaba la misma merced que él iba a tener, ya que la vida de todos era una pesadilla insufrible desde que salieron de los Motilones, y más le valdría morir de una vez con la conformidad de su destino natural, que al fin era muerte de soldados.

La cabeza cortada fue puesta en el rollo para ejemplo y el cuerpo hecho cuartos se distribuyó en las cuatro entradas de la población, a donde pronto acudieron los grajos negros a comer.

Al mismo tiempo, Lope de Aguirre miraba la cabeza cortada de Alarcón y reía, diciendo:

—¿Qué tal, don Diego? ¿Cómo no viene el rey de Castilla a resucitaros? Parece que don Felipe no tiene más habilidades ni más virtudes que los demás seres humanos en Castilla o en Indias.

Después dijo que curaran a Pedrarias de su herida en la garganta porque iba sangrando todavía. Al decirlo se acercó oficioso Carolino dispuesto a intervenir, pero Lope de Aguirre le dijo indignado:

—¡Salid de mi presencia u os sacaré el alma a puntillazos!

Una vez vendada la herida, hizo entrar a Pedrarias en su casa y le dio papel y tinta para que escribiera una carta al rey don Felipe. Al oírlo pensó Pedrarias: «Ah, ésa es la causa de que no me haya matado aún». Y estaba seguro de que viviría solamente el tiempo que tardara en hacer aquella diligencia.

Antes fue a besar las manos —así dijo— a Elvira, a quien encontró llorosa y risueña al mismo tiempo. Creyendo ella que aquel homenaje era por gratitud, se apresuró a explicar:

—No me debéis la vida a mí ni a nadie más que a la buena voluntad de mi padre, que es vuestro amigo.

Antes de dictar la carta, Lope ordenó que una patrulla fuera en persecución de la gente civil fugitiva de Valencia y que trajeran a los que alcanzaran para castigarlos o sacar rescates. Muchos de ellos estaban, según había oído decir, en una isla en la laguna y los marañones construyeron una balsa grande con los materiales que pudieron reunir. Por ser éstos de cañas de bambú —no había otros a mano—, su resistencia era poca y al entrar los primeros la balsa se ladeó y amenazaba con irse a pique. Le añadieron refuerzos por un lado y por otro, y al tratar de embarcar un caballo, sucedió lo mismo. Con esto, Aguirre se sentía frustrado y volvía a sus juramentos, amenazando igual a los amigos y a los enemigos y al cielo y a la tierra.

Algo se consoló al tener noticias de Burburata, cuyo alcalde Chávez le envió una carta diciendo que al azar y buscando a Pedrarias había encontrado otro soldado fugitivo llamado Rodrigo Gutiérrez —el de la probanza de Paco el Piloto— y que por hacerle servicio lo había arrestado y lo tenía encerrado en el pueblo.

Siendo uno de los que se habían escapado con Munguía, estaba deseando Lope de Aguirre echarle la mano encima y se alegró de aquella noticia. Envió en seguida a Francisco Carrión, su alguacil, con doce soldados, para que lo trajeran al real, pero fue en vano, porque Rodrigo Gutiérrez se acogió a sagrado y se había metido en la iglesia de Burburata. El alcalde Chávez lo reclamó y el cura se opuso a entregarlo y hubo entre ellos palabras ásperas.

El cura, además, ayudó a Gutiérrez a liberarse de las cadenas que el alcalde le había puesto y a huir por la noche, de modo que el dueño de la famosa capa se salvó. Al volver Carrión y dar cuenta de lo sucedido, Lope de Aguirre lo insultó llamándolo inútil y mal soldado, ya que no había cortado la cabeza de Chávez por su descuido con el preso.

A todo esto, el cura de la Margarita seguía marchando con la expedición y Lope de Aguirre le dijo que iba a escribir una carta al rey Felipe y él la llevaría a la real audiencia de Santo Domingo, pero que antes le exigía juramento por Dios de hacer que la carta llegara a Castilla. El cura se negaba a jurar, pero, viendo lo que importaba, para salir de allí juró y prometió sobre su conciencia.

Aquella tarde la dedicó Lope a escribir, es decir, a dictarle la carta a Pedrarias, quien a veces se interrumpía y decía:

—¿Lo pongo como dice vuesa merced o por mis propios términos?

Dudaba un momento Lope:

—¿Cómo lo pondría vuesa merced?

Traducía Pedrarias las palabras de Lope al lenguaje cortesano y el caudillo vasco protestaba:

—No, no. Más vale que las ponga como yo las digo, para que vea bien el rey qué clase de persona soy y para que se entere de cuál es nuestro ánimo. Si quiero que escriba vuesa merced es porque tiene mejor letra que yo y que ningún soldado. Pero las palabras que sean las mismas que yo os dicto.

Y así fue. La carta decía textualmente: «Rey Felipe, natural español, hijo de Carlos el Invencible.

»Yo, Lope de Aguirre, tu antiguo vasallo, cristiano viejo, de medianos padres y en mi prosperidad hidalgo, natural vascongado, en el reino de España, de la villa de Oñate vecino.

»En mi mocedad pasé el océano a estas partes de Indias por valer más con la lanza en la mano y por cumplir con la deuda que debe todo hombre de bien, y asimismo y por esa razón te he hecho muchos servicios en el Perú en conquistas de indios y en poblar pueblos en tu servicio, especialmente en batallas y encuentros que ha habido en tu nombre, siempre conforme a mis fuerzas y posibilidad sin importunar a tus oficiales por paga ni socorro, como parecerá por tus reales libros.

»Creo bien (excelentísimo), rey y señor, que para mí y mis compañeros no has sido tal, sino cruel e ingrato, y también creo que te deben engañar los que te escriben desta tierra, que está lejos para averiguar la verdad. Y tú no te precias mucho a buscarla.

»Acúsote rey que cumple haya toda justicia y rectitud para tan buenos vasallos como en esta tierra tienes, aunque yo, por no poder sufrir más las crueldades que usan estos tus oidores, visorrey y gobernadores, he salido de hecho con mis compañeros, cuyos nombres diré después, de tu obediencia y, desnaturalizándome con ellos de nuestra tierra, que es España, voy a hacerte la más cruel guerra que nuestras fuerzas puedan sustentar y sufrir, y esto cree, rey y señor, nos obliga a hacer el no poder sufrir los grandes pechos, apremios y castigos injustos que nos dan tus ministros, que por remediar a sus hijos y criados han usurpado y robado nuestra fama, honra y vida, que es lástima, rey, el mal tratamiento que nos han dado.

»Cojo estoy de una pierna derecha de dos arcabuzazos que me dieron en el valle de Chuquinga con el mariscal Alonso de Alvarado, siguiendo tu voz y apellido contra Francisco Hernández Girón, rebelde a tu servicio como yo y mis compañeros al presente somos y seremos hasta la muerte, porque ya de hecho habemos alcanzado en este reino cuán cruel eres y quebrantador de fe y palabra, y así tenemos en esta tierra tus promesas por de menos crédito que los libros de Martín Lutero, pues tu visorrey marqués de Cañete ahorcó a Martín de Robles, hombre señalado en tu servicio, y al bravoso Tomás Vázquez, conquistador del Perú, y al triste Alonso Díaz, que trabajó más en el descubrimiento deste reino que los exploradores de Moisés en el desierto, y a Piedrahita, buen capitán que rompió muchas batallas en tu servicio, y aun en Pucará ellos te dieron la victoria, porque si no se pasaran a tu bandera hoy fuera Francisco Hernández rey del Perú. Y no tengas en mucho el servicio que éstos tus oidores escriben haberte hecho, porque es muy gran fábula si llaman servicio haberte gastado ochocientos mil pesos de tu real caja para sus vicios y maldades. Castígalos como a malos, que cierto lo son.

»Mira, mira, rey español, que no seas cruel a tus vasallos ni ingrato, pues estando tu padre y tú en los reinos de España sin ninguna zozobra te han dado tus vasallos a costa de su sangre y hacienda tantos reinos y señoríos como en estas partes tienes, y mira, rey y señor, que no puedes llevar con título de rey justo ningún interés destas partes donde no aventuraste nada sin que primero los que en ello han trabajado y sudado sean gratificados. Y esto justicia es y te puede ser demandada.

»Por cierto tengo que van muy pocos reyes al infierno porque son pocos, que si muchos fuérades ninguno podría ir a él, porque aun allá seríades peor que Lucifer, según tenéis ambición y hambre de hartaros de sangre humana; mas no me maravillo ni hago caso de vosotros, pues os llamáis siempre menores de edad y todo hombre irresponsable e inocente es como loco. Cierto, a Dios hago solemne voto con mis doscientos arcabuceros, marañones, conquistadores, hijosdalgo, de no te dejar ministro tuyo a vida, porque ya sé hasta dónde alcanza tu clemencia; y el día de hoy nos hallamos los más bienaventurados de los nascidos por estar en estas partes de Indias teniendo la fe y mandamientos de Dios y sin corrupción, como cristianos, manteniendo todo lo que predica la santa madre Iglesia de Roma, y pretendemos, aunque pecadores en la vida, rescibir martirio por los mandamientos de Dios si necesario fuese.

»A la salida que hicimos del río Amazonas, que se llama el Marañón, en una isla poblada de cristianos que tiene por nombre Margarita, vi unas relaciones que venían de España sobre la gran cisma de luteranos que hay en ella que nos pusieron espanto y terror, y en nuestra armada hubo semanas antes un alemán llamado Monteverde y lo hice hacer pedazos, que nunca lo vi bien en nuestra compañía. Los hados darán la paga a los cuerpos buena o mala y aun peor, pero donde nosotros estuviéramos, cree (excelente) príncipe que cumple que todos vivan muy perfectamente en la fe de Cristo.

»La disolución de los frailes es tan grande en estas partes que yo entiendo que conviene que venga sobre ellos tu ira y castigo, porque no hay ninguno que presuma de menos que de gobernador. Mira, mira, rey, que no creas lo que te dijeren, pues las lágrimas que allá echan ante tu real persona son para venir a reír aquí y mandar. Si quieres saber la vida que por aquí tienen es entender en mercaderías, procurar y adquirir bienes temporales, vender los sacramentos de la iglesia por precio, y son todos los curas que yo he visto enemigos de los pobres, incaritativos, ambiciosos, glotones y soberbios, de manera que por mínimo que sea un fraile pretende mandar y gobernar todas estas tierras. Pon remedio, rey y señor, porque a causa destas cosas y malos ejemplos no está imprimida ni fijada la fe en los naturales, y más te digo que si esta disolución de los frailes no se quita de aquí, no faltarán escándalos. Y cada día la gente se apartará más de la iglesia de Cristo.

»Si yo y mis compañeros, por la razón que tenemos, nos habemos determinado a morir desto, cierto, y de otras cosas pasadas, singular rey, tú has tenido la culpa, por no te doler el trabajo de tus vasallos y no mirar lo mucho que les debes, porque si tú no miras por ellos y te descuidas con éstos tus oidores, nunca se acertará con el gobierno. Por cierto que no hay para qué presentar testigos, que es bastante de avisarte cómo estos oidores tienen cada uno cuatro mil pesos de salario y gastan ocho mil, y al cabo de tres años tiene cada uno sesenta mil pesos ahorrados y heredamientos y posesiones, y con todo esto, si se contentasen con ser servidos como a hombres, menos mal, aunque trabajo sería el nuestro. Pero por nuestros pecados quieren que doquiera que los topemos nos hinquemos de rodillas (y los adoremos) como a Nabucodonosor, cosa, cierto, insufrible. Y no piense nadie que como hombre lastimado y manco de mis miembros en tu servicio, y mis compañeros viejos y cansados en lo mismo, te he de dejar de avisar que nunca fíes destos letrados tu real conciencia, que no cumple a tu real servicio descuidarte con éstos, que se les va todo el tiempo en casar hijos e hijas y no entienden en otra cosa y su refrán entre ellos es *a tuerto y a derecho, nuestra casa hasta el techo*.

»Pues los frailes, en los que a ellos toca, a ningún indio pobre quieren enterrar y están aposentados en los mejores repartimientos del Perú. La vida que llevan es áspera y trabajosa, porque cada uno dellos tiene por penitencia en su cocina una docena de mozas, y no muy viejas, y otros tantos muchachos que les van a pescar, a matar perdices y a traer frutas; todo repartimiento se tiene que hacer con ellos. En fe de cristianos te juro, señor y rey, que si no pones remedio en las maldades desta tierra que te ha de venir castigo del cielo. Y esto dígolo por avisarte de la verdad, aunque yo y mis compañeros no esperamos ni queremos tu misericordia, y aunque la ofrecieras escupiríamos en ella por deshonrosa.

»¡Ay, qué lástima tan grande que César y emperador tu padre conquistase con las fuerzas de España la superba Germania y gastase tanta moneda llevada destas Indias descubiertas por nosotros, que no te duelas de nuestra vejez y cansancio siquiera para matarnos el hambre un día! Sabes que sabemos en estas partes (excelente), rey y señor, que conquistaste a Alemania con armas y Alemania ha conquistado España con vicios, por lo que, ciertamente, nos hallamos aquí más contentos con maíz y agua, sólo por estar apartados de tan mala erronía, que los que en ella han quedado pueden estarse con sus regalos. Anden las guerras por donde anduvieren, que para los hombres se hicieron; mas en ningún tiempo ni por adversidad que nos venga no dejaremos de ser subjetos a los preceptos de la santa madre Iglesia de Roma. Más que tú y por mejores caminos que tú.

»No podemos creer (excelente), rey y señor, que tú seas cruel para tan buenos vasallos como en estas partes tienes, sino que éstos tus buenos oidores y ministros lo deben de hacer sin tu consentimiento. Dígolo (excelente), rey, porque en la ciudad de Los Reyes, dos leguas della, se descubrió una laguna junto a la mar donde había algún pescado, que Dios lo permitió que fuese así, y éstos tus malos oidores y oficiales de tu real persona, por aprovecharse del pescado, como lo hacen para su regalo y sus vicios, lo arriendan en tu nombre, dándonos a entender, como si fuésemos inhábiles, que es por tu voluntad. Si ello es así, déjanos, señor, pescar algún pescado siquiera porque trabajamos en descubrillo y conquistallo, y el rey de Castilla no tiene necesidad de cuatrocientos pesos, que es la cantidad en que se arrienda. Y pues esclarecido rey no te pedimos mercedes en Córdoba ni en Valladolid ni en toda España, que es tu patrimonio, duélete, señor, de alimentar los pobres cansados con los frutos y réditos desta tierra y mira, señor y rey, que hay Dios para todos e igual justicia, premio, paraíso e infierno. Y que no os escaparéis de ello.

»En el año de 1559 dio el marqués de Cañete la jornada del río de las Amazonas a Pedro de Ursúa, navarro o, por mejor decir, francés, y tardó en hacer navíos hasta el año de sesenta en la provincia de los Motilones, que es en el Perú, y porque los indios andan rapados a navaja los llaman desa manera. Aunque estos navíos, por ser la tierra donde se hicieron lluviosa y con mucha hormiga y hongos destructores, al tiempo de echarlos al agua se nos quebraron los más dellos; hicimos balsas y dejamos los caballos y las haciendas en tierras y nos echamos río abajo pobres como las ratas.

»Luego topamos los más poderosísimos ríos del Perú, de manera que un día nos vimos en el golfo dulce. Caminamos de prima faz trescientas leguas del embarcadero donde nos embarcamos la primera vez. No es mala jornada trescientas leguas sin parar en la línea equinoccial.

»Fue aquel gobernador tan perverso e vicioso y miserable que no lo pudimos sufrir, y así, por ser imposible aguantar sus maldades y por tenerme como parte en la causa como me tendrán (excelente), señor y rey, no diré más sino que lo matamos. Muerte, cierto bien breve y sin crueldad. Y luego a un mancebo caballero de Sevilla llamado don Hernando de Guzmán le alzamos por nuestro rey y le juramos por tal, como tu real persona verá por las firmas de todos los que en ellos nos encontramos, que quedan en la isla Margarita destas Indias, y a mí me nombraron su maese de campo, y porque no consentí en sus insultos y maldades me quisieron matar y yo maté al nuevo rey, y al capitán de su guardia, y al teniente general, y a cuatro capitanes, y a su mayordomo, y a su capellán clérigo de misa, y a una mujer de la liga contra mí, y a un comendador de Rodas, y a un almirante, y a dos alféreces, y otros seis aliados suyos, y con la intención de seguir la guerra adelante y morir en ella por las muchas crueldades que tus ministros usan con nosotros, nombré de nuevo capitanes y sargento mayor y quisiéronme matar y yo los ahorqué a todos.

»Caminamos nuestro rumbo pasando todas esas muertes y malas venturas en el río Marañón y tardamos hasta la boca que entra en la mar más de diez meses y medio. Anduvimos mil y quinientas leguas sin contar las revueltas ni las exploraciones de otros ríos afluentes y restingas y brazos de mar.

»Es río grande y temeroso, tiene la boca ochenta leguas de agua dulce, tiene grandes bajos y ochocientas leguas de desierto sin género de poblado, como su majestad lo verá por una relación que hemos hecho bien verdadera. En la derrota que seguimos tiene más de seis mil islas. ¡Sabe Dios cómo escapamos de lago tan temeroso, que es como una mar revuelta, con orillas llenas de alimañas ponzoñosas. Avísote, rey y señor; no proveas ni consientas que se haga alguna armada para este río tan mal afortunado porque en fe de cristianos te juro, rey y señor, que si vienen cien mil hombres ninguno escapará, porque la relación que te hagan será falsa y no hay en el río otra cosa que desesperar, especialmente para los chapetones de Castilla, que vienen a cosa hecha.

»Los capitanes y oficiales que al presente llevo y prometen de morir en esta demanda como hombres lastimados son: Juan Jerónimo de Espinola, genovés, almirante; Juan Gómez, Cristóbal García, capitanes de infantería, los dos andaluces; capitán de a caballo Diego Tirado, andaluz, que tus oidores, rey y señor, le quitaron con grande agravio indios que había ganado con su lanza. Capitán de mi guardia Roberto de Zozaya y su alférez Nuño Hernández, valencianos. Juan López de Ayala, de Cuenca, nuestro pagador. Alférez general Blas Gutiérrez, conquistador, de veintisiete años. Juan Ponce, alférez, natural de Sevilla. Custodio Hernández, alférez, de Portugal. Diego de Torres, alférez, navarro; sargentos Pedro Gutiérrez Viso y Diego de Figueroa y también Cristóbal de Rivas y Pedro Rojas. Juan de Saucedo, alférez de a caballo. Bartolomé Sánchez Paniagua, nuestro barrachel. Diego Sánchez Bilbao, proveedor. García Navarro, proveedor general. Y otros muchos hijosdalgo ruegan a Dios nuestro Señor te aumente siempre y ensalce en prosperidad contra el turco y el francés, y todos los demás que en esas partes quisieran hacerte guerra, y en éstas Dios nos dé la gracia que podamos alcanzar con nuestras armas el precio que se nos debe, pues nos has negado lo que de derecho se nos debía y pagarlo has de un modo u otro.

»Hijo de fieles vasallos tuyos vascongados, y yo, rebelde hasta la muerte por su ingratitud. — Lope de Aguirre *el Peregrino.*»

Al acabar la carta, Pedrarias contuvo la respiración tratando de identificar los rumores que se oían dentro de la casa. Y confirmó sus sospechas al oír el llanto de doña Elvira. «Esa niña llora —pensó— porque sabe que su padre me va a matar.» Pero pronto dejó de oír aquel llanto, ya que delante de la casa los negros habían comenzado su fiesta. Tal vez la hacían allí —pensaba Pedrarias— por no apartarse de la casa del comandante, seguros de que iban a ser necesarios algunos dellos con sus cordeles. (Pedrarias no quería morir estrangulado y esperaba que Lope le hiciera merced de darle otra muerte menos vil.)

—Culebra, *levántate* —mandaba un negro encogido y sentado en sus talones.

—*¡Que se levante la bicha!*

El negro retrocedía saltando, encogido.

—*Ya lo ve. Que viene y me muerde asina.*

—*Córrase vuesa mersé.*

Entonces el negro, en cuclillas, brincaba de lado:

—*¡Que viene a ver a la novia, la hija de su señol!*

—*¡Cómo no!*

Y el negro del tambor marcaba el ritmo con un gesto de disgusto que explicó a su manera:

—*Está aún sin bendesí. El tambor. El tambor sin bendesí*

Cambiaba el tema, pero el baile era el mismo:

—*El tambor.*
—*El negro lo tañe aína.*
—*El tambor.*
—*Para el gallo y la gallina.*
—*Tan aína.*
—*El tambor.*
—*Del pesebre der Señol.*

Los soldados miraban indiferentes desde lejos. El que más y el que menos veía a los negros con recelo. No dejaba de ser posible que aquellos negros grandes, corpulentos, sonrientes, tuvieran intereses propios y diferentes de los de la armada. ¿Intereses? No se sabía, pero así como tenían un idioma diferente y bailes distintos, podían tener sus intereses secretos. Por fortuna, los negros eran pocos, no serían más de veinte y nunca llevaban armas. Los cordeles no lo eran en realidad aquellos cordeles que llevaban al cinto y que se balanceaban con los movimientos de la danza.

Salió Lope de Aguirre y entregó la carta al cura de la Margarita. Luego llamó a Pedrarias, pero en su lugar salió Elvira llorando. Y detrás de ella, Antoñico el paje, con grandes ojos de gavilán asustado.

Aguirre, entre confuso e irritado, hizo volverse adentro a Elvira y dijo a Pedrarias que hablarían más tarde y que no saliera de la casa. Se lo dijo a él y no a los centinelas, lo que quería decir que no estaba preso, a pesar de todo.

También envió Lope de Aguirre con el cura al piloto Barbudo, hombre con fama de cobarde, que no servía sino para hablar y presumir y a quien por eso y por andar siempre echando broncas y desafíos le llamaban *Metratrevo*. «Harto triste es prescindir de vos —le dijo Aguirre al partir—, que ahora no vamos a tener de qué holgarnos y reír.»

Recibió también Lope una segunda carta de Burburata del alcalde Chávez, quien le daba noticia de que el gobernador Collado estaba muy temeroso en Tocuyo y hacía diligencias para traer una fuerte armada de Nueva Granada de modo que en Barquisimeto pudieran desbaratarlo.

Llamó Lope a Pedrarias y cuando éste creía que lo iba a matar se encontró con que le pedía consejo.

—Lo que yo haría en vuestro caso —dijo Pedrarias— es

subir a Barquisimeto y ocuparlo antes de que llegue la gente de Collado.

—Ese es mi aviso también, y me alegro.

Decidió Aguirre salir cuanto antes, pero la noche anterior a la partida se desembarazó de tres soldados que hacía tiempo le molestaban y era seguro que tratarían de desertar. Uno era andaluz, de Bujalance, y se llamaba Benito Díaz. Era hombre de raros y extravagantes escrúpulos, que cuando se acostaba a dormir se ataba los pies él mismo, porque decía que en Lima un soldado amigo suyo se levantó una noche en sueños y sin despertar dio de estocadas a otro que dormía cerca. Tenía la obsesión de que en estado de sonambulismo podía hacer lo mismo y quería evitarlo.

Los otros dos sospechosos eran Cigarra y un tal Francisco Loro, los dos de la Margarita, arrepentidos de haberse alistado bajo sus banderas. Lope de Aguirre en persona los llamó y los llevó engañados con palabras amistosas al bohío donde estaban los dos negros. Carolino y Juan Primero quemaban su impaciencia con juegos infantiles, corriendo y persiguiéndose y cantando uno de ellos:

El diablo te lleve,
pero dígale que no...

Al aparecer Lope de Aguirre con los tres hombres desarmados dijo Carolino:

—Ahí dentro están los otros, señol, digo la escuadra de la guardia con almas, señol.

—Haced vuestro trabajo —respondió Lope— y no los llaméis.

Benito Díaz, que era marañón veterano, quiso escapar, pero Lope de Aguirre se había cruzado en la puerta con la espada desnuda.

—Vamos, Benito —le dijo—, que éstos no son juegos.

Dieron garrote los negros a los tres soldados. Después de acomodar el tercer cuerpo inerte junto a los anteriores los negros reían, y Lope les preguntó por qué. Respondió Carolino:

—No hay soldado ninguno ahí dentro, mi general. Lo dije

porque vi que eran tres y nosotros sólo dos, y por veces ya se sabe lo que pasa, que algunos son reacios y no quieren obedesel.

Mandó Lope de Aguirre prender fuego al bohío para que los cadáveres se quemaran, ya que parecía un sistema más cómodo y expeditivo que abrir las fosas, trabajo que todo el mundo hacía a disgusto, incluso los negros. Éstos acogieron la orden con júbilo.

La gente del gobernador Collado había puesto espías por los caminos de Barquisimeto, cerca de Valencia. Cuando vieron que Aguirre salía con su ejército, en el que figuraban noventa caballos requisados en Nueva Valencia, volvieron a avisar a Barquisimeto y en menos de veinticuatro horas los vecinos huyeron con sus familias, abandonando en sus casas víveres abundantes y objetos de valor, sin hacer caso de las exhortaciones de García de Paredes.

Todavía tardaron más de ocho días en llegar las tropas de Aguirre, pero aquella alarma fue muy oportuna, porque gracias a ella las tropas de auxilio que se habían concentrado en Tocuyo se acercaron a Barquisimeto a marchas forzadas. Todos —que serían unos sesenta hombres— tenían caballo, pero muy pocos eran buenos jinetes. Llevaban sólo tres arcabuces y uno de ellos sin cazoleta, que era casi inservible. En cuanto a las lanzas, la mitad eran de bambú, con punta de hierro sacada de las horcas campesinas que se usan para aventar la parva. La mayor parte no llevaban celadas, porque no las tenían, y usaban en su lugar los que llamaban por mal nombre *yelmos borgoñones.* Eran unas caperuzas hechas de cuatro colores de paños, con forros de algodón y de borra, que habrían aguantado una pedrada en peleas de niños, pero no una espada, y más parecían como hechos para cosa de juego que de guerra.

El general Gutiérrez de la Peña, que era uno de esos jefes militares muy valientes y ligeramente feminoides en sus maneras —contraste que suele producir, por una extraña aberración, mucha simpatía en las tropas—, volvió a Tocuyo desde Barquisimeto, a donde fue para estudiar el terreno, y dijo al gobernador que si no conseguían más fuerzas todo lo que se podría hacer en Barquisimeto era entretener y retardar un poco el avance de Lope de Aguirre. García de Paredes tampoco se comprometía a más si no le daban refuerzos.

Hubo un incidente que no deja de tener gracia, y es que andando la pequeña tropa que llegaba de Tocuyo y hallándose a una jornada de distancia de Barquisimeto se encontró con las fuerzas de Lope de Aguirre en el interior de una selva que los dos atravesaban en direcciones contrarias. Las columnas iban en filas de a uno, porque la selva era tupida y a los dos lados los árboles y la maleza impedían los movimientos. La vanguardia de los realistas y la de Lope se encontraron y se detuvieron luego, sin saber qué hacer —en aquel lugar era imposible la maniobra para combatir. Se pusieron a retroceder sin volver grupas, lo que fue bastante dificultoso para los unos y los otros.

Los del rey pudieron salir pronto de la selva, pero en las dificultades de la maniobra algunos soldados perdieron sus celadas borgoñonas y algunas lanzas de las llamadas moriscas. Aguirre las recogió y estuvo observándolas y burlándose de ellas.

Iban los marañones igualmente descuidados, sin armas defensivas y con los arcabuces sin mechas. Unos y otros se apartaron, y Aguirre encontró cerca unas rancherías de indios en unas minas de oro que habían sido abandonadas al saber la cercanía de Lope. Encontraron comida y se alegraron, pero Aguirre habría preferido encontrar a los negros y a los indios que trabajaban las minas, porque estaba seguro de que se le habrían incorporado.

Descansaron un día en aquellos ranchos, y al salir para reanudar el viaje se desencadenó una tormenta, con un gran aguacero. Tan grande fue, que dentro de la selva se formaban lagunas y el suelo, de hojas muertas y hierbas, se levantaba, como habían visto antes en las orillas del Amazonas. Siguieron, a pesar de todo, su camino, y cuando caía algún rayo cerca, Lope de Aguirre alzaba la voz y decía:

—¿Piensa Dios que porque llueva y caigan rayos no hemos de ir al Perú y hacer lo que debemos? En la mitad se engaña y otro tanto.

Luego decía que Dios era mal guerrero, porque no acertaba a matarle con alguna de aquellas exhalaciones.

Y la lluvia, aunque torrencial, era poca cosa para detenerle.

Al llegar a unas pendientes embarrizadas, los caballos y los mulos resbalaban y algunos caían y había que descargarlos para que pudieran levantarse. Hubo que cavar y hacer escalones, donde las uñas de los animales pudieran agarrar, y así fueron, por fin, subiendo.

Con aquellas dilaciones, la vanguardia —que pudo trepar mejor— se adelantó tanto, que cuando Lope de Aguirre y el resto de la columna llegaron a la cumbre los soldados no eran visibles y el caudillo comenzó a dar voces, pensando que habían desertado. Montando un caballo ligero pudo alcanzar a Juan de Aguirre y a los otros y les dijo:

—A fe que si no cambiamos mucho creo que no podremos llegar al Perú, según el desorden y la mala organización de vuesas mercedes. Al capitán de la guardia sólo tengo que decirle que no quiero verlo fuera del alcance de mi arcabuz.

Luego les obligó a todos a volver y a quedarse a la vista del resto de la fuerza.

Aquella noche acamparon cerca de la rompiente resbaladiza. Y el día siguiente se reanudó la marcha con más orden, de manera que no se perdieran unos a otros de vista. Lograron pasar del todo la serranía y bajaron hacia las verdes planicies de Barquisimeto, aunque lejos de la ciudad. Aquel lugar lo llamaban el *Valle de las Damas,* que era el nombre que le pusieron los descubridores primeros. Hallaron allí un río de aguas muy cristalinas y frescas, llamado el *Aracuí,* que sale más adelante a los llanos por un desfiladero, y los soldados se detuvieron a descansar.

Los de García de Paredes, que se habían retirado dejando espías, vieron la llegada de Lope de Aguirre al valle y dieron aviso a la ciudad.

Hicieron noche los marañones junto al río. Aquella noche Lope reunió a sus capitanes y les dijo que a medida que se acercaba a Barquisimeto tenía el barrunto de que algunos soldados se pasarían al enemigo y que a él le bastaban cien hombres de confianza para llegar al Perú. Les dijo que lo mejor sería matar aquella noche a los sospechosos y a los

enfermos, que serían unos sesenta, para entrar en Barquisimeto seguros y fuertes. Pero no se atrevía Aguirre a tomar
una decisión como aquella sin su consejo.

Los capitanes le hicieron ver que si mataba a los sesenta
los demás quedarían muy temerosos y sería aquella una razón
para abandonarlo, porque ya habían oído decir a alguno que
Lope de Aguirre andaba conchabado con las tropas del rey
e iba matando a todos sus soldados como si con eso quisiera
hacerles servicio a los enemigos para presentarse al final a
recoger el premio. Asustado Lope de Aguirre por aquellas
palabras, decidió no matar a nadie sino en caso de extrema evidencia de traición.

Había entre las tropas de García de Paredes, en Barquisimeto, un marañón muy estimado en la armada de Lope de
Aguirre, que había logrado huir en la Margarita. Era Pedro
Alonso de Galeas, amigo que fue de Ursúa. Y el consejo que
Galeas le daba a García de Paredes era que no diera batalla
y que se limitara a andar cerca de la expedición de los
marañones y a ofrecerles vagar y ocasión para que uno a
uno y dos a dos desertaran, dejando solo a Aguirre con algún que otro desalmado que le sería fiel hasta el fin.

Galeas había huido de la Margarita porque se sintió en
grave peligro con Aguirre un día que, preguntándole éste
cómo estaban de tambores, Galeas le dijo que había dos sin
pergamino, con sólo las cajas. Aguirre le dijo: «Vive Dios,
Galeas, que si os descuidáis voy a hacer esos tambores con
vuestro cuero». Poco después, y a la hora de embarcar para
salir de la Margarita, alguien dijo en voz baja, pasando cerca
de Galeas: «Andad alerta, que os quieren matar». Y entonces
Galeas escapó.

Logró llegar a salvo a Burburata y huir al interior hasta
encontrar las fuerzas de Tocuyo.

Al principio, García de Paredes sospechaba que Galeas
podía ser un espía de Aguirre, pero después de algunos días
le tomó confianza. Y llegó a comprender que sus consejos
podían ser valiosos. Insistía mucho Galeas en que los que
iban con Aguirre estaban deseando desertar y que el caudillo
no tenía más tropas adictas que treinta y cinco o cuarenta
marañones demasiado comprometidos por sus crímenes. Los

otros se pasarían al campo del rey con armas y banderas si tenían ocasión.

García de Paredes, que era hombre de espíritu civil y de buena razón, organizó sus planes de acuerdo con aquellos consejos. Estaban en Barquisimeto, pero al aproximarse las fuerzas de Aguirre abandonaron la población y quedaron acampados una legua más atrás.

Entretanto, Pedrarias se extrañaba al despertar cada mañana de verse vivo todavía. En una ocasión le había dicho Lope, con un acento más de zozobra que de amenaza:

—Si las cosas llegaran a término de perdición, lo que no espero, pensad bien lo que hacéis, porque podéis causar grandes desventuras a alguna persona que no tiene culpa de nada.

No lo entendía Pedrarias, pero no se atrevió a preguntar, sospechando que tal vez andaba Elvira por medio, y en aquel caso el problema era de una extrema delicadeza para los dos. Desde aquel momento comprendió Pedrarias que su vida estaba segura y miraba a la niña con más ternura y al padre con más respeto que antes.

CAPÍTULO XVII

Después del encuentro en la selva sin que pudieran llegar a las armas, los del rey se retiraron a la salida del bosque y allí García de Paredes esperó con sus sesenta hombres a Aguirre en una emboscada, pero el cielo, que había estado nublado, se despejó y salió una luna muy clara.

Sabiendo que era inútil intentar la sorpresa, las pocas tropas de García de Paredes se retiraron sin atacar.

Gutiérrez de la Peña estaba en Tocuyo, tratando de reclutar gente, todavía.

Habrían entrado los del rey en Barquisimeto, siguiendo a García de Paredes, que era hombre de gran estatura —como su famoso padre— y astuto en la guerra y en la paz. No teniendo como no tenían sino tres o cuatro arcabuces no podían quedarse en el pueblo a merced de los de Aguirre, y salieron y acamparon una legua más atrás, con vigías y atalayas.

Al salir dejaron en todas las casas de la aldea ofrecimientos de perdón firmados por el presidente de la audiencia de Santo Domingo y por el gobernador Collado, que decían: «Don Felipe II, a vos el licenciado Alonso Bernáldez y a vos el gobernador don Pablo Collado, porque entendemos que muchos de los soldados del tirano Lope de Aguirre andan presos y forzados, por la presente os damos poder e facultad para que en nuestro real nombre podáis perdonar e perdonéis generalmente a toda la gente y soldados que pasaren a nuestro servicio cualesquiera delitos, traiciones, alzamientos, tiranías y muertes y otros insultos hayan cometido en el tiempo que andaban debaxo del dicho Lope de Aguirre. Santo Domingo, 6 de octubre de 1561».

Pocos días después llegó otra vez de Tocuyo el general

Gutiérrez de la Peña con veinticinco hombres, dos arcabuces y más cédulas de perdón.

Traía también una carta de Collado para Lope de Aguirre, invitando al caudillo marañón a pasarse al servicio del rey, prometiéndole que por lo sucedido hasta allí no le haría el gobernador ningún daño. Antes lo enviaría a los piadosos pies de su majestad, con quien le recomendaría y sería buen testimonio para que confirmase lo que prometía en su real nombre a él y a sus soldados. Añadía que si, a pesar de todo, prefería seguir en sus malos propósitos, le rogaba, por excusar muertes de tantos como estaban amenazados en encuentros y combates, que accediera a verse con él a solas en batalla personal y con iguales armas, de modo que el campo quedase por el que venciera.

Después de haber escrito aquello, Collado se puso enfermo de aprensión con el temor de que aceptara Aguirre el reto personal.

Respondió Lope, el mismo día que entraron en el pueblo, con la siguiente carta, que, como siempre, escribió Pedrarias:

«Muy magnífico señor: Una carta recibí de vuesa merced y doy las gracias por los ofrecimientos y perdones en ellas contenidos, aunque yo, lo mismo al presente que *in artículo mortis* y después de muerto y en cualquiera otra ocasión, aborrezco el tal perdón del rey y aun su merced me es odiosa, cuando más esos perdones de vuesa merced, que no llegarían al primer nublado. Si eso fuera enojo particular entre vuesa merced y no de servicio que yo hubiera hecho a vuesa merced paresceme que nos pudiéramos conchabar y volver a acordarnos, pero no hay para qué tratar deso, pues es niñería y yo no soy hombre que he de volverme atrás en lo que con tanta razón comencé, especialmente siendo mortal como soy y sabiendo lo que en ese lado me espera.

»Dice vuesa merced que mil vidas perdería en servicio del rey. Guarde bien vuesa merced la que tiene, porque si la pierde el rey no lo resentirá ni se la devolverá. Bien es que se cumpla con el mundo y también es menester mirar por la salud. Vuesa merced tiene mucha razón en servir al rey, pues a costa de la sangre de tanto hijosdalgo y sin ningún trabajo anda comiendo el sudor de los pobres. De eso y de otras cosas parecidas que el rey hace recibe Dios gran deservicio. Que venga vuesa merced con dos nominativos a poner leyes a los hombres de bien es cosa de risa. No me trate de perdones, que mejor que vuesa merced yo sé lo que puede perdonar. Pues el rey, al cabo de nueve años, ahorcó al buen Martín de Robles y al bravoso Tomás Vázquez y a Antonio Díaz, conquistador, y a Piedrahita, todos con sus perdones y promesas al cuello. Los ahorcó. Malditos sean todos los hombres chicos y grandes pues consienten entrar a decidir a un bachiller donde ellos trabajaron y habría que matarlos a todos, pues son causa de tantos males. Vuesa merced venga una hora a hablar, con nosotros, que bien seguro puede venir, más que ninguno de nosotros a donde está vuesa merced, y esto sea con brevedad, porque voto a Dios de no dejar en esta tierra cosa que viva sea y no piense vuesa merced espantarme con el servicio que dice que ha de hacer a su rey. El menor de los que vienen aquí, que es de dieciocho años, le ha hecho más servicio que vuesa merced. Cuanto más nosotros, que estamos mancos y cojos por servirlo, y pues vuesa merced ha rompido la guerra, apriete bien los puños, que aquí le daremos harto que hacer, porque somos gente que no deseamos mucho vivir.

»Deste pueblo hoy miércoles al mediodía, besa las manos de vuesa merced su servidor. — *Lope de Aguirre.*»

Indignó a Lope hallar el pueblo de Barquisimeto desierto y envió con indios varias cartas a los fugitivos suponiendo más o menos dónde podrían ser hallados. En todas aquellas cartas decía lo mismo: que no haría daño a nadie si regresaban al pueblo con comida para la tropa, y que si no volvían incendiaría sus casas y arrasaría la aldea.

Los indios fueron apresados por los exploradores del campo del rey, y las cartas de Lope les confortaron, porque lo veían sin la asistencia que esperaba haber encontrado.

Extrañado Lope de que el enemigo no atacara y, por el contrario, pareciera rehusar el encuentro, salió con sus fuerzas a un llano en orden de combate. Al ver que algunas patrullas montadas de Gutiérrez de la Peña se acercaban dio orden de que los arcabuces cargaran cada uno dos balas enramadas, es decir, ligadas por un alambre, y con las banderas de campo desplegadas y los estandartes en muestra regresaron otra vez al pueblo, haciendo alarde de dominio y de despreocupación.

Aún no habían acabado de entrar los de Lope de Aguirre en Barquisimeto cuando García de Paredes, con una pequeña escuadra de ocho jinetes, cayó sobre su retaguardia y logró tomar de los indios acemileros cuatro bestias cargadas de alguna ropa y pólvora y otras municiones, que fueron una ayuda importante para los soldados del rey.

Se alojó Lope de Aguirre en la casa que tenía los alrededores más desembarazados y en la parte alta del pueblo, que aunque todo era llano había algunos niveles más elevados que otros. La casa estaba rodeada de dobles tapias con almenas y en tiempo de paz vivía habitualmente en ella un viejo capitán llamado Damián del Barrio. Hizo encerrar Lope en aquella pequeña fortaleza a los soldados que no le parecían de confianza y con los más seguros mantuvo las guardias y los centinelas. Pedrarias seguía en libertad, y si los marañones entendían la tolerancia de Aguirre a su manera, los negros miraban asombrados a aquel hombre, que parecía más fuerte que el caudillo.

Reunió Lope a todos los que no prestaban servicio y les dijo:

—He sabido, señores, que habéis hallado cédulas del gobernador prometiéndoos perdón por las maldades que hubierais hecho hasta aquí, y como hombre experimentado en esas cosas y que ha pasado antes por trances parecidos, yo quiero desengañaros deste señuelo que os han puesto y os digo que no os fiéis de gobernadores ni de presidentes de audiencias, ni de sus papeles ni firmas, pues acordándoos de las violencias que habéis hecho, muertes, robos, destrucciones de pueblos, podéis tener por cierto haber quedado para ellos con fama tan atroz y criminal, que ni en España, ni en Indias, ni en parte alguna las ha hecho nadie tan grandes y memoria dejarán mientras el sol alumbre, y hombres habrá dentro de tres o cuatro siglos que hablarán y escribirán dellas.

Decía estas palabras Lope con un acento de firmeza y con cierta secreta alegría natural. Y añadía:

—Por todo lo cual os certifico, marañones, que aunque el rey en persona os quisiera perdonar no podría hacerlo, cuanto menos un licenciado tinterillo como Pablo Collado. Aunque ellos quisieran, digo, siempre quedarán los parientes y los amigos de las personas que habéis matado, y ellos os han de perseguir de día y de noche y os han de procurar quitar las vidas, con lo cual viviréis corridos y afrentados y no habrá dueño de estancia, ni pastor, ni hombre civil que no os vitupere y baldone con nombre de traidores y de asesinos y el más mezquino se atreverá a levantaros la mano. De un modo u otro, al cabo habéis de venir a malas muertes. Y si no, ¿de qué les valieron los perdones a Piedrahita, a Tomás Vázquez ni a otros capitanes que los tenían firmados del rey? Después de haberles servido toda la vida, por dos días de rebelión vino un bachillerejo de no nada y les cortó las cabezas. Si eso ha pasado con ellos, ¿qué no pasará con nosotros, que hemos hecho más muertes y daños en un día que todos cuantos se han alzado en estas Indias contra el rey? Mirad, hermanos, cada cual mire por sí y no se crea de ligero lo primero que le digan, porque presto se arrepentirá y será tarde. Como he dicho otras veces, en ninguna parte podréis estar seguros si no es en mi compañía, en la cual viviréis con honra y más descansadamente que fiando en esos papeles del gobernador, que todos son fruta amarga para nosotros y píldora dorada que debajo deste color quieren que traguemos el veneno y ponzoña que tienen. Consideremos, hermanos míos, que si ahora padecemos hambre y trabajo adelante nos esperan los descansos y la hartura, y con la victoria, abundancia de todas las cosas y sosiego y honra. Procuremos hacer lo que somos obligados y vender caras nuestras vidas, que la historia la escribe el que gana, y pondrá laureles en vuestras frentes, y la moral la hace el señor, y no el vencido, y señores seremos, y no sólo serán olvidados vuestros desmanes, sino que glorificados seréis por ellos, y yo mismo, aquí donde me veis, ensalzado y loado por cada uno y por todos mis crímenes.

Dicho esto, y viendo Lope de Aguirre que por un lado las casas próximas podrían molestarles para la vigilancia y queriendo además castigar a los vecinos por haberse huido dejándolas limpias de vituallas, dio orden de quemarlas y les prendieron fuego a todas, incluida la iglesia. Tuvieron la consideración de sacar antes algunas imágenes, entre ellas una de Cristo, para que no se quemaran. El que salvó al Cristo era un marañón que se llamaba Francisco de Guevara, quien salió abrazado a la imagen, que era bastante pesada y socarrándose al mismo tiempo por diferentes lugares, de lo que no poco se rió Lope de Aguirre, diciéndole que se ganaba el cielo con el infierno prendido en el trasero.

Toda la noche estuvo el campo iluminado con los reflejos del incendio. Y la aldea quedó reducida a escombros, con la excepción de la fortaleza de Lope de Aguirre, que quedó bien despejada en todos los frentes.

Nada nuevo sucedió, pero al despuntar el alba, García de Paredes, con algunos amigos suyos de a caballo y cinco arcabuces, que eran todas las armas de fuego que habían conseguido, se acercaron al fuerte de Aguirre y dispararon.

Hizo Lope de Aguirre salir a cuarenta arcabuceros antes de ser del todo de día para que rodearan el campo y fueran a envolver a los merodeadores, pero cuando lo hubieron hecho dispararon de tal forma que las balas pasaron por encima de las cabezas de los jinetes del rey.

Lope de Aguirre daba grandes voces, diciendo:

—¡Marañones!, ¿tiráis a las nubes o adónde tiráis?

Y los arcabuceros volvieron al fuerte indemnes y los del rey se retiraron sin pérdidas.

Entretanto había llegado también al campo del rey el capitán Pedro Bravo con refuerzos importantes. Al principio las gentes de Mérida —de donde venía Bravo—, por pertenecer a otra gobernación, querían que su capitán fuera directamente y con sus banderas propias a Barquisimeto, pero Bravo prefirió acudir al gobernador y ponerse a sus órdenes. Éste lo hizo su teniente general y le prometió favores y mercedes. Le pidieron los soldados de Bravo como merced que les mandara herrar los caballos, y Collado los herró todos por su cuenta. Eran sesenta, y aquellos servicios costaban mucho dinero entonces en Indias.

Hecho eso emprendieron el viaje los sesenta de noche, como suele hacerse en aquella tierra, y el gobernador se atrevió a ir con ellos, cosa que había evitado en las pequeñas expediciones anteriores. No olvidaba, sin embargo, que con los nuevos refuerzos incluidos, las tropas suyas eran inferiores a las de Aguirre.

Parece que a medida que se acercaban a Barquisimeto el gobernador Collado se sentía enfermo y trataba de hallar algún pretexto para dejar la expedición, pero cuando lo insinuó a Bravo éste le dijo que tendría que volver solo a Tocuyo, porque no podría darle soldados de escolta, ya que todos eran necesarios. Collado no dijo nada y siguió con las tropas. Los soldados murmuraban de él.

Al entrar el capitán Bravo en el campamento de Gutiérrez de la Peña hizo grandes extremos de confianza y de seguridad. Dijo que llevaba detrás, a media jornada de distancia, doscientos hombres más y que quedaba en Mérida un oidor de la audiencia de Santa Fe con quinientos hombres a caballo y bien armados, de reserva para el caso de que ellos tuvieran que retirarse. Por todas aquellas razones, la guerra estaba ganada y era cuestión de días.

Aunque todo aquello era mentira, la voz circuló por el campamento, y en la noche, un negro del servicio de García de Paredes, que era amigo y algo pariente de Carolino, pasó al campo de Lope de Aguirre y dijo que había llegado un refuerzo de doscientos hombres, que eran ya trescientos cincuenta los del campo del rey y que quedaban quinientos más, muy bien armados, en la retaguardia. Los soldados de Aguirre, que lo oyeron, se consideraban perdidos y se veía a algunos en los rincones leer y volver a leer las cédulas de perdón del rey.

Aquella noche, y a pesar de las precauciones, dos centinelas marañones, llamados Juan Rangel y Francisco Guerrero, se pasaron al enemigo con sus armas. En el campo del rey los recibieron con alegría, y los fugitivos dijeron que había otros muchos esperando la misma oportunidad, especialmente un grupo de diez o doce, con los oficiales Juan Jerónimo Espinola y Hernando Centeno.

Viendo que se cumplían las profecías de Galeas decidieron García de Paredes y los suyos esperar y acercarse sin atacar, manteniendo el contacto lo más estrecho posible.

Con ese fin, aquel mismo día, que era el cuarto de la llegada de Lope de Aguirre a Barquisimeto, se acercaron García de Paredes y el capitán Bravo con cuarenta soldados, entre ellos los marañones que habían desertado, y gritó a los del fuerte:

—Pasaos con nosotros, pues han llegado refuerzos de Tocuyo y si seguís en pie de guerra pereceréis todos. Levantaos y salvad vuestras vidas ahora que todavía es tiempo, porque si rompéis guerra no habrá perdón para nadie.

Los del fuerte lo oían y se miraban entre sí y callaban.

Vieron los del rey que en el arroyo próximo, a una media legua, había mujeres y hombres indios del servicio del fuerte lavando ropa, y fueron y se los llevaron a todos al campamento, a la vista de Lope de Aguirre y sin que las tropas de los marañones hicieran nada por impedirlo.

En la retaguardia del campo del rey la situación era muy diferente de lo que había dicho el capitán Bravo. Por ejemplo, el gobernador de Caracas, don Juan Rodríguez Sucrez, salió con casi toda la gente de la ciudad, pero en el campo recibió aviso de que se le prohibía desguarnecerla bajo pena de muerte, y queriendo acudir cuanto antes y a pesar de todo al encuentro con Lope de Aguirre decidió devolver la mayor parte de la gente a la ciudad y continuó con cinco jinetes nada más, todos bien armados.

Siguieron camino adelante y perecieron el día siguiente a manos de los indios, de modo que no se volvió a saber de ellos.

Al enterarse Lope de Aguirre de la fuga de los dos centinelas pareció volverse loco y dijo a los demás:

—¡Por vida de tal potestado adorado y glorificado que os he de matar a todos o habéis de cumplir mis órdenes! Mirad que conozco vuestras maldades y que sé que con mi sangre queréis salvar la vuestra, mirad que tenéis las piedras del Perú tintas en sangre de los capitanes que habéis dejado en los cuernos del toro y por vida de Dios que en hallando otra gente no habéis de andar conmigo aunque queráis, porque sois malos, glotones, ambiciosos, amotinadores y perversos. Andaos haciendo motines, que primero os tengo que matar a todos y estoy por irme a los oidores de Santo Domingo a que hagan justicia de mí y de vuesas mercedes. ¿No sabéis que habéis matado justicias, curas, frailes, vecinos y mujeres y saqueado tesoros del rey y que sin mí no tenéis ni veinticuatro horas la cabeza sobre los hombros? Venid al Perú, que será nuestro como España fue de los godos, pues Dios ha hecho la tierra para el que más puede. Aunque en el cielo yo no espero verme nunca ni ganas tengo, porque está lleno de gente tan ruin y más ruin que vuesas mercedes.

Mandaba luego poner espías y centinelas nuevos en diferentes lugares y hacía planes de ataque.

Pero se desorientaba viendo que, a pesar de sus supuestas fuerzas, los soldados del rey nunca atacaban. Se acercaban, osaban hablar a los marañones y éstos parecían cada vez menos preocupados del peligro. Decidió, en fin, que sesenta de sus hombres seguros, mandados por Roberto de Zozaya, salieran por la noche a dar en el real de Gutiérrez de la Peña, prometiéndole Lope ir en su ayuda al amanecer.

Salió Zozaya después de la medianoche sin lograr encontrar al enemigo, pero parece que fueron vistos por una tropilla del capitán Romero de la Villa Rica, que llegaba también en ayuda de los del rey. Otros dicen que no vio el capitán Romero a los de Zozaya, sino que encontró algunas yeguas cimarronas que acudían al olor de los caballos y que el tropel y los nervios de alarma le hicieron pensar lo que no era. Por un motivo u otro, en el campamento del real se apercibieron a tiempo.

Lo curioso es que Zozaya no halló al enemigo y se retiraba sin haber establecido contacto cuando vio que una importante fuerza de caballería de hasta ciento cincuenta jinetes mandados por García de Paredes iban sobre él. Aunque éstos no tenían sino siete arcabuces —contando los dos de los centinelas— el tropel de aquella caballería era impresionante.

Zozaya se retiró aún y pudo emboscarse detrás de un barranco adonde los caballos enemigos no podían llegar. Como poco después amanecía llegó Lope con el refuerzo prometido, dejando además cincuenta arcabuceros escondidos y a la espera.

Llegaba Lope de Aguirre con banderas desplegadas y gran aparato.

En cuanto llegó hizo que algunas secciones de arcabuces dispararan, pero la mitad de los disparos quedaron cortos y la otra mitad al parecer demasiado altos. Los de García de Paredes hacían de vez en cuando un disparo, pero sin presentar combate. Los pocos disparos fueron eficaces, porque con uno mataron la yegua que montaba Lope y con otros hirieron a dos soldados.

Daban muestras los del rey de retirarse y Lope de Aguirre quiso seguirlos.

Uno de los capitanes marañones, Diego Tirado, se adelantó en su caballo y cuando creyó que podía hacerlo a salvo gritó viva el rey y se unió a las fuerzas de García de Paredes, que lo recibieron con agasajo. Lo primero que dijo fue que se cuidaran de la emboscada de los cincuenta arcabuceros y después que esperaran sin atacar, dando ocasión a nuevas deserciones.

Los marañones no acababan de creer lo que veían, ya que Tirado era uno de los más leales a Lope de Aguirre y éste por disimular decía a sus soldados que lo había enviado con una carta para el gobernador.

Al mismo tiempo quiso fugarse otro oficial llamado Francisco Caballero, pero su bestia se detuvo a mitad de camino y por más que el jinete la espoleaba no quiso dar un paso más. Entonces lo alcanzaron los de la vanguardia marañona y tuvo que disimular y regresar con ellos. Parece que ese intento pasó desapercibido para casi todos, aunque alguno se dio cuenta.

Un soldado de los que habían huido con Munguía, que se llamaba Ledesma y estaba en el campo del rey, se acercó tanto a los marañones que podrían haberlo apresado con las manos. Les aconsejó que se entregaran, que no les pasaría nada, y cuando Lope de Aguirre se dio cuenta y acudió allí con su gente Ledesma, que llevaba un caballo ligero, se alejó al galope. Mandó hacer fuego Lope de Aguirre, pero los tiros de los marañones parecían tan mal dirigidos como siempre.

Entonces Tirado dijo desde lejos:

—Lope de Aguirre, dejaros han solo los marañones, que todos quieren pasarse como yo.

Comenzaba a sentirse Aguirre angustiado y dijo a los que lo rodeaban:

—Váyanse vuesas mercedes si lo prefieren, pero déjenme los caballos y los arcabuces, que con los indios y con los negros del servicio he de poder yo más que su majestad quiera Dios o no quiera. ¿Es posible —añadía embravecido— que unos vaqueros con zamarros de oveja y rodelas de cuero se me han de atrever y que vosotros con arcabuces no derribéis alguno?

Al ver que se retiraban los del rey se retiró también Lope y estaban cerca de la fortaleza cuando uno de los marañones muy amigo de Lope que se llamaba Gaspar Díaz, habiendo visto antes que Francisco Caballero quiso huir al campo del rey y no pudo, le acometió con la lanza y desviándose Caballero no pudo herirlo. Entonces Díaz se revolvió y le arrojó la daga punzona que llevaba y con ella le cosió contra la montura del caballo las partes genitales. A los gritos de Caballero acudieron dos negros con las intenciones acostumbradas, pero Lope de Aguirre los contuvo y dijo que había que curar al herido. Aquello extrañó a los más próximos a Aguirre y hubo quienes lo entendieron como una mala señal para el caudillo.

Se habían retirado los dos ejércitos, aunque dejando corredores de campo y centinelas.

Dentro de la fortaleza, Lope de Aguirre volvió a sus amenazas. Decidió matar dando garrote a los hombres enfermos e incapaces para el combate, que eran unos cincuenta, pero Zozaya y otros se lo impidieron, haciéndole ver que entre ellos había muchos que lo seguían de corazón y que sería injusto darles aquel fin. «Si Tirado que parecía tan fiel y leal ha traicionado, algunos de los que inspiran recelo a vuesa merced tienen por el contrario un corazón fiel y leal.»

Con esas palabras Zozaya contuvo la furia de su jefe. Pero Lope de Aguirre mandó que desarmaran a los que le parecían sospechosos y dio órdenes a la guardia de que al menor intento que hicieran de salir del fuerte o de acercarse al enemigo los mataran.

Después creyó que para ir al Perú lo mejor sería volver a la mar y tomar otro derrotero. Comenzó a hacer diligencias con ese fin.

Imaginaban los del rey las dudas y perplejidades de Lope de Aguirre y las mantenían y aguzaban estando siempre a la vista por un lado u otro, impidiéndole distraer fuerzas para ir a buscar comida y haciéndole en fin la vida imposible.

En el fuerte comenzaron a matar los caballos y a comérselos.

Tuvo noticias Lope de Aguirre de que otros centinelas y un corredor del campo se habían juntado con los del rey y no volvieron a Barquisimeto. Al saberlo Lope sacó una daga, se la puso en el pecho y dijo a grandes voces:

—¡Con ésta me arranquen el corazón si en toda mi vida saco sangre a soldado y no lo tratare como a mi persona y por vida de Dios que he de cumplirlo y no hacer de aquí en adelante más de lo que cada uno de vuesas mercedes mandare! O ganaremos o nos perderemos con parecer de todos. Si hasta aquí hubo algunas muertes entiendan que las hice por la salud del campo. Les suplico por amor de Dios no permitan que seamos vencidos desta gente de cazabe y arepas (este es el nombre de un pan miserable que los indios de Venezuela comían y al que se acostumbraron también los españoles cuando no tenían otra cosa) y si piensan pasarse al rey sea en el Perú, que prefiero morir en aquella gloriosa tierra donde gozarán y descansarán mis huesos después de tanta fatiga y trabajo.

Aquella noche encontró Lope de Aguirre a Pedrarias disponiéndose a huir acompañado además de tres negros.

—¿Adónde van vuesas mercedes? —les preguntó.

Los otros no respondían y Pedrarias dijo por fin muy pálido, con un acento de tranquila desesperación:

—¿No lo estáis viendo, Aguirre? ¿No está claro que nos vamos al campo enemigo?

—Demasiado claro. ¡Tan claro que aunque quisiera yo disimular no podría!

Bemba confesó ingenuamente que yendo con Pedrarias creía ir seguro, porque el caudillo tenía con él tolerancias y amistades que no tuvo nunca con los otros. Lope de Aguirre afirmó:

—¡Verdad decís, moreno, hideputa, sayón!

Y añadió dirigiéndose a Pedrarias:

—¿Cuál es vuestra opinión? ¿Pensáis que debía mataros?
Vigilaba Pedrarias las manos del caudillo y callaba. Alzando Lope más su voz repitió la pregunta y Pedrarias dijo:

—Sería razonable que me matarais, pero hacedme una merced.

—¿Cuál?

—Matadme con arcabuz como un caballero.

—¿Entonces os consideráis acabado y perdido?

—Todavía me queda alguna esperanza.

—¿Dónde ponéis esa esperanza?

—En vuestra sinrazón. En lo que la gente llama vuestra locura.

—Ya veo. ¿Creéis que es locura perdonaros y que el loco Aguirre podría caer en esa locura otra vez? Es posible, pero os importa la vida tan poco que menos aún haría yo quitándoosla.

—Yo —balbuceaba el negro Bemba, tembloroso— es que tengo parientes en el campo del rey.

Siguió Lope dirigiéndose a Pedrarias e ignorando al negro:

—No necesitáis huir, Pedrarias, para salvar la vida, que yo antes que muera pienso decir cuáles hombres y cuándo y por qué han sido leales al rey de Castilla y cuáles no, y no piensen los demás que hartos de matar gobernadores y frailes y mujeres agora han de salvar la piel con sólo cambiarse de bandos como los niños que juegan al sol y a la sombra.

Aunque Lope había bajado la voz cuando dijo *antes que muera,* los pocos que lo oyeron se vieron perdidos.

—Lope, amigo —dijo Pedrarias sinceramente—, aunque me matéis yo pensaré y pienso que sois uno de los pocos hombres cabales que he conocido en la vida.

—Lo era, Pedrarias. Lo era, que en este campo ya no hay hombres y sólo quedan sombras de muerte. ¿No hay nadie que anuncie la mía como fue anunciada la de Ursúa? ¿No hay un cabrón fantasma que diga que Dios haya piedad de mí? Más vale que no, porque yo no la necesito ni la quiero esa piedad. Por lo demás —repitió después de una pausa— no necesitáis pasaros, que yo diré quién ha sido y quién es cada cual.

Y soltó a reír. Luego dijo: «No me río de vos. Me río de

mí mismo, acordándome de doña Aldonza la gobernadora de la Margarita. Fue hablando con ella como comencé a comprender lo que nos aguardaba a todos, y no digo a mí porque mi destino sólo tiene importancia para una persona que está ahí dentro». Pedrarias pensó que se refería a Elvirica.

Pedrarias dudaba aún, pero vio de pronto en el gesto de Lope que lo había perdonado. Pedrarias quiso dar las gracias al caudillo y no lo hizo porque aquella clase de generosidad no se podía agradecer con palabras y éstas parecerían siempre fuera de lugar.

Se dio cuenta Lope y dijo:

—Está bien, retiraos y haced lo que queráis.

Era como decirle: podéis ir al campo del rey si lo consideráis mejor que seguir aquí. Pedrarias se fue en busca de Elvira y estuvo charlando con ella como si nada sucediera en el campo, como si él no hubiera querido desertar y no hubiera amenazas en el mundo y Lope y Elvira y todos estuvieran tan seguros como habían estado en el fuerte de la Margarita.

Lope iba y venía y dos o tres veces al pasar cerca contuvo el aliento para escuchar. Decía Elvira:

—¿Qué hacemos deteniéndonos tanto tiempo aquí? ¿Es verdad que van a romper guerra? Hay mucha gente en el real que anda como desesperada.

—Todos están desesperados. Pero hay la nobleza de la desesperación. Sólo tu padre la tiene. Nadie la tiene más que tu padre. Yo tampoco la tengo, niña mía.

Esa expresión —*niña mía*—, que dijo con una sinceridad conmovida, le habría gustado a Aguirre si la hubiera oído.

No estaba Elvira desesperada nunca —eso dijo—, pero se impacientaba por llegar cuanto antes a Trujillo, donde tenía primos y primas de su edad con los que siempre se había llevado muy bien.

Aquella noche, a pesar de todo, Pedrarias se pasó al enemigo con la impresión de que hacía una gran villanía.

Cuando lo supo, Lope anduvo como una sombra hablando entre dientes consigo mismo y luego acudió al lado de su hija y le dijo con un acento helado:

—A todos nos ha traicionado Pedrarias por segunda vez y esta vez para siempre.

Zozaya se asomaba a la puerta y se estaba allí mirando, con las dos manos apoyadas arriba en el dintel:

—Vuesa merced tiene la culpa.

—Es posible, Zozaya.

—Tiempo tuvo vuesa merced de matarlo hace días, cuando se lo trajeron en collera con Diego de Alarcón.

—No, en eso te equivocas. No entiendes de eso, Zozaya.

—No hace falta mucho seso para entenderlo. Y bastante dio que hablar que no lo hicierais, porque tanta culpa tenía el uno como el otro.

—Lo sé muy bien, Zozaya, pero hice aquello para repetir el caso que pasó una vez en Roma en tiempos gloriosos, que tú no entiendes de eso.* Algo va de hombre a hombre y Diego de Alarcón había matado a puñaladas a doña Inés, mientras que Pedrarias no se había manchado las manos de sangre y ni siquiera había firmado el papel declarándose traidor. Lo que en un hombre es criminal y merece castigo en otro puede ser honrado. Pedrarias nunca engañó a nadie, nunca dio señales de estar con nosotros por su gusto, ni usó servilismo ni falsa obediencia. Alarcón se quiso huir y su deseo era bajo y miserable y por ese motivo dije aquel día

---

* El caso al que se refería Lope de Aguirre es curioso y revela que era hombre más culto de lo que algunos imaginaban. Es el siguiente hecho contado por Valerio Máximo en *De Factis Distisque Memorabilibus:* El tribuno Domicio acusó ante el pueblo a Marco Escauro, el más poderoso ciudadano de Roma. Mientras el tribuno se desvelaba buscando datos y pruebas contra Escauro se presentó en su casa una noche un esclavo del patricio romano prometiéndole graves revelaciones acerca de su amo. Indignado Domicio por la deslealtad del esclavo rehusó sus testimonios y lo devolvió a casa de Escauro con una escolta. No hay duda de que Domicio consideraba culpable a Escauro y lo aborrecía, pero creía que al esclavo no le era lícito hacer por venganza lo que él quería hacer por justicia. Así, pues, un mismo acto puede ser infame o meritorio según quien lo hace y las circunstancias que lo acompañan. Pedrarias no se había manchado las manos de sangre. Pedrarias tenía derecho a tratar de huir —además no había firmado el acta de sublevación contra Felipe II— y era hombre limpio. Alarcón era un miserable y no tenía derecho a huir, ya que su lugar natural estaba al lado de los que, como Lope, por desesperación o por miedo o por espíritu de venganza se lo habían jugado todo y lo habían perdido. Este caso revela un rasgo de nobleza en Lope de Aguirre especialmente elocuente.

y bien me acuerdo de mis propias palabras: «A Pedrarias quiero vivo y a Alarcón hacédmelo luego pedazos y ponedlos en los caminos». Que si tenéis memoria, Zozaya, memoria tengo yo.

Había aquel día soldados que decían que iban a dar agua al caballo y desertaban. Lope llegó a amenazar con pena de muerte al que conservara consigo una sola cédula de perdón.

—Por Dios —decía— que no quiero creer ni esperar en nadie ni en la ley judaica ni mosaica ni romana ni en la lealtad de los hombres sino vida y muerte y sangre y fuego.

De vez en cuando ordenaba que saliera una tropa de incondicionales bien armada a afrontar a los escuadrones de Bravo de Molina, que era el que más provocaba, pero llegó un momento en que no sabía Lope de Aguirre con quiénes podía contar y con quiénes no. Desde la defección de Tirado veía traidores a su alrededor y a todas horas.

La última fuerza armada que envió Lope de Aguirre en orden de combate contra Bravo de Molina hizo algunos disparos y mató al caballo del capitán realista. Los suyos acudieron a levantar al jinete, le dieron otra montura y se retiraron sin mayor daño.

Pudieron los marañones acercarse después, descuartizar el animal y llevarlo al fuerte para comérselo. Ofrecieron a Lope de Aguirre un plato de carne asada y él dijo que no quería comer y que llevaran aquellos alimentos a su hija y a la Torralba.

El lunes 27 de octubre Lope de Aguirre decidió retirarse con los soldados que quisieran acompañarlo y con la mayor cantidad posible de armas y tratar de llegar a Burburata, con cuyo fin fueron desarmados los soldados inhábiles para el combate y cargaron las armas en los caballos y mulos.

Estaba todo dispuesto para la partida cuando los que se quedaban en Barquisimeto sin armas le echaron en cara a Lope el que se fuera y abandonara el campo como un cobarde. Lope decidió cambiar de opinión y les devolvió las armas, disculpándose y diciendo:

—Marañones, vuesas mercedes saben que en toda la jornada desde que me hice cargo del mando esta es la única vez que he errado en cosa importante y lo reconozco y espero que comprendan que mis intenciones eran buenas al menos para el conjunto de nuestra empresa.

Tan ofendidos estaban algunos marañones que se negaban a recibir las armas y Lope tenía que porfiarles.

En estas dudas estaban sobre la retirada al mar —que no faltaban algunos que insistían en aconsejarla— cuando Lope de Aguirre dijo que habría que esperar que fuera de noche para decidir y no por la vigilancia del enemigo, sino por los grandes calores del día, y uno de los marañones le respondió:

—De día o de noche estamos rodeados y si habla el miedo o la prudencia sería difícil de averiguar.

Se revolvió Lope contra él, lo insultó y buscaba con la mirada quienes lo desarmaran y aun llamó a los negros, pero nadie se movía y nadie parecía obedecerle. En aquel momento se acercaron de nuevo con gran copia de soldados los capitanes Bravo y García de Paredes, sabiendo que estaban planeando la retirada, y volvieron a dar voces diciendo que Aguirre los llevaba engañados y que pasaran al bando del rey, que estarían seguros y salvos. «Guerra podemos haceros —decían— y destruiros en poco tiempo, pero somos hermanos y no hay que derramar sangre.»

Vieron otra vez hasta treinta o cuarenta indios del servicio del fuerte que estaban como otros días en el río y Bravo se fue hacia ellos para tomarlos consigo y llevarlos al campo del rey, quedando de acuerdo con García de Paredes en que éste vigilaría y si salían tropas marañonas le haría señal con la espada desnuda.

A todo esto Espinola estaba echándole en cara a Lope de Aguirre su falta de confianza en él y casi toda la noche la pasaron discutiendo. Cerca ya del amanecer, Espinola le desafió diciendo:

—Enviadme contra estos vaqueros cobardes con quince hombres y veréis lo que Espinola hace o deja de hacer.

Estuvo considerándolo Lope un momento y dijo por fin:

—Sea así y marchad y veremos lo que hacéis, que de eso dependerá todo.

Salió Espinola con quince hombres y al verlo García de Paredes hizo la señal con la espada a Bravo, pero éste se entretuvo hasta recoger a todos los indios y entonces García

de Paredes sin presentar batalla fue retrayéndose hacia el
campo del rey y Espinola siguiéndole hasta que puestos todos
al galope se oyó a Espinola gritar viva el rey y formando un
solo cuerpo esperaron a Bravo mientras algunas voleadas de
balas de arcabuz pasaban por encima de sus cabezas, demasiado altas como siempre.

Comenzaba el cielo a clarear. Al ver lo que pasó con Espinola salieron del fuerte en formación de combate más de
sesenta marañones y Lope de Aguirre creyó por fin que se
iba a trabar combate, pero pronto vio que hicieron lo mismo
que Espinola. Al llegar al campo del rey dijeron los marañones que el fuerte quedaba sin defensa. Los pocos marañones
que estaban allí se entregarían contentos de poder acabar
de una vez con sus miserias.

Entretanto, por la parte trasera del fuerte, que tenía un
boquete en las bardas, salieron otros marañones sin ser advertidos de Aguirre y con ellos todos los negros, incluidos
Carolino y Juan Primero.

Al volver a entrar Lope de Aguirre vio que sólo quedaba
Llamoso —el que quiso sacar a Martín Pérez el corazón del
pecho— y le dijo:

—¿Vuesa merced no se va también con los del rey?

—He sido en vida vuestro amigo y lo seré en la muerte.

—Mal compañero sois en la una y en la otra.

Viendo García de Paredes que todo estaba ganado envió
aviso urgente al gobernador, que cuatro o cinco leguas más
atrás esperaba en una hacienda con una pequeña escolta.

Lope dijo otra vez a Llamoso:

—¿Por qué no vais y os acogéis a los perdones?

—Ya he dicho que os acompañaré en la muerte.

Aguirre se encogió de hombros como si no estimara en
nada la fidelidad de aquel individuo y entró en la sala donde
solían dormir la Torralba y doña Elvira. En la puerta sacó
la daga y dijo:

—Hija mía, pudísteis salvaros, pero Dios no lo ha querido así.

Ella lo miraba asustada:

—¿Qué queréis decir, padre?

En aquel momento se oyó la voz de Custodio Hernández,

que corría alrededor del fuerte llamando por sus nombres a algunos marañones, porque ignoraba que habían salido ya por otro lado. Dijo también el nombre de Llamoso varias veces, pero él no lo oyó o no quiso responder.

En el cuarto de doña Elvira estaban la Torralba con ojos visionarios recogida en un rincón y la niña en el centro de la sala temblando como un pajarillo. Lope de Aguirre seguía con la daga en la mano atento a los rumores del exterior.

—Encomiéndate a Dios, hija, que vengo a matarte.

—Padre mío, ¿habéis perdido la razón?

—Cata ahí ese crucifijo y encomiéndate a Dios, porque es necesario que mueras, hija mía.

Llevaba un arcabuz en la izquierda y la daga en la derecha. La Torralba, con grandes voces, se lanzó sobre él y consiguió arrancarle el arcabuz, pero no la daga. Lope fue sobre su hija, la tomó por los cabellos y comenzó a darle de puñaladas mientras la niña decía entre frases entrecortadas y rezos:

—Basta ya, padre mío, que el diablo os engañó.

Y así murió Elvira antes de cumplir los quince años.

Oyendo gente en el patio salió Aguirre y encontró a Custodio Hernández, quien dijo apuntándole con el arcabuz:

—Sed preso por su majestad y dejad las armas.

—Preso soy.

Fue otro soldado llamado Guerrero a quitarle la espada y Lope de Aguirre lo rechazó diciendo: «Yo no me rindo a tan gran bellaco como vos». La desenvainó él mismo y tomándola por la hoja esperó a que llegara García de Paredes. Al verlo le entregó la espada y la daga y dijo:

—Señor maese de campo, suplico a vuesa merced que pues es caballero me guarde mis términos y me oiga, pues tengo negocios que tratar de gran importancia para el servicio del rey.

García de Paredes respondió que haría lo que era obligado y parece que esta promesa asustó a algunos marañones, porque temían que Lope los acusara de los excesos que habían cometido.

—Yo lo prendí —dijo a todo esto Custodio Hernández, con énfasis.

—Verdad es —confirmó Lope de Aguirre con calma y con

la expresión del hombre maduro que accede al capricho de un niño—. Verdad es que Custodio Hernández me prendió.

García de Paredes y otros entraron en las habitaciones interiores y hallaron el cadáver de Elvira.

Llegó un espadero de Tocuyo que se llamaba Ledesma adonde estaba Lope y viéndolo sin armas, con una capa pardilla que le habían puesto por los hombros y tan pequeño y lastimoso, dijo:

—¿Éste es Lope de Aguirre? Juro a Dios que si me hubiera visto con éste yo hiciera que me soñara.

Lope de Aguirre contestó riéndose:

—A diez soldados y a veinte como vos diera yo de zapatazos. Andad de ahí, hombrecillo.

Pero García de Paredes volvía:

—No me espanto, señor Lope de Aguirre —le dijo, muy impresionado— de que os hayáis alzado contra el rey, porque no sois el primero ni seréis el último, ni tampoco me extrañan las crueldades que habéis hecho. Sólo me espanto de que hayáis muerto a vuestra hija.

—No quería que la conocieran por *la hija del traidor* ni que quedara por colchón de rufianes.

—Pero al fin, señor Lope de Aguirre, vuestra hija era y de vuestra sangre.

—Hecho está —dijo él sombríamente— y no tiene remedio.

En aquel momento entró Pedrarias y al verlo le dijo Lope de Aguirre con un acento de angustia que a todos impresionó:

—Ah, señor Pedrarias. ¿Qué malas obras os he hecho yo en este mundo?

Nadie respondía y Lope dio un suspiro y añadió:

—Entrad ahí también y veréis las vuestras, digo, vuestras obras.

Cuando Pedrarias vio a la niña muerta estuvo un largo espacio inmóvil, luego comenzó a sollozar y para que no lo vieran salió por la puerta trasera. Detrás de él iba la Torralba llorando también y diciendo: «Bien sabéis que si le hubierais dicho a la niña la palabra que yo me sé su padre la habría dejado vivir. En esa esperanza estuvo su padre y estuve yo».

Lope salió y en la plazuela rodeada de cenizas y escombros vio a los oficiales del rey: «¿Dónde está Pedrarias?», preguntó, y no le contestó nadie.

Todos tenían con él esa actitud inhibida y distante que se tiene con los reos de muerte. Algunos marañones estaban temerosos de que Aguirre hablara y pidieron a gritos a García de Paredes que lo matara. El maese de campo miró alrededor como si buscara a alguien y Carolino y Juan Primero se acercaron sonriendo.

Al verlos soltó Lope a reír a carcajadas y comentó entre dientes: «¡Oh, los hideputas bailarines! Y cómo merecen ellos mil veces el garrote!». Luego dijo a García de Paredes.

—Señor maese de campo, me habéis prometido los tres días de plazo que manda la ley y tengo cosas importantes que deciros.

En aquel momento, habiéndose apartado García de Paredes para recibir al capitán Bravo, que llegaba, quedó Lope aislado y un marañón le disparó un tiro. Lope, viéndose herido levantó la cabeza y dijo:

—Mal arcabuzazo ese, soldado, que no me acabará.

. García de Paredes se volvió contrariado:

—¡No tiren!

Pero se oyó un segundo arcabuzazo y volviéndose García de Paredes otra vez vio a Lope que iba tambaleándose y que decía todavía con entereza:

—Ese es un buen tiro, soldado. Con él hay bastante y no hace falta más.

No había caído aún en tierra y andaba flojo y agónico, aunque muy erguido, cuando Custodio Hernández lo tomó por las barbas, le alzó la cabeza y se la cortó de un tajo.

Quedó el cuerpo de Aguirre en el suelo mientras el marañón iba con la cabeza de su antiguo caudillo colgando, detrás de García de Paredes. Horas más tarde llegó el gobernador con su comitiva. Salieron a recibirlo con las banderas de Aguirre arrastrando en señal de victoria y más tarde hicieron cuartos el cuerpo de Aguirre y lo pusieron en los caminos.

La cabeza la llevaron a Tocuyo y fue expuesta dentro de una jaula hasta que se convirtió en cecina y luego en calavera seca. Aún se conserva en aquella ciudad y también los pendones de Aguirre y su coselete y el corpiño y la saya de raso que llevaba su hija cuando la mató, con las señales de la daga.

Ahora, cuatro siglos después, cuando en las noches oscuras se levantan de las llanuras y pantanos de Barquisimeto, Valencia y lugares de la costa de Burburata, fuegos de luz fosfórica que vagan y se agitan a los caprichos del viento, los campesinos cuentan a sus hijos que allí está el alma errante de Lope de Aguirre *el Peregrino,* que no encuentra dicha ni reposo en el mundo.

Montevideo (Uruguay), 1964.

ÍNDICE

JUBILEO EN EL ZÓCALO

CAROLUS REX

LAS GALLINAS DE CERVANTES